SIMONA AHRNSTEDT
After Work

SIMONA AHRNSTEDT

AFTER WORK

Roman

*Ins Deutsche übertragen von
Antje Rieck-Blankenburg*

LYX in der Bastei Lübbe AG
Dieser Titel ist auch als E-Book erschienen.

Die Originalausgabe erschien 2017 unter dem Titel »Allt eller inget«
bei Bokförlaget Forum, Stockholm, Schweden.

Copyright © 2017 by Simona Ahrnstedt
Published by arrangement with Nordin Agency, Sweden.

Für die deutschsprachige Ausgabe:
Copyright © 2018 by Bastei Lübbe AG, Köln
Redaktion: Annika Krummacher
Covergestaltung: www.buerosued.de
Coverabbildung: © www.buerosued.de und © getty-images / WB Digtal
Satz: Greiner & Reichel, Köln
Gesetzt aus der Adobe Caslon
Druck und Einband: C.H.Beck, Nördlingen

Printed in Germany
ISBN 978-3-7363-0559-5

3 5 7 6 4 2

Sie finden uns im Internet unter: www.lyx-verlag.de
Bitte beachten Sie auch: www.luebbe.de und www.lesejury.de

Ein verlagsneues Buch kostet in Deutschland und Österreich jeweils überall dasselbe.
Damit die kulturelle Vielfalt erhalten und für die Leser bezahlbar bleibt, gibt es
die gesetzliche Buchpreisbindung. Ob im Internet, in der Großbuchhandlung,
beim lokalen Buchhändler, im Dorf oder in der Großstadt – überall bekommen Sie
Ihre verlagsneuen Bücher zum selben Preis.

Für Milo Rev und Dante
Die Besten
♥

1

Lexia

»Na ja, ich bin eben ein Mädchen, das alles im Griff hat«, sagte Lexia Vikander und bemühte sich, so deutlich wie möglich zu sprechen, ohne zu lallen. Ein anderer Gast drehte sich zu ihr um und bedachte sie mit einem vielsagenden Blick. Lexia setzte eine entschuldigende Miene auf und senkte die Stimme, als ihr bewusst wurde, dass sie zu laut gesprochen hatte. »Oder Frau, besser gesagt. Ich bin eine Frau, die alles im Griff hat«, erklärte sie dem dunkelhaarigen Mann, der sich vor einer Weile neben sie an die Bar des Restaurants *Sturehof* gesetzt hatte. Er schien aufrichtiges Interesse an allem zu haben, was sie zu erzählen hatte.

Lexia schüttelte leicht den Kopf, um ihren Blick zu fokussieren. Vielleicht hatte sie ihren zweiten Drink doch etwas zu schnell getrunken. Oder war es schon der dritte? Oder gar der vierte? Ehrlich gesagt konnte sie sich nicht mehr genau erinnern. Aber sie saß nur selten allein in einer Bar, und weil niemand mit ihr geflirtet hatte, war ihr nichts anderes übriggeblieben, als ein Glas nach dem anderen zu leeren. Bis *er* auftauchte.

»Und inwiefern hast du alles im Griff?«, fragte der Mann. Er sah auf eine bodenständige Art ziemlich gut aus. Dunkler Bartansatz und verschlissene Jeans mit Farbflecken. Eine frische Schürfwunde am Fingerknöchel, als hätte er irgendwas Handwerkliches gemacht, bevor er hergekommen war, um ein Bier zu trinken. Sie saßen seit ungefähr einer Stunde hier, genau wusste sie es nicht, und unterhielten sich. Während er einen Burger gegessen hatte, warf sie zwar einen verstohlenen Blick auf seine frisch frittierten goldgelben Pommes, blieb aber bei ihrem Getränk. Und mittlerweile war sie bei ihrem zweiten-dritten-vierten Drink angekommen.

Lexia machte eine ausladende Handbewegung. Der Mann konnte das Schälchen mit den Nüssen gerade noch zur Seite schieben, bevor sie es von der Theke gefegt hätte. Sie lächelte ihn dankbar an. Er hatte ein tolles Reaktionsvermögen und schnelle Hände. Starke Finger.

»Ich hab immer den Überblick«, erklärte sie und bemühte sich, nicht auf seine Finger zu starren. Sie wirkten unglaublich geschickt. »Ich meine, ich hab alles unter Kontrolle und bin echt gut, was Planung und Organisation angeht. Ich hab wirklich alles im Griff«, fügte sie hinzu und fühlte sich ganz plötzlich niedergeschlagen. Jetzt, wo sie es aussprach, klang das ziemlich überheblich, obwohl es der Wahrheit entsprach. »Heute allerdings nicht unbedingt«, sagte sie mit Nachdruck.

»Nicht?«

»Nein. Ich hab beschlossen …« Sie erhob ihr Glas und schwenkte es in der Luft hin und her, während sie nach den richtigen Worten suchte. Schließlich sagte sie: »… heute mal nicht alles im Griff zu haben. Prost.«

Er stieß mit ihr an.

In der Bar war es gesteckt voll, obwohl es Sonntag war und schon recht spät sein musste. Sie konnte nicht abschätzen, wie viel Uhr es war, was sonst nie vorkam, und ihr Handy war schon seit einer ganzen Weile tot. Da ein anstrengender Tag hinter ihr lag und sie ihr Ladegerät vergessen hatte, kam es ihr vor, als wäre es tiefste Nacht.

»Könnte ich noch so einen Rosafarbenen kriegen?«, rief sie dem Mann hinter der Theke zu, der sich geschäftig hin und herbewegte. Sie hielt ihr leeres Glas hoch, doch der Barkeeper wandte sich demonstrativ von ihr ab und nahm stattdessen die Bestellungen zweier junger Frauen auf, deren Haare bis zum Po reichten.

Lexia überlegte, ob sie aufstehen und ihm eine Szene machen sollte. Doch ganz so weit war es mit ihrem neuen Vorsatz noch nicht gediehen. Ehrlich gesagt war sie auch keine Frau, die Männern eine Szene machte. Eigentlich war sie eher der Typ, der in der Schule gemobbt wurde, weil sie gerne aß, und der von den Männern immer dann fallen gelassen wurde, wenn sie plötzlich Frauen bevorzugten, die mehr auf ihre Linie achteten.

»Willst du wirklich noch einen Drink?«, fragte ihr Begleiter.

»Wie heißt du eigentlich?«, fragte sie.

»Adam.«

»Ich heiße Lexia. Und ich möchte wirklich gern noch einen Drink.«

Er schwieg einen Augenblick und schien nachzudenken. »Okay, aber lass mich dazu wenigstens ein Wasser bestellen«, sagte er schließlich und nickte dem Barmann kurz zu, der flüchtig zurücknickte und umgehend einen weiteren Cocktail mixte. Kurz darauf stand das Getränk knallrosa und prickelnd vor Lexia auf der Theke. Sie ignorierte das Wasserglas und nippte an ihrem Drink, während sie über den Rand des Glases hinweg unauffällig ihren Begleiter in Augenschein nahm. Sie hatte zwar definitiv einen sitzen, aber er war schon ziemlich sexy. Dunkelbraunes Haar in derselben Farbe wie Kaffee und Kakao oder alle möglichen anderen braunen Leckereien. Graue Augen. Er war etwas älter als sie mit ihren achtundzwanzig Jahren – sie tippte auf Mitte dreißig. Und er trug keinen Ring am Finger. Das war das Erste, wonach sie geschaut hatte. Er sah gut aus und war interessiert und aufmerksam. Eigentlich zu schön, um wahr zu sein, aber sie beschwerte sich keineswegs. Denn bevor er sich zu ihr setzte, hatte sie sich ziemlich einsam und wie eine Versagerin gefühlt, und er hatte ihr den Abend gerettet.

»Sie müssen nicht unbedingt hier bei mir sitzen bleiben«, sagte sie in einem höflichen Versuch, großherzig zu sein. Eigentlich idiotisch, als sie näher darüber nachdachte, aber der Wunsch, niemandem zur Last zu fallen und sich für das Wohlbefinden anderer verantwortlich zu fühlen, war tief in ihr verwurzelt. Sie sollte endlich damit aufhören. Gleich morgen.

Er zog eine Augenbraue hoch. Sie hatte gar nicht gewusst, dass es überhaupt möglich war, nur die eine Augenbraue hochzuziehen. Aber es war ziemlich wirkungsvoll. Sie versuchte es ebenfalls.

»Was machst du da?«, fragte er.

»Die eine Augenbraue hochziehen«, erklärte sie.

»Ich dachte schon, du hättest einen Schlaganfall erlitten oder wärst ohnmächtig geworden. Soll ich lieber gehen?«

»Nein, auf gar keinen Fall«, antwortete sie mit Nachdruck. Denn es wäre verdammt langweilig, allein an der Theke zu sitzen, während man vom Barmann und von allen anderen Gästen ignoriert wurde. Niemand hatte auch nur den Versuch unternommen, sie anzubaggern. Die Feministin in ihr hätte sich freuen müssen, doch sie empfand es eher als deprimierend. Konnte man Feministin sein und dennoch von Männern umworben werden wollen? Gute Frage. Plötzlich entdeckte sie auf ihrem Kleid einen Fleck. Diskret befeuchtete sie ihren Zeigefinger und versuchte ihn wegzuwischen. Ihr Kleid, das auf dem Bügel in der Boutique noch luftig und bequem gewirkt hatte, fühlte sich jetzt viel zu eng an, und außerdem war der Stoff zerknittert. Sie gab auf. »Heute ist wirklich nicht mein Tag.«

»Aber warum denn?«, fragte er und erhob erneut sein Glas. Er trank ganz gewöhnliches Bier, keine spezielle Marke in einem ausgefallenen Krug, sondern schlicht und einfach Bier vom Fass. Dafür liebte sie ihn gleich ein bisschen. In seiner Jeans und mit seinen Bodybuilder-Schultern sah er aus wie ein Arbeiterjunge, ein Rowdy aus dem Vorort. Er erinnerte sie an manche Jungs aus ihrer Schule. Coole Typen, die allerdings nie auch nur Notiz von der pummeligen biederen Lexia Vikander genommen hatten. Was auch sein Gutes hatte. Während ihrer Schulzeit hatte sie eigentlich kaum jemand wahrgenommen, weder die Jungs noch die Mädchen. Und wenn man nicht wahrgenommen wurde, ließen sie einen in Ruhe. Jedenfalls zeitweilig.

»Wie bitte?«, fragte sie, weil sie nicht mehr wusste, worüber sie gesprochen hatten.

»Du hast gesagt, dass heute nicht dein Tag ist.«

»Stimmt, ja. Eigentlich war schon die ganze Woche ziemlich daneben. Und dann wurde sie auch noch von einem superbeschissenen Wochenende getoppt.«

Er nippte an seinem Bier und stellte das Glas wieder ab. Auf seinem Handrücken und seinen Fingern wuchsen dunkle Härchen. Er hatte kräftige Hände. Sie liebte große Hände. Hatte sie das eben schon gedacht? Sie ließ ihren Blick etwas länger auf ihnen ruhen.

»Erzähl mal.«

»Ach, ich hatte Stress im Büro«, sagte sie. Es war ihr lieber, über ihre Arbeit zu sprechen. Alles andere war einfach zu erbärmlich. »Die Stimmung ist mies, und meine Kollegen sind ziemlich schlecht gelaunt.«

»Deinetwegen?«

Jetzt verzog Lexia den Mund. »Wegen mir hat nur selten jemand schlechte Laune.« Manche störten sich zwar an ihr, aber richtig sauer auf sie waren sie fast nie. »Nein. Aber es war wie gesagt eine lange Woche.«

»Mit einem superbeschissenen Wochenende«, fügte er hinzu.

»In der Tat. Schon lange her, dass es an allen Fronten gekracht hat.« Normalerweise gelang es ihr besser, die Dinge nicht so persönlich zu nehmen, aber heute war alles zusammengekommen.

»Erzähl schon.«

»Willst du es wirklich hören?«

»Ja, klar.«

»Erst bin ich mit meiner Mutter aneinandergeraten, richtig schlimm. Obwohl ich längst erwachsen bin, gibt sie mir das Gefühl, gerade mal fünf Jahre alt zu sein.« Ihre Mutter hatte morgens bei ihr angerufen und jeden einzelnen ihrer wunden Punkte thematisiert: ihr Gewicht (»Ich sag es ja nur, um dir zu helfen, mein Schatz«), ihr Singledasein, ihre Zukunft. Kritik und Nadelstiche in Fürsorglichkeit gehüllt. »Geht es dir auch so mit deiner Mutter?«, fragte sie. Vielleicht war es bei Männern ja anders.

»Meine Mutter ist tot.«

»Oh, das tut mir leid«, sagte sie und kam sich schlecht vor.

»Kein Problem. Sie lebt schon lange nicht mehr.«

»Tut mir trotzdem leid, wenn ich unsensibel war.«

»Du musst dich nicht entschuldigen. Aber es klingt so, als wäre deine Mutter manchmal ganz schön gemein, oder?«

»Ja, vielleicht. Manchmal zumindest.« Lexia und ihre Mutter standen sich nahe, was allerdings auch gewisse Nachteile mit sich brachte. »Aber sie ist schließlich meine Mutter, und natürlich liebe ich sie. Und sie liebt mich auch. Sie hat viel für mich getan und will letztlich nur mein Bestes.« Plötzlich verspürte sie das Bedürfnis, ihre Mutter in Schutz zu nehmen. Auch wenn sie Lexia manchmal zu Tode nervte, hieß das noch lange nicht, dass sich irgendwer anders kritisch über sie äußern durfte.

»Ich verstehe«, sagte er und schien es ernst zu meinen.

»Sorry, wenn es etwas schnippisch geklungen hat«, sagte sie.

Die Beziehung zu ihrer Mutter stellte für sie ein hochsensibles Thema dar.

»Es klang gar nicht schnippisch«, entgegnete er ruhig. Er war unglaublich nett. Dabei schleimte er sich nicht ein und war auch nicht übertrieben bemüht, sondern hörte ihr zu und gab ihr Bestätigung. Das machte ihn verdammt attraktiv. »Ich komme gerade von einem komplett misslungenen Mädelsabend«, sagte sie.

»Oha.«

Lexia nickte. Sie hatte schon vorher befürchtet, dass es nicht ganz unkompliziert werden würde, aber sie hatte Lust auf Gesellschaft gehabt und war trotzdem mitgegangen. Das hätte sie besser bleiben lassen sollen. Und sie hätte auch jetzt nicht mit einem Fremden im *Sturehof* sitzen und rosafarbene Drinks schlürfen, sondern zu Hause bleiben und früh zu Bett gehen sollen. Sonntags bereitete sie sich normalerweise auf die nächste Arbeitswoche vor, indem sie E-Mails schrieb, die Kleidung für den kommenden Tag heraussuchte, eine Gesichtsmaske auflegte und plante, welche gesunden Lebensmittel sie einkaufen und im Rahmen irgendeiner angesagten Wunderdiät ausprobieren würde. Aber manchmal war sie es so leid, sich um all diese Dinge zu kümmern. Sie fuhr mit dem Zeigefinger über den Rand ihres Glases.

»Alles in Ordnung?«, fragte der Mann.

»Ja, schon.« Jetzt war in der Tat alles in Ordnung. Der Alkohol, der Mann mit dem interessierten Blick. Eigentlich hatte sie sich überhaupt nur deswegen getraut, ihn anzusprechen, weil er aufrichtiges Interesse an ihr zu haben schien und sie schon fast alle verfügbaren Cosmopolitans im *Sturehof* intus hatte. »Weißt du, normalerweise betrinke ich mich nie«, sagte sie und schaute in ihr Glas, in dem die rosafarbene Flüssigkeit herumschwappte.

»Nie?«

Lexia beugte sich etwas zu ihm vor und pfiff einen Augenblick lang auf misslungene Mädelsabende, nervige Mütter und ihren Job. Er beugte ebenfalls seinen Oberkörper vor, und seine Augen begannen zu leuchten. Er hatte unglaubliche graue Augen und einen warmherzigen Blick. Anfänglich hatte sie gemeint, darin einen Anflug von Kälte oder Härte zu erkennen, doch jetzt war beides verschwunden. Vielleicht lag es an der Beleuchtung hier drinnen, die ihr einen Streich gespielt hatte. Jedenfalls sah sie nur noch Wärme und Interesse darin.

»Was ist denn?«, fragte er. Dabei lächelte er zwar nicht direkt, doch seine Augen umspielte ein dezentes Lachen.

»Wie kann man als Mann nur so lange Wimpern haben?«, hörte sie sich selbst fragen. Lange, dichte und dunkle Wimpern, völlig unfassbar. Jedes Mal, wenn er blinzelte, wurde ihr gesamter Körper von einem angenehmen Schauder erfasst. Sein ganzes Erscheinungsbild erinnerte sie an eine Werbung für Outdoor-Aktivitäten und Männerwerkzeug. Diese Firmen, die Testosteron in Konservendosen anboten, hätten ihn als Werbeträger verpflichten können. Und sie würde dann den passenden Slogan dazu entwerfen, dachte sie, doch im Augenblick fiel ihr nichts Pfiffiges ein.

Jetzt zog er schon wieder eine Augenbraue hoch. »Was ist? Warum starrst du mich so an?«

Lexia ergriff ihr Glas, drehte es in der Hand und nahm einen kleinen Schluck. »Ach, nichts. Aber wenn ich nicht so betrunken wäre, hätte ich mich nie getraut, dich anzusprechen.«

»Und warum nicht?«

Sie wusste nicht so recht, ob er sie aufzog. Hatte er denn nicht bemerkt, dass alle Frauen in der Bar ein Auge auf ihn geworfen hatten? Er war zwar nicht der bestaussehende Mann im Lokal, bei Weitem nicht, aber er zog mit seiner Ausstrahlung trotzdem alle Blicke auf sich. »Na ja, in der Hinsicht hat bei mir in der letzten Zeit ziemlich Flaute geherrscht«, sagte sie und musste kichern, weil sie es laut ausgesprochen hatte. Aber es stimmte. Ihr Sexleben war derzeit nicht existent. Sie war achtundzwanzig und hatte schon ewig nicht mehr mit einem Mann geschlafen. Dabei sollte eine junge Frau wie sie nicht wochen- oder gar monatelang ohne Sex auskommen müssen.

Er kratzte sich am Kinn und wirkte einerseits amüsiert, andererseits ein wenig befangen.

Lexia überlegte kurz, wie sie das Gespräch auf ein unverfänglicheres Thema leiten könnte, fragte dann aber:

»Bist du eigentlich verheiratet oder so?« Diese Frage war für sie ohnehin die wichtigste. Ob er eine Frau oder Freundin hatte, der er treu sein musste.

Er schüttelte langsam den Kopf. »Und du?«

»Nein, ich bin Single«, antwortete sie. »Aber du stehst schon auf Frauen, oder?« Er sah nicht gerade aus, als wäre er schwul, aber was wusste sie schon? Sie war nicht besonders gut darin, Männer einzuschätzen. Und mit ihm war es irgendwie zu schön, um wahr zu sein. Er lud sie auf Drinks ein, erzählte ihr von sich selbst und interessierte sich für sie. Vielleicht war er ja ein Gigolo, fiel ihr ein. Aber was das betraf, war sie nicht besonders pingelig. Sollte er doch. Sie musste erneut kichern.

Er trank von seinem Bier und wischte sich den Schaum von der Oberlippe, ohne ihre Frage zu beantworten. Eigentlich sah er mit seiner Jeans und den Sneakers nicht gerade wie ein Gigolo aus. Nicht dass sie genau wüsste, wie ein Gigolo aussah, aber dennoch. Eigentlich wirkte er eher wie ein Bauarbeiter, der sich in die Innenstadt verirrt hatte. Und trotzdem passte er besser in diese Bar als sie selbst.

Jedes Mal, wenn Lexia ihren Blick durch den Raum schweifen ließ, sah sie, wie andere Frauen ihm hungrige Blicke zuwarfen und schmachtend zulächelten. Ein paar Männer ebenfalls. Sie versuchte, auf dem hohen Barhocker ihre Beine übereinanderzuschlagen, doch es gelang ihr nicht. Er schaute sie fragend an. »Nicht ganz leicht, eine elegante Sitzposition zu finden«, sagte sie entschuldigend und leerte ihr Glas. Eigentlich sollte sie jetzt nach Hause gehen. Besser gesagt, sie hätte es schon vor ein paar Stunden tun sollen.

»Noch einen?«, fragte er. Sie hätte schwören können, dass sein Blick gerade an ihrem Bein hinaufgeglitten war, und wurde von einer Welle der Erregung erfasst. Er saß also da und scannte ihren Körper. Ihre Beine waren eigentlich ganz okay. Nicht gerade lang und schlank, aber zumindest waren es nicht ihre hässlichsten Körperteile. Außerdem trug sie schicke High Heels und darunter sündhaft teure Nylonstrümpfe.

Während sie seine Frage mit einem Nicken bejahte, versuchte sie ihren in Auflösung begriffenen Haarknoten diskret wieder zurechtzurücken. Sie fragte sich, ob ihr Begleiter es womöglich darauf anlegte, sie betrunken zu machen, und wenn ja, ob es ihr wirklich etwas ausmachte. Sie rückte den Haarknoten erneut zurecht. Das war noch eine Fehlentscheidung des heutigen Tages gewesen: der Versuch, elegant zu wirken. Es fühlte sich eher so an, als hätte sie ein totes Tier am Kopf hängen.

»Ja gern«, antwortete sie und gab den Versuch mit den Haaren irgendwann auf. Stattdessen ergriff sie das Glas mit dem neuen Drink, das bereits vor ihr stand, und nahm einen Schluck. Er schmeckte so säuerlich, dass sich ihr Mund zusammenzog. »Eigentlich sollte ich gar nicht hier sein«, erklärte sie. Oder hatte sie es ihm schon erzählt?

»Und wo solltest du stattdessen sein?«

Gute Frage. Sie hatte keine Ahnung. »Ich war heute nämlich mit einigen ehemaligen Klassenkameradinnen verabredet. Mädels, mit denen ich zusammen in die Mittelstufe gegangen bin.« Sie sahen sich zwar nicht besonders oft, vielleicht zweimal im Jahr, aber Lexia mochte sie. Alle außer einer. »Wir wollten gemeinsam was essen gehen und danach einen Cocktail trinken.«

»Aber jetzt sitzt du allein hier. Oder na ja, mit mir. Was ist denn passiert?«

Josephine war passiert.

Sie zuckte mit den Achseln. »Sie haben sich kurzfristig umentschieden und beschlossen, ins Spa zu gehen.«

»Und du gehst nicht so gern ins Spa?«, mutmaßte er.

»Wir hatten eigentlich verabredet, uns danach um zwanzig Uhr hier zu treffen.« Sie war um zehn vor acht hergekommen, weil sie pünktlich sein wollte, doch keine der anderen war aufgetaucht oder hatte ihr eine SMS geschickt, und jetzt war ihr Handy tot, sodass sie nicht wusste, wohin sie stattdessen gegangen waren. »Sie wollten ins Sturebad und sich anschließend hier mit mir treffen.« So hatten sie es vereinbart. Sie schaute in ihr Glas und schüttelte den Kopf. »Ich hatte absolut keine Lust mitzugehen«, erklärte sie mit finsterer Miene.

»Und warum?« Er klang aufrichtig erstaunt.

Ach, eigentlich konnte sie ihm auch ebenso gut sagen, wie es war. »Die anderen sind superschlank, total durchtrainiert, braun gebrannt und einfach perfekt, und ich ... eben nicht. Ich hasse Spas«, fügte sie angriffslustig hinzu, denn kein normaler Mensch konnte es ernsthaft gut finden, sich vor anderen auszuziehen. Über dieses Thema sprach sie sonst nie, aber egal, sie würden sich ja sowieso nie wiedersehen. »Falls du es noch nicht gemerkt haben solltest ...« Sie beugte sich vor und flüsterte: »Ich bin übergewichtig.«

Sie sah, wie er seinen Blick über ihren Körper gleiten ließ, und zog rasch ihren Bauch ein. Sie erinnerte sich noch immer daran, wie ihr letzter Freund einmal mit dem Finger in eines ihrer Fettröllchen gepikst und sie aufgefordert hatte, doch endlich einmal über ihr Gewicht nachzudenken. Als würde sie je über irgendetwas anderes nachdenken. Doch er sagte nichts.

»Ich nenne sie immer die fiese Josephine«, sagte sie kichernd.

»Wer ist das denn?«

»Meine Erzfeindin. Ein Mädchen, mit dem ich mal zusammen zur Schule gegangen bin. Ich glaub nämlich, es liegt an ihr, dass sie nicht aufgetaucht sind.« So lautete zumindest die logischste Erklärung. Manchmal kam es Lexia vor, als wäre die Rollenverteilung noch dieselbe wie früher. Die allseits beliebte Josephine und das dicke Mobbingopfer Lexia. Die Freundinnen, die sich Josephine unterordneten. So war es schon immer gewesen. Sobald Josephine auftauchte, verloren alle anderen das Interesse an Lexia. »Sie ist in der ganzen Stadt bekannt. Hast du noch nie von ihr gehört? Josephine Sandelman? Sie produziert einen eigenen Podcast namens *Rauschen*. Wie das Medienrauschen, durch das man ihre Stimme hören kann.«

»Ich höre mir keine Podcasts an.«

»Ihr Mann Leo und ich arbeiten zusammen.«

»Das klingt etwas kompliziert.«

»In der Tat. Aber so ist das Leben nun mal. Ich hab das Ganze inzwischen hinter mir gelassen und mach mir keinen Kopf mehr darüber«, sagte sie und wünschte, dass es die ganze Wahrheit wäre und sie sich endgültig von Josephines Bosheiten befreit hätte. Dass die erwachsene Lexia stark genug wäre, um alle boshaften Spitzen, Blicke und jegliche Unsicherheit abgestreift zu haben. Eigentlich wollte sie heute keine Trübsal blasen. Doch dann kam ihr ein ganz anderer Gedanke, der ihr weitaus wichtiger erschien.

»Du kommst nicht zufällig aus Dänemark?«, fragte sie.

Er schüttelte entschieden den Kopf. »Nein, und du?«

Sie fuchtelte ungeduldig mit der Hand in der Luft herum. Er sprach perfekt Schwedisch, aber man konnte nie vorsichtig genug sein. »Ehrenwort?«

»Ehrenwort. Kein einziges dänisches Gen im Körper.« Er klang vertrauenerweckend. Das war eine wunderbare Eigenschaft. Er war männlich, sexy und vertrauenerweckend. Sie verlor den Faden. Worüber hatten sie gerade gesprochen?

»Dann muss ich dir ein Geheimnis anvertrauen«, sagte sie. »Nächste Woche sollen wir nämlich einen dänischen Geschäftsführer bekommen. Gerüchten zufolge ist er ein absoluter Blödmann. Nicht zu fassen, oder?«
»Nein.«
Lexia schüttelte den Kopf, dass ihr Haarknoten noch ein wenig weiter hinunterrutschte. »Sie fliegen einen verfluchten Dänen ein, der die Geschäftsleitung übernehmen soll«, sagte sie und spürte, wie die Wut, die schon die ganze Woche lang in ihrer Brust schwelte, neu angefacht wurde. »Um es kurz zu machen: Meine Agentur ist verkauft worden.«
Sie arbeitete als Werbetexterin in einer kleinen Agentur. Alles war wie immer gewesen, alle Mitarbeiter waren wie gewöhnlich ihrer Arbeit nachgegangen und hatten sich um ihre Kunden gekümmert, bis letzte Woche plötzlich die Bombe geplatzt war. Ihre Agentur war an einen Riesenkonzern verkauft worden, und nun war von einem Tag auf den anderen alles ungewiss. Nicht zuletzt ihr Job. »Völlig aus heiterem Himmel wollen die uns einen Idioten aus dem neuen Management vorsetzen. Wahrscheinlich hat der Typ keinen blassen Schimmer.«
»Ist das denn bei denen nicht gang und gäbe?«
»Bei den Dänen?«
»Nein, im Management.«
»Ich weiß nur, dass ich mich darauf gefasst machen muss, dass mir irgendwer ein Messer in den Rücken rammt. Alles ist irgendwie in Bewegung geraten, und jeder x-Beliebige kann es auf einen abgesehen haben. Konkurrenten, Kollegen, alle.«
»Oder irgendein verfluchter Däne«, schlug er vor.
»Genau.«
Er warf sich eine Chilinuss in den Mund, trank von seinem Bier und sagte aufmunternd: »Erzähl weiter, ich hör dir zu.«
»Ich kann es kaum fassen, was geschehen ist. Und ich mache mir Sorgen.«

Er stellte sein Bierglas ab. »Klingt stressig.« Er fragte nicht, was sie genau machte, und das war ihr nur recht. Sie hasste es, über ihre Position definiert und danach beurteilt zu werden. Vielleicht ging es ihm ja ähnlich.

»Ich wünschte nur, ich hätte nicht so große Angst«, gab sie zu.

»Hast du Angst?« Seine Frage klang so skeptisch, als sähe man ihr gar nicht an, dass sie in der Werbebranche arbeitete, ohne eine offizielle Ausbildung in dem Bereich zu haben, und deshalb jeden Tag aufs Neue beweisen musste, dass sie ihrem Job gewachsen war. Als merke man gar nicht, dass sie sich insgeheim oft wie eine Mogelpackung vorkam. Dass sie sich ihrer Intelligenz und auch ihrer Fähigkeit, eine gute Freundin zu sein, zwar ziemlich sicher war, dass es mit ihrem Selbstwertgefühl als Frau nicht sonderlich weit her war.

»Ja«, antwortete sie, weil sie tatsächlich Angst hatte. Nicht durchgehend, aber ziemlich oft. Angst, sich zu blamieren und nicht zu genügen. Und jetzt auch noch davor, gefeuert zu werden.

»Und was würdest du tun, wenn du keine Angst hättest?«, fragte er.

Ausgezeichnete Frage. Sie überlegte. Was würde sie tun, wenn sie vor nichts Angst hätte? Mal abgesehen davon, dass sie sich mit ihm unterhalten würde. In ihrem Kopf formte sich ein Gedanke. *Ich würde mich trauen, alles zu fordern.* Doch der Gedanke verflüchtigte sich rasch wieder, und sie betrachtete stattdessen verstohlen seinen Mund. Er hatte seine Frage natürlich auf ihre Arbeit bezogen. Doch im Moment hatte sie nur Augen für seine Lippen, die vom letzten Schluck Bier noch leicht glänzten. Sie hatte Männermünder schon immer gemocht. Und seiner war einfach wunderbar. Er hatte weiße Zähne und einen angedeuteten dunklen Bartansatz.

»Ich glaube, ich würde mehr Männer küssen«, antwortete

sie halb im Scherz, halb ernst gemeint. Und beugte sich zu ihm vor.

Er verzog den Mund. »Ach ja?«

Dann legte sie ihre Hand auf sein Bein. Schließlich sprachen sie gerade über die Überwindung von Ängsten, und die unerschrockene Lexia, die sie gerne wäre, tat Folgendes: Sie nahm sich, was sie haben wollte, und forderte ihn heraus. Seine grauen Augen weiteten sich leicht. Sie beugte sich noch etwas weiter vor, stützte sich mit ihrer Handfläche auf seinem Oberschenkel ab und stellte fest, dass unter dem Stoff seiner Jeans nur steinharte Muskeln zu spüren waren, die eine angenehme Hitze ausstrahlten. Dann kippte sie vornüber und ihm geradewegs in die Arme, sodass sich ihre Lippen berührten. Es war keine besonders elegante Bewegung. Eher ein Mittelding zwischen einem Kuss und einem Unfall, aber definitiv ein Kontakt ihrer Münder. Er erstarrte, entzog sich jedoch nicht, woraufhin Lexia die Augen schloss und sich in den Kuss hineinsinken ließ. *Oh, was für ein herrlicher Mund.* Er fühlte sich noch besser an, als er aussah. Stark und fest und trotzdem angenehm weich. Weil sie jedoch beim Vorbeugen auf dem Barhocker das Gleichgewicht verloren hatte, wurde es ein ziemlich fester und etwas unbeholfener Kuss, aber egal. War sie es etwa, die da stöhnte? Vielleicht lag es am Alkohol, aber plötzlich war ihr furchtbar schwindelig. Sie stöhnte erneut. Auf einmal entzog er sich ihr so rasch, dass Lexia fast ein weiteres Mal das Gleichgewicht verloren hätte. Sie öffnete die Augen, hielt sich an der Theke fest und wurde wieder in die Realität zurückkatapultiert, während sich der Schwindel und das Prickeln langsam legten. Hatte sie ihn tatsächlich gerade geküsst? Am liebsten hätte sie mit ihren Fingern auf ihrem Mund nachgespürt, weil sich darauf noch die Wärme seiner Lippen gehalten hatte.

Er stand mit finsterer Miene von seinem Barhocker auf. Der warmherzige Blick war aus seinen grauen Augen gewichen.

»Ich muss leider gehen«, erklärte er kurz angebunden und in geschäftsmäßigem Ton. Er zückte seine Kreditkarte und reichte sie dem Barmann. »Aber ich werde dafür sorgen, dass du heil nach Hause kommst.«

»Ich komm schon allein zurecht«, entgegnete sie und bemühte sich, den Gedanken daran zu verdrängen, dass sie ihn gerade eben angebaggert hatte. *Großer Gott, wie peinlich.* »Ist ja noch früh am Tag.«

Er schüttelte den Kopf. »Nein, es ist schon spät, und die Bar schließt bald.« Seine Miene wurde etwas sanfter. »Komm schon, ich setze dich in ein Taxi.«

Lexia glitt von ihrem Barhocker herunter. Der Blick aus seinen grauen Augen bohrte sich förmlich in ihre, und ihr Herz machte erneut einen Sprung. Er war wahnsinnig sexy. »Vielleicht solltest du mich lieber nach Hause begleiten«, murmelte sie scherzhaft und in einem Versuch, die Situation unter Kontrolle zu bringen. Sie hätte nichts dagegen gehabt, ihn mit zu sich nach Hause zu nehmen, sich an seinen Körper zu schmiegen, von seinem starken Bizeps aufs Bett hinuntergepresst zu werden und mit ihren Fingern durch seine braunen Haare zu fahren. Seinen nackten Körper zu berühren und gemeinsam mit ihm zu kommen.

Der Mann verdrehte die Augen, als könnte er ihren inneren Monolog hören und verspürte nicht die geringste Absicht, gemeinsamen Sex mit ihr zu haben. »Komm jetzt.«

»Okay«, murmelte sie. Sie verließen das Lokal und gingen auf die Straße hinaus. Als Lexia ins Schwanken geriet, legte er einen Arm um sie. Es war kalt, und sie fröstelte. Das Kopfsteinpflaster war uneben und ihre Absätze extrem hoch.

Da geschah es.

Plötzlich brach ihr der kalte Schweiß aus, und ihr wurde übel. »Oh nein«, jammerte sie.

»Was ist denn?«, fragte er.

Lexia konnte nicht mehr antworten. Sie presste eine Hand auf ihren Mund. »Hilfe«, flüsterte sie hinter vorgehaltener Hand. Dann begann sie zu würgen. Er zog sie rasch zur Seite und blieb dann neben ihr stehen, während sie sich gegen einen Ahornbaum erbrach, der zwischen Pflastersteinen und Asphalt ein welkes Dasein führte. Wenn Lexia nicht so speiübel gewesen wäre, dann wäre sie höchstwahrscheinlich im Erdboden versunken und vor Scham gestorben. Doch jetzt begnügte sie sich damit, ihren Mund mit einem Feuchttuch abzuwischen, das er von irgendwoher hervorgezaubert hatte, und den Gedanken zu verdrängen, dass das Erbrochene auf seine Schuhe gespritzt war.

»Besser?«, fragte er.

Lexia nickte matt. Sie befand sich gerade in einer der demütigendsten Situationen, die sie je erlebt hatte.

Er warf einen Blick in Richtung Straße, winkte einen Wagen herbei und sagte: »Hier kommt ein Taxi. Spring rein.« Er öffnete ihr die Wagentür, half ihr hinein und bat den Taxifahrer, dafür zu sorgen, dass sie wohlbehalten in ihre Wohnung kam.

»Warte«, sagte Lexia. »Wie heißt du eigentlich?«

Er betrachtete sie. Er sah weder böse aus, noch lächelte er.

»Ich hab dir schon gesagt, dass ich Adam heiße«, antwortete er.

»Ach ja, richtig. Danke«, sagte sie. Dann schlug er die Tür hinter ihr zu. Lexia begrub ihre Stirn in den Händen und konzentrierte sich während des ganzen Heimwegs darauf, sich nicht noch ein weiteres Mal zu übergeben.

Zu Hause angekommen verlor sie den Kampf, doch da war sie zumindest allein und befand sich auf der Toilette. Oder zumindest in der Nähe. Selbst ein Mädchen wie sie hatte nicht immer alles im Griff.

2

Adam

Adam Nylund sah das Taxi mit der betrunkenen Lexia auf der Rückbank um die nächste Straßenecke biegen. Er schaute auf seine fleckigen Schuhe hinunter, schob die Hände in die Hosentaschen und spazierte durch die Nacht nach Hause. Er hatte sie attraktiv gefunden, das konnte er nicht leugnen. Als er die gut besuchte Bar betreten hatte, war sie ihm sofort aufgefallen. Vorher hatte er in seiner Wohnung die Wände gestrichen und dabei Musik gehört, bis er irgendwann völlig vertieft ins Schaben, Spachteln und Schleifen gewesen war. Gegen halb acht hatte er einen Bärenhunger verspürt. Er war mit der ersten Morgenmaschine aus London gekommen, nachdem er im ganzen vergangenen Jahr kaum zu Hause in Schweden gewesen war. Stattdessen hatte er fast durchgängig im Hauptsitz des Unternehmens gearbeitet. Zudem hasste er es zu kochen, und demzufolge war sein Kühlschrank leer. Er hatte lediglich das Shirt gewechselt, die Jeans mit den Farbflecken aber anbehalten und sich auf den Weg zum *Sturehof* gemacht. Und dort hatte sie gesessen. In ihrem hellen Haar hatten sich die Lichter der Bar widergespiegelt, sodass sie zu leuchten schienen. Ihre weichen Kurven, die das dunkle Kleid nicht verbergen konnte, und ihre angestrengte Miene beim Versuch, auf dem hohen Barhocker das Gleichgewicht zu halten, hatten seine Aufmerksamkeit erregt und ihn innehalten lassen. Er hatte sich förmlich zu ihr hingezogen gefühlt. Alles an ihr war üppig und weich.

Ihre Wangen, ihre Brüste, ihre Beine. Ihr Körper wies weder irgendwelche Kanten noch harte, definierte Muskeln auf. Und sie hatte einsam gewirkt, fast, als hätte sie jemand im Stich gelassen. Obwohl er zum Essen ins Restaurant gekommen war und um sich innerlich auf einen anstrengenden Arbeitstag vorzubereiten, und obwohl Frauen und Komplikationen das Letzte waren, was er nach einer extrem hektischen Woche suchte, hatte er sich aus einem Impuls heraus neben sie an die Bar gestellt, seine Bestellung aufgegeben und ihr zugenickt. Das beschwipste Lächeln, das er zur Antwort bekommen hatte, und der darauffolgende schlagfertige Kommentar hatten bewirkt, dass er sich auf dem Hocker neben ihr niedergelassen und eine Unterhaltung mit ihr begonnen hatte. Schon ganz am Anfang, noch bevor er merkte, dass er sich auf verbotenes Terrain begab, hatte er mit dem Gedanken gespielt, sie zu verführen. Denn er hatte eine Schwäche für Kurven, die sie im Überfluss besaß.

Ich würde mehr Männer küssen.

Adam bog in den Strandvägen ein. Er wohnte fast am anderen Ende der langgezogenen Straße und war dankbar für den erfrischenden Spaziergang. Er musste wieder einen klaren Kopf bekommen. *Ich würde mehr Männer küssen.* Er hatte ihren Kommentar extrem unpassend gefunden, auch wenn sie natürlich nicht wissen konnte, wie unpassend, aber irgendwie war er auch amüsant, das musste er zugeben. Sie selbst war ebenfalls amüsant mit ihrer Selbstironie, ihrer Begeisterungsfähigkeit und Nachdenklichkeit. Und während sein Blick an ihren hellen, glänzenden Lippen hängen geblieben war, hatte er eine primitive Lust verspürt. Als er jetzt an den Kuss dachte, wurden seine Schritte langsamer. Diesen Kuss würde sie morgen noch bereuen. Er selbst war in keiner Weise darauf vorbereitet gewesen. Sie hatte mit ihm geflirtet, und zwischen ihnen hatte eine Spannung in der Luft gelegen, aber dennoch hatte er nicht erwartet, dass sie letzten Endes tatsächlich so verwegen sein würde. Er war überrascht gewesen und hatte es deshalb zugelassen, dass sie ihren weichen Mund auf seinen presste, noch dazu viel zu lang. Ehrlich gesagt war er angesichts seiner eigenen Reaktion auf einen ziemlich unschuldigen Kuss in einer Bar, der eigentlich eher ein keusches Küsschen war, schockiert, auch wenn dabei mehrere Drinks und ein paar Biere im Spiel gewesen waren. Doch als sich ihre Lippen berührten, war es, als wäre sein Körper von einem elektrischen Schlag getroffen worden.

Er schob seine Hände etwas tiefer in die Jeanstaschen. Man merkte, dass der Oktober nahte, denn der Wind, der von der Bucht Nybroviken kam, war kühl.

Sie musste stark betrunken gewesen sein, dachte er. Die rosafarbenen Drinks hatte sie mit einer beeindruckenden Zielstrebigkeit hinuntergekippt. Und obwohl sie einen Teil des Alkohols wieder von sich gegeben hatte, als sie sich über seine Schuhe erbrochen hatte – er warf erneut einen Blick auf seine Sneakers –, befürchtete er, dass sie am nächsten Morgen einen heftigen Kater bekommen würde. Und wer weiß, ob sie überhaupt zur Arbeit erscheinen konnte.

Adam nahm die Schlüssel aus seiner Jackentasche, öffnete die Haustür, nahm die Treppe nach oben und schloss die Tür zu seiner Wohnung auf, als plötzlich sein Handy klingelte. Es gab nur einen Menschen, der ihn zu jeder beliebigen Uhrzeit anrief. Er meldete sich, ohne auch nur einen Blick aufs Display zu werfen.

»Was willst du?«, fragte er.

»Ich will mich vergewissern, ob für morgen alles klar ist«, antwortete Roy Hansson, sein Chef, Mentor und der größte Quälgeist, den er kannte.

»Es ist mitten in der Nacht«, entgegnete Adam, während er an seiner Reisetasche vorbeiging, die noch unausgepackt im Flur stand. »Ich muss jetzt schlafen.«

»Mir reichen nachts drei Stunden Schlaf völlig aus«, erklärte Roy.

»Ich weiß. Du erwähnst es ungefähr einmal am Tag.«

»Es gibt nicht viele Fünfundsechzigjährige mit meiner Fitness«, prahlte Roy.

In all den Jahren, seit Adam ihn kannte, bildete seine körperliche Topform eines seiner wiederkehrenden Lieblingsthemen.

»Du weißt aber schon, dass nur Kleinkinder und Greise ständig über ihr Alter reden?«

Roy schwieg eine Weile. Adam zog sich die Schuhe aus, suchte nach einer Plastiktüte und steckte sie hinein. »Gut, dass du den Posten als Geschäftsführer in der Agentur übernommen hast«, sagte Roy schließlich.

»Wenn du es so sagst, klingt es, als hätte ich eine Wahl gehabt«, entgegnete Adam. Sie wussten beide, dass er nur unter Protest hergekommen war. Erst hatte Roy eine Werbeagentur aufgekauft, ohne sich mit seinen Beratern abzustimmen. Dann hatte er den erfahrenen Geschäftsführer der Agentur in despektierlicher Manier geschasst, um kurz darauf einen neuen einzustellen – einen erfahrenen Dänen, den Adam eigentlich ganz okay fand und der bestimmt einen guten Job gemacht hätte. Doch dann hatte Roy den Dänen nach nur einem Tag schon wieder gefeuert. Alles, ohne sich mit irgendwem darüber abzustimmen, nicht einmal mit Adam, der eigentlich als Roys rechte Hand fungierte.

»Ich begreife nicht, warum du den Dänen nicht behalten hast. Er war doch wie geschaffen für den Posten. Im Gegensatz zu mir, der ich völlig überqualifiziert bin.« Adam war verdammt sauer.

»Ich brauche jemanden, auf den ich mich verlassen kann«, erklärte Roy.

Auch ein wiederkehrendes Thema. Roy konnte manchmal geradezu paranoid sein.

»Es handelt sich um eine zweitklassige Werbeagentur«, entgegnete Adam. »Ich bezweifle, dass er da so viel Schaden hätte anrichten können. Aber ich kapiere noch immer nicht, warum du sie überhaupt gekauft hast.«
»Ich habe meine Gründe.«
»Ist es mal wieder etwas Persönliches?«, fragte er, mit einem Mal misstrauisch geworden.
Denn es wäre nicht das erste Mal. Adam bewunderte Roy, aber manchmal machte ihn seine Impulsivität fast verrückt. Dieselben Eigenschaften, die Roy Hansson, dem Jungen aus der Kleinstadt, dabei geholfen haben, ein Imperium aufzubauen, trieben Adam immer wieder in den Wahnsinn.
»Geschäfte sind stets persönlicher Natur. Jedenfalls für mich. Sie sind ein Teil meines Lebens.«
Roy bezeichnete sich gern als »Street Fighter« und »Underdog«. Adam wusste, dass er nur zu gern in den Medien provozierte und Seitenhiebe gegen Kollegen und gegen diejenigen austeilte, die andere Auffassungen vertraten als er. Doch er war ein gewiefter Geschäftsmann und tolerierte kein dummes Geschwätz. Und dafür respektierte Adam ihn.
Er klemmte den Hörer zwischen Kopf und Schulter und streifte rasch sein T-Shirt ab. Er wusste, dass Roy ihn nur dazu bringen wollte, noch einmal nachzufragen, warum er die Agentur gekauft hatte, und ließ es gerade deswegen bleiben. Irgendwann würde er es schon noch erfahren. Roy hatte immer seine Gründe, es war nur so, dass man nie vorher wusste, welche. Adam vermutete, dass Roy von irgendwem beleidigt worden war.
»Wolltest du etwas Bestimmtes, Roy, oder hast du nur angerufen, um mir auf die Nerven zu gehen?«
»Ich möchte, dass du mir hinterher Bericht erstattest. Ich will alles erfahren.«
»Wirst du denn nicht dabei sein? Ich dachte, du würdest we-

nigstens am ersten Tag in die Agentur kommen.« Adam hatte geplant, morgens als Erster im Büro zu erscheinen. Er kam immer als Erster und war immer am besten vorbereitet. Und dennoch hatte er damit gerechnet, dass Roy ihn begleiten würde. Im Vorfeld waren sie alle Dokumente gemeinsam durchgegangen, und er selbst hatte sich bereits einen ersten Eindruck von der Agentur verschafft, aber es waren noch immer jede Menge Entscheidungen zu fällen. Es standen Entlassungen an, während im Gegenzug neue Stellen geschaffen werden mussten.

»Nein, ich muss zu anderen Meetings.«

»Wie lange bleibst du eigentlich in Stockholm?«, fragte Adam.

»Eine ganze Weile. Wir werden noch Gelegenheit haben, über deine Zukunft zu reden.«

Adam entgegnete nichts, wappnete sich aber innerlich. Roy und er waren ziemlich oft geschäftlich unterwegs und immer auf Reisen. Doch langsam wurde es Zeit, darüber zu sprechen, das wussten sie beide.

»Bist du noch dran?«

»Ich ruf dich nach dem Morgenmeeting an. Und du rufst bitte nicht mehr an. Ich melde mich bei dir. Morgen. Und jetzt geh ich schlafen.« Adam legte auf und schaltete den Ton aus, denn er traute Roys Impulskontrolle nicht über den Weg. Es war nicht weiter ungewöhnlich, dass Roy um vier Uhr morgens bei ihm anrief, nur um mit ihm über irgendeine Idee zu diskutieren, die ihm gerade gekommen war.

Adam hatte vor, sich erst noch einige Notizen für das Morgenmeeting zu machen und danach ein paar Stunden zu schlafen, um sich am nächsten Morgen den Dingen zu widmen, wegen denen er nach Stockholm gekommen war. Er nahm den frisch gereinigten Anzug mit ins Schlafzimmer, hängte den Bügel über eine Tür und schaltete seinen Laptop ein.

Er hatte noch keinen einzigen Auftrag in den Sand gesetzt und war in der gesamten Finanzwelt bekannt für seine stringente Effizienz. Exakt für diese Zwecke hatte Roy ihn angeheuert. Sein Auftrag in der Werbeagentur lautete, hart durchzugreifen, und genau das liebte er. Eine Wirtschaftszeitschrift hatte Roy einmal als Geschäftsmann mit Mafiamethoden porträtiert. Roy hatte den Artikel grandios gefunden und ihn einrahmen lassen, um damit prahlen zu können. Der Mafiavergleich war zwar etwas übertrieben, denn sie hielten sich selbstverständlich an die gesetzlichen Vorgaben, aber sie beide bildeten ein gutes Team und ergänzten sich perfekt. Während Roy wortreich und theatralisch agierte, blieb Adam sachlich und analytisch. Und wenn Roy sich von seinen Gefühlen leiten ließ, setzte Adam zu hundert Prozent seinen Verstand ein.

Doch während er seine E-Mails durchging, schossen ihm alle möglichen Gedanken durch den Kopf, sodass er sich unmöglich auf seine Arbeit konzentrieren konnte. Er klappte seinen Laptop zu. Wie die meisten anderen Männer konnte auch er nicht leugnen, dass er schöne Frauenbeine bewunderte und Sex liebte. Hingegen war es ihm noch nie passiert, dass sich die Erinnerung an zwei schöne Augen und einen Körper mit verlockenden Kurven negativ auf sein Arbeitspensum auswirkte.

Also gut, wenn Lexia Vikander ihren Job in der Werbeagentur behalten wollte, die Roy aufgekauft hatte und der er selbst als Geschäftsführer vorstehen würde, dann täte sie gut daran, morgen früh im Büro zu erscheinen und zu zeigen, was sie draufhatte. Denn Adam war zwar für so einige Eigenschaften bekannt, aber Mitgefühl für nachlässige Angestellte gehörte nicht dazu. Und wie man die Sache auch drehte und wendete – Adam war bereits seit achtundvierzig Stunden Lexia Vikanders Chef.

3

Lexia

Nur wenige Stunden, nachdem sie eingeschlafen war, wachte Lexia mit dem gefühlt schlimmsten Kater ihres Lebens auf. Ihr Hirn pulsierte vor Schmerzen. Ihr Puls raste. Mühsam schlug sie die Augen auf. Ihr Herz pochte so laut, als würde es jeden Moment ihren Brustkorb sprengen. Sie hustete leicht und stöhnte auf. Schmerzen. Überall Schmerzen. Die Augenlider, der Kopf, sämtliche Körperteile taten ihr weh. Vorsichtig bewegte sie ein Bein. Sie lag auf dem Bettüberwurf und hatte in den wenigen Stunden offenbar in ein und derselben Stellung geschlafen, denn sie fühlte sich steif wie ein Brett. Der eine Arm war taub, und als sie das eine Fußgelenk bewegte, spürte sie, dass der Schuh noch daran hing. Der andere Fuß war nackt. Als sie den Kopf anhob, sah sie, dass ihre Strumpfhose Löcher hatte.

Stöhnend sank sie wieder aufs Kissen hinab. Hinter ihrer Stirn flimmerten vage Erinnerungsfetzen an einen aufgebrachten Taxifahrer vorbei, der sie auf der Rückbank wachrüttelte und ihr zurief, dass sie zu Hause angekommen sei. Irgendwie musste es ihr gelungen sein, den Schlüssel ins Schloss zu stecken und die Tür aufzuschließen, doch sie erinnerte sich nicht mehr daran. Großer Gott, sie hoffte inständig, dass sie sie auch wieder hinter sich geschlossen und verriegelt hatte.

Plötzlich wurde sie von einem Brechreiz erfasst, fühlte sich aber zu matt, um auch nur den Gedanken daran zuzulassen, sich zu übergeben. Genau, sie hatte sich in die Toilette erbrochen, gleich nachdem sie heimkam, und war danach irgendwie ins Schlafzimmer getaumelt. Dort war sie offenbar vollständig bekleidet aufs Bett gefallen. Jetzt spürte sie, dass sie ihre Handtasche gegen die Brust gepresst hielt, und versuchte sie mit zitternden Händen zu öffnen. Alles schien noch drin zu sein. Sie hatte mit ihrer Kreditkarte bezahlt und dem Beleg zufolge viel zu viel Trinkgeld gegeben.

Während der uralte Wecker auf ihrem Nachttisch schrillte, stellte sie fest, dass ihr Kleid wie zu einer Wurst zusammengerollt um ihre Hüften hing. Mit einem lahmen Stöhnen tastete sie mit einer Hand nach dem Wecker und schaltete ihn aus.

Sie war sich ziemlich sicher, dass sie heute arbeiten musste, auch wenn ihr beim besten Willen nicht einfiel, welcher Wochentag gerade war. Dann kam ihr flüchtig der Gedanke, sich krank zu melden, aber eigentlich ließ sie sich nie krankschreiben. Sie versuchte zu schlucken, doch ihre Kehle war so ausgetrocknet, dass sie stattdessen husten musste. Sie stützte sich mühsam auf die Unterarme und wartete erst eine Welle der Übelkeit ab, bevor sie aufstand und auf wackeligen Beinen in die Küche stolperte, wo sie eine Schachtel Aspirin aus dem Schrank nahm. Nachdem sie ein Glas mit Wasser gefüllt und zwei Brausetabletten hineingegeben hatte, griff sie sich ihr Handy, schloss es an die Steckdose an und hörte, wie jede Menge SMS nacheinander eintrafen. Sie scrollte sich durch mehrere Mitteilungen der Mädels vom gestrigen Abend. Ja, es war genauso, wie sie geahnt hatte. Josephine war zu ihnen gestoßen, und dann hatten sie beschlossen, ein Taxi zum Lydmar zu nehmen, anstatt zu Lexia in den *Sturehof* zu kommen. Offenbar hatten sie sich nicht einmal gefragt, wo Lexia abgeblieben war. Wider besseres Wissen loggte sie sich auf Josephines Instagram ein. Josephine hatte zweihunderttausend Follower auf ihrem Insta, wo sie ihre Fettphobie mit Diätvorschlägen

kaschierte, überteuerte Shoppingschnäppchen mit irgendwelchen Lebensweisheiten versah, nett kaschierte Gemeinheiten von sich gab und jede Menge Werbung für ihren Podcast und ihre VIP-Gäste platzierte. Und tatsächlich, da war es. Ein Foto von mehreren lachenden Mädels mit Champagnergläsern in den Händen und der Bildunterschrift: *Die tollste Mädelsclique ever.* Trotzig likte sie das Bild und schloss danach die App wieder. Lexia wusste genau, dass es ihr scheißegal sein sollte, ob die Mädels sich auch ohne sie vergnügt hatten. Dann klickte sie eine SMS von ihrer Mutter mit einem Link zu einem Artikel an, in dem Zucker als Gift bezeichnet wurde. Und dann ... Um Gottes willen! Lexia stöhnte, als sie die Nachrichten von Dina Mahfouz überflog, die am Empfang der Werbeagentur Sandelman & Dyhr saß, wo auch Lexia arbeitete:
Hier herrscht das absolute Chaos. Leo sagt, alle müssen zum Morgenmeeting erscheinen.
Zehn Minuten später:
Bist du schon unterwegs? Unser neuer Geschäftsführer kommt heute. HEUTE!
Fünf Minuten später:
Bist du tot?
Und weitere zwei Minuten später:
Falls du noch lebst, musst du unbedingt kommen. Eigentlich schon vor fünf Minuten.
Lexia starrte aufs Display. Ihr Gehirn kam nicht ganz hinterher. Der ehemalige Geschäftsführer war nicht mehr da. Er hatte in der vergangenen Woche notgedrungen seine Sachen packen und gehen müssen, nachdem er per E-Mail gefeuert worden war. Niemand im Büro wusste Näheres darüber, außer dass ein dänischer Geschäftsführer auftauchen würde, und zwar offenbar schon heute.
Sie schickte eine kurze Nachricht zurück:
Ok.

Sie hatte keine Ahnung gehabt, dass der neue Geschäftsführer, dieser verfluchte Däne, schon heute kommen würde. Keiner hatte irgendetwas gewusst. Sie trank die aufgelösten Aspirintabletten und wartete eine weitere Welle der Übelkeit ab, bevor sie sich zwang, ins Bad zu gehen und sich mit ihrem eigenen Spiegelbild zu konfrontieren. Der Anblick war schlimmer als erwartet. Ihr Haarknoten hatte sich während der Nacht aufgelöst, und jetzt ragten daraus die Haarnadeln und Spangen hervor wie eine Horde Außerirdischer, die sich in einem unwirtlichen Dschungel verirrt hatten. Ihrem zerzausten Schopf war die Feuchtigkeit gestern Abend gar nicht gut bekommen, weshalb die Haare wie die Metallfasern eines Topfschwamms von ihrem Kopf abstanden. Sie schaute auf die Uhr. Ihr blieb keine, absolut keine Zeit mehr, diese Katastrophe zu waschen, zu föhnen und mit dem Glätteisen in Form zu bringen. Lexia strich sich mit den Handflächen über die Brüste und den Bauch. Die Metallbügel ihres BHs schnitten ihr in die Haut, und ihr neu erstandenes Etuikleid war wohl selbst mittels einer chemischen Reinigung nicht mehr zu retten.

Außerdem wäre es gut gewesen, wenn ich mich vorm Schlafengehen noch abgeschminkt hätte, dachte sie panisch und betrachtete die klebrigen Reste ihres Make-ups. Quer über ihre gesamte Wange erstreckten sich Striemen von ihrer Bettwäsche, und ihre Augen waren blutunterlaufen. So abstoßend hatte sie in ihrem ganzen Leben noch nicht ausgesehen. Es war, als wäre sie in einem Paralleluniversum aufgewacht und dort einer anderen Version von sich selbst begegnet. Eigentlich war sie überhaupt nicht der Typ Frau, der sich betrank und an einem ganz gewöhnlichen Arbeitstag verschlief. Vielmehr war sie gepflegt, leistungsfähig und zuverlässig. Immer und ausnahmslos.

Während sie in der Dusche den Warmwasserhahn aufdrehte, begann sie ihre Kleidung abzustreifen. Wenn sie es schaffte, in weniger als dreißig Sekunden zu duschen, könnte sie es vielleicht noch pünktlich schaffen.

Eine knappe halbe Stunde später stieg Lexia auf äußerst wackeligen Beinen in den uralten Aufzug des Gebäudes auf Skeppsbron in der Stockholmer Altstadt, wo sich ihre Werbeagentur befand. Eigentlich hätte sie die Treppe nehmen müssen – über zwei Etagen verbrannte man mindestens fünf Kalorien –, aber da es ihr schon schwerfiel, sich aufrecht zu halten, fuhr sie lieber. Die anderen Leute im Aufzug warfen ihr verstohlen vorwurfsvolle Blicke zu, eine Frau hielt sich sogar die Hand vor die Nase, sodass Lexia oben angekommen das enge Gefährt mit Erleichterung verließ und die Tür zu ihrem Arbeitsplatz öffnete. Mit einem Pappbecher Coffee to go in der Hand lehnte sie sich erst einmal gegen die nächste Wand und wartete eine weitere Welle der Übelkeit ab, bevor sie sich traute weiterzugehen.

»Guten Morgen, Dina«, murmelte Lexia zur Begrüßung. »Und hallo, Godzilla«, sagte sie zu dem winzigen dreifarbigen Chihuahua, der Dina überallhin folgte. Jetzt lag er in einem schwarzen Körbchen auf dem Empfangstresen. Godzilla wedelte mit seinem flauschigen Schwänzchen.

Dina formte ihren blau geschminkten Mund zu einem O und fragte: »Shit, wie geht's dir?«

Lexia bemühte sich, den nächsten tsunamiartigen Brechreiz zu unterdrücken. Vermutlich waren Dina die schwarzen Ringe unter ihren Augen, die blutunterlaufenen Iriden und ihre noch immer zerknitterte Wange nicht entgangen.

»Mal im Ernst, bist du das, die hier so eine Fahne hat?«, fragte Dina mit der brutalen Aufrichtigkeit der Jugend. Dina war neunzehn und eine Art Social Media Whizz Kid. Sie hatte einen eigenen YouTube-Kanal, und neben dem Empfang betreute sie die Facebook-Seite, den Instagram-Account und die Homepage der Agentur. »Du solltest unbedingt ein paar Lutschbonbons einwerfen«, fügte Dina hinzu und wedelte mit der Hand, um den unangenehmen Geruch zu vertreiben.

»Haben sie schon angefangen?«, fragte Lexia, während sie sich vorsichtig von der Wand löste, die sie aufrecht gehalten hatte. Sie warf den leeren Pappbecher in die Nähe des Papierkorbs.

»Nein, sie warten noch auf den neuen Geschäftsführer«, antwortete Dina, während sie bestürzt ihren Blick über Lexias äußere Erscheinung gleiten ließ. »Er war schon früh hier, ist dann aber noch mal gegangen. Und gerade eben hat er eine SMS geschickt, dass er unterwegs ist. Er simst ständig«, murmelte sie.

Lexia fuhr bei dem Gedanken an den neuen dänischen drakonischen Geschäftsführer ein Schauer über den Rücken.

Dina tätschelte Godzilla den Kopf. »Du weißt aber schon, dass es nicht der Däne ist, der kommt, oder?«

»Nicht?«

»Nein, der ist auch gefeuert worden.« Dina kratzte sich mit ihren spitzen blau lackierten Fingernägeln am Hals.

»Noch bevor er angefangen hat?«

»Ja, der Neue ist angeblich ein Star in seiner Branche und kommt direkt aus London. Ein Finanzmanager.«

»Aha«, sagte Lexia. Sie war nicht im Geringsten scharf darauf, einen Finanzmanager aus London kennenzulernen, denn Engländer konnten verdammt streng sein. Beinahe vermisste sie den Dänen, dem sie nie begegnet war. Ein Skandinavier erschien ihr irgendwie unproblematischer. Aber ein englischer Finanzmanager? Vor ihrem inneren Auge sah sie einen hoch aufgeschossenen autoritären Typen, einen finster dreinblickenden Mann, der an allem etwas auszusetzen hatte. Sie vermied es, in den Spiegel neben dem Empfangstresen zu schauen, denn sie wollte auf keinen Fall mit ihrem eigenen Anblick konfrontiert werden. Ihre Haare waren zu einem nachlässigen Knoten hochgesteckt, aber womöglich hatte sie beim Durchkämmen der verfilzten Strähnen etwas von der angetrockneten Substanz übersehen, die noch an der Schläfe geklebt hatte, weil sie sich nebenbei geschminkt und außerdem noch nach einer heilen Nylonstrumpfhose gesucht hatte. Aber ihre Kleidung, ein schlichter schwarzer Rock und eine langärmlige schwarze Bluse von Monki, die sie im Schlussverkauf erstanden hatte, war zumindest sauber. Lexia rieb sich eine Schläfe und versuchte ihre Nylonstrümpfe zurechtzurücken, die unterm Rock etwas schief saßen, und dachte, dass es noch besser gewesen wäre, wenn sie ihre Bluse vorher gebügelt hätte. Sie fragte sich, ob sie jemals in ihrem Leben keine Zeit gehabt hatte, ihre Kleidung zu bügeln.

»Das Meeting findet im großen Konferenzraum statt«, sagte Dina zögerlich, als stellte sie es stark infrage, dass Lexia daran teilnehmen würde.

Lexia bedachte sie mit einem blassen Lächeln, begab sich auf zittrigen Beinen in den Raum und sank auf einen Stuhl am Konferenztisch. Das Einzige, was sie wollte, war, weiterhin als Werbetexterin arbeiten zu dürfen, denn sie liebte ihren Job. Den Großteil ihres Lebens hatte sie sich außen vor und anderen unterlegen gefühlt und war gemobbt worden. Aber das Schreiben hatte ihr schon immer gelegen, und eines Tages hatte sie entdeckt, dass es einen Beruf gab, der Werbetexter hieß. Das Gefühl, das sie damals beschlich, hatte sie nie vergessen. Es war ein Job, in dem man schreiben konnte und für den man bezahlt wurde, der sich aber von dem eines Journalisten oder Schriftstellers unterschied, was sie beides als unerreichbar angesehen hatte. Man konnte Botschaften ersinnen, Texte kreieren und bekam auch noch Geld dafür.

Draußen im Korridor näherten sich Stimmen. Jetzt gab es kein Zurück mehr. Es war soweit. Sie legte ihr iPad zur Seite, setzte ein Lächeln auf und hoffte, dass der alte strenge Finanzmanager Wichtigeres zu tun hatte, als sich um ihr Aussehen und ihre eventuelle Alkoholfahne zu scheren. Vielleicht war er ja schon so alt, dass er halb blind war. Womöglich trug er ein Monokel. Dieter, der frühere Firmenchef, war auch alt gewesen. Sie kannte Dieter nun schon so lange und fand, dass er sie eigentlich über den Verkauf der Agentur hätte informieren müssen. Dann wurde die Tür geöffnet. Lexia stand auf, schluckte ihre Übelkeit hinunter und wandte sich dem Türrahmen zu, während sie ihren Bauch einzog und ihr professionellstes Lächeln aufsetzte. Ältere Männer fanden sie meistens sympathisch und nahmen ihr gegenüber eine väterliche Haltung ein. Vielleicht stellte sie in ihren Augen schlicht und einfach keine Gefahr dar.

Doch dann hatte sie plötzlich das Gefühl, als würde alles um sie herum zu Eis gefrieren. Als liefe ein völlig irrationaler Film vor ihr ab.

Das kann doch wohl nicht wahr sein.

Es war ganz einfach unmöglich. Vielleicht hatte sie ja einen Filmriss. Lexia blinzelte. Einmal, zweimal, doch nichts Entscheidendes geschah. Er war noch immer da.

Der Bauarbeiter.

Abgesehen davon, dass er nicht mehr wie ein Bauarbeiter aussah, nicht im Geringsten. Jedenfalls nicht in seinem eleganten, gut sitzenden Anzug, dem sorgfältig gebügelten Oberhemd und mit einer Armbanduhr aus Platin am Handgelenk, die aussah, als hätte sie mehr gekostet als ein halbes Bruttojahresgehalt einer Werbetexterin wie Lexia. Er war es tatsächlich.

Lexia schaute sich um, doch sie konnte nirgendwohin flüchten und sich auch nirgends verstecken. Und jetzt war es sowieso zu spät, denn sämtliche Angestellten der Agentur bevölkerten den Raum. Insgesamt waren sie zweiundzwanzig oder dreiundzwanzig Beschäftigte, je nachdem, wie man die Teilzeitangestellten und Praktikanten berücksichtigte. Im Vergleich zu den großen Akteuren auf dem Markt waren sie nur eine kleine unbedeutende Agentur. Aber jetzt bewegten sich alle Mitarbeiter auf Zehenspitzen. Die Übernahme war wie eine Bombe eingeschlagen und hatte alle in Angst und Schrecken versetzt. Nun bemühten sie sich, kreativ und kompetent aufzutreten und sich unverzichtbar zu geben. Einer nach dem anderen musterte den Mann im Anzug und seine strenge Miene, bevor sie sich um den Tisch herum verteilten.

Lexia beugte sich langsam vor und stützte sich mit schweißnassen Handflächen auf der Tischplatte ab, während sie gegen ihren Schwindel und den Brechreiz ankämpfte.

»Lexia!«, rief Leo Sandelman, der angehende Senior Artdirector, quer durch den Raum. Seine Stimme ging ihr durch Mark und Bein. Sie war keineswegs erpicht darauf, mit Leo zu sprechen.

»Was ist denn?«, fragte sie mit einem unterdrückten Stöhnen und wurde von einer neuerlichen Welle der Übelkeit erfasst. Es kam ihr vor, als befände sie sich in einem beklemmenden Albtraum.

»Lexia. Das ist Adam Nylund von der Firma Kastnäs. Er ist unser neuer Geschäftsführer.« Ein Teil von ihr war noch immer der Überzeugung, dass sie unter heftigen Halluzinationen litt. Sie war es nicht gewohnt, so viel zu trinken, und womöglich hatte ihr Gehirn einen heftigen Aussetzer. »Er wird am Montagsmeeting teilnehmen«, fügte Leo unnötigerweise hinzu. Ihr war klar, dass Adam nicht nur teilnehmen, sondern das Meeting auch leiten würde. Er sah nämlich genauso aus wie jemand, der Menschen herumkommandierte. Lexia war kurz davor, in Panik zu verfallen. Auch die meisten anderen um sie herum wirkten eingeschüchtert. Leo hingegen schien nicht besonders beunruhigt zu sein. Doch Leo machte sich sowieso nur selten Sorgen. Er war schließlich der Sohn des legendären Werbemoguls Sandelman Senior, gut aussehend und wohlhabend und bekannt wie ein bunter Hund. Männer wie er hatten immer Erfolg.

Dann richtete Adam seinen Blick auf sie, und Lexia spürte, wie ihr jegliche Farbe aus dem Gesicht wich. Ihr brach der kalte Schweiß aus, und sie wurde von Schwindel erfasst. Denn wenn der Mann, dem sie vergangene Nacht begegnet war – Adam Nylund – nicht lächelte, hatte er eine völlig andere Wirkung auf sie.

In der vergangenen Nacht hatte er noch Wärme und Einfühlsamkeit ausgestrahlt.

Doch heute flößte ihr seine Miene Angst ein.

4

Adam

Adam begegnete Lexia Vikanders angsterfülltem Blick und sah, wie ihr kreideweißes Gesicht noch blasser wurde. Sie stand unter Schock, das konnte er deutlich erkennen. Doch Adam verzog keine Miene. Er war nicht hier, um seinen Angestellten Mitgefühl entgegenzubringen, auch wenn es Lexia sichtlich schlecht ging, was zum Teil auch an ihm lag. Selbst quer über den Konferenzraum hinweg sah er, dass sie mit einem heftigen Kater zu kämpfen hatte. Ehrlich gesagt wirkte sie wie der Tod auf Latschen. Ihr zusammengepresster Kiefer, ihre Blässe, die Schweißperlen auf ihrer Stirn, ihre Körpersprache – alles verriet, dass diese Frau eher in einem abgedunkelten stillen Raum liegen und ihren Rausch ausschlafen sollte, anstatt an einem Meeting teilzunehmen. Adam, der noch nie etwas für Angestellte übriggehabt hatte, die ihre Arbeit vernachlässigten, empfand dennoch völlig unerwartet eine gewisse Sympathie für sie. Im Nachhinein betrachtet hätte er sie vielleicht lieber doch nicht auf so viele rosafarbene Drinks einladen sollen. Und eigentlich war es beachtlich, dass sie überhaupt bei der Arbeit erschienen war, obwohl sie den Eindruck erweckte, als würde sie jeden Moment in Ohnmacht fallen.

»Das hier ist unser größter Konferenzraum«, erklärte Leo Sandelman. Sein Vater war einer der beiden ursprünglichen Eigentümer gewesen, mittlerweile aber bereits verstorben. Vermutlich hatte er sich totgesoffen, dachte Adam. Leo hatte mit großer Selbstverständlichkeit die Aufgabe übernommen, ihn herumzuführen.

»Hier empfangen wir unsere wichtigsten Kunden und halten unsere Montagsmeetings ab.«

»Und worin besteht die Zielsetzung dieser Meetings?«, fragte Adam, der nichts von Meetings ohne klare Zielsetzung hielt.

»Die Teams stellen ihre jeweiligen Projekte vor. Die Geschäftsführung, tja, ab jetzt also Sie, berichten über Planungsfragen und neue Kunden. Und wenn jemand der gesamten Belegschaft etwas mitzuteilen hat, kann er es immer montags hier tun.«

»Ich verstehe«, sagte Adam kurz angebunden. Er kam sich in seinem Anzug etwas idiotisch vor. Keiner der anderen Männer trug ein Oberhemd, einen Sakko oder gar einen Anzug. Leo Sandelman war hoch aufgeschossen und hatte einen athletischen Körperbau. Seine dunklen Haare waren verstrubbelt, und er trug einen gestreiften Pulli zu einer potthässlichen roten Hose, die vermutlich unter Hipstern höchst angesagt war. Leo Sandelman sah genauso aus, wie Adam es nach seinen Recherchen im Internet erwartet hatte. Er war ein bekannter Medienfachmann, kam aus der Oberschicht und strahlte Selbstsicherheit aus. Seine gesamte Familie arbeitete in der Medienbranche (im Übrigen ein Begriff, den Adam verabscheute). Seine ältere Schwester betrieb einen Blog, seine Ehefrau Josephine produzierte einen Podcast, Leos Mutter war Produzentin von Fernsehshows, und sein Vater, Sandelman Senior, war eine einflussreiche Persönlichkeit in der Kulturszene gewesen und hatte hinter einigen der legendärsten Werbekampagnen landesweit gestanden.

Adam hatte jahrelang in der Finanzbranche in Stockholm, London und New York gearbeitet und wusste, dass es Typen wie Leo wie Sand am Meer gab. Man begegnete ihnen in der Finanzwelt wie in der Kulturszene. Sie waren Söhne und Töchter der Reichen und Schönen, Kinder und Enkel der Crème de la Crème, und bildeten einen elitären Kreis, geprägt von Privilegien und Macht. Nur zu gern betonten sie, wie schwierig es für sie sei, nach ihren eigenen Fähigkeiten beurteilt zu werden, und beklagten sich in Interviews darüber, während sie sich zugleich schamlos mit ihrem Familiennamen brüsteten. Während seiner Ausbildung an der Handelshochschule Stockholm hatte Adam unter anderem immer wieder beobachtet, wie sie von den Professoren bevorzugt behandelt wurden. Man sah eben vieles, wenn man die Dinge von außen betrachtete.

Mittlerweile hatten alle Anwesenden am Konferenztisch Platz genommen. Unter den etwa zwanzig Mitarbeitern von Sandelman & Dyhr gab es drei Artdirektoren und drei Werbetexter. Eine davon war Lexia, übrigens der einzige weibliche Konzepter. Überhaupt waren unter den Anwesenden vorwiegend junge hellhäutige Männer. Die Gruppe war lachhaft homogen und vermittelte Adam das Gefühl, uralt zu sein. Von der Werbebranche wusste er, dass es sich um einen Dschungel voller selbstgefälliger Typen handelte, was ihm bereits jetzt Kopfschmerzen bereitete. Doch seiner Erfahrung nach konnte man zehn Prozent aller Mitarbeiter sofort wegrationalisieren. Mit anderen Worten, zwei Leute. Sein Blick blieb erneut an Lexia Vikander hängen. Sie trug ein schwarzes Oberteil, dessen Stoff über ihrem fülligen Busen spannte. Er wandte rasch seinen Blick ab, bevor irgendwer bemerkte, dass er sie anstarrte. Obwohl er schlechte Laune hatte, reagierte sein ganzer Körper auf ihr Äußeres. Was seine Laune noch weiter verschlechterte. Hatte er denn nicht schon genügend Stress am Hals? Es war völlig inakzeptabel, dass ihm der weiche Schwung ihres Nackens auffiel, sein Blick etwas zu lang an ihrem Mund hängen blieb und dass sie ständig seine Aufmerksamkeit absorbierte.

Bei fast allen Unternehmen, mit denen er zu tun hatte, gab es männliche Vorgesetzte, die Affären mit ihren Untergebenen anfingen, er war aber auch unseriösen weiblichen Vorgesetzten begegnet, die wiederum Affären mit ihren Untergebenen hatten. Es war also keinesfalls ungewöhnlich, aber seiner Auffassung nach verwerflich. Ihm ging es dabei nicht nur um moralische Wertvorstellungen, sondern auch um die Frage, was man als Chef verkörpern wollte. Nur schlechte Chefs überschritten eine Grenze, und er war kein schlechter Chef, im Gegenteil, er war einer der besten, die es gab. Von nun an vermied er es, Lexia anzuschauen, und richtete seinen Blick stattdessen auf den Konferenztisch. Er war jetzt der Chef. Wenn sich Lexia oder irgendein anderer Mitarbeiter unprofessionell verhielt oder mangelhafte Leistungen erbrachte, bestand seine Aufgabe darin, schonungslos durchzugreifen.

»Und das ist unser Webdesigner«, fuhr Leo Sandelman fort und stellte ihm einen weiteren jungen hippen Mann vor. Sandelmans Stimme klang ruhig, er wirkte selbstsicher, doch mitunter flackerte sein Blick, als wäre er nervös. Gut so, das sollte er ruhig sein.

Adam schüttelte mehreren Mitarbeitern die Hand, ohne dabei zu lächeln. Er war nach wie vor völlig gegen den Erwerb dieser Agentur. Seiner Meinung nach war sie einfach zu klein und unbedeutend, und ihre Zahlen beeindruckten ihn kaum. Sie hatte zwar schon wenige erfolgreiche Kampagnen absolviert, das musste er zugeben, doch ihre größten Erfolge stammten aus den Achtziger- und Neunzigerjahren. Mittlerweile bestand die Agentur aus einer Gruppe von Oberschichtschnöseln, lebte von ihrem früheren Renommee und verließ sich auf ein veraltetes Netzwerk an Kontakten. Alles, was er bis jetzt gesehen hatte, sprach dafür, dass er hart durchgreifen musste, wenn diese Truppe hier mehr für Kastnäs abwerfen sollte als ein bisschen Kleingeld für die Kaffeekasse.

Sein Blick wurde erneut von der leichenblassen Lexia angezogen. Sie saß zusammengesunken auf ihrem Stuhl, und ihre helle Haut hatte jetzt einen leicht grünlichen Ton angenommen. Und sie hatte irgendeinen Fleck am Haaransatz, der ihm auffiel, als sie ihre Stirn auf die Hände stützte. Obwohl er sich jede Menge Informationen über die Angestellten der Agentur eingeprägt hatte, hatte er Lexia gestern Abend im *Sturehof* zunächst nicht wiedererkannt. Das kleine Passfoto in ihrer Personalakte hatte ihre Ausstrahlung nicht im Geringsten zur Geltung gebracht. Auf dem Foto wirkte sie eher durchschnittlich. Eine junge blonde Frau mit gewöhnlichen Gesichtszügen, fast türkisfarbenen Augen, aber ansonsten ohne weitere Auffälligkeiten. Aber in Wirklichkeit sah sie ganz anders aus. Sie strahlte etwas Warmes und Weiches aus und war so sexy, dass sein Körper auf sie reagierte und am liebsten alles Mögliche mit ihr angestellt hätte. Er ging im Geiste noch einmal durch, was er über Lexia gelesen hatte. Sie hatte keine offizielle Ausbildung hinter sich, sondern nur ein paar Fortbildungen belegt, was ungewöhnlich war. Sie stammte aus der Oberschicht, war erst in Djursholm in die Grundschule und danach aufs Enskilda-Gymnasium gegangen – dieselbe Schule, die auch die drei Kinder der Königsfamilie besucht hatten – und hatte den Job durch ihren Vater Dieter Dyhr bekommen, der zweite der beiden Gründer, der die Firma schließlich an Roy verkauft hatte. Mit anderen Worten: Lexia war eine von Grund auf verwöhnte Frau, die ihren Posten eher durch Vetternwirtschaft als aufgrund eigener Verdienste erworben hatte. Allerdings trug sie nicht denselben Nachnamen wie Dieter. War sie vielleicht doch verheiratet? Nein, er erinnerte sich ganz deutlich, dass sie gesagt hatte: *Ich bin Single.*

»Sollen wir anfangen?«, fragte er, und sofort trat Stille ein.

Leo Sandelman blinzelte ein paarmal. Adam bedeutete ihm mit einem Nicken, dass er von ihm vorgestellt werden wollte.

»Adam Nylund ist unser neuer Geschäftsführer«, begann Sandelman. »Wie ihr alle wisst, wurde unsere Agentur vor Kurzem an die Aktiengesellschaft Kastnäs verkauft, was zu einigen ... Veränderungen im Management geführt hat. Laut Plan wird Adam Nylund ab sofort die Leitung übernehmen und ... nun ja ...« Er verstummte verunsichert.

Adam trat einen Schritt vor, baute sich vor den Mitarbeitern auf, ließ dann seinen Blick über den Konferenzraum schweifen und ergriff schließlich das Wort.

»Ich bin hier, um von heute an die Agentur Sandelman & Dyhr zu leiten«, begann er. Ohne es verhindern zu können, streifte er Lexia mit dem Blick, die jetzt womöglich noch etwas grünlicher im Gesicht war, bevor er fortfuhr: »Ich weiß, dass es viel Hin und Her gegeben hat und Sie alle eigentlich einen Geschäftsführer aus Dänemark erwartet haben.« Aus dem Augenwinkel sah er, wie Lexia ihr Gesicht in Falten legte, was ihm beinahe ein Lächeln entlockt hätte. *Einen verfluchten Dänen.* »Aber jetzt ist es anders gekommen. Ich würde gern mit jedem Angestellten einzeln sprechen, damit wir uns besser kennenlernen, und ich würde von Ihnen gern erfahren, wer in welcher Form zum Gelingen der Arbeit hier in der Agentur beiträgt. Ich werde die Arbeit eines jeden Mitarbeiters genau unter die Lupe nehmen«, fügte er in bedrohlichem Ton hinzu. Keiner, der mangelhafte Leistungen erbrachte, würde seinen Arbeitsplatz behalten. Das wollte er allen unmissverständlich klarmachen.

Im Raum wurden Blicke gewechselt. Die Angst der Anwesenden war deutlich zu spüren. Und er nahm auch eine gewisse Antipathie wahr, was ihn jedoch nicht weiter tangierte, denn er war kaum hergekommen, weil er um Anerkennung buhlen wollte. Er signalisierte Leo Sandelman mit einem flüchtigen Nicken, dass er vorerst fertig war.

Sandelman trat erneut vor, jetzt allerdings bedeutend unsicherer. Er strich sich mit der Hand über sein viereckiges Kinn und sah dabei aus wie ein Model auf einem Werbeplakat für die schwedische Oberschicht: attraktiv, muskulös und selbstherrlich. »Okay. Dann fahren wir mit unserer üblichen Agenda fort. Eigentlich sollte uns der Projektleiter Micke Wollgren etwas über das Feedback eines unzufriedenen Kunden erzählen, aber er kommt heute etwas später. Deshalb gebe ich stattdessen meiner Kollegin, der Konzepterin Lexia Vikander, das Wort. Sie wird uns berichten, was wir aus dem nicht so gelungenen Projekt gelernt haben«, sagte Leo und nickte der inzwischen grünlich-grau gewordenen Lexia auffordernd zu.

Was für eine Überraschung. Adam hätte nicht gedacht, dass Lexia heute überhaupt in der Lage sein würde, auch nur ein Wort von sich zu geben. Lexia stand langsam auf, als wäre sie unterwegs zum Schafott. Das würde spannend werden.

»Ups, vielen Dank«, begann sie mit schwacher Stimme. »Ich ... äh ...« An ihrem Hals bildeten sich rote Flecken, und sie räusperte sich. Es sah aus, als würde sie stark schwitzen. »Also, ich kann euch ein wenig von einem Projekt berichten, das Micke und ich gerade abgeschlossen haben. Moment, ich schau mal nach, ob ich es finde.« Sie räusperte sich erneut. Die Stille im Raum war fast unerträglich, während sie mit ihren Fingern über ihr iPad glitt. »Hier ist es. Nein, wartet.« Schließlich kicherte jemand nervös. Die anderen vermieden es, sie anzuschauen, als wollten sie sich von ihr und ihrem Loser-Projekt distanzieren. Als Leo Sandelman einen Blick mit einem Kollegen wechselte, huschte ein schadenfrohes Grinsen über sein Gesicht.

»Hier«, sagte Lexia und klang unglaublich erleichtert. »Hier ist es. Dann schauen wir mal.« Sie wischte sich den Schweiß von der Stirn und begann mit brüchiger Stimme zu sprechen. Während ihres Vortrags verhaspelte sie sich, hüstelte und begann noch einmal von vorn. Und noch einmal. Irgendwer gähnte. Es ließ sich nicht leugnen, dass ihre Präsentation zu den schlechtesten zählte, die Adam in seinem ganzen Berufsleben gehört hatte. Ihr Vortrag war völlig uninteressant und zeugte geradezu von Inkompetenz. Sieh mal einer an. Seine erste Maßnahme in der Agentur würde also darin bestehen, Lexia Vikander zu feuern.

5

Lexia

In diesen Minuten hätte Lexia nichts dagegen gehabt, einfach tot umzufallen. Die Panik drohte sie zu übermannen, und sie kam sich vor wie im schlimmsten Albtraum ihres Lebens. Irgendwo hatte sie einmal gelesen, dass mehr Menschen Angst hatten, vor Publikum zu sprechen, als vor dem Sterben. Das konnte sie nachvollziehen, denn sie hatte es schon immer gehasst, öffentlich aufzutreten. In der Schule hatten ihre Mitschüler sie so oft ausgelacht und mit dem Finger auf sie gezeigt, dass es für ein ganzes Leben ausreichte. Deswegen hatte sie sich zum Ziel gesetzt, ihr Schultrauma zu überwinden. Sie hatte geübt und trainiert, um sich unbefangen vor ein Publikum zu stellen und das Wort ergreifen zu können. In der Regel gelang es ihr auch, wenn sie sich vorbereitet und das Ganze einstudiert hatte. Und wenn sie nicht gerade einen mordsmäßigen Kater hatte.

Lexia wusste, wer Adam Nylund war. Sie hatte Roy Hansson gegoogelt, als die Kastnäs AG ihre Agentur aufgekauft hatte, und in der Branchenzeitung *Resumé* ein langes Interview mit Roy Hansson gelesen. Im selben Artikel war auch Adam Nylund erwähnt worden. Seine rechte Hand. Besser gesagt, seine rechte *Faust*. Ein rücksichtsloser Vernichter von Kleinunternehmen. Sie hatte nur nicht gewusst, dass er zum neuen Geschäftsführer ernannt werden würde, denn eigentlich spielte er in einer ganz anderen Liga. Und jetzt würde er auch sie vernichten.

Wie er mit vor der Brust verschränkten Armen dasaß und sie mit seinem Blick durchbohrte, während er auf ganzer Linie globale Effizienz ausstrahlte, sah er aus wie ein aalglatter Superheld. Es herrschte kein Zweifel daran, dass seine Zeit kostbar war. Jede einzelne Minute, die sie hier stand und innerlich vor Angst zitterte, kostete ihn Geld, das war nicht zu übersehen. Jetzt heftete sich sein auffordernder – oder womöglich sogar höhnischer – Blick erneut auf sie. Während die Erinnerungen an den vergangenen Abend wie ein Film vor Lexias innerem Auge abliefen, begann sie von den Haarspitzen bis zu den Zehennägeln zu schlottern, und ihr brach der kalte Schweiß aus. Sie erinnerte sich an alles, was sie zu diesem Mann gesagt hatte, während sie annahm, dass er ein ganz gewöhnlicher, biertrinkender Durchschnittsschwede sei und keiner, der die Macht besaß, über ihre berufliche Zukunft zu entscheiden. Sollte man ihr je eine Zeitreise in die Vergangenheit anbieten, dann würde sie dafür sorgen, dass dieser Abend ihres Lebens wieder gelöscht wurde. Sie hatte ihn im Suff geküsst, sich auf seine Schuhe erbrochen, ihm ihre Gewichtsprobleme anvertraut und auch nicht mit ihrer Meinung zum neuen Management hinterm Berg gehalten. Sie hatte ihm sogar Details aus ihrem Sexleben verraten. Am liebsten hätte sie sich einfach auf den Tisch gelegt und losgeheult. Sie liebte ihre Arbeit mehr als alles andere. Klar, Sandelman & Dyhr war nicht gerade der fortschrittlichste Arbeitgeber, und das Arbeitsklima war bisweilen unangenehm machohaft, aber sie brauchte ihren Job für ihren Lebensunterhalt. Ihre Wohnung, genauer gesagt, ihr Hausboot war viel zu teuer, sie ging gern und oft shoppen, und – das Allerwichtigste – sie liebte es, als Werbetexterin zu arbeiten, und konnte sich nichts anderes vorstellen. Dabei hatte sie schon einiges ausprobiert: Sie hatte BWL studiert, als Kindermädchen gearbeitet, als Kassiererin, Empfangsdame und noch vieles mehr. Aber dieser Job war der einzige, der ihr wirklich gefiel. Und jetzt war sie auf dem besten Weg, sich alles kaputt zu machen. Von draußen peitschte der Regen gegen die bodentiefen Fenster. Vom Konferenzraum blickte man aufs Wasser, und gerade stampfte eine Fähre von Djurgården kommend durch die wogenden Wellen auf den Skeppsbro-Kai zu. Großer Gott, was hätte sie dafür gegeben, jetzt trotz Regen und Sturm dort draußen in der herbstlichen Kälte stehen zu dürfen.

Verzweifelt blätterte sie in ihrem iPad herum. Sie hatte schon wieder den Faden verloren. Ihre Kollegen wanden sich auf ihren Stühlen. Irgendjemand spielte an seinem Handy herum, während ein anderer demonstrativ aus dem Fenster schaute. Lexia traute sich nicht, Adam Nylund anzusehen, denn sie wusste, dass er dasaß und ihr mit seinem Laserblick förmlich Löcher in die Haut bohrte. Er starrte sie schon an, seit er den Raum betreten hatte. Doch mit jedem weiteren Blick wirkte er verärgerter und abweisender. War die Präsentation denn wirklich so miserabel, wie es ihr vorkam? Oder gar noch schlimmer? Vermutlich schon. Ein Teil von ihr fragte sich, ob Leo sie absichtlich in diese Situation versetzt hatte. Jedenfalls wäre es ihm zuzutrauen. Ihm gefiel es, andere in ein schlechtes Licht zu rücken, insbesondere sie. Und jetzt hatte sie endgültig den Faden verloren und schon viel zu lang geschwiegen. Sah man ihr etwa an, dass sie kurz davor war, in Tränen auszubrechen? War sie wirklich so knallrot im Gesicht und durchgeschwitzt, wie sie vermutete? Großer Gott, warum konnte sie denn nicht einfach nur sterben?

»Lexia Vikander?« Adams Stimme sauste wie ein Peitschenhieb durch den Raum, und sie musste sich zwingen, nicht zusammenzuzucken. Jetzt würde er sie abschießen. Vor all ihren Kollegen. Am liebsten hätte sie Leo einen wütenden Blick zugeworfen, doch nicht einmal das gelang ihr. Letztendlich war sie ja selbst schuld.

»Sorry, ich hab es hier irgendwo«, log sie. An ihrem Rücken lief ein Schweißtropfen hinunter. Adams Blick begegnete ihrem, und es kam ihr vor, als könnte er bis in ihr Inneres vordringen. Sie senkte den Kopf. Jetzt war es vorbei. Mach es schnell, bat sie in Gedanken.

Im Raum herrschte eine ohrenbetäubende Stille. Lexia wartete nur darauf, dass jemand anfangen würde zu kichern oder Grimassen zu schneiden. Sie fühlte sich, als wäre sie wieder acht Jahre alt. Fehlte nur noch, dass Josephine Sandelman auftauchte, mit dem Finger auf sie deutete und erklärte, dass sie zu dick sei, um auf ihre Geburtstagsparty kommen zu dürfen.

»Ich schlage vor, wir machen eine Pause«, sagte Adam völlig unerwartet.

Sie konnte es kaum glauben und fragte sich, ob sie richtig gehört hatte. Aus irgendeinem Grund hatte er das Ganze abgebrochen und sie damit vor der endgültigen Demütigung bewahrt. Vielleicht hatte er es aber auch nur aufgeschoben. Während die anderen von ihren Stühlen aufstanden und Lexia gewissenhaft ignorierten, um stattdessen Adam zu umschwärmen, holte sie erst einmal tief Luft. Sie wartete, bis eine neuerliche Welle der Übelkeit abgeklungen war, und bewegte sich dann mit unsicheren Schritten auf die Tür zu, die auf der anderen Seite des Raums lag. Kaffee, sie brauchte dringend noch mehr Kaffee. Aber sie war nicht die Einzige, die den verführerischen Duft roch, und die Schlange vor der Kaffeemaschine in der Küche wuchs stetig. Lexia lehnte sich gegen eine Wand, denn ihr fehlte einfach die Kraft, sich nach vorn durchzudrängeln. Falls sie diesen Tag wider Erwarten überleben sollte, würde sie ein neues Leben anfangen, gelobte sie sich. Ein besseres, zielgerichtetes und fokussiertes Leben. Sie würde abnehmen, sich ausschließlich von Obst und Gemüse ernähren, regelmäßig Sport treiben und noch mehr Überstunden machen. Sie würde anfangen, für ihre Rente zu sparen. Alles perfektionieren. Und sie würde nie, nie wieder Alkohol trinken.

»Oh Gott, wie peinlich. Hätte ich gewusst, dass es so laufen würde, dann hätte ich die Präsentation selbst übernommen. Verdammt, was war denn nur mit dir los?«, fragte Leo, während er auf sie zukam, obwohl sie schleunigst darum bemüht war, sich unsichtbar zu machen. Seine schrille Stimme verursachte ihr Kopfschmerzen. Sie atmete tief durch den Mund ein, um ihre Lunge mit Sauerstoff zu versorgen.

»Mir geht es nicht besonders gut.«

Leo grinste. »Ach, was du nicht sagst. Hast du PMS, oder was? Adam Nylund scheint nicht gerade begeistert zu sein. Und ich dachte eigentlich, dass du einen besseren Überblick hättest. Aber da sieht man es wieder mal.«

»Spielst du auf irgendwas Bestimmtes an?«

»Soll ich dir einen Rat geben?«

»Du mir? Klar. Liebend gern.«

Leo ignorierte ihren Sarkasmus. »Mein Tipp: Reiß dich zusammen. Er ist nämlich bekannt dafür, Leute von einer Minute zur anderen zu feuern.«

Wenn er sie nach diesem Auftritt feuern würde, wäre es zum Teil auch Leos Schuld, das wussten sie beide. »Danke für die Info. Und danke, dass du mir die Präsentation ohne jegliche Vorwarnung übertragen hast, wirklich nett von dir.«

Für den Fall, dass sie sich noch ein weiteres Mal übergeben müsste, hoffte sie, dass Leo in der Nähe wäre. Sie betrachtete seine teuren Sneakers und verzog den Mund. Schon jetzt wusste sie genau, worauf sie zielen würde. Leo hatte eine Heidenangst vor Körperflüssigkeiten. Als sie einmal zusammen eine Kampagne für Damenbinden gemacht hatten, konnte er das Wort Menstruation nicht mal aussprechen.

»Er scheint eiskalt zu sein«, sagte Leo, »und du solltest vielleicht ...«

Lexia hob matt die Hand, um ihn darauf aufmerksam zu machen, dass Adam Nylund geradewegs auf sie zukam. Leo drehte sich um, als Adam auch schon vor ihm stand. Lexia tat alles, um sich unsichtbar zu machen. Wenn sie einfach nichts sagte und die Luft anhielt, würde er sie vielleicht gar nicht wahrnehmen.

»Mensch, verdammt cool, dass Sie hier sind!«, sagte Leo an Adam gewandt – in einem aufgesetzten Ton, den Lexia noch nie zuvor an ihm gehört hatte.

Adam entgegnete nichts, sondern blieb reglos und mit gerunzelter Stirn stehen. In seinen grauen Augen war nicht einmal ein Anflug von Humor zu sehen. Inzwischen fand sie seine Miene regelrecht abstoßend. Leo wollte noch etwas sagen, doch Adam schnitt ihm das Wort ab, indem er sich einfach von ihm abwendete und stattdessen Lexia mit dem Blick fixierte. Auch das verabscheute sie. Eigentlich gefiel ihr inzwischen fast gar nichts mehr an Adam. Weder seine strenge Miene noch seine angespannten Nackenmuskeln und sein eiskalter Blick. Sie schluckte. Seine breiten Schultern, sein volles Haar und sein flacher Bauch gefielen ihr auch nicht mehr, redete sie sich ein.

Kurz angebunden und mit kühler Stimme wandte er sich an sie: »Könnten wir bitte ein paar Worte wechseln?« Seine Frage war eher ein Befehl, und Lexia nickte ergeben.

»Entschuldigen Sie uns, bitte?«, sagte Adam über die Schulter hinweg zu Leo. Ein weiterer Befehl, der in eine Frage gehüllt war. Ihr war klar, dass Adam Nylund es gewohnt war, dass man seine Anweisungen befolgte.

»Ja klar«, antwortete Leo höchst widerwillig und bedachte Lexia mit einem misstrauischen Blick, bevor er sie mit ihm allein ließ.

Adam ging mit ihr zusammen außer Hörweite ihrer Kollegen. Die Leute um sie herum holten sich Kaffee, tuschelten miteinander und taten so, als starrten sie nicht heimlich in ihre Richtung.

»Du hast mir nicht gesagt, wer du bist«, sagte sie leise, als das Schweigen unerträglich wurde. Es war keine gute Verteidigungsstrategie, aber sie fühlte sich getäuscht. Außerdem irritierte es sie zunehmend, wie er sich vor ihr aufbaute und sie weiterhin mit seinem angsteinflößenden intensiven Blick fast durchbohrte. Sie streckte sich, so gut sie konnte. Obwohl sie hohe Absätze trug, kam sie nicht annähernd auf Augenhöhe mit ihm.

»Nein«, pflichtete er ihr bei.

»Was ist denn mit dem anderen Geschäftsführer passiert? Dem Dänen?« Vielleicht hatte Adam Nylund ihn ja zum Frühstück verspeist. Er sah in der Tat aus wie ein Menschenfresser.

»Er ist gefeuert worden.«

»Scheint ja vielen so zu ergehen.« Ihr wurde schwindelig. Eine solch dramatische Situation hatten sie in der Agentur schon lange nicht mehr erlebt – eigentlich noch nie. Konnte man darauf hoffen, dass Adam Nylund auch irgendwann gefeuert werden würde? Und zwar möglichst bald?

»Mag sein. Aber jetzt bin ich hier und werde diese Agentur leiten.«

»Dann bist du also gar kein Bauarbeiter?« Sie konnte kaum fassen, dass sie es auch nur in Erwägung gezogen hatte, denn er roch förmlich nach Business School, Finanzwelt, Eliteausbildung im Ausland und internationalen Erfolgen.

Adam wirkte verdutzt. »Warum sollte ich ein Bauarbeiter sein?«

Da hatte er natürlich recht, sie hatte es einfach so angenommen. »Hast du es im *Sturehof* eigentlich darauf angelegt, mich auszufragen?«, wollte sie wissen.

»Nein, gar nicht.«

Die Kollegen um sie herum taten so, als würden sie nicht vor Neugier platzen, um zu erfahren, worüber Super-Adam und der am schnellsten sinkende Stern des Büros miteinander sprachen. Lexia konnte förmlich hören, wie es in ihren Köpfen ratterte. Natürlich hatten sie kapiert, dass Lexia auf der Abschussliste stand. Sie selbst hatte schon resigniert und würde sich wohl oder übel eine andere Arbeitsstelle suchen und somit zahllose Bewerbungen schreiben müssen.

»Ich verstehe ja, dass du vorhast, mir zu kündigen, aber ich würde es gern möglichst schnell hinter mich bringen. Mein Kopf streikt nämlich so langsam.« Und außerdem fange ich gleich an zu heulen, dachte sie, und würde gern vermeiden, mich vor dir und dem Rest des Universums vollends zu blamieren.

»Hm.«

Seine Augen waren wirklich grau. Wie Unwetterwolken oder Blei. *Grau ist keine Farbe, es ist vielmehr ein Fehlen von Farbe.* Wo hatte sie das nur gehört? Doch jetzt musste sie sich auf Wichtigeres konzentrieren. Zum Beispiel darauf, dass man sie gleich feuern würde. Die Leute glaubten immer, dass es in Schweden einen Kündigungsschutz gab. Das traf vielleicht auf einige Branchen zu, aber nicht auf die Werbebranche. Dort wurde einem von einer Sekunde auf die andere fristlos gekündigt, man wurde gefeuert oder auf die Straße gesetzt. Zum Beispiel, wenn man Fehler gemacht, schlechte Arbeit geleistet oder im Suff rein zufällig den neuen Geschäftsführer geküsst hatte. All das waren absolut berechtigte Gründe. Also würde sie sich einen neuen Job suchen müssen. Schon wieder. Ob wohl jemandem klar war, wie viele freie Stellen es für eine Werbetexterin gab, die nicht auf die angesagte Berghs School of Communication gegangen war? Sie wusste es. Es waren genau null. Da tat es auch nichts zur Sache, dass sie Berufserfahrung hatte. Eine entlassene Werbetexterin aus einer mittelmäßigen Agentur hatte Glück, wenn sie überhaupt noch einmal neu anfangen durfte, und zwar von ganz unten. In ihrer Bewerbungsmappe standen keine herausragenden Projekte, und sie hatte auch keine Preise gewonnen. Sie besaß zwar Talent, hatte es aber noch nicht unter Beweis stellen können. Und außerdem war sie schon achtundzwanzig, was innerhalb der Branche eine magische Grenze darstellte. Wenn also nicht bald irgendetwas geschah, würde sie keine Chance mehr haben.

Lexia wappnete sich. *Nicht losheulen, bloß nicht losheulen.*

Jetzt starrten die Kollegen sie unverhohlen an und bemühten sich nicht einmal mehr, so zu tun, als wären sie mit anderen Dingen beschäftigt. Würde sie jetzt ihre sieben Sachen packen müssen? So, wie man es in Filmen sah?

»Lexia?« Er hatte seine Stimme gesenkt und sah jetzt annähernd menschlich aus. »Wie geht es dir eigentlich? Da drinnen hast du so ausgesehen, als würdest du jeden Moment zusammenbrechen. Schaffst du es, weiterzumachen?«

»Ich glaub schon«, flüsterte Lexia, nicht weil sie es wirklich glaubte, sondern weil ihr gar nichts anderes übrig blieb.

»Was würde dir helfen?«, fragte er dann. Es klang nicht besonders fürsorglich, eher lösungsorientiert, aber sie beschwerte sich nicht.

Lexia räusperte sich. Nach Hause fahren und in einen tausendjährigen Schlaf sinken, fiel ihr spontan ein, doch stattdessen murmelte sie: »Koffein wäre gut. Sogar sehr gut.«

Adam drehte sich zu den anderen um, die im Korridor standen und angeregt miteinander tuschelten. »Bringen Sie ihr einen Kaffee«, befahl er. Die Leute verstummten und wechselten unsichere Blicke.

»Kaffee. Jetzt sofort«, sagte Adam und wandte sich ab, als ginge er wie selbstverständlich davon aus, dass man seinen Befehl ausführen würde.

Letztlich war es Dina, die auf sie zukam und ihr einen Becher mit dampfendem Kaffee reichte. Adam sah Lexia zu, wie sie an dem herrlich starken Kaffee nippte. »Gut, dann bin ich gespannt auf den Rest«, sagte er.

Lexia beugte sich über ihren Becher und murmelte ein Dankeschön. Offenbar war sie doch noch nicht arbeitslos geworden. Adam verschwand. Dina bedachte sie mit einem mitleidigen Blick. Godzilla saß zu ihren Füßen. Lexia stellte fest, dass Dina und ihr Hündchen genau denselben Gesichtsausdruck hatten.

»Stress?«

»Sieht man mir das etwa an?«, fragte Lexia im Scherz, doch der verfehlte seine Wirkung völlig.

Dina murmelte irgendetwas Unverständliches, tätschelte ihr den Arm, hob Godzilla hoch und trippelte mit dem Hund im Arm von dannen.

Die zweite Hälfte der Präsentation verlief etwas besser. Nicht, dass es Lexia gelungen wäre, den ersten katastrophalen Eindruck wettzumachen, aber sie schaffte es zumindest, vollständige und grammatikalisch fehlerfreie Sätze zu formulieren. Jedenfalls größtenteils. Als sie fertig war, setzte sie sich völlig verschwitzt, leicht schwindelig und mit trockenem Mund hin und erwartete ihr Urteil. Um den Konferenztisch herum herrschte absolute Stille.

Adam betrachtete sie finster. »Okay«, sagte er nach einer langen Pause.

Lexia nickte erschöpft. Ihr gelang es beim besten Willen nicht, seine Miene zu deuten.

Adam schaute sich im Raum um. »Dann kommen wir zum nächsten Punkt.«

Ein anderer Mitarbeiter ging nach vorn, und Lexia sackte in sich zusammen. Sie versuchte Adams Gesichtsausdruck zu ergründen, schaute in die beflissenen Mienen ihrer Kollegen und dachte, dass es für sie jetzt endgültig gelaufen war.

Um die Mittagszeit schlich sich Lexia aus dem Büro, ohne von irgendwem aufgehalten zu werden. Im Gegenteil, ihre Arbeitskollegen wichen ihr aus, als würde sie an einer ansteckenden Krankheit leiden. Leo und ein paar andere Männer umschwänzelten Adam und lockten ihn mit einem Mittagessen ins Restaurant *Gondolen*. Das war so typisch. Jetzt würden sie sich gegenseitig darin überbieten, ihn zu hofieren. Sie nahm ihr Handy aus der Tasche und rief ihre beste Freundin Siri an.

»Ich bin's«, sagte Lexia in kläglichem Ton, als Siri sich meldete. »Du musst mich bemitleiden.«

Sie reihte sich in die Schlange vor einer der letzten authentischen Imbissbuden der Altstadt ein. Nicht einmal durch ihren heftigen Kater hatte sie ihren Appetit verloren, im Gegenteil, sie war so hungrig, dass sie am ganzen Körper zitterte.

»Was ist denn passiert?«, fragte Siri.

»Du bist heute Nacht gar nicht nach Hause gekommen«, stellte Lexia fest. Siri war ihre Mitbewohnerin und lebte auf dem Oberdeck ihres Hausboots. Sie studierte am Konstfack, der Stockholmer Kunsthochschule, und führte ein weitaus spannenderes Leben, als Lexia es je getan hatte.

»Ich hatte ein Date und hab bei ihr übernachtet. Von dort bin ich heute Morgen direkt in die Hochschule gefahren.« Siri begutachtete Kunst und diskutierte über Farben und Formen, oder was man im Rahmen dieser prestigeträchtigen Ausbildung so tat.

»Und? Werdet ihr euch wiedersehen?«, fragte Lexia. Siri konnte sich vor Dates kaum retten. Wenn Lexia sie nicht so gemocht hätte, wäre sie furchtbar eifersüchtig gewesen. Doch so hielt sich ihre Eifersucht in Grenzen. Außerdem traf sich Siri mit Frauen, was das Ganze erleichterte. Siri war attraktiv, kreativ und cool. Wenn sie außerdem noch heterosexuell gewesen wäre, hätte Lexia sich eine Grube gegraben und wäre hineingesprungen.

»Ich glaube schon«, antwortete Siri nachdenklich. »Vielleicht. Sie sieht gut aus und ist ziemlich sportlich. Läuft Ski auf Spitzenniveau. Also erzähl, was ist los?«

Jetzt kam Lexia beim Imbiss an die Reihe und gab rasch ihre Bestellung auf: Bratwurst mit Pommes, Krabbensalat und geröstete Zwiebeln. Sie öffnete eine Dose Cola und nahm einen großen Schluck. »Ich weiß gar nicht, wo ich anfangen soll. Gestern Abend hab ich einen über den Durst getrunken und einen Typen kennengelernt. Und dann hab ich mich ziemlich danebenbenommen. Und zwar total.« Sie brachte es nicht über sich, Siri die ganze Wahrheit zu sagen, jedenfalls nicht am Telefon, noch nicht. »Und heute hat sich herausgestellt, dass er mein neuer Chef ist. Und Leo, dieses Arschloch, hat mich auch noch vorgeführt.«

»Leo, dieses Arschloch«, wiederholte Siri, die Leo zwar noch nie persönlich begegnet war, aber im Lauf der Jahre schon viel von ihm und auch von Josephine gehört hatte.

»Genau.« Lexias Bestellung kam, und sie nahm das dampfende Essen, das mit reichlich Ketchup, Senf und Grillgewürz versehen war, mit leicht zittrigen Händen entgegen. Sie begann sich die Pommes in den Mund zu schieben.

»Was machst du gerade?«

»Junkfood essen«, antwortete sie mit vollem Mund. »Ich hab einen fürchterlichen Kater. Und außerdem muss ich dringend wieder shoppen gehen. Mir irgendwas Unnötiges und sündhaft Teures kaufen.«

»Shoppen ist immer eine gute Strategie gegen Stress bei der Arbeit.«

»Aber wenn ich gefeuert werde, ist wohl eher Sparen angesagt.« Sie war nicht gerade reich. Der Unterhalt ihres Boots war teuer, und sie war komplett abhängig von Siris Miete. Allein schon der Gedanke daran, ihren Job zu verlieren, verursachte ihr Magenschmerzen. Dann würde sie es sich nicht mehr leisten können, darin wohnen zu bleiben. Dabei waren ihr Job und ihr Hausboot die wichtigsten Konstanten in ihrem Leben.

»Wirst du denn gefeuert?«, hakte Siri nach. Sie konnte gut mit solchen Themen umgehen, denn sie sprach die Dinge direkt an, statt Lexia einfach nur gut zuzureden. Sie hatte weitaus weniger Geld als Lexia, die immerhin ein festes Vollzeitgehalt bezog. Als Studentin hätte Siri ein Studiendarlehen aufnehmen können, aber sie weigerte sich, weil sie bei niemandem in der Schuld stehen wollte. Stattdessen hielt sie sich mit diversen Nebenjobs über Wasser.

»Keine Ahnung. Vielleicht schon. Wahrscheinlich. Ach, ich weiß es nicht. Aber wenn ich gehen muss, wird es hart. Die Jobs in der Werbebranche wachsen schließlich nicht auf Bäumen.«

Sie schwiegen, und Lexia überlegte. Sie zerkaute ein stark frittiertes Pommesstäbchen, während verschiedene düstere Zukunftsperspektiven vor ihrem inneren Auge vorbeizogen.

»Und wie ist er so?«, fragte Siri.

»Wer?«

»Der neue Chef.«

Lexia wischte sich den Mund ab und dachte über Adam Nylund nach. »Wie Chefs so sind«, antwortete sie und schob sich eine weitere Gabel voll in den Mund. Allein schon der Gedanke an Adam verdoppelte ihre Panik. Würde er den peinlichen Vorfall im *Sturehof* wieder aufgreifen? Sie persönlich hatte nichts dagegen, so zu tun, als hätte es ihn nie gegeben. »Oh Gott, ich brauche unbedingt irgendwas, womit ich ihn beeindrucken kann.«

»Das da wäre?«

»Irgendeine Kampagne. Was Neues, Schrilles.«

»Hm. Mein Date ist Designerin von Unterwäsche und hat gerade ihre Werbeagentur geschasst. Wäre das vielleicht etwas?«

»Hast du nicht gesagt, sie ist Skifahrerin?«

»Doch, aber ich glaube, sie hat auch noch eine eigene Dessous-Marke.«

»Wie heißt sie eigentlich?«

»Ofelia Oscarsson.«

Lexia hörte abrupt auf, Fettiges und Salziges in sich hineinzustopfen. »Soll das ein Witz sein? Offi O? Die Skirennläuferin, die Medaillen bei der WM, den Olympischen Spielen und den Schwedischen Meisterschaften gewonnen hat?«

»Kann schon sein, ich bin ja nicht besonders sportinteressiert.«

»Ich auch nicht. Aber sie ist weltberühmt. Wie habt ihr euch denn kennengelernt?«

»Sie ist einfach zu uns in die Bar gekommen«, antwortete Siri. Sie jobbte unter anderem als Barfrau in einer Lesbenbar im Stadtteil Södermalm.

»Und was sagtest du noch gleich über ihre Werbeagentur?« Lexia versuchte sich fieberhaft zu erinnern, welche Agentur die letzte Offi-O-Kampagne lanciert hatte.

»Ich weiß es nicht genau. Aber sie entwirft Dessous und braucht eine neue Agentur, weil die vorherige offenbar total daneben war. Sexistisch und homophob.«

Das war eine Riesensache. Lexia widerstand dem Impuls, sie auf der Stelle zu googeln. Sie wusste, dass Siri es sofort mitbekam, wenn man nicht ganz bei der Sache war. Lexia trank von ihrer Cola und spürte, wie ihr Gehirn allmählich wieder zu funktionieren begann.

»Und weißt du, ob sie einen Agenturpitch planen?«

Es war ein übliches Verfahren innerhalb der Werbebranche, dass Unternehmen mehrere Agenturen zu einem Pitch einluden, um Vorschläge für Kampagnen einzuholen. Für die konkurrierenden Agenturen bedeutete das puren Stress. Aber es war wichtig, vielleicht sogar das Wichtigste überhaupt in der

Branche. Alle rissen sich darum und arbeiteten bis zum Umfallen, um an einem Pitch teilnehmen zu können. Shit, die Chance auf eine Kampagne für Offi O würde ihrer Agentur enormes Prestige verleihen, und sie würde in allen branchenüblichen Medien erwähnt werden. Das könnte ihre Rettung sein. Selbst Adam würde beeindruckt sein. Lexia fuhr sich mit der Zunge über die Lippen. Jetzt lief ihr Gehirn auf Hochtouren.

»Und woher weißt du das alles?«, legte sie nach. »Ich habe nämlich noch kein Wort darüber gehört.«

»Ich glaub, es ist noch ganz frisch«, antwortete Siri vage. Lexia sah sie vor sich. Ihre langen Finger, an denen immer Gips- oder Farbreste klebten, ihr schwarzer Pagenkopf und die dunkelrot geschminkten Lippen. »Ofelia war unglaublich nett, und wir haben uns gut unterhalten. Unter anderem. Ich hab bei ihr übernachtet. Auch wenn wir nicht gerade viel Schlaf bekommen haben. Haha.«

Lexias Gedanken überschlugen sich förmlich. »Du, ich weiß, dass es ziemlich viel verlangt ist, und vielleicht auch etwas ungelegen kommt und noch dazu unmoralisch ist. Aber ich bin völlig verzweifelt. Würdest du eventuell mit ihr reden? Über mich? Du kannst natürlich Nein sagen, aber tu es möglichst nicht. Bitte!« Sie konnte sich nicht mehr daran erinnern, wann sie je so aufgeregt gewesen war.

»Vielleicht. Wahrscheinlich schon. Ich glaub, sie mag mich.«

Kein Wunder. Lexia war noch nie einer Frau begegnet, die Siri nicht mochte. Wenn sie selbst auch nur ansatzweise lesbisch gewesen wäre, hätte sie sich auf der Stelle in Siri verliebt.

»Wenn ich es hinkriege, dass wir zum Pitch zu Offi O kommen dürfen, werde ich heute vielleicht nicht gefeuert, und dann können wir weiter im Hausboot wohnen bleiben.«

Es klang, als würde sich Siri eine Zigarette anzünden. »Ich schau mal, was ich tun kann«, sagte sie, während sie den Rauch ausblies.

»Könntest du es gleich tun? Ich meine sofort?«
»Wie eilig du es immer hast. Okay, ich ruf sie an und lass von mir hören, wenn ich mit ihr gesprochen habe.«
»Danke.«
Während Lexia auf Siris Anruf wartete, aß sie ihre Pommes auf, schlürfte den letzten Rest Cola und hatte sich gerade aller Beweise für ihr ungesundes, aber lebensnotwendiges Mittagessen entledigt, als ihr Handy summte.
»Ich habe mit Ofelia gesprochen. Du kannst sie anrufen«, erklärte Siri.
»Ofelia Oscarsson persönlich?«, fragte Lexia erstaunt. Schließlich war sie ein Superstar. Und Siri womöglich die Einzige weltweit, die das nicht wusste.
»Ja, sie ist ziemlich locker drauf. Ich schick dir gleich ihre Nummer. Sie konnte nichts versprechen, aber sie ist bereit, sich anzuhören, was du zu sagen hast.«
»Danke, danke, danke! Jetzt bin ich dir echt was schuldig. Soll ich heute Abend was für uns kochen?«
»Nein, danke. Ich treffe mich mit Ofelia, haben wir gerade beschlossen. Aber vielleicht morgen?«
Sobald sie aufgelegt hatten, klickte Lexia die Telefonnummer an, die Siri ihr geschickt hatte, und drückte umgehend auf Wählen.
Bitte, bitte, bitte.
»Ofelia.«
»Hallo, ich heiße Lexia Vikander. Ich bin eine Freundin von Siri und arbeite bei Sandelman & Dyhr.« Sie zwang sich, Luft zu holen, und sprach dann etwas weniger atemlos weiter. »Siri meinte, es wäre in Ordnung, dass ich anrufe. Wäre es eventuell möglich, dass meine Agentur am Pitch für Ihre Kampagne teilnehmen darf? Ich glaube, wir hätten einige gute Ideen.«
Am anderen Ende der Leitung herrschte Stille. Lexia hatte Ofelia Oscarsson gegoogelt, während sie auf Siris Rückruf

gewartet hatte. Eine Weltmeisterin in ihrem Alter. Groß gewachsen und mit einem ernsten Blick. »Ehrlich gesagt habe ich noch nie von Ihrer Agentur gehört«, sagte Ofelia schließlich. Ihre Stimme klang eigenartig heiser und tief. Nicht unfreundlich, aber auch nicht besonders interessiert, eher so, als würden jeden Tag mindestens zehn Leute wie Lexia bei ihr anrufen. Was bestimmt auch der Fall war.

»Wir sind nicht besonders groß, aber wir haben schon einige aufsehenerregende Kampagnen gemacht.« Das stimmte zwar nicht ganz, aber Lexia fand, dass Not in diesem Fall kein Gebot kannte. »Ich schicke Ihnen gern Informationen zu. Und ich verspreche Ihnen, dass wir frische und innovative Entwürfe bringen werden.«

»Genau das suche ich.«

»Ich habe jede Menge Ideen«, versicherte Lexia. Was Werbung für Dessous anging, musste man ihrer Meinung nach wirklich umdenken. In vielerlei Hinsicht würde Offi O auch für sie persönlich eine Traumkundin darstellen.

»Und Sie kennen Siri?«

»Ja, wir wohnen zusammen. Wir sind richtig gute Freundinnen«, fügte sie hinzu und hoffte, dass es helfen würde. Eigentlich trug sie sonst nicht so dick auf, aber im Augenblick war sie nun mal verzweifelt und benahm sich dementsprechend.

»Ich weiß nicht ... Ich muss mir erst Ihre Referenzen anschauen, dann sehen wir weiter. Und natürlich muss ich mich auch mit meinen Mitarbeitern abstimmen. Wir würden uns gegebenenfalls bei Ihrer Agentur melden.« Lexia wartete. »Ich kann aber nichts versprechen«, fügte Ofelia nach einer Weile hinzu, und ihrem Ton nach zu urteilen, war das Telefonat beendet.

Als sie aufgelegt hatten, entwich das allerletzte Fünkchen Energie aus Lexias Körper. Ihr war übel, sie fror, und außerdem stank sie nach Zwiebeln und Grillfett. Sie zog ihre Jacke enger um den Oberkörper und vergrub ihr Kinn im Kragen. Heute Abend würde sie etwas Gesundes essen, nahm sie sich vor.

Im Büro würden alle Mitarbeiter bis aufs Messer kämpfen, um zu zeigen, wie engagiert sie waren. Allein schon beim Gedanken daran wurde ihr schlecht. Sie musste sich unbedingt sammeln, bevor sie zurückging, um sich von Adam Nylund, dem Geschäftsführer, der aus der Hölle kam, noch weiter erniedrigen zu lassen. Großer Gott, wie sehr sie sich danach sehnte, dass dieser entsetzliche Tag endlich vorüber wäre.

6

Adam

»Da ich den Vorschlag gemacht habe, heute Abend hierher zu gehen, lade ich dich ein«, sagte Adam und warf einen Blick auf die Speisekarte. »Ist ja schon ewig her, dass wir uns gesehen haben. Magst du Seezunge?«

Adams bester Freund, Bashir Amiri, den er schon seit seiner Kindheit kannte, überflog die Gerichte. »Keine Ahnung, noch nie gegessen. Aber rechne lieber nicht damit, dass ich deine Einladung in den nächsten Jahren erwidern werde. Diese Preise kann man sich mit einem Polizistengehalt nicht leisten. Hey, wie kann ein Restaurant nur so teuer sein? Du weißt ja, mir würde auch ein ganz gewöhnliches Burger-Lokal ausreichen.«

»Sieh es einfach als Versuch an, der unterbezahlten schwedischen Polizei meine Dankbarkeit zu erweisen. Das Essen hier schmeckt verdammt gut. Nimm einfach das, worauf du Lust hast.«

Letztendlich bestellte Adam für sie beide. Gebratene Jakobsmuscheln als Vorspeise und schwedischer Steinbutt mit brauner Butter als Hauptgericht. Beide lehnten die Weinvorschläge ab und bestellten stattdessen Bier. Manche Dinge änderten sich nie, wie schwindelerregend der soziale Aufstieg auch sein mochte. Als Kind hatte Adam in erster Linie davon geträumt, abends satt einzuschlafen, zu Hause und in der Schule nicht mehr als nutzlos beschimpft zu werden und möglichst bald unabhängig von den Erwachsenen zu sein.

Das *Wedholms fisk*, eines der besten Fischrestaurants in Stockholm, war gut besucht. An den weiß eingedeckten Tischen saßen überwiegend Männer in größeren Gruppen. Sie tranken Schnaps, bestellten teure Weine und fochten ihre internen Hahnenkämpfe aus. Innerhalb von nur dreißig Sekunden wusste man, wer das Alphatier am jeweiligen Tisch war und wer sich unterzuordnen hatte. Adam stellte sein Bierglas ab. Er mochte diese lauten Herrenriegen nicht. Sie legten dasselbe Gehabe an den Tag wie die Mitarbeiter der Werbeagentur und aller anderen Firmen, mit denen er zu tun hatte. Überall dominierten hellhäutige junge Männer, die sich schon seit der Privatschule kannten und nicht auf die Idee kamen, ihre eigenen Kompetenzen oder Privilegien zu hinterfragen.

»Gott, wie deprimierend«, sagte er, als sich die Männer an einem der Tische feierlich zuprosteten.

Bashir folgte seinem Blick, doch ihm schien es nicht das Geringste auszumachen. Im Gegensatz zu ihm litt Bashir nicht unter Minderwertigkeitskomplexen. Sie waren zwei Jungen aus dem Vorort, die ihre Herkunft auf unterschiedliche Art und Weise hinter sich gelassen hatten.

»Trägst du wieder die Schuld des weißen Mannes mit dir herum? Bei den Bullen läuft es genauso ab, falls es dir ein Trost ist. Ein adoptierter Koreaner und ich sind in unserer ganzen Abteilung die Einzigen mit ausländischen Wurzeln. Wenn du wirklich was Deprimierendes erleben willst, komm doch einfach mal zu einer unserer Besprechungen.«

Bashir stammte aus Afghanistan, war als Kind nach Schweden gekommen und arbeitete bei der Stockholmer Polizei. Im Hinblick auf absonderliches Sozialverhalten gab es einfach nichts, was er noch nicht gesehen oder gehört hatte.

»Okay, ich sag Bescheid, wenn ich mir die Kugel geben will«, versprach Adam. Er hatte seine ganz eigenen Erfahrungen gemacht, auch wenn sie sich nie darüber ausgetauscht hatten.

Bashir unternahm diesbezüglich zwar hin und wieder einen Versuch, aber Adam hielt die Tür zu seiner armseligen Kindheit im Vorort lieber geschlossen.

Der Kellner kam mit der Vorspeise. Bashir breitete seine Serviette auf dem Schoß aus und begann mit ernster Miene die Jakobsmuscheln mit Hummer-Aioli und Pilzen zu essen. Er hatte während seiner ersten Lebensjahre extrem Hunger gelitten und war auf der Flucht nach Schweden fast an Unterernährung gestorben. Seit sie sich kannten, hatte Adam noch nie erlebt, dass Bashir auf seinem Teller etwas übriggelassen hätte.

»Lecker«, lautete Bashirs Urteil, als er sein Besteck zur Seite legte. Er atmete tief und zufrieden durch und wirkte glücklich.

Sie warteten, bis das Vorspeisengeschirr abgeräumt worden war. Adam hatte ein Stückchen Brot auf seinem Teller liegen lassen und erntete einen vorwurfsvollen Blick von Bashir, woraufhin er rasch danach griff und es sich demonstrativ in den Mund steckte, bevor der Kellner verschwand.

Bashir kommentierte das nicht weiter und ließ stattdessen seinen Blick entspannt über den Raum schweifen. Seine schwarzen Augen sahen alles. Das gehörte zu Bashirs Eigenarten. Er scannte alles um sich herum und wertete es aus.

»Und, hast du irgendwo einen Gangster entdeckt?«, fragte Adam halb im Scherz.

Bashir zuckte mit den Achseln. Schurken gab es in allen Gesellschaftsschichten, doch man sah einem Menschen nicht unbedingt an, ob er Leute ausraubte, mit Drogen dealte oder Minderjährige verführte, dachte Adam. Oder auch systematisch seine Frau misshandelte und tagein, tagaus seinen Sohn verprügelte.

»Bleibst du jetzt erst mal in Stockholm?«, fragte Bashir.

»Ja, bis auf Weiteres«, antwortete Adam und verdrängte die düsteren Erinnerungen an seine Kindheit. Jetzt war er erwachsen, verdiente sein eigenes Geld und war unabhängig. »Ich werde wohl eine Weile hierbleiben.«

Adam war zwar in Stockholm gemeldet und besaß hier eine teure Wohnung, doch in der letzten Zeit war er jede Woche nach London gependelt, wo er in einem Apartment wohnte, das seine Firma für ihn angemietet hatte. Er sollte das Londoner Büro für die Kastnäs AG aufbauen, weil die Firma auf Expansionskurs war. Eigentlich wäre er lieber in London geblieben, statt nach Stockholm zu ziehen, um sich mit einer unbedeutenden und ineffizienten Werbeagentur herumzuschlagen.

Der Gedanke an Lexia Vikander kam wie aus dem Nichts. Die sanfte blonde, inkompetente Lexia. Er griff nach seinem Bierglas und trank einen Schluck.

»Ich bleibe so lange, wie Roy mich hier braucht.« Hoffentlich würden es nicht allzu viele Monate sein.

»Roy Hansson bestimmt jetzt also über dein Leben? Und auch darüber, wo du wohnst?«

»Roy ist mein Chef. Eigentlich habe ich nichts gegen Stockholm. Ich finde es sogar ganz schön, hier zu sein.« Das stimmte. Die Stadt und saubere Natur der Umgebung reizten ihn schon. Und außerdem war es erholsam, in seiner eigenen Wohnung zu leben anstatt in einem unpersönlichen Firmenapartment. »Ich weiß, dass du Roy nicht magst, dabei ist er eigentlich ein netter Kerl.«

»Da sind wir völlig unterschiedlicher Meinung«, entgegnete Bashir schroff.

»Manchmal kann er zwar ziemlich ungehobelt sein, aber im Grunde genommen ist er ganz in Ordnung«, sagte Adam. Er musste Roy und sein flegelhaftes Auftreten oft verteidigen und hatte sich irgendwann daran gewöhnt.

»Er ist doch völlig gestört. Ich kapier einfach nicht, dass du die Augen davor verschließt.«

Adam fuhr sich mit der Hand über die Wange und spürte den rauen Bartansatz. Bis in den späten Abend hinein war er im Büro geblieben und fühlte sich nun völlig groggy. Im Augenblick hatte er keine Lust auf eine Diskussion mit Bashir. Seiner Erfahrung nach waren in der Finanzbranche letztlich alle gestört – dort arbeiteten lauter Narzissten, Psychopathen oder auch einfach nur ganz gewöhnliche Arschlöcher. Vielleicht war es in der Werbebranche ja anders.

»Können wir ein anderes Mal darüber reden?«

»So schlimm?«, fragte Bashir scharfsinnig wie immer.

»Immerhin geht es nicht um Leben und Tod wie in deinem Job«, antwortete Adam. Seine eigenen Probleme waren nichts gegen das, was Bashir und seine Kollegen draußen auf der Straße erlebten.

Das Hauptgericht wurde serviert, und die beiden Männer warteten, bis der Kellner wieder gegangen war.

»Ich nehme zwar an, dass es in deiner Branche im Vergleich zu Bandenkriegen und gewalttätigen familiären Auseinandersetzungen etwas gesitteter zugeht, aber das bedeutet noch lange nicht, dass es nicht genauso stressig sein muss«, erklärte Bashir. Er wendete eine Kartoffel in der braunen Butter, schob sie sich in den Mund und setzte eine glückselige Miene auf. »Jetzt verstehe ich, warum du dein Luxusleben so genießt. Das hier schmeckt wirklich tausendmal besser als ein Burger. Und jetzt erzähl Onkel Bashir schon, was dich bedrückt.«

Adam verzog den Mund. Bashir war ein Jahr jünger als er und hatte eher etwas von einem Schlagersänger aus dem Mittleren Osten als von einem vertrauenerweckenden Onkel. Jedenfalls solange man nicht genauer hinsah und Bashirs traurige Augen entdeckte. Adam schnitt sich ein Stück Fisch ab und versuchte sich um eine Antwort zu drücken.

Doch Bashir war Experte darin, die Leute zum Reden zu bringen, egal ob es nun Verdächtige, Zeugen oder bloß Jugendfreunde aus Akalla waren.« »Nun komm schon, Adam, ich weiß, dass du gern den starken schweigsamen Mann markierst. Aber das ist nicht immer das Schlaueste. Erzähl.«

Adam legte sein Besteck zur Seite und griff nach seinem Bierglas. »Ich muss in einer Werbeagentur Umstrukturierungen vornehmen, um sie effektiver zu machen.« Er hatte bereits alle Aufgabenbereiche durchkalkuliert und analysiert. »Dabei muss ich auch einige Kündigungen aussprechen.« Heute hatte er sich mit fast allen Mitarbeitern des Büros zusammengesetzt. Es waren kurze, effiziente Gespräche gewesen, bei denen er jeden Einzelnen aufgefordert hatte, ihm darzulegen, in welcher Form sie zum Erfolg der Agentur beitrugen.

»Das liegt dir doch sonst so gut«, bemerkte Bashir, und es klang wie ein Vorwurf.

Das stimmte. Adam gefiel es, oder er hatte zumindest nichts dagegen. Die Mitarbeiter, die er feuerte, waren im besten Fall untauglich, im schlimmsten Fall kriminell, und er empfand kein Mitleid mit ihnen.

»Diese Agentur ist kleiner. Da ist es etwas anderes.« Adam bezweifelte, dass es bei Sandelman & Dyhr einen Betrüger gab. Dort arbeiteten lauter ganz gewöhnliche Leute. Und ein paar von ihnen würden arbeitslos werden. Er kaute seinen Fisch zu Ende, trank von seinem Bier und wischte sich den Mund ab. »Manchmal geht mir das alles furchtbar auf den Geist«, sagte er und schaute ins Leere. Er wusste nicht einmal, woher seine Worte so plötzlich kamen, doch als er sie aussprach, merkte er, dass sie stimmten. Es kam immer öfter vor, dass er seine Arbeit hinterfragte.

Bashir betrachtete ihn nachdenklich. »Ist denn irgendwas Besonderes vorgefallen?«

»Nein«, antwortete er. »Oder, vielleicht doch«, fügte er hinzu. »Ach, ich weiß es nicht.«

Bashir schaute ihn fragend an.

»Es gibt da eine Frau«, sagte Adam langsam und ohne richtig zu wissen, warum. Das war doch wohl kaum relevant, oder?

»Ich verstehe.« Bashirs Ton war neutral.

Adam versank in Schweigen und stocherte von sich selbst genervt mit der Gabel im Essen herum. Warum musste er plötzlich wieder an Lexia denken? Er spießte ein Stück Kartoffel auf seine Gabel, schob es aber nicht in den Mund. Er wurde einfach nicht schlau aus ihr.

»Adam?«

Er schaute auf. »Ja?«

»Du bist mit deinen Gedanken abgedriftet.«

»Wirklich?«

»Ja. Es gibt da eine Frau, hast du gesagt. Und dann bist du verstummt. Kannst du das etwas näher ausführen?« Bashir wischte sich mit der Serviette sorgfältig den Mund ab, legte sie auf den Tisch und wartete.

»Und warum?«

Bashir legte den Kopf schräg. »Weil es schon ziemlich lange her ist, dass du mal irgendeine Frau erwähnt hast.«

Adam rieb sich den Nacken. Er wusste selbst nicht recht, wie er es formulieren sollte. »Es ist nicht, wie du denkst. Aber im Büro gibt es eine Frau, die sich völlig unprofessionell verhält. Sie kommt unvorbereitet zur Arbeit, übernimmt keine Verantwortung und ist total verwöhnt.« Er verstummte.

»Und wo liegt das Problem? Klingt, als wäre sie ungeeignet. Aber da ist noch etwas anderes, oder?«

Das war typisch Bashir. Er fasste die Fakten zusammen und stellte ergänzende Fragen, um das Gehörte zu verstehen, ohne es zu bewerten.

»Ich weiß nicht. Ich nehme an, es ist einfach nur ein Gefühl. Aber ich habe sie im *Sturehof* an der Bar getroffen.«

Bashir warf ihm einen verdutzten Blick zu. »Hast du nicht heute erst in der Agentur angefangen?«

»Ja.«
»Und wann hast du sie in der Bar getroffen?«
»Gestern Abend, rein zufällig. Wir haben uns unterhalten. Aber sie wusste nicht, wer ich bin. Ich hab sie auf einen Drink eingeladen. Oder auf mehrere, besser gesagt.«
Bashir betrachtete ihn lange.
»Was ist?«, fragte Adam irritiert.
»Und worüber habt ihr geredet? Ich meine, in der Bar?«
Adam nahm einen Bissen von seinem Essen. Er wusste nicht, was er antworten und wie er das Ganze erklären sollte. Es war eine bizarre Unterhaltung gewesen. Sehr persönlich und amüsant. Und außerdem konnte er Bashir nicht erzählen, dass er Lexia geküsst hatte. Dann würde Bashir glauben, dass er verrückt geworden wäre. Obwohl Lexia ja eigentlich eher ihn geküsst hatte, was in diesem Zusammenhang allerdings unwesentlich war. Abgesehen davon, dass der Kuss an sich für ihn von Bedeutung war, denn er war geradezu elektrisierend gewesen. Heiß und unvergesslich. Er hob den Blick. Im selben Augenblick betrat eine blonde Frau mit weichen Kurven das Restaurant. Das Licht verfing sich in ihren Haaren, und Adam zuckte zusammen. Sein ganzer Körper reagierte, bevor seine Vernunft die Oberhand gewann. Denn es war gar nicht Lexia Vikander. Natürlich nicht. Er begriff nicht einmal, warum er es angenommen hatte, denn in Stockholm gab es bestimmt Tausende von hellblonden Frauen. Lexia war nach der Mittagspause ins Büro zurückgekommen und hatte mit gesenktem Kopf weitergearbeitet, und sie hatten kein Wort mehr miteinander gewechselt. Gegen achtzehn Uhr war sie plötzlich verschwunden. Sie hatte sich nicht von ihm verabschiedet, was kaum verwunderlich war, denn sie kannten sich ja nicht näher. Abgesehen von der Tatsache, dass sie sich geküsst hatten. Aber vielleicht küsste sie ja öfter mal irgendwelche Männer, und womöglich bedeutete ihr dieser Kuss rein gar nichts. Höchst-

wahrscheinlich hatte sie ihn längst vergessen, denn schließlich hatte sie ordentlich einen sitzen gehabt. Doch er hatte ihn keineswegs vergessen.

Bashir schaute ihn an, und Adam merkte, dass er schon wieder länger geschwiegen hatte.

»Wir haben über nichts Besonderes geredet«, antwortete er abweisend. »Warum fragst du?«

Bashir hob abwehrend die Hände. »Du warst es doch, der von ihr angefangen hat. Wie heißt sie denn?«

Doch Adam hatte schon viel zu viel gesagt. »Ach, das tut nichts zur Sache. Ich weiß auch nicht, warum ich es überhaupt erwähnt habe. Ist nicht weiter wichtig. Nachtisch?«

Bashir sah aus, als wollte er noch mehr zum Thema sagen, nickte dann jedoch.

Adam würde am kommenden Tag seine Mitarbeitergespräche fortsetzen. Die Besprechung mit Lexia hatte er als letzte eingeplant. Bis dahin würde er sich voll auf seine Arbeit und nichts anderes konzentrieren. Keine Küsse, keine Kurven und auch keine blonden Locken.

7

Lexia

»Ich meine ja nur, dass es allen Menschen guttun würde, fünf Kilo abzunehmen. Das ist alles, was ich sagen will.«
Lexia bemühte sich, ruhig durch die Nase ein und durch den Mund wieder auszuatmen, als sie den ihr wohlbekannten Satz hörte. Es half nichts, erbost zu reagieren. Denn seit ihrer Kindheit hatte sie ihn schon so oft gehört, dass sie eigentlich längst immun gegen die Vorwürfe ihrer Mutter sein müsste.
»Und zwar wirklich allen«, wiederholte ihre Mutter, die gertenschlanke sechzigjährige Eva Sporre, mit der Beharrlichkeit einer bereits Bekehrten. »Schlank zu sein würde dir so gut stehen.«
Lexia atmete noch einmal tief durch und bemühte sich, ruhig zu bleiben und Nachsicht zu üben. Sie blies ihre Wangen auf und ließ dann die Luft langsam wieder hinaus. Sie ging oft spazieren, aber nur selten in diesem Tempo. Noch einen Tick schneller, und sie wären geradezu durch die Innenstadt gejoggt.
»Aber Mama«, entgegnete sie so neutral wie möglich. »Es gibt jede Menge Leute, denen es ganz und gar nicht guttun würde.«
»Und wer sollte das sein, wenn ich fragen darf?«
»Magersüchtige, Normalgewichtige. Leute, die sich mit ihrem Gewicht wohlfühlen.«
Eva schnaubte verächtlich, als wäre allein schon der Gedanke daran ein Witz, dass irgendein Mensch mit seinem Kör-

pergewicht zufrieden sein könnte. Die lilafarbenen Gewichte um ihre Handgelenke leuchteten auffordernd, während sie ihre Arme vor und zurück schwingen ließ. Ihre Mutter war ständig in Bewegung. »Das reden die sich doch nur ein. Es gibt keinen Grund, sich gehen zu lassen. Ich bin froh, in Östermalm zu arbeiten. Hier sind alle schlank, und das motiviert mich. Man kann immer etwas für sein Aussehen tun«, sagte sie. Darin bestand Evas Lebensaufgabe. Sich selbst zu optimieren, ihren Körper zu straffen, glattere Haut zu bekommen und noch schlanker zu werden. Ihre Anstrengungen galten auch Lexia, ihrer einzigen Tochter. Lexia hätte schwören können, dass sie als Erstes das Wort »ungesund« gelernt hatte: *Nein, Lexia, iss das nicht, das ist ungesund!*

Eva joggte auf der Stelle und zog dabei abwechselnd die Knie hoch, während sie mit den Fäusten in die Luft boxte.

»Können wir nicht über irgendwas anderes reden als übers Gewicht?«, bat Lexia. »Und können wir *bitte* etwas langsamer gehen?«

Eva nahm etwas Tempo raus. »Es geht dabei vor allem um die Gesundheit. Die eigene Gesundheit sollte allen am Herzen liegen.«

Lexia strich sich eine Haarsträhne aus der Stirn. Der Schweiß, der sich auf ihrer Kopfhaut gebildet hatte, würde ihre Haare Amok laufen lassen, und sie wollte nicht völlig verschwitzt ins Büro zurückkehren.

»Du redest zwar von Gesundheit, aber eigentlich meinst du damit eher Gewicht und Aussehen«, konterte sie. »Das könntest du doch wenigstens ehrlich zugeben, Mama?«

Ihre Mutter blieb stehen. »Aber beides hängt doch miteinander zusammen, jedenfalls mental betrachtet. Wenn man gesund lebt, fühlt man sich auch besser. Erstens sagt einem das der gesunde Menschenverstand, und zweitens ist es wissenschaftlich erwiesen.«

Lexia entgegnete nichts weiter. Ihre Mutter war gelinde gesagt besessen vom Thema Gewicht – ihrem eigenen und dem ihrer Mitmenschen. Gleich danach kamen das Thema Aussehen – ihr eigenes und das der anderen – sowie die Kalorien pro hundert Gramm in den Lebensmitteln, die man zu sich nehmen durfte. Lexia hasste es zutiefst. Diese gebetsmühlenartigen Wiederholungen ließen so viel Frauenpower verpuffen. Es war wie eine Religion. Hatten sie und ihre Mutter schon je ein vernünftiges Gespräch miteinander geführt, bei dem es nicht um Gewicht und Gesundheit gegangen wäre?

Das Ganze hatte schon früh angefangen. Lexia konnte sich an Bücher mit Diätvorschlägen und Trainingsprogrammen erinnern, die sie schon als Kind zu Weihnachten geschenkt bekommen hatte. An diverse Aktivitäten, an denen sie in den Ferien hatte teilnehmen müssen, wie Zeltlager vom Sportverein mit Workshops zu Obst und Gemüse. Und an all die Regeln zu Hause, die mit dem Essen zusammenhingen. Verschiedenste Vorschriften, die abhängig von der gerade aktuellen Religion – Verzeihung, Diät – eingehalten werden mussten. Ganz zu schweigen von den vielen demütigenden Belehrungen im Lauf der Jahre auf Kindergeburtstagen.

Nein, Lexia, nimm nicht noch mehr von dem Saft, trink lieber Wasser.

Es genügt doch wohl, wenn du ein Brötchen isst, oder?

Hör auf, andauernd zu essen!

Einer der früheren Exmänner ihrer Mutter, die nach Lexias Vater auf der Bildfläche erschienen, war ein Schönheitschirurg namens Hubert aus Stocksund gewesen. Lexias Vater war Schreiner gewesen, aber Eva hatte sich von ihm scheiden lassen, als Lexia noch klein war. Der darauffolgende Ehemann hatte als Verkäufer in einem Autohaus für Luxuswagen gearbeitet, sodass ein Arzt als Nachfolger eine logische Steigerung darstellte. Eva war fünf Jahre mit ihm verheiratet gewesen, und währenddessen hatten sie alle drei in seiner Villa in Stocksund gewohnt. Ihre Mutter hatte als Empfangsdame in seiner Privatklinik gearbeitet. Lexia hatte auf eine Reichenschule in Stocksund gehen müssen, während Eva begonnen hatte, sich wie eine Frau der oberen Zehntausend zu gebärden. Sie kaufte ihre Kleider in Boutiquen, lud die Frauen aus der Nachbarschaft zum Nachmittagskaffee ein und forderte Lexia auf, mit den Mädchen aus ihrer Klasse »Netzwerke zu bilden«. Ihre Mutter war über ihre Heirat mit einem Schönheitschirurgen selig gewesen, das wusste Lexia. An Lexias dreizehntem Geburtstag hatte Hubert einen Filzstift zur Hand genommen und damit auf Lexias Körper die Problemzonen markiert, von denen er behauptete, dass sie »in Angriff genommen« werden sollten. Bauch, Oberschenkel und Arme. Ihre Mutter hatte angesichts der schwarzen Striche und Kreise auf ihrer Haut besorgt genickt.

»Du musst aufpassen, Lexia, du kannst jetzt wirklich keinen Babyspeck mehr mit dir rumtragen.«

Danach hatte Lexia einen ganzen Monat lang gehungert. Dabei hatte sie einige Kilo abgenommen und jede Menge Lob erhalten (*Mein Gott, wie hübsch du bist! Wie hast du denn das geschafft?*), doch dann fehlte ihr die Kraft, um weiter zu hungern. Sie hatte viel zu viel Lust auf belegte Brötchen, Süßigkeiten und Pasta, sodass sie wieder normal zu essen begann und rasch alle Kilos wieder draufhatte. Und noch ein paar mehr. Kurz darauf ließ sich ihre Mutter von Hubert scheiden. Lexia vermisste ihn nicht. Ein halbes Jahr später heiratete ihre Mutter den Marketingexperten Dieter Dyhr.

Dieter kam aus einer vermögenden Familie (*Er ist Millionär, Lexia, ich bin so glücklich*), und sie zogen um in eine Villa mit zehn Zimmern in Djursholm. Ein weiterer Aufstieg auf der gesellschaftlichen Leiter. Lexia hatte erneut die Schule wechseln müssen und dort Josephine kennengelernt. Sie war zwar nicht unbedingt von Josephine gemobbt worden, jedenfalls nicht durchgängig. Es waren vielmehr ihre ständigen Kommentare über Fett, Kohlenhydrate und dicke Menschen sowie ihr Lachen, das abrupt verstummte, sobald Lexia den Klassenraum betrat. Dazu kam ihre eigene anhaltende Unsicherheit, ob sie von der Mädelsclique gerade akzeptiert oder ausgeschlossen wurde. Sie hatte nie kapiert, warum Josephine sie so verachtete. Manchmal kam es ihr so vor, als ärgerte sich Josephine allein schon über Lexias Existenz.

Doch Dieter war immer nett zu ihr gewesen. Allerdings hatte alles Gute auch immer einen Haken gehabt. Beziehungsweise alles Negative brachte etwas Positives mit sich. Je nachdem, wie man es betrachtete. Lexia schaute ihre Mutter an und verspürte die altbekannte Mischung aus Genervtheit und Zuneigung. Ihre Mutter bemühte sich unbeirrbar darum, zu den Frauen aus Östermalm zu gehören. Doch Lexia sah, wie sie insgeheim hämisch lächelten, und war sich im Klaren darüber, dass sie nie ganz dazugehören würde.

»Ach, übrigens, bei uns im Büro herrscht gerade absolutes Chaos«, sagte sie in einem Versuch, das Thema zu wechseln. Sie hatte sich zum Ziel gesetzt, in einem ganz normalen Gesprächston weiterzureden. Sie hatte nun mal nur eine Mutter, und in gewisser Weise waren sie aufeinander angewiesen, und da sollte es ihr doch wohl gelingen, sich eine Stunde lang mit ihr zu unterhalten, ohne sich in einen aufrührerischen Teenager zu verwandeln. Oder wenigstens vierzig Minuten. Sie linste auf ihre Armbanduhr. Schon bald würde sie vorgeben können, wieder ins Büro zurückzumüssen.

Ihre Mutter blieb auf einem Kiesweg im Park Humlegården stehen und dehnte ihre Muskeln an einem Laternenpfahl. Sie hatte lange schlanke Beine, glatte straffe Oberschenkel und durchtrainierte Waden. Es war, als stammten ihre Mutter und sie aus völlig verschiedenen Genpools. Abgesehen von der Tatsache, dass sie dieselben türkisblauen Augen hatten, hätten sie hinsichtlich Aussehen, Körperbau und Mentalität nicht unterschiedlicher sein können. Ihre Mutter war groß und schlank und hatte honigfarbenes blondes Haar, das sich nie kräuselte oder gar verfilzte. Ihre Oberweite war ansprechend, ihre Taille schmal, ihr Bauch absolut flach, zwischen den Oberschenkeln gab es bei ihr einen deutlich sichtbaren Zwischenraum.

»Ja, davon habe ich schon gehört. Du achtest aber auf dein Benehmen, oder?« Ihre Mutter beugte den Kopf nach unten und zwischen die Beine, dann schob sie ihre Hüften erst nach rechts und links und anschließend vor und zurück.

»Was meinst du damit?«, wollte Lexia wissen.

Ihrer Mutter wurden von überallher Gerüchte zugetragen, da sie inzwischen einen Schönheitssalon in Östermalm betrieb und Expertin darin war, jeden noch so belanglosen Unsinn aufzuschnappen. Auch wenn ihr die Oberschichtdamen keinen Zutritt zu ihrem innersten Kreis gewährten, kamen sie doch gern auf einen Plausch zu ihr.

»Hat Dieter dir irgendwas über unsere Agentur erzählt?« Von all den Ehemännern ihrer Mutter – insgesamt fünf an der Zahl – hatte Lexia Dieter immer am liebsten gemocht. Natürlich abgesehen von ihrem Vater, an den sie sich jedoch kaum erinnerte. Dieter und ihre Mutter waren zwölf Jahre verheiratet gewesen, und Dieter hatte mitverfolgt, wie sich Lexia von einem gehänselten Teenie zu einer halbwegs selbstsicheren und beruflich engagierten Frau entwickelte. Er hatte sie dazu animiert, Fortbildungen zu besuchen, und sie immer wieder motiviert. Erst kürzlich hatte sich ihre Mutter von ihm scheiden lassen, als Graf Sporre aufgetaucht war. Lexia vermisste Dieter. Außerdem versetzte es ihr noch immer einen Stich, dass er die Agentur verkauft hatte, ohne sie zu informieren.

»Ich habe keinen Kontakt mehr zu Dieter«, sagte Eva abwehrend. »Und du solltest auch keinen haben. Er hat nichts mehr mit unserem Leben zu tun.«

»Hm«, meinte Lexia. Ihre Mutter erwartete jedes Mal von ihr, dass sie ihre Sympathien auf den jeweils nächsten Mann verlagerte, der in ihre Familie kam, denn für Eva waren Männer austauschbar. Ungefähr so wie Möbelstücke oder Dekorationsgegenstände. Doch für Lexia war es nicht ganz so leicht, und sie beschloss, demnächst einmal bei Dieter anzurufen.

»Lisen hat es mir erzählt«, berichtete Eva. Lisen war Josephines Mutter und Leos Schwiegermutter. Sie und Eva wetteiferten darin, wer von ihnen die schlankste Figur hatte, wer am glücklichsten war und wer die gelungensten Kinder vorweisen konnte. Ihre arme Mutter verlor in allen Disziplinen haushoch. Lexia hatte ihr nie erzählt, wie gemein Josephine in der Schulzeit zu ihr gewesen war und wie gemein sie sich auch heute noch ihr gegenüber verhielt. Ihre Mutter war so froh darüber, mit Lisen befreundet zu sein, von ihr eingeladen zu werden und dabei sein zu dürfen, dass Lexia es nicht übers Herz brachte, ihr das Ganze zu vermiesen.

»Leo hat zu Lisen gesagt, in der Agentur würden Umstrukturierungen bevorstehen. Irgendein verrückter Chef sei gekommen, der jede Menge Unruhe stiftet. Ich fass es nicht, dass Dieter die Agentur an diesen Roy Hansson verkauft hat. Er ist doch nur ein stinknormaler Emporkömmling. Das sagen alle.«

Lexia konnte die anschließende Stille kaum aushalten. Denn Eva war schließlich selbst ein Emporkömmling. Sie hatte sich strategisch hochgeheiratet: Hubert war reich gewesen, Dieter war noch reicher und Graf Sporre am reichsten. Zwar nicht ganz so vermögend wie Lisens Ehemann, aber immerhin. Und außerdem war er adlig.

»Ich hoffe nur, du gibst nicht zu viele Widerworte. Niemand mag aufmüpfige Frauen. Das tust du doch nicht, oder?« Gleich nach dem Begriff »dick« kam das Wort »aufmüpfig«, das in der Welt ihrer Mutter zu den verwerflichsten Eigenschaften einer Frau gehörte.

»Ich gebe keine Widerworte«, entgegnete Lexia und warf einen weiteren Blick auf ihre Uhr. Noch vierunddreißig Minuten. Viel länger würde sie es nicht mehr aushalten.

»Ich habe gehört, dass du am Wochenende etwas zusammen mit Josephine Sandelman unternommen hast. Wie schön, dass ihr noch immer befreundet seid.«

»Ich würde nicht gerade sagen, dass wir befreundet sind«, erwiderte Lexia abwehrend. *Und auch nicht, dass wir etwas zusammen unternommen haben.*

»Ich bin ja so froh, dass du auf eine gute Schule gegangen bist.«

Eva selbst besaß keinerlei Ausbildung, und Lexia wusste, dass ihre ständigen Zurechtweisungen zum Großteil mit ihrer Unsicherheit zusammenhingen. Sie tätschelte ihrer Mutter die Hand. Was tat es schon zur Sache, dass Josephine so kindisch war und immer sticheln musste?

»Ich weiß, Mama. Aber du, ich muss jetzt wieder zurück ins Büro.«

»Ich kann dir demnächst gern einen Termin in meinem Salon geben«, rief Eva ihr nach. »Dann werde ich mich deiner Falten annehmen. Das wäre doch schön, oder?«

Zwanzig Minuten später zog Lexia die Tür zur Agentur auf. Sie war nicht nur durchgeschwitzt und völlig erschöpft, sondern hatte außerdem noch einen Bärenhunger. Während einer Mittagsverabredung etwas zu essen, schien ihrer Mutter gar nicht in den Sinn zu kommen. Lexia steuerte geradewegs auf die Küche zu und öffnete den Kühlschrank. Selbst hier im Büro waren alle wie besessen vom Kalorien- und Kohlenhydrate-Zählen. Lexia interessierte sich nicht dafür, welcher Gesundheitstrend in diesem Monat gerade aktuell war. Andauernd fiel irgendwem irgendeine neue Idee ein. Spezielle Nüsse aus Peru oder Algen vom Meeresboden waren die neuen Wunderwaffen, die allen das Gefühl vermittelten, dynamisch und fit zu sein. Manchmal hätte sie angesichts der immer neuen Trends am liebsten ihre Stirn gegen die Wand gerammt. In anderen Erdteilen hungerten die Menschen. Millionen von ihnen hatten kein Geld, um ihre Kinder mit Essen oder wenigstens sauberem Wasser zu versorgen, und hier hatten die Leute eine panische Angst vor Mehl und Zucker und versorgten sich stattdessen mit idiotischen Nahrungsergänzungsmitteln, die Gelée Royale enthielten. Benötigten die armen Bienenköniginnen den Futtersaft denn nicht selbst?

Ganz hinten im Kühlschrank entdeckte Lexia einen verschmähten Becher mit fetthaltigem Fruchtjoghurt. Im Schrank darüber kramte sie ein Tütchen mit gesüßten Cornflakes hervor, für die die Agentur eine ziemlich misslungene Werbekampagne gemacht hatte – es war diejenige, die sie am Vortag im Meeting präsentiert hatte.

Lexia öffnete die Tüte und gab den Inhalt gemeinsam mit dem des Joghurtbechers in ein Schälchen. Sie lehnte sich mit dem Po gegen die Arbeitsplatte und begann zu essen, während sie eine wiederkehrende Diskussion mit sich selbst führte. Einerseits hatte sie einen starken Glauben an sich selbst und ihre Fähigkeiten. Sie wusste, dass sie engagierte Arbeit leistete. Puh, sie musste unbedingt ein besseres Wort als dieses verhasste »engagiert« finden, dachte sie, während sie kaute. Männern sagte man doch nie nach, dass sie engagiert waren, oder? Männer waren einfach nur verdammt kompetent. Sie nahm einen großen Löffel voll und füllte noch mehr süßen Joghurt und zuckrige knusprige Cornflakes ins Schälchen. Himmlisch. Andererseits setzte ihr jedoch ihr schlechtes Selbstvertrauen zu. Sie kämpfte schon ihr ganzes Leben gegen das Gefühl an, nicht gut genug zu sein. Zuerst in der Schule und später im Berufsleben. Sie hatte keine prestigeträchtige Ausbildung an der Berghs School absolviert, was dazu führte, dass sie sich in der Werbebranche häufig unterlegen fühlte. Und sie stellte sich nur ungern neuen Herausforderungen, das wusste sie. Das würde sich im Zuge des Eigentümerwechsels rächen. Adam Nylund würde sie rauswerfen.

Nachdenklich kaute sie weiter. Heute hatte sie Adam noch gar nicht gesehen. Er saß hinter verschlossener Tür in seinem Büro, wo er »informelle Gespräche« mit seinen Angestellten abhielt. Doch seine Gegenwart war in der ganzen Agentur zu spüren. Die Leute arbeiteten außergewöhnlich effizient. Ihre weiblichen Kollegen waren sorgfältiger geschminkt und schicker gekleidet als sonst, während sich die Männer machohafter gaben, einander großspurig auf den Rücken klopften und mit ihren Heldentaten prahlten. Sie selbst versteckte sich aus Angst vor ihrem eigenen Gespräch in der Küche. Die Kollegen hatten Adams Büro mit ganz unterschiedlichen Mienen wieder verlassen. Manche von ihnen waren den Tränen nahe gewesen. Wie viele würden gefeuert werden? Niemand wusste es.

Als sie gerade über die letzte Frage nachdachte, kam Leo in die Küche.

»Du weißt schon, dass die ausschließlich aus Zucker bestehen?«, meinte er zur Begrüßung.

In ausgeklügelter Manier schob sie sich einen weiteren Löffel Cornflakes in den Mund, ließ sie zwischen ihren Zähnen zerkrachen und genoss den Zuckerschub. Kurz darauf gesellte sich Micke Wollgren auf der Suche nach Teebeuteln zu ihnen. Er war einer der Projektleiter der Agentur und der Kollege, den Lexia am liebsten mochte.

»Hallo, heute gar nicht verschlafen?«, fragte Lexia zwischen zwei Löffeln Joghurt. Sie verstand sich mit den meisten ihrer Kollegen gut, aber Micke mochte sie ganz besonders. Er war Vater zweier kleiner Kinder, ein netter und intelligenter Typ, als Projektleiter allerdings etwas farblos. Und er hatte die Tendenz, morgens zu verschlafen.

»Oh Gott, das war ja total peinlich gestern«, antwortete er und goss Teewasser in ein hohes Glas.

»Ach, das passiert doch jedem mal. Wie war dein Gespräch?«, fragte Leo.

»Habt ihr denn eure noch gar nicht gehabt?«, konterte Micke.

»Doch, ich war gestern gleich einer der Ersten«, antwortete Leo.

»Und ich hab meins heute Nachmittag«, sagte Lexia. Zum einen war sie heilfroh, es endlich hinter sich zu bringen, zum anderen hatte sie panische Angst davor. Würde Adam das aufgreifen, was im *Sturehof* zwischen ihnen vorgefallen war, oder eher so tun, als wäre nichts geschehen? Was wäre schlimmer?

Micke tauchte seinen Teebeutel ins Glas und ließ ihn ziehen, bevor er den Kühlschrank öffnete und zwei verschiedene Energydrinks herausnahm.

»Meins war ganz okay«, sagte er, entschied sich schließlich für eine der Flaschen und schraubte den Deckel auf.

»Und was hat dich der harte Hund gefragt?«, wollte Leo wissen. Sein Ton war ironisch. Leo machte gern sarkastische Bemerkungen. Auch wenn Lexia annahm, dass sein Verhalten mit einer gewissen inneren Unsicherheit einherging, fand sie es dennoch nervig. Sie selbst war auch manchmal unsicher, aber deswegen verhielt sie sich den anderen gegenüber noch lange nicht gehässig. Aber womöglich war Leos Persönlichkeit familiär bedingt, denn Josephine war genauso. Lexia betrachtete es als Ironie des Schicksals, dass sie in derselben Agentur arbeitete wie der Ehemann ihrer schlimmsten Peinigerin aus der Schulzeit. Aber vielleicht war es ja kein Zufall. Dieter Dyhr und Sandelman Senior hatten die Agentur in den Achtzigerjahren gegründet und waren beste Freunde gewesen. Leo Sandelman war in die Klasse über Josephine und ihr gegangen. Nach dem Motto: Wie klein die Welt doch ist, und so weiter.

Micke zuckte mit den Achseln. »Er hat nicht viel gesagt. Hat mich ein wenig zu meinen Arbeitsaufgaben befragt und wie ich mir die Zukunft vorstelle. Danach hat er hauptsächlich zugehört. Ach ja, und er hat mich nach meiner persönlichen Einschätzung der Kollegen gefragt.«

Lexia und Leo schauten Micke auffordernd an. »Und, hast du darauf geantwortet?«, fragte Lexia. Ob Adam sie tatsächlich gegeneinander ausspielen wollte?

Micke schaute weg.

Leo machte eine Geste, die alles und nichts bedeuten konnte. »Ich habe in diesem Artikel in der *Resumé* gelesen, dass er in allen Büros, in denen er tätig war, Mitarbeiter gefeuert hat«, erklärte er.

Resumé war neben *Dagens Media* eine der wichtigsten Zeitschriften der Kommunikationsbranche. Alle, die beruflich etwas mit Medien, Kommunikation, PR, Marketing und Wirtschaft zu tun hatten, lasen beide Zeitschriften jeden Tag aufmerksam. Einer von Leos besten Freunden arbeitete außerdem bei der *Resumé*, sodass er immer die neuesten Informationen parat hatte. »Und dass er jedes Mal, wenn er irgendwo neu hinkommt, erst mal alles umorganisiert«, fuhr er fort.

»Glaubt ihr, dass er es hier auch so machen wird?«, fragte Lexia und überlegte, warum Micke nicht auf ihre Frage nach der Einschätzung seiner Kollegen geantwortet hatte.

»Keine Ahnung«, meinte Micke. »Er ist wie eine Felswand, total undurchschaubar.«

»Hat einer von euch schon mal Roy Hansson getroffen?«, fragte Lexia und öffnete den Kühlschrank. Sie hatte noch immer Hunger. Im obersten Fach fand sie ein Glas Oliven, das sie sich griff. Sie fischte eine Olive heraus und stellte fest, dass Leo sie mit einem abschätzigen Blick musterte. Einmal hatte Leo erzählt, dass er mit einem Mädchen Schluss gemacht hatte, weil sie ein Kilo zugenommen hatte. »Stellt euch vor, sie würde noch weiter zunehmen. Fünf oder sogar zehn Kilo«, hatte er mit angeekelter Miene gesagt. Lexia widerstand dem Impuls, ihren Bauch einzuziehen, und schob sich eine weitere Olive in den Mund.

»Nein. Aber seine Tochter«, antwortete Leo und warf Micke einen chauvinistischen Blick zu. »Verdammt heiße Frau.«

»Hat er noch mehr Kinder? Ich meine, Roy?«, fragte Lexia. Sie wollte nicht in sein ermüdendes Gequatsche über gutaussehende Frauen hineingezogen werden. Roys Tochter hatte schließlich mit hoher Wahrscheinlichkeit noch andere Eigenschaften, außer heiß zu sein.

»Er hat drei Töchter. Aber nur eine davon ist hübsch. Sie ist Model.«

Die beiden Jungs lachten.

Lexia schob sich noch eine Olive in den Mund, während die Männer dazu übergingen, sich über eine Indie-Band zu unterhalten, von der sie noch nie gehört hatte. So war es oft, dachte sie. Leo begann unvermittelt über Dinge zu sprechen, von denen sie keine Ahnung hatte. Machte er das nur bei ihr? War es Absicht? Sie betrachtete die beiden Männer, die jetzt über Gitarrenriffs diskutierten. Vielleicht bildete sie es sich auch nur ein. Leo war manchmal ziemlich dünkelhaft, aber er war ein kompetenter Artdirector, das musste sie zugeben. Außerdem sah er gut aus und war es gewohnt, die Aufmerksamkeit auf sich zu lenken. Mitunter konnte er auch nett sein. Das Problem bestand nur darin, dass sie nie genau wusste, wie er gerade drauf war und ob er nur nett zu ihr war, um sich Vorteile zu verschaffen.

Als Adam Nylund kurz darauf in die Küche kam, veränderte sich die Stimmung abrupt. Die Männer nahmen Haltung an, und Leo grinste. Adam begrüßte alle drei mit einem kurzen Nicken und steuerte dann auf die Kaffeemaschine zu. Er startete sie und sagte etwas zu Leo, was Lexia bei den Geräuschen der Maschine nicht verstand. Sie betrachtete die drei Männer. Leo mit seinem sorgfältig arrangierten Kreativlook, den teuren Sneakers und Designerjeans, den verwuschelten Locken und dem entspannten Lächeln. Micke hingegen wirkte umgänglich und harmlos. Adam trug heute eine graue Hose mit einem grauen Oberhemd, dessen Ärmel hochgekrempelt waren. Er hatte attraktive Unterarme, und sein breiter Brustkorb hob und senkte sich sichtbar unterm Hemd. Im Vergleich zu Adam wirkten die beiden anderen wie kleine Jungs. Adam hingegen war ein echter Mann. Nicht nur, weil er älter war als Micke und Leo – sie hatte es gegoogelt, er war sechsunddreißig –, sondern weil er Autorität ausstrahlte und Charisma besaß. Sie konnte es kaum fassen, dass sie mit ihm im *Sturehof* geflirtet und er sich darauf eingelassen hatte. Und dass sie ihn im betrunkenen Zustand geküsst hatte. Sie fragte sich, wie er wohl im Bett war. Dominant oder eher zärtlich? Ihr schoss die Hitze ins Gesicht, und genau in diesem Augenblick drehte sich Adam um und schaute sie direkt an, während er seinen Kaffeebecher zum Mund führte. Sie traute sich kaum, seinen Blick zu erwidern, weil er ihr vermutlich ansehen würde, dass sie ihn attraktiv fand.

»Haben Sie etwas gesagt?«, fragte er. Erleichtert stellte sie fest, dass er sie in Anwesenheit ihrer Kollegen siezte.

»Würde mir nie einfallen«, antwortete sie wahrheitsgemäß.

»Inwiefern?«

»Na ja, wenn ich in den letzten Tagen eins getan hab, dann zu viel zu reden. Aber heute halte ich meinen Mund.« Er schwieg, und sie fragte sich gerade, ob sie zu weit gegangen war, als ihr Handy plötzlich einen Summton von sich gab. Zum Glück. Sie warf einen Blick aufs Display: Siri fragte sie, ob sie auf dem Heimweg Milch besorgen könne. »Sorry, ist was Dringendes, ich muss leider sofort antworten«, entschuldigte sie sich, als hätte sie gerade eine enorm wichtige SMS bekommen.

»Wir sehen uns später«, erinnerte er sie. Als könnte sie das vergessen.

»Na klar. Auf jeden Fall. Bis dann«, sagte sie und verließ die Küche mit dem Blick auf ihr Display. Vermutlich hatte Adam ihre Lüge durchschaut. Sie ging zurück zu ihrem Schreibtisch und sank in sich zusammen. So blieb sie eine Weile sitzen. Dann simste sie Siri, dass sie auf dem Heimweg einkaufen werde. Anschließend blieb sie noch kurz sitzen und versuchte sich zu konzentrieren oder zumindest das peinliche Gefühl abzuschütteln. Jetzt mal im Ernst: Gab es noch etwas Banaleres, als sich in Fantasien über seinen begehrenswerten Chef zu ergehen? Sie wechselte ihre Schuhe und streifte ein Paar mit hohen Absätzen über, besserte ihr Make-up nach und strich ihre Kleidung glatt, die heute sauber und gebügelt war. Dann tupfte sie sich etwas Parfüm auf die Handgelenke und trank ein Glas Wasser. Dina kam kurz vorbei und umarmte sie flüchtig. »Du bist die Beste«, flüsterte Dina, und Lexia fühlte sich gleich besser. Jetzt war es an der Zeit zu zeigen, was sie drauf hatte.

8

Adam

Adam war in das größte Büro der Agentur eingezogen. Irgendwer – höchstwahrscheinlich die seltsame junge Frau vom Empfang – hatte die Regale geleert und eine Vase mit einer Blume auf seinen Schreibtisch gestellt. Der Raum war durch Glastüren von den übrigen Büroräumen abgeschirmt, und von den Fenstern aus schaute man auf eine schmale Gasse. Das Zimmer besaß keinen einzigen rechten Winkel. Der Fußboden neigte sich stark, und die Möbel stellten eine Mischung aus alt und ultra-hip dar. Jetzt hielt er schon den zweiten Tag in Folge ein Mitarbeitergespräch nach dem anderen ab. Allmählich hatte er sich einen Überblick über die Agentur und ihre Angestellten verschafft. Es war zugleich besser und schlechter, als er angenommen hatte. Positiv hervorheben konnte er, dass wider Erwarten doch einiges an Kompetenz vorhanden war. Negativ war, dass er manchen Leuten würde kündigen müssen. Eigentlich hatte er gehofft, drum herumzukommen, stellte er fest.

Jetzt hatte er noch ein letztes Gespräch vor sich. Das mit Lexia. Er ordnete seine Unterlagen auf dem Schreibtisch, beinahe so, als wäre er nervös. Dabei konnte er sich nicht erinnern, wann er zuletzt vor einem Gespräch nervös gewesen wäre.

Dina schaute zur Tür herein und fragte: »Möchten Sie einen Kaffee?«

»Nein, danke.« Er hatte schon viel zu viel Koffein intus und täte eigentlich gut daran, Wasser zu trinken, sich zu bewegen und frische Luft zu schnappen. »Dina?«

»Ja?« Sie schaute ihn abwartend an.

»Waren Ihre Haare nicht gestern noch blau?« Heute war sie schwarzhaarig.

»Ja«, antwortete sie, ohne die Veränderung weiter zu kommentieren. Vielleicht war heute ein Tag für Schwarz. »Möchten Sie irgendetwas anderes?«

»Nein, danke.«

Kaum war Dina verschwunden, rief Roy an. Sie diskutierten eine Weile über Zahlen und unterhielten sich über Kundenbesuche, bis Roy beiläufig sagte: »Ach, übrigens, Rebecca kommt demnächst nach Schweden zurück.«

Adam stützte sich auf die Tischplatte und rieb sich mit den Fingern die Nasenwurzel. »Und wann?«

»Noch diese Woche.«

»Aha.« Adam wusste nicht einmal, wo Rebecca gewesen war. Es war schon lange her, dass er mit Roys Lieblingstochter gesprochen hatte.

»Ich möchte, dass du Rebecca eine Stelle in der Agentur einrichtest.«

»In meiner Agentur?«, fragte er überrascht.

»In *meiner*, Adam. Besorg ihr einen Job. Aber einen guten.«

»Und als was?« Rebecca Hansson war zielstrebig, amüsant und energisch, aber er hatte keine Ahnung, was sie konnte. Soweit er wusste, hatte sie im PR-Bereich gearbeitet. Als Model, Schauspielerin und Bloggerin.

»Darüber müsst ihr beide euch einigen. Irgendwas Kreatives würde zu ihr passen. Hattest du nicht geplant, eine Stelle in der Kreativabteilung einzurichten? Eine übergreifende Position wäre perfekt. Ich werde sie bitten, dich umgehend anzurufen.«

»Bist du sicher, dass es eine gute Idee ist?«, fragte Adam. Wenn er sich recht erinnerte, war Rebecca nicht gerade angetan von festen Arbeitszeiten und einem normalen Bürojob. Viel lieber ging sie mit Roys Kreditkarte shoppen und schlief bis mittags.

»Sie hat es selbst vorgeschlagen. Weißt du, sie ist reifer geworden und hat ernsthaft vor, Geld zu verdienen.«

»Wenn du es sagst«, meinte Adam äußerst skeptisch. »Ich werde drüber nachdenken«, fügte er widerwillig hinzu.

»Mach das. Und dann kümmere dich drum. Das ist eine Anweisung.«

Plötzlich klopfte es an seiner Tür. Draußen stand Lexia. Er winkte sie herein.

»Ich muss jetzt auflegen«, sagte er zu Roy, legte auf und erhob sich, während Lexia den Raum betrat.

»Bitte nimm Platz, Lexia.« Die Härchen auf seinen Unterarmen stellten sich auf, und er holte tief Luft. Sie roch angenehm. Ein milder aromatischer Duft nach Vanille und sonnenwarmen Klippen. Ihr ganzes Erscheinungsbild war sanft und sexy. Sie trug glitzernde Ohrringe und hatte ganz helle Lippen, die leicht glänzten. Nur zu gut erinnerte er sich daran, wie sich ihr Mund angefühlt hatte, als sie ihn auf seine Lippen gepresst hatte. Er räusperte sich.

Während er sich an seinen ausladenden Schreibtisch setzte, flackerte vor seinem inneren Auge ein Film vorbei, in dem er ihren Körper bäuchlings auf die Tischplatte presste, ihr den engen Rock nach oben über die Oberschenkel schob und ihre flligen Pobacken entblößte. *Verdammt.* Rasch verdrängte er seine unangemessenen Fantasien, erschüttert darüber, wie kristallklar sie gewesen waren.

Lexia wirkte ruhig, als sie sich auf den Stuhl gegenüber setzte. Falls sie nervös war, sah er es ihr nicht an.

»Ich habe alle Mitarbeiter der Agentur zum Gespräch gebeten, weil ich mir einen Überblick über die Arbeit hier verschaffen will.«

»Ja.« Ruhig und konzentriert faltete sie ihre Hände im Schoß. Am Zeigefinger trug sie einen breiten Silberring, und ihre Fingernägel waren rosafarben lackiert. Er riss seinen Blick von ihr los und legte seine Hand auf ihre Personalakte, die vor ihm lag.

»Kannst du mir etwas über deine Funktion hier in der Agentur sagen?«

»Ja, klar. Ich bin eine von drei Werbetextern und arbeite seit drei Jahren hier.«

»Hast du schon irgendwelche größeren Projekte betreut?«

»Ich war an einigen unserer erfolgreicheren digitalen Werbekampagnen der vergangenen Jahre beteiligt. Natürlich gemeinsam mit meinen Kollegen.«

»Sonst noch irgendetwas?«, fragte er.

»Ich habe in den letzten Jahren fast alle Homepages und Produktkataloge für unsere Kunden verfasst.«

»Und du bist die Tochter von Dieter Dyhr? Von einem der Gründer?« Bis jetzt hatte sie noch nicht die Chance ergriffen, zu prahlen und sich selbst hervorzuheben. Anders als Leo, der sofort von seinem Vater, seinem Erbe und seinen Visionen gesprochen hatte.

»Nein«, antwortete sie.

»Nicht?« Er war sich sicher, es irgendwo gelesen zu haben.

»Meine Mutter war mit Dieter Dyhr verheiratet. Und er war mehrere Jahre lang mein Stiefvater. Aber inzwischen sind sie geschieden.«

»Aber er hat dir die Stelle hier in der Agentur verschafft? Und du hast keine offiziellen Qualifikationen?« Adam war sich im Klaren darüber, dass er sie unter Druck setzte, aber er wollte einfach testen, wie sie darauf reagierte.

Sie richtete sich ein wenig auf. »Ich habe mich ganz normal beworben«, entgegnete sie und schob das Kinn vor. Dieses Thema war offenbar hochsensibel, stellte er fest und wartete.

»Dieter wusste nicht mal etwas von meiner Bewerbung, bevor ich die Stelle bekommen habe.«

Sollte er ihr glauben? Warum eigentlich nicht, denn sie wirkte glaubwürdig. Aber er fragte dennoch in skeptischem Ton weiter: »Und warum wusste er nichts davon?«

»Das war mir wichtig. Oder es *ist* mir wichtig. Außerdem besitze ich sehr wohl eine offizielle Qualifikation, wenn auch von einem Fernstudium.« Jetzt klang sie weniger kühl und gefasst, vielmehr recht lebendig. Und ihr Gesicht hatte Farbe angenommen. »Und hier in der Agentur habe ich auch schon mehrere Projekte angeschoben«, fügte sie hinzu.

Sie strich sich eine Haarsträhne aus dem Gesicht. Gestern während des eigenartigen Morgenmeetings waren ihre Haare lockig und ungebändigt gewesen. Jetzt lagen sie flach an ihrem Kopf an. Gezähmt und unterdrückt. Die andere Frisur gefiel ihm besser.

»Ja, das habe ich gesehen«, pflichtete er ihr bei. Sie war eine engagierte Werbetexterin, das merkte selbst er. Und es gefiel ihm, wenn Leute nicht den konventionellen Weg eingeschlagen hatten. Sie waren oftmals wissbegieriger und zeigten mehr Motivation.

»Danke«, sagte sie.

Dann wurde es still. Er hatte den Faden verloren. Vielleicht war er einfach nur müde.

»Und danke, dass du mir gestern noch eine Chance gegeben hast. Ich weiß selbst, dass ich keinen guten Eindruck hinterlassen habe.« Sie biss sich auf die Lippe. »Da auch nicht.«

Er musste innerlich lächeln. Er hatte ihre klägliche Präsentation gestoppt, weil sie ihm leidgetan hatte. Klar, er konnte streng sein, wenn die Leute seinen Forderungen nicht nachkamen, und hatte auch nichts dagegen, rücksichtslos durchzugreifen, doch das bedeutete noch lange nicht, dass er andere gern erniedrigte. Deswegen hatte er eine Pause vorgeschlagen, was er bei jedem anderen Mitarbeiter auch getan hätte. Zumindest redete er sich das ein.

»Und was kannst du deiner Meinung nach zum Erfolg der Agentur beisteuern? Was ist einzigartig an dir?« Seine Worte hatten einen ganz anderen Beigeschmack bekommen, als er sie zu ihr sagte, und er ertappte sich dabei, sich leicht vorzubeugen, um zu hören, was sie antworten würde.

Die anderen hatten von ihren ehrgeizigen Zielen, Netzwerken und Ideen gesprochen. Leo hatte erneut seinen Vater erwähnt. Alle Männer hatten ihre Performance hervorgehoben. Nur Yvette hatte angefangen zu weinen.

»Ich würde gerne moderne Werbung machen«, begann Lexia beflissen. »Das kann ich gut. Ich will neue Möglichkeiten der Kommunikation entwickeln. Ich bin gut im Texten und würde gern Kampagnen machen, die etwas verändern. Es gibt viele Leute, die sich in der Durchschnittswerbung nicht repräsentiert fühlen. Das möchte ich ändern.«

»Ich verstehe«, sagte er, ohne sich klüger zu fühlen.

Sie sah aus, als wollte sie ihm noch mehr erzählen. »Ich weiß, dass ich beim Morgenmeeting einen schlechten Eindruck hinterlassen habe«, begann sie gequält. »Aber da war ich nicht ganz ich selbst.«

»Du hattest einen heftigen Kater.«

»Richtig.«

»Passiert dir das öfter?«

»Gott, nein. Ich vertrage Alkohol nicht besonders gut.«

Jetzt musste er unwillkürlich den Mund verziehen. Das war gelinde gesagt eine Untertreibung. »Ich weiß, dass es zum Teil meine Schuld war«, sagte er entschuldigend. Er hatte ihr einfach zu viele Drinks spendiert.

»Normalerweise bin ich besser organisiert. Und mein Job ist mir wirklich wichtig«, sagte sie. »Vielleicht habe ich ja noch eine zweite Chance.«

»Ja, vielleicht«, entgegnete er und spürte, wie ein Lächeln über seine Mundwinkel huschte.

»Ich glaube wirklich, dass wir in dieser Branche zu einer besseren Welt beitragen können. Wenn Werbung richtig gestaltet wird, verändert sie die Denkweise der Leute und kann Gutes bewirken.«

Während sie ihre Gedanken über das, was ihr wichtig war, näher darlegte, konnte er sich nicht recht entscheiden, ob er ihre Ausführungen rührend oder eher irritierend fand.

»Und was würdest du ändern, wenn du die Möglichkeit dazu hättest?«

»In der Agentur? Oder in der Welt?«

Er verzog den Mund. »In der Agentur.«

Lexia zögerte, und er beobachtete sie eingehend. »Wenn du jemanden entlassen müsstest? Wer wäre das?«, verdeutlichte er seine Frage. Was würde sie sagen, wenn sie wüsste, dass Leo ihm vorgeschlagen hatte, sie zu entlassen, weil sie nicht ehrgeizig genug sei und sich nicht durchsetzen könne? In der Bar hatte sie durchaus eingefordert, was sie haben wollte. Aber sie hatte auch von ihren Ängsten gesprochen.

Lexia schüttelte den Kopf. »Tut mir leid, aber auf diese Frage möchte ich nicht antworten.«

»Kannst du das bitte näher erklären?«

Sie schaute ihn lange an. Ihr Blick hatte etwas Stählernes. Sie hatte sich ihre Stelle aus eigener Kraft erkämpft. Leo war ihr in den Rücken gefallen, dabei hatte sie es in dieser männerdominierten Branche ohnehin nicht leicht, in der viele Frauen auf der Strecke blieben. Doch offenbar gab es gewisse Grenzen, über die sie nicht verhandeln wollte. All das las er in ihrem Blick, bevor sie ruhig antwortete: »Nein.«

»Ich verstehe.« Sie saßen da und schauten einander an. Er hatte einiges über sie gelesen, wie über die anderen auch. Doch er hatte sich insbesondere Lexias Hintergrund genauer angeschaut, vielleicht weil er es nicht gewohnt war, sich in einem Menschen zu täuschen. Vielleicht auch, weil er neugieriger auf sie war als auf die anderen. Er hatte sich ihre Bewerbung durchgelesen, ihren Lebenslauf und auch den Begleitbrief, den sie vor drei Jahren geschrieben und zusammen mit ihrer Bewerbung in der Agentur abgegeben hatte. Ihre berufliche Vergangenheit war ziemlich unkonventionell: Sie hatte in Büros und Boutiquen gejobbt, bevor sie vertretungsweise bei einer großen PR-Agentur als Empfangsdame angefangen hatte. Neben ihrer Arbeit hatte sie im Rahmen eines Fernstudiums an einer Berufsakademie, die er nicht kannte, Kommunikation mit dem Schwerpunkt Werbetexten studiert. Er hatte sich ihre Arbeitsproben durchgelesen und festgestellt, dass ihre Texte absolut unterhaltsam waren. Witzig, modern und tiefgründig. Und sie schien eine natürliche Begabung für soziale Medien und Online-Kampagnen zu haben. Die anderen Frauen in der Agentur hatten erwähnt, dass Lexia aufmerksam und kreativ war und für jedes Problem eine Lösung parat hatte.

»Möchtest du noch etwas wissen?«, fragte sie, und ihm fiel auf, dass er lange schweigend dagesessen hatte. Adam war schon seit einigen Jahren im Management und hatte festgestellt, dass Männer häufig vorgaben, alles zu können. Sie bewarben sich dementsprechend auf Stellen, auf die sich Frauen nicht bewarben, weil diese der Auffassung waren, die Kriterien nicht erfüllen zu können, während es den Männern egal war, und sie es trotzdem versuchten. Diesbezüglich herrschte eine eklatante Schieflage, und Adam arbeitete ständig daran, es auszugleichen, was ihm allein schon aus Vernunftgründen angebracht erschien. »Willst du noch mehr wissen?«, fragte er.

Sie schüttelte den Kopf.

»Dann reden wir ein anderes Mal weiter«, sagte er, um ihr zu signalisieren, dass das Gespräch beendet war. Sie standen auf, und er ging um seinen Schreibtisch herum, um ihr die Tür zu öffnen. Nachdem sie gegangen war, stellte er sich ans Fenster, das auf die uralte Gasse wies. Sie war so schmal, dass er geradewegs ins Büro gegenüber hineinschaute.

Bei Sandelman & Dyhr arbeiteten nur vier Frauen. Als einzige von ihnen schien Dina ausländische Wurzeln zu haben, doch auch sie stammte aus der Mittelschicht. Die Mitarbeiter der Agentur bildeten eine derart homogene Gruppe, dass es Adam Kopfschmerzen bereitete. Fast alle waren hellhäutig, alle stammten aus der Mittel- oder Oberschicht, und es waren zum überwiegenden Teil Männer. Konnten sie in einer Welt, in der es vor allem um kreatives Denken ging, überhaupt innovative Werbung machen? Er wusste, dass er einige schwierige Entscheidungen würde fällen müssen, und das schon bald. Erschwerend kam noch die Sache mit Rebecca hinzu. Und die Tatsache, dass er drei Personen feuerte, während er seiner Exfreundin eine Stelle in der Agentur anbot, würde wirklich verdammt gut ankommen.

9

Lexia

Lexia verließ Adams Büro völlig benebelt. War das Gespräch gut gelaufen? Sie hatte keine Ahnung, denn es war ihr schwergefallen, woanders hinzuschauen als auf ihre Hände, ihre Knie und die Wand hinter Adam. Es war verrückt, wie stark sie auf ihn reagierte. Mitten im Gespräch hatte sie angefangen darüber nachzudenken, wie es wäre, hier in seinem Büro Sex mit ihm zu haben. Total gestört. Es war schon viel zu lange her, dass sie mit einem Mann geschlafen hatte. Daran musste sie wirklich etwas ändern, dachte sie.

Im Flur zog Leo fragend die Augenbrauen hoch, aber sie hatte keine Lust, mit ihm zu reden, denn sie musste nachdenken. Sie warf ihm einen Blick aus zusammengekniffenen Augen zu und fragte sich, was der kleine Verräter wohl auf die Frage geantwortet hatte, wer seiner Meinung nach gefeuert werden sollte. Dann packte sie rasch ihre Sachen zusammen und wechselte ihre Schuhe. Auf dem Heimweg kaufte sie Milch und Toilettenpapier.

Am nächsten Morgen brach die Hölle los. Der Erste, der gefeuert wurde, war der einzige IT-Experte der Agentur. Der Zweite war ein Key-Account-Manager, der für die Kundenbetreuung zuständig war. Alle waren schockiert, als hätte im Büro eine Bombe eingeschlagen und die Anwesenden müssten noch völlig benommen den Schaden abschätzen. Einige Mitarbeiter versammelten sich in der Küche. Lexia stand mit Dina am Empfangstresen.

»Er hat es offenbar eiskalt durchgezogen«, sagte Dina.

»Wie sollen wir nur ohne IT-Support auskommen?«, fragte die Finanzchefin Yvette und kämpfte mit den Tränen, während sie einen Stapel Unterlagen auf dem Tresen ablegte und Godzillas Fell tätschelte. Yvette hatte öfter Probleme mit ihren Computerprogrammen, und Lexia hoffte, dass Adam ihr nicht kündigen würde.

»Wir werden einen Berater hinzuziehen«, antwortete Dina.

»Glaubst du, dass es jetzt vorbei ist?«, fragte Lexia. Die Angst lag ihr wie ein Bleiklumpen im Magen.

»Ich hoffe«, antwortete Dina.

Doch es war noch nicht vorbei.

Nach der Mittagspause wurde es noch schlimmer. Viel schlimmer.

»Würden Sie kurz zu mir reinkommen?«, wandte sich Adam mit finsterer Miene an Micke. Der betrat mit bedächtigen Schritten und gebeugtem Rücken Adams Büro. Zehn Minuten später kam er wieder heraus. Mit Tränen in den Augen packte er seine Sachen und legte sie in eine Plastikbox. Es war wie in einem schlechten amerikanischen Film. So etwas darf doch nicht vorkommen, nicht hier bei uns in Schweden, dachte Lexia.

»Ist das wahr?«, fragte sie, während Micke die Fotos von seinen Kindern einsammelte. Adam hatte schon drei Leute gefeuert. Der IT-Experte hatte immer unverhohlen auf ihre Brüste gestarrt, sodass sie ihn nicht weiter vermissen würde. Und Key-Account-Manager gab es bei ihnen recht viele, sodass sie diesen Verlust wohl überleben würden. Aber Micke. Wie konnte jemand einen Mitarbeiter wie Micke entlassen? Er war der netteste, anständigste und feinste Kerl der Welt.

»Was hat er gesagt?«, fragte sie.

»Dass er eine neue Stelle einrichten wird und dass ich nicht die richtigen Qualifikationen dafür habe«, antwortete Micke. Seine Stimme brach. »Und dass ich in einen besseren Wecker investieren sollte.«

Lexia warf einen Blick auf Adams Büro. Die Tür war geschlossen. Dahinter sah sie ihn mit verbissener Miene und völlig ungerührt auf seinem Laptop herumtippen. Adam Nylund schien keinerlei Mitgefühl zu haben.

Schon gegen fünfzehn Uhr war auf der Homepage von *Resumé* zu lesen, dass bei Sandelman & Dyhr mehrere Mitarbeiter gehen mussten. Irgendwer hatte die Info durchsickern lassen. Automatisch schaute Lexia zu Leo rüber. Er besaß viele Kontakte in der Medienbranche, und sie hatte schon oft den Verdacht gehegt, dass er die Journalisten mit delikaten Auskünften fütterte. Doch es konnte auch irgendwer anders gewesen sein. Das tat ja nichts zur Sache. Sie öffnete das Dokument mit ihrem Lebenslauf. Es war wohl an der Zeit, ihn zu aktualisieren. Denn wer wusste schon, wen Adam als Nächstes feuern würde. Plötzlich hörte sie ein Stück entfernt jemanden schluchzen. Yvette saß da und starrte auf den Bildschirm ihres Computers. Lexia ging auf ihre Kollegin zu und legte ihr eine tröstende Hand auf die Schulter. »Wenn du Hilfe mit deinem PC brauchst, sag einfach Bescheid, ja?«

»Danke«, sagte Yvette schniefend.

Kurz darauf kam Dina bei ihr vorbei. »Adam möchte dich und Leo sprechen«, sagte sie zu Lexia und winkte Leo ebenfalls zu sich.

»Und worüber? Weißt du das?«, flüsterte Lexia fragend.

Selbst Leo wirkte nervös, als er zu ihnen stieß. »Was geht denn hier ab?«

»Keine Ahnung«, antwortete Dina. »Der Boss will euch sprechen. Viel Glück.«

Sie betraten Adams Büro. Er forderte sie nicht einmal auf, sich zu setzen, und Lexias Herz pochte hysterisch. Sie hatte einiges angespart. Doch wie lange würde das Geld reichen? Jetzt wünschte sie sich, sie wäre nicht so oft shoppen gegangen. Konnte man sich seine Rente im Voraus ausbezahlen lassen? Oder würde sie gezwungen sein, sich etwas von ihrer Mutter zu leihen? Doch das wollte sie nicht. Auf gar keinen Fall. Dieter würde ihr bestimmt einen Kredit gewähren, doch allein schon der Gedanke daran war ihr unangenehm. Ihre Selbstständigkeit war ihr enorm wichtig. Sie war erwachsen und wollte sich nicht in irgendeine Abhängigkeit begeben. Jetzt war sie kurz davor zu hyperventilieren.

»Lexia?« Adams Stimme durchbrach ihre Panik.

Sie starrte ihn an. Jetzt verspürte sie keinerlei Anziehungskraft mehr, nur noch Angst. »Ja?«, entgegnete sie heiser.

»Hören Sie mir zu?«, fragte er. Dabei wirkte er nicht erbost, sondern eher etwas müde und schaute sie fragend an. Lexia hatte keine Ahnung, worüber er gerade gesprochen hatte. Sie war gedanklich völlig abgedriftet.

»Ich habe gerade einen Anruf von einer Mitarbeiterin bei Offi O bekommen. Sie wissen doch, wer das ist, oder?«

Sie nickte. Es klang nicht unbedingt danach, als hätte er vor, sie zu feuern. Sie nickte erneut, diesmal etwas entschiedener, und spürte, wie ihr Puls in die Höhe schoss.

»Sandelman & Dyhr hat eine Anfrage erhalten, ob wir zu ihnen kommen und einen Pitch für ihre neue Kampagne machen wollen.«

Lexia richtete sich auf. »Was? Wirklich?«

Leo lachte auf. Es war ein überhebliches, anmaßendes Lachen. »Ich will ja nicht prahlen, aber ich bin Offi neulich auf einer Grillparty begegnet. Sie mag mich. Wahrscheinlich ist es deswegen.«

Adam warf Leo einen Blick zu, den Lexia nicht deuten

konnte. Kapierte er, dass Leo Blödsinn redete? Leo war richtig gemein, und sie sah sich gezwungen, die Sache klarzustellen. Doch bevor sie den Mund öffnen konnte, kam Adam ihr zuvor und sagte:

»Sie wollen den Pitch schon am Freitag haben. Es ist recht kurzfristig, aber ich gehe mal davon aus, dass Sie das schaffen, oder?«

»Natürlich«, antwortete Lexia mit Nachdruck. Es war verdammt kurzfristig, aber sie war bereit, sich bis zur Erschöpfung zu verausgaben, um Offi O ihre Ideen zu präsentieren.

»Sie hat ein Briefing geschickt«, erklärte er knapp und durchbohrte sie mit dem Blick. Lexia hielt die Luft an und bemühte sich, den Eindruck eines anpassungsfähigen, leistungsstarken Teamplayers zu erwecken, und nicht wie eine Werbetexterin mit Fernstudium dreinzublicken, die gerade erwogen hatte, ihre Vita an mehrere Agenturen zu verschicken, weil sie ihren neuen Chef für einen eiskalten Psychopathen hielt.

»Dann werden wir aber einen Projektleiter brauchen«, sagte sie. Vielleicht konnte sie Adam ja überreden, Micke zu behalten? Wenn sie ihm klarmachen würde, wie wichtig jemand wie Micke war und dass man jemanden brauchte, der das Team zusammenhielt, den Kontakt zum Kunden pflegte, sich um die praktischen Dinge kümmerte, vermittelte und die Leute motivierte – vielleicht konnte Micke ja bleiben. Ihr kam es noch immer völlig unwirklich vor, dass er gehen sollte.

»Bis auf Weiteres müssen Sie beide allein klarkommen. Und wenn wir den Zuschlag erhalten, bekommen Sie auch einen Projektleiter. Alles steht und fällt mit Ihrem Pitch.«

Jetzt bloß keinen Druck verspüren, dachte sie. Leo nickte nur.

»In der Agentur wird es in Zukunft einige Veränderungen geben«, erklärte Adam.

»Noch mehr?«, konnte sie sich nicht verkneifen zu fragen. Adam bedachte sie mit einem kühlen Blick. Das hier war ganz und gar nicht der Mann, den sie im *Sturehof* kennengelernt hatte. Vielmehr hatte sie den Eindruck, dass es diesen Mann überhaupt nicht gab, sondern dass er nur ein Produkt ihrer eigenen Fantasie gewesen war, unterstützt durch die vielen Drinks. Dieser Mann, der die Leute ohne Pardon schasste, der nie lächelte und sie mit seinen kalten grauen Augen anstarrte, kannte offenbar kein Erbarmen.

10

Adam

Am Abend des nächsten Tages warf Adam einen Blick auf Lexia Vikanders Arbeitsplatz. Nur ganz flüchtig, während er seinen Mantel abstreifte, ihn ausschüttelte und sich mit der Hand durchs feuchte Haar fuhr. Während er zu Fuß in die Altstadt gelaufen war, hatte es angefangen zu regnen. Er war den ganzen Tag unterwegs gewesen: erst zu einem Frühstücksmeeting mit Roy und dann zu mehreren Kundenterminen in diversen Büros, auch in der Innenstadt, doch er hatte sich vorgenommen, danach noch ein paar Stunden im Büro zu arbeiten, denn er musste alles, was nicht bis zum nächsten Tag warten konnte, in Angriff nehmen, bevor er nach Hause ging. Eigentlich sehnte er sich nach einer heißen Dusche und kühlen Laken. Wer hätte gedacht, dass in der Werbebranche ein derart hohes Tempo vorgelegt wurde? Doch er wollte Ergebnisse sehen und forderte von sich selbst nicht weniger als von seinen Mitarbeitern. Er strebte danach, am härtesten von allen zu arbeiten, als Erster zu kommen und als Letzter wieder zu gehen. Er war nie der Typ gewesen, der lange Urlaub nahm oder das Büro früher verließ, um eine Runde Golf zu spielen. Wenn man von seinen Mitarbeitern verlangte, hundert Prozent zu geben, musste man sich selbst um hundertzwanzig bemühen. Dementsprechend ausgepowert fühlte er sich jetzt.

Draußen war es schon stockdunkel. Es wehte heftig, und die Fensterscheiben schepperten in regelmäßigen Abständen.

Drinnen war es in fast allen Räumen dunkel, da die meisten Angestellten längst gegangen waren. Doch Lexia war noch da. Sie stand an ihrem Schreibtisch und war tief in ihren Bildschirm versunken. Adam warf einen Blick auf seine Armbanduhr und stellte fest, dass es schon fast zwanzig Uhr war. Es herrschte kein Zweifel daran, dass Lexia hart arbeitete, um den Pitch für Offi O vorzubereiten. Er hatte ihnen eine fast utopische Deadline gesetzt, doch Lexia schien fest entschlossen, sie einzuhalten. Sein Blick blieb an ihrem Körper hängen, heftete sich an ihre weichen Schultern, ihren leicht gebeugten Rücken und den rundlichen Po, bevor er sich dabei ertappte und rasch wegschaute. Stattdessen begrüßte er eine der Putzkräfte, die gerade die Papierkörbe ausleerte. Lexia trug große Kopfhörer und schien blind und taub für ihre Umwelt zu sein.

Adam setzte sich auf den Schreibtischstuhl in seinem Büro, legte seinen Laptop auf den Tisch und klappte ihn auf. Gestern war ein harter Tag gewesen. Die drei Kündigungen hatten ihn nicht kaltgelassen, auch wenn sie nötig gewesen waren. Oder na ja, Micke hatte er eigentlich nur entlassen müssen, um Rebecca eine Stelle anbieten zu können. Das zehrte an ihm. Er klickte ein Dokument an und warf erneut einen Blick in Lexias Richtung. Sie stand mit gerunzelter Stirn da und biss sich auf die Lippe, sah ihn aber noch immer nicht. Er richtete seinen Blick wieder auf den Bildschirm. Als er das nächste Mal zu Lexia rüberschaute, sah er, wie sie mit einem Taschentuch ihre Wange betupfte und sich die Nase putzte. Es sah aus, als weinte sie. Unangenehm berührt schaute er weg, doch dann sah er noch einmal hin. Sie hatte entrüstet auf die Entlassung ihres Kollegen reagiert, und das wiederum hatte ihm weitaus mehr ausgemacht als vermutet. Er hatte das Bedürfnis verspürt, sich ihr zu erklären, es aber letztlich doch wieder verworfen. Lexia war wirklich völlig versunken in ihren Bildschirm, trocknete sich jedoch hin und wieder rasch die Augen.

Er konnte es sich selbst nicht recht erklären, aber er sah sie nicht gern so traurig. Also stand er auf, zögerte dann jedoch, denn er wollte nicht aufdringlich sein. Aber wenn nun irgendetwas passiert war?

»Alles in Ordnung?«, rief er schließlich fragend in ihre Richtung. Da das Büro fast leer war, und außer ihnen beiden nur noch eine Putzkraft die letzten Sachen in der Küche wegräumte, hallte seine Stimme lauter wider als beabsichtigt. Und dennoch hörte sie ihn nicht. Die Kopfhörer!

Zögerlich ging er auf sie zu.

Endlich schaute sie auf. »Tut mir leid, ich hab gar nicht gemerkt, dass du hier bist.« Sie nahm die Kopfhörer von den Ohren und fuhr sich rasch mit dem Finger unter den Augen entlang. »Ich habe dich den ganzen Tag noch nicht gesehen.«

Er betrachtete eingehend ihr blasses Gesicht. »Alles okay mit dir?« Es klang kurz angebunden, dabei machte er sich eigentlich Sorgen, wusste jedoch nicht, wie er es ausdrücken sollte, jedenfalls jetzt nicht, nach allem, was geschehen war.

Sie warf ihm einen abwartenden Blick zu, und er spürte zum ersten Mal, wie sehr er es hasste, dass seine Mitarbeiter Angst vor ihm hatten.

»Klar, alles gut«, antwortete sie.

In ihrer Miene konnte er keinerlei Hinweise auf ein Interesse an weiterer Kommunikation entdecken, doch jetzt, wo er schon einmal an ihrem Schreibtisch stand, wollte er nicht gleich wieder gehen. Irgendetwas beschäftigte sie. Und er war schließlich ein Chef, der sich um seine Angestellten kümmerte.

»Sicher? Du wirkst etwas bedrückt.« Eigentlich hätte er sagen wollen, dass sie traurig wirkte, doch aus irgendeinem Grund kam ihm das zu privat vor, sodass er sich mit dem Ausdruck »bedrückt« begnügte.

Sie schaute aus dem Fenster. Im Profil sah sie erwachsener und ernster aus. Ihre blonden Haare waren zu einem legeren

Knoten hochgesteckt, und ihre hellen Locken umspielten ihren Nacken. Vielleicht bildete er es sich nur ein, aber im kalten dunklen Büro meinte er ihren warmen Duft zu erahnen. Wer hätte gedacht, dass der Vanillegeruch so erotisch sein konnte?

»Das Ganze weckt weitaus mehr Gefühle in mir, als ich angenommen habe«, sagte sie nach einer Weile. Ihr Gesicht war noch immer zum Fenster gewandt.

Er wusste nicht mehr, wovon sie gerade gesprochen hatten, denn er hatte sich in Gedanken an warme Haut, geschwungene Linien und weiche Lippen verloren.

»Was? Der Pitch?«

Er begriff nicht ganz, was einen beim Thema Unterwäsche gefühlsmäßig so mitnehmen konnte, doch sie nickte und wandte sich wieder ihrem Bildschirm zu. Ihr lässiger Haarknoten wurde von zwei Bleistiften zusammengehalten, wie er jetzt sah. Zwei gelbe lange Stifte, die sie sich seitlich ins Haar geschoben hatte. Wenn man sie herauszog, würden ihr die Haare offen über den Rücken hinunterfallen.

»Manchmal hat man es als Frau nicht leicht«, antwortete sie.

»Nein«, pflichtete er ihr bei, auch wenn er nicht recht wusste, wovon sie sprach. Doch sie wirkte ernst, und ihre Behauptung schien vieles offenzulassen, sodass er einfach zustimmte.

»Ich gehe gerade verschiedene Werbekampagnen für Dessous durch. Viele sind mit sexistischen Kommentaren gespickt, an denen ich jedes Mal hängen bleibe.« Sie deutete auf ihren Bildschirm. »Da kann man richtig Angst bekommen.«

Das hatte sie also getan, als sie ihren Bildschirm so intensiv mit dem Blick fixierte. Sie hatte Recherche betrieben. Er sah, wie es in ihren Augen aufblitzte. Im gedimmten Licht wirkten sie fast schwarz. Im *Sturehof* waren sie leuchtend blau gewesen, fast türkis mit winzigen glitzernden Einsprengseln, die an Goldstaub erinnerten.

»Es macht mich so wütend. Und dann auch wieder traurig. Aber schließlich überwiegt die Wut.«

»Und was schreiben die Leute so?«, fragte er und kam sich blöd vor, weil er nicht mehr über das Thema wusste. Er hatte bislang alle Hände voll mit Personalfragen und Verwaltungsangelegenheiten zu tun gehabt, sodass ihm keine Zeit geblieben war, sich näher mit dem Input von Offi O oder gar der Frage zu befassen, was für ein Dialog über Werbung in den sozialen Medien geführt wurde.

»Ach, es ist eine Vielzahl von Äußerungen, die man kaum über einen Kamm scheren kann. Massenweise reiner Sexismus und jede Menge Unwissenheit. Weißt du, man kann wirklich gute und innovative Werbung machen, aber es gibt leider so viele schlechte Kampagnen.«

»In welcher Hinsicht?«, fragte er interessiert, denn er merkte deutlich, dass das Thema sie fesselte.

»Eine Bildsprache, die vorsintflutliche Normen untermauert, anstatt sie aufzuweichen. Slogans, die genauso gut aus den Fünfzigerjahren stammen könnten. Ich bin es so leid. Und sobald irgendwer infrage stellt, warum Werbung für Unterwäsche ausgerechnet von einer superschlanken weißen jungen Frau präsentiert werden muss, die ihre Lippen zu einem Kussmund formt und verführerisch ihren Busen vorschiebt, quellen die Kommentarfelder über mit sexistischen Bemerkungen von Männern, die offenbar nicht ganz bei Trost sind. Ganz ehrlich, Adam, versuch dich mal so hinzustellen wie ein Dessous-Model, dann wirst du feststellen, wie krank das ist.« Sie verstummte und kratzte sich an der Stirn. »Es gibt so viele Idioten.«

»Das stimmt wohl«, pflichtete er ihr bei und versuchte sich seinen eigenen Körper in einer klassischen weiblichen Pose in Unterwäsche vorzustellen. Sie hatte recht – es ging nicht. Er hatte nie zuvor darüber nachgedacht, obwohl er sich selbst für einen aufmerksamen und reflektierten Menschen hielt. Doch das taten wohl die meisten Männer – sie hielten sich für unheimlich schlau. »Im Namen aller Männer bitte ich um Entschuldigung für all die Idiotie, der du ausgesetzt worden bist«, sagte er feierlich.

Sie verzog den Mund. »Danke.«

»Es ist schon spät. Willst du nicht bald Feierabend machen?«, fragte er.

»Ich arbeite gern noch so spät. Und außerdem haben wir ja eine extrem enge Zeitvorgabe.« Sie lächelte ihm vorsichtig zu, als befürchtete sie, dass er nicht kapieren würde, wie sie ihn aufzog.

»Erzähl mir, wie du arbeitest«, forderte er sie aus einem Impuls heraus auf. Sie warf ihm einen misstrauischen Blick zu, woraufhin er abwehrend die Hände hochhielt. »Ich bin nur neugierig, nichts anderes. Du musst natürlich nicht, wenn du nicht willst. Es geht mir nicht darum, deine Arbeitsweise zu bewerten oder mich einzumischen. Ich lerne einfach nur gern dazu. Und da ich aus der Finanzwelt komme, stellt Werbung für mich noch immer ein großes Rätsel dar.«

Die hellen Haare rahmten ihr Gesicht ein. Plötzlich fiel ihr eine Locke in die Stirn, wo sie hin und herschwang. Lexia blies sie zur Seite, doch sie fiel wieder zurück.

»Ich fange mit der Recherche an. Das tue ich immer. Ich rede mit den Leuten, surfe im Internet und lese mir einiges zum Thema an.«

»Vor einem Pitch?« Das klang ziemlich aufwendig. Sie wussten ja nicht einmal, ob sie den Zuschlag bekommen würden. Und wenn das so wichtig war, warum war Leo schon gegangen, während sie noch hier stand und arbeitete?

»Als Erstes muss man die Dinge in der Tiefe verstehen. Jedenfalls ist es für mich so. Erst dann wird man im Kopf frei und kann kreativ sein.«

»Ich verstehe«, sagte er, obwohl er es nicht ganz begriff. Aber er war nun einmal auch kein Konzepter.

»Es klingt vielleicht etwas unkonventionell.«

»Nach allem, was ich gehört habe, besitzt du ein gutes Urteilsvermögen.«

»Wirklich?«, fragte sie ironisch, und er wusste, dass sie an ihre Begegnung im *Sturehof* dachte.

Er wedelte abwehrend mit der Hand. »Ich meine, was die Arbeit betrifft. Wenn es dir richtig vorkommt, dann ist es richtig, unabhängig davon, was andere denken. Vertrau auf dein Gefühl.«

Sie betrachtete ihn lange, und er verspürte ein Ziehen in der Brust. Lexia strahlte irgendetwas aus, gegen das er sich nicht wehren konnte. Er hatte es schon bei ihrer ersten Begegnung gespürt. Der verletzliche Ausdruck in ihren Augen war noch immer da, doch jetzt lächelte wenigstens ihr Mund. »Hättest du das erwartet? Dass es bei deiner Arbeit um Damenunterwäsche gehen würde?«

»Selbstverständlich«, antwortete er.

Sie lachte auf. Ihm gefiel ihr Lachen, denn es war warm und melodisch. Kein mädchenhaftes Kichern, sondern voll und tief. In seiner Brust breitete sich eine Wärme aus, die ihn nach ... mehr verlangen ließ. Sie räusperte sich, wandte ihren Blick ab und spielte an ihrer Tastatur herum. Er streckte seine Hand aus und berührte einen der Stifte auf ihrem Schreibtisch. Eigentlich sollte er sie jetzt in Ruhe lassen.

»Ich wollte mir gerade einen Kaffee holen«, sagte er stattdessen. Er hatte keine Lust, schon wieder zu gehen, denn er wollte noch mehr hören, nicht zuletzt ihre Stimme, wollte ihr Vertrauen wiedergewinnen, von dem er wusste, dass es existiert hatte, bevor sie erfuhr, wer er war. Merkwürdig, vorher hatten ihn persönliche Details zu seinen Angestellten nie interessiert.

»Möchtest du auch einen? Oder willst du lieber Feierabend

machen?« Es war schon spät, und sie hatte dunkle Ringe unter den Augen. Vielleicht sollte er sie auffordern, nach Hause zu gehen? Doch er wollte die fragile Waffenruhe zwischen ihnen nicht gefährden.

Sie lächelte und streckte sich. Dabei machte sie ein Hohlkreuz und schob ihren Busen vor. Sein Blick wurde magisch von ihren weichen verlockenden Brüsten angezogen, die unter dem Stoff ihres Oberteils nicht zu übersehen waren. Doch er schaute rasch weg. Lexia hatte ihn gerade über Sexismus belehrt, und er starrte unverhohlen auf ihren Busen. Wirklich super.

»Ich nehme gerne einen Kaffee«, sagte sie.

Sie folgte ihm in die Küche. Als sie nebeneinander vor der Kaffeemaschine standen, spürte er, wie ihre Haare seine Schulter streiften, und erschauderte lustvoll. Er griff nach dem Behälter mit den Kapseln und war froh, etwas Praktisches und Alltägliches tun zu können.

»Und, was hast du heute so gemacht?«, fragte sie, während er im selben Moment fragte: »Was möchtest du?«

Sie lachte und sagte: »Ganz normaler Kaffee wäre gut«, während er gleichzeitig antwortete: »Ich hatte jede Menge Meetings.«

»Aha«, sagte sie, woraufhin beide verstummten. Adam versah die Maschine mit einer Kapsel. Dann standen sie gemeinsam da und schauten dem Gerät zu, während es dampfte und zischte. Adam beugte sich vor, um ihr die Tasse mit dem fertigen Kaffee zu reichen. Lexia streckte ihre Hand aus, und ihre Finger stießen gegeneinander. Sie zog ihre Hand rasch wieder zurück und lachte verlegen. »Nimm du sie«, sagte sie.

»Ich wollte sie dir doch gerade geben«, entgegnete er und merkte, wie idiotisch diese Konversation war. Eigentlich wäre nichts dabei gewesen, ihre Hand zu berühren. Die Leute berührten einander ständig unbeabsichtigt, ohne dass es irgendetwas zu bedeuten hätte. Doch er spürte noch immer die Wärme ihrer Finger auf seiner Haut.

»Danke«, sagte sie.

Während er einen Kaffee für sich selbst zubereitete, stand Lexia da und umschloss ihre Tasse mit beiden Händen. »Das, wovon wir vorhin gesprochen haben, also dass man es als Frau manchmal nicht ganz leicht hat, ist eine sehr persönliche Sache für mich«, sagte sie langsam.

Er lehnte sich gegen die Arbeitsplatte, schwieg und nippte an seinem Kaffee.

»Es hat angefangen, als die Schulkrankenschwester uns wog. Ein Schüler nach dem anderen musste sich vor allen Klassenkameraden auf die Waage stellen. Und ich wog mehr. Ein Mädchen in meiner Klasse hat mich die ganze Zeit damit aufgezogen. Wir waren nur eine kleine Clique, aber sie war die Beliebteste, und die anderen schauten zu ihr auf. Sie haben mich gehänselt. Sie selbst haben das bestimmt nicht schlimm gefunden, sondern eher als Spaß gesehen, aber bei mir hat es tiefe Spuren hinterlassen.«

»Ich verstehe«, sagte er leise und sah die demütigende Szene förmlich vor sich.

»Ich wurde zwar nicht gerade gemobbt, aber sie haben mich verspottet und gepiesackt. Mir kam es so vor, als hätte sich das Mädchen einfach nicht mit meinem Aussehen abfinden können. Kinder können ziemlich gemein sein.«

»Ja«, pflichtete er ihr bei, denn er wusste es genauso gut wie sie. Kinder konnten grausam sein, wenn man ihnen den Spielraum dafür ließ. Einige von ihnen wurden irgendwann reifer, während andere bis ins Erwachsenenalter hinein niederträchtige Mobber blieben.

»Diese Kindheitsjahre formen einen extrem. Ich weiß, dass es mir egal sein müsste, aber das ist leichter gesagt als getan. Und bei der Arbeit an diesem Pitch kommt alles wieder hoch.

Die Gedanken an den eigenen Körper und dass man sich gegen all die Botschaften wehren muss, mit denen man täglich konfrontiert wird. Und dass man auf gar keinen Fall zu Hetze und Verachtung beitragen darf.«

»Ich glaube, mir war das bislang überhaupt nicht bewusst.«

»Wenn eine ganz gewöhnliche Frau in den sozialen Medien ihren Körper zeigt, wird sie gleich mit Kommentaren überhäuft, in denen gesagt wird, dass sie unattraktiv, dick und hässlich ist. Schon eine leicht übergewichtige Frau wird mit unvorstellbarem Hass überschüttet. Aber eine dicke Frau, die ein Foto von sich veröffentlicht und sich noch dazu nicht für ihr Aussehen entschuldigt? Die um ihr Recht kämpft, sich genau wie alle anderen zu zeigen?« Lexia schüttelte den Kopf.

»Wenn man die Kommentare liest, die eine solche Frau erhält, kann man den Eindruck kriegen, dass es die Leute besser fänden, wenn sie gar nicht auf der Welt wäre.«

»Aber betrifft das denn nicht auch Männer?«, fragte Adam neugierig. Er war in einem männlichen Milieu aufgewachsen, wo man nie über das Thema Gewicht sprach, und er selbst hatte sich nie irgendwelche Gedanken darüber gemacht.

»Ja, schon, aber in ganz anderer Ausprägung. Der Hass gegen Frauen ist weitaus stärker. Eine Frau wird immer nach ihrem Aussehen beurteilt. Wir alle sind darauf gedrillt, uns selbst zu hassen, sobald wir nicht ins Schema passen, oder eben zu hungern und uns anzupassen.«

Sie versank in Schweigen, und ihr war anzusehen, dass sie an etwas Bestimmtes dachte.

»Lexia? Was ist los?«

»Einmal bin ich richtig fertiggemacht worden«, sagte sie langsam. »Und zwar auf Instagram.«

Es musste um etwas sehr Ernstes gehen, das war ihrer Miene zu entnehmen. »Was ist passiert?«

»Es war vor einigen Jahren. Eine Frau hat ein Foto von mir

gepostet, auf dem ich von hinten zu sehen war. Nur mein Rücken, der Po und die Oberschenkel. Ein äußerst unvorteilhaftes Foto. Kurz vorher war ich von einem Typen verlassen worden, und mir ging es ziemlich mies. Ich habe sie gebeten, das Foto zu löschen.«
»Aber sie hat es nicht getan?«
»Nein. Stattdessen hat sie die Leute aufgefordert, ihre ehrliche Meinung dazu zu äußern. Doch die Bemerkungen in den Kommentarfeldern sind völlig aus dem Ruder gelaufen. Die Leute waren richtig ekelhaft.«
»Inwiefern?«
»Sie haben geschrieben, wie hässlich, fett, aufgedunsen, schlecht gekleidet und dumm das Mädel auf dem Foto aussehe. Damit haben sie andere Leute natürlich noch angestachelt.« Sie schauderte und sah weg. »Puh, all das hatte ich längst verdrängt, aber es war entsetzlich. Ich hab noch ziemlich lange darunter gelitten.«
»Das ist wirklich grausam.«
Lexia wirkte am Boden zerstört, und Adam hätte große Lust gehabt, allen, die sich abwertend über sie geäußert hatten, ordentlich die Meinung zu geigen.
»Ja, oder? Doch als ich irgendwann versuchte, sie zur Rede zu stellen, hat sie bloß gemeint, dass es nur ein Scherz gewesen sei und ob ich denn keinen Spaß verstehen würde. Was soll man dazu sagen?«
»Hat sie das Foto denn dann wenigstens entfernt?«
»Nein, soweit ich weiß, ist es noch immer online. Diese Sache löst so vieles in mir aus. Wusstest du, dass viele körperbezogene Komplexe im direkten Zusammenhang mit der Bekleidungsindustrie stehen?«
»Nein, eigentlich ist das alles absolutes Neuland für mich.«
Inzwischen wirkte sie etwas weniger verzweifelt, was ihn freute.

»Es hat damit angefangen, dass man Kleidungsstücke entwarf, die allen passen sollten. Als sie dann aber manchen Frauen nicht passten, dachten die, es läge an ihnen. Das ist doch völlig absurd.«

»In der Tat.« Die Diskussion und Lexias leidenschaftliches Plädoyer bewegten ihn.

»Wie du sicher merkst, ist das ein sehr persönliches Thema für mich.« Sie errötete leicht, und ihn beschlich das Gefühl, eigentlich wissen zu müssen, wovon sie sprach.

»Sorry, aber was meinst du genau?«, fragte er, denn er musste gerade an eine höchst unpassende Situation denken, an ihren Kuss im *Sturehof*.

»Dass ich zu viel wiege«, erklärte sie.

Automatisch ließ er seinen Blick über ihren Körper gleiten, über ihre großzügige Oberweite, ihre geschwungenen Hüften, alles, was seinem Empfinden nach an Lexia Vikander einzigartig war. Er erinnerte sich vage daran, dass sie in der Bar etwas Ähnliches erwähnt hatte. Aber er hatte es für völlig absurd gehalten und nicht weiter ernst genommen. Jetzt wusste er nicht, wie er sich dazu äußern sollte. Er war schließlich ihr Chef und konnte schwerlich sagen, dass er sie supersexy fand.

»Ich weiß nicht, was ich dazu sagen soll«, brachte er schließlich aufrichtig hervor.

Lexia senkte den Kopf und schwieg eine Weile. »Ich gehe jetzt wieder zurück an meinen Schreibtisch und schließe die Sache ab, die ich angefangen hatte. Danke für den Kaffee.« Ihr Ton war jetzt bedeutend kühler.

»Danke«, sagte er und wollte eigentlich noch mehr sagen. Irgendetwas in der Art, dass er ihr Vertrauen schätzte und dass die Leute, die ihr zugesetzt hatten, doch nur neidisch waren. Und dass ihr Körper perfekt war. Sogar mehr als das.

»Ich rede nur selten darüber«, fügte sie mit noch immer geröteten Wangen hinzu.

»Die fiese Josephine«, sagte er, nachdem der Groschen bei ihm gefallen war.

»Wie bitte?«, fragte sie.

»Josephine war doch eine von denen, die dich in der Schule gemobbt haben, oder nicht?«

Sie biss sich auf die Lippe und wirkte befangen. »Daran erinnerst du dich noch?«

»Ja.« Er erinnerte sich an alles, was sie am besagten Abend geäußert hatte. Sein Blick blieb an ihrem Mund hängen. An gewisse Dinge erinnerte er sich ganz besonders gut.

»Ich hätte es nie erwähnen sollen. Hätte ich gewusst, wer du bist, hätte ich meinen Mund gehalten.« Sie warf ihm einen vorwurfsvollen Blick zu.

»Tut mir leid«, sagte er, obwohl es ihm gar nicht leidtat. Denn wenn sie gewusst hätte, wer er war, hätte sie sich auch nicht auf ihn gestürzt.

»Sie ist mit Leo verheiratet«, fügte sie hinzu.

»Ja, das ist mir klar.«

»Das war höchst unprofessionell von mir. Ich bitte um Entschuldigung. Und auch dafür, dass ich heute Abend etwas zu persönlich geworden bin. Sorry.«

»Lexia, ich bin dein Chef. Du kannst mir alles erzählen«, sagte er und hörte selbst, wie bescheuert es klang. Als hätte er ihr nur im Rahmen irgendeiner Arbeitsmaßnahme zugehört.

Sie blinzelte mehrmals.

»Ich meine nur, dass ich da bin, wenn du etwas loswerden willst«, fügte er hinzu, was womöglich noch gestelzter klang. Normalerweise konnte er sich recht entspannt mit Frauen unterhalten. Doch das hohe Tempo der letzten Arbeitstage hatte offenbar seine Gehirnfunktionen beeinträchtigt.

»Alles klar«, antwortete sie und trank den letzten Schluck ihres Kaffees. Dann stellte sie schweigend ihre Tasse in die

Spülmaschine und warf ihm einen unsicheren Blick zu. »Ich gehe dann mal.«

»Okay«, sagte er und sah, wie sie die Küche verließ.

Lexia senkte ihren Schreibtisch auf Sitzhöhe ab, nahm Platz und versank wieder in ihrer Arbeit. Er selbst kehrte in sein Büro zurück und blieb dort sitzen, bis Lexia ihren Computer endgültig herunterfuhr, das Licht löschte und ihren Mantel anzog.

»Wir sehen uns morgen«, rief sie ihm zu, bevor sie verschwand. Es war eine ganz gewöhnliche Höflichkeitsfloskel, also nichts Außergewöhnliches, doch Adam lag noch lange wach, nachdem er nach Hause gekommen war und sich ins Bett gelegt hatte. Er musste an ihre Unterhaltung zurückdenken, an Lexias Duft und daran, dass es ihm in letzter Sekunde gelungen war, einen höchst eigentümlichen Impuls zurückzuhalten. Den Impuls, sich zu ihr vorzubeugen und sie zu küssen.

11

Lexia

»Das Taxi ist da!«, rief Lexia, während sie den Schal umband, den sie sich am Morgen ohne zu fragen von Siri ausgeliehen hatte. Siri hatte einen viel ausgefalleneren Geschmack als sie, und heute hatte Lexia das Bedürfnis nach etwas Gewagtem, also hatte sie sich den Schal genommen. Außerdem standen ihr die kräftigen Farben, da sie ihre Augen zum Leuchten brachten und ihre Haut, die sonst winterlich blass aussah, schimmern ließen.

Hochhackige Schuhe und ein schwarzes Kleid, das ihren Bauch kaschierte und ihrem Busen schmeichelte, gaben ihr noch zusätzliches Selbstvertrauen.

Leo kam mit Dreitagebart und Strubbellook angeschlendert. Er fuhr sich mit der Hand durch die Locken und verweilte einen Augenblick in dieser Pose. Das tat er oft und dachte wahrscheinlich, dass es ihm einen intellektuellen Touch vermittelte. Sie hatte schon immer den Verdacht gehegt, dass Leo eigentlich lieber ein cooler Filmemacher in Los Angeles als ein gewöhnlicher Artdirector in Schweden geworden wäre. Er hatte nur halbherzig am Pitch mitgearbeitet, was einerseits nervig war, andererseits aber dazu geführt hatte, dass sie ihre eigenen Ideen hatte durchsetzen können. Schon merkwürdig, dass es ihm nicht einmal peinlich war, andere die Arbeit für sich machen zu lassen.

»Was ist?«, fragte er irritiert, als er ihre Miene sah.

»Ich dachte nur, dass wir dich bei der nächsten Shampoo-Kampagne als Model nehmen könnten.«

»Zum Glück sieht wenigstens einer von uns gut aus«, entgegnete er.

»Klar, du hast das Aussehen und ich den Verstand«, konterte sie.

Leo verzog den Mund.

Nun kam Adam, groß und ernst und so wenig nach Bestätigung heischend, wie es in der Medienbranche nur möglich war. Allerdings behagte es ihr ganz und gar nicht, wie sehr er sie aus der Fassung brachte. Gestern Abend, als sie sich über den Pitch unterhielten, hatte sich die Situation irgendwie merkwürdig entwickelt. Sie hatte sich verletzlich gefühlt, und ihre ganze Unsicherheit war zutage getreten. Heute bereute sie, so viel gesagt und schon wieder von ihrem Gewicht gesprochen zu haben. Es war völlig unnötig gewesen.

Mit entschlossenen Bewegungen streifte sie ihre dünnen Glattlederhandschuhe über, streckte sich und schöpfte neue Kraft aus ihrer beruflichen Position und ihrem erwachsenen Auftreten. Adam Nylund war ihr Chef. Sie hatte sich in seiner Gegenwart blamiert – bevor sie ahnte, wer er war –, und das setzte ihr zu. Wer wusste schon, wen er als Nächstes feuern würde? Von jetzt an musste sie sich professioneller verhalten und ihm vor allem keine Privatangelegenheiten mehr anvertrauen. Denn sie war kein unbeholfenes Mädchen mehr. Sie war eine coole oder zumindest kompetente Frau, auch wenn ihr Blut in Wallung geriet, sobald sie ihn sah. Ihr fiel es schwer, seinen Blick zu erwidern. Es war lächerlich. Selbst wenn er nicht ihr Chef gewesen wäre, spielte er in einer ganz anderen Liga. Sie war wohl kaum sein Typ. Und er nicht ihrer. Nein, definitiv nicht. Männer wie er machten sie nur nervös.

»Alles in Ordnung?«, fragte er.

»Ja klar.« Sie zwang sich, nicht in seine grauen Augen zu

schauen, und lächelte, während sie sich bemühte, Elan und Tatendrang auszustrahlen. Gestern waren sie sich auf einer gefühlsmäßigen Ebene begegnet – da war er weitaus warmherziger gewesen. Aber sie würde nicht so dumm sein zu glauben, dass er sie jetzt bevorzugt behandelte. Sie hatte sich schon einmal in ihm getäuscht und würde es nicht noch ein zweites Mal tun.

»Dann gehen wir«, sagte er.

Im Büro von Offi O wurden sie in einen Konferenzraum geführt. An den Wänden hingen Plakate aus Ofelias Karriere, legendäre Fotografien und massenweise gerahmte Zeitungsausschnitte.

Ofelia war eine der ganz Großen, das war deutlich zu spüren. Doch Lexia weigerte sich, nervös zu werden, sondern ließ sich dadurch vielmehr anspornen und herausfordern. Sie liebte Pitches, genoss das Gefühl, sachkundig und gut vorbereitet zu sein und dem Kunden ihre Vision souverän vermitteln zu können.

Lexia und Leo breiteten ihre Unterlagen aus, während sich Adam zu den anderen Zuschauern setzte. Kurz bevor die Türen geschlossen wurden, betrat Ofelia Oscarsson den Raum und begrüßte Lexia und Leo. Lexia musste sich zwingen, sie nicht augenblicklich anzuhimmeln. Sie war zwar nicht jemand, der einem Star auf den ersten Blick verfiel, aber Ofelia war so authentisch und ihre Ausstrahlung – wow, Lexia haute es fast um.

»Danke, dass wir kommen durften«, sagte Lexia.

»Sie hatten Glück. Die anderen Agenturen waren eine Enttäuschung. Ich kann nur hoffen, dass Sie uns etwas anderes präsentieren.«

Das hoffte Lexia auch. Als die Türen geschlossen waren, saßen rund zwanzig Leute im Raum, um sich ihre Präsentation anzuhören. Jetzt hing alles von ihnen beiden ab.

Lexia fiel es nicht ganz leicht, die Reaktionen der Zuschauer zu deuten, nachdem sie und Leo zum Abschluss gekommen waren. Sie betrachtete die Frauen und Männer, die ihr Schicksal besiegeln würden, und traute sich kaum, Ofelia anzusehen. Alle Anwesenden hatten zwar an den richtigen Stellen höflich gelacht, aber ansonsten waren ihre Mienen undurchdringlich geblieben. Die Konkurrenz war groß. Mehrere der größten und prestigeträchtigsten Agenturen waren im Rennen und wetteiferten gegeneinander. Aber Ofelia hatte schließlich darauf hingewiesen, dass sie mit den vorherigen Präsentationen unzufrieden gewesen war. Lexia spürte, wie sie von einem Kick erfasst wurde, und wusste sofort wieder, warum sie die Werbebranche so liebte. Wenn es richtig gut lief, arbeitete man an bedeutenden Projekten und konnte letztlich zu einer besseren Welt beitragen. Man konnte zwar auch Geld verdienen und Preise gewinnen, aber eben auch Veränderungen und Verbesserungen bewirken.

Ofelia verließ den Raum, ohne sich zu verabschieden. Doch das musste noch lange nichts bedeuten, redete sich Lexia ein.

»Wie ist es gelaufen?«, fragte Dina, als sie ins Büro zurückkehrten. Sie trug ein senfgelbes Samtkostüm und hielt ihr Hündchen unterm Arm. Ihre Haare waren heute rosafarben. Mehrere Mitarbeiter der Agentur scharten sich um sie.

»Schwer zu sagen. Findest du nicht, dass Offi die ganze Zeit mies gelaunt war?«, fragte Leo.

»Nein, auf mich wirkte sie eher tough«, entgegnete Lexia. Nur weil eine Frau nicht ständig lächelte, musste sie noch lange nicht schlecht gelaunt sein. »Wir haben jede Menge Lob eingeheimst, und ich bin zuversichtlich.«

»Whatever«, bemerkte Leo.

»Also ich glaube, wir waren sehr überzeugend«, rief Lexia

den übrigen Mitarbeitern im Büro zu. Irgendwer schrie: »Super!«

»Gute Arbeit«, lobte Adam Leo und sie, während die anderen in lauten Jubel ausbrachen. »Das war ein überzeugender Pitch, der Beste, den ich je gesehen habe.«

»Vielleicht auch der einzige, den Sie je gesehen haben?«, fragte Lexia stichelnd.

»Das auch, aber Sie waren wirklich verdammt gut.« Dina schaute Adam fragend an, und er gab ihr ein Zeichen. Daraufhin setzte sie ihr Hündchen auf dem Boden ab und klatschte in die Hände, um die Aufmerksamkeit aller auf sich zu ziehen.

»Ich habe Schampus kaltgestellt. Auf Anordnung von Adam Nylund«, teilte sie mit lauter Stimme mit. »Es gibt etwas zu feiern!«

Erst waren alle ganz still, doch dann ertönte ein einzelner Hurra-Ruf, und jemand begann zu applaudieren, verstummte jedoch rasch wieder. Die Mitarbeiter waren noch immer verunsichert. Doch dann ergriff Adam das Wort.

»Ich bin zwar erst seit ein paar Tagen hier, aber in dieser Zeit hat sich einiges getan, und ich habe erste Einblicke in Ihre Arbeit gewonnen. Ich bin stolz auf Ihren Einsatz und einen gelungenen Pitch! Und ich möchte die Gelegenheit nutzen, allen Mitarbeitern das Du anzubieten. Ich bin Adam.«

Dann klickte einer der Kollegen auf seinem Computer eine Playlist an, und plötzlich dröhnte laute Musik durchs ganze Büro.

»Die After-Work-Party ist eröffnet!«, rief Dina. Die Sektkorken begannen zu knallen. Die Computer wechselten in den Stand-by-Modus, und die Musik wurde lauter. Die Stimmung entspannte sich. Wenn die Leute in der Werbebranche eines konnten, dann ausgiebig feiern.

Lexias Blick fiel auf Adam. Er war gerade dabei, sich die Ärmel seines Oberhemds hochzukrempeln, was sie unglaublich attraktiv fand. Sie hatte eine Schwäche für sonnengebräunte muskulöse Unterarme. Auf einmal fiel ihr eine Stelle auf seinem Unterarm auf. War dort etwa ein Tattoo zu erahnen? Ein Teil davon verschwand unter seinem Ärmel. Sie wandte sich ab, denn sie wollte ihn nicht anstarren und sich in schmutzigen Fantasien über seine Arme, seinen Brustkorb oder andere faszinierende Körperteile ergehen. Stattdessen nahm sie ein Glas Sekt entgegen und gab sich dem Rausch nach einem erfolgreichen Pitch hin. Sie schüttelte die Anspannung ab, stieß mit einer Kollegin an, lachte über einen Witz und sorgte dafür, dass sie Spaß hatte.

Als sie das nächste Mal rein zufällig zu Adam rüberschaute, sah er sie gerade an, und sie wurde unweigerlich in seinen Blick hineingezogen. Sie erhob ihr Glas in einer professionellen und keineswegs privaten Art und Weise, während sie ein Ziehen in der Brust verspürte. Großer Gott, war dieser Mann sexy! Sie sah, wie er kurz zögerte und dann auf sie zukam. Das hatte sie nicht erwartet. Doch solange sie ihn nicht wieder küsste oder sich in seiner Gegenwart über ihr Gewicht auslieform, war alles im grünen Bereich.

»Und, wie fühlt es sich an?«, fragte er, als er sich an seinen laut mitgrölenden Mitarbeitern vorbeigeschoben hatte. Alle hatten sich zielgerichtet auf den Sekt gestürzt. Die Musik war jetzt fast ohrenbetäubend, und Lexia musste sich zu Adam vorbeugen, damit er ihre Antwort überhaupt hören konnte. Dabei nahm sie einen Hauch seines Aftershaves wahr und wurde von einem leichten Schwindel erfasst. Es war ihr unmöglich, sich nicht von seinen Unterarmen, eventuellen Tattoos, seinem Duft und seiner gesamten Ausstrahlung beeindrucken zu lassen.

»Im Moment komme ich mir unbesiegbar vor«, antwortete sie und stellte fest, dass sie genau den richtigen Ton getroffen hatte. Darauf war sie stolz. Sollte Adam doch mit seiner beeindruckenden Größe und seinem überwältigenden Aussehen vor ihr stehen. Sie selbst war eine coole Großstadtfrau, die es mit allem und jedem aufnehmen konnte.

»Schönes Gefühl«, sagte er. Seine grauen Augen blickten nicht mehr ganz so kühl drein wie in den vergangenen Tagen. Sei vorsichtig, Lexia, ermahnte sie sich.

»Ja, wobei es vielleicht auch ein bisschen mit dem hier zusammenhängt«, entgegnete sie und hielt ihr Sektglas hoch.

Sie stießen miteinander an, tranken und schauten sich in die Augen. Alles nur Höflichkeitsgeplänkel, dachte sie und weigerte sich zuzugeben, dass es in ihrem Unterleib kribbelte und sich ihr ganzer Körper zu seinem hingezogen fühlte. Sie. Konnte. Damit. Umgehen.

Adam schien es nicht eilig zu haben, weiterzukommen, und sie hatte nichts dagegen, bei ihm stehen zu bleiben und Small Talk zu halten. Sie nahm noch einen Schluck Sekt, musste angesichts einer Lachsalve ihrer Kollegen lächeln und spürte, wie die Musik ihren Körper pulsieren ließ. Als sie ihn anschaute, ertappte sie ihn dabei, wie er sie intensiv mit dem Blick fixierte.

»Was ist?«, fragte er.

Sie beugte sich zu ihm vor, und er senkte seinen Kopf. Dabei kamen sie sich so nahe, dass sie die Wärme seiner Haut spürte.

»Ich liebe diesen Job und diesen Auftrag. Das Ganze wird bestimmt eine Supersache.«

Er erhob sein Glas, und sie prosteten sich noch einmal zu. Lexia trank einen winzigen Schluck.

»Du warst heute fantastisch«, sagte er.

»Danke.« Sie war froh, dass sie nur über die Arbeit sprachen.

»Du hast es wirklich geschafft, die Aufmerksamkeit aller zu wecken. Das war schön anzusehen. Und obwohl ich das meiste schon vorher gehört hatte, war ich wirklich beeindruckt von deiner Präsentation. Auch den Leuten von Offi O schien das, was du ihnen angeboten hast, zu gefallen.«

»Danke«, sagte sie erneut und spürte, wie sie leicht errötete. Dann schwiegen sie wieder.

»Wir wurden durch deine Initiative zum Pitch eingeladen, stimmt's?«, fragte er dann.

»Wer hat das gesagt?«

»Habe ich recht?«

Lexia zuckte mit den Achseln.

Adam verzog leicht den Mund. Wenn er sein »Beinahe-Lächeln« aufsetzte, bildeten sich in seinen Augenwinkeln winzige Lachfältchen. »Ich wusste es. Ich weiß alles.«

»Tust du nicht«, entgegnete sie, doch er wirkte dabei so zufrieden, dass sie sich ein weiteres Mal zusammenreißen musste, um nicht mit ihm zu flirten.

»Stimmt. Aber das hier wusste ich wirklich. Mir hat zwar keiner etwas gesagt, aber ich habe es herausgefunden, weil ich so unglaublich clever bin.« Er stellte sein Glas ab.

Lexia lachte auf. »Es war Teamwork. Der Pitch, meine ich.«

»Aber nur wegen dir wurden wir zu Offi O eingeladen. Ein Punkt für dich.«

Sie wünschte, sein Lob hätte ihr nicht so stark geschmeichelt. Doch genau das tat es, und sie sog es auf wie ein ausgetrockneter Schwamm. »Ich hatte befürchtet, kleinkariert zu wirken, wenn ich das extra erwähne«, gab sie zu. »Das war also teilweise aus reinem Selbsterhaltungstrieb. Nicht gerade nobel von mir. Aber du hast recht.«

»Natürlich habe ich recht. Aber womit eigentlich genau?«

Lexia beschrieb mit der Hand eine vage Geste. »Dass ich schlecht darin bin, Klartext zu reden und auf mein Recht zu pochen.« Sie verstummte.

»Während viele Männer gut darin sind, die Lorbeeren anderer einzuheimsen«, entgegnete er.

»Das habe ich nicht gesagt. So habe ich es gar nicht gemeint.«

»Nein, ich weiß. Aber ich habe es gesagt, weil es so ist. Es ist mein Job, solche Tendenzen im Auge zu behalten. Und ebenso wichtig wie Teamwork ist es, für gute Arbeit gelobt zu werden.«

»Danke«, sagte sie peinlich berührt und erfreut zugleich. Ihr Herz pochte laut, und sie versuchte sich zu entspannen, doch es war ihr unmöglich, wenn er so dicht neben ihr stand. »Schön, dass du mitgekommen bist«, sagte sie schließlich. Das war eine angemessene Bemerkung. Sie war ehrlich gemeint und völlig unverfänglich.

»Ist doch selbstverständlich. Ich wollte gern sehen, wie so etwas abläuft. Ich hoffe, es hat dich nicht gestört.«

»Nein«, entgegnete sie, und es stimmte. Er war ihnen eine Stütze gewesen. Ihr fiel es zunehmend schwer, sich in Erinnerung zu rufen, dass sie ihn eigentlich gar nicht mochte, weil er ein eiskalter Psychopath war. Wenn sie plauderten wie jetzt und er sie so aufmerksam anschaute, dann war er wieder der andere Adam, der Mann, dem sie im *Sturehof* begegnet war.

»Was ist das eigentlich?«, fragte sie und deutete auf das Tattoo, das unter dem Hemdärmel hervorlugte.

»Eine Jugendsünde«, antwortete er, ohne es näher auszuführen.

Sie betrachtete es eingehender. Es war diskret und ähnelte am ehesten einer schwarzen Linie. Er hatte wirklich attraktive Arme. Sie schaute auf, und die Luft fing an zu flimmern. Der Geräuschpegel der Party um sie herum ebbte ab und erstarb schließlich, während es zwischen ihnen beiden zu knistern begann. Sie wusste nicht, wie ihr geschah. Wusste nicht, ob sie sich einbildete, dass er etwas nähergekommen war, während er sie weiterhin nicht aus seinem Blick entließ. Dann hob er die Hand und führte sie an ihr Gesicht. Lexia blieb wie angewurzelt stehen. Adams Zeigefinger berührte flüchtig ihre Wange.

»Du hast da etwas …«, sagte er und strich leicht über ihre Haut.

Plötzlich konnte sie sich nicht mehr bewegen, nicht einmal blinzeln. Sein Finger wischte federleicht und warm, aber dennoch etwas rau über ihre Haut, er duftete angenehm, und sie musste sich sogar daran erinnern, weiter zu atmen. Während sie alles hautnah erlebte, betrachtete sie die ganze Szene zugleich von außen: der große, dunkelhaarige Mann und die verwirrte blonde Werbetexterin. In diesem Augenblick schossen ihr Millionen Gedanken durch den Kopf, während sich ihr Gehirn zugleich anfühlte, als wäre es mit Watte gefüllt. »Ist es jetzt weg?«, fragte sie schließlich, weil seine Hand innegehalten hatte, aber noch immer ihre Haut wärmte.

Adam nickte und sah sie weiter an. Jetzt bewegte sich sein Daumen über ihre Wange. Er hatte schöne Augen. Sie schauten einander intensiv an. Ihr Herz galoppierte. Adam beugte sich zu ihr vor. Sie blieb still stehen. Plötzlich nahm sie ihn mit allen Sinnen wahr, er erfüllte sie mit seinem Duft, seiner Wärme und seiner Nähe. Sein Brustkorb berührte fast ihren Busen und seine Handfläche ihre Wange. Sie fühlte sich zu ihm hingezogen und streckte ihm ihr Gesicht entgegen.

Plötzlich ertönte direkt neben ihnen ein lauter Knall. Ein Korken flog in die Luft, und dann brach lauter Jubel aus. Adam trat einen Schritt zurück. Seine Hand löste sich von ihrem Gesicht, er verzog den Mund und runzelte die Stirn. Er sah aus, als täte es ihm leid und als wüsste er selbst nicht genau, was geschehen war.

»Sorry«, sagte er in schroffem Ton.

»Kein Problem«, entgegnete sie atemlos.

Er schob seine Hände in die Hosentaschen. »Ich … Du hattest da etwas an der Wange.«

»Ja, das hast du schon gesagt.« Noch immer war ihre Stimme atemlos. »Ist es jetzt weg?«

»Es war nur ein wenig Glitter.« Er nahm eine Hand aus der Hosentasche und deutete damit vage auf ihr Gesicht. »Jetzt ist es weg. Aber ich hätte nicht ...« Er verstummte und schaute sich um. Kratzte sich am Kinn und wirkte äußerst befangen. Wenn sie sich nicht so blöd vorgekommen wäre, hätte sie es womöglich komisch gefunden.

»Kein Problem.«

»Nein.«

»Aber darf ich dir etwas sagen?«

»Ja?« Er schaute sie wieder an.

»Du bist schließlich mein Chef. Im *Sturehof* ...« Sie spürte, wie sie errötete, aber sie wollte es unbedingt loswerden. »Als wir uns in der Bar begegnet sind, wusste ich es ja noch nicht. Ich wollte nur sagen, dass wir uns professionell verhalten sollten. Beide.«

Sie merkte zu spät, dass er es ihr vielleicht übelgenommen hatte und als Kritik von ihrer Seite auffasste. »Ich meinte nicht ...«, setzte sie an, während er im selben Moment sagte: »Ja, unbedingt. Du hast recht. Das sehe ich genauso. Ich hoffe, du hast nichts anderes vermutet. Entschuldige mich bitte, aber ich muss jetzt gehen und mich ein wenig mit den anderen unterhalten.«

»Alles klar«, sagte sie. »Ich muss auch ... unbedingt ...«

»Okay. Und danke noch mal für heute. Ich meine, für den guten Job.« Er ging.

Sie blieb stehen und schaute ihm nach.

Nein, der Auftritt war wirklich überhaupt nicht peinlich gewesen.

12

Adam

Am Samstag gelang es Adam früh aufzustehen, zu frühstücken, die beiden maßgeblichen Zeitungen zu lesen, eine ausgedehnte Joggingrunde um die Insel Djurgården zu absolvieren und eine Maschine Wäsche zu waschen, ohne auch nur ein einziges Mal daran zu denken, dass er gestern Abend kurz davor gewesen war, Lexia zu küssen. Mal wieder. Mehrere Stunden lang war es ihm mehr oder weniger gelungen, seine Gedanken an sie zu verdrängen, doch als er den Kühlschrank öffnete, um sich einen Apfel herauszunehmen, konnte er die Erinnerungen nicht länger zurückhalten. Sie übermannten ihn förmlich. Er biss in die feste grüne Schale und schaute aus dem Küchenfenster über die Bucht Nybroviken und auf Djurgården. Es war wie ein abgenutztes Klischee. Der neue sexhungrige Chef küsst die junge heiße Blondine. Aber er hatte sie nicht geküsst. Zum Glück hatte er sich in letzter Sekunde zurückhalten können. Mit einer Mitarbeiterin herumzuknutschen war zum einen unmoralisch, zum anderen absolut idiotisch. Und er war kein Idiot. Es war ihm wichtig, vor niemandem als Idiot dazustehen.

Er nahm einen weiteren Bissen. Der Apfel war noch nicht ganz reif, und seine Wangen zogen sich durch die Säure zusammen. Wie in einem Film sah er vor sich, wie sie ihn mit ihren türkisblauen Augen betrachtete. Ihre hellen Haare und die Brüste, die seinen Brustkorb gekitzelt hatten, als sie einatmete.

Das Sektglas in ihrer zitternden Hand. Die pulsierende Musik im Raum, ein mitreißender Song über das Leben im Hier und Jetzt und die Bedeutsamkeit der Liebe. Er war wie verhext gewesen und hatte an nichts anderes denken können als daran, sie zu küssen, zu sich heranzuziehen und ihren Duft einzusaugen.

Adam schüttelte seine Gedanken ab und kehrte in die Gegenwart zurück. Die tiefstehende Herbstsonne leuchtete vor den Fenstern. Draußen beim Joggen war die Luft herbstlich kühl und klar gewesen. Es hatte nach Kaminfeuer, modrigem Laub, Pilzen und Wald gerochen. Er war noch immer rastlos und hatte das Bedürfnis, seinen Körper weiter zu verausgaben. Vielleicht sollte er noch eine zweite Joggingrunde drehen? Er betrat das Zimmer, dessen Wände er neu gestrichen hatte. Sollte er noch ein weiteres Zimmer streichen? Eigentlich war ihm nach Gesellschaft zumute, doch Bashir hatte das gesamte Wochenende Dienst, und auf jemand anderes hatte er keine Lust.

Doch das stimmte nicht. Seine Gedanken schweiften dummerweise erneut in verbotenes Terrain ab: Lexia. Er befingerte sein Handy. Sie wohnte ein Stück entfernt in Solna. Er hatte sich ihre Adresse eingeprägt. Lebte sie allein? Hatte sie ihn womöglich angelogen, als sie sagte, dass sie Single war? Die Leute logen in einem fort. Er legte sein Handy zur Seite und ging in die Küche, um das Kerngehäuse in den Müll zu werfen. Aber eigentlich spielte es keine Rolle. Die Sache mit Lexia war ein verrückter Spleen, der auch wieder vorübergehen würde. Er würde ihn einfach ignorieren, und dann ließ es bestimmt von selbst nach.

Was er wirklich in Angriff nehmen sollte, dachte er, während er in den leeren Kühlschrank starrte, war sein Vorhaben, öfter mit Frauen zu schlafen. Er nahm sich einen weiteren grünen Apfel und traute sich kaum nachzurechnen, wie lange es schon her war, dass er zuletzt Sex gehabt hatte. Eigentlich sollte er sich mit Frauen treffen, sie ausführen, lachen, vögeln.

Einfach mal aufhören, den Workaholic ohne jegliches Privatleben zu spielen.

Seine Gedanken wurden vom schrillen Klingelton seines Handys unterbrochen. Er wettete, dass es Roy war. Wann hatte sein Leben eigentlich diese Richtung eingeschlagen? Dass der Einzige, der ihn am Wochenende anrief, sein fünfundsechzigjähriger Diktator von Chef war?

»Ja?«, meldete er sich, legte den Apfel zurück in den Kühlschrank und ging mit dem Handy am Ohr wieder zum Fenster. Vielleicht sollte er sich ein Hobby zulegen? Ein Motorboot kaufen? Anfangen, irgendetwas zu sammeln?

»Du klingst aber merkwürdig«, begrüßte Roy ihn.

»Ich frage mich gerade, ob ich mir nicht ein Hobby zulegen sollte.«

Roy schnaubte verächtlich. »Hobbys sind was für alte Leute und Weiber. Aber du und ich, wir sind Männer, echte Kerle, die arbeiten und unsere Wirtschaft am Laufen halten. Irgendwer muss doch die Verantwortung übernehmen, jetzt wo die politisch korrekte Elite versucht, alles kaputt zu machen.«

Roy war auf die politisch korrekte Elite fixiert, während Adam diesbezüglich keine besondere Meinung vertrat und eher fand, dass es sich um ganz normale Menschen handelte. »Wolltest du was Bestimmtes oder einfach nur Dampf ablassen?«, fragte er. Sie telefonierten andauernd miteinander. War das überhaupt normal?

»Kannst du kurz zu mir ins Büro kommen?« Es war als Frage formuliert, doch Roy Hansson fragte nicht, sondern erteilte Befehle.

»Und wann?« Heute war Samstag, und Adam hatte sowohl theoretisch als auch rechtlich betrachtet frei.

»Jetzt gleich.«

Natürlich. Doch er musste seinen Kopf freikriegen und auf andere Gedanken kommen, anstatt ausschließlich seinen Fantasien nachzuhängen. Und außerdem war Roy viel mehr als nur sein Chef. Es tat nichts zur Sache, dass er manchmal ungehobelt und plump auftrat, seine Fehler nicht zugeben konnte und Feminismus als Schimpfwort betrachtete. Er war ein feiner Kerl und hatte ein großes Herz. Und zudem war er alt und hatte eine harte Kindheit gehabt. Man durfte nicht zu hart mit ihm ins Gericht gehen.

»Ist irgendwas passiert?«, fragte Adam.

»Komm her, dann erzähl ich es dir«, entgegnete Roy.

Adam erwog, allein schon der Form halber zu protestieren, gab dann jedoch nach. Er würde morgen anfangen, sich ein Privatleben zuzulegen. Mit einem flüchtigen Blick auf seine Armbanduhr sagte er: »Ich bin in einer Viertelstunde da.« Gut so, jetzt würde er sich wenigstens mit etwas Vernünftigem befassen. Sein Auftrag bei Sandelman & Dyhr war eindeutig. Seine Mitarbeiter hatten die Anweisung, für Kastnäs Geld zu verdienen, und er sorgte dafür, dass es umgesetzt wurde. Er stand voll und ganz dahinter, denn darin war er gut, dachte er, während er sich sein Handy und sein Portemonnaie schnappte und die Tür hinter sich abschloss. Genau diesem Auftrag würde er sich widmen. Was er hingegen nicht tun würde, war, mit den völlig falschen Personen zu flirten und sie zu küssen. Gerade erst im vergangenen Monat hatte er in London einen Abteilungsleiter gefeuert, der Sex mit einer Praktikantin gehabt hatte. Er würde es darüber hinaus auch vermeiden, an die falschen Personen zu denken. Denn darüber war er erhaben.

Zufrieden mit seinem Entschluss machte er sich auf den Weg. Wenig später öffnete er die Eingangstür des traditionsreichen Gebäudes aus dem neunzehnten Jahrhundert. Das Haus am Stureplan war während der bedeutendsten Ära des schwedischen Imperialismus als Privatpalast für einen vermögenden Mann errichtet worden. Danach hatte es einem Reedereiimperium als Firmensitz gedient, bis einige Zeit später ein Fondsverwalter eingezogen war. Letzten Endes hatte die Kastnäs AG das ganze Gebäude in den Nullerjahren gekauft, grundsaniert und bis zur Unkenntlichkeit modernisiert. Heute war es ein protziges vulgäres Gebäude, mit anderen Worten eines, das perfekt zu Roy Hansson passte.

Der Empfang war nicht besetzt, denn nicht einmal Roy konnte seine Angestellten dazu bringen, außerhalb der Bürozeiten zu arbeiten. Adam fand Roy in seinem Büro, einem Eckzimmer mit Aussicht über den gesamten Stureplan. Trotz des Ablegers in London war dieses Büro noch immer das Herzstück von Roys Imperium.

»Adam.« Roy stand auf und kam um den riesigen Schreibtisch herum auf ihn zu. Sie schüttelten einander die Hand, und Roy drückte so fest zu wie immer. Es war ein albernes männliches Machtspiel, doch Adam ließ es ihm durchgehen. Sein Vater hatte ihn früher regelmäßig verprügelt, ihn als Taugenichts beschimpft und, so oft er konnte, auf die Straße gesetzt. Roy hingegen hatte an ihn geglaubt, ihm eine Arbeitsstelle vermittelt und Zuspruch gegeben. Wenn Roy sich auf Adams Kosten stark und machohaft fühlen wollte, bitte sehr! Adam hatte kein Problem damit.

Roy war braun gebrannt, in seinem zerfurchten Gesicht leuchteten hellblaue Augen. Seine weißen Haare waren akkurat nach hinten gekämmt, und die Schnallen seiner Cowboystiefel klirrten leicht, wenn er sich bewegte. Roy liebte es, sich als Finanzexperte vorzustellen, während er zugleich darauf hinwies, dass er ein ganz gewöhnlicher Arbeiterjunge war, der schon sein eigenes Geld verdiente, seit er zehn war.

»Alles in Ordnung?«, fragte Adam.

»Setz dich. Möchtest du etwas? Kaffee?«

Adam schüttelte den Kopf. »Und worüber wolltest du mit mir reden?«, fragte er und nahm auf der anderen Seite von Roys ausladendem Schreibtisch Platz. Der Tisch war handgefertigt, aus schwedischem Walnussholz und nahezu unbezahlbar. Er stammte vom Gut Kastnäs, einem Herrensitz in der Provinz Dalarna, nach dem Roy sein Imperium benannt hatte. Er stammte aus einfachen, fast ärmlichen Verhältnissen und war als krasser Außenseiter mit einem Säufer als Vater und mehreren Geschwistern in einem Dorf in Dalarna aufgewachsen. Deshalb liebte er es heute, sich mit Prunk und kostspieligen Einrichtungsgegenständen zu umgeben. Zugleich war er sparsam und geizig, wenn es um Kleinigkeiten ging. Es kam vor, dass er sich an einem Tag ein Auto für eine Million Kronen kaufte und am nächsten einen Preisnachlass auf ein belegtes Brötchen forderte, das nicht mehr ganz taufrisch war. Roy war ein Konglomerat von Kontrasten, die die Presse nur zu gern analysierte. Oftmals verhielt er sich machohaft und anmaßend (er hatte schon mehr Leute zur Hölle geschickt, als Adam zählen konnte, und sowohl Gräfinnen als auch Praktikanten beleidigt), doch mitunter auch emotional und sentimental. Wenn er irgendwo etwas über kranke Kinder oder Tiere las, die zum Sterben verurteilt waren, kam es vor, dass er ihnen ohne zu zögern riesige Spendenbeträge zukommen ließ.

»Ich habe ein Auge auf eine Produktionsfirma geworfen«, sagte Roy und deutete auf einen Folder, der vor ihm auf dem Tisch lag.

Adam griff danach. Letztendlich bestand darin die Geschäftsidee von Kastnäs. Sie kauften mittelgroße Unternehmen auf und entwickelten sie weiter. Einen Teil von ihnen behielten sie, während sie unrentable Anteile wieder abstießen.

»Fernsehen?«

Roy nickte. »Ich hätte gern eine eigene Produktionsfirma. Schau dir die Zahlen mal an und sag mir, was du darüber denkst.«

Adam überflog die Dokumente. »Ich kann ein wenig rumtelefonieren und mich umhören, wenn du willst«, sagte er. Die

Zahlen sahen ganz okay aus, aber Roy war eher impulsiv veranlagt. Adams Rolle bestand darin, die Fakten zu analysieren, den Überblick zu wahren und Roy im Zaum zu halten.

»Mach das. Nimm die Unterlagen mit nach Hause und lies sie dir durch. Und jetzt erzähl mir von meiner Werbeagentur. Wie läuft es?«

»Wir haben doch schon die ganze Woche darüber geredet. Und erst gestern hast du einen zusammenfassenden Bericht bekommen.«

Roy wedelte ungeduldig mit der Hand. »Ich hab keine Lust zu lesen. Ich will es direkt von dir hören.«

Also fasste Adam seine erste Woche in der Agentur noch einmal zusammen. Über das meiste hatten sie schon gesprochen, aber er berichtete Roy dennoch von seinen Angestellten, von Leo und den anderen. Von den Mitarbeitern, denen er gekündigt hatte, und jenen, die noch da waren. »Und dann ist da noch eine Konzepterin. Sie heißt Lexia und ist Texterin«, sagte er schließlich, äußerst bedacht darauf, neutral zu klingen. Doch allein die Erwähnung ihres Namens trieb ihm den Vanilleduft in die Nase.

»Die Tochter von Dieter, nicht wahr? Die kurvige Blondine?« Roy formte mit den Händen eine Sanduhr in der Luft.

»Ja, sie ist blond, aber ganz normal gebaut«, entgegnete Adam kurz angebunden.

Roy breitete hilflos die Arme aus und grinste. »Es ist ja wohl nichts dabei, sich ihr Aussehen in Erinnerung zu rufen. Schließlich kann ich nichts dafür. Ich hab das in den Genen, es ist reine Biologie.«

»Und was ist mit ihr?«, fragte Adam.

»Ist sie gut?«

»Soweit ich es beurteilen kann, ja.« Erneut musste er daran denken, wie Lexia aufgewühlt und völlig vertieft in die Thematik vor ihrem Computer gestanden hatte. Er wusste nur sehr wenig über die Aufgaben einer Werbetexterin, doch alles, was er von ihr gelesen hatte, gefiel ihm. Plötzlich erinnerte er sich an etwas ganz anderes, worüber er mit Roy sprechen wollte. »Da ist noch diese Sache mit den Vorbesitzern. Du kanntest sie, nicht wahr? Kannst du mir mehr über sie erzählen?«

Roy verzog das Gesicht. »Sandelman Senior und Dieter Dyhr. Miese Schweine. Idioten.«

Adam hätte beinahe die Augen verdreht. Roys Aussage war die Variation ein und desselben Themas, das er bestimmt schon hundertmal gehört hatte. »Korrigier mich, wenn ich falsch liege, aber du hast die Agentur nur gekauft, weil du etwas gegen ihre Gründer hast? Stimmt's?«

Roy wirkte nicht einmal ansatzweise verlegen. »Nicht nur. Es war ein gutes Geschäft. Ich wollte einfach mal eine Werbeagentur besitzen. Weißt du, was diese verfluchte Agentur, mit der wir in London gesprochen hatten, dafür haben wollte, ein neues Logo für uns zu entwerfen? Astronomische Summen. Aber jetzt habe ich eine eigene, die mir das Logo entwerfen kann. Die verwöhnten Jungspunde dort können für mich arbeiten und die Kohle eintreiben.« Roy rieb sich die Hände. »Und Rebecca bekommt auch einen Job. Drei Fliegen mit einer Klappe.«

»Wie ein verfluchtes Überraschungsei.«

»Wie meinst du das?«

»Ach, vergiss es. Und warum hasst du sie? Die Gründer? Wird es irgendwelche Probleme geben?«

Roy legte seine Füße auf den Schreibtisch. »Warum sollte es da Probleme geben?«

»Muss ich dir wirklich erklären, warum es keinen Sinn hat, Geschäfte zu tätigen, weil man gedemütigt wurde und sich rächen will?« Es gab immer irgendjemanden, der Roy schlecht behandelt hatte und an dem er sich rächen wollte. In der Sache hatte Roy nicht ganz unrecht, denn Adam hatte mit eigenen

Augen gesehen, wie manche Leute auf Roy herabschauten, und mehrfach ihre höhnischen Kommentare hinter seinem Rücken gehört. Deswegen verstand er Roy zu einem gewissen Teil, denn er erkannte auch sich selbst in der Underdog-Mentalität wieder. Die schwedische Finanzbranche war versnobt und schaute in der Tat auf die Leute aus der Arbeiterklasse herab. Roy hatte es mehrfach am eigenen Leib erfahren und zurückgeschlagen, so oft er konnte. Zum Beispiel galt Kastnäs in Roys Kindheit als der angesehenste Hof im Ort. Ein Herrensitz mit Ahnen bis ins siebzehnte Jahrhundert, der sich schon seit der Zeit von Karl dem Elften im Besitz ein und derselben Familie befand. Roy hatte zusammen mit dem Sohn des Besitzers die Dorfschule besucht und war übel von ihm gemobbt worden. Als Roy später als Erwachsener zu Geld gekommen war, hatte er Vater und Sohn in die Insolvenz getrieben und den Hof schließlich aus der Konkursmasse für einen Spottpreis erstanden. Adam konnte Roy durchaus verstehen, doch allmählich gingen ihm seine kindischen Rachegelüste auf die Nerven, denn Roy wehrte sich nicht mehr aus einer unterlegenen Position heraus.

»Man muss sich verdammt noch mal weiterentwickeln«, bemerkte Adam.

»Weißt du, die Teilhaber haben sich bei einem gemeinsamen Abendessen mit dem König mir gegenüber so dreist verhalten und hielten es kaum für nötig, mich zu grüßen. Sollen sie doch dasitzen und zuschauen, wie ich die Firma jetzt leite. Ich habe jedenfalls gewonnen. Und das nenne ich Entwicklung.«

»Einer von ihnen ist längst tot und der andere in Rente gegangen, also ...«

»Trotzdem«, entgegnete Roy zufrieden. Er rieb sich erneut die Hände.

»Du hättest es mir sagen sollen.«

»Und warum?« Roy wirkte ernsthaft überrascht.

Adam atmete frustriert aus. »Weil man seine rechte Hand

grundsätzlich informiert«, antwortete er geduldig. »Man sagt ihr, dass man aus Rachegelüsten eine Werbeagentur kaufen will. Dann kann einem die rechte Hand erklären, dass es kindisch und idiotisch ist.«

»Aber sie haben mich wie ein Stück Scheiße behandelt, und am Ende habe ich gewonnen.«

»Verdammt, Roy, wie lange willst du noch so weitermachen? Was soll ich denn deiner Meinung nach jetzt mit den beiden tun? Soll ich sie feuern?«

»Wen denn?«

»Leo und Lexia. Den Sohn und die Stieftochter der beiden Gründer, die sich irgendwann vor tausend Jahren dir gegenüber mal schlecht benommen haben. Ist es etwa auch Teil deines Plans, sich an der nachfolgenden Generation zu rächen?«

»Ach, du reagierst doch über. Du klingst wie eine hysterische Frau, die gerade ihre Tage hat. Was das betrifft, hatte ich keine weiteren Absichten. Ich habe die Agentur gekauft, und dann ist mir eingefallen, dass Rebecca und du dort gemeinsam arbeiten könntet.«

Adam richtete sich auf und hätte beinahe mit der Faust auf den Tisch gehauen. »Bist du verrückt? Und was hat das mit der anderen Sache zu tun?«

Roy blickte unschuldig drein. »Ihr habt euch doch immer gut verstanden.«

Adams Miene verfinsterte sich. Könnte er die Sache mit der Agentur nicht einfach hinschmeißen und irgendetwas anderes machen, was seinen Fähigkeiten besser entsprach? Etwas, das ihn nicht ständig an eine blonde kurvenreiche Frau denken ließ, die das Blut in seinen Adern zum Sieden brachte? Er war kurz davor, Roy anzuschreien, doch was sollte das bringen? Es stimmte, dass Roy manchmal machohaft und egoistisch auftrat, aber er bewirkte auf der Chefetage so einiges, und dafür bewunderte Adam ihn. Roy war es gewesen, der ihm einen Job bei Kastnäs anbot, nachdem Adam gerade die Handelshochschule abgeschlossen hatte. Damals, als Adam mit seinem Examen in der Tasche ohne Kontakte oder Netzwerke auf dem Campus stand, hatte Roy sich seiner angenommen. Er hatte an ihn geglaubt, ihn hart arbeiten und sich weiterentwickeln lassen. Sonntags hatte er ihn zu sich und seiner Familie nach Hause eingeladen – zu gutem Essen und langen Gesprächen. Bei der Gelegenheit hatte Adam auch Rebecca kennengelernt und sich in sie verliebt.

»Und wann kommt Rebecca?«, fragte er.

»Sie ist schon unterwegs nach Stockholm. Sie kommt aus New York, wo sie zuletzt gearbeitet hat. Ich dachte, ihr würdet in Kontakt stehen.«

»Nein«, entgegnete Adam. Sie hatten in den letzten Jahren nichts mehr voneinander gehört. »Ich freue mich, sie zu sehen«, sagte er nicht ganz wahrheitsgemäß. Sie war intelligent und witzig und nicht zuletzt gut aussehend. Aber sie hatte viele Eigenschaften ihres Vaters geerbt. Leider nicht nur die guten.

»Sie hat noch keinen Mann getroffen, jedenfalls nichts Ernstes. Und du noch keine Frau. Ihr seid doch wie geschaffen füreinander. Das denken wir alle.«

Adam erhob sich und griff nach den Unterlagen von der Fernsehproduktionsfirma. »Roy, ich sage das mit dem größten Respekt, aber das geht dich wirklich nichts an.«

»Du weißt aber, dass ich dich als meinen Nachfolger sehe?«

Adam hielt inne. »Ja, das hoffe ich«, antwortete er und bemühte sich, keinerlei Gefühle oder gar Schwäche zu zeigen. Denn genau das wollte er mehr als alles andere. Kastnäs AG weiterführen und den Posten als Firmenchef von Roy übernehmen.

»Wenn du mit der Agentur einen guten Job machst, werden wir uns ernsthaft über deine Zukunft unterhalten. Hast du eigentlich schon andere Angebote erhalten?«

»Ich bekomme andauernd Anfragen, und das weißt du auch«, antwortete Adam. Er war genervt von Roys Hinhaltetaktik. Kastnäs war ein lukratives Unternehmen, das allerdings noch nicht an der Börse notiert war. Adams Traum bestand darin, die Firma an die Börse zu bringen und damit noch größer und mächtiger zu machen. Er wollte sie übernehmen, wollte etwas Bedeutsames erben, etwas, woran er mitgearbeitet, was er aufgebaut hatte. Deswegen hatte er für Roy und das Unternehmen alles gegeben und andere Angebote konsequent ausgeschlagen. Er hatte hart gearbeitet, sein eigenes Geld investiert sowie Freundschaften und Beziehungen aufgegeben. Er hatte fast fünfzehn Jahre seines Lebens für Kastnäs geopfert. Wenn er jetzt noch einmal neu anfangen würde, wäre er über fünfzig, bevor er irgendwo anders dieselbe Position erreicht hätte. Er hatte Roy unterstützt, dem Unternehmen den letzten Schliff verpasst und kannte dort alle und jeden. Er war stolz darauf, dazu beigetragen zu haben, dass Kastnäs zu dem Imperium geworden war, das es heute darstellte. Zuweilen war er auf Roys Anweisung hin auch hart, unversöhnlich und rücksichtslos vorgegangen. Nicht dass er an Gerechtigkeit glaubte, aber zum Teufel noch mal, den Chefposten hatte er sich wirklich verdient.

»Verfluchte Aasgeier«, sagte Roy und warf einen Blick auf seine Uhr. »Ich muss los und Rebecca in Arlanda abholen. Hast du Lust mitzukommen?«

Adam schüttelte den Kopf. Er ging auf die Tür zu und hoffte, dass Roy nicht auf die Idee käme, ein Drama daraus zu machen und Rebecca und ihn gegeneinander auszuspielen. Denn dann würde er ernsthaft wütend werden. Er zog die Tür hinter sich zu und beschloss, sich schon bald mit Roy über seine Zukunft zu unterhalten.

Draußen füllten sich die Bürgersteige mit Leuten, die unterwegs zu einem Drink oder einem frühen Abendessen waren.

Als Adam am *Riche* vorbeikam, entdeckte er durchs Fenster einige bekannte Gesichter, hob die Hand und winkte, hatte jedoch keinerlei Lust, hineinzugehen, und setzte seinen Weg fort.

Zu Hause wärmte er sich ein Fertiggericht in der Mikrowelle auf. Anschließend fläzte er sich vor den Fernseher und schaute sich einen Film an, dessen zahlreichen Wendungen und Verfolgungsjagden er nicht ganz folgen konnte. Er zappte zwischen den Sendern hin und her. Schließlich griff er sich seinen Laptop und las die Nachrichten. Nach einigen Liegestützen und Sit-ups duschte er, löschte das Licht in der Wohnung und legte sich schlafen.

Er verschränkte die Arme hinterm Kopf und starrte an die Zimmerdecke. Es hatte ihn maßlos irritiert, als Roy anfing, von Lexia zu sprechen. Er wollte nicht, dass sich Roy in irgendeiner Form über sie äußerte, wusste aber selbst nicht genau, warum. Allein und im Dunkeln gestattete er sich, seinen Gedanken nachzuhängen und sich vorzustellen, wie es wäre, Lexia hier bei sich zu haben, zwischen den kühlen Laken, die hellblonden wilden Locken auf dem Kissen. Mit ihren weichen Brüsten und dem Po, dem er geradezu verfallen war.

Seine Fantasien erregten ihn immer stärker, bis er seine Hände unter die Bettdecke schob. Eine Hand legte er auf seinen Brustkorb, mit der anderen umschloss er seinen Penis. Sie hatte lange dunkle Wimpern und dichte, ausdrucksvolle Augenbrauen, die einen Kontrast zu ihrer hellen Hautfarbe bildeten. Ob sie die Augenbrauen färben ließ? Und war sie im Intimbereich wohl auch blond? Oder hatte sie sich die Schamhaare mit Wachs entfernt? Diese Mode gefiel ihm gar nicht. Vielleicht war er altmodisch oder rückständig, aber er hatte nichts gegen Haare. In seiner Fantasie wuchsen Lexia dort unten helle seidige Locken, die ihre Scham schützten und verdeckten.

Er bewegte seine Hand und gab sich hin, stellte sich vor, wie Lexias weicher, sinnlicher Mund seine Steifheit umschloss, und genoss es, wie ihre Lippen seine heiße Haut küssten. Immer rascher wurden seine Bewegungen. In seiner Fantasie legte er sich auf sie, und sie sank bereitwillig und einladend in die Matratze unter ihm. Er drang in sie ein und wurde von seidenweicher Hitze umgeben. Sie stöhnte, als er ihn weiter in sie hineinschob, und fand seine Größe ganz perfekt und flehte ihn an, noch tiefer in sie einzudringen. »Adam, nimm mich«, hauchte sie heiser.

Jetzt begann er zu stöhnen, bewegte seine Hand schnell und mit festem Griff, bevor er kam, heftig und explosiv. Er konnte gerade noch rechtzeitig die Bettdecke zur Seite schieben.

Hinterher blieb er noch eine Weile liegen und atmete tief durch, bis er sich wieder gesammelt hatte und auf zitternden Beinen aufstand. Rasch wusch er sich ab und schlüpfte dann wieder unter die Bettdecke.

Es war völlig verrückt, sich seinen Fantasien über Lexia hinzugeben. Und auch ziemlich dämlich. Aber es war gut, sie sich auf diese Weise aus dem Kopf zu schlagen, dachte er und legte seine Arme auf die Decke. Er musste sich zusammenreißen, Stärke zeigen und Roy beweisen, dass er ein würdiger Nachfolger wäre. Gut, dass er Lexia jetzt aus seinen Gedanken verbannt hatte.

Mal abgesehen davon, dass sie keineswegs verschwunden war.

Er lag noch lange wach, während ihm unzählige Gedanken durch den Kopf schossen, bevor er schließlich einschlief. Die ganze Nacht lang träumte er von einem weichen Körper und schweißtreibendem Sex.

13

Lexia

»Welche Farbe nimmst du?«, fragte Lexia und linste hinunter auf ihre Zehen. Sie waren frisch geschnitten und wurden von einem rosafarbenen Zehenspreizer auseinandergehalten.

»Dunkelblau«, antwortete Siri und tauchte den Pinsel ins Nagellackfläschchen.

Lexia wackelte mit den Zehen. Sie hatte auf Rosa gehofft, doch Siri Stiller war durch und durch Künstlerin, und der Deal lautete, dass Lexia eine Profipediküre erhielt und Siri die Farbe auswählte. Sie folgte den rasch arbeitenden Fingern ihrer Freundin mit dem Blick, während ihre Zehennägel eine ansprechende dunkle Farbe annahmen. Siri brauchte mal wieder ein Versuchskaninchen, und wenn Lexia eines konnte, dann stillsitzen und sich verwöhnen lassen. Eigentlich war es sogar ihre Lieblingsbeschäftigung, dachte sie und lehnte sich zurück.

»Und welche Farbe hättest du gern auf den Fingernägeln? Du kannst zwischen Sad Girl und Push Over wählen. Das sind die neuen Farben des Winters.«

»Wirklich aufmunternde Namen.«

»Du bekommst Sad Girl«, entschied Siri und schüttelte das Fläschchen.

»Meinetwegen.« Lexia streckte ihre Hand vor und beobachtete, wie Siri den pflaumenfarbenen Nagellack auftrug. »Er ist hübsch«, gab sie zu und fragte sich, was es wohl über sie aussagte, dass ihr eine Farbe mit dem Namen Sad Girl gefiel.

»Sitz still und blas bloß nicht die Nägel trocken. Ich hasse das. Das ist genauso schlimm, wie wenn du die Mascarabürste in der Tube hin und herschiebst. Dabei dringt Luft ein und zersetzt die Flüssigkeit. Ich mach dir die Lippen gleich mit. Und dann filme ich dich.«

Lexia nickte. Sie kannte das schon. Siri stellte oft Fotos von Lexias Fingernägeln und Lippen bei YouTube ein. Ihr Kanal zum Thema Schönheitspflege wurde ziemlich stark frequentiert. Im letzten Monat hatten sie Siris neunhunderttausendsten Follower gefeiert.

»Du bist die am härtesten arbeitende Frau, die ich kenne«, sagte Lexia. Im Vergleich zu ihrer Freundin war sie selbst verdammt faul.

»Und du bist die süßeste und netteste Cis-Frau, der ich je begegnet bin.«

Lexia nickte. Am Anfang ihrer Bekanntschaft hatte sie sich gegen das Etikett Cis gewehrt, doch sie hatte sich im Gegenzug einen leidenschaftlichen Vortrag darüber anhören müssen, dass es immer die normkonformen Leute seien, die sich gegen ein Etikett wehrten, weil sie die einzigen seien, die einfach nur als »normale« Menschen durchgingen.

»Es ist ja völlig in Ordnung, sich eine Welt ohne Etiketten zu wünschen, aber die Gesellschaft sieht nun mal anders aus«, hatte Siri erklärt. »Die Dinge müssen erst benannt werden, bevor sie verändert werden können. Man kann nicht einfach festlegen, dass alle Menschen ihre eigene Identität finden sollen, und davon ausgehen, dass sie es dann ganz automatisch tun«, hatte sie hinzugefügt und Lexia dabei eindringlich angeschaut.

Danach hatte Lexia ihr Etikett mit Stolz getragen.

Siri begutachtete einen ihrer Zeigefingernägel, bevor sie vorsichtig die Farbe aufbesserte.

Lexia betrachtete derweil den rabenschwarzen Kopf ihrer Freundin, der sich gerade über ihre Hand beugte. Siri war stilsicher wie ein Model und scharfsinnig wie eine Nobelpreisträgerin – kein Wunder, dass Lexia beeindruckt war.

»Findest du mich wirklich süß?«, fragte sie.

»Jetzt hör auf, nach Komplimenten zu fischen. Was hältst du von diesem hier?« Siri hielt einen Lippenstift in dunklem Weinrot hoch.

»Du solltest wissen, dass ich keine Farben diskriminiere. Ich bin nämlich der inkludierendste Mensch, den ich kenne. Weißt du übrigens, dass achtzig Prozent aller Kaufentscheidungen von Frauen gefällt werden? Aber nur zwanzig Prozent der Werbefachleute Frauen sind?«

»Und noch dazu seid ihr die ethnisch homogenste Branche des ganzen Universums«, bemerkte Siri bissig.

»Stimmt. In der Agentur ist Dina die Einzige mit ausländischen Wurzeln. Echt peinlich.«

»Zum Glück ist es dir wenigstens bewusst.«

»Meinst du das jetzt ironisch?«, fragte Lexia und nahm eine weiche Puderquaste zur Hand.

»Weiß nicht. Vielleicht.«

»Heute hab ich eine verrückte Story gehört. Zwei verdammt coole Werbetexterinnen haben gemeinsam eine Agentur eröffnet. Daraufhin hat der Journalist einer Branchenzeitung bei ihnen angerufen und sie gefragt, wie es für sie gewesen sei, als Frau eine Agentur zu gründen. Glaubst du, dass er zwei Männern dieselbe Frage gestellt hätte? Wie fühlt es sich an, als Mann eine Agentur zu gründen? Wohl kaum.«

»Lustig«, sagte Siri und stellte weitere Tuben und Fläschchen bereit. Dann nahm sie ihre Kamera zur Hand, regulierte die Beleuchtung und filmte Lexia, während sie den Lippenstift auftrug. Anschließend hielt sie ihr einen Spiegel hin und zeigte ihr das Ergebnis.

»Super.« Lexia war so herausgeputzt, dass sie locker zu einem Date hätte gehen können, aber daraus würde vermutlich nichts werden. »Mit wie vielen Frauen hast du eigentlich schon geschlafen?«, fragte sie.

»Keine Ahnung. Fünfzig, oder so?«

»Was? Machst du Witze? So viele?«, meinte Lexia neidisch. Sie selbst hatte mit sieben Männern Sex gehabt – oder acht, wenn sie den mitzählte, der mittendrin eingeschlafen war. Manchmal kam es ihr vor, als würde ihr das Leben wie Sand durch die Finger rinnen. Zwei längere Beziehungen hatte sie geführt. Die eine hatte geendet, als der Typ anfing, vier Stunden täglich zu trainieren, und sich weigerte, etwas anderes zu essen als Thunfisch und Spinat. Die andere dauerte ein Jahr und endete abrupt, als er sie betrog und es damit begründete, dass er nur auf Frauen abfuhr, die Kleidergröße S trugen. Und dass sie ja Ewigkeiten benötigte, um zu kommen. Zum Teil hatte er recht, denn es fiel ihr nicht ganz leicht loszulassen, wenn sie sich ständig anhören musste, dass sie zu dick war. Danach hatte sie eine Pulverdiät gemacht und tatsächlich ziemlich viel abgenommen. Doch dann hatte sie alles wieder zugenommen und noch ein wenig mehr und sich danach geschworen, nie mehr auf irgendwelche Wunderdiäten hereinzufallen. Ein Schwur, den sie bis jetzt fast ausnahmslos eingehalten hatte. Sie aß einfach zu gern. Ihre restlichen Beziehungen waren kurz und ziemlich mittelmäßig gewesen. Vielleicht war sie einfach nicht der Typ Frau, auf den die Männer abfuhren, dachte sie.

»Triffst du dich eigentlich weiterhin mit Ofelia? Sie ist wirklich eine Superfrau«, erkundigte sich Lexia und versuchte, ihren Neid zu unterdrücken.

»Ja, wir haben uns noch mal wiedergesehen. Ofelia ist wirklich super, aber heute Abend hab ich ein anderes Date. Nichts Besonderes, nur ein Mädel, das ich in der Bar getroffen habe. Wir wollen ein Bier trinken gehen«, erklärte Siri und zuckte mit den Achseln.

»Die Jugend von heute«, sagte Lexia beeindruckt. Siri war zwar nur ein paar Jahre jünger als Lexia, besaß aber eine völlig andere Einstellung zum Daten und zu Affären als sie selbst. Offenbar konnte sie noch viel von ihr lernen. Vielleicht sollte sie mal irgendwelche Kurse besuchen.

Siri betrachtete sie eingehend. »Warum sprechen wir eigentlich über Dates, Lexia? Hast du etwas am Laufen?«

»Nicht direkt.«

»Aber?«

»Mach jetzt keine große Sache daraus, aber ich habe zufällig meinen neuen Chef geküsst. Allerdings nicht bei der Arbeit, sondern im *Sturehof*. Und zwar auf den Mund.«

»Und du meinst, das ist keine große Sache?«

»Es war ein Fehler.«

»Sieht er das auch so?«

Lexia musste an die erotisch aufgeladene Stimmung zwischen ihnen auf der After-Work-Party denken.

»Ja«, antwortete sie vage.

»Hm«, meinte Siri skeptisch.

»Ich glaub, ich trockne unternrum demnächst aus. Deshalb hab ich mir überlegt, es mal mit Onlinedating zu probieren«, schwindelte sie, denn sie wollte nicht länger über Adam reden.

Siri warf Lexia einen misstrauischen Blick zu. »Früher hast du dich nie dafür interessiert, obwohl ich dir immer zugeredet habe. Aber heutzutage lernt man woanders niemanden mehr kennen.«

»Du hast Ofelia doch trotzdem kennengelernt«, wandte Lexia ein. »Und dein Date heute Abend auch.« Und sie war Adam auch im wahren Leben begegnet.

»Stimmt. Hättest du denn Lust, in einer Bar zu jobben?«

»Um Gottes willen, da würde ich wahrscheinlich zur Alkoholikerin werden.«

»Und außerdem hängen in Bars viel zu viele frisch getrennte und verzweifelte Typen ab, was wirklich nicht lustig ist. Ist dein Chef auch frisch getrennt?«

»Keine Ahnung. Aber mit ihm kann ich unmöglich eine Beziehung anfangen.«

»Und mit Frauen? Willst du es nicht doch mal versuchen?«

Lexia schüttelte bekümmert den Kopf. »Ich stehe nur auf Männer. Wahrscheinlich ist das meine masochistische Ader.«

Siri sank in den einzigen Sessel ihres gemeinsamen Wohnzimmers. »Man kann seine Gefühle nicht steuern. Niemand kann das.«

»Weißt du, dass meine Mutter mir immer wieder eingetrichtert hat, dass man sich auf Männer nicht verlassen kann? Und dass Männer immer nur mit einem ins Bett wollen?«

»Wenn sie mit dir ins Bett wollen, ist es ja grundsätzlich nicht verkehrt. Du weißt, ich mag deine Mutter, aber in Sachen Männer hat sie wirklich etwas überholte Vorstellungen.«

»Das stimmt, aber es hat sich irgendwie in meinem Kopf festgesetzt. Ich hab immer das Gefühl, dass Männer unzuverlässig sind.«

»Menschen im Allgemeinen sind kompliziert. Aber ich wäre eher vorsichtig, was die Beziehungsratschläge deiner Mutter angeht.«

»Sie ist immerhin schon das fünfte Mal verheiratet.«

»Genau deswegen.«

»Du hast recht.« Lexia lächelte und bewunderte ihre dunkel glänzenden Fußnägel. Schon jetzt freute sie sich darauf, Adam morgen wiederzusehen. Sie verspürte ein angenehmes Kribbeln und hatte Schmetterlinge im Bauch. In der Agentur tuschelten natürlich alle über ihn, denn in der Werbebranche wurde nicht weniger getratscht als woanders. Doch keiner schien irgendetwas Privates über ihn zu wissen, und im Internet stand auch nicht gerade viel. Aber am Freitag hatte er sie fast geküsst, und das war das Einzige, woran sie das gesamte Wochenende denken musste.

»Hast du etwas gesagt?«, fragte Siri. Sie glättete ihre Haare, besserte ihren eigenen Lippenstift nach und nahm ihre Handtasche an sich.

»Du siehst super aus«, sagte Lexia.

»Du kannst gerne mitkommen, das weißt du, oder?«

»Ja. Aber ich sollte besser zu Hause bleiben und es ruhig angehen lassen. Die nächste Woche wird ziemlich hart werden.«

»Und vergiss nicht, dich gründlich abzuschminken.«

»Nein.«

Sie verabschiedeten sich, und Lexia legte sich aufs Sofa und wackelte mit den Zehen. Sie war sich absolut im Klaren darüber, dass sie ihren Chef nicht verführen durfte. Zugleich spürte sie, dass zwischen ihnen irgendetwas in der Luft lag. Zwischen ihnen knisterte es ganz eindeutig. Und dennoch, sie durfte mit ihrem Chef nicht flirten. Und schon gar nicht herumknutschen und ihm besser auch keine verführerischen Blicke zuwerfen. Dabei war sie auch nur ein Mensch. Und für morgen hatte sie sich vorgenommen, ein wenig zu glänzen.

14

Adam

»Guten Morgen«, begrüßte Adam die Mitarbeiter, die vor dem Montagsmeeting in die Küche kamen. Seit einer Woche arbeitete er nun schon in der Agentur, und diese Woche war für ihn eine der intensivsten und ereignisreichsten seit Langem gewesen. Die Leute grüßten ihn ebenfalls und gingen mit wachsamen Blicken an ihm vorbei, nahmen sich Brot und Aufschnitt, schenkten sich Kaffee und Saft ein, bevor sie weitereilten. Dann tuschelten sie in kleinen Grüppchen miteinander, höchstwahrscheinlich über ihre Wochenendaktivitäten, vielleicht aber auch über ihn. Es war ihm egal, denn er kannte das schon. Hin und wieder warfen sie Roy Hansson einen Blick zu, der seine eigene Werbeagentur heute zum ersten Mal besuchte.

Roy wirkte völlig unbekümmert, als er seinen Blick durch den Raum schweifen ließ. Ein weißhaariger Magnat, der breitbeinig und mit verschränkten Armen dastand und seine Untergebenen betrachtete.

»Seit wann sind die Leute denn so jung? Sie sehen ja aus, als kämen sie direkt aus dem Kindergarten«, sagte er und folgte einem Mitarbeiter mit missmutigem Blick.

»Du wolltest doch eine Werbeagentur haben. Da sind die Leute so jung.« Adam stellte seinen Kaffeebecher auf der Arbeitsplatte ab.

Da kam Leo hereingeschlendert. Adam stellte die beiden einander vor. »Das ist Leo Sandelman, einer der Artdirectors der Agentur. Und das ist Roy Hansson, der neue Eigentümer.«

Die beiden Männer gaben sich die Hand. Roy musterte den jüngeren Mann eindringlich, doch Leo wirkte nicht beunruhigt. Das war das Privileg der Oberschicht, dachte Adam. Ihre Mitglieder fühlten sich überall zu Hause und mussten sich keine Sorgen um die Zukunft machen. Adam hatte es schon an der Handelshochschule beobachtet. Selbstsichere junge Männer, die nur mittelmäßige Leistungen erbrachten, weil sie wussten, dass sich die Dinge schon irgendwie finden würden, denn es gab immer irgendeinen Verwandten, in dessen Unternehmen man arbeiten konnte. Oder auch einen Fonds, dem man Geld entnehmen konnte. Sie hatten keinerlei finanzielle Sorgen und auch keine Angst davor, auf sich selbst zurückgeworfen zu sein, da sie im Gegensatz zu ihm nicht die Erfahrung kannten, schon im Vorfeld verurteilt zu werden. Es kam noch immer vor, dass er sie um ihr Selbstverständnis beneidete.

Leo hatte seinen Small Talk mit Roy beendet, nahm seinen Kaffee und gesellte sich zu einem der Konzepter. Adam ließ seinen Blick über die Belegschaft der Agentur schweifen. Die meisten waren schon da.

»Und wo bleibt Rebecca?«, erkundigte sich Adam. Er war nicht nervös, denn das war er nie, aber bei Rebecca Hansson war es, na ja, etwas anderes.

»Sie ist unterwegs. Sag mal, meine Kleine, könntest du mir einen ordentlichen Kaffee aufbrühen? Anstelle von diesem lauwarmen Kapselscheiß?«, wandte sich Roy an Dina, die sich gerade eine Käsescheibe stibitzt hatte. Sie blinzelte verdutzt, fasste sich aber rasch wieder und nahm eine Kaffeekanne aus dem Schrank.

»Was hat sie denn da unterm Arm?«, fragte Roy.

»Einen Hund, glaube ich.« Adam war sich selbst nicht ganz sicher, denn das kleine Fellknäuel hätte als alles Mögliche durchgehen können. Dina trug heute einen orangefarbenen Turban auf dem Kopf, und ihre Miene, als Roy sie einfach so geduzt und »meine Kleine« tituliert hatte, verhieß nichts Gutes.

»Einer unserer Webdesigner ist heute leider nicht da. Er musste zu Hause bleiben, weil sein Kind krank ist«, erklärte Adam.

Roy schien nachzudenken. »Kommt das öfter vor?«

»Er hat zwei kleine Kinder, da passiert das schon mal.« Der Junge hatte am ganzen Körper rote Pusteln, weshalb sein Vater womöglich die ganze Woche zu Hause bleiben würde. Doch Adam hatte nicht vor, es Roy mitzuteilen.

Roy setzte eine irritierte Miene auf. »Wenn er zu oft fehlt, muss er gehen. Das wird sonst zu teuer.«

Adam schüttelte den Kopf. »Er leistet verdammt gute Arbeit. Und außerdem leben wir hier in Schweden. Wir entlassen die Leute nicht einfach, nur weil sie sich um ihre kranken Kinder kümmern.«

Roy schob beide Daumen in seinen Gürtel. »Sollten wir aber, um ein vernünftiges und konkurrenzfähiges Betriebsklima zu schaffen. Er wird doch wohl eine Frau haben, oder? Kann die denn nicht zu Hause bleiben? Ich bin nicht einen Tag in meinem ganzen Leben wegen der Kinder zu Hause geblieben.«

»Hm. Aber behalte das bitte für dich.«

Dina kam mit einem Becher Kaffee und reichte ihn Roy.

»Danke, meine Kleine«, sagte er.

Dina warf Adam einen finsteren Blick zu und verschwand.

Roy nippte an seinem Kaffee. »Du, ich sehe das blonde Pin-up-Girl gar nicht. Hat sie etwa auch kranke Kinder zu Hause?«

Adam trat einen Schritt auf ihn zu. »Bitte reiß dich zusammen. Die Leute können dich hören.«

»Was ist denn?« Roys Augen weiteten sich erstaunt.

»Hör auf, so überheblich zu sein. Das ist weder lustig noch

interessant. Und rede nicht so über deine Angestellten. Du klingst ja wie ein Zuhälter. Du kannst eine Frau nicht ungefragt duzen und ›meine Kleine‹ nennen, und außerdem solltest du dir deine Kommentare zum Aussehen von Frauen überhaupt verkneifen.«

Roy machte eine abweisende Geste. »Ach, bei all diesen modernen Benimmregeln blicke ich langsam nicht mehr durch. Machst du dir etwa keine Gedanken über das Aussehen von Frauen? Das fällt mir verdammt schwer zu glauben.«

Adam entgegnete nichts. Doch vor seinem inneren Auge flackerte eine Erinnerung daran auf, wie er erst kürzlich im Bett gelegen und über Lexia fantasiert hatte, was ihn heftig beschämte. Es gab Millionen von Gründen, die gegen das Fantasieren über Angestellte und das Flirten mit ihnen sprachen. Zum Beispiel, dass er der neue Chef der Agentur und somit verantwortlich fürs Betriebsklima war. Oder dass es an sich schon unmoralisch und anrüchig war, sie nicht nur als Kollegin zu sehen. Somit konnte er es Roy nicht guten Gewissens verübeln.

»Da ist sie ja!«, brüllte Roy und winkte Rebecca zu, die gerade im Türrahmen erschienen war. Rebecca hob ihre schmale Hand zum Gruß und blieb kurz in der Tür stehen. Sie war groß und schlank und trug einen blauen Hosenanzug, in dem sie aussah wie das Model, das sie einmal gewesen war. Die Männer im Büro begannen sie sofort zu umschwärmen wie alle männlichen Wesen, die in ihre Nähe kamen. Rebecca zog die Mundwinkel hoch und bahnte sich mit ausgestreckten Händen einen Weg zu Adam.

»Hallo, Adam«, sagte sie mit ihrer unverkennbaren heiseren und tiefen Stimme und gab ihm zwei flüchtige Wangenküsschen, weil sie offenbar noch wusste, dass sie ihn damit aufziehen konnte. Sie war in Djursholm aufgewachsen, dann auf einem schwedischen Internat gewesen und schließlich als

Model ins Ausland gegangen. Roy hatte einen rasanten Klassenaufstieg hingelegt und dafür gesorgt, dass sich seine drei Töchter selbstbewusst in Kreisen bewegten, in denen man sich mit Wangenküsschen begrüßte, Luxusreisen unternahm und Autos oder Wohnungen zum Geburtstag geschenkt bekam. Adam konnte sich nicht erinnern, wann er als Kind überhaupt je ein Geschenk bekommen hatte.

»Mensch, Rebecca, das ist ja ewig her«, sagte er warmherzig. Er hatte ihr nie ihre privilegierte Kindheit geneidet. Rebecca hatte ihr eigenes Päckchen zu tragen, und er erinnerte sich noch gut, wie sie immer um Roys Aufmerksamkeit und Anerkennung gekämpft hatte. Sie sah fantastisch aus, doch in ihrem Blick lag eine neue, ihm unbekannte Härte. Er betrachtete sie kurz, was jede Menge widerstreitende Gefühle in ihm weckte. Er hatte sie so unglaublich geliebt. Und sie hatte ihm das Herz gebrochen.

»Hallo, Roy.« Sie nannte ihn nur selten Papa. Rebecca und Roy hatten schon immer eine stürmische Beziehung zueinander gehabt. Sie galt als sein Lieblingskind, was natürlich nicht ganz leicht war, denn Roy stellte besonders hohe Erwartungen an seine engsten Vertrauten. Als Adam und Rebecca sich verlobt hatten, war Roy überglücklich gewesen. Aber damals waren sie noch sehr jung gewesen. Kurz darauf war Rebecca als Model entdeckt worden. Sie war nach Paris gegangen und hatte die Verlobung wieder gelöst. Dort hatte sie Karriere gemacht, allerdings offenbar nicht ganz so erfolgreich wie erhofft. In Paris hatte sie kleine Rollen in Filmen erhalten, die sich aber überwiegend als Flops entpuppten. Und schließlich war sie in die USA gegangen, wo sie irgendwelche Jobs in der PR-Branche angenommen und einen Lifestyle-Blog mit Fotos aus Los Angeles gestartet hatte. Die letzten Informationen hatte sich Adam im Rahmen seiner Recherche zu Rebeccas beruflichem Werdegang angelesen. Viele Jahre lang hatte er darauf gehofft, dass sie beide wieder zusammenkommen würden. Nur ungern erinnerte er sich daran, wie er ihr im betrunkenen Zustand einige SMS sowie eine Herzschmerz-E-Mail geschickt hatte, doch Rebecca war mit ihm fertig gewesen, und so war nie mehr etwas daraus geworden. Schließlich hatte er sein Leben selbst in die Hand genommen und aufgehört, an sie zu denken, war anderen Frauen begegnet und hatte Rebecca vergessen. Doch jetzt war sie wieder da. In seinem Leben. An seinem Arbeitsplatz.

Adam ließ den Blick über seine Mitarbeiter schweifen. Er hatte sich im Lauf der vergangenen Woche ihre Namen und Funktionen eingeprägt und meinte, sie inzwischen näher zu kennen. Er wusste, dass er mit ablehnenden Reaktionen ihrerseits rechnen müsste. Doch die Agentur benötigte dringend mehr Frauen, das stand fest. Langfristig konnte man mit einer derart homogenen Gruppe keine innovative Werbung machen. Und wenn Rebecca eines draufhatte, dann die Dinge engagiert anzugehen, egal, um was es ging. Sie war kreativ, sozial und hatte eindeutig Führungsqualitäten.

Lexia war zur Tür hereingekommen, während Adam mit Rebecca und Roy Small Talk hielt. Er warf ihr rasch einen Blick zu und verspürte erneut dieses eigenartige Gefühl in der Brust. Heute trug sie weinrote hochhackige Wildlederstiefel, und ihre hellen Haare fielen offen über ihren Rücken. Als sie mit den Händen gestikulierte, sah er, dass ihre Fingernägel dunkel lackiert waren, was er aus irgendeinem Grund besonders sexy fand. Er konnte sich nicht länger auf das Gespräch mit Rebecca und Roy konzentrieren und beschloss nach einer kurzen Diskussion mit sich selbst, auf sie zuzugehen.

»Guten Morgen«, begrüßte er sie.

Sie drehte sich um, und ein angenehmes Ziehen erfasste seinen Körper. Als sie lächelte, wurde ihm fast schwindelig. »Guten Morgen«, erwiderte sie seine Begrüßung, und die Luft zwischen ihnen begann zu knistern. Die Werbebranche war doch ein eigenartiges Pflaster, dachte er, während er überlegte, was er seiner Mitarbeiterin Intelligentes sagen könnte, außer dass er sie gern geküsst hätte und wünschte, sie wären wieder in der Bar von neulich und er wäre nicht ihr Chef, sondern ein ganz gewöhnlicher Mann, der sie nach Hause begleiten könnte.

Die Stimmung in der Werbebranche war so sinnlich und aufgeladen, wie er es aus der Finanzbranche nicht gewohnt war. Die Werbeleute waren jung, redeten oft über Sex, hatten beim Sprechen auch mal Körperkontakt, waren kreativ und dynamisch.

Jetzt schaute sie ihn fragend an. Er räusperte sich wie ein Idiot. »Schön, dass du da bist. Dann fangen wir an«, sagte er viel zu kurz angebunden, bevor er kehrtmachte und wieder ging. Er spürte förmlich, wie sie ihm irritiert hinterherschaute.

Roy zog vielsagend die Augenbrauen hoch. »Und worüber habt ihr beide geredet?«

Adam wandte sich ab. »Wir haben immer montags um neun unser Morgenmeeting«, erklärte er Rebecca. »In diesem Rahmen werde ich dich den anderen vorstellen, ein wenig über deine Funktion in der Agentur berichten und dich dann mit deinem neuen Team bekanntmachen. Wie klingt das?«

»Gut«, antwortete sie und beugte sich zu ihm vor. »Ich bin etwas aufgeregt, weil Roy gesagt hat, dass für mich extra eine neue Stelle eingerichtet wurde. Stimmt es, dass es hier vorher keinen Creative Director gab?«

»Ja, aber wir brauchen dringend einen. Und du bist die richtige Person dafür, da bin ich mir ganz sicher«, sagte er und hoffte, dass es tatsächlich der Fall sein würde. Alles war ziemlich schnell gegangen, und Adam war noch immer nicht davon überzeugt, aber jetzt war sie hier, und er musste sich irgendwie damit abfinden. »Ich werde den ganzen Morgen hier sein. Und die Leute hier sind engagiert bei der Sache. Es wird schon gut gehen«, fügte er hinzu. Noch einmal sah er verstohlen zu Lexia, doch jetzt stand sie neben Dina und lachte mit ihr über irgendetwas.

Rebecca legte ihm eine Hand auf den Arm und lächelte ihn an. »Danke, Adam. Du bist ein Schatz. Das bist du schon immer gewesen. Ich weiß, dass ich mich auf dich verlassen kann.«

»Natürlich«, sagte er. »Seid ihr bereit?«

Er führte Rebecca und Roy in den Konferenzraum, und die Mitarbeiter folgten ihnen. Die Atmosphäre war angespannt.

»Guten Morgen. Heute gibt es viel zu besprechen. Haben sich alle einen Kaffee geholt? Gut, dann legen wir los.«

Er schaute zu Rebecca, die aufrecht und selbstsicher neben Roy stand. Dann warf er Lexia einen Blick zu, die eher nachdenklich wirkte.

Doch sie musste sich keine Sorgen machen. Sie würde feststellen, dass es eine gute Idee gewesen war, Rebecca einzustellen. Alle würden davon profitieren, die Arbeit wäre klarer strukturiert und dadurch effektiver. Und nicht zuletzt er selbst würde sich besser auf seine eigene Arbeit konzentrieren können. Er schaute ein letztes Mal zu Lexia hinüber, bevor er erneut das Wort ergriff.

15

Lexia

Lexia hatte sich mit ihrem Kaffeebecher ganz hinten an den Konferenztisch gesetzt. Sie lauschte Adams Stimme, der das Morgenmeeting mit derselben Effizienz leitete, wie er alles andere auch tat. Im Vergleich zu den übrigen Kollegen in der Agentur war er äußerst korrekt gekleidet. Er trug eine dunkle Hose mit Gürtel und dazu ein dunkles Hemd, das fein säuberlich gebügelt in seinem Hosenbund verschwand. Er hatte verdammt attraktive Hüften, und sein ganzer Körper bestand aus markanten Linien und klaren Konturen. Seine Haare waren kurz geschnitten, seine Gesichtszüge markant, und wenn er nicht gerade lächelte, was nicht besonders oft der Fall war, kam er ihr streng vor. Seine Schuhe waren blank gewienert, und seine Platinuhr glänzte. Doch unter seinem Hemdärmel war ein Tattoo verborgen, und am Handgelenk trug er neben der Uhr ein schwarzes Lederband. Unter seiner geschäftsmäßigen Fassade kam ein wahrer Bad Boy zum Vorschein. Und der war verflucht sexy.

»Heute darf ich euch Roy Hansson vorstellen«, sagte Adam, woraufhin der ältere weißhaarige Mann nickte und sich mit funkelndem Blick im Konferenzraum umschaute. Als er Lexia entdeckte, ließ er seinen Blick auf ihr ruhen und zog die Mundwinkel hoch. Lexia widerstand dem Impuls, ihre Arme vor der Brust zu verschränken, um sich vor seinen anzüglichen Blicken zu schützen, und schaute zu Boden.

»Adam hat mir erzählt, dass Sie alle engagiert arbeiten, und ich setze großes Vertrauen in sein Urteil«, begann Roy. »Ich kann zwar manchmal etwas forsch sein, aber ansonsten bin ich ein netter Kerl, versprochen. Ich freue mich, mehr über Ihre Arbeit hier zu erfahren.« Er lächelte breit und machte tatsächlich einen netten Eindruck auf sie. Adam schien ihn ebenfalls zu respektieren. Vielleicht hatte sie ja überreagiert, und er hatte gar nicht auf ihren Busen gestarrt.

»Das da ist wohl seine Tochter«, flüsterte sie Dina zu, die neben ihr saß und Godzilla mit kleinen Stückchen von der Frühstückssalami fütterte. Sie hatten Roy und seine Familie letzte Woche gegoogelt. Rebecca Hansson führte gelinde gesagt ein Glamourleben.

»In Wirklichkeit ist sie noch hübscher«, flüsterte Dina zurück, und als Lexia sich umschaute, sah sie nicht einen einzigen Mann, der Rebecca nicht anstarrte. Sie war fast unwirklich schön, als führte sie ein Leben auf den Hochglanzseiten verschiedener Modemagazine oder auf dem roten Teppich. Ihr dunkles Haar glänzte, und sie trug ein diskretes, fast unauffälliges Make-up, das ihre Lippen betonte und die Wangenknochen hervortreten ließ. Dazu hatte sie lange Beine und eine fantastische Haltung und schien vor Selbstvertrauen nur so zu strotzen, das aus jeder einzelnen Pore ihrer makellosen Haut zu dringen schien. Wie eine Vollblutstute oder eine edle Rassekatze. Sie sah genauso aus wie all die Mädchen, die sie während ihrer Kindheit gepeinigt hatten. Eine Frau, die ihren flachen Bauch im Bikini präsentierte und im Sonnenuntergang eine Yoga-Pose einnahm. Genau so.

»Sie waren mal ein Paar«, meinte Dina.

»Wer?«, fragte Lexia, obwohl es offensichtlich war, von wem sie sprach.

»Unser Chef und das Model. Sie ist bestimmt total schlau und noch dazu steinreich.«

»Sind sie noch ein Paar?«, erkundigte sich Lexia und bemühte sich, einen Anflug von Eifersucht im Zaum zu halten. Verdammt, sie hatte kein Recht darauf und auch keine Veranlassung, so zu empfinden. Dennoch versuchte sie Adams und Rebeccas Beziehung einzuschätzen. Die beiden standen dicht nebeneinander und wirkten sehr vertraut, als kannten sie sich gut und fühlten sich in der Nähe des anderen wohl. Jetzt war sie nicht nur eifersüchtig, sondern kam sich auch noch dumm, dick und völlig falsch gekleidet vor. Doch dann machte sie sich bewusst, dass ihr nur die eigenen Dämonen einen Streich spielten.

»Weiß nicht, ob sie noch zusammen sind«, entgegnete Dina. Lexia beugte sich etwas näher zu ihr. »Weißt du noch mehr?«

Dina war phänomenal im Ausspionieren und Kombinieren von Informationen. Sie gab ihrem Hündchen ein letztes Stückchen Salami und ließ es ihre Finger ablecken. »Leider nicht. Aber ich hoffe nicht, dass zwischen ihnen was läuft. Liebe am Arbeitsplatz ist nie gut. Es ist einfach unfair den Kollegen gegenüber.«

»Ja«, pflichtete Lexia ihr beschämt bei, denn Dina hatte zu hundert Prozent recht.

Doch dann wurden sie von Adams Stimme unterbrochen: »Ich bin seit einer Woche hier, und in dieser Zeit hat sich viel getan. Ich habe mir einen Überblick über eure Arbeit und die Abläufe in der Agentur verschafft. Ich weiß, dass es ziemlich tough für euch gewesen sein muss, aber bislang habe ich unglaublich inspirierende Teamarbeit gesehen, und wie ihr wisst, haben wir am Freitag an einem höchst erfolgreichen Pitch für Offi O teilgenommen.«

Er klang völlig entspannt, selbstsicher und kompetent. Lexia konnte ihren Blick nicht von ihm losreißen. Rebecca stand neben ihm und lächelte, als wäre sie mitverantwortlich für den Erfolg, von dem er gerade sprach. Lexia schaute sich diskret um und begegnete den Blicken von Yvette, Pi und Dina, den anderen Frauen in der Agentur.

Adam machte eine Kunstpause. Lexia spitzte die Ohren, und alle horchten auf. Rebecca lächelte zufrieden.

»Heute früh habe ich erfahren, dass wir den Zuschlag für den Etat bei Offi O bekommen haben.« Er verstummte und ließ seine Worte wirken.

Lexia sprang fast von ihrem Stuhl auf und starrte erst ihn und dann Dina an. »Stimmt das?«, rief sie.

Er nickte. »Es handelt sich, soweit ich weiß, um eine Rekordsumme. Sie waren aber auch äußerst zufrieden. Ofelia war hin und weg und hat sich am Wochenende entschieden. Sandelman & Dyhr wird ihre nächste Werbekampagne entwickeln.«

Alle Mitarbeiter brachen in Jubel aus. Die Männer klopften Leo auf den Rücken und pfiffen anerkennend. Adam hielt abwehrend die Hände hoch und sorgte dafür, dass sich alle wieder beruhigten und verstummten. »Die Nachricht ist in der Tat fantastisch, und Ofelia ist ein wichtiger Kunde. Wir sind erst ziemlich spät auf der Bildfläche erschienen, und es war auch verdammt knapp, aber ich bin mir sicher, dass wir erstklassige Arbeit leisten werden.« Er schaute Lexia an, ohne eine Miene zu verziehen. Ihr gelang es, ein Lächeln zurückzuhalten, und seinen Blick ebenso kühl zu erwidern. Was tat es schon zur Sache, dass sie ihn attraktiv fand? Gar nichts. Ihre Arbeit und der Etat standen jetzt im Vordergrund, alles andere war nebensächlich. Sie strich ihr Kleid glatt und drückte ihren Rücken durch. Vor ihr lag ein Superjob. Sollte Adam doch finster dreinblicken und seine Chefallüren pflegen. Das Model würde wieder verschwinden und sich dem Glamourleben zuwenden. Und sie selbst würde hart arbeiten und all die Fehler vergessen, die sie gemacht hatte, und stattdessen nach vorn schauen. Alles würde wieder werden wie immer. Abgesehen davon, dass sie vorhatte, richtig zu glänzen. Sie war eine äußerst fähige Werbetexterin, das durfte sie nicht vergessen. Sie hatte zwar noch keine prestigeträchtigen Kampagnen entwickelt, was ihr Selbstwertgefühl nicht gerade steigerte, aber immerhin hatte sie massenweise Slogans geschrieben, die brillant oder zumindest ziemlich gut waren, und sie wusste, dass sie ein Talent besaß, das nur noch nicht vollständig zur Geltung gekommen war. Sie würde ein Spitzenprodukt bei Offi O abliefern, das ihr als Sprungbrett zu größeren Kunden und umfangreicheren Etats dienen würde. Sie würde ... Jetzt war sie so vertieft darin, sich selbst zu pushen, dass sie es fast verpasst hätte, sich auf Adams weitere Ausführungen zu konzentrieren.

»Und da es sich um einen so wichtigen Etat handelt, steht eine Veränderung in personeller Hinsicht bevor. Leo und Lexia werden Verstärkung erhalten.«

Wie bitte?

Rebecca trat einen Schritt vor, und Lexia wechselte einen bangen Blick mit Dina. Er meinte doch wohl nicht, dass ...?

»Hallo, Leute. Ich heiße Rebecca Hansson«, stellte sie sich mit etwas heiserer und dunkler Stimme vor. In ihrem Hosenanzug sah sie so überwältigend aus, dass Lexia am liebsten den Raum verlassen und ihre Stirn gegen den Spiegel in der Damentoilette gerammt hätte. »Adam und Roy haben ihr Vertrauen in mich gesetzt und mich gebeten, in diese kleine Werbeagentur zu kommen. Ich muss zugeben, dass ich vorher noch nichts von diesem Büro gehört hatte, aber ich freue mich sehr über euren Erfolg. Offi O ist eine fantastische Marke.«

Sie ergriff Adams Hand und streckte ihre beiden Arme in die Luft, als wäre er ein Boxchampion, der gerade einen Kampf gewonnen hatte. Adam ließ sie gewähren. Die Leute applaudierten, und Lexia wusste nicht, wohin mit ihrem Blick. Rebecca nahm ihrer beiden Hände wieder herunter, hielt Adams aber noch einen Augenblick lang fest und lächelte.

»Adam und ich haben schon vieles gemeinsam gemacht, und uns verbindet eine lange Geschichte.« Ihr Ton war intim und voller anzüglicher Anspielungen.

Adam ließ ihre Hand los und sagte völlig ungerührt: »Rebecca ist sehr erfahren und wird unseren Projekten eine internationale Ausrichtung geben.«

Nein, nein, nein.

»Sie wird die übergreifende Verantwortung für den Etat von Offi O übernehmen. Ab sofort wird Rebecca als Creative Director mir direkt unterstellt sein.«

Dina bedachte Lexia mit einem bedauernden Blick.

»Scheiße«, murmelte Lexia.

16

Lexia

Lexia sah, wie die Männer in der Agentur um Rebecca Hansson herumscharwenzelten wie schwärmende Drohnen um ihre Königin.

»Ist das cool!«, rief einer von ihnen.

»Herzlich willkommen! Sag einfach Bescheid, wenn du Hilfe brauchst«, bot ein anderer an.

»Das wird eine Supersache!« Das kam von Leo.

»Echt sensationell.«

Und so weiter.

Dina vergrub ihre Nase in Godzillas Nacken und sagte leise zu Lexia: »Glaubst du, sie hat irgendeine Ahnung von Werbung? Sieht sie nicht eher aus wie die Hexe aus dem Schneewittchenfilm? Wenn sie mir einen Apfel anbietet, werde ich ihn nicht annehmen.«

Sie beobachteten gemeinsam das Spektakel. Rebecca schien männliche Aufmerksamkeit gewöhnt zu sein, denn sie nahm sie so selbstverständlich hin, wie andere Luft holen oder den Lohn am Monatsende für gegeben hielten.

»Und wie finden wir das?«, fragte Yvette, die sich zu ihnen gesellt hatte und Rebecca mit abschätzigem Blick betrachtete.

»Vielleicht ist sie ja total nett«, mutmaßte Lexia. Sie wollte eine Frau nicht automatisch ablehnen, nur weil sie hübsch, reich und perfekt war – und von allen Männern in der Agentur umschwärmt wurde. Und außerdem gerade mit Adam Nylund Händchen gehalten hatte. Auch wenn es ihr verdammt schwerfiel, wollte sie nicht der Versuchung erliegen, sich in Neid über erfolgreiche Kolleginnen zu ergehen. Frauen mussten zusammenhalten, das hatte sie schon immer gefunden, und sie konnte ihre Einstellung nicht einfach über den Haufen werfen, nur weil plötzlich ein göttinnengleiches Model auftauchte und die Agentur aufmischte.

»Ja, vielleicht«, sagte Dina ohne jede Überzeugung. Yvette schüttelte nur den Kopf. Dann saßen sie schweigend da, während die Männer Rebecca umschwärmten.

»Eine zusätzliche Frau, das ist genau das, was die Agentur benötigt«, sagte Lexia schließlich und bemühte sich, Enthusiasmus in ihre Stimme zu legen.

»Genau. Noch eine reiche, weiße Frau – das trägt wirklich zur Vielfalt in unserem Unternehmen bei«, sagte Dina angesäuert.

Lexia wandte ihren Blick ab. Ihr fiel ein, dass sie noch nie zuvor mit einem Creative Director zusammengearbeitet hatte. Rebecca würde die Hauptverantwortung für die Konzepter tragen. Kannte sie sich überhaupt damit aus?

Adam stand mit gerunzelter Stirn neben Roy und lauschte seinen Worten. Lexia konnte seine Miene nicht deuten – dieser Mann war wie eine Sphinx.

»Angeblich ist sie zielstrebig«, sagte Dina, während sie Godzillas weiches Fell streichelte. »Vielleicht ist sie ja auch total kreativ?«

»Schon möglich«, meinte Lexia.

Sie verfielen wieder in Schweigen.

Als Rebecca sich schließlich von ihren Bewunderern löste und sich im Raum umschaute, begegnete sie Lexias Blick und kam auf sie zu. Dina ergriff die Gelegenheit, sich aus dem Staub zu machen.

Lexia stand ebenfalls auf, trocknete sich diskret die Handflächen an ihrem Kleid und streckte Rebecca die Hand entgegen.

»Adam meinte, du könntest mich kurz briefen, damit ich mich möglichst schnell mit dem Projekt vertraut mache«, sagte Rebecca und schüttelte ihr die Hand. »Dessous und Offi O. Ich hab schon jede Menge Ideen. Sie ist wirklich eine tolle Frau.«

»In der Tat.« Lexia war bemüht, sich der unerwarteten Situation anzupassen, die Rebeccas Auftauchen und ihre neue Position mit sich brachten. Sandelman & Dyhr war immer eine kleine, sehr persönliche Agentur gewesen. Lexia hatte den ehemaligen Geschäftsführer gut gekannt, hatte gewusst, dass sie eine geschätzte Mitarbeiterin war, und sich nie große Sorgen um ihre Zukunft gemacht. Doch jetzt war sie verunsichert. Würde Rebecca ab jetzt die Hauptverantwortung für die Kreativabteilung übernehmen? War das gut oder eher schlecht? Was würde es für sie selbst und das Projekt bedeuten, das ihr so sehr am Herzen lag? Könnte es sein, dass dadurch ihre eigene Position gefährdet wurde? Agierte Rebecca als Agentin für Adam? Oder war sie noch immer seine Freundin?

Lexia musste sich eingestehen, dass sie vor diesem selbstbewussten, weltgewandten Geschöpf etwas Angst hatte. Sie räusperte sich und war bemüht, so gelassen wie möglich zu bleiben. »Wir können uns in einen der kleineren Konferenzräume setzen«, schlug sie vor und war zufrieden damit, wie professionell und dennoch entgegenkommend sie klang.

Rebecca wirkte unglaublich abgeklärt, als sie in einem Lehnstuhl Platz nahm und ihre langen schlanken Beine elegant übereinanderschlug. Ihre kerzengerade Haltung erinnerte Lexia an eine Kunstturnerin oder Balletttänzerin. Als Rebecca erschaffen wurde, war jemand offenbar bei bester Laune gewesen.

»Ich muss sagen, dass mir deine Schuhe ausnehmend gut gefallen. Sie sind wirklich schick«, begann Lexia. Sie liebte schöne Schuhe. »Sind die von Louboutin?«

Rebecca bedachte sie mit einem langen Blick, während sie mit einem Fuß wippte. Jetzt, wo sie nur zu zweit waren, wirkte sie ganz anders. Irgendwie strenger und distanzierter.

»Hör mal, Lexie – so heißt du doch, oder?«

»Lexia.«

»Whatever. Ich will gleich mal Klartext reden. Ich bin nicht hier, um Small Talk über Kleidung und Schuhe und andere feminine Accessoires zu halten. Ich habe nicht vor, deine neue beste Freundin zu werden. Ehrlich gesagt begreife ich nicht, warum man unbedingt befreundet sein muss, nur weil man zufällig auch eine Frau ist. Ich bin hier, um zu arbeiten, und von dir erhoffe ich mir dasselbe, ansonsten wird unsere Zusammenarbeit für mich nicht funktionieren.«

Lexia blinzelte. Sie fühlte sich völlig überrumpelt, und ihr fiel keine passende Antwort ein. »Klingt gut«, sagte sie schließlich.

Plötzlich klopfte es an der Tür, und Leo kam herein.

»Hallo«, sagte er und ging geradewegs auf Rebecca zu, als wäre Lexia unsichtbar. Er setzte sich auf den Tisch und begann mit dem Bein leicht hin und herzuschwingen. »Super, dass du vorhast, ein wenig Ordnung in den Laden zu bringen.«

Lexia wartete darauf, dass Rebecca ihn ebenfalls mit einer abschätzigen Bemerkung zurechtweisen würde, und freute sich fast darauf. Doch stattdessen legte sie den Kopf schief und lächelte Leo dezent zu. Der fasste es offenbar als Ermutigung auf und begann von sich zu reden und allem, was er in der Agentur bewirkt hatte. Rebecca hörte ihm zu und nickte. Mitunter lächelte sie. Zwar reagierte sie nicht gerade überschwänglich auf seine Ausführungen, aber zumindest konfrontierte sie ihn nicht mit ihrem Klartext.

»Und dann bin ich natürlich auf der Berghs gewesen«, erzählte Leo. Eine dunkle Haarlocke fiel ihm in die Stirn, und Lexia musste zugeben, dass es verdammt attraktiv wirkte. Jetzt unterhielten sie sich über die angesehenen Schulen, die sie beide besucht hatten. Wow, es hatte nur fünf Minuten gedauert, bis sie auf dieses Thema zu sprechen gekommen waren.

»Berghs ist wirklich eine gute Schule«, pflichtete Rebecca ihm bei und warf ihre dunklen, glänzenden Haare über die durchtrainierte Schulter nach hinten. Ihr Hosenanzug war von Teotoki. Lexia war sich ganz sicher, weil sie deren Hosenanzüge schon oft auf der Website bewundert hatte. Leider wusste sie, dass sie darin wie ein aufgeblasener Luftballon aussehen würde, ganz abgesehen von der Tatsache, dass ihr Gehalt bei Weitem nicht für solche Luxuskleidung ausreichte. Rebecca sah darin natürlich wie ein Model auf der Titelseite der *Elle* aus.

»Ich für meinen Teil hab verschiedene Jobs in Miami und New York gehabt«, fuhr Rebecca fort und erging sich in der Aufzählung diverser Unternehmen in den USA, für die sie gearbeitet hatte. Genau genommen sagte das nur wenig aus, dachte Lexia. Rebecca konnte dort auch nur Kaffee gekocht haben. »Ich bin gespannt darauf, jetzt im beschaulichen Schweden zu arbeiten. In Papas reizender Agentur.«

In der sie viel Macht erhalten würde. Lexia betrachtete ihre Fingernägel und fragte sich, ob sie auf sich aufmerksam machen sollte, oder ob die beiden von ihr erwarteten, dass sie sich stillschweigend eine Grube grub und hineinsprang. Großer Gott, wie deprimierend. Sie wollte eigentlich über die Kampagne, über ihre Arbeit sprechen und sich nicht die Prahlerei der beiden anderen anhören.

»Ich dachte, wir könnten …«, begann sie, wurde aber unterbrochen, als es erneut an der Tür klopfte, diesmal allerdings nur ganz kurz. Dann trat Adam ein. Also genau das, was sie hier drinnen brauchten: noch mehr Testosteron. Alle Augen im Raum richteten sich auf Adam, und sie spürte förmlich, wie sich das Machtgleichgewicht zu seinen Gunsten verschob. Es herrschte kein Zweifel daran, wer in der Hierarchie ganz oben stand. Leo stand auf, und Rebecca fuhr sich in einer äußerst aufreizenden Geste mit ihren schlanken Fingern durchs Haar. Sie lächelte ihn warmherzig und mit zwei perfekten Zahnreihen an.

»Wie läuft's?« fragte Adam kurz angebunden.

»Es wird bestimmt super«, sagte Leo.

»Die beiden sind gerade dabei, mich zu briefen«, erklärte Rebecca, und Lexia hätte um ein Monatsgehalt wetten können, dass sich Rebecca nicht einmal mehr an ihre Namen erinnerte.

»Gut.« Adam nickte und schob eine Hand in seine Hosentasche. »Lexia?«

»Klar, wird bestimmt super«, wiederholte sie, ohne dass es ihr vollständig gelang, die Ironie aus ihrer Stimme zu verbannen. Adams Augen verengten sich.

»Möchtest du dazukommen, Adam?« Rebeccas Stimme war leise und heiser. »Ich hör mir gern an, was du dazu zu sagen hast, das weißt du doch.« Dann richtete sie ihren Blick auf Lexia. »Wir beide können uns ja später weiter unterhalten, oder? Fürs Erste genügt es völlig, wenn wir zu dritt sind.« Sie lachte kurz.

Lexia blieb fast der Mund offenstehen. Sie konnte kaum glauben, was sie hörte. Wurde sie weggeschickt, sobald zwei Männer den Raum betraten? Es kam ihr vor, als würde Rebecca die Frauenbewegung eigenhändig um fünfzig Jahre zurückdrehen.

»Ich habe leider keine Zeit«, antwortete Adam entschuldigend. »Es gibt noch einiges mit Roy zu besprechen. Ich wollte nur kurz wissen, ob du irgendetwas brauchst.«

»Dann sehen wir beide uns wohl später«, sagte Rebecca, und Lexia hätte schwören können, dass die Frau gerade geschnurrt hatte. Rebecca machte es ihr wirklich schwer, an ihrer Meinung festzuhalten, dass die Solidarität von Frauen Vorrang vor allem anderen hatte.

Lexia stand auf, sammelte ihre Sachen zusammen und bemühte sich, dabei ruhig und würdig zu wirken und nicht so, als wäre sie gerade ausgebootet worden. Doch sie fürchtete, dass man ihr die Wut durchaus ansah. Unbeabsichtigt zog sie sich genau im gleichen Augenblick in Richtung Tür zurück wie Adam, und als sein Körper ihren zufällig berührte, zuckte sie förmlich zusammen. Er hielt ihr die Tür auf, und sie verließ mit hölzernen Bewegungen den Raum, bedacht darauf, nicht noch ein weiteres Mal Körperkontakt aufzunehmen.

»Danke«, sagte sie.

»Lexia?«

Sie blieb stehen. Zu Small Talk mit Adam konnte sie sich überwinden, wollte ihm aber auch nicht ihre wahren Empfindungen zeigen. Also holte sie tief Luft und bemühte sich um ein neutrales Lächeln. Er sagte nichts. Sie auch nicht. Das Schweigen zog sich hin.

»Wir sehen uns später«, sagte er schließlich.

»Ja klar«, entgegnete sie.

Adam warf ihr einen letzten Blick zu und sah aus, als wollte er noch etwas sagen, machte dann jedoch kehrt und ließ sie stehen. Sie atmete aus. Vor ihr lag nur noch fast ein ganzer Arbeitstag.

»Ich muss endlich aufhören, mich lächerlich zu machen«, sagte Lexia, als sie am späten Abend desselben Tages auf dem Sofa saß. Es war ein langer demütigender Arbeitstag gewesen, an dem sie jedem noch so kleinen Wink von Rebecca hatte Folge leisten müssen. Der einzige Lichtblick war, dass Adam den größten Teil der Zeit nicht im Büro verbracht hatte.

Frierend zog sie die Wolldecke enger um ihren Körper. Siri

stand von ihrem Platz auf, legte im Kamin ein Holzscheit nach, kam dann wieder zurück zum Sofa und setzte sich.

»Stattdessen sollte ich tougher und cooler werden«, fuhr Lexia fort. Es war wirklich schon lange her, dass sie sich so ausgelaugt gefühlt hatte. Zum ersten Mal seit geraumer Zeit war sie sich nicht mehr sicher, ob sie in der Werbebranche bleiben wollte.

Siri schaute sie voller Sympathie an. »Du hast dich doch gar nicht lächerlich gemacht. Hoffentlich ist dir das klar. Aber ich weiß, was du meinst. Diese Rebecca klingt wirklich wie die letzte Schreckschraube. Und dann ist sie auch noch die Tochter des Eigentümers. Schwierige Situation.«

»Sie redet gern Klartext«, beklagte sich Lexia weiter. »Aber meiner Erfahrung nach ist das eher eine Ausrede, um unsensibel und gemein sein zu können.«

»Es kommt hinzu, dass solche Leute stinksauer sind, wenn man ihnen gegenüber auch mal Klartext redet.«

»Genau.« Lexia knabberte an einer Mohrrübe. »Rebecca gehört bestimmt zu den Frauen, die behaupten, dass sie sich lieber mit Männern umgeben, weil die ehrlicher sind.«

»Stimmt, Männer äußern sich ja nie negativ über andere Menschen, insbesondere nicht über Frauen«, bemerkte Siri.

Sie schauten sich an und brachen in lautes Gelächter aus. Nach Lexias Erfahrung tuschelten Männer genauso viel hinterm Rücken wie Frauen, und dass sie ehrlicher sein sollten als Frauen, war wohl eher ein Witz.

»Ach, ich bin die Männer so leid«, sagte sie mit Nachdruck und kaute auf ihrer Möhre herum. Sie brauchte dringend etwas Richtiges zu essen.

»Nicht doch, du würdest doch gern jemanden kennenlernen. Aber dann musst du es übers Internet versuchen. Hab ich dir ja schon tausendmal gesagt. Im wahren Leben lernt man niemanden kennen. Außer irgendwelche Idioten aus der Werbebranche.« Siri zog die Beine zum Körper heran und stützte ihr Kinn auf die Knie. Die schwarzen Haare ihres Pagenkopfs umgaben ihr Gesicht wie ein Fächer.

»Und scheinheilige Chefs«, fügte Lexia hinzu. Sie klickte die Homepage der Agentur an und zeigte ihr das Foto von Adam, das Dina hochgeladen hatte. »Das ist er.«

Siri schnitt eine Grimasse. »Dir ist aber schon klar, dass du einem Mann aus der Finanzbranche nicht über den Weg trauen kannst, oder? Er sieht aus, als wäre sein erstes Wort als Baby Aktienportfolio gewesen. Da bist du selber schuld.«

Siri hatte nicht ganz unrecht. »Ich dachte ja, er wäre ein ganz normaler Mann«, verteidigte sich Lexia. »Und außerdem sieht er nicht immer so gefühllos aus. Aber auf den Datingportalen im Internet tummeln sich so komische Leute. Die Typen sind noch schlimmer als im echten Leben.«

»Jetzt lässt du aber deine Vorurteile sprechen.«

»Ich habe keine Vorurteile«, brummelte Lexia. »Jedenfalls fast keine.« Sie hasste es, wenn Siri recht hatte. Plötzlich klingelte ihr Handy, und Lexia griff stöhnend danach.

»Wer ist es denn?«

»Meine Mutter. Oh man, ich hab wirklich keine Lust, ranzugehen.«

Siri warf ihr einen strengen Blick zu. »Geh ran, du hast nur eine Mutter.«

»Was bist du heute anstrengend.« Doch dann meldete sie sich gehorsam: »Hallo, Mama.«

»Na, du klingst ja schlecht gelaunt. Du solltest dich mehr bewegen. Ich gehe in solchen Situationen immer zum Joggen raus. Nichts sorgt für bessere Laune. Die beste Medizin gegen Depressionen.«

Lexia schaute aus dem Fenster. Draußen war es stockdunkel, und es regnete. Nie im Leben würde sie auch nur auf die Idee kommen rauszugehen.

»Ich habe keine Depressionen, ich bin wütend.«

»Aber hoffentlich nicht auf mich.«

»Nein, nur auf einen Mann.« Sie würde ihr auf keinen Fall erzählen, dass sie mit ihrem Chef nicht zurechtkam.

»Mit Männern hast du noch nie umgehen können. Und dann reagierst du immer so empfindlich.«

»Ich kann ja nichts dafür, dass er ein Idiot ist.«

»Die Frauen von heute. Ihr habt so hohe Ansprüche.«

Lexia warf Siri einen vorwurfsvollen Blick zu. Ihre Freundin machte eine entschuldigende Geste, griff nach ihrem eigenen Handy und begann darauf herumzutippen.

»Meinst du wirklich, dass ich geringere Ansprüche an die Männer stellen sollte, Mama? Um jemanden kennenzulernen, meine ich?« Dabei kam es Lexia so vor, als stellte sie schon gar keine Ansprüche mehr. Nach dem Motto, solange sie keine Frauenhasser waren, gaben sie eine gute Partie ab.

»Trink ausreichend Wasser und geh früh schlafen.«

Lexia legte auf und tippte Siri mit dem Fuß an. »Meine Mutter sagt, dass ich zu hohe Ansprüche an die Männer stelle.«

»Hm«, erhielt sie zur Antwort.

»Machst du Witze? Findest du das etwa auch?«

Siri schüttelte den Kopf, wirkte aber nicht überzeugend.

»Du bist also derselben Meinung wie meine Mutter!« Lexia warf ihre Wolldecke beiseite.

»Nein, aber ich finde, dass man einen Mann daten kann, ohne dass man gleich die Hochzeit und eine gemeinsame Zukunft plant. Du kannst doch auch mit einem Mann zusammen sein, um einfach nur deinen Spaß zu haben.«

Ähnliche Diskussionen hatten sie schon häufiger geführt. Lexia kratzte sich am Kopf und verschränkte die Arme vor der Brust. Das stimmte natürlich. Sie war verdammt schlecht darin, Sex mit einem Mann zu haben und dann einfach abzuwarten, was weiter geschah.

»Ich hab es mir anders überlegt. Ich werde es mal mit Onlinedating probieren«, erklärte sie. »Du hast recht. Ich bin es leid, zu Hause rumzusitzen und Trübsal zu blasen. Also, wie funktioniert es? Zeige mir den Weg, oh du Erleuchtete. Soll ich meinen Laptop holen?«

»Nicht den Laptop. Wir machen das auf dem iPhone.« Siri setzte sich neben sie, und Lexia lud sich die Tinder-App herunter.

»Zuerst erstellen wir ein Profil für dich«, sagte Siri. »Was soll drinstehen?«

»Keine Ahnung, was ich schreiben soll«, klagte Lexia, die ihren Entschluss schon wieder bereute. Sie hatte überhaupt keine Lust, übers Internet irgendwelche merkwürdigen Typen kennenzulernen. Viel lieber wollte sie etwas Leckeres naschen. Im Kühlschrank würde sie bestimmt irgendetwas finden. Und danach vielleicht ein heißes Bad nehmen und ein Glas Wein trinken. Tinder klang viel zu ... verzweifelt.

»Jetzt hör auf mit diesem Unsinn. Du bist schließlich Werbetexterin. Los, schreib einen Slogan über dich selbst. Verkauf dich meistbietend.« Siri hatte definitiv eine diktatorische Ader.

»Sollten wir uns dabei nicht lieber ein Gläschen Wein gönnen?«, schlug Lexia hoffnungsvoll vor.

»Meine liebe Lexia, ich sage das mit all der Liebe, die ich für dich empfinde: Du solltest besser nüchtern sein. Du verträgst nicht gerade viel und gibst merkwürdige Dinge von dir, wenn du was getrunken hast. Du kannst doch deine Tinder-Karriere nicht im besoffenen Zustand starten.«

»Schon gut. Dann legen wir jetzt los.« Lexia dachte, dass sie ihren Account ja vielleicht heimlich wieder löschen könnte, wenn Siri gerade nicht hinschaute.

»Wie ist dein Profilbild bei Facebook?«

»Nicht gerade vorteilhaft.«

»Dann fangen wir damit an. Hast du irgendein Foto von dir, das wir nehmen können?«

»Ja, ich hab bestimmt eins auf dem Handy. Aber ich sollte nicht zu hübsch darauf aussehen, damit die Männer hinterher nicht enttäuscht sind«, sagte Lexia.

»Du und deine Angst, jemanden zu enttäuschen. Seit wann bist du denn für ihre Gefühle verantwortlich?«

»Eigentlich gar nicht, aber so bin ich nun mal.«

Schließlich einigten sie sich auf ein Foto, das Lexia nicht hasste. Darauf waren ihre Haare einigermaßen gebändigt, und sie sah fröhlich aus. Dann verlieh sie dem Profiltext den letzten Schliff und war schließlich ganz zufrieden. Er war ziemlich kurz gehalten, hatte eine persönliche Note und schloss mit einer humorvollen Pointe. Nirgends stand, dass sie gern Sport trieb, und auf dem Foto sah man, dass sie nicht gerade mager war. Sie sah ganz einfach aus wie sie selbst, und die Männer würden sie so nehmen müssen, wie sie war.

»Ich hab mal von einer Studie gelesen, aus der hervorging, dass Frauen am meisten Angst davor haben, beim Date einem Serienmörder zu begegnen«, sagte Lexia, während sie sich ihren Text ein letztes Mal durchlas. »Und weißt du, wovor Männer die größte Angst haben?«

»Dass ihr Date eine Feministin ist?«

»Nein, dass die Frau, mit der sie sich verabredet haben, dick ist. Nur dass du's weißt.«

»Aber du willst ja auch keinen Idioten kennenlernen. Also hör auf mit deinen Neurosen. Dein Körper ist perfekt.«

»Okay, okay.«

Lexia drückte den entscheidenden Button. »So, jetzt ist das Profil online«, sagte sie und schaute es sich noch einmal an. Nicht schlecht, stellte sie fest. Eine junge blonde Frau mit einem ansprechenden Job und einer guten Portion Witz. »Also, ich würde mich daten«, erklärte sie.

Beide starrten aufs Display, doch nichts geschah. Im Stillen dachte Lexia: Bravo, jetzt hast du ein weiteres Medium gefunden, in dem du dich abgelehnt fühlst.

»Und jetzt musst du anfangen zu swipen«, erinnerte Siri sie.

Lexia schaute sich das erste Foto an, das hochploppte. Wie zum Teufel sollte man sich angesichts eines kleinen Fotos und nur weniger Zeilen einen Eindruck verschaffen?

»Ich werde alle liken, die nicht gerade wie Psychopathen aussehen«, entschied sie.

»Auch Männer mit nacktem Oberkörper?«

»Okay, nein. Die nicht.«

»Und Fitnessfanatiker?«

»Ähm, vielleicht auch nicht.« Lexia hatte keine Lust auf noch jemanden in ihrem Umfeld, der ihr vorzuschreiben versuchte, wie viel Bewegung sie brauchte. Die Profile aller anderen Männer wischte sie nach rechts, um zu zeigen, dass sie an einer Konversation interessiert war. Doch es geschah noch immer nichts.

»Siri, es funktioniert nicht«, sagte sie zweifelnd. Auf gar keinen Fall durfte sie sich jetzt dumm vorkommen, sich an alle Kindergeburtstage erinnern, zu denen sie nicht eingeladen worden war, an all die einsamen Wochenenden, an alle Jungs, in die sie verliebt gewesen war, die sich aber statt ihrer für das hübscheste Mädchen aus der Klasse entschieden hatten. Doch plötzlich spürte sie einen Kloß im Hals, und das Ganze war nicht mehr einfach nur eine witzige Aktion.

»Warte kurz«, sagte Siri.

Lexia schluckte und kam sich lächerlich vor. Was tat es schon zur Sache, dass kein einziger Mann Interesse an ihr zeigte? »Vielleicht sollten wir …«, begann sie.

»Wir starten die App neu«, entschied Siri. Sie schnappte sich Lexias iPhone, schloss die App und öffnete sie noch einmal.

Anfänglich geschah nichts, doch dann gab das Handy gleich mehrfach hintereinander einen Summton von sich. Einige Männer, die nach den kleinen Profilbildern zu urteilen ganz normal aussahen, hatten sie angeklickt. Jetzt erhielt sie im Gegenzug Fragen, was sie so machte – jede Menge kleine, rot unterlegte Nachrichten. Lexia atmete aus, als sie feststellte, dass sie die ganze Zeit die Luft angehalten hatte. Die Männer aus dem Internet hassten sie also gar nicht.

»Der hier sieht nett aus«, sagte Siri und betrachtete einen Mann in einem schwarzen Shirt näher. »Jedenfalls dafür, dass er ein Mann ist. Oder dieser hier. Er ist Hundeliebhaber, was natürlich alles und nichts bedeuten kann.«

Lexia schaute sich die Fotos genauer an und las die Nachrichten. Lauter nette harmlose Botschaften, doch plötzlich wurde sie von einer Welle des Unbehagens erfasst. Sie schloss die App. »Nein, ich will nicht«, entschied sie mit heftigem Herzklopfen. Das Ganze ging viel zu schnell und war ihr unangenehm. »Ich werde das Thema Männer einfach ad acta legen, oder zumindest eine Pause machen. Stattdessen vergrab ich mich lieber in meiner Arbeit und werde ein Workaholic. Ich will nicht.«

»Aber ...«

»Nein«, entgegnete sie beinahe panisch.

Siri hob abwehrend die Hände. »Okay, ganz wie du willst.«

Dann schwiegen beide und betrachteten Lexias iPhone, das ausgeschaltet auf dem Tisch lag.

»Soll ich Tee kochen?«, fragte Siri schließlich.

Lexia riss ihren Blick vom Couchtisch los. »Möchtest du welchen?«

Siri schüttelte den Kopf. »Ich glaub, ich geh lieber hoch ins Atelier, wenn es für dich in Ordnung ist. Ich bin da gerade an einer Sache dran.«

»Mach das, ich räume hier unten ein wenig auf.«

Siri verschwand nach oben. Lexia spürte, dass ihre Freundin enttäuscht von ihr war, aber für die Gefühle anderer war man nun mal nicht verantwortlich. Sie räumte auf, kochte sich einen Tee und setzte sich eine Weile mit ihrem iPhone aufs Sofa. Checkte ihre E-Mails und surfte in den sozialen Medien herum, mied aber Tinder.

Dann stand sie mit ihrem Becher in der Hand auf und schaute fröstelnd hinaus aufs dunkle Wasser. Sie liebte ihr Hausboot, aber es war ein älteres Modell, und um diese Jahreszeit konnte es drinnen ziemlich kalt werden. Schließlich putzte sie sich die Zähne und ging zu Bett.

Doch die Gedanken in ihrem Kopf kamen einfach nicht zur Ruhe. Was für ein sonderbarer Tag hinter ihr lag. All die Veränderungen in der Agentur. Der Auftritt von Roy und Rebecca Hansson. Und schließlich Adam und ihre Gedanken an ihn. Großer Gott, sie sollte sich wirklich zusammenreißen. Sie dachte noch eine Weile nach, bevor sie nach ihrem iPhone griff und Tinder erneut anklickte. Ohne näher nachzudenken schrieb sie rasch ein paar Zeilen, wartete auf eine Reaktion und antwortete etwas ausführlicher. Dann loggte sie sich rasch wieder aus. Ihr Herz raste, und ihre Haut war schweißnass. Ein wenig unangenehm war es ihr schon, aber irgendwie fand sie es auch spannend. Dann legte sie sich wieder hin und lächelte in die Dunkelheit. Super, Lexia! Denn sie hatte gerade etwas gemacht, was sie noch nie zuvor getan hatte: Sie hatte Dates mit zwei verschiedenen, völlig fremden Männern ausgemacht. Sie war zufrieden mit sich. Mit der mutigen, nach vorn schauenden Frau, die sie von nun an sein wollte. Gleich morgen würde sie damit anfangen.

17

Adam

Adam zog Rebecca den Stuhl heraus, und sie nahm mit einer anmutigen Bewegung darauf Platz. Dann setzte er sich ihr gegenüber hin. Roy saß bereits am Tisch und unterhielt sich mit der Bedienung, die ihnen gerade Mineralwasser einschenkte. Roy hatte den *Theatergrill* vorgeschlagen, ein Restaurant, das vor allem für seine hohen Preise bekannt war und dafür, dass es regelmäßig von der Königsfamilie besucht wurde. Und jetzt saßen sie hier umgeben von rotem Samt zwischen Unternehmenschefs, feierlichen Gesellschaften und vereinzelten Paaren.

Roy richtete seinen Oberkörper auf und strich sich mit den Handflächen über den Brustkorb. »Und Sie, Herzchen, was glauben Sie, wie alt ich bin?«, fragte er die junge Bedienung, die eine weiße gestärkte Bluse trug.

»Keinen Tag über fünfundfünfzig«, antwortete sie blitzschnell mit einem Lächeln, das echt wirkte.

Roy blinzelte zufrieden. Dann legte er ihr eine Hand auf den Po, und sie errötete. Roy ließ seine Hand dort liegen. Adam begegnete Rebeccas Blick, woraufhin sie genervt die Augen verdrehte. Aber sie hatte sich an Roys Allüren genauso gewöhnt wie er.

»Er meint es nicht so«, sagte sie entschuldigend. Roy war seit über vierzig Jahren mit ein und derselben Frau verheiratet, und sie hatten drei gemeinsame Töchter. Soweit Adam wusste, war er seiner Frau immer treu gewesen. Roy flirtete zwar ständig, aber es war genauso, wie Rebecca sagte, er meinte es nicht so. Adam fühlte sich etwas unbehaglich, verdrängte das Gefühl aber schnell.

»Wie gefällt's dir denn in der Agentur?«, fragte er sie, nachdem die Bedienung wieder gegangen war. Heute war Rebeccas dritter Arbeitstag gewesen, aber sie hatten bislang kaum Zeit gefunden, um miteinander zu reden.

Sie griff nach ihrem Weinglas. Roy hatte den Wein bestellt und eine teure Flasche ausgewählt, höchstwahrscheinlich um den Leuten vom Service zu imponieren. Der Wein war schwer und gehaltvoll und dürfte ausgezeichnet zum gut abgehangenen mürben Fleisch passen, das sie bestellt hatten.

»Super«, antwortete Rebecca. Sie hatte die gleichen leuchtenden Augen wie Roy. Auch von der Persönlichkeit und vom Temperament her waren sich Vater und Tochter recht ähnlich. Rebecca hatte noch zwei ältere Schwestern, von denen sie zu sagen pflegte, dass sie mit todlangweiligen humorlosen Männern verheiratet seien, die aber perfekt zu ihnen passten. Adam wusste, dass Roys Schwiegersöhne eine Enttäuschung für ihn waren. Ebenso wie er Roys Hoffnung kannte, dass Rebecca und er wieder zusammenkommen würden. Roys Bestrebungen diesbezüglich waren in den vergangenen Tagen alles andere als subtil gewesen. Die Frage lautete nur, worauf Rebecca selbst aus war. In den ersten Tagen in der Agentur hatte sie konzentriert gearbeitet und eine Zielstrebigkeit an den Tag gelegt, die er an ihr noch nie zuvor gesehen hatte, jedenfalls was die Arbeit anbelangte. Er spielte an seinem Weinglas herum, betrachtete das ihm so vertraute Gesicht und sah, wie sich ihr sinnlicher Mund kräuselte. Diese Frau hatte er so geliebt, wie er es überhaupt nicht für möglich gehalten hätte. Vielleicht hatte es an seiner Jugend gelegen, dass seine Liebe so stark gewesen war. Vielleicht aber auch an der Tatsache, dass Rebecca Hansson schon als Teenager strahlend schön und noch dazu die Tochter eines Mannes gewesen war, den er bewunderte. Oder womöglich sogar daran, dass ihn vorher nie jemand geliebt hatte und Rebeccas Liebe für ihn so ungewohnt und berauschend gewesen war. Jetzt im Nachhinein fiel es ihm schwer, seine Gefühle zu analysieren. Er wusste nur, dass seine Liebe zu ihr noch eine ganze Weile angehalten hatte, lange nachdem ihre erloschen war.

»Super? Ohne Einschränkungen? Keinerlei Probleme arbeitstechnischer Natur?«, fragte er und erwiderte ihr Lächeln. Es war leicht, sich von Rebecca Hanssons Charme einwickeln zu lassen, dachte er. Dabei war er sich durchaus im Klaren darüber, dass sie irgendeinen Plan verfolgte. Doch was tat es schon zur Sache, dass sie mit ihm flirtete? Seit sie ihm damals das Herz gebrochen hatte, war viel Zeit vergangen, und irgendwann hatte er sich davon erholt. Worauf mochte Rebecca aus sein, wenn sie ihm gegenüber ihre gesamte Anziehungskraft aufbot? Er war zynisch genug, um zu vermuten, dass sie nicht urplötzlich wieder Gefühle für ihn entwickelt, sondern vielmehr irgendein verdecktes Motiv hatte. Nein, irgendetwas wollte sie von ihm, das stand fest. Die Frage lautete nur, was.

»Nein, keine Probleme«, antwortete sie auf seine Frage. Sie streckte ihre schmale Hand aus, sodass die Ringe an ihren Fingern zu funkeln begannen. »Jedenfalls keine, die sich nicht lösen ließen«, fügte sie mit einem dezenten Lachen hinzu.

Na klar, Rebecca konnte die meisten Probleme lösen.

Roy tätschelte ihre Hand. »Es gibt nichts, was meine Tochter nicht kann, das habe ich schon immer gesagt.«

»Stimmt«, pflichtete Adam ihm bei, denn Roy hatte es tatsächlich immer gesagt. Roys Erwartungen, die auf ihren Schultern lasteten, waren sicher ein Vorzug, aber auch eine gewisse Bürde.

Rebecca erhob ihr Glas und prostete Adam zu. Sie lächelte erneut, diesmal allerdings ironisch. Wieder sah er diese neue Härte in ihren Augen, die sie nicht ganz zu verbergen vermochte. Auch er erhob sein Glas. Wie hatte das Leben diese Frau nur behandelt, die immer alles bekommen hatte, was sie haben wollte, und trotzdem nie ganz zufrieden war? In gewisser Weise erkannte er sich selbst darin wieder. Es war eine Stärke, aber auch eine Schwäche, nie zufrieden zu sein und immer noch mehr erreichen zu wollen. Ständig nach etwas zu hungern, das andere nicht zu vermissen schienen. Dabei war ihm bewusst, dass Roy diese Eigenschaften wertschätzte, aber häufig genug auch auszunutzen suchte.

»Und wie gefällt dir die Werbekampagne? Hast du schon irgendwelche Ideen, oder ist es dafür noch zu früh?«, fragte er, als das Essen serviert wurde. Vielleicht war es ihr mit diesem Job ja tatsächlich ernst. Schließlich war sie schon dreiunddreißig und dürfte wohl kaum noch mit Angeboten als Model rechnen.

Rebecca schnitt sich ein Stück Fleisch ab, kaute sorgfältig und legte dann ihr Besteck ab, bevor sie antwortete. Diese Tischmanieren lernte man auf dem Internat, auf das Roy sie geschickt hatte. Adams eigene Erziehung hatte hauptsächlich aus Prügel von seinem Vater bestanden.

»Ich habe den Eindruck, dass Dessous und Mode im Allgemeinen genau meine Nische sind«, antwortete sie. »Und ich besitze jede Menge Kontakte, sowohl in der Modebranche als auch in der Modelszene, von denen wir profitieren können. Gestern Mittag hab ich mich übrigens mit Ofelia getroffen und ein wenig unterhalten, um ein Gefühl dafür zu bekommen, was sie sich vorstellt. Ich finde es wichtig, dass wir uns nicht zu früh auf irgendetwas festlegen und möglichst offen bleiben. Ich habe auch das Team gebeten, es im Hinterkopf zu behalten.«

Das Team. Das waren Lexia und Leo. Adam nippte an seinem Wein. Er wollte auf keinen Fall an Lexia denken. »Ich bin schon gespannt, wie es laufen wird. Aber ich bin mir sicher, dass du und das Team ein wahres Wunder vollbringen werden.«

Vielleicht war das etwas zu dick aufgetragen, aber Rebecca war etwas Besonderes. Was auch immer sie anpackte, erledigte sie glänzend, auch wenn sie manchmal etwas sprunghaft war. Mit sechzehn war sie von einer internationalen Modelagentur entdeckt worden und musste daher zwischen Stockholm und Paris pendeln. Während einem ihrer Zwischenstopps in Schweden war Adam ihr zum ersten Mal begegnet. Sie war nicht nur die Tochter des Mannes, den er weltweit am meisten bewunderte, sondern auch strahlend schön, witzig, weltgewandt und einem Flirt nicht abgeneigt. Natürlich war er ihr sofort verfallen. Er war zwanzig gewesen, hatte gerade sein erstes Jahr an der Handelshochschule absolviert und Roy erst kürzlich kennengelernt. Sie war drei Jahre jünger, doch sie waren relativ schnell zusammengekommen und zu Roys Zufriedenheit schon nach wenigen Monaten ein Paar geworden. Adam war glücklicher gewesen als je zuvor in seinem Leben. Ihm kam es vor, als hätte er nicht nur die Prinzessin, sondern auch noch das ganze Königreich bekommen. Jedenfalls eine Weile lang, bevor Rebecca seiner überdrüssig wurde. Was für ihn eine fesselnde Liebe gewesen war, hatte Rebecca eher als Zerstreuung betrachtet. Er hat mir die Luft zum Atmen genommen, hatte sie zu einer Freundin gesagt. Nicht einmal direkt zu ihm.

»Danke«, entgegnete Rebecca. »Ich glaube, es ist wichtig, dass wir drei – du, Roy und ich – eine gemeinsame Linie fahren, findest du nicht auch?«

»Ja«, mischte sich Roy ein. »Ich gehe davon aus, dass wir uns zumindest nach außen hin einig sind und geschlossen auftreten.«

»Selbstverständlich«, sagte Adam. Er würde Rebecca unterstützen, wann immer sie es brauchte. Er ahnte, dass die eigens für sie geschaffene Stelle bei den Mitarbeitern negative Gefühle ausgelöst hatte. Doch sie würden sich auch wieder beruhigen, wie es überall der Fall war, solange man als Chef eine klare Haltung bezog.

Roy aß zügig auf und legte dann sein Besteck zur Seite. Er nahm seine Stoffserviette vom Schoß, wischte sich den Mund ab und warf sie mit einer berechnenden Miene auf den Tisch.

»Ihr jungen Leute müsst euch jetzt ein wenig allein vergnügen. Ich habe nämlich jemanden entdeckt, mit dem ich mich gern unterhalten würde.« Dann verschwand er weiter hinten im Restaurant.

Rebecca lehnte sich zurück. Sie strich sich ihre langen dunklen Haare aus dem Gesicht und legte dann einen ihrer schlanken Arme auf der Stuhllehne ab. Die Bluse, die sie trug, spannte leicht über ihrem Busen, und in ihrem Halsgrübchen glitzerte ein Diamant. Jetzt war sie noch attraktiver als damals. Etwas älter geworden zu sein, stand ihr ganz gut.

»Er ist so leicht zu durchschauen«, sagte sie.

»In welcher Hinsicht?«, fragte Adam, obwohl er genau wusste, was sie meinte. Roys Bestrebungen, sie beide zusammenzubringen, waren nicht besonders raffiniert.

»Es ist ja schon ewig her, dass wir zusammengesessen und uns unterhalten haben. Erzähl, wie geht es dir? Und wie ist es so, mit meinem Vater zusammenzuarbeiten?«

»Du weißt ja, wie er ist.«

Sie zog den einen Mundwinkel hoch. »Brillant, aber manchmal macht er einen verrückt?«

»Genau.«

Rebecca lachte auf. »Ich hab dich vermisst.«

»Ich dich auch«, antwortete er vage. Kurz nachdem sie Schluss gemacht hatte, war er völlig fertig gewesen und hatte sein Leben kaum in den Griff bekommen. Aber das war wieder vorbeigegangen. Es hatte zwar viel länger gedauert als angenommen, aber irgendwann hatte er sich mit anderen Frauen getroffen und weitergearbeitet wie vorher. In den letzten Jahren hatte er nur noch selten an sie gedacht. Immer wenn Roy von ihr sprach, hatte er gemerkt, dass er nichts mehr für sie empfand, was angenehm war. Und heute sah er selbst, dass sie überhaupt nicht zusammengepasst hatten. Er hatte ihr als Mann nicht gutgetan, und sie ihm als Frau auch nicht. Eigentümlich, wie vieles man im Lauf seines Lebens über sich selbst dazulernte.

Rebecca legte ihr Besteck zur Seite. Sie hatte kaum die Hälfte gegessen und griff nach ihrem Weinglas. »Du hast mich in den letzten Jahren nicht ein einziges Mal angerufen.«

»Es hat auch keinen Grund gegeben«, entgegnete er aufrichtig.

»Stimmt. Aber ich habe an dich gedacht. Wir waren damals so jung. Und jetzt sitzt du hier und ...«

»Und?«

»Ach, ich weiß auch nicht. Du hast dich verändert.«

»Ich bin älter geworden.«

»Steht dir gut. Manchmal wünschte ich ...« Sie beendete den Satz nicht, und er fragte sich, ob sie ihr Interesse nur heuchelte oder es ernst meinte. Bei Rebecca wusste man nie so genau, woran man war. Sie nippte an ihrem Wein, spielte an ihrem Halskettchen herum und zog seinen Blick auf ihre weit aufgeknöpfte Bluse. Doch er empfand rein gar nichts. »Wie kam es eigentlich dazu, dass du den Job als Geschäftsführer in der Agentur übernommen hast? Diese Position ist doch weit unter deinen Fähigkeiten, oder?«

Er verzog den Mund. »Ich hatte keine andere Wahl. Aber es ist schon okay. Ist ja nicht für ewig.«

»Und wie sehen deine Pläne aus?«

»Meine Pläne?«

»Na, du weißt schon. Deine Zukunft. Hat Roy irgendwas erwähnt? Ich meine, was er vorhat? Wird er in Rente gehen? Und wer wird dann seine Geschäfte übernehmen?«

Alles berechtigte Fragen. Die er allerdings nicht bereit war, mit ihr zu diskutieren. Deswegen war sie also hergekommen. »Am besten fragst du ihn selber«, antwortete er freundlich, denn er wollte auf gar keinen Fall einen Machtkampf mit Rebecca ausfechten. Am Ende würde sie ihn verlieren, und Rebecca war eine schlechte Verliererin.

Sie lächelte erneut und wahrte die Fassade. »Du hast natürlich recht.«

Während die Teller abgeräumt wurden, schwiegen sie. Rebecca lehnte ein Dessert ab, ließ sich aber noch etwas Wein nachschenken.

»Und wie geht es dir sonst so?«, fragte sie.

»Ganz gut. Ich kann mich nicht beklagen.«

»Triffst du dich mit jemandem?« Immer dieselbe Frage. Er wusste nicht, was er darauf antworten sollte. Im Lauf des letzten Jahres hatte er sich sporadisch mit einigen wenigen Frauen verabredet, doch im Augenblick konnte er sich nicht einmal entsinnen, wann er zuletzt mit einer Frau ausgegangen war, ohne dass es mit der Arbeit zu tun gehabt hätte. Zuletzt hatte er mit einer anderen Geschäftsführerin in London Sex gehabt. Das war im Sommer gewesen, soweit er sich erinnerte. Doch seitdem hatten sie nichts mehr voneinander gehört. Eigentlich war sie ganz nett gewesen, aber er hatte keine Lust, sie wiederzusehen, denn das Ganze kam ihm so sinnlos vor. Ein paar Verabredungen auf einen Drink, ein Abendessen, oberflächliche Gespräche über Reisen und Filme. Hin und wieder Sex. Doch viel weiter wollte er die Sache nicht vertiefen, denn er konnte keinerlei Enthusiasmus aufbringen. Manchmal machte ihm seine innere Leere allerdings schon zu schaffen.

»Nein«, antwortete er. »Und du?«

Sie schüttelte langsam den Kopf. »Denkst du manchmal, dass du irgendwas anders gemacht hättest, wenn du die Zeit zurückdrehen könntest?« Sie bedachte ihn mit einem langen eindringlichen Blick.

»Nein«, antwortete er.

Sie lachte. Für einen Moment blitzte in ihren Augen die Rebecca von früher auf, das wilde und lebenslustige Mädchen, und ihre Züge glätteten sich. Sie beugte sich vor und legte ihre kühle Hand auf seine. »Wenn du irgendwann mal ein einsames Mädchen auf einen Drink ausführen möchtest, sag einfach Bescheid. Das wollte ich dir nur sagen.«

Sie drückte seine Hand, und er ließ es geschehen. Dann erhob sie ihr Glas und prostete ihm zu. Als er seines ebenfalls erhob, empfand er rein gar nichts und fragte sich, was nur mit ihm los war. Er saß gerade mit einer äußerst attraktiven Frau in einem der luxuriösesten Restaurants von Stockholm. Genau davon hatte er früher geträumt – dazuzugehören und ein vollwertiges Mitglied der Gesellschaft zu sein. Und dennoch kam er sich vor, als würde ihm irgendetwas fehlen. Er musste sich zusammenreißen. Er sollte ...

Plötzlich verlor er den Faden und starrte quer durchs Restaurant. War das möglich? Nein, bestimmt bildete er es sich nur ein. Genauso wie beim letzten Mal.

Doch diesmal war sie es wirklich. Nicht irgendeine Frau, die ihr ähnelte, sondern sie: Lexia. Er bildete es sich nicht ein. Auch wenn es überall in Stockholm von hellblonden Frauen, die unerwartet irgendwo auftauchten, nur so zu wimmeln schien – diesmal war sie es wirklich. Sie saß an einem Tisch weiter hinten. Er bemühte sich, sie nicht anzustarren, aber er war neugierig geworden, denn sie saß zusammen mit einem Mann in ihrem Alter dort. Im Prinzip könnte er ein guter Freund, ihr Bruder oder Cousin sein, doch das war ganz sicher nicht der Fall. Adam wusste, dass Lexia ein Date mit diesem Mann hatte. Irgendetwas an der Art, wie sie miteinander redeten und lachten, offenbarte es. Ihre Gesten und Handbewegungen. Und die Tatsache, dass Lexia außergewöhnlich schick aussah. Sie hatte sich ganz offensichtlich für ihn zurechtgemacht. Mit großen glitzernden Ohrringen, rot geschminkten Lippen und der Andeutung eines tiefen Ausschnitts. Er kratzte sich am Kinn und spürte, wie aufgewühlt er innerlich war.

»Adam? Hallo? Wo warst du denn gerade mit deinen Gedanken?«, fragte Rebecca mit einem heiseren Lachen, während sie ihm dezent zuwinkte.

»Oh, sorry.«

Doch er musste noch einmal zu Lexia hinüberschauen. Jetzt beugten sich die beiden vor und kamen sich näher. Lexia und ihr Date. Er spürte, wie seine Laune rapide sank.

Plötzlich kam Roy zurück an ihren Tisch. Adam hatte ihn völlig vergessen. Doch er setzte sich nicht wieder, sondern erklärte: »Ich zieh mit den anderen weiter, um mir mit ihnen ein Auto anzusehen.«

»Kein Problem«, entgegnete Adam, der sich an Roys Wankelmut gewöhnt hatte. »Ich übernehme die Rechnung«, fügte er hinzu, und Roy verschwand.

»Das ist ja wieder mal typisch«, kommentierte Rebecca.

»Ja.« Er schaute ein weiteres Mal in Lexias Richtung und trommelte mit den Fingerkuppen auf den Tisch.

»Möchtest du noch einen Kaffee?«, fragte Rebecca.

»Nein. Und du?«

»Nein danke.«

Nachdem Adam bezahlt hatte, stand er auf. Rebecca tat es ihm gleich. »Haben wir es eilig?«, fragte sie.

Adam konnte nicht recht erklären, was ihn antrieb. Sollte er zu Lexia an den Tisch gehen und sie begrüßen oder sich lieber davonschleichen?

Natürlich entdeckte sie Rebecca und ihn genau in diesem Augenblick, und ihre Miene erstarrte mitten in einem Satz. Sie schien den Eindruck erwecken zu wollen, ihn nicht gesehen zu haben, doch Adam, der gerade vorhatte, das Gleiche zu tun, merkte plötzlich, dass er keinesfalls vorhatte, ihr auszuweichen, im Gegenteil, er wollte auf sie zugehen und sie begrüßen, um zu erfahren, wer dieser Mann war und was sie beide hier zu suchen hatten.

»Komm«, forderte er Rebecca mit finsterer Miene auf und steuerte auf den Tisch der beiden zu.

Lexias Lächeln wurde womöglich noch ein wenig starrer. Ihre Augen weiteten sich, bevor sie sich rasch zu schmalen misstrauischen Schlitzen zusammenzogen. Als Rebecca und er ihren Tisch erreichten, war ihr Lächeln völlig verschwunden.

»Hallo«, sagte Adam und wandte sich dem Mann zu, der Lexia gegenübersaß. Er war um die dreißig und sah recht durchschnittlich aus. Dann schaute Adam Lexia an und zog fragend die Augenbrauen hoch. Sie machte die beiden Männer mit verbissener Miene miteinander bekannt.

»Adam, das ist Gustav Wik. Gustav, mein Chef Adam Nylund. Und das ist Rebecca Hansson.«

Rebecca nickte fast unmerklich. »Gehen wir, Adam?«, fragte sie dann.

Adam ignorierte sie und musterte stattdessen den jungen Mann. »Und was macht ihr hier?«, fragte er.

»Äh, wir sind zum Essen hergekommen«, antwortete Lexia.

Adam blieb stehen, doch ihm fiel nichts weiter ein, was er hätte sagen können. Lexia sah heute Abend wirklich hinreißend aus. Er warf dem jungen Mann einen weiteren Blick zu. Gustav hieß er also.

»Adam?« Rebecca holte ihn in die Wirklichkeit zurück, und er nickte steif. »Gute Nacht«, sagte er, obwohl es gerade mal zwanzig Uhr war.

Als sie gingen, lehnte sich Rebecca bei ihm an, und er legte automatisch seine Hand auf ihren Rücken. »Wie schön für sie«, sagte sie und gähnte hinter vorgehaltener Hand.

»Was meinst du denn?«

»Ist doch super, wenn sie auch ein wenig Spaß hat.«

Adam fand es ganz und gar nicht super, dass Lexia mit Gustav Spaß hatte. Doch er selbst würde ab jetzt ein klares Ziel verfolgen. Er musste aufhören, andauernd an Lexia zu denken, und seine Gefühle in den Griff bekommen. Fokussiert bleiben. Und eine Frau finden, mit der er Sex haben konnte.

18

Lexia

Lexia betrat den altersschwachen Aufzug. Das Gebäude, in dem sich die Werbeagentur Sandelman & Dyhr befand, stammte aus dem späten achtzehnten Jahrhundert. Der Aufzug stammte zwar nicht ganz aus dieser Zeit, war aber dennoch uralt. Die Models aus der Agentur im Stockwerk über ihnen nahmen natürlich immer die Treppe, doch Lexia fehlte heute die Kraft dazu. Ab morgen, gelobte sie sich. Als sie gerade das Eisengitter hinter sich zuziehen wollte, hielt Adams Hand sie zurück.

»Kann ich noch mit rein?«, fragte er, schob die Tür ganz auf und betrat den engen Lift, ohne eine Antwort abzuwarten. Dann begann er mit Münzen oder womöglich Schlüsseln in seiner Hosentasche zu klappern.

Während der Aufzug scheppernd nach oben fuhr, fiel ihr plötzlich wieder ein, dass sie in der vergangenen Nacht von Adam geträumt hatte. Sie hatte es völlig vergessen, doch jetzt, als ihr der Duft seines Aftershaves in die Nase stieg und sie seine Körperwärme förmlich spüren konnte, kehrte die Erinnerung mit voller Wucht zurück. Wie er sich mit seinem muskulösen Körper auf sie gelegt, sie auf die Matratze hintergepresst und sie hitzig und fordernd geküsst hatte. Zum Glück sah man ihr nicht an, dass sie gerade an ihn dachte, und auch nicht, dass sie jedes Mal ein Ziehen in der Brust verspürte, wenn eine E-Mail von ihm kam, auch wenn es nur eine arbeitstechnische Frage oder eine Gruppenmail war. Der Aufzug brauchte eine halbe Ewigkeit. Sie versuchte sich etwas zu entspannen, indem sie ein Gähnen hinter vorgehaltener Hand vortäuschte.

»Müde?«, fragte er, ohne sie anzuschauen.

»Eigentlich nicht. Und selbst? Ist es gestern spät geworden?« Sie äußerte ihre Frage leichthin.

Als der Aufzug endlich oben angekommen war, hielt er ihr die Tür auf. »Nur ein gut gemeinter Hinweis, Lexia«, entgegnete er und warf ihr einen kühlen finsteren Blick zu. »Sorg dafür, dass dein Privatleben keinen Einfluss auf deine Arbeit nimmt, insbesondere jetzt.«

Sie begegnete seinem Blick, kapierte aber nicht, was er meinte. Sie hatte ja kaum ein Privatleben, und außerdem war sie heute extrem früh zur Arbeit erschienen.

»Alles klar«, sagte sie trotzdem, doch da war er auch schon weitergegangen. Irritiert legte sie ihre Handtasche auf ihrem Schreibtisch ab, schaltete den Computer ein und holte sich einen Kaffee. In der Küche war Dina gerade damit beschäftigt, die Spülmaschine zu leeren.

»Guten Morgen«, begrüßte Lexia sie. Godzilla kläffte und kam auf sie zugehüpft. Während sie dem Hündchen übers seidenweiche Fell strich, drehte und wendete sie Adams Kommentar in Gedanken. Sie hatte die ganze Woche wie ein Tier geschuftet, um einen Vorschlag für die Werbekampagne für Offi O zu erarbeiten. Ein Pitch war das eine, aber eine Werbekampagne zu präsentieren etwas ganz anderes, und ihre Meinung dazu hatte sich in mehrfacher Hinsicht von der unterschieden, die die anderen vertraten. Aber sie hatte sich Leo und Rebecca gegenüber kooperativ und professionell verhalten. Oder etwa nicht? Was, wenn Rebecca unzufrieden mit ihr gewesen war und sie als zu aufmüpfig empfunden hatte? Wenn die beiden gestern Abend im Restaurant gemeinsam über sie hergezogen hatten? Sie tätschelte dem Hund ein letztes Mal das Fell und schenkte sich dann einen Becher Kaffee ein. Sie hatte ihr Bestes gegeben, um ein Konzept zu entwerfen, hatte nach einer Stimme für die Kampagne gesucht, verschiedenste Ideen durchgespielt und sich um einen Kompromiss zwischen den unterschiedlichen Vorstellungen bemüht, bei dem die Wünsche von Offi O im Wesentlichen berücksichtigt wurden. Aber wenn Adam Nylund all das nicht ausreichte, konnte sie ihm auch nicht weiterhelfen.

»Lexia! Wo zum Teufel steckt sie? Lexia!«

Es war Adams Stimme, die streng und eisig durchs Büro hallte.

Dina schaute sie erschrocken an. »Da scheint wohl jemand mit dem falschen Fuß aufgestanden zu sein«, flüsterte sie, während sich Godzilla hinter ihren Füßen versteckte. Dina hob das Hündchen hoch und schob es unter den Stoff ihres Hoodies. »Ich hab ihn noch nie laut werden hören. Was hast du denn verbrochen?«

»Nichts, außer zu existieren.«

»Lexia!«

»Ich bin hier«, sagte sie genau in dem Moment, als Adam auftauchte und den gesamten Rahmen der Küchentür ausfüllte. Dina entfernte sich unauffällig, sodass Adam und Lexia allein in der Küche zurückblieben.

»Wie kann ich dir weiterhelfen?«, fragte sie mit pochendem Herzen.

»Ich vermisse eine Mail, die du mir gestern schicken wolltest. Aber vielleicht warst du ja zu sehr mit anderen Dingen beschäftigt.«

Lexia bemühte sich, ruhig zu bleiben, denn sie hatte im Lauf ihres Berufslebens schon mit so einigen Chefs zu tun gehabt, die ihre schlechte Laune an ihren Mitarbeitern ausließen. Von Adam hatte sie es nur nicht erwartet. »Ich habe sie dir wie besprochen geschickt«, antwortete sie, da sie genau wusste, um welche E-Mail es sich handelte und dass sie sie gestern kurz vor dem Feierabend abgeschickt hatte. »Ist sie vielleicht in den Spam-Ordner geraten?«

Er nahm sein iPad zur Hand, warf einen Blick darauf und runzelte die Stirn. »Ah, hier ist sie«, sagte er kühl.

»Super«, meinte sie und lächelte, während sie darauf wartete, dass er sich bei ihr entschuldigte. Doch er schaute sie nur mit finsterer Miene an. »Wir treffen uns nachher, um über die Kampagne zu sprechen. Sieh zu, dass du pünktlich bist.«

Sie schaute ihm nach und kapierte rein gar nichts. Es kam ihr vor, als hätte er sich regelrecht vorgenommen, sauer auf sie zu sein. Ihr gestriges Aufeinandertreffen im *Theatergrill* war schon seltsam gewesen, dachte sie, während sie zurück zu ihrem Schreibtisch und ihrer Mailbox ging. Ansonsten hatte sie einen netten, wenn auch keinen besonders aufregenden Abend verbracht. Gustav war das erste ihrer Tinder-Dates gewesen. Ein netter Kerl, der in der Restaurantbranche arbeitete, mit dem sie allerdings keinerlei Gemeinsamkeiten verbanden. Gegen Ende des Abends hatten sie sich umarmt und darauf geeinigt, sich nicht wiederzutreffen, was sie erstaunlich schmerzlos hinnahm. Sie hatte sich keinesfalls abgewiesen gefühlt. Schon heute Abend würde ihr nächstes Date stattfinden. Sie konnte zwar nicht behaupten, dass sie sich wahnsinnig darauf freute, aber zumindest graute ihr nicht davor, Vincent zu treffen, von dem sie wusste, dass er PR-Berater war und gerne Musikfestivals besuchte.

Sie linste rüber zu Adam, der gerade mit Rebecca zusammenstand. Gestern Abend hatten die beiden ziemlich vertraut gewirkt, als sich Rebecca bei ihm anlehnte und er den Arm um sie gelegt hatte. Beruf und Privatleben nicht miteinander zu vermischen – das galt für Adam offenbar nicht, sobald eine superattraktive Frau aus der Oberschicht auftauchte, die außerdem noch die Tochter des Eigentümers war. Lexia konnte nicht umhin, einen gewissen Teil ihres Respekts für Adam zu verlieren.

Sie schob ihre Brille zurecht. Heute Morgen war es ihr einfach zu aufwendig gewesen, sich Kontaktlinsen einzusetzen. Dann musterte sie Rebecca mit finsterer Miene, die in einem weiten, mit Fransen versehenen Poncho von Gucci extrem elegant aussah, was eigentlich per se ein Ding der Unmöglichkeit war. Lexia selbst trug einen eng anliegenden schwarzen Bleistiftrock und dazu eine Seidenbluse, die sie als Schnäppchen im Schlussverkauf erstanden hatte. Heute Morgen hatte sie das Ensemble als perfektes Outfit für die Arbeit und ihr erstes Date angesehen, doch jetzt zwickte es in der Taille, während ihr der Rock an den Oberschenkeln immerfort hochrutschte. Sie fand, dass sie im Vergleich zu Rebecca wie eine alte Schachtel aussah. Erneut richtete sie ihre Brille.

Dann vergrub sie sich mehrere Stunden lang in ihre Arbeit, machte eine kurze Mittagspause am Schreibtisch und dachte nach. Eine Sache wollte ihr einfach nicht aus dem Kopf gehen.

Widerwillig klopfte sie an Adams Bürotür. »Hast du kurz Zeit?«

Er winkte sie mit einer knappen Handbewegung herein, bot ihr aber keinen Sitzplatz an, weshalb sie stehen blieb. Doch im Augenblick war es ihr egal, dass er sich ihr gegenüber merkwürdig benahm und sie seine Laune fast in den Wahnsinn trieb, denn sie musste ihm unbedingt etwas mitteilen. Es ging um ihre Werbekampagne beziehungsweise um einen Eindruck, der sich in den letzten Tagen in ihrem Kopf verfestigt hatte.

»Ich würde gern eine Sache mit dir besprechen«, begann sie.

»Okay.«

Sie zögerte, denn er wirkte nicht sonderlich interessiert. Doch dann nahm sie all ihren Mut zusammen und stellte ihre Frage. »Bist du dir wirklich sicher, was die Ausrichtung unserer

Kampagne betrifft? Ich meine, dass wir alles richtig machen und es den Wünschen der Kundin entspricht?«

Es kam oft vor, dass sich eine Kampagne von einem Pitch unterschied. Aber Lexia fand, dass sie einiges von dem, worauf Ofelia größten Wert legte, außer Acht gelassen hatten. Leo und Rebecca hatten sich zwar nicht explizit gegen Vielfalt ausgesprochen, aber womöglich waren sie etwas betriebsblind, denn sie hatten sich letztlich für junge, hübsche und hellhäutige Models entschieden, da es ihnen »passend« erschien und »gerade angesagt« war. Sie persönlich vermisste jedoch eine tiefere Analyse und Infragestellung dieses Aspekts, und das beunruhigte sie.

»Aber wir müssen in zwei Stunden bei Offi O sein, um unsere Kampagne vorzustellen.«

»Ich weiß. Aber ich wollte unbedingt vorher mit dir darüber reden, weil ich es wichtig finde.«

»Und wie kommst du jetzt darauf?«

Adam wirkte irritiert, aber sie gab nicht auf. »Na ja, die Botschaft unseres ursprünglichen Pitches lautete ...«

Adam unterbrach sie, indem er aufstand und zur Tür ging. Shit, das verhieß nichts Gutes.

»Rebecca, könntest du mal kurz kommen?«, rief er.

Verdammt! Lexia hatte ihm doch nur ihre Gedanken mitteilen wollen. Sie hielt es für keine gute Idee, Rebecca hinzuzuziehen.

Rebecca kam lächelnd und anmutig in Adams Büro getänzelt, wie ein Trabrennpferd, das aufgeregt um sich schnappte und letztlich alle Rennen gewann. Sie bedachte Lexia mit einem herablassenden Blick und lächelte Adam warmherzig zu. Es war offenkundig, wie unterschiedlich sie sich ihnen beiden gegenüber verhielt.

»Lexia möchte gern etwas loswerden, das dich interessieren dürfte«, erklärte Adam.

»Wie spannend, ich bin ganz Ohr«, sagte sie in einem Ton, der das krasse Gegenteil signalisierte.

Lexia spürte, wie sich Frust in ihr breitmachte. Sie war in Adams Büro gekommen, um ihm ihren Standpunkt zu erläutern, und nicht, um den Wölfen zum Fraß vorgeworfen zu werden. Denn unabhängig davon, dass Rebecca urplötzlich in die Agentur hereingeschneit war, wo sie augenblicklich das Ruder übernommen hatte und nun das kreative Genie spielte, kannte sich Lexia auf diesem Gebiet aus.

»Ich finde, dass der Ton, den wir gewählt haben, die Sache letztlich nicht ganz trifft. Es scheint mir nicht das zu sein, was wir Offi O in Aussicht gestellt haben, und ich glaube, dass sie nicht zufrieden sein wird«, sagte Lexia nachdrücklich.

Rebecca verschränkte die Arme vor der Brust und schaute Adam an, wobei sie leicht den Mund verzog, als würde sie über einen internen Scherz schmunzeln, bevor sie sagte: »Liebe Lexia, jetzt bist du aber auf dem völlig falschen Dampfer. Ich habe mich letztens mit Ofelia zum Mittagessen getroffen und weiß genau, was sie will. Ich dachte, das hättest du inzwischen begriffen.«

»Aber ...«

Rebecca legte den Kopf schief und unterbrach sie. »Was denkst du, Adam?«

»Es ist deine Kampagne, Rebecca, und ich vertraue deinem Urteil«, antwortete Adam. Es kam Lexia so vor, als wären die beiden unter sich – zwei Chefs, die sich nur miteinander unterhielten und sie völlig ignorierten.

Rebecca warf ihre Haare zurück. »Dann machen wir es genauso wie beschlossen. Wir dürfen jetzt nicht nervös werden und in völlig unprofessioneller Art und Weise etwas ändern. Wir bieten unserer Kundin genau das, was sie haben will und was sich gut verkaufen lässt. Es wird eine super Kampagne, da bin ich mir ganz sicher. Attraktiv, modern, erfolgversprechend.«

»Das sehe ich auch so«, sagte Adam.

Lexia biss die Zähne zusammen. Natürlich musste sich Adam jedes Mal auf Rebeccas Seite schlagen. Sie wusste, dass sie jetzt besser den Mund halten sollte. »Aber es entspricht nicht dem, was Offi O haben wollte«, setzte sie noch einmal nach.

»Danke für deinen Input«, sagte Rebecca. »Ich hoffe nur, dass du dich beim Termin heute dem Team gegenüber loyal verhältst. Adam und ich sind uns jedenfalls einig.«

»Gut, dann machen wir es so. Ende der Diskussion«, entschied Adam.

»Okay«, sagte Lexia. Sie begriff nicht, warum Adam plötzlich so abweisend war. Rebecca hasste sie, das wusste sie bereits. Aber ihre Argumente waren sachlich und logisch gewesen. Bevor Rebecca in der Agentur aufgetaucht war, hatte sich Adam die Argumente und Erkenntnisse anderer Menschen angehört und auf Diskussionen dieser Art eingelassen. Doch jetzt stellte er sogar ihre Loyalität infrage. Damit tendierten seine Kreativität und Offenheit gen null.

Als sie etwas später am selben Tag den Mitarbeitern von Offi O die geplante Werbekampagne vorstellten, war die Stimmung eine andere als beim Pitch, stellte Lexia insgeheim fest. Adam stand mit verschränkten Armen und gerunzelter Stirn da. Rebecca präsentierte ihre Vision äußerst souverän, aber die Atmosphäre im Raum verhieß nichts Gutes. Lexia hoffte, dass sie es sich nur einbildete.

Nach der Präsentation kam Ofelia Oscarsson auf sie zu. Zwischen ihren Augenbrauen hatte sich eine kleine Falte gebildet.

»Das war ... interessant«, begann Ofelia, und Lexias Befürchtungen schossen in die Höhe.

»Danke«, sagte Lexia und spürte sofort, dass irgendetwas Unausgesprochenes in der Luft lag. Sie ahnte, dass Adam sie beobachtete, doch im Augenblick wünschte sie ihn sowieso zur Hölle. Jetzt war die Kundin am wichtigsten.

»Aber ehrlich gesagt vermisse ich einiges von dem, wovon wir vorher gesprochen haben. Und was mir persönlich wichtig ist. In unserem Briefing haben wir uns Vielfalt, Body Positivity und Diverse-Size-Models gewünscht. Und euer Pitch unterscheidet sich an mehreren Stellen von dem, was ihr gerade präsentiert habt. Haben wir den Zeitrahmen zu eng gesteckt? War unsere Kommunikation nicht eindeutig genug?« Ofelia lächelte nicht, sondern warf ihr einen ernsten Blick zu, während sie die Dinge direkt ansprach.

Lexia zögerte. Eigentlich war es nicht ihre Aufgabe, sich Ofelias Kritik zu stellen – das wäre eher Rebeccas Job gewesen. Einerseits wollte sie aufrichtig sein, denn schließlich ging es um genau die Probleme, die sie auch schon identifiziert hatte. Andererseits wollte sie aber ihrer Agentur gegenüber nicht illoyal sein. Letztlich hatte Ofelia recht mit dem, was sie sagte, und hatte auf die Dinge hingewiesen, die auch Lexia beunruhigten. Zwischenmenschliche Kommunikation war schon verdammt kompliziert. Wenn ein Gesprächspartner etwas sagte, verstand der andere mitunter etwas ganz anderes. Aber Ofelia und sie waren auf derselben Wellenlänge, das hatte sie von Anfang an gespürt.

»Ja, das mag sein«, antwortete Lexia und achtete genau auf ihre Formulierung, um den Machtkampf innerhalb ihres Teams nicht offenzulegen. »Und oberflächlich betrachtet ist das Ganze ja auch in Ordnung«, fuhr sie fort, denn der von ihnen präsentierte Vorschlag entsprach in vielerlei Hinsicht einer adäquaten Kampagne für Dessous.

»Aber?«

»Es passiert leicht, dass man in gewisse Fallen tappt, und das betrifft uns alle. Wir müssen uns immer wieder unserer eigenen Vorurteile bewusst werden. Ich glaube, wir hätten noch mehr

Facetten miteinbeziehen können, also vielfältiger sein und unterschiedlichen Frauentypen ein Gesicht geben können«, sagte Lexia. Jetzt wog sie ihre Worte regelrecht auf der Goldwaage ab.
»Interessant. Ich höre.«
»Wir hätten eine eingehendere Analyse vornehmen können«, erklärte Lexia, ermutigt durch Ofelias engagiertes Zuhören.
»Was Sie persönlich ja auch getan haben, oder?«
»Ich glaube, wir alle haben diesen Ansatz verfolgt. Wir kämpfen dafür, Normen zu durchbrechen, anstatt sie zu manifestieren. Nur manchmal sind wir einfach blind gegenüber unseren eigenen Vorurteilen. Vielleicht ist es uns nicht auf ganzer Linie gelungen, und genau das ist der springende Punkt.«
Ofelia nickte, während Lexia ihre Gedanken weiter ausführte und dabei eifrig gestikulierte. Ofelias Miene hellte sich zunehmend auf, und Lexia wurde sich ihrer Sache immer sicherer. Sie würde das Ganze schon wieder hinbiegen können. Sie wusste, wie sie ihre Kundin zufriedenstellen und außerdem eine Werbekampagne gestalten könnten, auf die sie stolz sein würden. Plötzlich hob Ofelia den Kopf. Sie schien jemanden entdeckt zu haben, den sie jetzt zu sich winkte. Lexia sank das Herz in die Hose.
»Kommen Sie doch mal bitte, Adam, wir reden gerade über etwas, das Sie sich unbedingt anhören sollten.«
Adam kam auf sie zu. Er sah nicht gerade begeistert aus. »Worum geht es denn?«, fragte er. Der Blick, den er Lexia zuwarf, war finster und alles andere als unterstützend.
»Ihre Kollegin hat mir einen tieferen Einblick gegeben, was die Gestaltung der Kampagne betrifft.«
»Aha, super«, sagte Adam. Zwischen seinen Augenbrauen bildete sich eine tiefe Furche.
Lexia begann zu schwitzen.
»Wenn wir diese Ideen integrieren könnten, würde ich hinter Ihrem Konzept stehen«, erklärte Ofelia. In dem Moment

rief jemand nach ihr, und sie hob die Hand. »Entschuldigen Sie mich, aber ich muss jetzt gehen. Der Anruf ist dringend. Danke für das Gespräch.« Sie ging davon.

Zwischen Lexia und Adam breitete sich eine angespannte Stille aus. Sie trotzte seinem Blick, denn sie weigerte sich, sich von ihm einschüchtern zu lassen. »Und was hast du ihr gesagt?«, fragte er schließlich.

»Wir haben uns nur unterhalten.«

»Ja, das habe ich verstanden. Aber unsere Verabredung bestand darin, nach außen hin zusammenzuhalten. Ansonsten hinterlassen wir als Agentur keinen guten Eindruck.«

»Adam, sie war unzufrieden, und ich hatte die Befürchtung, dass sie einen Rückzieher machen würde. Sie bat mich um eine Stellungnahme, und ich habe ihr geantwortet. Es war nur ein Gespräch und keine private Verhandlung.«

»Du hast also nicht versucht, dein eigenes Ding durchzuziehen?«

»Ich habe versucht, den Auftrag zu retten«, entgegnete sie spitz. Das Ganze war einfach nur lächerlich. Doch Adam wirkte alles andere als amüsiert.

»Du kannst mir gern erklären, warum du dich deiner eigenen Agentur gegenüber illoyal verhältst.«

»Machst du Witze? Ich verhalte mich nicht illoyal.« Sie stemmte die eine Hand in die Seite. Am liebsten hätte sie mit den Füßen auf den Boden gestampft oder Adam angepflaumt.

»Ich weiß wirklich nicht, was ich davon halten soll, Lexia. Anscheinend gefällt es dir, auf mehreren Hochzeiten gleichzeitig zu tanzen.«

»Wie bitte?«

»Oder dir alle Türen offenzuhalten.«

Sie bemühte sich, ihm gedanklich zu folgen. Denn es klang nicht danach, als hätten seine Worte noch irgendetwas mit der Kampagne zu tun. »Wovon redest du eigentlich?«, fragte sie und spürte, wie ihre Wut auf ihren Tonfall abzufärben drohte. Hier ging es um Werbung und nicht um Leben und Tod, und außerdem lebten sie ja wohl nicht in einer Diktatur. Sie hatte nur ein konstruktives Gespräch mit einer Kundin geführt. Schließlich war sie Konzepterin und keine Leibeigene. Dabei war sie es gewohnt, dass alle eine Meinung zu ihrer Arbeit hatten, und es gehörte zu ihrem Job, kritisiert, hinterfragt und abgeurteilt zu werden. Doch das hier war etwas ganz anderes. Sollte Adam mit seinen verfluchten Launen und seinem eiskalten Blick doch zur Hölle fahren.

»Ich werde mit Rebecca reden. Wir müssen schließlich irgendwie Stellung dazu beziehen.« Er bedachte sie mit einem weiteren kühlen Blick, und es erschien ihr wie ein Wunder, dass sie noch nicht zu Eis erstarrt war. »Es wäre gut, wenn du nicht unbedingt mit allen und jedem darüber sprechen würdest. Zum Beispiel mit diesem Gustav.«

Sie starrte ihn an. »Wie bitte?«

Adams Blick war streng. »Hieß er nicht so?«

Wollte er sie etwa verarschen? Ihr Privatleben ging ihn ja wohl gar nichts an. »Keine Angst, Adam«, sagte sie sanft und legte den Kopf schief. »Ich werde heute Abend nicht mit Gustav ausgehen.« Sie hoffte, dass er ihr nicht ansah, wie wütend und verletzt sie war und wie dämlich sie ihn fand. »Heute Abend treffe ich mich nämlich mit Vincent.« Plötzlich erschien ihr das Date heute Abend wichtiger denn je. Sie würde mit Vincent herumknutschen, beschloss sie, schamlos mit ihm flirten, mit ihm Sex haben und alles tun, was ihr das Gefühl verlieh, eine begehrenswerte Frau zu sein.

Adam starrte sie an, während sich sein Brustkorb unter dem Hemd hob. *Fuck him.*

Sie machte auf dem Absatz kehrt und ließ ihn stehen.

19

Adam

Adam wusste, dass er sich Lexia gegenüber am Vortag unfair verhalten hatte, doch anstatt sich bei ihr zu entschuldigen, hatte er auf seinen Mitarbeitern herumgehackt, übertriebene Forderungen gestellt und sich wie ein Mistkerl benommen. Dafür verachtete er sich selbst.

Die Tatsache, dass Lexia heute besonders attraktiv aussah, machte es auch nicht besser und lenkte ihn nur von der Arbeit ab. Ihr gestriges strenges Sekretärinnen-Outfit hatte ihn zu Hause im Bett zu nächtlichen Fantasien angeregt, obwohl er sauer auf sie gewesen war und sich ständig gefragt hatte, wer dieser Vincent sein mochte. Und nachdem ihm klargeworden war, dass sie ihn mit Brille, in engem Rock und Schleifenbluse ziemlich antörnte, die wie gemacht war, sie ganz langsam aufzuknöpfen, war Lexia heute in einem schwarzen Strickkleid und enganliegenden hochhackigen Stiefeln im Büro erschienen. Sie sah aus wie eine Sexgöttin, und er konnte nur hoffen, dass niemand seine Reaktion bemerkt hatte, denn bei ihrem Anblick hatte er zum ersten Mal überhaupt bei der Arbeit eine Erektion bekommen. Und das war komplett inakzeptabel.

Lexia war heute Abend schon wieder mit einem Mann verabredet. Er hatte mitgehört, als sie es Dina anvertraute, und den Verdacht gehegt, dass sie es ganz bewusst in seiner Gegenwart geäußert hatte. Das war offenbar ihre Art, ihm zu signalisieren, dass er zur Hölle fahren solle und dass ihn ihr Privatleben nicht das Geringste anging. Und natürlich hatte sie recht. Er konnte es nicht leugnen. Ihm war nur nicht klar gewesen, dass es ihm so viel ausmachte. Denn das tat es.

Adam starrte auf den Bildschirm seines Computers und versuchte sich auf seine Arbeit zu konzentrieren. Die Wahrheit lautete, dass es ihm nicht gefiel, wenn Lexia sich mit Männern verabredete. Mit anderen Männern. Er versuchte seine Gedanken an sie abzuschütteln und sich auf die Zahlen zu konzentrieren, die Roy ihm geschickt hatte – andauernd zwang Roy ihn dazu, sich mit irgendwelchen Zahlen herumzuschlagen –, musste jedoch kapitulieren. Er schloss die Excel-Datei und warf einen Blick in Lexias Richtung. Zum ungefähr zehnten Mal. Nicht dass er mitgezählt hätte. Seine Bürotür stand offen, sodass er sie sehen konnte, wenn er seinen Kopf leicht zur Seite drehte. Sie saß an ihrem Schreibtisch und las irgendetwas, wobei sie die Stirn runzelte und mit einer ihrer Locken spielte. Er stand auf, ging zur Tür und schloss sie. Er musste sich zusammenreißen, denn seine persönlichen Moral- und Wertvorstellungen waren ihm wichtig. Er musste sich einfach wieder in den Griff kriegen. Je eher, desto besser. Punkt.

Gegen zehn Uhr rief ein Vertriebsleiter von Offi O an und teilte ihm in knappen Worten mit, dass sie mit dem Vorschlag für die Werbekampagne unzufrieden seien. Die Agentur solle ihn überarbeiten, andernfalls müsse man die Zusammenarbeit beenden. Adam seufzte und fluchte innerlich. Er wusste schließlich, dass Lexia Ofelia richtig eingeschätzt und versucht hatte, die Situation zu retten.

»Selbstverständlich, schicken Sie mir Ihr Feedback, dann werde ich die Sache mit meinen Mitarbeitern besprechen«, sagte er und legte auf. Nachdenklich schaute er aus dem Fenster. Draußen schien die Herbstsonne, die die Häuser mit ihrem sanften Licht umhüllte. Er wusste, was zu tun war, wollte sich jedoch noch zwei Minuten Ruhe gönnen, bevor er die Sache in Angriff nahm.

Genau zwei Minuten später hatte er eine Gruppenmail an Rebecca, Leo und Lexia verfasst, in der er sie alle bat, nach der Mittagspause in sein Büro zu kommen.

Um dreizehn Uhr erschienen alle drei bei ihm.

Adam deutete mit einem Nicken auf die Stühle. »Bitte, setzt euch.« Er hatte sich vorgenommen, einen besonnenen und lösungsorientierten Ton anzuschlagen, aber in Anbetracht ihrer Mienen schien er wohl eher wie ein Scharfrichter zu klingen. Lexia, die sich mit geradem Rücken und gerunzelter Stirn am weitesten entfernt von ihm hingesetzt hatte, schob das Kinn vor.

»Offi O ist nicht zufrieden«, erklärte er. »Sie erwarten einen neuen Vorschlag für unsere Kampagne.«

Schweigen.

»Und was haben sie genau gesagt?«, fragte Rebecca schließlich. Sie klang völlig entspannt.

Lexia schwieg.

Adam teilte die Unterlagen mit dem Feedback aus. »Dass die Kampagne, die wir vorgestellt haben, nicht mit ihrer Vision übereinstimmt. Und auch nicht mit dem, was wir im Pitch präsentiert haben. Sie vermissen neue Denkansätze, Vielfalt und deutlich erkennbare Body Positivity.«

Lexia nickte ernst. Man musste ihr zugutehalten, dass sie keine selbstgefällige Miene aufgesetzt hatte, sondern nur besorgt und nachdenklich dreinblickte.

Leos Miene verfinsterte sich, doch Rebecca lächelte weiterhin entspannt und selbstsicher. »Ich verstehe. Selbstverständlich. Wir werden das Ganze im Team diskutieren. Haben sie uns eine Deadline gesetzt?«

»Es muss so schnell wie möglich gehen.«

»Okay, dann legen wir gleich los«, erklärte sie und forderte die anderen auf, ihr zur Tür zu folgen. Lexia sagte noch immer nichts.

Adam schob seine Hände in die Hosentaschen und sagte beiläufig: »Lexia, könntest du noch kurz bleiben?«

Rebecca warf ihm einen fragenden Blick zu, doch er ignorierte ihn. Auch wenn sie die Tochter des Chefs und der Creative Director der Agentur war, so war er noch immer ihr Vorgesetzter und ihr keine Erklärung schuldig. Er bat sie, die Tür hinter sich und Leo zu schließen, und wartete, bis Lexia und er allein waren.

Sie hatte sich wieder hingesetzt. Als sie ihre Beine übereinanderschlug, rutschte ihr Kleid ein wenig hoch und entblößte einen hellen Oberschenkel. Adam riss seinen Blick davon los und setzte stattdessen eine so neutrale Miene wie möglich auf. Schließlich war er kein Mann, der Frauen anstarrte oder sich ihnen gegenüber aufdringlich verhielt. Er war voll und ganz in der Lage, sein Verhalten zu steuern, und es war höchste Zeit, das zu tun.

»Danke, dass du noch geblieben bist«, begann er.

Sie verzog leicht den Mund, allerdings nicht zu einem Lächeln, sondern eher zu einer ironischen Miene, als wollte sie ihm zu verstehen geben, dass sie keine andere Wahl hatte.

Auch gut.

Adam legte beide Hände auf seinen Schreibtisch. »Ich habe dich gebeten zu bleiben, weil ich mich bei dir entschuldigen wollte. Ich habe Dinge zu dir gesagt, die völlig unnötig waren, und mich falsch verhalten. Das tut mir aufrichtig leid.«

Sie schien über seine Worte nachzudenken. Als sie ihre Sitzposition änderte, schaute Adam ihr direkt in die Augen. Er brauchte gar nicht mehr auf ihre Beine zu starren, da er ihren Anblick noch gut in Erinnerung hatte.

»Meinst du es ernst?«, fragte sie schließlich in einem ganz

normalen Tonfall, der ihn aufatmen ließ. Er hatte also nicht alles zerstört. »Ich bin mir nämlich selbst im Klaren darüber, dass ich die Diskussion mit Ofelia nicht gerade elegant gelöst habe«, fügte sie hinzu.

Er schüttelte entschieden den Kopf. Der Fehler lag bei ihm, und nur bei ihm. »Nein, du hattest die ganze Zeit über recht. Ich schätze es sehr, dass du deine Meinung vertreten hast. Und es tut mir leid, dass ich dich unfair behandelt habe. Mir ist an einem gut funktionierenden Arbeitsverhältnis gelegen. Es tut mir wirklich leid, Lexia.«

»Okay. Und klar, in Zukunft machen wir es besser.« Sie biss sich auf die Lippe, und er wartete auf eine Fortsetzung, während er auf der Stelle spürte, wie ihm leichter ums Herz wurde.

»Ich möchte mich auch bei dir entschuldigen«, sagte sie mit einem flüchtigen Lächeln, das ihre Augen leuchten ließ. Diese Wärme und dieses Leuchten hatte er vermisst. »Ich finde, dass es zwischen uns schon von Anfang an etwas merkwürdig gelaufen ist, und das lag nicht an dir. Um ganz ehrlich zu sein, ist mir das Ganze ein bisschen peinlich.«

Er beugte sich vor. »Was ist dir peinlich?«

Sie setzte eine entschuldigende Miene auf. »Wahrscheinlich habe ich da etwas missverstanden, aber das ist ganz allein meine Schuld. Ich würde wirklich gern ein professionelles Arbeitsverhältnis zwischen uns aufbauen und als seriöse Mitarbeiterin gesehen werden. Das, was in der Bar passiert ist, tut mir leid, und ich möchte mich dafür entschuldigen. In Zukunft wird so etwas natürlich nicht wieder vorkommen.« Ihre Wangen erröteten leicht.

»Okay«, sagte er und stand auf. Lexia erhob sich ebenfalls und streckte ihm über den Schreibtisch hinweg ihre Hand entgegen. Adam betrachtete sie und umschloss langsam ihre warmen weichen Finger. Während er sie leicht drückte, verspürte er ironischerweise in jeder einzelnen Pore ein erregendes

Kribbeln. Gerade eben hatten sie noch über die Bedeutung der Professionalität zwischen ihnen gesprochen, doch dieser Händedruck ging zumindest für ihn weit über eine professionelle Geste hinaus.

Lexia blinzelte, und ihre langen schwarzen Wimpern warfen Schatten auf ihre Gesichtshaut. Dann zog sie ihre Hand wieder zurück. »Danke«, sagte sie. Ihre Stimme klang heiser, und sie räusperte sich. »Dann leg ich mal los.« Als sie sich umdrehte und die Tür öffnete, musste er sich zwingen, mit seinem Blick nicht an ihrem Po hängen zu bleiben.

Heute war Freitag, und irgendjemand war offenbar schon im Spirituosengeschäft gewesen, denn Adam hörte Flaschen klirren, was auf die Vorbereitung einer After-Work-Party hindeutete.

»Du kannst die Tür ruhig offenlassen«, sagte er.

Sie warf ihm über die Schulter hinweg einen Blick zu. »Alles klar.« Dann ging sie auf klappernden Absätzen zurück zu ihrem Arbeitsplatz. Lexias Gang wirkte jetzt sichtlich entspannter, und ihre Schritte in den hochhackigen Stiefeln waren federleicht. Ihre gemeinsame Aussprache war wider Erwarten gut gelaufen.

Ein plötzliches Lachen aus den Büroräumen seiner Mitarbeiter ließ darauf schließen, dass sie schon Gläser bereitstellten und Schalen mit Chips füllten. Sie benahmen sich wie im Kindergarten. Eigentlich müsste er dem freitäglichen Feiern im Büro Einhalt gebieten, denn er hatte schon miterlebt, wie leicht es zu Problemen kam, wenn die Mitarbeiter zu viel tranken. Doch er würde wohl oder übel eine Schlacht nach der anderen ausfechten müssen.

Gegen sechzehn Uhr begannen seine Mitarbeiter in Partylaune Weinflaschen zu entkorken und Bierdosen zu öffnen und setzten sich mit ihren Getränken auf Sofas und Tische. Als Adam gegen achtzehn Uhr wieder aufschaute, war Lexias Arbeitsplatz leer. Sie war offenbar nach Hause gegangen. Oder zu einem weiteren Date. Auch gut, redete er sich ein. Wenn sie jemanden kennenlernte, konnte er endlich aufhören, ständig an sie zu denken. Er arbeitete noch ein wenig weiter und ignorierte das beklemmende Gefühl, das ihn beschlich, als er sich Lexia zusammen mit einem weiteren Gustav oder Vincent vorstellte.

»Adam, komm und nimm dir ein Bier«, rief Leo.

Adam klappte seinen Laptop zu, ging in die Küche und nahm eine Flasche Bier in Empfang. Er trank einen Schluck und wischte sich den Mund ab. Rebecca saß auf einem der Sofas und war von einem Männergrüppchen umgeben. Sie lachte gerade über den Kommentar eines Kollegen. Die anderen waren schon in Wochenendstimmung und unterhielten sich, während aus den Boxen entspannte Musik erklang. Plötzlich registrierte er aus dem Augenwinkel eine Bewegung und drehte sich um. Durch einen Türspalt sah er Licht in einem der hinteren Räume und jemanden, der sich darin bewegte. Er steuerte darauf zu.

»Hallo, Chef.« Einer der Kundenbetreuer hielt ihn auf, und er musste sich ein paar Minuten lang etwas anhören, das er sofort wieder vergaß.

»Entschuldige mich bitte«, sagte er und ging weiter auf die angelehnte Tür zu. War Lexia womöglich doch noch da? Er blieb zögerlich stehen. War das wirklich eine gute Idee? Doch dann schob er die Tür auf.

Lexia schaute hoch und warf ihm einen erstaunten Blick zu.

»Oh, Adam, ich wusste gar nicht, dass du …«

In Schweden sprach man sich mit dem Vornamen an. Für ihn war es also nichts Ungewöhnliches, weil er hier aufgewachsen war. Später hatte er lange Zeit im Ausland gearbeitet. Im Londoner Büro war er immer Mister Nylund, in Berlin hingegen wurde er mit Herr Nylund tituliert. Doch er zog die ungezwungene schwedische Ansprache vor, die ihm mehr lag.

Allerdings kam sie ihm hier im Büro aus Lexias Mund fast zu intim vor.

»Suchst du etwas?«, wollte sie wissen. Sie hatte ihren Fuß auf einen Stuhl gelegt und den Stoff ihres Strickkleids etwas hochgeschoben, während sie gerade ihre Nylonstrümpfe befingerte. Dabei war ein großer Teil ihres Beins zu sehen. Sein Mund war plötzlich wie ausgetrocknet.

»Was machst du denn da?«, fragte er.

»Ach, ich hatte eine Laufmasche und kitte sie gerade mit Nagellack.« Sie blieb reglos stehen. »Ich muss nur noch abwarten, bis er getrocknet ist«, erklärte sie.

Er machte einen Schritt auf sie zu. »Ich dachte, du wärst schon gegangen«, sagte er.

»Ich gehe auch gleich.«

Er bemühte sich, nicht auf ihr Bein zu starren. Am liebsten hätte er sie gefragt, ob sie noch ausgehen würde oder eher nach Hause wollte und wie ihre Pläne fürs Wochenende aussahen, doch er wusste, dass er kein Recht dazu hatte, weder als Chef noch als Mann. Er machte einen weiteren Schritt auf sie zu. Spürte sie auch, wie es zwischen ihnen knisterte, oder ging es nur ihm so? Er wusste selbst nicht genau, was er sich erhoffte: Dass dieses Gefühl nur in seinem Kopf existierte oder dass sie dasselbe empfand wie er.

Schließlich nahm sie ihren Fuß wieder vom Stuhl herunter, glättete ihr Kleid und strich sich mit der Hand über die Hüfte. Er stellte fest, dass sie sich hier im Raum zurechtgemacht hatte. Auf einem Bügel hing eine Strickjacke, und auf dem Tisch lagen Schminkutensilien.

»Hier ist das Licht besser«, erklärte sie, als hätte sie seine Gedanken gelesen. Dann fluffte sie mit einer femininen Geste ihr Haar auf, wie Frauen es öfter machen, und in dem kleinen Raum breitete sich ein Hauch ihres Parfüms aus. Vielleicht war es auch ihre Creme oder sogar der Duft ihres Körpers.

Er konnte ihn bereits identifizieren, wo immer er sich gerade befand. Als sie die Bewegung wiederholte, fielen ihr die hellen Locken ins Gesicht. Ohne nachzudenken streckte Adam die Hand danach aus und fing eine Haarsträhne ein, die sich selbstständig gemacht hatte. Sie fühlte sich warm an und weich wie Kaninchenfell, und sie federte leicht. Zwischen seinen Fingern leuchtete die Locke, als würde sie das gesamte Licht im Raum aufsaugen.

»Wie nennt man diese Farbe eigentlich?«, fragte er mit gedämpfter Stimme. Sie erinnerte ihn an silbrigen Mondschein.

»Platinblond«, antwortete sie.

»Ich glaube, die habe ich noch nie gesehen«, sagte er.

»Na ja, sie ist ziemlich ungewöhnlich. Aber es ist meine Naturfarbe.«

Warum sagte sie das? Wieder fragte er sich, wie sie wohl untenrum aussah und ob die Locken zwischen ihren Oberschenkeln denselben magischen Farbton besaßen. Er betrachtete eingehend ihr Gesicht. Sie sah verdammt gut aus und war noch dazu sexy, doch nicht nur das zog ihn an, denn dann wäre es nicht ganz so kompliziert gewesen. Lexia war außerdem noch witzig, clever und mutig. Sie hatte ihm gegenüber ihre Meinung vertreten und sich für ihre Ideen eingesetzt. Das alles machte sie in seinen Augen ungeheuer attraktiv.

»Ich habe die Haarfarbe von meiner Oma«, erklärte sie mit erstickter Stimme, und er konnte die seidige Locke noch immer nicht loslassen. Vorhin hatten sie sich auf ein professionelles Arbeitsverhältnis geeinigt, und er hatte ihr uneingeschränkt zugestimmt, da er das für die einzige Möglichkeit hielt. Doch jetzt standen sie beide hier. Sie mit großen erstaunten Augen und er mit pulsierendem Blut in den Adern. Er sollte sie loslassen, dachte er wie benebelt, er sollte einen Schritt zurücktreten und das Ganze mit irgendeiner cleveren und intelligenten Geste beenden.

»Adam?« Ihre Frage kam einem Flüstern gleich.

»Ja?«, flüsterte er zurück, während er auf ihre Lippen starrte. Sie glitzerten und glänzten in einem dezenten Rosaton. *Was für ein Mund.*

»Was wird das hier?«

»Ich habe ehrlich gesagt keine Ahnung«, antwortete er und ließ ihre Locke los.

Doch er blieb neben ihr stehen, atmete ihren Duft ein, spürte ihre Wärme und sah, wie sich ihr Busen hob und senkte. Von der anderen Seite der Tür her vernahm er die gedämpften Geräusche der After-Work-Party wie einen dumpfen Klangteppich. Die alten Türen waren schwer und schirmten jegliche Geräusche zuverlässig ab. Adam machte ein paar Schritte rückwärts, bis er die Tür erreichte, führte dann eine Hand hinter den Rücken und legte sie auf die Klinke. Keine gute Idee, suggerierte ihm eine innere Stimme. Ziemlich clever, sagte eine andere, weitaus lautere. Eigentlich wusste er genau, dass er jetzt besser gehen sollte, doch stattdessen vergewisserte er sich, dass die Tür geschlossen war, und kam dann zu ihr zurück. Sie ließ ihn nicht aus den Augen.

»Aber ich würde es gern herausfinden«, sagte er mit heiserer Stimme.

20

Lexia

Adam fühlte sich zu ihr hingezogen. Diesmal war sich Lexia ganz sicher, dass sie es nicht missverstanden hatte. Während sie versuchte, diese Tatsache zu verarbeiten, nahm sie ihn mit allen Sinnen wahr. Denn Adam roch gut. Er duftete schwach nach Aftershave, Seife und frisch gewaschener Kleidung. Und außerdem sah er so gut aus, dass es ihr fast in den Augen wehtat. Mit seinem Bartschatten, dem intensiven Blick und den breiten Schultern. Am liebsten hätte sie sich an ihn geschmiegt, eine Hand auf seine Hüfte gelegt und mit den Fingern seine Haare berührt, um festzustellen, ob sie sich weich oder eher rau, warm oder kalt anfühlten. Sie sah alles und spürte alles, während sie den hellen Stoff seines Oberhemds betrachtete und im Hintergrund die entfernten Geräusche aus dem Büro hörte. Es kam ihr so vor, als führte die Luft zwischen ihren Körpern ein Eigenleben, als würden irgendwelche Ionen und Elektronen immer schneller hin und her schießen und eine Gänsehaut auf ihren Unterarmen erzeugen.

»Ich weiß nicht, was ich sagen soll«, gab sie zu. Wenn Adam einen Rückzieher machen wollte, bot sich jetzt die Gelegenheit. Und wenn er sie nutzte, würde sie sich nie wieder irgendetwas einbilden, das gelobte sie sich.

Er schaute sie an, rieb sich mit der Hand das Kinn und setzte ein schiefes Lächeln auf. »Ich auch nicht. Ich weiß nur, dass es so vieles gibt, was ich gern mit dir machen würde.« Auch wenn er sie nicht berührte, drohte seine körperliche Nähe sie zu überwältigen.

»Und zwar?« Sie standen viel dichter zusammen als bei einem normalen Gespräch, als wären sie in die Privatsphäre des anderen eingedrungen. Wenn sie sich nur ein wenig vorbeugte, würden sie einander berühren: ihr Busen seinen Brustkorb und ihre Schulter seinen Oberarm.

»Möchtest du, dass ich wieder gehe?«

Sie schüttelte langsam den Kopf. »Es ist nur so …« Sie verstummte, während sie nach dem richtigen Wort suchte. Eigenartig, unerwartet, verrückt. »Kompliziert«, sagte sie schließlich.

»In der Tat. Ich habe vor Kurzem einen Mitarbeiter gefeuert, weil er eine Beziehung mit einer ihm unterstellten Kollegin angefangen hatte.«

»Ich verstehe«, sagte sie. Es herrschte kein Zweifel, wer die Agentur verlassen müsste, wenn das Ganze zu weit ginge. Doch keiner von ihnen machte einen Rückzieher, und auch die Spannung zwischen ihnen legte sich nicht. »Dann ist es ja gut, dass wir keine Beziehung miteinander angefangen haben«, sagte sie leichthin und schnickte ein Staubkorn von seinem Ärmel, bevor sie ihre Hand wieder sinken ließ.

»Lexia …«, sagte er mit erstickter Stimme. Sein Blick brannte förmlich auf ihrer Haut, und seine arrogante ernste Miene war wie weggeblasen.

»Ja«, flüsterte sie. Da sie hochhackige Stiefel trug, brauchte sie den Kopf nur leicht in den Nacken zu legen, um ihm in die Augen schauen zu können.

»Da ist irgendwas zwischen uns«, sagte er, und es klang mehr nach einer Frage als nach einer Feststellung. »Du spürst es auch, oder?«

»Auf jeden Fall«, antwortete sie, was stark untertrieben war. Ihr ganzer Körper war in Aufruhr. Sie beugte sich vor und streifte mit ihrer Wange flüchtig seinen Brustkorb, woraufhin sie hörte, wie er nach Luft rang, bevor sie sich wieder zurückzog und eine Haarsträhne hinters Ohr schob. Er folgte ihrer Bewegung mit gebanntem Blick.

»Findest du, dass wir etwas dagegen unternehmen sollten?«, fragte sie leise und in lockendem Ton, während sie sich völlig im Klaren darüber war, dass es sich um mehr als nur einen harmlosen Flirt handelte. Das waren Lockrufe und Verführungsversuche.

»Ich muss schon die ganze Zeit an dich denken, an uns«, sagte er. Seine Worte drangen direkt in ihr Inneres vor und erzeugten eine sanfte Wärme. Es kam ihr vor, als wiegten sie sich in einem langsamen Tanz oder führten ein Ritual durch, das unaufhaltsam ihre Erregung steigerte. Gestern Abend hatte sie weder mit Vincent geschlafen noch irgendeinen Gedanken daran verschwendet. Sie hatten sich auf einen Drink verabredet, waren zusammen spazieren gegangen und hatten sich dann zum Abschied nur flüchtig umarmt. Vincent hatte überhaupt keine Anziehungskraft auf sie ausgeübt. Adam hingegen schon ... Sie verspürte eine so heftige Lust, dass sie kaum noch einen klaren Gedanken fassen konnte. Während sie eine Hand auf seinen Brustkorb legte, ahnte sie, dass er zögerte, die Initiative zu ergreifen. Sie war sich nicht sicher, ob sie ihn dafür bewunderte oder ob seine Anständigkeit sie eher irritierte. Vielleicht war es beides. Und ganz so anständig war er anscheinend auch wieder nicht, denn sonst würde er nicht hier mit ihr zusammenstehen und ihr Dinge ins Ohr flüstern, während er ihre Wange streichelte und dabei so verdammt gut roch. Sie lehnte ihr Gesicht gegen seine warme Handfläche, hauchte ihren Atem dagegen und ließ ihre eigene Hand auf seinem Brustkorb nach oben gleiten. Er fühlte sich angenehm warm und fest an, und unter ihren Fingern spürte sie das Spiel seiner Muskeln. Sie seufzte wohlig, führte ihre Hand auf dem

Stoff seines gestärkten Hemds noch weiter nach oben, fuhr am Schlüsselbein entlang und berührte dann mit ihren Fingerspitzen sein Kinn. Er rang nach Luft, seine Augen verdunkelten sich, und seine Pupillen wurden weit.

In genau dieser Position verharrten sie: seine Hand auf ihrer Wange, ihre Fingerspitzen an seinem Kinn. Dann beugte er seinen Kopf zu ihr hinunter, hielt jedoch inne, als wollte er ihr die Möglichkeit geben, das Ganze abzubrechen. Doch sie nutzte sie nicht. Stattdessen schob sie sich etwas dichter an ihn und presste sich gegen seinen Brustkorb, während sie seine Atemzüge auf ihrer Haut spürte. Im Hintergrund hörte sie Musik, Gläserklirren und Gelächter. Sie begegnete Adams Blick, und sie schauten sich hingebungsvoll an. Dann hob sie ihr Kinn leicht, sodass sich ihre Lippen berührten, weich und fragend.

Gab es etwas Intimeres, als sich zu küssen? Sie liebte es und hielt sich in dieser Hinsicht für eine relativ erfahrene Frau. Zumindest hatte sie es bislang angenommen. Aber dieser Kuss ... Zunächst behutsam und federleicht, dann immer intensiver. Hungrig umfasste er mit beiden Händen ihr Gesicht und tastete sich langsam vor, indem er sie spielerisch in die Unterlippe biss und dabei nachspürte, was ihr gefiel. Dann glitt seine Zunge in ihren Mund, und sie genoss es, wie er sie mit seinem Körper nach hinten presste und wie sich einer seiner muskulösen Oberschenkel zwischen ihre Beine schob.

»Adam«, stöhnte sie und konnte sich nicht erinnern, je so erregt gewesen zu sein. Noch nie hatte sich ihr Körper so heiß, brennend und explosiv angefühlt, dass es fast wehtat. Auch er atmete heftig, während seine Hand erst zu ihrer Taille und dann weiter auf ihren Rücken glitt und sie fest an ihn presste. Himmel, wenn er seinen Oberschenkel weiter so fest zwischen ihre Beine schob, würde sie jeden Moment kommen. Sie schlang eine Hand um seinen Nacken und ergriff mit der anderen seinen Oberarm. Als er mit dem Daumen durch den Stoff hindurch über ihre Brustwarze fuhr, stöhnte sie auf. Sie presste sich mit jedem Zentimeter ihres Körpers gegen seine harten Muskeln und lauschte seinen schweren Atemzügen.

»Lexia ...«, sagte er heiser, doch da wurde er von einem Klopfen an der Tür unterbrochen.

Lexia erstarrte. Und sie schauten einander erschrocken an.

»Adam?«, rief eine Frauenstimme von der anderen Seite der Tür.

Adam ließ sie blitzschnell los. »Das ist Rebecca«, flüsterte er, was völlig überflüssig war, denn sie hatte ihre Stimme schon erkannt, bevor die Tür geöffnet wurde.

Lexia glättete sich die Haare. Adam zog rasch ein Buch aus dem Regal und hielt es sich vor die Hose und seine unübersehbare Erektion. Lexia spürte, wie sie errötete. Wenn irgendjemand erfuhr, dass sie mit ihrem Chef herumknutschte ... Es wäre die reinste Katastrophe. Ihr Ruf innerhalb der Branche wäre ruiniert, und in der Agentur würden alle sie hassen.

»Was geht denn hier ab?« Rebecca schaute sich mit misstrauischem Blick um.

»Nichts, wieso?«, antwortete Adam, und obwohl es eine passende Antwort war, sozusagen die einzig richtige, kam sich Lexia schlecht vor. Sie hatte gerade eben ihren Chef geküsst. Wie idiotisch. Sie war alles andere als scharf darauf, verletzt zu werden, doch genau das würde passieren, und zwar mit allen Konsequenzen.

»Ich hab mich nur gefragt, wo du abgeblieben bist.« Rebecca musterte Lexia von oben bis unten, als suchte sie nach irgendwelchen Hinweisen. Lexia betete inständig, dass sie nicht ganz so zerknittert und peinlich berührt wirkte, wie sie sich fühlte. Wenn Rebecca ihrem Vater davon erzählte, wäre sie ihren Job los, davon war sie überzeugt. Adam würde sie nicht schützen können, und es vielleicht nicht einmal wollen.

»Lexia und ich müssen nur noch kurz eine Sache zu Ende besprechen, dann komme ich.«

Rebecca sah aus, als wäre sie nicht abgeneigt, noch etwas länger im Raum zu verweilen, doch dann nickte sie. »Bis gleich«, sagte sie und warf Lexia einen letzten kühlen Blick zu, ehe sie den Raum verließ, ohne die Tür vollständig zu schließen.

Lexia schaute Adam an. Er legte das Buch auf den Tisch.

»Puh, das war knapp«, sagte Lexia in dem Versuch, einen Scherz zu machen. Doch sie merkte selbst, dass es weder lustig noch angebracht war. Außerdem war sie noch immer völlig benommen von allem, was zwischen ihnen geschehen war.

»Tut mir leid«, sagte er. »Ich hätte nicht ...« Er beschrieb mit der Hand einen Kreis in der Luft, der höchstwahrscheinlich »mit dir rumknutschen dürfen« bedeuten sollte.

Sie strich ihr Kleid glatt und fühlte sich plötzlich total erschöpft. »Ach, das passiert doch jedem mal.«

»Wirklich?«

Sie lächelte dezent. »Ja, ich glaube schon. Wir sind bestimmt nicht die Ersten, die sich bei der Arbeit geküsst haben.«

Er fuhr sich durchs Haar. »Tja, wahrscheinlich hast du recht.«

Lexia hätte ihn gern gefragt, ob zwischen ihm und Rebecca etwas lief, doch dann verließ sie der Mut, denn sie war sich nicht sicher, ob sie es wirklich wissen wollte. Das Ganze war so verdammt dämlich gewesen, so unüberlegt. Sie wollte nicht verletzt werden. Deshalb lächelte sie und bemühte sich, großzügig und warmherzig zu klingen. »Ist doch kein Problem, oder? Vermutlich ist es genauso, wie du gesagt hast: Irgendetwas ist da zwischen uns, und vielleicht können wir es jetzt hinter uns lassen.«

Adam runzelte die Stirn und fuhr sich mit der Hand übers Kinn, wobei er ihrem Blick auswich. »Vielleicht hast du recht«, sagte er bedächtig.

Lexia sammelte ihre Schminkutensilien zusammen. Auch sie schaffte es nicht, seinen Blick zu erwidern. Die Stimmung zwischen ihnen war angespannt, und alles Ungesagte blieb im Raum stehen.

»Gehst du schon?«, fragte er und stellte sich neben sie. Sofort spürte sie wieder die starke Anziehungskraft und begann sich über sich selbst zu ärgern. Auf gar keinen Fall wollte sie das Klischee der Angestellten verkörpern, die unglücklich in ihren Chef verliebt war. Also riss sie sich zusammen, steckte ihr Schminktäschchen in ihre Handtasche und warf ihm einen entspannten Blick zu.

»Ja. Ich hab noch ein Date«, antwortete sie und fragte sich, wie um alles in der Welt sie jetzt ein Treffen mit einem weiteren Tinder-Typen überstehen sollte. Das würde ihr letztes Date sein, denn dieses Unterfangen raubte ihr jegliche Kraft, auch wenn sie in diesem Augenblick froh war, ein konkretes Ziel vor Augen zu haben.

»Mit Vincent?«, fragte Adam, während sich seine Miene verfinsterte.

Sie schüttelte den Kopf. »Nein, niemand, den du kennst. Aber ich muss jetzt los. Wir sehen uns am Montag.«

Dann schlich sie sich davon, bevor sie noch auf die Idee kam, irgendetwas Unüberlegtes zu tun. Zusätzlich zu all dem anderen Unüberlegten, das sie schon getan hatte.

21

Adam

»Möchtest du noch Tee, Adam?«, fragte Bashirs Mutter. Ohne seine Antwort abzuwarten, füllte sie Adams Teeglas bis zum Rand. Alles war genauso wie immer.

Bashir bedeutete seiner Mutter, ihm ebenfalls nachzuschenken, während er seine Hand nach einem weiteren Keks ausstreckte. Die afghanischen Plätzchen waren mit Puderzucker und gemahlenem Kardamom bestäubt und eine Spezialität seiner Mutter. Adam aß sie unheimlich gern, und Bashirs Mutter backte sie immer, wenn er zu Besuch kam. Früher hatten sie oft in der kleinen Küche von Bashirs Mutter gesessen. Als Kind hatte Adam den farbenfrohen duftenden Raum als Paradies empfunden. Doch jetzt mit dem Blick des Erwachsenen fiel ihm auf, wie verschlissen und ärmlich sie eingerichtet war und wie sehr sie sich von seiner gewohnten Umgebung im Strandvägen, auf dem Stureplan oder in London unterschied. Doch hier fühlte er sich geborgen und zu Hause. In diese Wohnung war er immer geflohen, wenn sein Vater trank und gewalttätig wurde. Hierher war er gekommen, wenn seine Mutter mit dem Gesicht zur Wand im Bett gelegen und sich geweigert hatte aufzustehen. Und hier hatte er als Achtjähriger nach dem Tod seiner Mutter gesessen und gegen seine Tränen und das Gefühl der Verlassenheit angekämpft. Er war so verdammt einsam gewesen und hatte, so oft er konnte, hier Zuflucht gesucht, wo immer Essen auf dem Herd stand und er sich satt essen konnte.

Bashirs Mutter war eine Frau mit traurigen Augen, faltigen Händen und zerfurchtem Gesicht, in dem all das abzulesen war, was sie durchgemacht hatte. Aber sie backte das beste Brot, das er je gegessen hatte, und kochte das leckerste Essen der Welt. Wenn er hungrig war, hatte er bei ihnen gegessen, allerdings nicht zu oft, sondern nur manchmal, weil er sich schämte. Diese Tage waren die Lichtblicke in seinem Dasein gewesen. Zu Hause bei Bashir beschimpfte ihn niemand als dumm oder nutzlos. Dort schlug ihn auch keiner oder sagte, dass er ebenso gut sterben könnte, weil aus ihm sowieso nichts werden würde.

Adam nippte an dem heißen süßen Tee und schaute aus dem Küchenfenster. Es war ein sonniger Sonntag, und draußen im Hof der Hochhaussiedlung tummelten sich jede Menge Bewohner. Hauptsächlich Kinder und Jugendliche, aber auch vereinzelte Mütter mit Kinderwagen, die Tupperdosen mit Essen dabeihatten. Er sah ein paar Jungs, die auf ihren Fahrrädern oder Skateboards herumsausten oder auf ihren Handys herumtippten. Sie hingen auf der Skaterbahn und dem schon fast überwucherten Fußballplatz herum. Auf der Straße standen dicht an dicht geparkte zerbeulte Autos, und in den Läden gab es billiges Fleisch, importierte Konserven und Zehnkilosäcke Reis zu kaufen.

»Wie die Zeit vergeht«, sagte Adam und schnitt angesichts seines Ausspruchs umgehend eine Grimasse. Er klang wie ein alter Mann. Und dennoch kam es ihm vor, als wären Bashir und er selbst gerade erst schlaksige Teenager gewesen.

»Hier hat sich vieles verändert«, erklärte Bashir. »Mehr Drogen und weitaus weniger Perspektiven als damals, als wir hier aufwuchsen. Die Gesellschaft ist härter geworden, und die kriminellen Banden locken die Kids mit Geld und dem Gefühl von Zugehörigkeit.«

»Musstest du eigentlich mit den Bullen schon mal hierher ausrücken?«, fragte Adam.

»Schon oft. Aber die meisten Jugendlichen hier draußen sind völlig in Ordnung, und ich wünschte mir, dass mehr Menschen den Blick mal von ihren dämlichen Smartphones losreißen und das begreifen würden. Viele Bessergestellte bilden sich eine Meinung, ohne auch nur die geringste Ahnung von der Realität zu haben, während die Jugendlichen hier draußen … na ja, jedenfalls ein Großteil von ihnen ziemlich intelligent ist. Aber sie haben so viele gegen sich und selbst keinerlei Netzwerke. Niemand glaubt an sie. Du weißt schon, was ich meine.«

Adam nickte.

Bashirs Mutter beugte sich vor. »Bashir, jetzt sag doch mal, wann heiratest du endlich? Adam, rede du doch mal mit ihm.«

Adam musste lächeln, als er Bashirs Blick sah, und er schaute in seinen Tee. Der Ärmste.

»Und worüber?«, fragte er unschuldig.

Bashirs Mutter schnaubte verächtlich und hob hilflos die Arme. »Alle meine Mädchen sind verheiratet. Nur Bashir nicht. Mein Sohn, wann willst du endlich heiraten?«

Bashir verdrehte die Augen. Er war der einzige Sohn einer Afghanin. Eigentlich hatte er keine Chance. Aber er protestierte trotzdem. »Jetzt hör auf, Mama.«

Adam musste lachen, doch schon wandte sich Bashirs Mutter an ihn und betrachtete ihn eingehend.

»Und du, Adam, wann wirst du heiraten? Hast du eine Freundin?«

Bashir bedachte ihn mit einem schadenfrohen Grinsen. »Ja, genau, Adam, hast du eine Freundin?«

Adam nahm sich noch einen Keks, schob ihn in den Mund und kaute ausgiebig. Er hatte Bashir nichts von dem Kuss erzählt. Während ihrer gesamten Kindheit hatten sie über Mädchen geredet, und als Jugendliche hatten sie fast kein anderes Thema gekannt. Doch die Sache mit Lexia erschien ihm zu privat, zu verboten. Dieser Kuss ... Er war völlig verrückt gewesen. Hätte Rebecca nicht an die Tür geklopft – ob er je wieder hätte aufhören können, Lexia zu küssen? Er hatte nur noch daran denken können, sie auf den Boden zu legen und ihr mit sanften Liebkosungen die Kleidung abzustreifen. Doch das konnte er Bashir nicht anvertrauen, weil es viel zu intim war. Außerdem konnte aus Lexia und ihm sowieso nichts werden. Es ging einfach nicht, auch wenn es zwischen ihnen wie verrückt knisterte. Hatte er so etwas je zuvor erlebt? Hatte er für Rebecca eine ähnlich heftige Leidenschaft empfunden? Bestimmt war es so gewesen, aber er konnte sich nicht mehr daran erinnern. Eine leise innere Stimme sagte ihm, dass man so etwas nicht vergaß. Aber er war sich nicht sicher. Der Kuss mit Lexia war ... er suchte nach dem passenden Wort ... phänomenal gewesen? Unvergesslich? Einzigartig?

»Adam?«

»Was ist?« Er hatte Bashir und seine Mutter völlig vergessen, die vor ihm saßen und ihn interessiert anschauten. »Nein, ich habe keine Freundin. Ich muss zu viel arbeiten und hab einfach keine Zeit«, behauptete er. Seine Antwort kam überraschend schnell und brachte ihm einen misstrauischen Blick von Bashirs Mutter ein. Sie war eine kluge Frau, und er hatte ihr nie viel erklären müssen. Immer wenn es ihm besonders schlecht ging, hatte sie sich in die Küche gestellt und sein Lieblingsbrot gebacken.

»Ich habe keine Freundin«, versicherte er. »Aber wollen wir nicht lieber über Bashir und seine Hochzeit reden?«

Sie breitete hilflos die Arme aus. »Ach, dieser Junge ist eine einzige Enttäuschung. Und dein Vater? Triffst du ihn manchmal?«, fragte sie weiter.

»Mama«, sagte Bashir warnend.

Adam stellte sein Teeglas ab, schob ein paar Kekskrümel von seiner Jeans und warf einen Blick auf die Uhr. Die Stunden waren wie im Flug vergangen. »Es war wirklich lecker, wie jedes Mal.« Er mochte Bashirs Mutter sehr. Vermutlich hatte sie ihm als Kind mit ihrem Essen und ihrer Fürsorge das Leben gerettet. Dennoch gab es bestimmte Themen, über die er mit niemandem sprach.

»Meine Mutter meint es nur gut«, erklärte Bashir entschuldigend, als sie eine Viertelstunde später die Wohnung verließen und zu ihren Autos gingen.

»Ich weiß, du brauchst es mir nicht zu sagen.« Er umklammerte seine Autoschlüssel mit den Fingern. Bashir schloss seinen Wagen per Fernbedienung auf. Adam blieb stehen. »Das, was sie vorhin gesagt hat, denkst du manchmal darüber nach? Ich meine, irgendwann mal zu heiraten?« Das Gespräch hatte etwas in ihm in Gang gesetzt. Sollte er sich vielleicht doch irgendwann einmal eine Frau suchen? Und eine feste Beziehung eingehen? Keinen aussichtslosen Flirt bei der Arbeit, sondern eine feste Partnerschaft?

Bashir schüttelte den Kopf. »Ach, ich hör einfach nicht mehr hin. Wieso fragst du?«

»Ach, ich weiß auch nicht. Eigentlich hab ich noch nie eine Familie gründen wollen.«

»Nicht mal mit Rebecca?«

»Ach, wir waren noch so jung«, entgegnete er. Normalerweise genügte es als Erklärung, aber eigentlich reichten seine Gründe weitaus tiefer. Er war mit einem Vater aufgewachsen, der seine Familie schlug. Seiner Mutter war es schlecht gegangen, aber erst im Erwachsenenalter war ihm klargeworden, wie schlimm es gewesen sein musste. Seine Mutter war extrem labil gewesen und hatte unter Depressionen gelitten. Wollte er das kombinierte Erbe seiner Eltern wirklich an die nächste Generation weitergeben?

»Wie läuft es eigentlich mit Rebecca, jetzt, da ihr euch wieder regelmäßig seht?«, fragte Bashir.

»Ich weiß nicht genau. Irgendwie haben wir uns verändert. Oder ich hab mich verändert.« Als sie Schluss machte, hatte ihm ihre Abfuhr jahrelang zugesetzt, aber heute belastete es ihn längst nicht mehr. Doch genau das schien Rebecca an ihm zu reizen.

»Und jetzt, wo du nicht mehr hinter ihr her bist, zeigt sie plötzlich wieder Interesse?«, fragte Bashir scharfsinnig wie immer.

»Kann schon sein.«

Adam stieg in seinen Wagen und fuhr Richtung Autobahn. Er konnte sich kaum noch daran zurückerinnern, dass es einmal eine Zeit in seinem Leben gegeben hatte, in der er seine Gefühle nicht unter Kontrolle gehabt hätte. Doch seit Lexia in seinem Leben aufgetaucht war, war er verwirrter als je zuvor. Was geschah nur mit ihm? Und wie konnte er dieses hartnäckige und völlig absurde Gefühl wieder loswerden, das ihn ständig an Lexia Vikander denken ließ? Er lenkte seinen Wagen in Richtung Innenstadt und Östermalm.

Vielleicht sollte er seinen Wunsch nach Sex doch mit Lexia ausleben. Der Gedanke kam wie aus dem Nichts und verlieh ihm neue Energie. Vielleicht wäre es gut, sie sich auf diese Weise aus dem Kopf zu schlagen. Es war ein verrückter, aber sehr attraktiver Gedanke. Und je mehr er ihn verfolgte, desto ansprechender erschien er ihm, bis Adam fast euphorisch war. Er musste sich das Ganze noch einmal in Ruhe durch den Kopf gehen lassen, so viel war klar. Hatte sie am Freitag im Hinblick auf den Kuss nicht etwas ganz Ähnliches gesagt, kurz bevor sie ihre Sachen zusammensuchte, um sich auf den Weg zu ihrem Date zu machen? Er umfasste das Lenkrad etwas fester. Der Gedanke daran behagte ihm gar nicht. Lexia schien ja geradezu von einem zum nächsten Date zu flattern.

Er fand direkt vor dem Haus einen Parkplatz und ging hoch in seine Wohnung, um sich Sportkleidung und Laufschuhe anzuziehen. Beim Laufen konnte er am besten nachdenken, und außerdem verspürte er das dringende Bedürfnis, sich zu bewegen. Sollten sie noch einmal miteinander reden, Lexia und er? Oder sollte er eher den Feigen spielen und so tun, als wäre nichts gewesen?

Am Djurgårdskanal erhöhte er das Lauftempo, und sein Puls stieg. Er warf einen Blick auf die Uhr. Ihm blieben noch ein paar Stunden, um einen Entschluss zu fassen. Sollte er Lexia anrufen oder nicht? Das war die große Frage.

22

Lexia

Drei Tage nach dem Kuss hatte Lexia noch immer nichts von Adam gehört. Er hatte weder angerufen noch eine SMS oder E-Mail geschickt. Weder am Samstag noch am Sonntag.

Und heute auch nicht.

Als Lexia sich am Montagmorgen im Büro umsah, konnte sie Adam nirgends entdecken. Alle anderen Mitarbeiter waren da – offenbar traute sich niemand mehr, sich krankzumelden oder wegen seiner kranken Kinder zu Hause zu bleiben – nur Adam Nylund glänzte durch Abwesenheit.

Als Dina mit einem Obstkorb unterm Arm vorbeikam, sprach Lexia sie an. »Kommt Adam heute gar nicht?«

Dina stellte ihren Korb ab, nahm sich eine Physalis heraus und entfernte die dünne raschelnde Hülle. »Nein, er hat angerufen und gesagt, dass er den ganzen Tag Meetings in der Stadt hat«, antwortete sie und schob sich die kleine orangefarbene Kugel in den Mund.

Natürlich.

»Wieso fragst du?« Dina nahm sich noch eine Physalis.

Lexia wollte keine dieser hilflosen Frauen sein, die Frust schoben, nur weil sich ein bestimmter Mann nicht bei ihr meldete. Nein, sie war eine erwachsene Großstadtfrau, die Verantwortung für ihr Leben, ihre Finanzen und ihre Orgasmen übernahm.

»Wer leitet denn dann das Morgenmeeting?«, fragte Lexia,

während sie sich ein paar Weintrauben abknipste und nacheinander zerkaute. Das ganze Wochenende war sie davon ausgegangen, dass Adam von sich hören lassen würde, um vielleicht bei einem Kaffee mit ihr zu reden. Im Zuge der Gleichberechtigung hätte sie sich natürlich auch bei ihm melden können. Doch aufgrund der Tatsache, dass sie nicht gleichberechtigt waren, hätte er die Initiative ergreifen müssen. Doch er hatte keinen Ton von sich gegeben. Sie nahm sich eine Clementine und schälte sie.

Stattdessen würde sie sich einen Dildo kaufen, beschloss sie und verspeiste die säuerlichen Spalten. Einen gigantischen rosafarbenen Massagestab. Sexspielzeug, Schokolade und Wein. Was brauchte eine Frau noch mehr? Sie wischte sich den Mund ab.

»Die Hexe Gundel Gaukeley wird das Meeting leiten«, antwortete Dina und nickte in Richtung Rebecca, die wie immer strahlend schön und wie das blühende Leben aussah. Während Lexia sich ein großes Stück Käse abschnitt und in den Mund schob, eröffnete Rebecca Hansson, die Tochter des Chefs, Creative Director der Agentur und Adams Liebling das Meeting. Finster kaute Lexia ihren Käse. Die Frage lautete nur, ob es genügend davon gab, um diese Veranstaltung durchzustehen.

»Wir sollten möglichst zügig loslegen«, erklärte Rebecca bei der anschließenden Besprechung des Offi-O-Teams.

»Ich habe jede Menge Ideen«, begann Lexia, woraufhin sich Leo und der Webdesigner Nils, der inzwischen ihrem Team angehörte, ein diskretes höhnisches Grinsen zuwarfen. Durch die feindselige Gesinnung der beiden Machomänner, die das Thema Damenunterwäsche offenbar als weit unter ihrem Niveau erachteten, verlor sie den Faden. Sie hätte es ahnen müssen. Im vergangenen Jahr hatte die gesamte Belegschaft der Agentur eine dreistündige Fortbildung zum Thema Vielfalt und Gleichberechtigung besucht. Leo und Nils hatten laut gestöhnt und gemeint, längst über alles Bescheid zu wissen. Doch als der Kursleiter die Anwesenden gebeten hatte, ihm ihre letzten Arbeiten zu zeigen, stellte sich heraus, dass neunundneunzig Prozent aller Fotos schlanke und hellhäutige junge Frauen, etwas ältere, sportliche und hellhäutige Männer sowie vereinzelte Kernfamilien zeigten, natürlich auch ausschließlich mit heller Hautfarbe. Das war ein echter Eye-Opener gewesen. Dabei betrachteten sie sich als moderne Werbeagentur.

Lexia hatte den Kurs höchst interessant gefunden und sich dadurch inspirieren lassen, doch die meisten ihrer Kollegen hatten ihn gezwungenermaßen besucht und danach genauso weitergemacht wie zuvor. Leo und Nils entwarfen am liebsten Kampagnen für Autos und Uhren, also Werbung mit kernigen athletischen Männern, bei der Frauen einfach nur eine gute Figur machen sollten, sich aber ansonsten eher passiv verhielten. Natürlich drückten die beiden es anders aus und betonten, dass der Kunde es so haben wolle und dass man die Dinge in dieser Form eben am besten verkaufe, doch Lexia hegte den Verdacht, dass sie im Grunde genommen Angst hatten, als Softies dazustehen.

»Ja? Dann kannst du uns vielleicht mitteilen, woran du konkret gedacht hast«, sagte Rebecca kühl und schaute Lexia eindringlich an.

»Oder woran nicht«, warf Leo ein und wurde mit einem Lacher vom Webdesigner belohnt.

»Vielen Dank, Leo. Vielleicht kannst du ja auch mal irgendeinen interessanten Input beisteuern«, meinte Lexia.

»Nein, ich bin schlicht und einfach nicht ganz so clever wie du«, entgegnete er säuerlich.

»Jetzt reiß dich zusammen, Leo«, sagte Rebecca ungewöhnlich streng, und Lexia verspürte eine gewisse Dankbarkeit angesichts ihrer Unterstützung. »Wir müssen uns jetzt wirklich ranhalten. Lexias kleiner Ausraster neulich hat unseren ganzen Zeitplan durcheinandergebracht«, fügte Rebecca hinzu, und Lexias Dankbarkeit verschwand genauso rasch wieder, wie sie gekommen war. Normalerweise gefiel es Lexia, gemeinsam mit Kollegen Brainstorming zu betreiben und Ideen zu diskutieren. Denn sie hielt das für einen wichtigen Teil der kreativen Arbeit. Aber jetzt … Jetzt herrschten ganz neue Loyalitäten, und noch dazu lag eine ungeahnte Feindseligkeit in der Luft.

Rebecca lehnte sich mit verschränkten Armen zurück und wirkte wie eine Geschäftsfrau beim Interview eines Luxusmagazins, die gerade Äußerungen von sich gab wie: Erfolg ist eine Frage der Einstellung. Leo war inzwischen verstummt, wirkte aber unterschwellig aggressiv, während der Webdesigner gähnend an seinem iPhone herumspielte.

Lexia hatte das ganze Wochenende über die Werbekampagne nachgedacht und war dementsprechend gut vorbereitet und motiviert. Sollten die Kollegen ihre Vorschläge ruhig für politisch überkorrekt halten, aber die Sache lag ihr nun mal am Herzen, und sie weigerte sich, das Image eines zaghaften Marketinghäschens übergestülpt zu bekommen. »Die Leute von Offi O wollten doch Vielfalt und Body Positivity, oder? Und Ofelia hat unser Pitch gefallen. Deshalb denke ich, wir sollten dorthin zurückkehren. Ich habe am Wochenende die sozialen Medien durchforstet und dabei jede Menge Ideen bekommen.«

Sie war sich völlig im Klaren darüber, dass von jetzt an die größte Last auf ihr ruhen würde, egal wie sie sich entschieden. Weder Leo noch der Webdesigner waren bekannt dafür, sich totzuarbeiten.

»Und außerdem habe ich gerade einen Forschungsbericht gelesen, in dem untersucht wird, inwiefern der Einsatz von Plus-Size-Models dazu beitragen kann, dass Frauen sich in ihrem Körper wohler fühlen.« Sie breitete mehrere Fotos von

Models mit ganz unterschiedlichen Körperformen, außergewöhnlichem Aussehen und den verschiedensten Konfektionsgrößen auf dem Tisch aus.

Leo verzog das Gesicht. »Das ist doch keine Mode«, sagte er abweisend.

Lexia war innerlich gewappnet, denn sie hatte damit gerechnet. Dieses Argument kam immer, sobald die Models in irgendeiner Form von der gängigen Norm abwichen. Doch sie hatte keineswegs vor aufzugeben.

Leo deutete auf eines der Fotos. »Das hier können wir auf keinen Fall nehmen. Wir wollen doch, dass die Leute die Models bewundern. Aber wer schaut denn zu so einer fetten Kuh auf?«

»Genau darum geht es bei der Body-Positivity-Bewegung«, wandte Lexia ein. Ihr Puls war in die Höhe geschnellt, aber sie hatte ihre Stimme unter Kontrolle.

»Aber der Kunde kann ja wohl nicht ernsthaft wollen, dass wir fette Models aussuchen, oder?«, konterte Leo. »Das meinst du doch mit Body Positivity, oder nicht? Leute, die einen ungesunden Lebensstil verherrlichen und Übergewicht glorifizieren. Denkst du etwa, dass wir diesen Weg einschlagen sollen?«

»Natürlich nicht«, antwortete Lexia und bemühte sich, als gute Teamplayerin zu agieren, obwohl sie angesichts seiner offenen Aggressivität schockiert war. »Ich denke eher daran, dass Frauen nun mal unterschiedlich aussehen. Deshalb sollten wir nicht nur schlanke Frauen zeigen, die der gängigen Norm entsprechen, sondern die Wirklichkeit abbilden. In all ihrer Vielfalt.«

Die absolut normkonforme Rebecca richtete ihren Blick ins Nirgendwo. Man hätte meinen können, Lexia träte als Fürsprecherin für Kindermord auf.

Lexia setzte erneut an und führte ihre Überlegungen aus.

»Ihr findet es nicht gut, dass ich mich auf eine Diskussion mit Ofelia eingelassen habe, das ist mir schon klar, aber sollten wir jetzt nicht besser nach vorn schauen? Unser Pitch hat ihr doch gefallen. Und ich glaube, die Kampagne kann supergut werden. Modern und offen. Und mutig. Ich glaube, Ofelia wird sie klasse finden.«

»Aber wir waren doch schon längst fertig«, entgegnete Leo missmutig. Rebecca nickte, und Leo fuhr fort: »Wir hatten eine supercoole Kampagne, die der absolute Renner werden kann. Aber so wie diese Tante will doch niemand aussehen, oder?« Er deutete angewidert auf eine junge Frau, die eigentlich ganz normal aussah und vielleicht sogar eine gewisse Ähnlichkeit mit Lexia hatte. »Selbst wenn die Kundin glaubt, es so haben zu wollen, müssen wir doch eine Kampagne erstellen, die sich gut verkaufen lässt«, fuhr Leo fort. »Und dieser sogenannte Forschungsbericht, den du angesprochen hast, erscheint mir ziemlich zweifelhaft. Es gibt doch keine Frau, die tatsächlich so aussehen will.«

Lexia zählte leise bis zehn. »Jetzt mach aber mal einen Punkt«, sagte sie dann und spürte, wie ihr Teamgeist allmählich zu bröckeln begann.

»Ehrlich gesagt kapier ich nicht, wo das Problem liegt«, brummte Nils. »Können diese Frauen denn nicht einfach aufhören zu essen? So schwer kann das doch nicht sein, oder?«

Leo nickte zustimmend.

Lexia war völlig fertig, als sie nach dem Meeting heimkam, und ihr ganzer Ärger kochte hoch.

»Ich verstehe nicht, Siri, wie sie so fassungslos darüber sein können, dass man trotz eines BMI über fünfundzwanzig ein Recht darauf hat, zu leben und seinen Körper zu zeigen«, sagte sie. Denn so empfand sie es. Leo und die anderen regten sich nur über die Tatsache auf, dass es Menschen gab, die keine Modelfigur hatten.

»Ach, die sollten sich mal in Therapie begeben«, meinte Siri. »Wegen ihrer Körperfettphobie. Möchtest du Eis?«

»Nein danke, ich hab für heute schon mein Fett weg. Weißt du, das Ganze ist so widersinnig. Wenn es darum geht, andere Hautfarben und Altersstufen zu zeigen, sind sie einverstanden, aber sobald wir auf Konfektionsgrößen zu sprechen kommen, kommt es in ihren Gehirnen anscheinend zu einem Kurzschluss. Wie können sie nur ausblenden, dass sie andere abwerten?«

Am nächsten Tag kam Lexia schon frühzeitig in die Agentur, um Vorschläge für Werbeslogans zu erarbeiten. Sie surfte im Internet auf ihren Lieblingsseiten zum Thema Body Positivity. Sie persönlich fand das Thema höchst interessant, auch wenn sich den gehässigen Kommentaren zufolge manche Leute offenbar provoziert fühlten. Doch das beflügelte ihre Entschlossenheit nur noch. Werbung zu kreieren, die weder gängige Vorurteile bestätigte noch Normen untermauerte, war ihre Leidenschaft. Das musste sie sich immer wieder bewusstmachen, wenn sich Leo mit angeekelter Miene über Fettröllchen ausließ und Rebecca zum zwanzigsten Mal betonte, dass es doch eigentlich um das Thema Wellness gehe und die Leute an ihre Gesundheit denken sollten.

»Man kann einem Menschen nicht unbedingt ansehen, wie es ihm geht«, sagte Lexia genervt.

»Aber Dicksein ist nun mal ungesund«, wandte Rebecca ein, als argumentierte sie mit jemandem, der behauptete, die Erde wäre eine Scheibe.

»Obwohl es weitaus ungesünder ist, schlank zu sein und sich nicht zu bewegen«, wandte Lexia entschieden ein. »Es ist gesünder, dick zu sein und sich zu bewegen, als schlank und träge, das ist erwiesen. Aber auf Instagram regt sich niemand über ein Foto von einer mageren unsportlichen Frau auf, während bei einer Dicken alle sofort den mahnenden Zeigefinger heben. Übergewichtige werden andauernd an den Pranger gestellt, vom psychischen Druck ganz zu schweigen. Kein Wunder, dass es immer mehr Fälle von Magersucht gibt. Übergewichtige werden gemobbt, mit Diäten angestachelt oder im Fernsehen und in Kinofilmen verhöhnt.« Lexia stemmte aufgebracht die Hände in die Seiten und fuhr fort: »Wenn es dir mit dem Thema Gesundheit wirklich ernst ist, kannst du nicht ausschließlich mit dem Gewicht argumentieren. Das wäre reine Heuchelei.«

Rebeccas hochgezogene Augenbrauen signalisierten deutlich, was sie von diesem Kommentar hielt.

»Obwohl sie mich furchtbar nervt, ist sie zumindest engagiert«, sagte Lexia zu Siri, während sie sich am nächsten Morgen für die Arbeit zurechtmachte. Bei ihnen zu Hause bildete Rebecca gerade das große Gesprächsthema.

»In welcher Hinsicht?«, fragte Siri und suchte nach einem farblich passenden Lippenstift.

»Sie ist kreativ und hat ein gutes Auge. Außerdem kennt sie sich mit Trends aus«, antwortete Lexia und bemühte sich, die Situation positiv zu betrachten. »Und sie ist kein Mann, was wirklich angenehm ist.«

Rebecca war ihr gegenüber fast ausnahmslos gemein und gehässig. Doch manchmal äußerte sie sich völlig unerwartet positiv zu Lexias Entwürfen und kritisierte Leos machohafte Sprüche scharf. Lexia wurde nicht immer schlau aus ihr, aber das war bei einem Vater wie Roy vielleicht nicht weiter verwunderlich ...

»Ihr Vater ist ein richtiger Chauvi. Du weißt schon, nach außen freundlich, aber im Grunde genommen verdammt sexistisch. Er hasst Feministen und Vegetarier und ist der Meinung, dass weiße Männer mittleren Alters heutzutage das Nachsehen haben. Wahrscheinlich war es nicht ganz leicht, in seinem Schatten aufzuwachsen.«

»Ist er der Typ Mann, der sich darüber beschwert, dass heutzutage alle immer gleich verschnupft reagieren, während er selbst bei der geringsten Kritik an die Decke geht?«

»Ganz genau.«

»Aha. Wie furchtbar. Gehst du heute Abend eigentlich aus?«, fragte Siri, während sie verschiedene Lippenstiftfarben auf ihrem Handrücken ausprobierte.

Lexia schüttelte den Kopf. Sie hatte beim Onlinedating eine Pause eingelegt.

»Das Ganze ist mir einfach zu anstrengend, und ich hab bei der Arbeit so viel zu tun.«

Sie nahm ihre Handtasche und verließ das Hausboot, um zu Fuß ins Büro zu gehen. Am vergangenen Freitag war sie nach dem Kuss mit Adam direkt zu ihrem Date gegangen, doch das Treffen war so merkwürdig verlaufen, dass der Mann sie gefragt hatte, ob mit ihr auch wirklich alles in Ordnung sei. Daraufhin hatte sie Migräne vorgetäuscht und war nach Hause gefahren. Und jetzt wusste sie nicht recht, ob sie überhaupt noch Lust hatte, sich mit weiteren Männern zu treffen. Sollte ein Date nicht eigentlich unkompliziert sein und Spaß machen? Wollte ihr das Universum vielleicht irgendetwas sagen?

Adam war noch immer nicht in der Agentur erschienen. Abgesehen von vereinzelten Gruppenmails, die mit »Adam Nylund, CEO« unterschrieben waren, hatte er sich offenbar in Luft aufgelöst.

»Er ist heute den ganzen Tag bei Kundenmeetings«, teilte ihr Dina am nächsten Morgen mit, ohne dass Lexia danach gefragt hätte. Doch Lexia pfiff inzwischen auf Adam Nylund und seine Meetings und dass es schon eine halbe Ewigkeit her war, seit sie zuletzt miteinander gesprochen hatten.

Sie setzte sich mit ihrer Recherche und ihren Ideen an den Schreibtisch, doch auf einmal ... Lexia spürte sofort, dass sich irgendetwas im Büro verändert hatte. In der gesamten Agentur breitete sich eine gewisse Anspannung aus, und während sich die Härchen auf ihren Unterarmen aufrichteten, merkte sie, noch bevor sie aufschaute, dass Adam die heiligen Hallen betreten hatte. Die Stimmung schlug augenblicklich um. Alle Mitarbeiter nahmen Haltung an und vertieften sich intensiv in ihre Arbeit. Als sie ihn dabei beobachtete, wie er in Anzug und Krawatte schwungvoll auf sein Arbeitszimmer zusteuerte, musste sie wieder einmal zugeben, dass er verdammt gut aussah. Lexia kannte in der gesamten Werbebranche niemanden, der eine Krawatte trug, und sie musste ihren Blick rasch abwenden. Ihr Plan bestand darin, ihn einfach zu ignorieren, was erstaunlich gut funktionierte, da er sich für den Rest des Tages in seinem Büro verschanzte.

Es war, als hätte sie aufgehört, in seiner Welt zu existieren.

Am nächsten Tag öffnete Adam nach der Mittagspause, die Lexia am Schreibtisch zugebracht hatte, die Tür seines Büros und rief: »Lexia, könntest du kurz herkommen? Ich würde gern ein paar Worte mit dir wechseln.«

In der gesamten Agentur wurde es augenblicklich still, und als sie zögerlich aufstand, starrten sie alle Kollegen an. Sie konnte ihre Gedanken förmlich hören. *Ist sie jetzt an der Reihe? Wird sie als Nächstes gefeuert?*

Als sie Adams Büro betrat, wirkte er genervt, und sie bekam es mit der Angst zu tun. War es wirklich soweit? Würde er ihr kündigen? Sie wünschte, sie könnte seine Gedanken lesen, doch dass man die Gedanken anderer Leute lesen konnte, war in Wirklichkeit nur ein Mythos. Seine gerunzelte Stirn, die zusammengezogenen Augenbrauen und aufeinandergepressten Lippen konnten alles bedeuten, angefangen von einer nicht aufgegangenen Kalkulation bis hin zu der Tatsache, dass er heute Morgen womöglich vergessen hatte, sich eine Unterhose anzuziehen. Sie hatte nicht die geringste Ahnung, was in seinem Kopf vorging.

»Könntest du bitte die Tür hinter dir schließen?«, fragte er. Sie tat es, setzte sich ihm direkt gegenüber und schlug die Beine übereinander. Wenn sie seine Gedanken nicht lesen konnte, konnte er ja ihre vielleicht auch nicht lesen. Sie bemühte sich, möglichst ungerührt zu wirken.

»Wie geht es dir?«, fragte er.

»Sehr gut, danke«, antwortete sie.

»Schön«, sagte er.

»Ja«, meinte sie. Diese Unterhaltung war wohl die förmlichste, die sie in ihrem ganzen Leben geführt hatte.

»Läuft alles gut mit der Kampagne?«

Sie zögerte kurz, denn die Frage klang nicht gerade danach, dass er sie feuern wollte. »Ja, es läuft super«, antwortete sie.

»Gut. Wunderbar.«

Dann kehrte Stille ein. Ein ausgedehntes betretenes Schweigen. Sie wappnete sich. Schließlich war er ihr Chef, und sie konnte ihm nicht vorwerfen, dass er sie erst geküsst und dann ignoriert hatte. Oder doch?

»Du, Lexia?«

Sie strich ihren Rock über den Beinen glatt und wippte mit einem Fuß. »Ja?«

Erneutes lang anhaltendes Schweigen. Sie zwirbelte eine Locke über ihren Finger und schob sie sich hinters Ohr. Sie hatte nicht vor, das Schweigen als Erste zu brechen.

»Letzte Woche.«

»Ja?«, fragte sie höflich.

»Der Kuss. Also, als wir uns geküsst haben.«

»Ach so, das meinst du.«

Er öffnete seinen Mund, um ihn gleich wieder zu schließen. »Was hattest du denn gedacht, was ich meine?«, fragte er schließlich.

»Ach, ich weiß nicht genau.« Sie streckte ihre Hand aus und betrachtete ihre Fingernägel. Heute waren sie knallrot. Eine schöne Farbe, die ihr Selbstvertrauen einflößte.

Sein Blick verfinsterte sich. Musste er denn unbedingt so gut aussehen? Eigentlich gefielen ihr Männer im Anzug normalerweise nicht sonderlich. Doch Adam Nylund wirkte darin verdammt attraktiv.

»Es war ein fantastischer Kuss«, sagte er.

»Ja, er war okay«, sagte sie leichthin, während sie weiter mit dem Fuß wippte. Sah Adam ihr etwa an, dass sie log? Der Kuss war phänomenal gewesen. Mit Abstand der beste, den sie je bekommen hatte.

»Okay?« In seinen Augen blitzte etwas auf, das sofort ihre erogenen Zonen aktivierte. Es musste verdammt noch mal aufhören. Unbedingt.

Sie wusste schließlich, dass nichts daraus werden konnte, und machte sich keinerlei Illusionen darüber, wer seinen Job loswerden würde, wenn es herauskäme. Und außerdem konnte sie sich dieses Verhalten als Frau einfach nicht leisten, denn sie wollte kein Misstrauen erwecken. Schließlich kannte sie die brodelnde Gerüchteküche nur zu gut. Da tat es auch nichts zur Sache, dass sie im einundzwanzigsten Jahrhundert lebten. Wenn eine Frau in ihrer Branche ernst genommen werden wollte, waren gewisse Dinge ganz einfach tabu. Und ein solches Tabu saß ihr direkt gegenüber. Außerdem wollte sie einen zuverlässigen und gleichberechtigten Mann und keinen Chef, der sie erst leidenschaftlich küsste und dann wieder ignorierte, wie es ihm gerade passte. *Nein*, ermahnte sie sich. *Nein, nein und nochmals nein.* Sie müsste nur dafür sorgen, dass ihre erogenen Zonen ihr gehorchten.

»Na ja, es ist jetzt mehrere Tage her, und ich habe nicht das

Bedürfnis, noch darüber zu sprechen«, erklärte sie. Es war eine der größten Lügen, die sie je ausgesprochen hatte. Der Kuss war vielmehr das Einzige, worüber sie sprechen wollte. Aber. Das. Würde. Auch. Wieder. Vorübergehen. Sie presste ihre Oberschenkel zusammen, physisch wie mental. »Für mich ist die Arbeit das Wichtigste. Und die Kampagne für Offi O«, fügte sie hinzu.

»Vielleicht können wir uns ja darauf einigen, dass es nicht ganz angemessen war.«

»Sich zu küssen? Nein, ganz und gar nicht«, meinte sie.

»Gut«, sagte er. »Und wie ich höre, steckt ihr mitten in den Vorbereitungen zu einem neuen Entwurf der Kampagne.«

Offenbar hatte er Kontakt zu Rebecca aufgenommen und womöglich bei einem Glas Wein lange Gespräche mit ihr geführt, nachdem er ihre Berichte gelesen hatte. Das war noch ein weiterer Grund, sich von Adam Nylund fernzuhalten. Irgendetwas lief zwischen diesen beiden Übermenschen. Tja, warum auch nicht? Sie passten deprimierend gut zusammen, denn beide waren groß, durchtrainiert und erfolgreich.

»Ja, ich glaube, wir haben jetzt die richtige Richtung eingeschlagen. Es macht Spaß.«

Was sie nicht sagte, war, dass dahinter auch jede Menge kraftraubende und anstrengende Arbeit steckte. Doch bevor sie das zugab, würde sie lieber sterben.

»Offi O hat bereits zahlreiche Werbeflächen und Werbeblöcke erworben. Sie investieren viel Geld in die Kampagne.«

Sie lächelte. »Schön, aber das macht mir keinen Stress.«

Er lächelte zurück, und sie musste sich anstrengen, um sich auf das Gespräch anstatt auf seine grauen Augen und seine erotischen Hände zu konzentrieren. Sie hatte noch nie zuvor eine so heftige körperliche Anziehung verspürt, die sie völlig aus der Bahn warf. Dabei war sie ja nicht einmal sicher, ob sie ihn als Mensch mochte. Sie kannte ihn schließlich gar nicht, und er verhielt sich völlig irrational, indem er erst warmherzig und dann wieder eiskalt war. Auf diese Art von Männern hatte sie eigentlich noch nie gestanden, oder doch? Vielleicht war sie ja eine Frau, die sich auf der ständigen Suche nach einem Vater zu unerreichbaren Männern hingezogen fühlte. *Grrr.*

»Gut, dass wir uns ausgesprochen haben«, sagte Adam und wirkte erleichtert.

»Ja, das finde ich auch«, meinte sie. Jetzt war es endgültig vorbei, und das war auch gut so, redete sie sich ein. In den kommenden vier Wochen würden sie für die Kampagne noch einmal alles geben, die nötigen Kontakte in den sozialen Medien sowie zur Presse herstellen, für Interviews bereitstehen, Werberepräsentanten organisieren und schließlich Plakate drucken lassen. Sie glaubte, ihre Arbeit gut gemacht zu haben. Und sie würde nicht gefeuert werden. Zum Glück. Wenn sie es jetzt noch vermeiden könnte, Adam ein weiteres Mal zu küssen, Leo zu ermorden und in Rebeccas Gegenwart einen Wutanfall zu bekommen, würde schon alles gut gehen.

Als sie aufstand, geriet sie ins Straucheln, doch Adams Hand war sofort zur Stelle und stützte sie über seinen Schreibtisch hinweg. Dabei begegneten sich ihre Blicke, und sie spürte, wie seine Handfläche durch den Stoff ihres Oberteils hindurch auf ihrer Haut brannte.

»Das ist ein kluger Plan«, sagte er, ohne seinen Blick von ihr zu lösen. Sie hatte keine Ahnung, wovon er gerade sprach, denn schlagartig spürte sie seine Nähe. Außerdem kam es ihr vor, als säße ihre Kleidung viel zu eng. Jedenfalls bekam sie kaum noch Luft, und ihr wurde heiß.

»Was ist ein guter Plan?«, fragte sie. War sie es etwa, die so atemlos klang? Und warum ließ er ihren Arm nicht los?

»Arbeit und Privates auseinanderzuhalten. Und dass wir es beide so sehen.« Seine Stimme klang leise und kam fast einer zarten Berührung gleich.

»Ja«, pflichtete sie ihm bei und starrte auf seinen Mund.

Es kam ihr so vor, als wäre plötzlich jeglicher Sauerstoff aus dem Raum entwichen. Rasch hob sie den Kopf. Adams Augen waren ganz dunkel und sein Blick intensiv. Sein Daumen glitt über ihren Oberarm, und sie bekam eine Gänsehaut.

»Adam?«

»Ja?« Er ließ sie los, machte jedoch ein paar Schritte um seinen Schreibtisch herum auf sie zu. Sie wich abrupt zurück, und er hielt automatisch inne.

»Sorry, ich wollte dir nur die Tür öffnen«, erklärte er. »Du musst bestimmt weiterarbeiten. Rebecca meinte, dass ihr viel zu tun habt.«

»Danke«, sagte sie, ließ sich von ihm die Tür öffnen und verließ sein Büro. Dann schnappte sie sich ihre Handtasche sowie ihren Mantel und ging nach draußen.

Schokolade.

Das Einzige, was jetzt half, war Schokolade.

23

Adam

»Könnten Sie vielleicht noch etwas mehr lächeln, Adam? Aha, offenbar nicht. Oder wenigstens nicht ganz so böse dreinblicken? Auch nicht. Okay. Rebecca, super, das sieht klasse aus.« Der Fotograf schoss ein Bild nach dem anderen.

»Sind wir nicht bald fertig?«, fragte Adam genervt. Das Fotoshooting dauerte schon eine Ewigkeit, und er hasste es. Warum hatte er sich überhaupt darauf eingelassen? In seinem Büro warteten hundert unbeantwortete E-Mails, fast ebenso viele unbeantwortete SMS, haufenweise Berichte, die er lesen, und Dokumente, die er unterschreiben musste. Das hier war die reinste Zeitverschwendung.

»Rebecca, könnten Sie sich bitte zwischen die beiden Männer stellen? Roy, wunderbar. Prima. Adam? Können Sie wenigstens versuchen, Ihre Kiefermuskeln ein wenig zu entspannen?«

Roy verschränkte die Arme vor der Brust und ließ seinen Bizeps unter dem blauen T-Shirt spielen, während er breit grinste.

Rebecca, Adam und Roy bildeten das neue Powertrio der Werbebranche, und der Auftrag des Fotografen lautete, genau diese Stimmung einzufangen. Das Fotoshooting und das nachfolgende Interview waren gute PR für die Agentur, das wusste Adam. Aber deshalb musste es ihm noch lange nicht gefallen.

»Fantastisch, Rebecca«, lobte der Fotograf, und sein Assistent nickte eifrig. Sie hatten im Konferenzraum verschiedene Scheinwerfer und Reflektorschirme aufgestellt, und überall lagen Kabel herum. Adam hatte sich überreden lassen, den Fototermin und das Interview in der Agentur durchzuführen, in der Annahme, dass es Zeit sparen würde, doch das Ganze hatte sich als Riesensache entpuppt. Die Mitarbeiter der Agentur betrachteten erstaunt das Schauspiel.

Roy ließ sich die Stirn pudern, während Adam der Visagistin einen warnenden Blick zuwarf, sodass sie erschrocken zurückwich.

»Okay, ein letztes Bild von euch dreien«, bat der Fotograf. »Adam, könnten Sie Ihre Pose ein wenig variieren?«

Adam schob eine Hand in die Hosentasche. Roy gefiel die Sache zumindest. Er hatte es schon immer geliebt, im Mittelpunkt zu stehen, und Rebecca war es als Model sowieso gewohnt. Sie stützte die Hände in die Taille, warf ihre Haare über die Schultern zurück, schob die Hüften vor und lächelte, oder was sonst gerade von ihr verlangt wurde.

Adam hatte zwar auch schon diverse Fototermine absolviert, doch heute war er schlecht gelaunt, was er auf seine hohe Arbeitsbelastung schob. Wer hätte gedacht, dass die Leitung einer kleinen Werbeagentur so aufwendig war? Außerdem hatte er Hunger. Er hatte nicht gefrühstückt, und dieser Termin zog sich nun schon ziemlich in die Länge. Er suchte mit dem Blick nach Dina. Vielleicht konnte sie ihnen etwas zu essen bestellen?

»So, dann wären wir fertig mit den Gruppenbildern«, erklärte der Fotograf, und Adam atmete erleichtert aus. Endlich. »Und jetzt würde ich gern noch von jedem Einzelnen Porträtfotos machen«, fuhr der Fotograf fort und wechselte das Objektiv. Adam stöhnte innerlich auf. Es war kaum auszuhalten.

»Dina«, rief er, als er etwas Neongrünes vorbeihuschen sah. In den letzten Tagen hatte sie ihre Haare wieder anders gefärbt. »Könntest du uns etwas zum Mittagessen bestellen? Ein paar Salate?«

Dina warf ihm einen mürrischen Blick zu und verschwand.

»Ich möchte Fotos von Adam und Rebecca haben«, befahl Roy und wirkte zufrieden, als der Fotograf sie beide Rücken an Rücken stellte und bat, ein strahlendes Lächeln aufzusetzen.

»Jetzt reicht's aber«, schnaubte Adam schließlich.

»Und Ihre Rolle in der Agentur, Rebecca? Können Sie uns dazu etwas sagen?«, fragte die Reporterin, während der Fotograf endlich seine Ausrüstung zusammenpackte.

Rebecca erging sich in einem langen Monolog über ihre Visionen und ihren beruflichen Hintergrund. Sie präsentierte sich geschickt, aber Adam hatte das meiste davon schon gehört und driftete gedanklich ab. Es war jetzt eine Woche her, seit er mit Lexia über ihren Kuss gesprochen hatte. Hätte er nicht längst aufhören müssen, daran zu denken? Sich vorzustellen, wie sie dabei gestöhnt, wie ihre Zunge geschmeckt und wie sie sich angefühlt hatte?

»Und Sie, Roy? Sie sind jetzt fünfundsechzig. Wann haben Sie vor, in Rente zu gehen? Und wird dann einer der beiden die Leitung der Agentur übernehmen? Sie scheinen ja ein gut eingespieltes Team zu sein.«

»Mein persönlicher Traum wäre, dass sich die beiden zusammentun würden«, antwortete Roy und warf Rebecca und Adam einen vielsagenden Blick zu.

Adam stöhnte innerlich. Wirklich feinfühlig.

»Aha, läuft da etwas zwischen Ihnen beiden?«, fragte die Reporterin schlagfertig.

Rebecca lächelte geheimnisvoll. »Kein Kommentar«, sagte sie.

»Ich verstehe. Und Sie, Adam, wie beurteilen Sie Ihre Zusammenarbeit mit Rebecca Hansson?«

»Rebecca ergänzt unser Team perfekt«, antwortete er. Es war ihm extrem unangenehm, dass sowohl Roy als auch Rebecca praktisch andeuteten, dass zwischen ihnen etwas lief.

Die Reporterin lächelte und wandte sich dann wieder an Rebecca. »Rebecca, können Sie uns noch etwas mehr Einblick in Ihre Kampagne für Offi O geben?«

»Also, ich …«, begann Rebecca, und Adam fiel auf, dass ihre Sätze öfter so anfingen. Leo redete auch immer von sich selbst.

Großer Gott, wie hungrig er war. Zum Glück tauchte Dina in diesem Moment mit mehreren Lebensmitteltüten in den Händen auf. Er warf einen Blick auf die Uhr. Jetzt reichte es ihm endgültig.

»Wir machen eine Mittagspause«, erklärte er mit knappen Worten, obwohl ihm bewusst war, dass eigentlich die Reporterin zu entscheiden hatte, wann sie fertig waren. Doch darauf pfiff er komplett.

»Und, läuft da nun was zwischen Ihnen beiden?«, fragte die Reporterin erneut, während Dina nahrhafte Salate und Mineralwasser auf den Tisch stellte sowie Servietten bereitlegte. Aus irgendeinem Grund war die Reporterin im Raum geblieben. »Off the record«, fügte sie hinzu.

Rebecca lehnte das Dressing und das dazugehörige Brot ab, stocherte in ihrem Salat herum und trank etwas Mineralwasser. »Sie sind wirklich aufmerksam. Ja, wir waren einmal zusammen. Aber damals war ich jung und unreif, und dann ist es wieder auseinandergegangen.« Aus ihrem Mund klang es so, als bedauerte sie es zutiefst.

»Und jetzt?«

»Ich hoffe, heute bin ich nicht mehr ganz so unreif.«

»Zwischen uns läuft nichts«, warf Adam energisch ein, als die beiden Frauen kicherten. Was hatte Rebecca eigentlich vor?

Rebecca zuckte mit den Achseln. »Er ist ein absoluter Charmeur. Wer würde ihn nicht haben wollen?«, fragte sie lachend.

Plötzlich betrat Leo den Konferenzraum. »Hallo, Leute«, sagte er. Die Reporterin schien er zu kennen, denn er begrüßte sie mit einem Wangenküsschen, bevor er sich zu ihnen setzte. »Kann ich mir einen nehmen?«, fragte er und zog einen Salatteller zu sich heran, ohne eine Antwort abzuwarten. Adam griff sich einen der anderen Teller. Er würde rasch essen und dann wieder in sein Büro zurückgehen, um weiterzuarbeiten.

»Wir haben doch gerade über die Offi-O-Kampagne gesprochen«, meinte Rebecca zur Reporterin. »Leo ist bei diesem Projekt der Artdirector. Wir sind gerade dabei, Vorschläge zu erörtern, aber bei unseren Meetings geht es ziemlich heiß her.« Sie stocherte weiter in ihrem Salat herum und lachte. »Wir haben nämlich eine Mitarbeiterin, die besessen ist von Body Positivity.«

»Was ist das denn?«, fragte die Reporterin.

»Menschen, die einen ungesunden Lebensstil propagieren«, brummte Leo.

Rebecca versetzte ihm scherzhaft einen Klaps auf den Arm. »Nicht ganz, aber es geht bei dem Projekt natürlich in erster Linie darum, die Werte zu vermitteln, hinter denen Offi O steht. Leistungsfähigkeit, Gesundheit und Dynamik. Und die sollen sich sowohl in den Fotos als auch im Text widerspiegeln. Aber wir reden noch immer off the record, okay?«

»Klar«, sagte die Reporterin mit einem Nicken. Ihre Augen leuchteten. Rebecca hatte eine besondere Ausstrahlung, und die Leute ließen sich leicht von ihr blenden.

»Der Body-Positivity-Bewegung geht es darum, Gesundheit und Schönheit nicht mit Schlanksein gleichzusetzen, sondern jeder Körperform ihre Berechtigung zu geben«, erklärte

Adam mit Nachdruck. Vielleicht war es der Hunger, der ihn so missmutig reagieren ließ, aber Rebecca klang wirklich verdammt borniert. »Lexia hat uns allen den Begriff genau erklärt. So schwer ist es doch nun auch wieder nicht, oder? Rebecca, du bist doch sonst so schlau. Hier geht es schließlich nicht um Atomphysik.«

Rebecca starrte ihn an, und ihm wurde bewusst, dass er seine Stimme erhoben hatte.

»Ach, hier seid ihr also«, hörte er eine weitere Frauenstimme. Hier drinnen herrschte ein Kommen und Gehen wie auf einem Bahnhof. Eine blonde Frau betrat den Konferenzraum.

»Entschuldigung, aber wer sind Sie?«, fragte Adam. Sie tauschten zwar nicht gerade Staatsgeheimnisse aus, aber es gefiel ihm dennoch nicht, dass sich so viele Unbekannte im Raum aufhielten.

»Josephine Sandelman«, stellte sie sich vor. Ihre Stimme klang selbstsicher, und sie trug eine Perlenkette um den Hals. »Leo ist mein Mann. Mein Büro liegt ganz in der Nähe, und ich produziere den Podcast *Rauschen*«, sagte sie, als erklärte das alles.

»Rauschen?«, fragte Adam so höflich wie möglich nach und erinnerte sich daran, dass Lexia eine Josephine erwähnt hatte, die einen Podcast mit diesem Namen betrieb. Sie war ihm sofort unsympathisch.

»Das ist einer der bekanntesten Podcasts in Schweden. Einmal im Monat lade ich Gäste ein, und es wäre mir eine große Freude, Sie als Gast des Monats bei mir begrüßen zu dürfen«, sagte sie.

Auf gar keinen Fall. Da würde er sich lieber auf ein Nagelbrett legen.

»Das wäre eine super PR, Adam«, sagte Rebecca begeistert. »Der Podcast ist wirklich total beliebt.«

»Ich will ja nicht angeben«, meinte Josephine mit einem

selbstsicheren Lächeln. »Aber gerade neulich erst haben sie mich in *Dagens Nyheter* erwähnt. Mein Podcast zählt zu den einflussreichsten in ganz Schweden. Und wie Rebecca schon sagte: Wenn Sie zu mir kommen, wissen alle, wer Sie sind. Jedenfalls alle, die einen gewissen Status innehaben.«

Adam nickte neutral und hatte nur einen Wunsch, nämlich dass sie seine Agentur so schnell wie möglich wieder verließ.

»Ich bin nur kurz raufgekommen, um Hallo zu sagen. Die Interviews führe ich immer mittwochs, und am Freitag bringe ich sie dann.« Sie lächelte kühl und sank dann auf einen Stuhl zwischen Leo und Rebecca, die sie bereits mit einem Wangenküsschen begrüßt hatte. »Ach ja, ich hätte fast vergessen, dass Lexia ja auch hier arbeitet. Weißt du eigentlich, dass sie letztens einfach nicht aufgetaucht ist, als wir zusammen ausgehen wollten, Leo? Diese Frau ist wirklich komisch.«

Adam hatte das Ganze etwas anders in Erinnerung. Lexia hatte sie »die fiese Josephine« genannt. Dieser Name passte ausgezeichnet zu ihr.

Josephine stibitzte sich eine Gurkenscheibe aus Leos Salat. »Kein Wunder, dass sie noch keinen Mann abgekriegt hat.«

Adam konnte sich gerade noch beherrschen, um nicht laut aufzustöhnen. Das war das Dümmste, was er je gehört hatte. Lexia war eine Traumfrau.

Ganz plötzlich nahm er ihre Anwesenheit wahr. In gewisser Weise spürte er es immer, wenn Lexia in der Nähe war, oder auch wenn sie verschwand. Es war einfach so. Adam hob den Kopf und erblickte Lexia hinter der Glastür zum Konferenzraum. Heute trug sie ihre Haare offen, sodass sie in weichen hellen Locken über ihren Rücken fielen. Er folgte ihren Bewegungen mit dem Blick.

Rebecca legte ihre Hand auf seine.

»Adam?« Als sie ihm über den Handrücken strich, fühlte sich die Berührung so vertraut an, dass er zusammenzuckte.

Plötzlich kam ihm wie aus dem Nichts ein seltsamer Gedanke. Wäre es nicht angebracht, es noch einmal miteinander zu versuchen? Nicht zuletzt, weil Roy es sich so sehr wünschte. Und Rebecca selbst offenbar auch. Leidenschaft war so unpraktisch, und das, was er mittlerweile für Rebecca empfand, war eigentlich weitaus bequemer.

Er lächelte ihr beruhigend zu, schaute dann jedoch wieder in Lexias Richtung. Lexia zog leicht ihre Augenbrauen hoch, sodass er sich Rebeccas Griff entzog. Wenn er wenigstens gewusst hätte, wie Lexia zu ihm stand, dachte er und folgte ihr mit dem Blick. Ihre Beziehung war im Verlauf der vergangenen Woche rein geschäftlicher Natur gewesen. Sie verhielt sich korrekt und er ebenso. Doch wenn sie einander hin und wieder zufällig berührten, konnte er keinen klaren Gedanken mehr fassen. So etwas war ihm noch nie in seinem ganzen Leben passiert, nicht einmal während der ersten Verliebtheit in Rebecca.

Lexia warf ihm durch die Glastür hindurch ein professionelles Lächeln zu und unterhielt sich dann weiter mit Dina. Die beiden waren Freundinnen und saßen oft beim Mittagessen zusammen. Hin und wieder hatte er Bruchstücke ihrer Gespräche aufgeschnappt. Lexia wohnte zusammen mit einer anderen jungen Frau in einem Hausboot und trug gern High Heels, bevorzugte schwarze Kleidung und liebte Junkfood. Sie hatte Höhenangst, fühlte sich in engen Räumen unwohl und hasste Koriander. Ihr Vater lebte nicht mehr, und wenn sie über ihre Mutter sprach, nahm ihr Gesicht gequälte Züge an. Adam hatte keine Ahnung von Mutter-Tochter-Beziehungen, aber ihre schien besonders kompliziert zu sein. Lexia las gern, war originell, ordnungsliebend und hatte wahrscheinlich den schlechtesten Musikgeschmack aller Zeiten.

Adam griff nach einer der Zeitungen, die die Reporterin mitgebracht hatte, und blätterte darin, während sich die anderen weiter unterhielten.

»Ist ihre Mutter eigentlich noch mit Graf Sporre verheiratet?«, fragte Leo.

»Ja, den verlässt sie wohl so schnell nicht wieder«, antwortete Josephine.

Alles, was diese Frau von sich gab, klang boshaft. Aber er erinnerte sich an eine Bemerkung von irgendwem, der meinte, Lexias Mutter würde die Männer wechseln wie andere ihre Kleider. Kam Lexia in dieser Hinsicht etwa nach ihr? Sie hatte ihn geküsst und sich in derselben Zeit mit mindestens zwei anderen Männern getroffen. Adam verwarf den Gedanken sofort wieder. Wahrscheinlich war sie monogam. Oder doch nicht? Mit einem Mal wurde er unsicher. Traf sie sich noch immer mit Gustav? Oder mit Vincent? Woher nahm sie bei der hohen Arbeitsbelastung eigentlich noch die Zeit dafür? Er hatte nämlich den Eindruck, dass sie fast rund um die Uhr arbeitete. Ob Lexia heute Abend auch wieder ein Date hatte? Vielleicht sollte er sich auch wieder ein Privatleben zulegen.

Als Rebecca ein weiteres Mal wie beiläufig ihre Hand auf seine legte, ließ er es geschehen. Er registrierte die Blicke von Josephine und der Reporterin und Rebeccas zufriedene Reaktion darauf. Er beschloss, Josephine eigenhändig vor die Tür zu setzen, wenn sie nicht augenblicklich von selbst wieder gehen würde. Es war nämlich seine Agentur.

24

Lexia

»Danke, dass Sie dieses Treffen mit mir einrichten konnten«, sagte Lexia, nachdem Ofelia Oscarsson und sie sich zum Mittagessen an einen Tisch in der *Taverna Brillo* gesetzt hatten. Da Ofelia hier bekannt war, hatten sie einen der schönsten Tische bekommen. Sie saßen etwas abgeschieden und dennoch so, dass sie das ganze Lokal einsehen konnten. Lexia entdeckte jede Menge Promis.

»Es ist mir ein Vergnügen«, entgegnete Ofelia. Sie winkte einem Bekannten flüchtig zu, den Lexia gedanklich mit irgendeinem Outdoor-Sport und mehreren Rekorden in Verbindung brachte, aber nicht genau einordnen konnte. »Womit kann ich Ihnen weiterhelfen?«, fragte Ofelia. »Oder könnten wir vielleicht erst bestellen? Ich habe nämlich einen Riesenhunger.«

Lexia entschied sich für ihr Lieblingsgericht, Pasta mit Trüffel und Pecorino, während Ofelia die Pizza des Hauses mit Kaviar und Klosterkäse bestellte. Ofelia bat um eine zusätzliche Portion Crème fraîche und biss mit Appetit in das Brot, das vorab serviert wurde, ohne sich über den Fettgehalt der Butter, die Kalorienzahl oder das Thema Diät auszulassen. Für Lexia war es ziemlich ungewohnt, mit einer solchen Frau essen zu gehen. Ofelia gehörte zu den wenigen Frauen, die einfach aßen, ohne sich zu schämen, sich zu entschuldigen oder ihre Essenswahl auch nur zu kommentieren. Lexias eigener Magen knurrte.

»Meine Stärke als Werbetexterin besteht darin, mich vorher ausgiebig mit dem jeweiligen Thema vertraut zu machen«, begann Lexia. »Für diesen Auftrag habe ich zahlreiche Informationen über Körperbau, Gewicht, Gesundheit, Vielfalt und Body Positivity gesammelt.«

Ofelia nickte interessiert.

Als das Essen kam, wurde Lexia von den angenehmen Gerüchen beinahe schwindelig. Zusätzlich hatte sie geröstete Pinienkerne bestellt, die sie sich jetzt über ihre Pasta streute. Sie sog den Duft frisch gehobelter Trüffel ein, rollte ihre Pasta mit der Gabel auf und kaute selig. Ofelia schnitt ein Stück ihrer Pizza ab, gab noch etwas Crème fraîche darauf und aß es rasch.

»Ich finde, man wird im Internet mit so hässlichen Kommentaren konfrontiert«, sagte Lexia, als sie ihren größten Hunger gestillt hatte.

»Stimmt, das ist echt widerlich«, pflichtete Ofelia ihr bei.

»Ich habe dieses Treffen unter anderem ausgemacht, weil mein Team sichergehen möchte, dass im Zuge der Kommunikation nichts schiefläuft und dass wir dieselbe Sprache sprechen.« Und vielleicht auch, weil sie Ofelia als Person wirklich bewunderte. Die Frau strahlte ein unglaubliches Selbstvertrauen und Charisma aus. Sie war eine der am meisten gefeierten Sportlerinnen Schwedens, und ihr Label mit Düften, Sportkleidung und Dessous war sehr erfolgreich. Trotzdem trat sie authentisch und freundlich auf.

»Na klar. Ich freue mich auf Ihren neuen Vorschlag und habe den Eindruck, dass Sie genau wissen, was mir vorschwebt. Das gefällt mir. Ich bin nämlich eine entschiedene Gegnerin von Frauenfeindlichkeit und würde sie gern als gleichberechtigt darstellen, und zwar in jeder Hinsicht. Ich finde das wichtiger denn je.«

Lexia nickte beflissen.

»Ist Ihnen eigentlich schon aufgefallen, wie oft wir zu hören bekommen, dass Frauen eben nicht zusammenhalten können, sobald wir eine Diskussion miteinander führen oder uns in einer Sache uneins sind?«, fuhr Ofelia fort.

Auch das hatte Lexia häufig in den sozialen Medien gelesen.

»Über diskutierende Männer würde man so was nie äußern. Haben Sie schon mal den Satz gehört: Männer können nicht zusammenhalten?«

Lexia lachte auf. Darüber hatte sie noch nie nachgedacht.

»Mein Lieblingsspruch ist übrigens: ›You go, girl.‹ Zu einem Mann würde man wohl nie sagen: ›You go, boy.‹ Ich hasse das.«

Bald steckten sie in einer intensiven Diskussion über den Geschlechterkampf in den sozialen Medien und in Fernsehserien. Sie bestellten Nachtisch: Eis mit gesalzenem Karamell für Ofelia und Crème brûlée für Lexia. »Ich brauch jetzt unbedingt was Süßes«, sagte Ofelia geradeheraus, und während sie aßen, unterhielten sie sich weiter, bis sich das Restaurant fast wieder geleert hatte.

»Danke für das schöne Treffen«, sagte Lexia und reichte Ofelia die Hand. Doch Ofelia ignorierte sie kurzerhand und umarmte sie stattdessen fest. Lexia konnte gerade noch ein »Uff« zurückhalten, denn die Skirennläuferin besaß ungeahnte Kräfte.

Auf dem Rückweg in die Agentur checkte Lexia rasch ihre sozialen Netzwerke. Plötzlich sah sie, dass Josephine Sandelman heute ein Fest geben würde. Sie zuckte zusammen und las den Text etwas genauer. Heute Abend war bei Josephine Party angesagt. Unter dem Hashtag #jossanhatgeburtstag wurden schon jede Menge Kommentare gepostet. Und Lexia war nicht eingeladen. Natürlich nicht. Eigentlich hätte es ihr nichts ausmachen sollen, aber es machte ihr etwas aus. Genauso wie in ihrer Jugend. Josephine hatte alle Mädchen aus der Klasse zu ihrer Geburtstagsparty eingeladen. Alle außer Lexia. Damals hatte es sie unfassbar stark verletzt, und sie konnte sich noch immer an das nahezu lähmende Gefühl erinnern. An den Schock. Die Scham darüber, nicht dazuzugehören, und an ihren nachfolgenden Versuch, so zu tun, als machte es ihr nichts aus, den Klassenraum zu betreten und alle nur über die Party reden zu hören. Ihr schnürte es die Kehle zu. Es war lächerlich. Mittlerweile war sie eine erwachsene Frau und sollte sich aus einem dämlichen Fest nichts machen, zu dem alle aus ihrem Freundeskreis außer sie selbst eingeladen waren. »Über dreihundert geladene Gäste, und alle haben zugesagt. Oh, oh, wie soll das nur gehen?«, las sie unter einem Foto. Niemand konnte so gut in aller Unbescheidenheit prahlen wie Josephine. Im Lauf der Jahre hatte sie es zu einer wahren Kunst erhoben.

Lexia ging schneller und bemühte sich, ihrer Wut Luft zu machen, doch sie empfand noch immer eine gewisse Traurigkeit. Manchmal hasste sie die sozialen Netzwerke. Facebook war erst gegründet worden, als sie schon aufs Gymnasium ging, Instagram und die anderen waren erst später hinzugekommen. Wie es wohl wäre, noch einmal mit Josephine und den anderen Mädels in die Schule zu gehen? Ach, egal, sie würde dieses Fest einfach ausblenden. Was war schon ein lächerlicher Abend, oder genau genommen zwei? Denn die Party würde über zwei Tage gehen. »Aber am Sonntag ist Ruhetag, hihi«, stand dort.

Lexia streckte ihren Rücken und machte größere Schritte. Sie würde sich die Sache nicht zu Herzen nehmen. Siri arbeitete heute Abend in der Bar, und sie selbst hatte ein Date. Und zwar mit Vincent. Er hatte ihr eine SMS geschickt, um zu fragen, ob sie Lust hätte, ihn wiederzusehen, woraufhin sie sich auf einen Drink verabredet hatten. Sie war froh darüber, an einem Freitagabend nicht allein zu Hause sitzen zu müssen. Fast zwanghaft scrollte sie sich weiter durch Instagram und Facebook, doch dann steckte sie ihr Handy weg. Es war keine gute Idee, weiter in der Wunde herumzustochern, denn dann würde es noch mehr wehtun. Heute Abend würde sie mit Vincent flirten und für das Recht aller Frauen eintreten, sie selbst zu sein. Ausgezeichneter Plan.

Während sie noch ihren Gedanken nachhing, klingelte ihr Handy. »Hallo, Mama. Wie geht's?«, fragte sie, während sie sich der Agentur näherte.

»Ich glaube, ich bekomme eine Erkältung. Aber ich werde versuchen, meinen Körper mit Vitamin C und Ingwer wieder aufzupeppen.«

»Ruh dich lieber aus, Mama.«

»Ja, mach ich auch. Nur noch ein wenig Cardiotraining.«

»Aber Ausruhen ist besser«, meinte Lexia.

»Und, hast du am Wochenende was Nettes vor?«

»Nur heute eine Verabredung auf einen Drink.« Sie war kurz davor, ihre Mutter zu fragen, ob sie schon von Josephines Party erfahren hatte. Doch ihre Mutter wollte so verzweifelt gern dazugehören, dass es Lexia nicht angebracht erschien.

»Zieh bloß nicht dieses Kimono-Kleid an, das du so oft trägst. Es betont deine Hüften zu stark. Und auch nichts zu weit Ausgeschnittenes. Ich weiß ehrlich gesagt nicht, von wem du diese Oberweite hast.«

»Tschüs, Mama«, sagte sie und klickte das Telefonat weg, bevor ihr Selbstwertgefühl noch weiter sank.

Eigentlich war der Freitag ihr Lieblingsarbeitstag, dachte Lexia, als sie wieder in die Agentur zurückkehrte. Mittags gab es immer etwas Leckeres zu essen, und die Stimmung war irgendwie entspannter als sonst. Manchmal trafen sie sich sogar zu einer spontanen After-Work-Party. Doch heute fühlte sie sich ziemlich ausgepowert. Adam war ein anspruchsvoller Chef. Er verlangte zwar nicht nur von ihr viel, sondern von allen Mitarbeitern, aber ihr fiel es schwer, seine Anforderungen und seinen mitunter schroffen Ton nicht persönlich zu nehmen. Vielleicht war sie überempfindlich, aber auf sie wirkte ihr Umgang nicht gerade entspannt, auch wenn sie sich über den Kuss »ausgesprochen« hatten.

Außerdem war die Stimmung im Team angespannt. Leo war andauernd genervt, und auch wenn er Lexia nicht direkt kritisierte, litt sie doch unter seiner mehr oder weniger unverhohlenen Verachtung für alle molligeren Models. Erst letztens hatte sie sich dabei ertappt, dass sie sich nicht mehr traute, vor seinen Augen zu essen, was völlig gestört war. Nils fand alles hässlich, was sie vorschlug, alle Models, alle Schriftarten und alle Slogans. Gestern war sie kurz davor gewesen, wie eine Dreijährige von ihrem Stuhl aufzuspringen und frustriert zu brüllen: »Selber hässlich!«, hatte sich aber gerade noch zurückhalten können.

»Hattest du mir den Link geschickt?«, hörte sie Rebecca plötzlich fragen. Lexia schaute auf, denn sie hatte sie gar nicht kommen hören. Entweder ignorierte Rebecca sie, oder sie ließ irgendwelche fiesen Kommentare fallen, hin und wieder war sie aber auch richtig nett. Dieser ständige Wechsel war verdammt anstrengend. Lexia lächelte freundlich. Natürlich hatte sie ihr den Link geschickt. Wenn sie etwas versprach, hielt sie es auch.

»Ich kann ihn dir gerne noch mal schicken«, sagte sie. Rebecca blieb stehen und schraubte eine Mineralwasserflasche auf. Dann trank sie einen Schluck und betrachtete Lexia eingehend. Das verhieß nichts Gutes. Lexia wappnete sich.

»Ich würde dir gern einen guten Rat geben.«

Lexia war sich zu hundert Prozent sicher, dass sie diesen Rat nicht hören wollte. »Ja?«, sagte sie abwartend.

Rebecca lächelte. »Du, an deiner Stelle würde ich mir auf den Kuss vom Chef nichts einbilden.«

Kannst du mich nicht in Ruhe lassen?, dachte Lexia. Laut sagte sie: »Rebecca, ich weiß nicht, wovon du sprichst.« Dabei bemühte sie sich, den richtigen Ton zu treffen. Woher zum Teufel wusste Rebecca, was geschehen war? Hatte Adam es ihr etwa erzählt? Nein, Rebecca musste sich wohl ihren Teil zusammengereimt haben.

»Doch, meine Liebe, das weißt du ganz genau. Ich sage es nur deinetwegen, damit du hinterher nicht verletzt bist.«

»Wie nett von dir.«

»Ja, ich bin nun mal nett«, entgegnete Rebecca, als wäre ihr Lexias Sarkasmus völlig entgangen. »Du weißt schon, Frauenpower und so. Aus Adam und dir wird nichts, das wollte ich dir nur sagen. Weil du es bist.« Sie tätschelte Lexia die Hand, wobei ein riesiger Stein an ihrem schlanken Finger aufblitzte. Ihre Nägel waren sorgfältig manikürt und hätten Siri bestimmt gefallen. »Und vergiss nicht, mir den Link zu schicken.«

Lexia schaute ihr hinterher. Ob sich Rebecca bedroht fühlte? Von ihr? Eigentlich hatte sie nicht den Eindruck, dass Adam ein besonderes Interesse an Rebecca hatte.

Sie warf einen Blick auf ihre Uhr. Mehrere Stunden Arbeit lagen vor ihr, doch sie fühlte sich durch das Mittagessen mit Ofelia körperlich und seelisch gestärkt. Diese Kampagne würde genauso werden, wie Ofelia sie sich erträumt hatte, beschloss sie. Lexia würde für das eintreten, woran sie glaubte, und wenigstens eine einzige Dessous-Kampagne erstellen, die mit den gängigen Normen brach.

Drei Stunden später war ihr Enthusiasmus abgeflaut.

»Hallo«, sagte Adam, und sie schaute auf. »Du wirkst nicht gerade zufrieden. Was ist denn los?«

Er war schicker gekleidet als sonst – mit einer dunklen eleganten Hose, deren Stoff die Konturen seiner muskulösen Oberschenkel unterstrich, und einem eng anliegenden dunkelgrauen Oberhemd, aber ohne Krawatte. An seinem linken Arm entdeckte sie die Uhr und das schwarze Lederarmband. Und irgendwo unter seinem Hemdärmel verbarg sich das Tattoo.

Die ganze Woche lang hatte er sich ihr gegenüber distanziert verhalten, doch jetzt wirkte er entspannt und gelöst. Und der Duft seines Aftershaves war unwiderstehlich.

»Ach, die Leute sind doch nicht mehr ganz dicht«, entgegnete sie und schnupperte diskret in die Luft. Sein Aussehen lenkte sie ab. Hatte dieser Mann denn nie einen schlechten Tag?

»Denkst du dabei an irgendjemand Bestimmtes?« Er lehnte sich gegen ihren Schreibtisch. Ihr Mund war plötzlich wie ausgetrocknet. Wie Adam wohl im Bett war? Bestimmt fantastisch, denn er wirkte ja auf ganzer Linie engagiert und zielstrebig. Großer Gott, er würde bestimmt alles dafür tun, um seiner Partnerin einen wunderbaren Orgasmus nach dem anderen zu bescheren. Doch jetzt hatte sie den Faden verloren. Das Einzige, was sie wusste, war, dass sie sich am liebsten weiter mit ihm unterhalten, ihn berühren und dabei diskret an ihm schnuppern würde.

»Lexia?«

Ja, genau. »Ich informiere mich gerade im Internet auf verschiedenen Websites über Body Positivity.«

»So schlimm?« Er wirkte besorgt. Doch selbst diese Miene stand ihm gut. Vielleicht hatte er sich ja extra für sie zurechtgemacht. Vielleicht wollte er sie fragen, ob sie Lust hätte, mit ihm auszugehen. Ihr Herz machte einen Sprung. Plötzlich hatte sie den dringenden Wunsch, in Adams Nähe zu sein. Mit ihm zusammen irgendwo zu sitzen und zu reden und sich in seinem Blick zu verlieren. Und ihm danach zu sich nach Hause zu folgen.

»Lexia?«

Sie atmete aus und konzentrierte sich wieder auf ihr Gespräch. »Hast du schon mal gelesen, was die Leute im Internet so von sich geben? Da bekommt man wirklich Angst, im Dunkeln noch auf die Straße zu gehen.«

»Ja, ich hab es gesehen. Und ich finde es auch abstoßend. Aber du solltest mal eine Pause einlegen, Lexia. Du arbeitest hart, und es ist bestimmt nicht gesund, sich mit so viel Idiotie auf einmal zu konfrontieren.«

»Wahrscheinlich hast du recht. Aber heute findet schließlich keine After-Work-Party statt«, sagte sie und lächelte. Und dann ertappte sie sich dabei, wie sie eine Haarlocke um ihren Zeigefinger zwirbelte und dazu leicht mit dem Fuß wippte. Vielleicht sollte sie selbst die Initiative zu einem einzigen kleinen Drink ergreifen?

Adam rieb sich das Kinn. Er war frisch rasiert, und seine Handbewegung hatte etwas Erotisches. »Ich weiß, das ist meine Schuld. Dina hat heute frei, und ich wollte niemanden anders darum bitten. Die After-Work-Party fällt also nur meinetwegen aus. Wusstest du eigentlich, dass sie eine Hardcore-Gamerin ist?«

»Klar. Und sie ist verdammt gut.«

Adam schaute auf seine Uhr. »Sie wollte heute an einer LAN-Party teilnehmen. Ich weiß zwar nicht genau, was das ist, aber ich hab mich nicht getraut, ihr den freien Tag zu verweigern.« Er zog die Mundwinkel hoch.

Flirtete er etwa mit ihr? Es kam ihr fast so vor. »Dina kann einem manchmal wirklich Angst einjagen«, sagte sie. Dann lächelten sie einander an, und in ihrem Brustkorb begann es zu kribbeln. Spürte Adam womöglich dasselbe wie sie? Diese verrückte sexuelle Chemie und elektrische Spannung zwischen ihnen?

Plötzlich kam Rebecca auf sie zu. Sie hatte sich umgezogen und trug jetzt ein äußerst elegantes Abendkleid mit einer dazu passenden Clutch. Als sie ruckartig ihren Kopf vorneigte, wogten ihre üppigen dunklen Haare um ihr Gesicht herum, als wäre sie ein Model auf einem roten Teppich. »Bist du soweit, Adam? Können wir gehen?«

Adam nahm die Hände aus den Hosentaschen und nickte. Lexia blinzelte. Die beiden sahen aus wie von einem anderen Stern. Elegant gekleidet und erfolgreich.

»Wir gehen auf eine Party«, erklärte Rebecca ungefragt. War das etwa ein triumphierendes Aufblitzen in ihren mandelförmigen Augen? »Bei Josephine und Leo«, fügte sie hinzu. »Und du? Gehst du auch aus, oder arbeitest du noch länger?« Sie lachte, und ihre weißen Zähne blitzten auf. Dann legte sie eine Hand auf Adams Brustkorb und bedachte Lexia mit einem weiteren Lächeln. »Sie ist so fleißig, Adam, nicht wahr? Unsere kleine Arbeitsbiene. Wir sehen uns dann am Montag.«

Rebecca ergriff Adams Hand, und dann verließen sie Hand in Hand die Agentur.

Lexia schaute sich um, als wollte sie sich vergewissern, ob irgendeiner ihrer Kollegen diese bizarre kleine Szene mit angesehen hatte. Und Lexia hatte sich eingebildet, dass Adam sie mochte. Doch jetzt hatte Rebecca sie wieder auf den Boden der Tatsachen zurückgeholt. Zum Glück war sie wenigstens auf einen Drink verabredet.

Kurz darauf summte ihr Handy. Eine SMS von Vincent.

Ich glaube, es ist besser, wenn wir uns nicht mehr sehen. Alles Gute.

Sie starrte ins Leere. Draußen vor den Fenstern begann es zu regnen.

25

Adam

»Ziemlich lange her«, sagte Bashir, während sie sich umzogen.

Früher hatten sie regelmäßig Squash gespielt, aber jetzt kamen sie nur noch selten dazu. Adam hatte den Verdacht, dass er hinterher einen mörderischen Muskelkater bekommen würde.

»Ich hab so viel in der Agentur zu tun«, erklärte er.

»Nicht mit irgendeiner Braut? Du warst doch vor ein paar Wochen mit Rebecca auf einer Party, oder? Davon hast du mir noch gar nichts erzählt. Wie läuft's mit ihr?«

Adam hatte Aufschlag, und Bashir stürzte los, um den Ball zu retournieren. Das Quietschen ihrer Sportschuhe auf dem Boden und der harte Aufprall des Balles hallten auf dem Court wider. Die Party des Ehepaars Sandelman, auf die Adam Rebecca nur widerwillig gefolgt war, war unerträglich gewesen. Rebecca hatte ihn überredet, und er hatte sich breitschlagen lassen, aber letztlich war es genauso entsetzlich gewesen, wie er vermutet hatte. Lauter aufgeblasene, eitle Medienleute, verwöhnte Oberschichtschnösel und selbstgerechte Promis. Das war seine persönliche Version der Hölle. Aber Rebecca hatte Spaß gehabt, viel gelacht und geflirtet und jede Menge Fotos in ihren sozialen Netzwerken gepostet.

Wie gesagt, unerträglich.

»Zwischen uns läuft nichts«, antwortete er nach mehreren Schlägen. Er musste sich wohl ein wenig mehr anstrengen, denn Bashir führte bereits.

»Und was ist mit dem anderen Mädel?«

Adam schlug Bashirs Ball hart zurück. Rebecca zufolge, die es offenbar für nötig hielt, ihn diesbezüglich auf dem Laufenden zu halten, hatte Lexia ständig irgendwelche Dates. Er war sich nicht sicher, ob es stimmte, und wenn ja, dann stand es ihm nicht zu, sich eine Meinung dazu zu bilden. Aber er hatte trotzdem eine. Es gefiel ihm ganz und gar nicht.

»Da läuft nichts«, antwortete er abweisend, denn er hatte keine Lust, über Lexia zu reden. Weil es nämlich nichts zu reden gab. Am Wochenende nach der Party hatte sich eine ehemalige Studienkollegin bei ihm gemeldet, und sie waren ausgegangen und hatten sich über verschiedene Unternehmen, Finanzen und PR unterhalten. Doch er hatte nicht einmal geflirtet, und sie hatte auch nicht enttäuscht gewirkt. Seitdem hatten sie nichts mehr voneinander gehört. Am vergangenen Wochenende war er in London gewesen, und jetzt stand ein weiteres Wochenende bevor, an dem er bislang nichts anderes als Arbeit eingeplant hatte.

Adam absolvierte einen harten Aufschlag und versuchte, gegen Bashir aufzuholen. »Was hast du am Wochenende vor?«, fragte er ihn ziemlich außer Atem. Vielleicht könnten sie sich ja zusammen einen Film anschauen oder ein Bier trinken gehen.

»Arbeiten. Nachtschicht.«

Adam schlug einen weiteren Ball gegen die Wand. Diesmal war Bashirs Konter noch härter. Adam sprang vor, verfehlte den Ball und fluchte laut. Als das Spiel zu Ende war, schwitzte er heftig, doch nach dem Duschen fühlte sich sein Körper angenehm müde an.

»Mensch, kannst du nicht einfach mal mit ihr ausgehen?«, fragte Bashir, bevor sie sich voneinander verabschiedeten. »Um sie dir aus dem Kopf zu schlagen.«

Wenn das so einfach wäre.

Wieder zurück in seinem Büro verschaffte sich Adam einen Überblick über den Stapel von Einladungen auf seinem Schreibtisch, den Dina sorgfältig von der anderen Post getrennt hatte. Währenddessen leerte er einen Energydrink, der Antioxidantien, Mineralstoffe und andere wertvolle Zusätze enthielt, die ewiges Leben versprachen. In der Agentur trafen ständig irgendwelche Einladungen ein, und die auf dem Stapel waren nur die an ihn persönlich adressierten. Die meisten wurden per E-Mail geschickt, aber die exquisiteren kamen in gedruckter Form mit Umschlägen aus dickem Papier. Doch es tat nichts zur Sache, er würde es aus zeitlichen Gründen sowieso nicht schaffen, irgendeiner von ihnen zu folgen.

Plötzlich rutschte ihm eine der Karten aus der Hand, ein regenbogenfarbener Briefumschlag mit einer Einladung zu einer Markteinführung, die von einer bedeutenden PR-Agentur promotet wurde. Als er die Karte auf den Stapel zurücklegte, entdeckte er Lexia durch die Glastür hindurch. Doch sie sah ihn nicht. Sie telefonierte gerade stirnrunzelnd und mit gequälter Miene. Vielleicht mit ihrer Mutter? Er folgte ihren Bewegungen mit dem Blick und suchte gedanklich nach einem Anlass, um sie anzusprechen.

Womöglich hatte Bashir recht. Er sollte sie ausführen und diese eigenartige Anziehungskraft etwas näher erforschen. Sie kannten sich schließlich gar nicht. Vielleicht würde er wieder zur Vernunft kommen, wenn sie sich unterhielten und er feststellte, dass sie eine ganz gewöhnliche Sterbliche und keine verlockende Liebesgöttin war. Doch seit einiger Zeit schon verhielt sie sich ihm gegenüber so distanziert, dass er mitunter den Eindruck hatte, sich das, was zwischen ihnen geschehen war, nur einzubilden. Außerdem war es schon eine Weile her. Vielleicht hatte sie den Kuss längst wieder vergessen und seitdem mit Dutzenden von anderen Männern herumgeknutscht, Sex gehabt und sich in einen von ihnen verliebt. Als sie schließlich den Kopf drehte und ihn geradewegs anschaute, wandte er seinen Blick ab.

Nachdem Adam Mittagspause vor dem Computer gemacht hatte, ging er in die Küche, um sich einen Kaffee zu holen. Lexia und Dina saßen mit ihren Kaffeebechern am Tisch. Lexia bedachte ihn mit einem höflichen Lächeln und unterhielt sich dann weiter mit Dina. Er öffnete einen Schrank.

»Brauchst du irgendetwas?«, fragte Dina und sprang auf.

»Nein, nein, ich wollte mir nur einen Kaffee holen. Bleib sitzen.«

Dina wechselte einen Blick mit Lexia. Er überlegte, welche Kapsel er nehmen sollte, und ließ sich bei der Auswahl Zeit.

»Sag mal, Dina, hast du eigentlich auch die Einladung von Allbright PR zu diesem Release heute Abend bekommen?«, hörte er Lexia sagen. Er bewegte sich etwas leiser, um ja kein Wort zu verpassen.

»Ja, aber ich werde nicht hingehen. Ich warte gerade auf ein Add-on für ein Computerspiel, das ich schon verdammt lange haben will. Gehst du hin?« Dina beugte sich hinunter und nahm ihr Hündchen auf den Schoß. Adam konnte es noch immer nicht fassen, dass das Tier Godzilla hieß – es war kaum größer als eine Faust.

Lexia nickte. »Ja, ich hab es zumindest vor.«

»Welch ein Zufall, ich nämlich auch«, sagte Adam und wandte sich ihnen zu. Die beiden Frauen starrten ihn an. Godzilla rümpfte die Nase.

»Wirklich? Ist das denn überhaupt dein Ding?« Lexias Stimme klang skeptisch.

»Ja klar«, antwortete er und versuchte angestrengt, sich daran zu erinnern, was auf der regenbogenfarbenen Einladungskarte gestanden hatte. Aber der Absender lautete definitiv Allbright PR. Und das Event fand heute Abend statt. Wenn Lexia auch hinging, könnten sie sich ganz ungezwungen dort begegnen. Eine innere Stimme rief ihm zu, dass er verrückt geworden war, doch er weigerte sich schlicht und einfach, auf sie zu hören.

»Und mit wem gehst du hin?«, fragte er, als ihm plötzlich einfiel, dass sie ganz sicher einen anderen Mann mitnehmen würde.

»Ich gehe mit meiner Freundin Siri. Aber bist du dir wirklich sicher, dass es etwas für dich ist? Interessierst du dich für solche Dinge?«

»Ja klar. Brennend«, log er. Er überlegte fieberhaft, worum es eigentlich ging. Um irgendetwas Essbares? Nein, das war es nicht.

Lexia wirkte noch immer skeptisch. »Und du? Bringst du jemanden mit? Ich meine jemanden, der dein Interesse teilt.«

»Ja, meinen Kumpel Bashir. Der interessiert sich auch dafür«, antwortete Adam, ohne mit der Wimper zu zucken.

»Dann sehen wir uns bestimmt«, sagte sie.

Energiegeladen und mit neuem Schwung verließ Adam die Küche. Jetzt würde er richtig loslegen. Denn er hatte noch jede Menge Arbeit vor sich. Und dann müsste er seinen Freund Bashir anrufen und ihn davon überzeugen, dass er diese Veranstaltung gemeinsam mit ihm besuchen würde, von der er inzwischen ganz sicher war, dass es sich um die Markteinführung eines veganen Make-ups handelte.

26

Lexia

»Ich weiß aber nicht genau, ob er auch wirklich kommt«, sagte Lexia zu Siri, als sie auf dem Weg zum Veranstaltungsort für das Release waren.

Siri, die fast alle Leute aus der Stockholmer Szene kannte, nickte dem Türsteher zur Begrüßung zu, der ihnen die Tür aufhielt. »Das hast du ungefähr schon zehnmal gesagt, Lexia. Genauso wie du vermutest, dass er die Hexe Rebecca datet, und behauptest, wirklich kein bisschen an ihm interessiert zu sein.« Siri fuhr sich mit dem Finger über die Zähne, um eventuelle Lippenstiftreste wegzuwischen, und rückte einen Ohrclip zurecht. Dann warf sie Lexia einen vielsagenden Blick zu. »Glaub mir, ich weiß Bescheid.«

Sie gaben ihre Mäntel an der Garderobe ab, und Lexia nahm die Garderobenmarke entgegen und steckte sie in ihre Handtasche. »Ich bin wirklich nicht an ihm interessiert, weil er nun mal mein Chef ist und ich mich lieber auf meine Arbeit konzentrieren will. Und außerdem hab ich gesehen, wie Rebecca und er miteinander geflirtet haben, und deshalb …«

»Okay. Aber um mich besser darauf konzentrieren zu können, wie wenig Interesse du an diesem Mann hast, muss ich jetzt erst mal pinkeln gehen.«

Sie betraten die Damentoilette. Lexia richtete ihre Haare und besserte ihren Lipgloss nach. Siri kam wenig später aus der Kabine, wusch sich die Hände und warf einen raschen Blick in den Spiegel. Ihr rabenschwarzer Pagenkopf glänzte, ihre Augen waren schwarz geschminkt, und sie trug ein schlüpfriges Kleid von Acne, höchstwahrscheinlich in Größe vierunddreißig.

»Wenn ich nicht so ein netter Mensch wäre, würde ich mich jetzt wahnsinnig darüber aufregen, wie gut du aussiehst«, murmelte Lexia.

»Autsch, danke.«

Das Event war bestens organisiert und gut besucht. Unter den Gästen fanden sich jede Menge Promis, was immer eine gute Promotion für die Veranstaltung war. Ein Pressefotograf schoss Bilder auf dem roten Teppich, zu dem Lexia und Siri jedoch keinen Zugang bekamen, da sie keine Promis waren. Also mussten sie brav neben dem schmalen roten Kunststoffläufer gehen. Im Veranstaltungsraum nahmen sie jede ein Glas Weißwein entgegen, der schon lauwarm war, und blieben dann irgendwo im Getümmel stehen, wo sie von allen Seiten hin und her geschubst wurden.

»Puh, ich habe einen Riesenhunger«, sagte Lexia und schaute sich hoffnungsvoll nach etwas zu essen um. In der Einladung hatte gestanden, dass Snacks serviert werden würden, doch nach mehreren Jahren Erfahrung in der Gratispartyszene wusste sie, dass man nie genau sagen konnte, was der Begriff »Snacks« beinhaltete. Es konnte alles sein, angefangen von einem Becher Popcorn bis hin zu Tellern mit leckeren Schnittchen.

»Siehst du irgendwo was Essbares?«, rief Lexia. Stockholm war wirklich eine essgestörte Stadt. Selbst wenn etwas zu essen serviert wurde, aß niemand etwas. Aber so war es nun einmal in einer Welt, in der eine Frau mit Konfektionsgröße vierzig als dick angesehen wurde, dachte sie.

Siri schüttelte den Kopf.

Von einem Augenblick auf den nächsten vergaß Lexia völlig, dass sie Hunger hatte, jedenfalls für einen kurzen Moment, denn Adam betrat den Raum. Er wurde zum roten Teppich geleitet und gleich fotografiert. Er war in Begleitung eines gleichaltrigen dunkelhaarigen Mannes mit hellbrauner Hautfarbe gekommen, der etwas kleiner und schmaler war als er und einen Man Bun trug. Sein Gang war aufrecht, aber er schien sich sichtlich unwohl zu fühlen. Adam hatte es nach der Arbeit offenbar noch geschafft, seinen Anzug abzulegen und sich umzuziehen. In Lederjacke mit schwarzem T-Shirt darunter und schwarzen Chinos sah er umwerfend aus.

»Ist er das? Der Mann in Schwarz?«, fragte Siri und musterte die beiden Männer von oben bis unten.

»Ja.« Lexia nippte an ihrem Wein und versuchte sich zu beherrschen. Doch es gelang ihr nur halbwegs, denn ihr Herz legte einen kleinen Freudentanz hin.

»Aber sein Kumpel ist kein Finanzmann. Der ist Bulle«, stellte Siri klar.

Lexia betrachtete Adams Freund näher. Er sah recht gewöhnlich aus. »Und woher weißt du das?«, fragte sie überrascht.

»Ich checke so was in zwei Sekunden. Genauso wie ich sehe, ob eine Frau lesbisch ist. Das ist eine Gabe. Glaub mir, der Mann ist ein Bulle.«

»Aber er kann doch trotzdem nett sein«, wandte Lexia ein, die sich sehr wohl im Klaren darüber war, dass die meisten Leute in Siris LGBT-Künstlerkreisen Polizisten per se hassten.

»Hm«, meinte Siri ohne große Überzeugung.

Als Adam sie entdeckte, hob er die Hand zum Gruß. Dann bahnten sich die beiden Männer einen Weg durch die Menge zu ihnen. Die Begrüßung misslang etwas, da Lexia ihm die Hand hinstreckte, während er sie im gleichen Moment umarmen wollte, was mit einem unbeholfenen Klaps auf seinen Oberarm endete.

»Das ist Siri Stiller«, stellte sie ihm ihre Freundin vor.

»Bashir Amiri«, sagte der dunkelhaarige Mann. Er hatte einen festen Händedruck und die traurigsten schwarzen Augen, die Lexia je gesehen hatte. Siri begrüßte ihn distanziert. In Anbetracht der Tatsache, dass sie sonst immer Toleranz und Akzeptanz predigte, hatte Siri wirklich einen ziemlich blinden Fleck.

»Seid ihr schon lange hier?«, fragte Adam.

»Wir sind gerade erst gekommen. Schön, dass ihr da seid. Aber es wundert mich ein bisschen, dass es dir hier gefällt, Bashir, zumindest, wenn man Adams Worten glauben darf.«

»Doch, das ist genau mein Stil, wirklich. Ich liebe veganes Essen.«

Adam stieß ihn mit dem Ellenbogen an und sagte: »Kein Essen, Bashir, sondern Make-up. Wir sind wegen veganem Make-up hier.«

Bashir nickte. »Ach ja, genau. Ich meinte auch Make-up. Noch besser.«

Seine Lüge war so offensichtlich, dass Lexia unweigerlich lächeln musste. Sie mochte ihn. Im Raum wurde es immer voller, bis man kaum noch sein eigenes Wort verstehen konnte. Überall liefen superschlanke, perfekt geschminkte Models mit langen Beinen in kompliziert geschnittener topmodischer Kleidung herum, die ziemlich flippig wirkte, darunter massenweise Blogger, YouTuber und Influencer, die sich alle zu kennen schienen. Man konnte sich nirgends hinsetzen. Als die Stylingprodukte präsentiert wurden, hatte Lexia noch immer nichts Essbares entdeckt. Sie linste verstohlen zu Adam rüber, der im selben Moment in ihre Richtung schaute.

»Ich suche nur nach den Snacks«, sagte sie entschuldigend. War er wirklich ihretwegen hergekommen? Vielleicht gab es ja noch eine andere Erklärung, aber im Augenblick fiel ihr keine einzige ein.

Die Leute applaudierten, und die Party ging weiter, auch wenn der Andrang allmählich etwas abnahm. Die rastlosen Gäste waren schon wieder unterwegs zum nächsten Event. In der Hauptstadt löste ein Release den nächsten ab. Mit Partys und Galas war es dasselbe – eine Endlosschleife. Lexia stellte ihr Weinglas ab. Der Abend war viel zu schnell vergangen, und sie hatte kaum ein Wort mit Adam gewechselt. Heute Abend kam er ihr wie ein anderer Mensch vor, denn er lächelte und gab sich völlig entspannt. Und außerdem sah er in seiner legeren Kleidung viel jünger aus und gar nicht wie ein Chef.

»Bashir und ich ziehen noch ein bisschen weiter. Habt ihr Lust mitzukommen? Wir wollen irgendwo eine Kleinigkeit essen.«

»Ja, wir kommen gerne mit«, antwortete Lexia und warf Siri einen flehenden Blick zu. Siris Vorstellung von einem gelungenen Abend hatte normalerweise nichts mit straighten Single-Männern zu tun. Bitte, signalisierte Lexia ihrer Freundin mit einer Geste.

»Ja klar«, sagte Siri resigniert.

»Bier und Norrland-Tapas bei *Knut?*«, fragte Adam.

Lexia nickte. Das klang göttlich.

Auf dem Weg nach draußen bekamen sie jeder eine Tüte mit Proben gereicht. Große rosafarbene Hochglanztüten, die Bashir und Adam freudig entgegennahmen.

»Meine werde ich meiner Mutter schenken«, erklärte Bashir. »Ich glaube, sie hat noch nie in ihrem ganzen Leben ein Goodie Bag bekommen.«

»Und du, Adam?«, fragte Lexia.

»Natürlich werde ich meine selbst behalten. Ich bin schließlich in meiner Männlichkeit selbstbewusst genug, um …« Er nahm ein rosafarbenes Döschen aus der Tüte und las die Aufschrift. »… einfach mal Sweet peach glow auszuprobieren.«

Als sie draußen waren, ging Adam vorneweg. Es wehte stark, und Lexia flüchtete sich in den Windschatten neben ihm, während Siri und Bashir ein Stück hinter ihnen zurückblieben.

»Ist dein Kumpel etwa bewaffnet?«, fragte sie, als sie plötzlich Siris aufgebrachte Stimme hinter sich hörte. Worüber auch immer sie diskutierten – Siri war offenbar in Rage.

»Das bezweifle ich. Bashir ist kein Freund von Gewalt. So, da wären wir.«

Adam hielt ihr die Tür zum Restaurant auf und legte rasch einen Arm um ihre Schultern, um sie hineinzugeleiten. Drinnen war es angenehm warm und heimelig mit grob gehauenen Holztischen, Bildern mit Berg- und Waldmotiven an den Wänden und mehreren lodernden Kaminfeuern.

»Hier duftet es ja fantastisch«, sagte Lexia und schnupperte glücklich. Inzwischen war sie so hungrig, dass ihr fast schwindlig wurde.

»Ich kenne den Besitzer«, erklärte Adam. »Er ist ein echter Star. Ich hoffe nur, ihr mögt norrländische Spezialitäten.«

Sie bekamen einen Tisch am Fenster zugewiesen. Auf den Stühlen lagen Rentierfelle, und Adam und Bashir überlegten lange, welche regionale schwedische Biersorte sie nehmen sollten. Siri bestellte Rotwein und brummelte etwas von Biersnobs, doch als das Essen auf den Tisch kam, wirkte selbst sie zufrieden. Es gab Fladenbrot-Tapas mit gebeiztem Saibling, diverse Käsesorten mit Moltebeeren-Kompott, verschiedene Arten Wildsalami, geräuchertes Rentierfleisch und alle möglichen Beilagen in kleinen Schälchen aus Birkenrinde.

»Oh, wie lecker«, rief Lexia begeistert aus, nachdem sie sich einen weiteren salzigen Happen in den Mund geschoben und sich ihr Hunger allmählich gelegt hatte. Sie wischte sich den Bierschaum von den Lippen. Eigentlich mochte sie Bier lieber als Wein, und zu diesem schmackhaften Essen passte es hervorragend. Adam lächelte sie über den Tisch hinweg an, und ihr Herz machte vor Freude einen kleinen Sprung. Ihr fiel es schwer, keine lüsternen Fantasien zu entwickeln. Sein Oberhemd war am Hals aufgeknöpft, sodass sie das Muskelspiel unter seiner sonnengebräunten Haut erkennen konnte. Er sah wahnsinnig gut aus, führte sie zum Essen aus und war nur ihretwegen zu einem veganen Make-up-Release gegangen. Viel mehr brauchte es offenbar nicht, um sie schwach werden zu lassen.

»Aber wie ist es, Polizist zu sein, wenn man Migrationshintergrund hat?«, fragte Siri neben ihr. »Ich meine, im Hinblick darauf, wie die meisten Polizisten so drauf sind«, fügte sie hinzu. Siri hatte kaum etwas gegessen und betrank sich gerade mit Rotwein. Wein ließ sie immer etwas streitlustig werden, und Lexia hielt die Luft an.

»Na ja, es ist nicht ganz leicht«, antwortete Bashir ruhig und freundlich. Er schien sich keinesfalls provoziert zu fühlen.

»Siri, worüber sprecht ihr gerade?«, fragte Lexia vorsichtig.

»Über patriarchalische Strukturen und Männer, die meinen, ein Monopol auf Gewalt zu haben«, antwortete Siri und nahm einen tiefen Schluck. »Und über Leute, die allen Grund haben, der Polizei zu misstrauen, weil sie schlechte Erfahrungen gemacht haben.«

Bashir wirkte nachdenklich. »Das ist ein kniffliges Thema. Während die jüngere Generation die Polizeibehörde von innen heraus reformieren will, bin ich eher der Meinung, dass man mehr debattieren und letztlich frischen Wind von außen reinbringen müsste. Man kann nicht alles nur auf mangelnde Ressourcen schieben. Innerhalb der Polizei existieren nämlich so einige überholte Ansichten. Darüber hinaus gibt es offen zur Schau gestellten Rassismus und Frauenhass. Ich bin also voll und ganz deiner Meinung«, erklärte er mit einem Nicken.

»Er schlägt sich tapfer«, flüsterte Lexia Adam zu. Sie hatte schon so einige Männer erlebt, die sich mit Händen und Füßen wehrten oder förmlich explodierten, wenn Siri männliche Normen hinterfragte und dabei richtig in Fahrt kam, doch Bashir blieb ruhig und wirkte dennoch engagiert.

Adam lächelte. »Bashir ist es gewohnt, die Dinge aus verschiedenen Blickwinkeln zu betrachten. Er ist schließlich in einer Familie aufgewachsen, in der über alles diskutiert wird. Es dürfte also fast unmöglich sein, ihn zu provozieren. Außerdem hat er eine Mutter und vier Schwestern, die ihm zur Genüge beigebracht haben, was Privilegien und Verantwortung bedeuten.«

»Klingt ungewöhnlich.«

»Er ist einer von den Guten.«

Lexia fühlte sich jetzt angenehm gesättigt, und ihr war durch und durch warm. »Und du? Bist du auch einer von den Guten?«

Adam schüttelte den Kopf.

»Woher kennt ihr euch eigentlich?«, fragte sie. Die beiden schienen nicht gerade viel gemeinsam zu haben, auch wenn sie behaupten würde, dass Adam unter den Männern, denen sie bislang begegnet war, zu den netteren gehörte.

»Wir sind zusammen aufgewachsen. Im Vorort. In einem Hochhaus aus den Sechzigern.«

Sie warf ihm einen erstaunten Blick zu und betrachtete dann eingehend seine gepflegte Frisur, die scheinbar schlichte, aber maßgeschneiderte Kleidung und die sündhaft teure Platinuhr an seinem Handgelenk. Alles schrie förmlich nach diskreter Oberschicht.

»Ich war mir sicher, dass du, na ja, aus extrem privilegierten Verhältnissen kommst«, sagte sie und errötete angesichts der Tatsache, dass sie offenbar genauso vorurteilsbehaftet war wie alle anderen auch.

»Nein.« Er führte sein Bierglas zum Mund und trank daraus, ohne sie aus den Augen zu lassen.

»Als Kind war Adam der schlimmste Raufbold im ganzen Viertel«, erklärte Bashir trocken. »Er hat mich andauernd verprügelt.«

»Wir haben uns beide ziemlich oft geprügelt, wenn ich mich recht erinnere«, bemerkte Adam. »Das war die einzige Möglichkeit, um sich da draußen Respekt zu verschaffen.«

»Aber keiner von euch beiden wohnt noch dort, oder?«, fragte sie, weil sie sich Adam in diesem Umfeld nur schwer vorstellen konnte.

»Meine Mutter schon«, antwortete Bashir. »In derselben Wohnung, in der ich aufgewachsen bin.«

»Und deine Eltern, Adam?«, fragte Siri.

»Meine Eltern leben nicht mehr«, antwortete Adam.

Lexia erinnerte sich, dass sie im *Sturehof* darüber gesprochen hatten. Er hatte ihr gesagt, dass seine Mutter nicht mehr lebte. Aber beide Elternteile? Es tat ihr in der Seele weh, denn seine Körpersprache signalisierte ihr auf ganzer Linie, dass es für ihn ein sensibles Thema war. Waren sie etwa gestorben, als er noch klein war? Hatten sie ihn allein zurückgelassen? Baute er deswegen immer wieder eine Mauer um sich herum auf? Ihr ging das Herz über, und am Tisch wurde es still.

»Okay, neue Frage«, sagte Siri rasch. Sie trank gerade ihr drittes Glas Wein, und ihre Wangen glühten bereits. Der eine Träger ihres Kleids war heruntergerutscht und hatte eine ihrer blassen Schultern entblößt. Sie zog ihn wieder hoch und sagte: »Wenn ihr wüsstet, dass ihr innerhalb der nächsten vierundzwanzig Stunden sterben müsst, welche drei Dinge würdet ihr vorher noch tun?«

Lexia ließ sich dankbar auf Siris Spiel ein. »Ich würde zuerst meine Mutter und dich, Siri, anrufen, und dann würde ich mir lauter leckeres Essen kaufen und in mich hineinstopfen.«

Siri leerte den letzten Rest ihres Glases und stellte es auf dem Tisch ab. »Ich würde meine Eltern nicht anrufen«, erklärte sie. Lexia nickte mitfühlend. Siris Verhältnis zu ihren Eltern war eher angespannt, um es milde auszudrücken. »Aber dich würde ich auch anrufen. Und dann würde ich unbedingt ausprobieren, wie es ist, Gras zu rauchen, und ich würde jede Menge Sex haben. Vielleicht sogar Gruppensex.«

Bashir zog die Mundwinkel hoch. »Und mit wem? Oder wie vielen, wenn man fragen darf?« Er klang eindeutig interessiert.

In Siris Augen blitzte es auf, und sie senkte im absoluten Flirtmodus kokett die Augenlider. »Wen würdest du denn auswählen?«, fragte sie mit schief gelegtem Kopf.

Lexia musste kichern, und selbst Adams Mundwinkel wanderten nach oben. Es war eine alberne Diskussion, aber sie selbst war sich hundertprozentig sicher, mit wem sie Sex haben wollte. Mit Adam, Adam und wieder Adam.

»Vielleicht mit Beyoncé und Adele?«, schlug Bashir vor, während sich eine leichte Röte in seinem Gesicht ausbreitete.

»Ja! Ich auch«, sagte Siri blitzschnell.

Sie lachten laut. Bashir schüttelte den Kopf und schaute in sein Bierglas, musste dann aber doch lachen.

»Und was würdest du machen, Adam? Wenn du nur noch einen Tag zu leben hättest?«, fragte Siri.

Doch er verzog nur leicht das Gesicht und winkte eine Bedienung zu sich heran. »Noch drei Bier und ein Glas Wein«, sagte er, ohne ihre Frage zu beantworten.

Siri betrachtete ihn eingehend. »Nächste Frage«, sagte sie dann. »Wenn ihr irgendwas in eurer Vergangenheit verändern könntet, was wäre das?«

Sie schmissen mit Antworten nur so um sich, während sie lachten und tranken.

»Und was ist eure schönste Erinnerung?«, fragte Siri, die inzwischen zu lallen begonnen hatte. Dennoch war sie eine Expertin darin, die Leute zum Nachdenken zu bringen, und es war eine lustige Möglichkeit, um mehr über die anderen zu erfahren. Auch wenn Lexia auffiel, dass Adam meist nur oberflächliche und unpersönliche Antworten auf ihre Fragen gab. Ihre eigene schönste Erinnerung hatte wie immer etwas mit Essen zu tun, während seine von einer Laufrunde handelte, was die anderen dazu veranlasste, ihn auszubuhen.

»Ist euch eigentlich schon mal aufgefallen, dass man sich viel deutlicher an negative Dinge erinnert als an positive?«, fragte Lexia. »Warum ist das eigentlich so?« Sie hatte schon oft darüber nachgedacht, wie sehr sich kleine Kritikpunkte im Kopf festsetzten und irgendwann zu unumstößlichen Wahrheiten wurden. Zum Beispiel, dass Männer eher eine gutaussehende Freundin bevorzugten als eine intelligente. Oder auch Aussprüche wie: Du lachst zu laut, oder: Du bist peinlich. Dinge, die man ohne nachzudenken von sich gibt, die aber denjenigen, auf den sie gemünzt sind, für alle Zukunft in eine Schublade stecken.

»Wahrscheinlich ist es eine Überlebensstrategie«, meinte Siri. »Eine Hilfestellung der Evolution.«

»Aber irgendwie ist das doch dämlich, da es einen womöglich für den Rest des Lebens prägt. Empfindet ihr das nicht auch so? Aussprüche wie zum Beispiel, dass einem die Farbe Rosa nicht steht. Dass man zu dicke Oberschenkel hat, dass man zu laut redet oder zu stark behaart ist.«

»Wer ist zu stark behaart?«, hörte Lexia eine ihr bekannte Stimme sagen und schaute auf. »Dafür hat Gott doch das Waxing erfunden!« Rebecca war ganz plötzlich an ihrem Tisch aufgetaucht.

Ach du Scheiße!

Lexia schaute Siri an, die den Neuankömmling eindringlich musterte. »Irgendwas sagt mir, dass du Rebecca sein musst«, sagte Siri und ließ ihren Blick über die schlanke, elegante Frau gleiten.

Rebecca bedachte Siri mit einem herablassenden Nicken.

»Darf man sich dazusetzen?«, fragte sie und schaute Adam an, als wäre er der Einzige am Tisch, der ihre Aufmerksamkeit wert war.

Sie setzte sich zwischen Bashir und Adam, was Lexia nicht im Geringsten verwunderte.

»Und wie hat es dich hierher verschlagen, Rebecca?«, fragte Siri, die noch immer damit beschäftigt war, sie zu mustern.

»Es ist eines meiner Lieblingslokale. Adam und ich sind früher immer gemeinsam hergekommen. Erinnerst du dich noch, Adam? Wir kennen nämlich den Besitzer.«

Siri warf Lexia rasch einen Blick zu, doch die wahrte die Fassade. Sie pfiff darauf, ob das Adams und Rebeccas kleiner Geheimtipp war.

»Soll ich dir etwas bestellen, Rebecca?«, fragte Adam höflich.

»Dasselbe wie immer«, antwortete sie mit diesem katzenhaften Lächeln, das Lexia so hasste. Adam winkte eine Bedienung zu sich heran und bestellte ein Glas ganz speziellen Chablis eines ganz speziellen Jahrgangs. Lexia befingerte ihr Glas mit gezapftem Bier und spürte, wie ihre Laune rapide sank. *Jetzt reiß dich zusammen*, ermahnte sie sich selbst.

»Ist das dein Handy, das da klingelt?«, fragte Adam plötzlich. Lexia horchte auf. Er hatte recht, es klingelte in ihrer Handtasche. Eigentlich wollte sie es ignorieren, und außerdem hatte sie schon etwas getrunken. Wer auch immer es war, er konnte es ja morgen noch einmal probieren. Doch letztlich siegte ihr Pflichtgefühl, und sie entschuldigte sich, bevor sie auf Annehmen drückte.

»Hallo, ich bin Krankenschwester und rufe vom Sankt Görans Krankenhaus in Stockholm an. Spreche ich mit Lexia Vikander?«

Sie wurde von einer plötzlichen Unruhe befallen. »Ja, das bin ich. Ist etwas passiert?« Sie entfernte sich etwas vom Tisch und sah aus dem Augenwinkel heraus, wie sich Rebecca bei Adam anlehnte und ihre wogenden Haare über seine Wange glitten.

»Hier wurde eine Eva Sporre eingeliefert. Kennen Sie die Frau?«

Die Frage traf sie wie ein Faustschlag in den Bauch. *Nein! Sie ist tot!* Lexia spürte, wie sie in Panik geriet. Warum sollten sie sonst bei ihr anrufen? »Ja, das ist meine Mutter«, antwortete sie. Der Schock ließ ihre Stimme angespannt klingen, und sie umschloss ihr Handy fester. Als ihr Vater starb, war sie noch klein gewesen, und sie konnte sich nicht mehr erinnern, wie sie davon erfahren hatte. Aber ihre Mutter durfte nicht sterben. »Ist ihr etwas zugestoßen?«

»Es tut mir leid, dass ich so spät noch anrufe, aber Sie stehen als Notfallnummer in ihrem Handy.«

Dass sie bei ihrer Mutter als Notfallnummer gespeichert war, hatte sie nicht gewusst. Lexia drohte jeden Moment in Tränen auszubrechen. Sie hätte sich gern hingesetzt, doch in der Nähe gab es keine freien Stühle. Stattdessen lehnte sie sich gegen eine Wand und versuchte sich für die Nachricht zu wappnen. War ihre Mutter tatsächlich tot?

»Sie liegt hier bei uns auf der Station. Offenbar ist sie beim Joggen zusammengebrochen.«

»Und, lebt sie?«, fragte Lexia flüsternd.

»Ja, aber sie ist ziemlich mitgenommen, deshalb versuchen wir gerade, ihre Angehörigen zu erreichen. Sie ist etwas verwirrt.«

»Ich kann mich darum kümmern«, sagte Lexia. »Ich rufe ihren Ehemann an. Kann ich zu ihr? Jetzt?«

»Sie können kommen, wann immer Sie möchten.«

»Danke.« Lexias Finger zitterten, als sie die Handynummer von Donald Sporre eingab und schluchzend eine abgehackte Nachricht auf seine Mobilbox sprach.

»Lexia? Alles in Ordnung?« Adam blickte sie mit besorgter Miene an, und sie wischte sich rasch die Tränen ab.

»Ich muss gehen«, sagte sie. Der Stress und die Unruhe verursachten ihr Kopfschmerzen.

Er legte eine Hand auf ihren Arm. »Du siehst ja völlig fertig aus. Was ist denn passiert?«

»Meine Mutter ist im Krankenhaus. Sankt Göran. Ich muss hin.« Ihre Worte klangen abgehackt, und ihre Stimme brach.

»Jetzt?«

Lexia nickte und putzte sich die Nase.

»Okay. Ich sage den anderen Bescheid. Soll ich Siri bitten, dich zu begleiten?«

»Nein.« Sie schüttelte den Kopf, da sie weder Siri noch den anderen den Abend vermiesen wollte.

Adam schien nachzudenken. »Ich könnte mitkommen. Du solltest nicht allein fahren.«

Sie zog die Nase hoch. »Nein, das brauchst du nicht.«

»Ich weiß. Aber ich möchte es gern.«

Er wirkte so groß und erwachsen und machte den Eindruck, als könne er sie beschützen, während sie sich klein und zerbrechlich vorkam. Sie freute sich, dass er ihr helfen und sie begleiten wollte.

»Okay«, sagte sie in kläglichem Ton und wartete, während er zum Tisch zurückging, um den anderen Bescheid zu geben, bevor er ihre Mäntel holte.

»Siri meinte, du könntest sie jederzeit anrufen, wenn du irgendetwas brauchst.«

»Ich muss aber noch bezahlen«, fiel ihr plötzlich ein.

»Ich habe Bashir meine Karte gegeben. Er kümmert sich drum. Aber jetzt fahren wir.«

Sie hielten vor dem Restaurant ein Taxi an, und Adam setzte sich zu ihr auf die Rückbank. »Zum Sankt Görans Krankenhaus«, instruierte er den Fahrer.

»Meine arme Mutter«, sagte sie mit erstickter Stimme, während der Wagen durch die Innenstadt fuhr. Beim letzten Telefonat hatte sie Eva angeschnauzt und gesagt, sie solle nicht immer so gemein und egoistisch zu ihr sein und sich nicht ständig in ihr Leben einmischen. Woraufhin Eva eingeschnappt reagiert hatte. Lexia schluchzte auf.

»Ich wünschte, ich hätte ein Taschentuch dabei«, sagte Adam hilflos.

»Ich hab eins in der Handtasche«, schniefte sie und nahm ein Päckchen Papiertaschentücher heraus.

»Klar, dass du welche dabeihast«, sagte er leise.

Vor dem Krankenhaus bezahlte Adam wie selbstverständlich das Taxi und verweigerte jede Diskussion darüber, bevor sie sich gemeinsam zur richtigen Station durchschlugen.

Ihre Mutter lag mit einer Kanüle im Handrücken in einem Krankenhausbett und war an diverse Geräte angeschlossen, die in regelmäßigen Abständen piepten und alle möglichen Werte maßen. Es war wie im Film. Ihre Augen waren geschlossen, und sie wirkte völlig entkräftet. Lexia setzte sich auf einen Hocker daneben. Adam blieb ein Stück entfernt stehen.

»Mama?«, sagte sie leise.

Keine Antwort. Sie zögerte kurz. Dann berührte sie den Handrücken ihrer Mutter und schluckte ihre Tränen hinunter. Eva wirkte so zart und zerbrechlich.

»Mama, ich bin's. Wie geht es dir?«

Evas Augenlider begannen zu flattern. »Lexia? Du hier? Was hast du denn mit deinen Haaren gemacht?«

»Du bist im Krankenhaus. Weißt du das?«

»Vorhin war eine Krankenschwester hier und hat es mir gesagt. Wie bist du hergekommen?«

Lexia konnte ihre Tränen nicht mehr zurückhalten.

»Eva!«, rief plötzlich eine Stimme. Donald Sporre kam mit raschen Schritten aufs Krankenbett zugeeilt und ergriff die

Hand seiner Frau. »Liebste«, sagte er, bevor er sich an Lexia wandte. Er war ein großer schlanker Mann in den Siebzigern mit grauen Haaren und einer Brille. Momentan sah er aus, als wäre er schlagartig um zehn Jahre gealtert. »Danke, dass du angerufen hast«, sagte er zu Lexia. »Wie geht es ihr?«

»Mir geht es gut«, antwortete Eva von ihrem Bett aus. »Aber wer ist dieser junge Mann dort? Lexia, ist das dein Freund?« Sie schaute zu Adam rüber, der einen Schritt auf sie zumachte.

»Nein«, antwortete Lexia rasch.

»Wir sind Freunde, Arbeitskollegen«, sagte Adam erklärend.

»Er hat mich herbegleitet. Mama, was ist denn passiert?«

»Offenbar ist es das Herz, aber ich bin nur zur Beobachtung hier. Du brauchst dir keine Sorgen zu machen.«

Aber Lexia machte sich Sorgen. Das Herz? Sie wechselte einen Blick mit Donald, der ebenfalls aussah, als würde er jeden Moment in Tränen ausbrechen. »Mama?«

Eva blinzelte. »Ich möchte ja nicht unhöflich sein, aber ich bin so schrecklich müde.«

»Ich bleibe bei ihr«, erklärte Donald. »Du kannst ruhig nach Hause fahren und schlafen gehen.«

»Dann komme ich morgen wieder. Und ruh dich aus, Mama. Versprichst du mir das?«

Eva gähnte und schloss die Augen. »Ja, versprochen.«

Kurz darauf betrat eine Krankenschwester das Zimmer. »Sie braucht jetzt ihren Schlaf. Das ist das Beste für sie.«

»Ich bin völlig fertig«, sagte Lexia, als sie wieder vor dem Krankenhaus standen. Sie fröstelte und war total erledigt. Nachdem sie Siri eine SMS geschrieben hatte, dass der Zustand ihrer Mutter stabil zu sein schien, wollte sie nur noch nach Hause.

»Komm«, sagte Adam, legte den Arm um sie, winkte ein Taxi heran und öffnete die Wagentür. Sie setzte sich, und er stieg nach ihr ein. Dann nannte sie dem Fahrer ihre Adresse und lehnte sich völlig erschöpft zurück.

»Ich hasse Krankenhäuser«, sagte sie.

»Ich auch«, pflichtete er ihr bei. Sie fuhren schweigend durch die Nacht. Als das Taxi am Jachthafen anhielt, wo ihr Hausboot lag, blieb sie sitzen.

»Ich weiß nicht, was ich sagen soll«, brachte sie schließlich hervor. Ihr schossen so viele Gedanken gleichzeitig durch den Kopf, dass sie sie erst einmal sortieren musste.

»Du brauchst nichts zu sagen.«

»Ich bin die schlechteste Tochter der Welt.«

»Das kann ich mir nur schwer vorstellen«, entgegnete Adam. Er hob eine Hand und legte sie auf ihre Wange, dann nahm er Lexia in die Arme und drückte sie fest an sich. Sie ließ sich von seinem Körper umschließen und dachte nur, dass sie ewig hier sitzen könnte – mit Adams Armen um ihre Schultern und Aussicht auf den dunklen Jachthafen. Doch schließlich löste sie sich von ihm. »Danke, dass du mitgekommen bist«, sagte sie leise.

»Ich bin froh, dass ich helfen konnte. Und dass wir uns heute ein wenig unterhalten konnten.«

»Ja, das war nett.« Sie schaute ihn ohne ihren gewöhnlichen Schutzfilter an, und sein Anblick versetzte ihr einen Stich. Normalerweise war er immer so ernst und verschlossen, doch jetzt sah er verletzlich aus. Sie hätte ihm am liebsten über die Stirn gestrichen und gefragt, warum er Krankenhäuser so hasste. »Du bist so nett zu mir«, sagte sie.

»Bin ich das?«

»Ja. Sehr sogar.« Sie war es nicht gewohnt, dass jemand nett zu ihr war, sie umsorgte und für sie da war. Sonst war sie immer diejenige, die diese Rolle übernahm. Die alles organisierte, sich um andere kümmerte und Verantwortung übernahm.

»Es ist auch nicht besonders schwer, nett zu dir zu sein«, entgegnete er. »Ich bin gern mit dir zusammen.«

»Ich mit dir auch«, sagte sie leise.

»Als wir darüber gesprochen haben, was wir tun würden, wenn wir nur noch einen Tag zu leben hätten …«, sagte er leise. »Dann würde ich genau das tun, was wir heute getan haben. Mit dir, Siri und Bashir zusammensitzen und etwas Gutes essen und trinken.«

Später, als Lexia sich in ihre Bettdecke gekuschelt hatte, musste sie an zwei Dinge denken. Zum einen daran, dass Adam Rebecca nicht zu den Personen gezählt hatte, mit denen er am letzten Tag seines Lebens zusammen sein wollte. Und zum anderen, dass sie kurz davor war, sich in Adam Nylund zu verlieben.

27

Lexia

Zwei Wochen später war der Termin anberaumt, an dem sie Offi O und ihrem Team die fertige Werbekampagne präsentieren würden. Die Angestellten der Agentur waren nervös, aber auch stolz. Bei Lexia überwog der Stolz, denn sie betrachtete die Kampagne sozusagen als ihr Baby. Sie hatte sich mit Leib und Seele in dieses Projekt gestürzt und die vergangenen Wochen praktisch ausschließlich damit verbracht, zu arbeiten und zu schlafen. In dieser Zeit hatte sie alle sozialen Aktivitäten ruhen lassen und härter für die Kampagne gekämpft als für irgendein anderes Projekt, an dem sie je zuvor beteiligt gewesen war.

Sie hatten beschlossen, Offi O zu sich in die Agentur einzuladen. Dass der Kunde sie besuchte, war etwas ungewöhnlich, aber sie arbeiteten schließlich in der Werbebranche, in der die gängigen Regeln nicht unbedingt galten und alles möglich war. Einmal hatte Lexia eine Präsentation miterlebt, für die man den Fußboden eines ganzen Büros mit Sand und Palmen bestückt und außerdem einen weltberühmten DJ eingeflogen hatte.

»Jetzt kommt sie«, flüsterte Dina Adam vom Empfangstresen aus zu. Lexia warf einen gespannten Blick in Richtung Eingangstür. Kurz darauf traten Ofelia Oscarsson und ihr Team ein. Obwohl Lexia sich schon mehrmals mit ihr getroffen hatte, um Ideen auszutauschen und Überlegungen durchzuspielen, war sie ein weiteres Mal überwältigt von der enormen Energie und Integrität, die diese Frau ausstrahlte. Sie war eine Sportlerin, die nicht nur gegen Sexismus und Homophobie, sondern eigentlich gegen alle Vorurteile kämpfte, mit denen man als Mensch konfrontiert werden konnte. Damit hatte sie eine innere Motivation freigesetzt, die sie zu einer der erfolgreichsten Athletinnen aller Zeiten machte. Es war schwer, sich nicht von ihr beeindrucken zu lassen. Es kam noch hinzu, dass Ofelia so unglaublich nett war.

Lexia setzte ein herzliches und, wie sie hoffte, intelligentes Lächeln auf und ging mit klappernden Absätzen dicht hinter Adam auf die bedeutsame Delegation zu.

»Herzlich willkommen«, sagte sie und streckte Ofelia die Hand hin. Sie spürte Adams Blick, doch er sagte nichts, sondern stand einfach nur da und strahlte Sicherheit und noch etwas anderes aus, das ihr ein angenehmes Ziehen im ganzen Körper verursachte. »Wir haben Kaffee, Tee, Wasser und Obst bereitgestellt. Sagt einfach, was ihr haben möchtet, dann kümmern wir uns drum.«

Lexia und Dina hatten den großen Konferenzraum vorbereitet, indem sie Plakate mit dem von ihnen entworfenen Slogan aufgehängt und Laptops bereitgestellt hatten. Dina hatte Snacks und Obst eingekauft und kannenweise Kaffee gekocht.

Kurz darauf tauchte Rebecca auf. Lexia kannte keine Frau, die in einer eng anliegenden glänzenden Lederhose und einem weit geschnittenen Blazer ein derart entspanntes Selbstverständnis zur Schau stellte. Leo trug zu seiner modischen Hose mit eng anliegenden kurzen Beinen ein zerknittertes Oberhemd und knallblaue Strümpfe. Im Vergleich zu dem irritierend ungepflegten Stil des Webdesigners sah er frisch und dynamisch aus. Nach und nach betraten die anderen Angestellten der Agentur den Raum. Die meisten Mitarbeiter wollten bei der Präsentation anwesend sein, sodass Adam entschieden hatte, Platz für alle zu schaffen.

Lexia war aufgeregt, aber konzentriert. Sie wusste genau, was sie zu tun hatte, war gut vorbereitet und davon überzeugt, dass alles gut gehen würde.

»Herzlich willkommen. Ich werde kurz die wesentlichen inhaltlichen Punkte erläutern«, begann Lexia, nachdem sich alle Anwesenden mit Kaffee und Snacks versorgt und ihre Handys ausgeschaltet hatten. »Die gesamte Kampagne baut auf zwei Säulen auf: Die erste besagt, dass alle Frauen von Natur aus unterschiedlich aussehen, und die zweite, dass alle Frauen es verdient haben, schöne Unterwäsche zu tragen. Wir haben der Kampagne den Slogan ›Mein Körper trägt‹ gegeben. Damit wollen wir zum einen aussagen, dass unser Körper uns trägt, und zum anderen, dass er die Unterwäsche optimal zur Geltung bringt. Für eine maximale internationale Verbreitung der Marke wird es auch englischsprachige Hashtags geben.«

Sie machte eine Pause, um sich zu vergewissern, dass ihr alle folgen konnten. Ihr war bewusst, dass diese Kampagne die beste war, die sie je entwickelt hatte. In ihrem Inneren breitete sich eine angenehme Wärme aus, die ihre Stimme noch überzeugender und gewinnender klingen ließ. Lexia fuhr fort, die Kampagne zu erläutern und die Botschaft darzulegen, mit der sie die Leute in ihrem normalen Alltag, aber auch in der virtuellen Welt erreichen wollten. Sie holte Luft und sah, wie die Leute im Publikum ihr zuhörten und nickten. Niemand tippte auf seinem Handy herum oder sah aus, als wäre er gedanklich nicht bei der Sache. Alle waren hoch konzentriert. Lexia war extrem zufrieden mit der gelungenen Mischung verschiedener Models, die sie zusammengestellt hatte. Es waren nicht nur hellhäutige, schlanke, dem gängigen Schönheitsideal entsprechende Cis-Menschen, sondern eine erstaunliche Zusammensetzung diverser Individuen unterschiedlichster Herkunft, die sich bereit erklärt hatten mitzumachen. Sie wusste, dass es ganz allein ihr Verdienst war. Dafür hatte sie ihr gesamtes Netzwerk aktiviert, sich mit Siri beraten und darüber hinaus Kontakt zu allen möglichen Leuten aufgenommen, die ihr eingefallen waren. Sie hatte hart daran gearbeitet, eine repräsentative Vielfalt zu schaffen. Zwischendurch hatte sie immer wieder mit Ofelia Rücksprache gehalten. Gegen Ende des Zeitrahmens hatte Lexia fast rund um die Uhr gearbeitet, um auch wirklich die richtige Stimmung einzufangen. Und das Ergebnis war tatsächlich äußerst zufriedenstellend.

Sie hatte auch die Verantwortung für den Online-Auftritt übernommen, hatte mit Dinas Unterstützung eine Homepage kreiert und mit ihrem Team ein klares grafisches Profil erstellt. Beim Brainstorming waren ihnen Hunderte von Ideen gekommen, die sie niedergeschrieben hatten, um sie hinterher im Hinblick auf die Dokumentation des Entwicklungsprozesses des Produkts für interne Zwecke nutzen zu können. Darüber hinaus hatten sie das Manuskript für einen Werbefilm geschrieben, diverse Anzeigen geschaltet, Broschüren verfasst sowie Beiträge auf Instagram gepostet. Außerdem hatte sie noch eine in der Body-Positivity-Szene bekannte Influencerin wegen der Verwertung eines ihrer Songs angefragt, der vom Recht auf den eigenen Körper handelte. Jetzt wurde sie von einem fast magischen Gefühl befallen, das sich auf ihr Publikum zu übertragen schien. Bestimmt war sie nicht die Einzige im Raum, die eine Gänsehaut bekam.

Lexias Erläuterungen wurden von Rebecca noch einmal zusammengefasst, der es gelang, genau die richtige Mischung aus Engagement und Selbstsicherheit zu vermitteln. Als sie zum Ende kam, strahlte sie jede Menge Selbstbewusstsein aus, was Lexia absolut angemessen erschien. Die Kampagne war wirklich ein Volltreffer.

Ein paar Sekunden lang herrschte Stille im Raum, doch dann spendeten die Zuhörer einen enthusiastischen und lang anhaltenden Applaus.

»Noch Fragen?«, erkundigte sich Rebecca mit einem breiten Lächeln. Auch bei der Beantwortung der wenigen Fragen, die gestellt wurden, machte sie einen souveränen Eindruck. Zu Rebeccas Verteidigung musste Lexia einräumen, dass diese nach ihren anfänglichen Einwänden den meisten Vorschlägen zugestimmt und ihre Arbeit nicht länger sabotiert hatte. Jedenfalls kaum.

Dann erhob sich Ofelia. »Danke für die ansprechende Präsentation. Das hier entspricht voll und ganz meiner Vorstellung. Ich bin wirklich sehr zufrieden. Und deshalb kann ich auch gleich bekanntgeben, dass wir beschlossen haben, die Agentur Sandelman & Dyhr zu beauftragen und unser Geld in diese Werbekampagne zu investieren.«

Rebecca nickte wohlwollend. Lexia hätte am liebsten einen Freudentanz aufgeführt, doch sie beschränkte sich darauf, ruhig neben ihr stehen zu bleiben und einen würdigen Eindruck zu machen, auch wenn sie den Verdacht hegte, dass ihr strahlendes Lächeln alles andere als cool war. Und wenn schon, sie hatten schließlich verdammt gute Arbeit geleistet.

»Wir haben vor, die Kampagne bis nach Weihnachten auszudehnen«, erklärte Ofelia. »Damit wird sie die umfassendste werden, die wir je hatten, und ich kann nur hoffen, dass Sie darauf eingestellt sind.«

»Das war wirklich gelungen«, sagte Dina, als sie nach Lexias Auftritt auf sie zukam. Sie beobachteten, wie Rebecca allen Leuten aus Ofelias Team lachend die Hand gab. »Mit solchen Kampagnen gewinnt man Preise«, hörten sie Rebecca zu einer von Ofelias Mitarbeiterinnen sagen. Und damit hatte sie vollkommen recht. Plötzlich erschien ihnen alles möglich. Denn eine Kampagne wie diese mit einer solchen Botschaft würde es unschwer mit denen der großen Agenturen aufnehmen können, die regelmäßig alle möglichen Preise einheimsten. Offenbar war Rebecca mindestens genauso kämpferisch veranlagt wie alle anderen auch.

»Ja, in der Tat«, entgegnete Lexia mit stolzgeschwellter Brust. Letztlich ging es ja nur um Werbung. Aber um gut gemachte und innovative Werbung, und das war entscheidend. »Danke, dass du dich so aufmerksam um alles gekümmert hast, Dina.«

»Ich bin froh, dass ich mithelfen konnte«, entgegnete Dina strahlend.

Lexia schaute auf die Uhr. Es war bereits fünfzehn Uhr. Sie ging zu ihrem Schreibtisch, trank ein Glas Wasser und warf einen Blick auf ihr Handy. Drei verpasste Anrufe von ihrer Mutter. Seit dem Besuch im Krankenhaus hatten sie in den vergangenen Wochen täglich miteinander gesprochen.

»Hallo, Mama«, begrüßte sie ihre Mutter. Lexia verspürte eine gewisse Unruhe. Eva hatte doch hoffentlich keinen Rückfall erlitten?

»Ich wollte nur wissen, wie es gelaufen ist. Du hattest doch heute diese Präsentation, oder?«

Man höre und staune. Ihre Mutter hatte noch nie zuvor bei ihr angerufen, um nachzufragen, wie irgendetwas im Büro gelaufen war.

»Es ist toll gelaufen«, sagte sie und atmete erleichtert aus. Die Stimme ihrer Mutter klang fest, und sie schien auch nicht verwirrt zu sein.

»Du bist engagiert. Das bist du schon immer gewesen. Hoffentlich hat es ihnen gefallen.«

Lexia musste über das uneingeschränkte Lob lächeln. »Danke! Und wie geht es dir?«

»Mir geht es gut. Hast du Adam schon wiedergesehen?«

»Äh, ja. Er ist schließlich mein Chef, und wir sehen uns jeden Tag.«

»Ich wollte es nur wissen. Adam sieht richtig gut aus.«

»Ich freu mich schon auf unsere Reise«, sagte Lexia rasch, denn sie wollte sich nicht in ein Gespräch über Adam verwickeln lassen. Sie und ihre Mutter hatten vor, nach Weihnachten gemeinsam in die Karibik zu fliegen. Der Vorschlag stammte von ihrer Mutter, und seit ihren Herzproblemen wollte Lexia ihr Angebot lieber nicht ablehnen. Zum einen hegte sie große Befürchtungen, gemeinsam mit ihr wegzufahren, zum anderen freute sie sich aber auch darauf.

Nachdem Lexia aufgelegt hatte, stand Adam vor ihr.

»Das war meine Mutter.«

»Wie geht es ihr denn?«

»Gut. Sie ist wieder aus dem Krankenhaus zurück und wird von Donald umsorgt.« Sie zögerte kurz, da sie unsicher war, ob sie eine Grenze überschritten hatte. In den vergangenen zwei Wochen hatten Adam und sie kaum über private Dinge gesprochen, was sie nach dem netten gemeinsamen Abend zu viert etwas enttäuschend fand. Doch das Arbeitstempo war irrsinnig hoch gewesen, sodass sie sich morgens nur kurz begrüßt hatten, bevor sich jeder intensiv in seine Arbeit vertiefte. In dieser Zeit hatten sie nur kurze, auf den Job bezogene Sätze gewechselt. Wenn sie vor Schlafmangel nicht halb tot gewesen wäre, hätte sie es frustrierend gefunden.

»Sie hat übrigens nach dir gefragt.«

»Wirklich?«

»Ja. Du hast offenbar einen guten Eindruck bei ihr hinterlassen.« Sie beschloss, die Äußerung ihrer Mutter über sein gutes Aussehen wegzulassen.

»Ich habe auch an sie gedacht, aber ich wollte mich nicht aufdrängen.«

»Es war wirklich nett von dir, dass du ins Krankenhaus mitgekommen bist.«

»Das habe ich gern gemacht.«

»Abgesehen vom abrupten Ende war es ein supernetter

Abend«, sagte sie. Trotz der Tatsache, dass ihre Mutter ins Krankenhaus eingeliefert worden war, hatte Lexia oft daran zurückdenken müssen, wie lustig es im Restaurant gewesen war.

Adam hatte seine grauen Augen auf sie geheftet. Sie hätte ihn am liebsten dazu gebracht, dass er sich über sie beugte, eine ihrer Locken ergriff und sie um seinen Finger zwirbelte oder ihr mit einer zärtlichen Bewegung die Haare aus dem Gesicht strich, bevor er schließlich sein Gesicht zu ihrem hinunterbeugte, um sie sinnlich zu küssen. Sie blieb mit ihrem Blick an seinem Mund hängen und erinnerte sich an ihren Kuss. Nicht den im betrunkenen Zustand im *Sturehof*, sondern den im Büro, den heißen erotischen Kuss. Am liebsten würde sie diesen Mund noch viel öfter küssen, dachte sie, denn sie sehnte sich danach, dass seine Lippen ihre umschlossen. Und dann würde sie noch jede Menge mehr mit ihm machen: Zärtlichkeiten austauschen, die sie liebte und von denen sie hoffte, dass sie ihm auch gefielen. Sie wollte Dinge tun, durch die er seine Kontrolle aufgab und lockerer wurde, die ihn zum Stöhnen und ins Schwitzen brachten. Er sollte ihr Zärtlichkeiten ins Ohr flüstern und ihre Haut küssen.

»Finde ich auch«, entgegnete er leise, und einen schrecklichen Augenblick lang glaubte Lexia, dass sie all ihre schmutzigen Sexfantasien laut ausgesprochen hatte. »Es war wirklich nett«, fuhr er fort. »Und heute ist es echt super gelaufen.«

»Danke«, murmelte sie. Zum Glück wusste er nicht, dass sie ihm am liebsten die Kleider vom Leib gerissen hätte, während er sich ausschließlich auf ihre Arbeitsleistung konzentriert hatte.

28

Adam

»Adam, könntest du mir heute beim Morgenmeeting ein paar Minuten einräumen?«, fragte Dina, als sie sich am Montagmorgen in der Agentur begegneten.

»Selbstverständlich«, antwortete er. Dina trug wie immer ihr Hündchen unterm Arm, doch er hatte sich mittlerweile an das Tier gewöhnt. Obwohl der Kleine ihn noch immer anknurrte, sobald er irgendeine hektische Bewegung machte.

Adam ging in die Küche, um sich einen Kaffee zu holen und seine Mitarbeiter zu begrüßen. Es war wie an jedem Montag. Die Leute tranken Kaffee oder Tee und unterhielten sich über ihr Wochenende. Er selbst hatte wie immer das ganze Wochenende gearbeitet. Und an Lexia gedacht. Aber hauptsächlich gearbeitet. Er nahm seinen Kaffee mit, sah sie über ihren Computer gebeugt dasitzen und ging so langsam, wie er konnte, an ihr vorbei. Doch er erreichte sein Büro, ohne dass sie aufgeschaut hätte. Als sie nach der Präsentation miteinander gesprochen hatten, war er wie benebelt gewesen. Sie war von ihrem Erfolg so berauscht gewesen, dass ihre Wangen geglüht hatten, und er hätte sie am liebsten in den Arm genommen und sie irgendwohin getragen, wo er sie hätte ausziehen und lieben können. Ein verdammt gefährliches Unterfangen.

Er vergrub sich in seinen E-Mails und seiner gewöhnlichen Post sowie diversen Kalkulationen, bis es fünf Minuten vor neun war und damit Zeit fürs Morgenmeeting.

»Wie ihr wisst, läuft die Offi-O-Kampagne schon heute an«, eröffnete er die Sitzung. Alles war extrem schnell gegangen. Er hatte sich noch immer nicht an diese eigenartige Branche gewöhnt. Aber Ofelia war überglücklich gewesen, und ihr Team hatte seit Freitagnachmittag nonstop gearbeitet. »Sie haben die Pressemitteilungen gerade herausgeschickt, und wir können nur hoffen, dass die Kampagne auf ganzer Linie Wirkung zeigt. Rebecca wird nach außen hin unsere Repräsentantin sein. Ihr habt wirklich gute Arbeit geleistet. Jetzt müssen wir nur noch die Daumen für eine starke Resonanz drücken.«

Applaus brach aus. Lexia strahlte dermaßen, dass Adam den Faden verlor. Dina räusperte sich. Ach ja, genau. »Dina hat mich gebeten, ihr kurz das Wort zu erteilen.« Er trat einen Schritt zur Seite und nickte ihr zu. »Dina?«

»Es geht um die Weihnachtsfeier nächste Woche. Sie wird wie immer am dreizehnten Dezember stattfinden. Morgens gibt es eine Lucia-Feier und abends dann ein gemeinsames Essen für alle Mitarbeiter.«

»Und wo findet es diesmal statt?«, fragte jemand.

»Das ist noch streng geheim, aber ihr werdet es auf jeden Fall früh genug erfahren.«

Außer Dina kannte nur Adam den genauen Plan, denn er hatte alle Kostenvoranschläge quittieren müssen, doch er hatte Dina hoch und heilig schwören müssen, niemandem ein Wort zu verraten.

Wie Adam vermutet hatte, erregte die Kampagne große Aufmerksamkeit. Sämtliche Branchenzeitungen riefen in der Agentur an und baten um ein Interview. Adam musste einen großen Teil davon selbst übernehmen. Sogar herkömmliche Medien riefen an. Die Agentur erhielt zwar auch einige Hasskommentare über Fettleibigkeit und Übergewicht, worauf sie vorbereitet gewesen waren, aber die positiven überwogen bei

Weitem. Schon um fünfzehn Uhr wurde einer ihrer längeren Werbefilme auf YouTube bereits fleißig heruntergeladen, und um sechzehn Uhr hatte eine der einflussreichsten Bloggerinnen einen ausführlichen, teilweise unbegreiflichen, aber intensiv gelikten Beitrag bei Facebook über ihre Kampagne verfasst.

»Ist das jetzt positiv oder negativ?«, fragte Adam, nachdem er sich durch die Lektüre des Beitrags gekämpft hatte, der seiner höchst privaten Meinung nach eher als Versuch einer Egozentrikerin anzusehen war, sich selbst ins Rampenlicht zu stellen, denn als ernst zu nehmende Kritik. Aber wer war er schon, dass er sich eine Meinung zur Stimme eines solchen Medienpromis erlauben konnte?

Lexia zuckte mit den Achseln. »Sie beschwert sich andauernd und schreibt einen Artikel nach dem anderen. Darüber hinaus mischt sie sich in alles ein, insbesondere in Dinge, von denen sie keine Ahnung hat. Ihre Karriere scheint ihren Zenit längst überschritten zu haben, und ehrlich gesagt ist es eher ein Clickbait-Artikel, aber für uns ist jede Form von Aufmerksamkeit förderlich, insofern …«

Es ging in ähnlich hohem Tempo weiter. Die Telefone liefen heiß, es wurde laut geredet und gelacht, und Dina bestellte zum Kaffee Gebäck in die Agentur, das niemand aß. Adam stellte fest, dass er sich wohlfühlte. Er verschränkte die Arme hinterm Kopf, lehnte sich auf seinem Bürostuhl zurück und schaute an die Decke. Die Agentur begann ihm zu gefallen, und er fühlte sich mehr und mehr zu Hause.

Kurz darauf klopfte Dina an den Türrahmen seines Büros und steckte den Kopf zur Tür herein. »Du hast Besuch.«

Für heute hatte er keine weiteren Termine ausgemacht. Er hatte sich eigentlich darauf gefreut, dass sich der Trubel allmählich wieder legen würde und er sich in der Küche vielleicht ein Hefeteilchen stibitzen und an der Kaffeemaschine womöglich sogar einige Worte mit Lexia wechseln könnte. Sozusagen als Ausgleich dafür, dass sie es die ganze Zeit nicht geschafft hatten, miteinander zu reden. Vielleicht könnte er ein wenig mit ihr flirten und sich dabei an ihren Kuss erinnern ...

»Wer ist es denn?« Es würde wohl kaum irgendetwas Wichtiges sein. Vielleicht ein Bote oder jemand, der auf der Suche nach einem Praktikumsplatz vorbeikam.

»Ich ...«, Dina zögerte, bevor sie fortfuhr. »Ich weiß es leider nicht. Die Frau wollte mir ihren Namen nicht nennen, meinte aber, es sei etwas Privates. Soll ich sie bitten, ein anderes Mal wiederzukommen?«

»Nein, nein, ist schon okay.« Wenn es womöglich irgendeine Psychopathin war, die sich hierher verirrt hatte, war es besser, wenn er sich selbst um sie kümmerte.

Als Adam an den Empfangstresen trat, wartete dort eine ganz in Schwarz gekleidete Frau auf ihn. Obwohl er sie noch nie zuvor gesehen hatte, stellten sich sofort die Härchen auf seinen Unterarmen auf. Sie brauchte kein Wort zu sagen – er wusste trotzdem, wer sie war. Womöglich lag es an ihren verweinten Augen, vielleicht aber auch an ihrer trostlosen Haltung. Er blieb mit einem unangenehmen Kribbeln auf der Haut stehen.

»Adam?«

»Ja, der bin ich«, sagte er.

»Ich heiße Karin Nylund. Wir sind uns noch nie begegnet, und Sie können nicht wissen, wer ich bin.«

»Doch, ich weiß es. Sie sind die Ehefrau meines Vaters«, sagte Adam. Karin Nylund sah noch relativ jung aus, nicht viel älter als er selbst, vielleicht etwas über vierzig, doch sie wirkte ziemlich verhärmt.

»Ich bin nicht seine Ehefrau, ich bin seine Witwe«, erklärte Karin. Sie nahm ein Päckchen Papiertaschentücher zur Hand und schnäuzte sich.

Das Monster war also gestorben. Adam bemühte sich, ganz normal weiterzuatmen. Sein Vater war tot. Seltsam, er hatte es weder geahnt noch sonst irgendwie gespürt.

»Und wann?«

»Vorige Woche.«

»Und was wollen Sie hier?«, fragte er barsch, während er sich zwang, bei ihr stehen zu bleiben, obwohl sein Körper von einem Fluchtinstinkt erfasst wurde.

Karins Gesicht wurde noch bleicher. Offenbar hatte er ihr Angst eingejagt. Adam schämte sich, denn er hatte nicht vorgehabt, so abweisend zu klingen. Er war einfach nur schockiert. Eigentlich verabscheute er die Angst, die in ihrer Miene aufflackerte, und er wehrte sich gegen die Erinnerungen, die in seinem Inneren hochkamen. Wut und Angst – davon war seine Kindheit geprägt gewesen.

Karin zerknüllte ihr Taschentuch mit der Hand. »Ich wollte Ihnen die Todesnachricht gerne persönlich überbringen, von Angesicht zu Angesicht.«

»Danke«, sagte er tonlos und bemühte sich, seiner Stimme einen etwas weniger bedrohlichen Klang zu verleihen. Aber er verspürte keinerlei Verbindungen, weder zu der Frau, die vor ihm stand, noch zu ihrem toten Ehemann. Für ihn waren sie zwei Fremde, und er wollte, dass Karin möglichst bald wieder ging. Dann könnte er so tun, als wäre sie nie aufgetaucht und als hätte es sie nie gegeben.

Ihre Augen waren feucht, und ihre Stimme klang brüchig und zaghaft, als würde sie jedes Wort genau abwägen, um nicht beschimpft oder gar geschlagen zu werden. »Sie waren sein Kind, sein ältester Sohn. Er war Ihr Vater.«

Adam schüttelte lediglich den Kopf. Diese Worte hatten keinerlei Bedeutung für ihn.

»Ich bin hier, um Sie zur Beerdigung einzuladen«, fuhr sie fort. »Sie kommen doch, oder?« Karin schaute ihn flehend an.

Es war, als sähe er die gesamte Szene vor sich. Die trauernde Witwe in Schwarz. Den skrupellosen und gewalttätigen Ehemann. Irgendwo im Augenwinkel war ein verängstigtes Kind. Der Junge, der er einmal gewesen war. Der Junge, der immer zu hören bekam, dass er ein Dummkopf wäre und zu nichts taugte. Der Junge, der Hunger gelitten und gefroren hatte. Jetzt war dieser Junge zu einem Vollwaisen geworden. Adam bemühte sich, irgendetwas zu empfinden, doch da war nichts. Gar nichts. Nicht einmal Euphorie.

Karin stand vor ihm. Sie schluckte und schluckte. Dann geriet sie leicht ins Wanken.

»Kommen Sie, wir reden in meinem Büro weiter«, sagte er, wies ihr den Weg und bat sie widerstrebend, sich zu setzen. Immerhin war er nicht so gefühlskalt, eine frisch verwitwete Frau vor die Tür zu setzen.

»Er hat einen Schlaganfall erlitten«, erklärte sie, obwohl Adam nicht danach gefragt hatte. Lediglich ihr verlorener Blick hielt Adam von der Bemerkung ab, dass es hoffentlich nicht zu schnell gegangen sei und dass der Scheißkerl hoffentlich habe leiden müssen, bevor er starb. Stattdessen schwieg er. Bestimmt hatte Karin früher einmal attraktiv ausgesehen, denn sein Vater war regelrecht fixiert gewesen auf das Aussehen von Frauen, die er ausschließlich nach ihrem Äußeren beurteilt hatte. Doch Trauer und ständige Angst beeinflussten das Erscheinungsbild eines Menschen stärker, als die meisten annahmen. Seine Mutter hatte genauso ausgesehen wie Karin: erschöpft, verängstigt und traurig.

»Sie wissen doch, dass Sie einen Bruder haben, oder?«, fragte Karin leise und warf ihm einen flüchtigen flackernden Blick zu. »Einen Halbbruder.«

Adam nickte. Noch nie hatte er an ihn gedacht. Das Wort Halbbruder kam ihm irgendwie surreal vor. Eigenartig, dass man von etwas wissen konnte, ohne je daran zu denken.

»Er ist dreizehn«, sagte Karin, öffnete erneut ihre Handtasche und zog ein Foto heraus, das sie ihm hinhielt. Adam wurde von einer Panikwelle erfasst. Er wollte nicht hinschauen, wollte keine Bilder einer vermeintlich glücklichen Familie sehen. Oder gar von *ihm*.

Karin schien seine Reaktion bemerkt zu haben. »Das ist nicht ... *er*«, erklärte sie rasch. »Ich wollte Ihnen nur ein Foto von Ihrem Bruder zeigen. Sie haben ihn noch nie gesehen, nicht wahr? Er heißt Hampus.« Sie lächelte, und ihre Gesichtszüge wurden etwas weicher. Sie hielt ihm das Foto hin, doch Adam nahm es nicht entgegen, denn er brachte es einfach nicht über sich.

Plötzlich klopfte es an der Tür, und Lexia kam herein, ohne eine Antwort abzuwarten.

»Adam, hast du die Mappe gesehen, in der die Verträge mit Offi O stecken? Dina meinte, du könntest sie vielleicht haben.«

»Ich bin beschäftigt, wie du siehst. Deshalb ist die Tür auch geschlossen«, fuhr er sie an.

Lexia erstarrte. »Entschuldigung.«

Er erschrak und war angesichts seiner Reaktion selbst schockiert. Die Stimme, mit der er sie angefahren hatte, hatte genauso geklungen wie die seines Vaters.

Lexia verließ rückwärts den Raum und zog geräuschlos die Tür hinter sich zu. Karin schaute ihn verängstigt an. Sie stand auf, und ihm wurde fast übel, als er sah, wie viel Angst sie vor ihm und seiner schlechten Laune hatte.

»Ich werde jetzt gehen. Danke, dass Sie mich hereingebeten haben.« Sie zögerte. »Sie beide ähneln sich so«, fügte sie hinzu.

Ihm fuhr der Schmerz in die Glieder. Das hatte er wirklich nicht beabsichtigt. Sie legte ihm eine Trauerkarte auf den Schreibtisch. »Das ist die Einladung zur Beerdigung. Ich hoffe, Sie überlegen es sich noch einmal.«

Er begleitete sie hinaus, verabschiedete sich mit einem steifen Händedruck von ihr und sah sie wie einen Schatten die Agentur verlassen. Als er in sein Büro zurückkehrte, fiel ihm auf, dass sie das Foto auf seinem Schreibtisch hatte liegen lassen. Er ließ sich auf seinen Bürostuhl sinken und blieb eine Weile so sitzen. Dann nahm er das Foto in die Hand, hielt es zwischen Daumen und Zeigefinger an einer Ecke fest, schaute es an und wappnete sich gegen eventuell aufkommende Gefühle. Ein Junge im Teenageralter mit scheuem Blick und etwas zu langen Armen und Beinen, der ohne zu lächeln in die Kamera schaute. Adam legte das Foto zurück auf die Trauerkarte.

Mit einem Seufzer ging er zur Tür und rief: »Lexia, könntest du bitte mal kurz zu mir kommen?«

Sie kam widerwillig und zögerlichen Schrittes.

»Ich wollte mich entschuldigen wegen eben«, sagte er, sobald er die Tür hinter ihr geschlossen hatte. Er deutete mit einem Nicken auf einen Stuhl, und sie setzte sich auf den äußersten Rand.

»Ist schon okay«, sagte sie distanziert, doch das war es ganz und gar nicht, und er sah ihr an, dass sie sauer war.

»Ich habe schlechte Nachrichten bekommen und meinen Frust an dir ausgelassen. Das tut mir wirklich leid.« Das Schlimmste daran war, dass er sich selbst für sein Verhalten hasste. Er hatte erst die Kontrolle verloren und sie dann angepfiffen und eingeschüchtert.

»Und was für Nachrichten? Geht es um die Kampagne?«

»Nein, das nicht.«

»Zum Glück«, sagte sie erleichtert.

»Es ist etwas Privates«, erklärte er, und dann erzählte er ihr zu seinem eigenen Erstaunen alles. Die Worte strömten einfach so aus ihm heraus. Dass sein Vater gestorben war. Und seine Witwe gerade hier gewesen war. Als er seine abgehackte Schilderung schließlich beendete, saß sie zurückgelehnt auf ihrem Stuhl und hörte ihm mit weit aufgerissenen Augen zu.

»Ach, Adam, ich weiß gar nicht, was ich dazu sagen soll. Das ist ja schrecklich. Es tut mir so leid.«

»Danke.«

»Ich hatte ja keine Ahnung. Ganz am Anfang hast du schon mal erwähnt, dass er tot ist.«

»Für mich war es im Grunde genommen auch so.«

»Und du sagst, dass ihr gar keinen Kontakt zueinander hattet?«

»Ja, ich hatte ihn schon seit vielen Jahren nicht mehr gesehen.«

Sie saßen eine Weile lang schweigend da. Adam war zwar völlig fertig, aber immerhin war Lexia nicht mehr verletzt oder wütend auf ihn. Denn den Gedanken daran, sie traurig zu stimmen, hielt er einfach nicht aus.

»Und wann ist die Beerdigung?«, fragte sie.

Er spielte mit dem Foto von seinem Halbbruder herum. Bei seiner Schilderung hatte er dieses Detail ausgelassen. Würde Hampus auch dort sein? War er traurig über den Tod seines Vaters? Oder erleichtert? »Am kommenden Samstag«, antwortete er.

»Du gehst doch hin, oder?«

Adam schüttelte den Kopf. Er sah Karin, die Witwe seines Vaters, noch immer vor sich. Eine traurige Frau, die die halbe Welt auf ihren schmalen Schultern zu tragen schien. Er wusste nicht, ob sie schon immer so ausgesehen hatte, aber er nahm es nicht an. Sein Vater hatte sie gebrochen. Sie wirkte auf ihn so unglaublich einsam. Er würde es nicht über sich bringen, ihr noch ein weiteres Mal zu begegnen und die Schuld dafür auf sich nehmen zu müssen, dass er sie nicht besser beschützt hatte.

Lexia öffnete den Mund, doch er unterbrach sie: »Ich wollte mich nur dafür entschuldigen, dass ich dich so angefahren habe. Das war alles.«

»Aber ...«

»Nein. Tut mir leid, aber ich möchte nicht weiter darüber reden.«

Er konnte es sich ja nicht einmal selbst erklären. Wie sollte er dann Lexia klarmachen, wie es für ihn sein würde, zu dieser Beerdigung zu gehen und mit lauter Menschen aus seiner Vergangenheit konfrontiert zu werden? Mit Menschen, die alles wussten, aber nicht eingegriffen hatten. Alle, die ihn sähen, würden miteinander tuscheln und irgendwelche verqueren Ansichten äußern. Er brachte es nicht fertig. Diese Tür war verschlossen, und zwar für immer. Er konnte nichts mehr für Karin und auch nichts für seinen Halbbruder tun. Es ging einfach nicht, und er wollte es auch nicht.

29

Lexia

Lexia gelang es fast vierundzwanzig Stunden lang, sich nicht in Adams Entscheidung einzumischen, die Beerdigung seines Vaters zu boykottieren.

Doch am nächsten Tag klopfte sie nach der Mittagspause an seine Bürotür. Er wirkte müde.

»Ich weiß, dass es mich nichts angeht und dass du mich auch nicht um Rat gefragt hast. Und ich selbst hasse es, wenn mir Leute ungefragt Ratschläge erteilen«, begann sie und ignorierte seinen skeptischen Blick. »Aber du solltest hingehen.«

Adam lehnte sich auf seinem Bürostuhl zurück und rieb sich die Nasenwurzel. »Ich ahne schon, dass ich es bereuen werde, nachgefragt zu haben, aber wovon redest du eigentlich?«

Lexia verschränkte die Arme vor der Brust. »Von der Beerdigung. Du solltest hingehen.«

»Lexia«, sagte er warnend.

Er hatte recht. Adams Privatleben ging sie nichts an. Also sollte sie sich auch nicht einmischen. Auch wenn sein Vater gerade gestorben war und Adam ziemlich mitgenommen aussah.

»Du solltest hingehen«, wiederholte sie beharrlich.

Er reagierte irritiert und atmete heftig aus. »Warum hängst du dich da eigentlich so rein?«

»Ich weiß es nicht«, antwortete sie ehrlich, denn sie hasste es wirklich, wenn andere Leute meinten, ihr sagen zu müssen, was gut für sie wäre. Schließlich war sie mit einer Mutter aufgewachsen, die eine Meisterin darin war. Aber trotzdem blieb sie dabei. Sie hatte Adams Miene gesehen, als er mit der Witwe seines Vaters sprach, und sie glaubte, darin Wut und noch etwas anderes erkannt zu haben, das sie als Verzweiflung interpretierte. »Du bist schließlich ein guter Mensch«, sagte sie.

Er blickte ungläubig drein und gab ein Geräusch von sich, das nach einem Schnauben und Brummen zugleich klang.

Lexia trat entschlossen einen Schritt vor, bis sie mit ihrem Oberschenkel seinen Schreibtisch berührte, und beugte sich dann zu ihm vor. »Das müsstest du doch eigentlich wissen, Adam. Dass du einer von den Guten bist.« Er verhielt sich bei der Arbeit korrekt, verlangte von seinen Mitarbeitern nie mehr als von sich selbst und kümmerte sich um sie.

»Du kennst mich doch gar nicht und kannst nicht einfach behaupten, dass ich ein guter Mensch bin. Du weißt ja gar nicht, was ich getan habe.«

»Ach, hör doch auf. Hast du etwa jemanden ermordet oder vergewaltigt?«

»Verdammt, was glaubst du denn? Nein, natürlich nicht!«

»Ich glaube, dass jeder irgendwann mal etwas getan hat, wofür er sich schämt. Irgendwas Schlimmes, was man nie jemandem erzählen würde. Das gilt für alle.«

Er warf ihr einen äußerst skeptischen Blick zu. »Glaubst du wirklich? Du auch?«

Am liebsten hätte sie ihn gepackt und geschüttelt. »Natürlich. Ich auch. Aber was ich sagen will, ist, dass du ein feiner Kerl bist. Du legst es nicht darauf an, Menschen zu verletzen. Und Karin wird sehr traurig sein, wenn du nicht kommst.«

»Das ist nicht mein Problem.«

»Nein«, pflichtete sie ihm bei. Das war es auch nicht. Aber er würde es sich selbst nie verzeihen. Auch wenn er manchmal streng und arrogant sein konnte, war er immer nett zu ihr und auch zu Dina gewesen. Und darüber hinaus hatte er sie ins

Krankenhaus begleitet. »Darf ich dich etwas fragen?«, fuhr sie fort.

Er verzog das Gesicht. »Ich wüsste nicht, wie ich dich daran hindern sollte.«

Sie machte eine wegwerfende Handbewegung und ignorierte seine Bemerkung einfach. Denn die folgende Überlegung war ihr wichtig. »Wenn du hingehst, würdest du es hinterher bereuen? Käme es dir so vor, als würdest du gegen deine eigenen Prinzipien verstoßen? Willst du es deshalb nicht?«

Adam schürzte die Lippen. »Nein, ich will nicht hingehen, weil mein sogenannter Vater ein Arschloch war. Ein Mensch, den ich aus meinem Leben verbannen will.«

Da war so vieles, was sie gern gewusst hätte, doch sie begnügte sich mit einer einzigen Frage: »Es wäre aber nicht so, dass du dich dazu zwingen müsstest, oder? Wenn nicht, solltest du wirklich hingehen. Ansonsten glaube ich, dass du es dir ewig vorwerfen wirst.«

»Ich soll es also mir zuliebe tun? Eben hast du noch gesagt, wegen Karin.« Adams Ton war trotzig, aber sie ahnte, dass er innerlich ins Wanken geriet.

»Dir zuliebe und Karin zuliebe. Sonst wirst du es ganz sicher bereuen. Nenn es von mir aus weibliche Intuition, auch wenn ich diesen Ausdruck hasse.«

Er schwieg lange. »Ich werde darüber nachdenken«, sagte er schließlich.

»Wirklich?«, fragte Lexia erstaunt. Sie hatte nicht damit gerechnet, dass er seine Meinung so schnell ändern würde.

Er schaute sie eindringlich an.

»Was ist?«, fragte sie misstrauisch, denn er sah so aus, als wäre ihm gerade eine Idee gekommen. Sie beschlich das Gefühl, dass diese Idee nichts Gutes verhieß und ihr nicht gefallen würde.

»Jetzt habe ich darüber nachgedacht. Okay, ich gehe hin …«

»Ja, super!« Sie war kurz davor, in die Hände zu klatschen, ließ es aber bleiben.

»… wenn du mitkommst«, fügte er hinzu.

Die Falle war zugeschnappt, bevor Lexia überhaupt bemerkt hatte, dass er ihr eine gestellt hatte.

»Was? Nein!«

»Doch. Ich gehe zur Beerdigung meines Vaters, wenn du mitkommst.«

Das konnte doch nicht sein Ernst sein. »Das ist ja lächerlich«, sagte sie mit Nachdruck. »Hier geht es schließlich um deinen Vater. Zieh mich da nicht mit rein.«

»Du hast dich doch selbst reingezogen, indem du mir geraten hast hinzugehen. Du mit deiner Intuition.«

»Es geht aber um deine Verwandtschaft, und das ist deine Privatangelegenheit.«

Er schien ihr Argument einfach zu ignorieren. »Ich bin schließlich auch mit dir ins Krankenhaus zu deiner Mutter gefahren.«

»Aber das kannst du doch nicht mit einer Beerdigung gleichsetzen«, entgegnete sie.

»Tu ich aber. Jetzt liegt es an dir.«

»Das kannst du nicht machen.«

»Mach ich aber.«

»Ich war noch nie auf einer Beerdigung.«

»Das ist kein Argument. Ich gehe hin, wenn du mitkommst. So einfach ist das.«

Ihre Blicke begegneten sich. Er hatte gewonnen. Aber vor ihr saß nicht der selbstsichere Mann, der gerade einen Sieg verbucht hatte, sondern der kleine Junge, den sie tief in ihm erahnte.

»Okay, ich komme mit«, sagte sie mit einem unangenehmen Druck auf der Brust. Letztlich war es gut, dass sie sich eingemischt hatte.

Er bedachte sie nicht mit einem siegesgewissen Grinsen, sondern nickte nur und wandte dann seinen Blick ab. Aber sie registrierte die Erleichterung in seinen grauen Augen.

30

Adam

Als Adam am Samstag nach Solna fuhr, um Lexia abzuholen, war es extrem kalt. Es herrschten Minusgrade, und der Schnee stob auf, während sich der Volvo einen Weg zum Jachthafen bahnte, wo Lexia wohnte. Wenn es weiterhin so kalt blieb, würde das Meer bald zufrieren. Adam ließ seinen Blick über das dunkle Wasser schweifen und fragte sich, ob es in dieser Jahreszeit auf einem Hausboot nicht zu kühl war.

Lexia trug einen schwarzen Mantel und hatte ihre hellen Haare hochgesteckt. Den einzigen Farbklecks in ihrem komplett schwarzen Erscheinungsbild bildeten ihre hellrosafarbenen Lippen, und sein Blick heftete sich umgehend darauf, bevor er ihn rasch abwendete und auf seine Krawatte hinunterschaute. Der Tradition zufolge trug ein Sohn bei der Beerdigung seines Vaters eine weiße Krawatte, doch Adam hatte sich für eine schwarze entschieden, denn er brachte es einfach nicht über sich, irgendeine Form der Verwandtschaft mit ihm zu signalisieren.

»Schicker Wagen«, sagte Lexia mit der unbekümmerten Ahnungslosigkeit eines Menschen, der rein gar nichts von Autos verstand und auch keinerlei Interesse daran zeigte. Ein Mensch, der einem nagelneuen Volvo SUV mit Sonderausstattung nicht ansah, was er kostete, und sich auch nicht darum scherte.

»Danke«, sagte er und hielt ihr die Beifahrertür auf. Sie trug einen Duft nach Vanille und etwas Femininem in den Wagen, und ihre Nylonstrümpfe raschelten leicht, als sie sich neben ihn setzte. Sie hätten ein ganz gewöhnliches Großstadtpaar abgeben können, das zu einem Ausflug unterwegs war. Nur mit Mühe konnte er sich überwinden loszufahren und steuerte den Wagen mit sinkender Laune aus dem Hafengebiet heraus.

»Jetzt ist es wirklich Winter geworden«, sagte Lexia im Plauderton. In zwei Wochen war Weihnachten, und draußen wurde es bereits dunkel, obwohl es erst kurz nach ein Uhr mittags war. »Die Sonne in Kiruna ist schon untergegangen«, fuhr sie fort.

»Für immer?«, fragte er, während er blinkte und auf die Autobahn abbog.

Lexia dachte nach. »Fast. Vor Januar geht sie jedenfalls nicht wieder auf.«

»Bist du schon mal in Kiruna gewesen?«

»Nein. Du?«

»Noch nie.« Aber in dem Moment wäre er weitaus lieber dort oben in der ewigen Finsternis gewesen als hier. Es bestand noch immer die Möglichkeit umzukehren, dachte er. Wenn Lexia nicht neben ihm gesessen hätte, hätte er es wohl auch getan. Doch jetzt hatte er sie überredet mitzukommen und musste sich wohl oder übel zusammenreißen.

»Bist du nervös?«, fragte sie.

»Nein«, antwortete er, was wohl eher eine Lüge war. Vielleicht herrschte ganz tief in seinem Inneren eine gewisse Nervosität, doch er war sich nicht sicher, denn im Augenblick empfand er rein gar nichts. Auf ihrer Fahrt nach Täby redeten sie nicht viel mehr. Je näher sie dem Ort kamen, desto mehr stumpfte Adam gefühlsmäßig ab. Sein einziger Wunsch war, dass endlich alles vorüber und er wieder zu Hause wäre, wo er sich den Inhalt einer Whiskyflasche einverleiben würde. Die einzigen Geräusche, die er hörte, waren das leise Brummen des Motors und das schwache Gleiten der Scheibenwischer über die Windschutzscheibe.

»Frierst du?«, fragte er.

»Nein, ich habe die Sitzheizung auf die höchste Stufe geschaltet, mach dir keine Sorgen um mich.«

Er stellte den Wagen vor der Kirche ab und blieb noch eine Weile sitzen, während er das Lenkrad fest umklammert hielt und durch die Windschutzscheibe hinausstarrte.

»Alles okay?«, fragte sie leise.

»Jetzt bringen wir es hinter uns«, sagte er kurz angebunden und öffnete die Wagentür. Heftiges Schneegestöber blies ihm entgegen.

In der Kirche setzten sie sich ganz hinten auf eine der kalten harten Holzbänke. Außer ihnen waren nicht viele Leute gekommen, und Adam vermied es, sich umzusehen. Karin saß ganz vorne und neben ihr ein schlaksiger Junge mit gesenktem Kopf. Adam atmete tief durch und versuchte sich in Erinnerung zu rufen, dass er nicht allein war. Lexia saß an seiner Seite und spendete ihm Nähe und Wärme. Plötzlich befiel ihn der intensive Wunsch, ihre Hand zu ergreifen und sich an ihr festzuklammern. Aber er ignorierte den Impuls und schaute stur geradeaus, was er bis zum Ende der Trauerzeremonie durchhielt.

Als der Sarg hinausgetragen wurde, folgten sie ihm zusammen mit den übrigen Trauergästen. Lexia fröstelte in ihren dünnen schwarzen Stiefeln und den Nylonstrümpfen, als sie sich ums Grab herum aufstellten. Adam betrachtete seinen Halbbruder. Anfänglich konnte er sich nicht mehr an seinen Namen erinnern, denn sein Kopf war völlig leer, doch ihm fiel auf, dass der Junge ein Abbild seiner selbst in diesem Alter war. Hampus, ja, so hieß er.

Adam riss sich zusammen. Bald würde es vorüber sein. Den Worten des Pastors schenkte er keine Beachtung. Dann wurde der Sarg hinabgesenkt. Irgendwer warf Blumen ins Grab, die mit einem leisen Plumpsen unten landeten. Karin zitterte am ganzen Körper und weinte still. Eine ältere Frau, vielleicht ihre

Mutter, tätschelte ihren Arm. Adam begegnete Hampus' Blick, und die beiden musterten einander.

»Bleiben Sie noch zum Trauerkaffee?«, fragte der Pastor hinterher.

»Nein«, antwortete Adam kurz, wandte sich ab und verließ den Friedhof, so schnell er konnte.

Erst als er an seinem Wagen angekommen war, merkte er, dass Lexia hatte laufen müssen, um Schritt halten zu können.

»Sorry«, sagte er, klickte das Schloss auf und hielt ihr die Wagentür auf.

»Kein Problem«, entgegnete sie atemlos. Er wartete, bis sie sich hingesetzt hatte. Dann umrundete er das Auto und nahm auf der Fahrerseite Platz.

Eigentlich wollte Adam nur noch weg von diesem Ort, doch nachdem er den Motor gestartet hatte, verließ ihn jegliche Kraft. Er war so erschöpft, als wäre er einen Marathon gelaufen oder hätte sich anderweitig körperlich verausgabt. Total am Ende. Er ballte die Hände zu Fäusten, schloss die Augen und lauschte dem Geräusch der Scheibenwischer.

»Adam? Alles in Ordnung?«

Er atmete langsam ein und wieder aus. Ein ums andere Mal.

»Adam?«, rief Lexia nach einer Weile erneut.

Er wusste nicht, wie lange er schweigend dagesessen hatte, und öffnete die Augen. Die Scheibenwischer glitten weiterhin über die Frontscheibe, während draußen Schneeflocken durch die Luft wirbelten. Er atmete aus. Inzwischen hatte die schlimmste Panik nachgelassen, und er konnte wieder normal sehen und hören. Lexia sagte nichts, aber er spürte, dass sie ihn besorgt beobachtete. Sein Verhalten hatte ihr vermutlich Angst eingejagt.

»Er hat mich geschlagen«, sagte er, ohne sie anzuschauen. Er hatte sie in die Sache mit hineingezogen und war ihr nun eine Erklärung schuldig.

»Dein Vater?«

»Ja.«

»Ich verstehe.«

War sie schockiert? War das denn eine schockierende Nachricht? Ihm selbst fiel es schwer, die Sache zu beurteilen, denn für ihn war es ganz normal gewesen, Prügel zu beziehen und psychisch wie physisch misshandelt zu werden. »Aber nicht nur hin und wieder. Er hat mich geradezu vermöbelt. Und zwar ständig und ziemlich brutal.« Adam fuhr sich mit der Hand übers Gesicht. Wie auch immer er es ausdrückte, es war eine Untertreibung. Er hatte noch immer Narben am ganzen Körper und konnte sich gut an mehrere Rippenbrüche, unzählige weitere Frakturen und diverse Gehirnerschütterungen erinnern. Die blauen Flecken und Schürfwunden waren längst verheilt, aber die seelischen Verletzungen nicht. Sie würden wohl nie verheilen.

»Und deine Mutter? Hat er sie auch geschlagen?«

Adam heftete seinen Blick auf die Fläche außerhalb der Windschutzscheibe. Es war noch schlimmer gewesen, mit ansehen zu müssen, wie seine Mutter verprügelt wurde, und die Schläge, ihr Weinen und ihre Schreie mit anzuhören oder das schreckliche Geräusch, wenn sie stürzte oder gegen ein Möbelstück knallte. Dieses schreckliche Gefühl der Machtlosigkeit.

»Ja, er hat sie auch geschlagen«, antwortete er tonlos.

»Und wann ist sie gestorben?«

»Das ist schon lange her. Sie war schwanger. Eines Abends hat er sie heftiger verprügelt als sonst, da hatte er schon tagelang gesoffen. Und da hat er sie in den Bauch getreten. Sie erlitt eine Fehlgeburt und starb an den Komplikationen.« Er umklammerte das Lenkrad noch fester.

»Wie alt warst du da?«, fragte Lexia flüsternd.

Er schaute weiterhin durch die Scheibe hinaus. »Acht Jahre.« Alles war blutverschmiert gewesen. Am nächsten Tag war sein Vater allein aus dem Krankenhaus zurückgekommen. Seine Mutter war nie wieder nach Hause zurückgekehrt. In der darauffolgenden Woche trank sein Vater ununterbrochen und schlug ihn heftiger denn je. Bis heute war Adam nicht klar, wie er diese Zeit lebend überstanden hatte.

»Und was ist dann passiert?«

»Nichts«, antwortete Adam schroff. Eine Frau wurde totgeprügelt, doch das Leben war weitergegangen, als wäre nichts geschehen. »Nichts ist passiert. Ich kann mich nicht mehr an alle Einzelheiten erinnern, aber er wurde nie zur Rechenschaft gezogen. Meine Mutter starb, und mein Vater hat weiter auf mich eingeprügelt. Er hat gesagt, dass er mich hasste und dass ich allein schuld am Tod meiner Mutter sei.« Adam verstummte. Lange Zeit hatte er seinem Vater geglaubt, dass seine Mutter tatsächlich nur seinetwegen gestorben war.

»Adam …«

»Statistisch gesehen hätte ich drogenabhängig, kriminell und obdachlos werden müssen«, unterbrach er sie abrupt. »Ich war ein schlechter Schüler mit miserablen Noten, der zu Hause verprügelt wurde und dem alles scheißegal war. Aber irgendwann habe ich mich selbst aus dem Morast gezogen. Du hast gesagt, dass jeder irgendwas getan hat, wofür er sich schämt. Ich habe in meiner Kindheit und Jugend jede Menge Mist gebaut, und ich schäme mich für so vieles. Zwar habe ich niemanden getötet oder vergewaltigt, aber ich war damals ein ganz anderer Mensch und hatte nur Scheiße im Kopf.«

»Und in welcher Hinsicht warst du anders als heute?«

»Ich war furchtbar aggressiv. Immerzu wütend.«

»Kein Wunder.«

»Erst als ich älter wurde, hat sich das verändert.«

»Und wie kam das?«

»Irgendwann habe ich gemerkt, dass ich gar nicht so ein Dummkopf bin. Seitdem habe ich hart daran gearbeitet, meine Noten zu verbessern. Nach dem Abi habe ich mich mit Erfolg an der Handelshochschule beworben und habe schließlich Roy kennengelernt.«

»Du hast dein Leben also komplett umgekrempelt.«

»Ja.«

Adams Hände zitterten, und auch seine Beine hatten angefangen zu schlottern. Es war eine rein körperliche Reaktion, auf die er keinen Einfluss hatte. Er hasste es, von schlechten Erinnerungen und negativen Gefühlen übermannt zu werden. In all den Jahren hatte er darum gekämpft, sie unter Kontrolle zu behalten. Doch jetzt kam er sich völlig ausgeliefert vor. Mit einer ruckartigen Bewegung betätigte er die Kupplung, schaltete hoch und ließ die Kirche hinter sich. Doch plötzlich spürte er, dass er gar nicht in der Lage war zu fahren, da in seinem Inneren absolutes Chaos herrschte. Er sah alles verschwommen, und sein Herz raste. Auf gar keinen Fall wollte er einen Unfall bauen, insbesondere jetzt nicht, da Lexia mit im Auto saß. Also fuhr er an den Straßenrand, schaltete in den Leerlauf, zog die Handbremse an und vergrub sein Gesicht in den Händen. Er saß einfach nur da. Lexia sagte nichts, doch vermutlich glaubte sie, dass er jetzt völlig von Sinnen war. Er musste sich wirklich zusammenreißen. Plötzlich spürte er eine weiche warme Hand auf seinem Oberschenkel und zuckte zusammen. Die Hand brannte förmlich durch den Stoff seiner Hose hindurch auf der Haut und ließ sie ganz heiß werden. Er hob den Kopf und starrte Lexia an.

Seine Reaktion schien sie erschreckt zu haben. »Tut mir leid«, flüsterte sie beschämt und zog ihre Hand wieder zurück. Doch Adam streckte seine Hand nach ihrer aus, ergriff sie und legte sie zurück an dieselbe Stelle. Dann legte er seine darauf und spürte ihren weichen Handrücken unter seiner Handinnenfläche und stellte fest, wie verzweifelt er sich nach Körperkontakt sehnte. Er schaute erst hinunter auf ihre Hände und dann in ihre Augen. Sie saß mit leicht geöffneten Lippen da und atmete rasch und flach. Ihr blasses Gesicht, das von wenigen gelockten Haarsträhnen eingerahmt wurde, leuchtete. Während es draußen heftig weiterschneite, kam sich Adam drinnen im Wagen vor wie in einer warmen Luftblase. Am liebsten hätte er seinen Kopf zu Lexia geneigt und ihren Duft eingesogen, sich in ihrer Reinheit versenkt und all das Hässliche vernichtet, was er in sich trug. Dann hätte er verdrängt, was er am eigenen Leib erfahren hatte, und alle Leute vergessen, die er enttäuscht hatte. Er wollte alles auslöschen, was er erlebt hatte, und nur noch im Hier und Jetzt leben, ohne sich über die Zukunft Gedanken zu machen. Er wollte überhaupt nicht mehr denken.

»Ich werde ihm nie verzeihen können«, sagte er heiser und drückte ihre Hand. »Ich kann und will es nicht.«

»Das verstehe ich gut, Adam«, sagte sie leise. »Was du durchgemacht hast, ist schrecklich. Es tut mir so leid für dich. Und für deine Mutter. Ich hatte ja keine Ahnung, aber es muss entsetzlich gewesen sein.«

Er drückte erneut ihre Hand, und sie drehte sie um und schob ihre Finger zwischen seine. Sie waren so grazil, dass er sie nur ganz vorsichtig drückte. Fester traute er sich nicht. Im Augenblick war sie für ihn wie ein Anker, eine Rettungsleine, die von den dunklen Abgründen der Vergangenheit in die Gegenwart hinüberreichte.

»Normalerweise spreche ich mit niemandem über das, was damals geschehen ist, weil mich alle dazu bringen wollen, ihm zu verzeihen. Doch das will ich nicht. Was er getan hat, ist unverzeihlich, und wenn es nach mir ginge, soll er bis in alle Ewigkeit in der Hölle schmoren.«

Sie nickte, und in ihren hübschen Augen sah er nichts als Wärme und Verständnis. Er schaute wieder hinunter auf ihre ineinander verflochtenen Hände. Sie hatte schöne, lange Finger und rosafarbene Nägel. »Der hier gefällt mir«, sagte er und berührte den breiten silbernen Ring an ihrem Mittelfinger, der mit einem intensiv türkisfarbenen Stein besetzt war. Genau ihre Farbe.

»Danke«, sagte sie leise. Irgendwie hatte sich die Stimmung im Wagen verändert. Plötzlich nahm er ihre Nähe in einer ganz neuen Art und Weise wahr. Er hörte das leichte Rascheln ihrer Strumpfhose, sah die leichte Bewegung ihres Busens, der sich unter dem schwarzen Mantel hob und senkte, nahm den Duft ihrer Haut und die Wärme ihrer Hand wahr, die sich inzwischen leicht feucht anfühlte, sowie die Zartheit ihrer Finger, die er mit seinem Zeigefinger sanft berührte. Schockiert stellte er fest, dass er Lexia begehrte. Eigentlich war es gar nicht schockierend, denn er begehrte sie schon, seitdem sie sich zum ersten Mal begegnet waren. Nur war er jetzt vollkommen überwältigt von seiner Begierde. Er wollte sie unbedingt haben, hier und heute. Es war anmaßend und egoistisch von ihm, doch er brauchte sie, um zu vergessen, seine Erinnerungen auszulöschen und all das Hässliche mit etwas Schönem zu überdecken. Er ließ ihre Hand los, öffnete seinen Gurt und ließ ihn langsam durch die Handfläche gleiten, ohne Lexia auch nur eine Millisekunde lang aus den Augen zu lassen. Sie schaute ihn mit ihren einzigartigen türkisfarbenen Augen an. Er beugte sich zu ihr hinunter, hielt dann jedoch inne und wartete, um ihr die Möglichkeit zu geben, sich ihm zu entziehen oder von ihm abzuwenden. Doch sie tat nichts dergleichen. Also legte er seine Hand auf ihren Oberschenkel und spreizte seine Finger. Er hörte sie aufstöhnen und spürte zugleich, wie seine Lippen ihren Mund berührten. Sie saß reglos da, während er mit seinem Mund über ihre Lippen fuhr und ihren Atem einsog. Dann biss er sie vorsichtig in die Unterlippe, bevor er seine Zunge in ihren Mund gleiten ließ und sie hungrig küsste. Sie wandte ihm ihren Oberkörper zu. Obwohl es für beide eine unbequeme Stellung war, hatte die Situation etwas Archaisches und Unersättliches an sich und löste bei ihm eine starke Erregung aus. Ihre Atmung wurde schwerer, und eine ihrer Hände glitt um seinen Nacken, während die andere ganz oben auf seinem Brustkorb landete.

»Lexia«, murmelte er an ihrem Mund. Er war nun schon sechsunddreißig, hatte aber noch nie mit einer Frau in einem Auto herumgeknutscht.

Sie antwortete, indem sie ihn erneut küsste und sich an ihn presste.

»Lexia«, wiederholte er. Sie fühlte sich so warm und verlockend an, er trank ihren Duft und verschlang sie mit dem Blick. »Eigentlich sollte ich nicht …«

»Doch, wir sollten schon«, entgegnete sie.

»Aus uns beiden kann ohnehin nichts werden, das ist doch völlig verrückt.«

»Dann lass es doch verrückt sein.«

Er knöpfte ihren Mantel auf, löste ihren Schal, ließ seine Hand unter den Stoff gleiten und umschloss ihre weiche Brust. Sie stöhnte auf, biss ihn in die Lippe und presste ihren Oberkörper gegen seine Hand. Dabei stieß er mit dem Arm gegen den Schaltknüppel, und sie schlug mit dem Knie gegen das Armaturenbrett. Er lachte auf und strich ihr eine hellblonde Locke aus der Stirn. Die Fensterscheiben seines Autos waren jetzt komplett beschlagen. Eigentlich hätte er aufhören oder zumindest irgendwo hinfahren müssen, wo es angenehmer und bequemer war, doch Lexia schlang einen Arm um seinen Körper und drehte sich auf ihrem Sitz so, dass er seine Hände um ihre Hüften legen konnte. Irgendwie gelang es ihm, sie hochzuheben und mit gespreizten Beinen auf seinen Schoß zu setzen.

»Warte«, stöhnte sie. »Mein Rock ist so eng.«

Er schob ihn etwas hoch, sodass ihre weichen Oberschenkel entblößt wurden. Gebannt starrte er darauf, denn er konnte kaum glauben, was er sah. Sie trug Nylonstrümpfe und einen Strumpfhalter, beides ganz in Schwarz. So etwas hatte er im wirklichen Leben noch nie an einer Frau gesehen. Aber er fand es wahnsinnig erotisch.

»Gefällt es dir?«, fragte sie.

»Machst du Witze?« Er strich mit beiden Daumen über den glänzenden Stoff ihres Strumpfhalters und ließ seine Finger dann auf ihren Oberschenkeln weiter hinabgleiten.

»Ich hasse Strumpfhosen«, erklärte sie und beugte sich über ihn, küsste ihn und umschloss ihn mit ihrer Wärme. Ihre hitzigen Küsse ließen ihn aufstöhnen, und er begrub sein Gesicht im Ausschnitt ihrer Bluse, deren kleine schwarze Knöpfe er mit zitternden Händen öffnete.

»Lexia«, murmelte er und starrte auf den erotischen Spalt zwischen ihren Brüsten, während er sich an ihrer Nähe und ihren erotischen weichen Kurven berauschte. Es war genau das, was er jetzt brauchte. Eine innere Stimme flüsterte ihm ein, dass es falsch war, doch er pfiff auf jegliche Vernunft, denn er wollte es unbedingt.

»Ja«, hauchte sie und presste sich an ihn. Er küsste ihre Haut und leckte daran, während er ihren Atemzügen lauschte und ihre Lippen und Zähne spielerisch an seinen Ohren und Wangen spürte. Es war so sinnlich: Ihr leichtes Stöhnen, ihre Zärtlichkeiten, die beschlagenen Scheiben und nicht zuletzt der Schneefall draußen, der ihm die Illusion vermittelte, dass sie beide ganz allein auf der Welt waren. Er schob den Stoff ihres Rockes noch ein Stück weiter hoch, während er zugleich versuchte, seinen Mantel auszuziehen. Sie half ihm dabei, und es gelang ihnen schließlich, den Mantel nach hinten auf die Rückbank zu werfen. Dann schob sie ihren Po vor und zurück und wackelte mit den Hüften, bis der Rock auf Höhe ihrer Taille zusammengeschoben war.

Adam war inzwischen so stark erregt, dass er kaum noch klar denken konnte. Er zog ihr den Mantel über die Schultern hinunter, doch da es ein eng geschnittenes Modell war, blieben ihre Arme seitlich am Körper in den Ärmeln hängen. Sie atmete schwer, während sie ihn mit wildem Blick fixierte.

»Du bist so sexy«, sagte er heiser, auch wenn es eine absolut unzureichende Beschreibung dessen war, was er empfand. Lexia Vikander war die attraktivste und erotischste Frau, der er je begegnet war. Er konnte kaum glauben, dass sie hier auf seinem Schoß saß, ihren Körper an seinem rieb und seine Zärtlichkeiten offensichtlich genoss. Als er den Mantel noch etwas weiter nach hinten zog, schob sie ihren Busen vor. Sie küssten sich erneut wild, und als ihr Mantel endlich ihre Arme freigab, schlang sie ihre Hände um seinen Nacken, vergrub ihre Finger in seinen Haaren und rieb sich an ihm.

»Lexia«, stöhnte er und wusste nicht recht, ob er sie bitten sollte weiterzumachen oder es etwas langsamer anzugehen.

Plötzlich klopfte jemand laut von draußen an die Seitenscheibe der Fahrertür, und sie erschraken. Sie starrten einander an. Lexia schlug sich die Hand vor den Mund und begann sich dann vor Lachen fast auszuschütten. Adam richtete sich benommen auf seinem Sitz auf, und Lexia schloss ihre Bluse halbwegs.

»Fertig?«, fragte er leise. Sie nickte. Adam rieb notdürftig das Kondenswasser von den völlig beschlagenen Scheiben des Autos.

»Alles in Ordnung da drinnen?«, hörte er eine Stimme fragen, während Lexia auf den Beifahrersitz zurückglitt und ihren Rock wieder über die Hüften hinunterschob.

Draußen wurde ein Polizist sichtbar. Adam betätigte den Fensterheber, Schneeflocken wirbelten herein. Der Polizist warf einen misstrauischen Blick ins Wageninnere.

»Alles gut«, antwortete Lexia fröhlich winkend. »Wir ... äh ... wir fahren jetzt.«

Der Polizist nickte stirnrunzelnd. »Tun Sie das«, sagte er in knappem Ton und kehrte zu seinem Streifenwagen zurück. Adam fuhr die Seitenscheibe wieder hoch und schaute Lexia an. »Sorry«, sagte er peinlich berührt. Schließlich war er es gewesen, der sich auf sie gestürzt hatte.

»Wofür denn?«, fragte sie mit leuchtenden Augen. Als sie den Kopf schieflegte, konnte er sich nicht länger zurückhalten. Er beugte sich zu ihr und küsste sie, bis sie wimmerte. Es kam ihm vor, als würde er pure Lebenslust in sich aufsaugen. Er strich ihr eine blonde Strähne aus dem Gesicht und sah, dass ihre Lippen leicht geschwollen waren und glänzten. Am liebsten hätte er sie mit zu sich nach Hause genommen, sie vollständig ausgezogen, jeden Zentimeter ihres nackten Körpers mit Küssen bedeckt und sie geliebt, bis sie beide völlig durchgeschwitzt wären.

Er startete den Motor. »Wir sollten besser losfahren. Der Polizist wartet darauf, uns verschwinden zu sehen.«

Sie nickte.

Eigentlich sollte er sie jetzt bei sich zu Hause absetzen und dankbar sein, es nicht weiter mit ihr getrieben zu haben.

»Bist du schon mal auf einem Hausboot gewesen?«, fragte Lexia, während sie ihren Mantel um den Oberkörper schlang und sich den Schal um den Hals band.

Er schüttelte den Kopf und schöpfte neue Hoffnung, während ihm zugleich die Gefährlichkeit ihres Unterfangens bewusst wurde.

»Hättest du Lust, dir eins anzuschauen? Und mich nach Hause zu begleiten?«, fragte sie mit einer federleichten Stimme, die ihn an Neuschnee erinnerte.

Er umschloss das Lenkrad fester und war sich im Klaren darüber, dass er eigentlich mit Nein antworten sollte. »Natürlich, sehr gern«, sagte er stattdessen. Im Augenblick wusste er nur, dass er unbedingt mit zu ihr kommen wollte.

»Du kennst ja den Weg. Siri ist übrigens nicht zu Hause. Wir haben also sturmfreie Bude.«

31

Lexia

Eben war sich Lexia noch mutig vorgekommen, doch inzwischen hatte sie der Mut wieder verlassen, denn es war wirklich schon eine ganze Weile her, seit sie zuletzt Sex gehabt hatte. Genau genommen hatte sie schon seit über einem Jahr nicht mehr mit einem Mann geschlafen. Und außerdem liebte sie ihre Kurven nicht gerade vorbehaltslos. Nein, sie hatte eher ein kompliziertes Verhältnis zu ihrem Körper, insbesondere nach der Beziehung mit dem Schlankheitsfanatiker Lukas.

Sie wünschte, sie hätte in den vergangenen Wochen nicht ganz so viel gegessen und würde zu denen gehören, die in stressigen Situationen den Appetit verloren und abnahmen. Doch das war bei ihr ganz und gar nicht der Fall. Und obwohl sie viel lieber ein natürliches und entspanntes Verhältnis zu ihrem Körper haben wollte, beunruhigten sie ihr Bäuchlein, das keinerlei Andeutungen von Muskeln oder gar einem Sixpack hatte, sowie ihr Po und ihre Oberschenkel. Oder besser gesagt, eigentlich alles. Ach, es war einfach schrecklich. Schließlich hatte sie einen gesunden Körper und war alles andere als dumm. Warum genügte ihr das nicht?

Sie linste zu Adam auf dem Fahrersitz hinüber. Er hatte an und für sich mehr als zufrieden gewirkt. Die Küsse, die sie ausgetauscht hatten, waren wahnsinnig erotisch gewesen. Der Mann hatte geküsst wie ein Waldarbeiter, der seine Frau seit Monaten nicht mehr gesehen hatte. Im Auto war es zwar etwas beengt und unbequem gewesen, und sie musste zugeben, dass sie auch nicht besonders athletisch war, doch als sie irgendwann auf seinem Schoß gelandet war, hatte sie ihre Position auf dem breiten weichen Sitz mit Adams festen Griff um ihre Hüften als äußerst angenehm empfunden. Und in Anbetracht seiner Reaktion, die sie durch den Stoff seiner Hose hindurch gespürt hatte, hatte es Adam wohl auch gefallen.

Plötzlich kam ihr ein ganz anderer Gedanke. Hatte sie eigentlich Kondome zu Hause? Sie nahm nicht die Pille und befand sich ungefähr mitten im Zyklus. Außerdem hatte sie Angst vor Geschlechtskrankheiten. Sie holte tief Luft, denn sie wusste, dass sie es ansprechen musste, obwohl sie liebend gern darauf verzichtet hätte.

»Adam? Könnten wir unterwegs kurz anhalten? Ich müsste noch etwas besorgen.«

»Na klar. Wo denn?«

»Eine Tankstelle wäre okay«, antwortete sie und errötete. Sie wünschte, sie wäre so cool, dass ihr der Gedanke an den Kauf von Kondomen nicht peinlich gewesen wäre. Außerdem müsste sie Siri eine SMS schicken und sie vorwarnen, beziehungsweise sich vergewissern, dass sie auch wirklich außer Haus war. Großer Gott, wie kompliziert alles doch war. War ihre Bettwäsche eigentlich sauber? Ja natürlich, oder?

»Lexia?«

»Mhm?«

»Alles in Ordnung?«

»Ja, da vorn müsste gleich eine Tankstelle kommen. Dort können wir anhalten«, sagte sie und zeigte aus dem Fenster.

Adam parkte den Wagen, schaltete den Motor ab und öffnete die Fahrertür.

»Brauchst du auch irgendwas?«, fragte sie zögerlich. Konnte er nicht einfach im Wagen sitzen bleiben? »Ich könnte es dir mitbringen«, schlug sie vor.

»Ich muss mir kurz die Beine vertreten.«

Im Tankstellenshop suchte er Schokolade und diverse andere Süßigkeiten aus. »Man kann ja nicht ohne Geschenk kommen«, erklärte er.

Nervös griff Lexia nach einem Tetrapak Milch.

Die Kondome hingen neben der Kasse. Sie war kurz davor, einen Rückzieher zu machen. Vielleicht hatte sie ja doch irgendwo noch ein Kondom herumliegen, oder sie würde sich etwas später noch einmal kurz wegschleichen. Der einzige Nachteil an ihrer Wohnsituation bestand allerdings darin, dass es ziemlich weit bis zum nächsten Laden war.

Sie zögerte, als sie mit der Milch im Arm einen halben Meter von den begehrten Kondomen entfernt stand.

»Gib her, das kann ich doch mitbezahlen«, sagte Adam.

Sie stellte die Milchpackung auf den Tresen und zögerte erneut. Nun komm schon, nimm dir einfach welche, sagte sie sich. Die Kondome hängen doch direkt vor dir. Aber woher sollte sie wissen, welche er haben wollte? Ob er eine Lieblingsmarke hatte? Sie begann zu schwitzen.

»Ist das alles?«, fragte der Mann hinterm Tresen lustlos. Lexias Blick flackerte. Adam stand mit seiner EC-Karte in der Hand da und schaute sie verdutzt an.

»Ich habe keine Kondome zu Hause«, flüsterte sie schließlich so leise, dass sie nicht sicher war, ob er es gehört hatte. Er schaute sie lange an. Doch dann blitzte es in seinen Augen.

»Ich weiß ja nicht, welche dir gefallen«, fügte sie hinzu.

In seinen Mundwinkeln begann es zu zucken.

»Sag jetzt nichts«, warnte sie ihn.

»Wenn du schon mal zum Auto gehst, kümmere ich mich darum, okay?«, sagte er mit einem Lachen in der Stimme. »Möchtest du denn etwas Bestimmtes?«, rief er ihr nach.

»Nimm einfach irgendwas«, antwortete sie und verließ im Laufschritt den Shop.

»Ich habe es vor vier Jahren gekauft«, erklärte Lexia, nachdem sie ihre Mäntel an die Garderobe gehängt und Lexia Adam durchs Hausboot geführt hatte. Mit seiner Größe füllte er die heimeligen Räume in einer ungewohnten Art und Weise aus. Das Hausboot war nicht besonders groß oder modern, sondern ein älteres Modell. Das Unterdeck bestand aus einem minimalen Eingangsbereich, Lexias kleinem Schlafzimmer und einer winzigen gemeinsamen Küche. »Und das hier ist unser Wohnzimmer, das Siri und ich zusammen nutzen.«

»Und wo ist Siri?«

»Sie übernachtet heute bei einer … äh … Freundin. Auf dem Oberdeck hat sie ihr Atelier und ihr Schlafzimmer. Und jede von uns hat eine eigene Duschkabine. Es ist zwar etwas beengt, aber wir fühlen uns wohl.«

»Dein Boot ist fantastisch«, sagte er und lächelte. »Habt ihr nicht auch eine Terrasse? Von draußen sah es jedenfalls so aus.«

Sie nickte. »Im Sommer ist es wie im Paradies.« Sie verstummte, denn sie konnte nicht umhin, sich zu fragen, ob sie je mit ihm auf dieser Terrasse sitzen würde. Doch sie schob den Gedanken beiseite, denn sie hatte keine Ahnung, was aus ihnen beiden werden würde, und wollte auch nicht nachfragen. Sie wollte es gar nicht wissen, jedenfalls jetzt nicht.

»Mein Vater hatte ein Boot, als ich klein war«, erklärte sie stattdessen. Sie hatte lange nicht mehr daran gedacht, doch jetzt kehrten die Erinnerungen zurück: leicht verschwommene Bilder von ihrem Vater in einem knarrenden Ruderboot, in dem sie beide im gleißenden Sonnenlicht saßen und angelten.

»Wohnst du deswegen hier?«

»Ich habe schon immer davon geträumt, auf einem Hausboot zu wohnen, seit ich klein bin. In Filmen habe ich oft gesehen, wie Leute auf Booten lebten und verträumt auf den Kais entlangspazierten. Und als ich dann die Anzeige gesehen habe, wusste ich sofort, dass ich es haben muss.«

»Diese Verlockung kann ich nachvollziehen«, sagte Adam. Während er aus dem Fenster übers Wasser schaute, machte Lexia Feuer im Kamin. Schon bald prasselte es heimelig und verbreitete eine angenehme Wärme sowie ein sanftes Licht im Raum.

»Ist es in Ordnung, wenn ich meine Krawatte abnehme?«, fragte er. Sie nickte und beobachtete aus dem Augenwinkel heraus, wie er sich seiner schwarzen Krawatte entledigte und sein Jackett ablegte. Als er den obersten Knopf seines Hemds öffnete, bekam sie eine trockene Kehle. Selbst sein Hals war attraktiv. Und dieses Halsgrübchen …

Er lächelte ihr zu und schob seine Hände in die Hosentaschen. »Panoramablick übers Meer und Kamin. Klar, dass ihr beide euch hier wohlfühlt.«

»Ja, das tun wir wirklich«, pflichtete sie ihm bei und fragte sich, ob sie sich einfach auf ihn stürzen konnte oder ob das gegen die Etikette verstieß.

»Kennt ihr euch schon länger?«, fragte er und sah dabei nicht gerade aus, als wollte er sie gleich verführen. Lexia zwang sich, ruhig stehen zu bleiben, obwohl sie sich sehnlichst seine Lippen überall auf ihrem Körper wünschte.

»Wir haben uns in einer Kneipe kennengelernt und sind buchstäblich zusammengestoßen. Und als wir miteinander ins Gespräch kamen, hatten wir so viel Spaß, dass wir völlig vergessen haben, mit anderen zu flirten. Irgendwann stellte sich heraus, dass Siri eine Wohnung suchte, und ich jemanden brauchte, mit dem ich mir die Kosten für das Boot teilen konnte.« Siri hatte schon eine verzweifelte Suche hinter sich, und das heiß begehrte Hausboot war extrem teuer im Unterhalt. Hinzu kam, dass gerade ein Heizkessel kaputtgegangen war und Lexia lieber gestorben wäre, als ihre Mutter um Geld zu bitten. »Sie ist als meine Untermieterin eingezogen und schließlich meine allerbeste Freundin geworden.« Lexia ging das Herz über, wenn sie daran dachte, wie viel Siri ihr bedeutete.

»Und was genau macht sie beruflich?«, fragte Adam und betrachtete Lexia interessiert. Er war äußerst aufmerksam und präsent. Das war ihr schon bei ihrer allerersten Begegnung aufgefallen.

»Sie studiert Kunst. Außerdem arbeitet sie als Barfrau. Und als Visagistin. Sie ist ein Multitalent. Diese Figur hier hat sie selbst gemacht und mir zum Geburtstag geschenkt.« Lexia holte eine Skulptur, die angestrahlt in einem Regal stand, und reichte sie ihm. Sie war ihr allerliebstes Stück.

»Siri hat es nicht immer leicht gehabt«, fuhr sie langsam fort. Jetzt wählte sie ihre Worte mit Bedacht. Lexia hatte Siri gegenüber eine Art Beschützerrolle eingenommen und schirmte sie in gewisser Weise nach außen ab, doch Adam war ihr zunehmend wichtig geworden. Wenn er ihren Erwartungen nicht entsprach, wollte sie es jetzt wissen, sonst würde es sie zu sehr verletzen. »Siri bedeutet mir enorm viel. Bei manchen Leuten ist das einfach so. Sie ist für mich wie eine Schwester.«

»Sie ist eine sehr feminine Frau«, sagte er mit einem Lachen.

Lexia erinnerte sich an den Abend, an dem die beiden sich begegnet waren. An Siris langes Seidenkleid, ihr Make-up und ihre hohen Absätze. Adam sprach die Worte völlig ahnungslos aus, aber sie waren bedeutsamer, als ihm bewusst war.

»Ja«, pflichtete Lexia ihm mit ernster Stimme bei. Er hatte eine rasche Auffassungsgabe und konnte zwischen den Zeilen lesen, was eher ungewöhnlich für einen Mann war, nicht zuletzt für einen Personalchef, Geschäftsführer und Finanzmann. Aber vielleicht war sie ja diejenige, die einem Vorurteil aufsaß, denn womöglich wimmelte es in Stockholm nur so von einfühlsamen Finanzleuten.

»Das ist ihr auch extrem wichtig«, fuhr sie fort. »Siri hat immer gewusst, dass sie eine Frau ist, aber in ihren ersten Lebensjahren wurde sie nicht als solche betrachtet. Sie hat hart darum kämpfen müssen, und ihr wurden immer wieder Steine in den Weg gelegt.«

Er stellte die Skulptur vorsichtig wieder zurück ins Regal und wandte sich dann Lexia zu. »Ist sie eine Transfrau?«

Lexia zögerte. Einen Menschen, der einem nahestand, zu outen, war nicht ganz unproblematisch, und vielleicht hätte sie besser den Mund gehalten. Doch schließlich antwortete sie: »Ja« und merkte selbst, dass sie die Luft anhielt.

»Wir haben in unserem Büro in London auch eine Transfrau. Sie trägt hochhackige Schuhe und teure Schminke, genau wie Siri. Und sie liebt Handtaschen. Ich denke, solche Dinge können vor diesem biografischen Hintergrund eine wichtige Rolle spielen.« Er kratzte sich im Nacken und schien nachzudenken. »Und läuft da was zwischen euch? Ich meine, zwischen Siri und dir?«

»Nein, nein, wir sind nur Freundinnen. Ich bin überhaupt nicht Siris Typ. Und außerdem stehe ich auf Männer.« Sie schenkte ihm ein strahlendes Lächeln und spürte, wie sich Erleichterung in ihr breitmachte. Adam war einer der am besten aussehenden Männer, denen sie je begegnet war. Und seine hundertprozentige Akzeptanz von Siri gehörte zu den erotischsten Zügen, die sie je bei einem Mann erlebt hatte.

Er lächelte ebenfalls. »Da bin ich aber froh.«

Wow, dieses Lächeln. Es ging ihr geradewegs unter die Haut, wo es ein angenehmes Prickeln verursachte, und weiter bis in die Gebärmutter, die ihr signalisierte, ihm mindestens zehn Kinder gebären zu wollen. Sie konnte sich ein Kichern nicht verkneifen.

Er zog eine Augenbraue hoch – sein Markenzeichen. »Warum habe ich nur plötzlich den Eindruck, einen Test bestanden zu haben?«

Lexia schüttelte den Kopf. Er war einfach zu aufmerksam. »Ich habe Wein da. Möchtest du vielleicht ein Glas?«

Er folgte ihr in die Küche und strahlte dabei eine angenehme Wärme aus. Sie griff nach einer Flasche Rotwein, deren Herkunftsnamen sie nicht aussprechen konnte. »Den hat Siri mal mitgebracht. Sie hat einen weitaus besseren Weingeschmack als ich«, gestand sie, während sie ihm einen Korkenzieher reichte und zwei Gläser aus dem Schrank nahm. Wenigstens die beiden hochwertigen Rotweinkelche aus Kristallglas waren ihre eigenen.

Adam entkorkte den Wein, schenkte ihnen ein, und dann prosteten sie sich zu. Lexia stellte fest, dass er einen leichten Bartansatz hatte. Sie trank einen kleinen Schluck Wein. Dass er hier bei ihr war, in ihrem Zuhause …

»Du erinnerst dich vielleicht noch an das erste Mal, als wir uns gesehen haben, in der Bar …«, begann sie.

Er musste husten. »Ob ich mich daran erinnere? Ich werde es nie vergessen, solange ich lebe. Es war ein, sagen wir mal, unvergesslicher Abend.«

Lexia errötete, aber sein Lachen war freundlich. »Mein erster Eindruck von dir war, dass du den Jungs aus meiner Schule ähnelst, die mich damals gehänselt haben«, fuhr sie fort. »Aber ich habe mich getäuscht. Der erste Eindruck täuscht häufig. Ich bin sogar der Meinung, dass er nur selten zutrifft. Und du?« Sie nippte erneut an ihrem Wein. Er schmeckte angenehm weich. An eine Atmosphäre wie hier und jetzt könnte sie sich durchaus gewöhnen – ein gut aussehender Mann, ein teurer Wein und ein Feuer, das im Kamin prasselte.

Adam betrachtete sie lange. Dann stellte er langsam sein Glas ab und machte einen Schritt auf sie zu. »Erstens hätte ich dich in der Schule nie gehänselt, und zweitens fand ich dich schon beim ersten Mal, als ich dich sah – also beim allererecht Anblick, noch bevor du mich überhaupt gesehen hast – bildschön.« Seine Augen strahlten Wärme aus, und sein Blick war intensiv. Er trat einen weiteren Schritt vor, und jetzt standen sie so dicht beieinander, dass Lexia den Kopf in den Nacken legen musste, um den Augenkontakt mit ihm zu halten. Ihr Herz begann schneller zu schlagen, und die Härchen auf ihren Unterarmen stellten sich auf.

»Das war mein erster Eindruck«, fuhr er mit leiser Stimme fort, ohne sie aus den Augen zu lassen. »Und dann war ich mir sicher, dass du aus der Oberschicht kommst.«

»Komme ich aber nicht.«

»Nein, aber du bist schön. Damit hatte ich auf jeden Fall recht.« Er umfasste mit beiden Händen ihr Gesicht, strich mit federleichten Fingerspitzen über ihre Haut und küsste sie dann sanft, zärtlich und lange. Es war ein Kuss, dem man sich hingeben und in dem man versinken konnte. Leicht benommen stellte Lexia ihr eigenes Glas ab. Wie durch ein Wunder gelang es ihr, die Arbeitsplatte zu treffen, bevor Adam sie in die Arme nahm und an sich presste. Seine Zunge glitt in ihren Mund, und sie erwiderte seinen Kuss leidenschaftlich. Er konnte gut küssen, doch sie fand, dass sie ihm da in nichts nachstand. Sie liebte es, beim Küssen zwischen hingebungsvoller Zärtlichkeit und Begierde zu wechseln. Adam zog sie noch etwas fester zu sich heran und bedeckte ihren Mund mit weiteren Küssen. Dabei legte er die eine Hand um ihren Nacken, während sich die andere zu ihrer Taille hinuntertastete. Er murmelte ihren Namen, während er den Stoff ihrer Bluse vorsichtig aus dem Rockbund herauszog und zwischen weiteren Küssen die kleinen schwarzen Knöpfe öffnete, den Stoff zur Seite schob und sie schließlich mit dem Blick verschlang. Man konnte es nicht anders bezeichnen – Adam verschlang ihren halb nackten Körper förmlich. Sie trug einen schwarzen BH, unter dessen glänzendem Stoff sich ihre Brüste abzeichneten. Ihr Bauch bildete ebenfalls einen Hügel, doch das machte ihr immer weniger aus, denn seine Reaktion auf ihren Anblick schmeichelte ihr ungemein. Ihr Blut geriet in Wallung, und zwischen ihren Schenkeln begann es angenehm zu pochen.

»Du bist so verdammt schön«, sagte er schwer atmend, und Lexia fühlte sich auch so. Feminin, sexy und begehrenswert. Sie zog leicht an seinem Gürtel, öffnete ihn, knöpfte seine Hose auf und zog sein Oberhemd aus dem Hosenbund. Dann glitt sie mit ihrer Hand unter den Stoff.

Oh my God.

Für sie funktionierte es nur, wenn sie einen Mann auch vom Charakter her erotisch fand. Doch Adams Körper sah geradezu umwerfend aus. Sein Bauch war muskulös und athletisch, und um seine flachen Brustwarzen herum wuchsen dezente dunkle Härchen, genauso, wie sie es mochte. Vom Bauchnabel aus verlief ein schmaler dunkler Strang abwärts und verschwand in seiner Hose. Bei seinem Anblick kehrte mit einem Mal ihre gesamte Unsicherheit zurück, doch dann wiederholte er seine Worte, indem er an ihrer Haut flüsterte: »Du bist so unglaublich sexy, dass ich kaum noch klar denken kann«, während er sich mit seiner Erregung an sie presste, wie um seinen Worten Nachdruck zu verleihen. Auf Lexia wirkte dies wie eine erlösende Zauberformel. Sie hörte an seinem Tonfall und spürte an seiner deutlich wahrnehmbaren körperlichen Reaktion, dass er sie wirklich begehrte. Er streifte ihr ganz langsam und ehrfürchtig einen BH-Träger über die Schulter, bedeckte die Haut oberhalb ihrer Brustwarze flüchtig mit sanften Küssen, streifte dann den anderen Träger ab und küsste dort ebenfalls ihre Haut. Sie schlang eine Hand um seinen Nacken und massierte ihn sanft, während er langsam ihre Brüste entblößte und sie ganz behutsam küsste. Er knetete sie nicht, sondern liebkoste sie ehrfürchtig, als wäre sie die schönste Frau auf der ganzen Welt. »Gott, Lexia«, rief er aus, bevor er sich vorbeugte, eine ihrer Brustwarzen in den Mund nahm und vorsichtig daran sog. Sie gab ein dumpfes Stöhnen von sich. Die Tatsache, dass ihr Körper ihn so erregte, wirkte auf sie wie ein starkes Aphrodisiakum.

Sie bewegten sich auf das Sofa zu, wo sie sich weiter küssten und liebkosten. Adam ließ sich von Lexia entkleiden, bevor er sie ebenfalls langsam und in erotischer Weise von einem Kleidungsstück nach dem anderen befreite. Sie sank rücklings auf die Sitzfläche, legte ihren Kopf auf die Armlehne und bewunderte seinen Körper. Er war ein Prachtexemplar aus definierten Muskeln, behaarten Beinen und klaren Konturen. Er hob eines ihrer Beine an und legte es auf die Rückenlehne, bevor er rasch aufstand und sich das Päckchen mit den Kondomen griff. Dann riss er eine Verpackung auf, streifte sich das Gummi zügig über und drang langsam in sie ein, wobei er sie die ganze Zeit anschaute.

Sie schnappte nach Luft und stöhnte kurz auf. Er war ziemlich groß.

»Okay?«, fragte er flüsternd, und Lexia nickte. Sie brachte kein Wort hervor, weil sie sich ganz auf ihren Genuss konzentrierte. Er liebte sie mit ruhigen und sanften Stößen. Es war so angenehm, dass sie gedanklich abdriftete. Dann glitt er wieder aus ihr heraus, und Lexia wollte gerade ihr Bein von der Lehne nehmen, weil sie sich mit gespreizten Beinen ein bisschen ausgeliefert fühlte, als Adam flüsterte: »Nein, bleib so liegen.« Sie liebte seinen gierigen Blick geradezu. Dann senkte er seinen Kopf und bedeckte ihren Körper mit Küssen. Er arbeitete sich immer weiter abwärts. Sie dachte nicht einmal daran, ihren Bauch einzuziehen, und stellte fest, dass sich ihr Körper ausgezeichnet dazu eignete, Adam und auch ihr Genuss zu bereiten. Das war das Einzige, was im Augenblick zählte. Er strich sanft mit den Händen über ihre Oberschenkel, bevor er sie schließlich auf den Venushügel küsste.

»Ich liebe es, dass du hier nicht rasiert bist. Die Haare sind so hell. Du bist wie ein Geschenk, das beste Geschenk, das ich je bekommen habe«, murmelte er, spreizte ihre Schamlippen und begann sie zu lecken. Sie stöhnte auf. Er legte seine Handflächen entschlossen auf die Innenseiten ihrer Oberschenkel, um ihre Beine in der gespreizten Position zu halten. Dann stimulierte er sie mit den Fingern, leckte sie, drückte und nagte spielerisch mit den Zähnen an ihrem empfindlichsten Punkt, während sie ihre Hüften immer heftiger bewegte. Es war fantastisch. Offenbar kannte er sich aus und genoss es ebenfalls. Es gab so viele Männer, die eine Frau nicht im Intimbereich berühren oder küssen wollten. Adam hingegen war geradezu enthusiastisch. Kurz darauf richtete er sich wieder auf und schaute sie lange an, als wollte er sie mit seinem Blick absorbieren.

Sie zog sein Gesicht zu sich heran und küsste ihn, denn sie liebte es, ihren eigenen Geschmack auf seinen Lippen zu schmecken. Dann ließ sie langsam eine Hand über seinen Bauch hinuntergleiten und umschloss seinen steifen Penis. Sie genoss es, ihn in der Handfläche zu spüren. »Du bist so groß«, sagte sie. Während er sie geleckt hatte, war er nicht erschlafft, ganz im Gegenteil, und das schmeichelte ihr. Er drang erneut in sie ein und füllte sie ganz aus. Bebend atmete er aus, und dann liebte er sie konzentriert und aufmerksam. Währenddessen fuhr sie mit den Händen über seinen Brustkorb und schlang ihre Beine um seinen Rücken. Er stöhnte auf.

Doch dann zog er sich erneut aus ihr heraus. Sie wimmerte protestierend. »Ich will noch nicht kommen«, sagte er atemlos und begann sie erneut zu lecken – diesmal fester und hitziger als vorhin.

»Oh mein Gott«, stöhnte sie. Er war so feinfühlig und merkte sofort, wenn sie irgendetwas nicht ganz so stark erregte. Er spürte ihre erogenen Zonen auf und stimulierte sie, und genau in dem Moment, als sie anfing zu zittern, hörte er wieder auf. Als er kurz darauf in sie eindrang, nahm er sie etwas fester. Nun stöhnten sie beide, und der Schweiß ließ ihre Haut feucht glänzen. Lexia war so erregt, dass sie am ganzen Körper zitterte. Sie würde jeden Moment kommen. Damit hatte sie nicht gerechnet, jedenfalls nicht beim ersten Mal. Zusammen mit einem Mann hatte sie bisher nur selten einen Orgasmus erlebt. Sie setzte das auch keineswegs voraus, sondern begnügte sich meist mit Nähe und Zärtlichkeiten. Jetzt nahm er sie hart und stieß tief in sie hinein, während er sie fast brutal auf die Sofapolster presste. Plötzlich kam sie, nicht in einer kurzen heftigen Explosion, sondern in ausgedehnten, lang anhaltenden Wellen. Es war ein überwältigendes Gefühl, als würde sich in ihrem Inneren irgendetwas entladen, wie eine sprießende Blume oder ein Feuerwerk, allerdings viel erotischer und archaischer, und als sie schließlich ihren Höhepunkt erreichte, bog sie ihren Rücken nach hinten und klammerte sich an seinen Oberarmen fest. Ihre Fingernägel gruben sich in seine Haut, während sie unartikuliert stöhnte und schrie. Er fixierte sie mit dem Blick, sodass beide förmlich in den Genuss des anderen hineingezogen wurden, und dann kam sie erneut, diesmal etwas ruhiger und verhaltener. Er vergrub seinen Kopf tief in ihren Haaren.

»Ich komme«, rief er schließlich mit erstickter Stimme. Sie konnte ihren Blick einfach nicht von seinem Gesicht lösen, von seiner fokussierten Konzentration auf die Vereinigung ihrer Körper. Sie umarmte ihn, zog ihn zu sich heran und hielt ihn fest, während sein Körper auf ihrem bebte.

Danach blieben sie völlig verschwitzt und befriedigt eng umschlungen auf dem Sofa liegen. Sie sogen den Duft des jeweils anderen ein, während sie lachten und sich küssten.

»Das war fantastisch«, sagte er und küsste sie zärtlich in den Nacken. Dann legte er sich erneut auf sie und presste sie mit seinem Gewicht auf die Polster hinunter, wo er sie weiterküsste und spielerisch in die Lippen biss. Lexia wurde von einem angenehmen Schauer nach dem anderen erfasst. Sie liebte es, Hautkontakt zu haben und von der Körperwärme eines groß gewachsenen Mannes umschlossen zu werden. Ebenso wie das leicht empfindliche Gefühl auf ihren Lippen nach seinen Küssen und zärtlichen Bissen.

»Möchtest du noch mehr Wein?«, fragte sie schließlich.

»Ja, mehr Wein und mehr von dir. Und was zu essen. Ich habe einen Riesenhunger. Und du?«

Lexia kam sich wie ausgehungert vor. Adam zog sich seine Hose an, während sich Lexia in eine Wolldecke hüllte, und dann bereiteten sie gemeinsam einen kleinen Imbiss zu. Sie schenkten sich Wein nach, schnitten eine kalte Quiche auf und öffneten die Schokoladentafeln, die Adam gekauft hatte. Lexia fand noch eine Tüte Gemüsechips und ein Stück Käse. Sie trugen das Essen zum Sofa, wo Lexia es sich mit den Füßen unter der Decke gemütlich machte.

Adam streichelte ihre Schulter und beugte sich zu ihr vor. »Ich kann vom Duft deiner Haut einfach nicht genug bekommen. Weißt du eigentlich, dass du nach Vanille duftest?«

Sie zog die Decke etwas höher. »Ich bin nicht immer ganz zufrieden mit meinem Körper«, sagte sie ehrlich.

»Das verstehe ich überhaupt nicht. Meinst du damit, dass du nicht weißt, wie wunderbar er ist?« Er reichte ihr ein Stück Schokolade.

»Nein, du darfst es mir gern öfter sagen«, antwortete sie und fühlte sich sehr sexy. Seine Schmeicheleien stimmten sie geradezu euphorisch.

»Du bist wirklich fantastisch«, sagte er ernst. »Das musst du mir glauben. Ich habe nämlich immer recht, also stimmt es auch.«

Lexia lachte erneut, und sie aßen noch mehr Schokolade und kalte Quiche. Während Adam zu Wasser überging, trank sie von dem Wein, und sie unterhielten sich über Fernsehserien und Musik, über Kinofilme und Reisen. Über Themen wie Familie, Arbeit oder die Zukunft wechselten sie kein Wort, als hätten sie beschlossen, ganz im Hier und Jetzt zu bleiben.

Während Adam sich vorbeugte, um Lexia Wein nachzuschenken, musterte sie ihn gierig. Er war wirklich maskulin, ein muskulöser Mann mit klaren Konturen – weder ein computerspielendes Riesenbaby noch ein Musiknerd, sondern ein echter Mann. Das war fantastisch. Sie streckte ihre Hand nach ihm aus, da sie ihn einfach immer wieder berühren musste. Schließlich saß er hier neben ihr, und seine virile Männlichkeit stand ihr uneingeschränkt zur Verfügung.

Als sie vom Sofa aufstand, um im Kamin Feuerholz nachzulegen, heftete er sich an ihre Fersen, streifte ihr die Wolldecke ab, strich ihr über den Rücken und schloss seine Hände um ihre Pobacken. Sie versuchte, sich zu ihm umzudrehen, doch er hielt sie in dieser Position fest, kniete sich hinter ihr auf den Boden, spreizte ihre Beine und ihre Schamlippen und küsste sie dort. Sie begann zu zittern und stützte sich an der Wand ab, blieb aber stehen, während er sie von hinten leckte. Als sie rasch und bebend kam, hatte sie das Gefühl, als könnten ihre Beine sie kaum noch tragen.

Sie hörte sein leises Lachen hinter sich und drehte sich um. Ihr Blick wanderte zum sichtbaren Beweis für seine Erregung. Grinsend schaute er an seinem Körper hinunter. »Es grenzt an ein Wunder«, sagte er. »Ich bin ja immerhin schon sechsunddreißig.«

Sie setzte sich vor ihm auf den Boden und spürte die angenehme Wärme des Kamins im Rücken, als sie ihre Hände auf seine Oberschenkel legte und ihm ins Gesicht schaute. Langsam strich sie ihm mit den Händen über die Beine, bevor sie sich vorbeugte und ihn erst auf den Bauch und die Oberschenkel küsste und schließlich seinen gesamten Körper mit Küssen bedeckte.

»Lexia«, sagte er heiser. Sie zögerte kurz. »Du brauchst es nicht zu tun, aber ich bin frisch gewaschen, versprochen.«

Daraufhin nahm sie ihn in den Mund. Er war groß, und sie musste ihre Lippen weit öffnen, liebte aber das Gefühl, vollständig von ihm ausgefüllt zu werden. Sie leckte ihn. Er fühlte sich warm und hart an. Lexia sog an ihm, während sie mit ihren Händen nachhalf und dabei seinem Stöhnen lauschte. Sie liebkoste seine Hoden und leckte sie ebenfalls, und ihr gefiel sein leicht salziger Geschmack und das Gefühl, ihm Genuss zu bereiten. Sein ganzer Körper fühlte sich so angenehm fest an. Sie umschloss mit den Händen seinen Hintern und seine muskulösen Pobacken.

Als er unter ihren Fingern und ihrem Mund zu zittern begann, zog er sich wieder heraus und suchte mit dem Blick nach dem Kondompäckchen. Er wirkte stark erregt und empfindsam zugleich, und Lexia gefiel es, dass es an ihr lag. Noch immer vor ihm kniend nahm sie ihm das Päckchen aus der Hand und streifte ihm langsam einen Gummi über, während sie seine zitternde Erregung in ihrer Handfläche genoss.

»Komm«, forderte er sie mit rauer Stimme auf, reichte ihr eine helfende Hand und zog sie noch näher zu sich heran. Sie setzte sich mit gespreizten Beinen auf ihn und spürte seine festen Beinmuskeln unter ihren Oberschenkeln, während sie sich mit einer Hand auf seiner Schulter abstützte, ihn mit der anderen umschloss und zu sich führte. Langsam glitt sie hinunter und lauschte dabei seinem Atem. Als sie spürte, wie sehr er sie ausfüllte, gab sie ein leises Stöhnen von sich. Seine tiefen Atemzüge, die erotischen Komplimente und seine Liebkosungen ließen sie selbstsicher und mutig werden. Er umfasste mit seinen Händen ihren Po und half ihr, ihn in seiner ganzen Größe in sich aufzunehmen, bevor er sich in ihr auf und ab bewegte. Lexia stützte jetzt beide Hände auf seine Schultern und verlagerte ihr Gewicht etwas nach vorn. Sie empfand es als äußerst intim, eng umschlossen mit einem Mann zusammenzusitzen und ihn in sich aufzunehmen, während beide sich gemeinsam auf den Höhepunkt zubewegten. Seine Hüften schoben sich nach oben, während sie sich auf ihn hinuntersinken ließ. Sie musste ihn immerzu ansehen und konnte einfach nicht die Augen schließen. Jetzt presste er seine Lippen aufeinander. Sie musste sich erst daran gewöhnen, ihn so tief in sich zu spüren. Er ließ sie ebenfalls nicht aus dem Blick, und seine grauen Augen konzentrierten sich ganz auf ihr Gesicht, während sich auf seinem Brustkorb Schweißperlen abzeichneten. Sie gab mit ihren Bewegungen den Takt vor. Seine rauen Hände hielten sie auf Hüfthöhe fest, ließen ihr aber ansonsten genügend Freiraum. Plötzlich zog sich seine Gesichtsmuskulatur zusammen, und er kam. Und sie – die sie noch nie mehrere Orgasmen hintereinander erlebt hatte – kam auch noch einmal.

Viermal, konnte sie nicht umhin zu denken. Ich bin viermal gekommen. Ich bin eine Sexgöttin. Während sie ihr Gesicht an seinem Nacken und Hals vergrub und an sciner Haut schnupperte, spürte sie, wie ihre Erregung allmählich wieder abebbte. Sie genoss seine zärtlichen Streicheleinheiten auf ihrem Rücken und erschauderte wohlig.

Adam und Lexia kuschelten sich in zwei Wolldecken. Dann lehnte sie sich an seinen Körper, und er schloss sie in seine Arme. Lexia fuhr mit dem Finger über das Tattoo auf seinem Unterarm, das einen schmalen schwarzen Pfeil darstellte. Sie beugte sich vor und schnupperte an seiner Haut, von der sie gar nicht genug bekommen konnte.

»Hat das Tattoo eine besondere Bedeutung?«, fragte sie.

Er lachte peinlich berührt auf. »Ach, ich hab es mir stechen lassen, als ich achtzehn geworden bin. Ein Pfeil kann nur weggeschossen werden, wenn er vorher gespannt wird. Er ist ein Symbol dafür, dass man nach vorn schauen muss, wenn das

Leben einen zurückhält. Eigentlich ziemlich albern. Aber ich war jung und wütend auf die ganze Welt.«

»Ich finde es sexy«, meinte sie und dachte insgeheim, dass der Pfeil auch für die Liebe und den Pfeil Amors stand. Doch das behielt sie für sich. Dann musste sie plötzlich gähnen.

»Müde?«, fragte er nach einer Weile Small Talk. Mittlerweile war es so spät, dass schon fast der nächste Morgen graute.

»Sollen wir uns schlafen legen?«, fragte sie ohne nachzudenken und ohne auch nur zu ahnen, dass sie ihm eine hochsensible Frage gestellt hatte.

Adam sagte nichts, doch sie spürte im ganzen Körper, dass ihre Frage völlig falsch gewesen war. Für ihn war es offenbar keine romantische Liebesnacht gewesen, jedenfalls nicht wie für sie. Er wand sich, rieb sich das Kinn und schaute sie flüchtig an, bevor er den Blick senkte. Seine gesamte Körpersprache drückte Befangenheit aus, und Lexia wusste bereits, was er antworten würde, noch bevor er seinen Mund öffnete.

»Ich glaube, es ist besser, wenn ich nach Hause fahre«, sagte er, ohne irgendeinen Grund dafür zu nennen. Sie redete sich ein, dass sie auch nichts anderes erwartet hatte.

»Wir hatten ja gesagt, dass nichts daraus werden kann«, erklärte er.

»Na klar«, pflichtete sie ihm bei. Das Ganze sollte ja nicht über Sex hinausgehen. Dabei war das eine Lüge. Sie hatte nämlich auf mehr gehofft. Natürlich konnte man wahnsinnig guten Sex haben und danach getrennt schlafen, doch irgendwie hatte es sich nach viel mehr als nur einem One-Night-Stand angefühlt. Jedenfalls für sie. Es fiel ihr schwer, sich nicht abgewiesen zu fühlen, auch wenn sie nichts sagte. Natürlich nicht, denn sie hatten einander nichts versprochen, und Adam war nicht verantwortlich für ihre Gefühle und Hoffnungen. Wenn er nach dem gemeinsamen Sex heimfahren wollte, stand es ihm frei, das zu tun.

Also stand sie eine Weile später in die Wolldecke gehüllt an der Tür und sah Adam hinterher. Dann hörte sie, wie sein Wagen startete und durch den Schnee davonfuhr.

32

Adam

»Und, wie lief's gestern?«, fragte Bashir, während er sich über das grüne Jungenfahrrad beugte, das er gerade reparierte.

Adam hob den Kopf und runzelte die Stirn. »Was zum Teufel meinst du?«

Bashir wischte sich mit der Hand über die Stirn und hinterließ darauf einen schwarzen Streifen. »Jetzt komm mal wieder runter, Mann. Du warst gestern auf der Beerdigung deines Vaters, und ich frage aus reiner Anteilnahme. Was ist denn heute nur mit dir los?«

Adam hatte die Beerdigung völlig vergessen. Das klang absurd, entsprach aber der Wahrheit. Lexia hingegen schwirrte ihm andauernd durch den Kopf. Sex mit einer Angestellten zu haben, war das absolut Dümmste, was er je getan hatte. Wie war er nur auf die Idee gekommen, mit Lexia Vikander eine leidenschaftliche Nacht zu verbringen und zu glauben, er könne anschließend alles verdrängen und mit ihr zusammenarbeiten, als wäre nichts gewesen? Als wäre seine Welt nicht völlig aus den Fugen geraten? Mal ganz ehrlich: Wie dämlich war das denn?

Er nahm ein längliches, ölverschmiertes Ersatzteil zur Hand und begann es zu säubern. »Sorry«, entschuldigte er sich. »Die Beerdigung war eigentlich ganz okay, obwohl es der pure Stress war. Aber trotzdem gut, dass ich hingefahren bin.« Er meinte es ehrlich, denn es hatte ihm wirklich gutgetan. Lexia hatte recht gehabt.

Lexia, Lexia, Lexia.

Er ballte mit dem verschmierten Lappen in der Hand die Faust. Das Ganze war so unüberlegt gewesen. Der Tod seines Vaters, der Besuch der verängstigten Karin in der Agentur und die Tatsache, dass er einen trauernden dreizehnjährigen Halbbruder hatte – das alles hatte ihn völlig aus der Bahn geworfen. Hinzu kamen seine Gefühle für Lexia. Gefühle, die er eigentlich nicht haben durfte. Und plötzlich war irgendwo in seinem Inneren eine Leitung durchgebrannt, und er hatte nur einen einzigen Gedanken fassen können, nämlich, dass alles gut werden würde, wenn er nur mit ihr schlief.

»Bist du allein hingefahren?«, fragte Bashir. Er hatte schon immer Spaß daran gehabt, mit den Händen zu arbeiten, und nutzte seine Freizeit für die Reparatur alter Fahrräder, die er an bedürftige Jugendliche und Flüchtlinge verschenkte. »Ja«, antwortete Adam, putzte eine Felge und wich Bashirs Blick aus. »Oder nein. Lexia ist mitgekommen.«

Langes Schweigen. Bashir sah ihn an, doch Adam schaute weg.

»Die von der Agentur?«, fragte Bashir schließlich. »Die Lexia?«

»Glaubst du vielleicht, ich kenne noch eine andere?«, fragte Adam.

Bashir blinzelte. »Und wie war es? Ich meine, dass sie dabei war?«

Adam kapierte selbst nicht, warum er ihm das anvertraut hatte. Woher kam sein plötzliches Bedürfnis, über Lexia zu sprechen? Es war gefährlich und ziemlich naiv. Am besten sollte er alles ignorieren: seine Gefühle für sie, den gemeinsamen Sex, die Gedanken an sie. Er griff nach einer Mutter. »Ganz okay«, antwortete er knapp.

»Läuft da was zwischen euch?«, fragte Bashir, offenbar völlig unberührt von Adams Missmut.

Gute Frage. Sie hatten fantastischen Sex miteinander gehabt, und im Zuge dessen hatte sich eine ganz neue Welt von Problemen aufgetan. Im Nachhinein war Adam schockiert, dass er nach der Beerdigung zusammengebrochen war, und erschrocken darüber, wie sehr er sich Lexia gegenüber geöffnet hatte. Ihm flößte es Angst ein, wie rasch er in ihrer Gegenwart die Kontrolle über sich selbst verlor. Wie nahe er sie an sich heranließ und wie viel er von seinem Inneren preisgab.

»Zwischen uns kann ja wohl kaum was laufen«, entgegnete er, wischte sich die Hände am Lappen ab und richtete seinen Oberkörper auf.

»Und warum nicht?«

»Weil ich ihr Chef bin«, antwortete er. Diese Erklärung kam ihm allmählich verdammt ausgelutscht vor, zumal er andauernd dagegen verstieß, doch deswegen war sie noch lange nicht ungültig. Es war nun einmal eine äußerst schlechte Idee, als Chef mit seiner Angestellten zu schlafen. Wenn es herauskäme, würde es vernichtende Folgen haben. Die anderen Mitarbeiter könnten ihm Begünstigung vorwerfen, womit seine Glaubwürdigkeit untergraben wäre. Für Lexia hätte es sogar noch schlimmere Folgen. Er hatte so etwas schon erlebt. Es war wie ein Gift, das eine gesamte Organisation von innen heraus zerstören konnte. Das Vertrauen schwand, der Klatsch und Tratsch unter den Mitarbeitern blühte, und die Zusammenarbeit verschlechterte sich rapide. Es würde jahrelange Konsequenzen nach sich ziehen. Je mehr er darüber nachdachte, desto klarer wurde ihm, was er getan und wie viel er riskiert hatte.

Adam fühlte sich schlecht. So konnte es gehen, wenn man sich seiner hohen Moral rühmte. Dann war die Fallhöhe entsprechend groß.

Bashir wischte sich die Hände an einem anderen Lappen ab. »Ja, du hast recht. Es ist ja in der Weltgeschichte noch nie vorgekommen, dass ein Chef und seine Angestellte einander verfallen sind.«

»Hier ist niemand irgendwem verfallen«, entgegnete Adam, denn so war es doch wirklich nicht. Das war ja geradezu lächerlich. Sie hatten Sex miteinander gehabt, und das war alles. Eine einmalige Sache. Jedenfalls wünschte er sich, dass es so einfach wäre. Er wollte, dass er nicht andauernd an sie denken müsste und dass bei jeder Gelegenheit vor seinem inneren Auge kleine Filme über sie abgespielt wurden.

»Ich kapier es irgendwie nicht. Magst du sie denn nicht?«, fragte Bashir.

»Ich bin Geschäftsführer, und ich empfinde für all meine Mitarbeiter das Gleiche.«

»Aber so wie über sie hast du noch nie über eine andere Frau gesprochen.«

»So viel hab ich doch gar nicht gesagt.«

»Du solltest mal deine Stimme hören«, wandte Bashir ein und schüttelte den Kopf.

»Ach, Blödsinn. Meine Stimme klingt genauso wie sonst auch. Und jetzt will ich nicht länger darüber reden«, sagte er und ging, um das nächste Fahrrad zu holen.

Bashir warf ihm einen undefinierbaren Blick zu, sagte aber nichts.

Zu Hause beschloss Adam, in seiner Wohnung eine weitere Wand abzuschleifen. Er wollte sich auspowern und seinen Kopf freikriegen, stellte aber fest, dass es einfach nicht funktionierte. Bei jeder Schleifbewegung musste er an Lexia denken. Daran, wie sie ausgesehen hatte, während sie kam. An ihr Lächeln, ihren weichen Körper, ihre enge … Als plötzlich sein Handy klingelte, wurde sein Körper von einem angenehmen Ziehen erfasst. Wenn es nun Lexia war? Es versetzte ihm einen Stich, als er feststellte, dass er mehr denn je mit ihr sprechen wollte. Dass er sie fragen wollte, wie es ihr ging, ob sie sich wund gerieben und ihn vermisst hatte. Doch es war nicht Lexia, sondern Roy.

»Was willst du?«, fragte Adam und begann diverse Farbdosen zu öffnen. Er hatte gerade einen neuen Weißton gekauft, der ihn an das Sofa erinnerte, auf dem sie sich geliebt hatten. Ein sahnefarbener Ton, der Assoziationen an ihren Vanilleduft weckte.

»Ich würde gern mit dir über die Agentur reden. Mir ist da nämlich eine Idee gekommen.«

»Jetzt? Können wir das nicht morgen machen?« Vielleicht sollte er Lexia doch anrufen, dachte er. Den ganzen Tag hatte er den Gedanken an ein Gespräch mit ihr als unmöglich abgetan, doch jetzt erschien es ihm plötzlich unabdingbar. Verfluchte Vernunft, verfluchte Kontrolle. Er wollte so gern mit ihr reden, obwohl alles, wirklich alles dagegen sprach. Es wäre der reine Wahnsinn, eine Beziehung mit ihr anzufangen. Er versuchte sich selbst zu beruhigen, dass es schließlich nur um körperliche Anziehung und Leidenschaft ging, nichts anderes. Aber er sollte sie dennoch anrufen und zwar aus Anstand, nachdem er Hals über Kopf von ihrem Hausboot geflohen war. Auch wenn es nur ein One-Night-Stand war, wollte er sie anständig behandeln. Und außerdem sehnte er sich so sehr danach, ihre Stimme zu hören, dass es fast wehtat.

Roys Stimme am Telefon ließ ihn wieder ins Hier und Jetzt zurückkehren. »Kann ich hochkommen? Ich stehe vor deinem Haus. Lass mich rein.«

Natürlich stand Roy schon draußen vor der Haustür und brüllte so laut in sein Handy, dass vermutlich alle Nachbarn ihn hören konnten. Widerwillig betätigte Adam den Türöffner und ließ ihn herein. Er hatte es gerade geschafft, sich die Hände zu waschen, als es auch schon an seiner Wohnungstür klingelte.

»Ich habe da eine Idee«, wiederholte Roy seine Worte.

Adam trat mit einem inneren Seufzer zur Seite und spürte, dass es ein langer Abend werden würde, denn Roy sah aus, als wäre er Feuer und Flamme.

»Komm rein«, sagte er und ging voraus ins Wohnzimmer.

Roy folgte ihm und baute sich dann breitbeinig vor ihm auf. Seine Augen leuchteten. »Hör zu. Zuerst wollte ich einfach nur eine Werbeagentur besitzen. Du weißt schon, weil sie Dieter Dyhr und diesem Sandelman gehört hat und so, du weißt schon.« Er fuchtelte in der Luft herum. »Doch jetzt ist mir noch ein anderer Gedanke gekommen. Und damit können wir richtig viel Geld verdienen.«

Adam kratzte sich an der Stirn. Die Hälfte von Roys Ideen war brillant, doch die andere Hälfte ... Adam hatte ihm jedenfalls schon ziemlich oft etwas wieder ausreden müssen. »Okay«, sagte er abwartend. Das Beste war immer, Roy ausreden zu lassen, bis er irgendwann von selbst aufgab oder ihm eine neue, noch verrücktere Idee kam. »Möchtest du etwas trinken?«, fragte er, denn es würde offenbar länger dauern, und er selbst hatte Durst.

»Du solltest bei deinen Mitarbeitern hart durchgreifen«, sagte Roy, während sie gemeinsam in die Küche gingen. Adam öffnete den Kühlschrank, reichte Roy eine Flasche Bier und nahm sich selbst auch eine.

»Das ist bereits geschehen. Ich habe die Personalstärke maximal gestrafft«, erklärte Adam, denn noch weiter konnte er sie nicht reduzieren.

Roy verzog ungeduldig das Gesicht. »Wir müssen die Leute dazu bringen, noch härter zu arbeiten. Geh die Unternehmensstruktur noch einmal durch und entferne alles, was überflüssig ist.«

»Und woher kommt diese plötzliche Eingebung?«, fragte Adam und setzte sich an den Küchentisch. Roy tat es ihm gleich.

»Ich habe mich letztens auf meinem Flug nach London mit einem amerikanischen Werbefachmann unterhalten und jede Menge Inspiration bekommen. Er hat Visionen. Damit kann man richtig Geld machen.«

Adam trank einen Schluck von seinem Bier. Einerseits war ihm daran gelegen, Roy zufriedenzustellen. Und er hatte auch nichts dagegen, als hartherzig und kühl angesehen zu werden. Im Gegenteil, oftmals verspürte er eine fast kindliche Freude dabei, Roy Hanssons Rachegelüste eiskalt umzusetzen. Andererseits war er auch kein Psychopath.

»Vorher würde ich gern unseren ersten Schritt auswerten«, entgegnete er und verlieh seiner Stimme einen neutralen Klang. Weitere Kündigungen würden die Agentur empfindlich treffen. Es war eigenartig. Normalerweise machte ihm so etwas nichts aus, denn die Rentabilität hatte immer Vorrang. Doch inzwischen waren ihm seine Mitarbeiter ans Herz gewachsen, und er war stolz auf ihre engagierte Arbeit. Wenn er das täte, worum Roy ihn bat, würden sie ihn hassen.

»Adam, du weißt doch, dass ich große Pläne mit dir habe. Und wenn du das hier für mich tust, können wir ernsthaft anfangen, darüber zu reden«, sagte Roy beschwörend.

Adam führte seine Bierflasche zum Mund. Jahrein, jahraus war sein Ziel gewesen, dass Roy stolz auf ihn war und ihm das auch zeigte. Er war für ihn zu einer verlässlichen Vaterfigur geworden, die er nie zuvor gehabt hatte. Bei den umfangreichen Stellenkürzungen und Umstrukturierungen, die er vornehmen musste, war es ihm stets darum gegangen, Roys Anerkennung zu bekommen, den zufriedenen Blick des älteren Mannes zu sehen und von dem Gefühl durchströmt zu werden, etwas zu taugen. Hatte Roy ihn in all den Jahren etwa manipuliert, indem er genau an diese Gefühle appellierte? Vermutlich war das so, doch Adam war mittlerweile keine zwanzig mehr, und Roy hatte ihn mit diesem Versprechen schon lange genug hingehalten. Vage Zusicherungen genügten ihm nicht mehr. Das spürte er deutlich. Roy hatte ihm jetzt lange genug Hoffnung gemacht. Adam wollte endlich das bekommen, wofür er gearbeitet hatte.

»Ja?«, meinte er, ohne durchblicken zu lassen, dass sein Puls in die Höhe geschossen war.

Roy warf ihm einen verletzten Blick zu. Er war empfindlich wie ein Fünfjähriger, was Kritik anging. »Ist das alles, was du dazu zu sagen hast?«

Doch Adam hatte keine Lust darauf, dieses Spiel ein weiteres Mal mitzuspielen. »Wenn ich es tue, Roy, was genau geschieht dann?« Plötzlich war er Roys hinterlistige Manipulationen satt. Er wollte Klartext reden. Wollte hören, dass Roy es ernst meinte. Wenn er schon als Geschäftsführer der Agentur das Vertrauen seiner Mitarbeiter aufs Spiel setzte, indem er über ihre Köpfe hinweg bestimmte, dann wollte er auch eine reelle Gegenleistung dafür kassieren und sichergehen, dass Roys Lieblingstochter Rebecca nicht unvermittelt auf den Plan treten und Kastnäs übernehmen würde. Adam wollte hundertprozentig sichergehen, dass er, der für Roy anderthalb Jahrzehnte lang die Drecksarbeit erledigt hatte, den Thron erben würde. Denn er hatte ihn sich redlich verdient.

»Ich sage ja, dass wir dann reden werden«, wiederholte Roy in versöhnlichem Ton.

»Und was spricht dagegen, es jetzt zu tun?«, fragte Adam. Schon oft hatten sie zusammengesessen und bis in die Morgenstunden hinein über Geschäfte gesprochen, doch dabei war es immer um Roys Pläne oder die seiner Unternehmen gegangen und nie um Adams. Jetzt wollte er es wissen, um seine eigene Zukunft planen zu können. Sein ganzes Leben lang hatte er allen beweisen wollen, die nicht an ihn glaubten, wie erfolgreich er geworden war: dem Vater, den Lehrern, der Gesellschaft. Er musste an Lexia denken. Was, wenn ihm

Roys Anerkennung plötzlich nicht mehr ausreichte? Was zum Teufel sollte er dann tun? Der Gedanke trieb ihm den kalten Schweiß auf die Stirn.

Roy stellte seine Bierflasche ab. »Wir beide wissen, dass du der richtige Mann bist, wenn es darum geht, Kohle zu machen. Macht verdient man sich mit harter Arbeit, und du hast dir wirklich den Arsch aufgerissen.«

»Du hast also Rebecca nicht nach Schweden zurückgeholt, um ihr die Unternehmensleitung anzuvertrauen?«, fragte Adam. Vielleicht hätte er besser den Mund halten sollen, aber er wollte es wissen, bevor ihm irgendwann womöglich ein Messer in den Rücken gerammt wurde.

»Wir brauchen nicht lange drum herumzureden. Ich weiß, dass ich Rebecca einen Posten in der Agentur verschafft habe, und sie glaubt, dass es etwas zu bedeuten hat. Aber so ist es nicht.«

Adam spürte die Erleichterung im ganzen Körper. »Darüber wird sie aber nicht gerade froh sein«, sagte er warnend. Rebecca war es nämlich gewohnt, immer ihren Willen durchzusetzen. »Und warum hast du sie dann hergeholt?«

»Mir gefällt es, euch beide zusammen zu sehen. Aber Frauen sind einfach nicht dafür gemacht, Unternehmen zu leiten.«

Adam ließ die Information sacken. »Nicht?« Er selbst war schon jeder Menge hervorragender Unternehmenschefinnen begegnet. Manchmal schien Roy wirklich in der Steinzeit zu leben.

»Ach, hör doch auf. Wenn sie wirklich einen besseren Job mit einem besseren Gehalt haben wollten, würden sie dafür kämpfen. Stattdessen begnügen sie sich mit wenig Geld, arbeiten am liebsten Teilzeit und fordern die Einführung einer Quote, sobald ihnen etwas nicht passt.«

Adam öffnete den Mund, um gegen Roys dämliche Argumentation zu protestieren, doch der hatte sich jetzt warmgeredet. »Mit diesem verfluchten Feminismus ist es zu weit gegangen«, brummte er irritiert.

Jetzt konnte Adam sich nicht mehr zurückhalten. »Und wann war er auf dem richtigen Niveau?«, fragte er.

»Wovon redest du?«

»Vom Feminismus, von der Gleichstellung. Wenn es dir zu weit gegangen ist, wann war die Gleichberechtigung von Mann und Frau denn deiner Meinung nach mal auf dem richtigen Niveau?«

»Was redest du denn da, Adam? Bist du etwa einer von diesen Schissern geworden? Kommst du mit dem Druck nicht mehr zurecht?«

»Doch, damit komme ich zurecht, aber du bist offenbar nicht ganz up to date und klingst außerdem wie ein verdammter Macho.«

»Ich kann nur hoffen, dass du kein Weichei wirst. Das wäre nämlich schade«, entgegnete Roy in scharfem Ton.

Sie maßen einander mit dem Blick. Adam und Roy gerieten oft aneinander, und darauf basierte ihre Beziehung auch, denn bei ihrem Job ging es schließlich darum, die Dinge so lange auszudiskutieren, bis man einen Konsens fand. Doch in ihren Diskussionen war es noch nie darum gegangen, wer das Sagen oder die Deutungshoheit hatte. Roys Worte riefen bei Adam ein vages Unbehagen hervor. Hatte Roy womöglich doch recht? Hatte er sich verändert? Sah sein Chef irgendetwas, wofür er selbst blind geworden war?

»Ich bin weder ein Schisser noch ein Weichei«, entgegnete er mit Nachdruck, denn jetzt war nicht die geeignete Situation, um sich selbst zu hinterfragen. Aber er wünschte, dass ihm jemand sagen könnte, wie er es anstellen sollte, seine Gedanken an Lexia zu verdrängen und wieder zum gewohnten hoch konzentrierten und effektiven Adam zurückzufinden.

Roy lachte auf. »Gut, ich hatte mir nämlich schon Sorgen

gemacht. Meine rechte Hand kann doch nicht plötzlich zu einem Softie mutieren. Was würden die Leute denn sagen?«

Adam zwang sich zu einem Lächeln. »Seit wann kümmert es dich denn, was die Leute sagen?«

»Mich kümmert alles, was dich betrifft«, entgegnete Roy, und seine Augen begannen feucht zu werden, als wäre er gerührt.

Adam fuhr mit dem Zeigefinger über die Tischplatte. »Ich bin genauso wie sonst auch«, sagte er beruhigend. Seine Verwirrung würde schon vorübergehen. Da war er sich sicher. Erstaunlicherweise half es ihm sogar, mit Roy zu reden. »Weißt du, mein Vater ist gerade gestorben, und ich war gestern auf seiner Beerdigung.« Vielleicht war sein inneres Chaos ja eher darauf zurückzuführen als auf Lexia? Für ihn wäre es fast eine Erleichterung, seine Selbstkontrolle aufgrund eines Todesfalls verloren zu haben, und nicht, weil er ein empfindsamerer Mensch geworden war und sich verliebt hatte. Angesichts des letzten Gedankens musste er die Stirn runzeln. Großer Gott, er hatte sich doch nicht etwa verliebt? Nein und nochmals nein. Das hatte er nicht.

»Aber du hast deinen Vater doch gehasst, oder?«, wandte Roy ein. Adam hatte Roy einige Details zu seinen Familienverhältnissen anvertraut, doch Roy hatte nie weiter nachgefragt.

»Ja.«

»Dann brauchst du ja auch nicht um ihn zu trauern«, meinte Roy, nahm einen Schluck Bier und wischte sich den Mund mit dem Handrücken ab. »Gut, dass du ihn jetzt los bist.«

»Kann schon sein«, meinte Adam. Aus irgendeinem Grund musste er plötzlich an Hampus denken, obwohl er keinerlei Kontakt zu dem Jungen hatte und auch nie haben würde.

»Aber was die Zukunft angeht …«, fuhr Roy fort und stellte seine Bierflasche mit einem Knall auf den Tisch. Adam horchte auf. Roy konnte mitunter irritierend reaktionär sein, und er war auch nicht gerade feinfühlig. Aber schließlich war er ein alter Mann und zwar einer, der um alles hatte kämpfen müssen, was er sich aufgebaut hatte. Mit einem solchen Menschen durfte man nicht zu hart ins Gericht gehen. Sie konnten nicht in allen Punkten einer Meinung sein – das war nicht der Sinn der Sache und entsprach auch nicht ihrer Dynamik. Adam wusste, dass er eine Sonderstellung in Roys Leben einnahm. Er war eine der ganz wenigen Personen, die Roy kritisieren durften, ohne dass es sich rächte. Außerdem bedeutete ihm Roy auch privat ziemlich viel. Verdammt, man blieb nicht so viele Jahre bei einem Menschen, wenn man ihn nicht mochte oder respektierte.

»Wir reden jetzt über Kastnäs, oder?«, fragte Adam, denn er wollte hundertprozentig sichergehen, dass sie über dasselbe Thema sprachen.

»Ja. Du weißt, dass du für mich wie ein Sohn bist?«

Adam nickte und spürte, wie ihm das Herz aufging. Roy sagte es so selten, und Adam schämte sich fast dafür, wie viel ihm diese Worte bedeuteten. Er konnte nur hoffen, dass Roy sie auch wirklich ernst meinte und damit nicht nur erreichen wollte, dass Adam noch härter kämpfte. Diese Unsicherheit war ermüdend und untergrub seine eigene Glaubwürdigkeit. Es kam ihm so vor, als würde er plötzlich an allem zweifeln, was er hörte, dachte und empfand. Und zwar nicht in einer vernünftigen Art und Weise, sondern völlig irrational.

»Weißt du, Adam, ich hoffe noch immer, dass du und Rebecca ein Paar werdet«, fuhr Roy fort, und seine Augen wurden tränenfeucht. »Nicht zuletzt, weil sie dir guttun würde. Meine Tochter wäre die perfekte Partnerin für einen Mann wie dich. Sie begreift nämlich die Welt, in der wir uns bewegen, und sie kennt die Spielregeln.«

»Aber Rebecca und ich – das ist ein abgeschlossenes Kapitel«, wandte Adam ein, auch wenn er es Roy zum Teil abkaufte.

Rebecca war auf dem Papier die ultimative Lebenspartnerin. Und sie brachte ihn nicht dazu, die Kontrolle zu verlieren, was angenehm und bequem war und ihm Sicherheit vermittelte.

Roy spielte an seiner Bierflasche herum. »Damals war sie noch so jung und musste sich erst austoben«, erklärte er.

»Weiß Rebecca davon?« Hatten Vater und Tochter das Ganze vielleicht sogar gemeinsam geplant? Oder saß Roy etwa hier und drehte ihm sein Kind an, als wäre es eine Handelsware? Adam wusste nicht, welche Alternative er geschmackloser fand.

Roy beschrieb eine vage Geste in der Luft. »Wir haben miteinander geredet, und ich glaube, sie hätte nichts dagegen, es noch einmal mit dir zu versuchen. Schließlich ist sie reifer geworden. Das muss dir doch aufgefallen sein.«

»Mag sein, aber zwischen uns läuft trotzdem nichts«, wiederholte Adam.

»Man sollte nie nie sagen. Das ist der letzte Strohhalm, an den ich mich klammere. Diesen Traum musst du einem alten Mann wie mir einfach lassen. Aber im Ernst, Adam, für welche Frau du dich letztlich entscheidest, wird für deine Zukunft von hoher Relevanz sein, wenn du verstehst, was ich meine.«

Adam lehnte sich auf seinem Küchenstuhl zurück. Er verschränkte die Arme vor der Brust und spürte, dass ihm die Richtung missfiel, die ihr Gespräch gerade einschlug. »Nein, erklär es mir ruhig.«

»Wir sind ja unter uns und können ganz offen reden.«

»Und worüber?«

»Über diese Blondine, die du ständig umschwärmst. Glaubst du, keiner würde merken, wie sich das auf dich und dein Urteilsvermögen auswirkt?«

»Es reicht, Roy«, entgegnete Adam warnend.

Roy hob rasch die Hände, um ihm zu signalisieren, dass er zurückruderte. »Ich meine ja nur, dass es Trouble verursachen kann. Schließlich ist sie Dieters Tochter.«

»Seine ehemalige Stieftochter«, korrigierte Adam ihn.

»Ich will ganz ehrlich sein. Du kennst mich ja und weißt, wie ich bin. Aber sieh dich gut vor. Willst du wirklich alles riskieren, wofür du in den vergangenen Jahren geschuftet hast – nur für ein Sexabenteuer? Noch dazu mit ihr? Lohnt es sich, dafür ihre Existenz zu zerstören? Hast du dabei überhaupt an sie gedacht? Wenn dir an der Zukunft dieser Frau gelegen ist, dann solltest du die Sache schleunigst beenden.«

»Wovon redest du eigentlich?« Adams Unbehagen ließ seinen Puls in die Höhe schnellen.

»Ich habe doch gesehen, wie sie dich anschmachtet, und längst begriffen, was da läuft. Aber du denkst nicht klar, sondern nur mit deinem Schwanz. Ich kann verstehen, dass es verlockend ist, glaub mir. Aber du hast eine verdammt gute Erfolgsbilanz aufzuweisen, und der Adam, den ich kenne, weiß genau, dass diese Affäre unangemessen ist.«

»Es ist keine Affäre.«

»Du meinst also, es ist etwas Ernstes?«

»Nein, nein.« Adam bemühte sich, nicht in Panik zu verfallen. »Zwischen ihr und mir läuft nichts«, sagte er. Es war nicht das erste Mal, dass er Roy die Wahrheit vorenthielt, aber er kam sich dennoch mies dabei vor. Was zum Teufel hatte ihn nur geritten?

»Schön zu hören. Aber die Gerüchteküche brodelt trotzdem. Du weißt, dass ihr das Gerede ziemlich schaden kann, oder? Überhaupt frage ich mich, was in letzter Zeit mit dir los ist. Ich mache mir Sorgen, weißt du? Eigentlich sollte meine rechte Hand hoch konzentriert bei der Sache sein. Aber in den letzten Wochen war das mitnichten der Fall. Verlange ich zu viel von dir? Oder hältst du dem starken Druck nicht stand? Wenn es so ist, dann sag es mir, weil es Einfluss auf die Zukunft hat.«

Mit diesen Worten traf Roy seine empfindliche Achillesferse. Adam war immer stolz auf seine Rationalität und seine analytischen Fähigkeiten gewesen. Auf seinen Ruf, eiskalt und knallhart zu sein. Hatte er sich wirklich verändert, so wie Roy es behauptete? Wurde er von anderen aus der Branche infrage gestellt? Ihm lief ein kalter Schauer über den Rücken.

Nachdem Roy wieder gegangen war, stand Adam eine Weile im Wohnzimmer und grübelte. Wie kam es nur, dass sein wohlgeordnetes Leben so durcheinandergeraten war? Dann ging er ins Nebenzimmer, um die Schleifwerkzeuge wegzuräumen und die Farbdosen wieder zu schließen. Nicht einmal in dieses verdammte Zimmer vermochte er Ordnung zu bringen. Bislang hatte er genau gewusst, was er vom Leben erwartete. Er hatte immer eine Art Liste mit den Dingen im Kopf gehabt, nach denen er strebte. Ganz oben hatte Kastnäs gestanden und direkt darunter Roys Anerkennung, teure Kleidung und ein Luxuswagen. Doch jetzt gab es plötzlich etwas ganz anderes, das diese Lebensziele herausforderte und vielleicht sogar um den ersten Platz buhlte. Etwas, das weder mit seiner Arbeit noch mit irgendwelchen materiellen Wünschen zu tun hatte.

Er blieb mit der Schleifmaschine in der einen Hand und einer leeren Bierflasche in der anderen stehen und war sich nicht einmal sicher, ob er herausfinden wollte, was genau es war. Was war so wichtig für ihn geworden, dass es all das verdrängte, was ihn als Menschen immer ausgemacht hatte? Er schloss die Tür des chaotischen Nebenzimmers hinter sich und schob den Gedanken beiseite. Er flößte ihm einfach zu große Angst ein.

33

Lexia

Lexia verbrachte den Sonntag damit, sich Liebesballaden aus den Siebziger-, Achtziger- und Neunzigerjahren anzuhören. Je schmalziger und trauriger, desto besser. In regelmäßigen Abständen nahm sie ihr Handy hoch und starrte aufs Display, auf dem keine einzige SMS von Adam auftauchte. Sie tadelte sich dafür, nicht cool genug zu sein, um ihm entweder selbst eine Nachricht zu schicken oder sich nichts daraus zu machen. Bei besonders traurigen Balladen sang sie mit. *Wenn du froh bist, gefällt dir die Musik, doch wenn du traurig bist, verstehst du den Text.* Diesen Spruch hatte sie irgendwo gelesen, und jetzt verstand sie ihn. Sie drehte die Musik lauter und jaulte laut und falsch mit.

Gegen sechzehn Uhr kam Siri in fleckiger Arbeitskleidung und mit strubbeligen Haaren die Treppe herunter. »Was ist denn hier unten los?«, fragte sie und wusch sich die Hände in der Spüle.

Schuldbewusst drehte Lexia die Musik leiser. Sie war davon ausgegangen, das Hausboot für sich allein zu haben. »Ich wusste nicht mal, dass du zu Hause bist.«

»Ich bin heute Morgen zurückgekommen und arbeite gerade an einer Skulptur.« Normalerweise war Siri völlig unnahbar, wenn sie erst einmal in ihrem Künstlermodus war. Doch natürlich hätte Lexia Rücksicht genommen, wenn sie davon gewusst hätte.

Siri trocknete sich die Hände ab und betrachtete sie eingehend. »Warum hörst du Powerballaden und blamierst uns vor allen Nachbarn, wenn ich fragen darf? Diese Musik ist schlimmer als alles, was du sonst hörst.«

Lexia erzählte ihr alles. Über Adam, die Beerdigung und den gemeinsamen Sex. »Es war einfach unglaublich. Ich bin gekommen, sogar mehrere Male.«

»Kaum zu glauben.«

»Ich weiß.« Gleich beim ersten Mal einen Orgasmus zu erleben, kam einem Mythos gleich, an den kein weiblicher Single glaubte. »Ich bin sogar beim Oralsex gekommen, verstehst du? Das ist wie ein Lottogewinn, nur besser.«

»Ich will alle Details hören, aber erst muss ich was essen. Ich glaube, ich hab seit gestern nichts mehr zu mir genommen.« Siri setzte Teewasser auf und öffnete den Kühlschrank. »Was möchtest du haben?«, fragte sie und begann alles auch nur annähernd Essbare herauszunehmen.

Lexia entdeckte Pfefferkuchen und Eiscreme, und dann setzten sie sich in ihrer kleinen Küchenecke auf zwei Barhocker und breiteten die Lebensmittel vor sich auf dem Tisch aus.

»Und was empfindest du für ihn?«, fragte Siri.

Lexia versuchte Zeit zu gewinnen, indem sie eine Tüte mit Erdnussflips aus einem der Küchenschränke hervorkramte. Sie wusste, dass sie Adam verfallen war, und der Gedanke daran, dass sie sich in ihn verliebt hatte, setzte ihr ziemlich zu. Sie hatte schon mit Männern geschlafen, ohne in sie verliebt zu sein, hatte verschiedenste Typen gedatet und darüber hinaus auch eine rein sexuelle Beziehung gehabt (ziemlich mittelmäßig und ganz und gar nicht ihr Ding), doch das hier war etwas anderes. Für Adam hatte sie Gefühle entwickelt. »Ach, das tut doch nichts zur Sache. Ich bin nur so verdammt ...«

Siri füllte ein Dessertschälchen mit Eis. »Sauer? Wütend?«, schlug sie vor.

Lexia wünschte, sie könnte wütend sein anstatt traurig. »Vielleicht macht sich die Wut ja noch bemerkbar, ich hoffe es zumindest, aber im Augenblick komme ich mir eher wie eine Versagerin vor. Dumm und hässlich.«

Siri streute zerkrümelte Erdnussflips auf ihr Eis und warf Lexia dann einen eindringlichen Blick zu, während sie drohend ihren Löffel erhob. »Du bist weder das eine noch das andere. Ich verstehe gar nicht, wie du darauf kommst. Jetzt werde ich aber gleich wütend.«

Lexia seufzte tief. »Du solltest mal seine Ex sehen«, sagte sie mit finsterer Miene. Es fiel ihr schwer, sich aus ihrem Selbstmitleidsumpf wieder herauszuziehen. Selbst wenn es eine mikroskopische Chance darauf gäbe, dass Adam an mehr als nur Sex interessiert war – wie sollte man eine Frau wie Rebecca beerben? »Schmeckt das überhaupt?«, fragte sie, als Siri begann, Vanilleeis mit zerkrümelten Erdnussflips zu essen.

Siri fuchtelte erneut mit ihrem Eislöffel herum. »Ich bin Rebecca doch schon mal begegnet, wenn du diese Rebecca meinst. Sie sieht großartig aus, da stimme ich dir zu. Supersexy.«

»Wie schön, dass du das auch findest.«

»Aber das Leben ist kein Schönheitswettbewerb. Dabei würden wir doch alle verlieren. Du bist hübsch, weil du dabei du selbst bist.«

Lexia verzog den Mund. Siri war wirklich eine gute Freundin. »Du bist so nett.« Sie kratzte ihr Dessertschälchen aus.

»Es macht mich fast verrückt, dass du einfach nicht siehst, was für ein fantastischer Mensch du bist. So kritisch, wie du mit dir selbst ins Gericht gehst, würdest du nie irgendwen anders beurteilen. Es kommt mir vor, als würdest du dich durch einen gehässigen Filter betrachten.«

Lexia nickte. Siri hatte nicht ganz unrecht. »Vielleicht ist es ja der meiner Mutter. Oder ein Mobbingfilter aus meiner Kindheit.« Sie hatte das Gefühl, als gelänge es ihr einfach nicht, diese Gefühle abzuschütteln: all die negativen Kommentare, all die Jahre, in denen sie ihren Körper versteckt und sich vor der Badesaison gefürchtet hatte, weil sie nicht so aussah wie alle anderen. Sie wusste, dass sie es sich nicht zu Herzen nehmen durfte, doch wie setzte man dieses Wissen um? Von wem lernte man, sich selbst zu mögen? Oder hätte sie es sich selbst beibringen sollen? Und wenn ja, wie?

»Ein abwertender, engstirniger Scheißfilter. Ich wünschte, du könntest dich mit meinen Augen sehen«, sagte Siri aufgebracht.

»Wie meinst du das?«

»Ich bin Künstlerin. Ich sehe Formen. Und eine Form kann nie hässlich sein, sie ist einfach, wie sie ist. Du hast Konturen und Aussparungen, die in einer faszinierenden Art und Weise miteinander korrespondieren. Du hast ausdrucksvolle Augen in einem Farbton, den ich noch nie bei irgendwem anders gesehen habe. Und eine Taille, die in gerundete Hüften übergeht und interessante Kurven bildet. Dein Körper besteht aus Formen, und alle Formen haben etwas Verlockendes und Interessantes.«

»Danke«, sagte Lexia leicht benommen. Aus Siris Mund klangen die Worte einleuchtend und schmeichelhaft.

Siri stand auf und öffnete erneut den Kühlschrank. »Möchtest du noch etwas anderes trinken?«

»Keinen Wein«, antwortete Lexia.

Siri nahm eine Flasche Weißwein heraus und hielt sie trotzdem fragend hoch.

»Vielleicht einen kleinen Schluck«, meinte Lexia, die es sich anders überlegt hatte. »Gestern hab ich übrigens eine Flasche von dir stibitzt.« Sie schluchzte auf, als sie daran dachte, wie Adam und sie sich in der vergangenen Nacht geliebt hatten, wie schön es gewesen war und wie er sie danach verlassen hatte, als hätte ihm das Ganze gar nichts bedeutet.

»Schon okay, mein Wein ist auch dein Wein.« Siri öffnete die Flasche und schenkte den Wein in zwei Wassergläser. Sie prosteten sich zu. Beim Trinken des eiskalten Weins zogen sich Lexias Wangen zusammen, und sie seufzte tief vor Wohlbehagen. »Dass noch niemand darauf gekommen ist, wie gut Alkohol gegen Niedergeschlagenheit hilft.«

»Na ja, man nennt sie Alkoholiker«, erklärte Siri und nippte an ihrem Wein.

»Stimmt. Einen kleinen Schluck vertrage ich noch. Aber morgen muss ich wieder zur Arbeit, also nur ganz wenig.« Lexia stöhnte beim Gedanken daran, Adam wiederzusehen.

»Was wirst du anziehen?«, fragte Siri.

Das war in der Tat eine wichtige Frage.

»Was glaubst du, warum er nicht angerufen hat?«, fragte Lexia, als sie eine Weile später systematisch ihren Kleiderschrank zusammen durchgingen. Sie hielt einen Rock hoch, und Siri nickte zustimmend.

»Ganz ehrlich? Weil er es nicht will. Wenn sie nicht anrufen, dann haben sie kein Interesse. Natürlich kann es auch andere Gründe geben, aber oft ist es so simpel.«

»Wirklich?«, fragte Lexia, obwohl sie vermutete, dass Siri recht hatte. Sie konnte Adams Verhalten analysieren und deuten, so viel sie wollte, aber Siris Einschätzung war doch die wahrscheinlichere.

»Jedenfalls meistens«, antwortete Siri und deutete auf eine Bluse.

Wie viel Schmerzen und Selbsterniedrigung sie sich hätte ersparen können, wenn sie sich schon früher mit den grundlegenden Datingregeln vertraut gemacht hätte, dachte Lexia, als sie am nächsten Morgen mit Hilfe von Siris Cremes und Schminkprodukten ihrem Selbstvertrauen einen kleinen Schub gab. Wenn er sich nicht meldet, hat er kein Interesse, dachte sie, während sie die Agentur betrat. Diesen Spruch würde sie sich auf ein verdammtes Zierkissen sticken. Sie wechselte von ihren Stiefeln zu Büroschuhen und putzte sich ihre laufende Nase.

»Draußen ist es saukalt«, sagte Dina zur Begrüßung.

Lexia nickte. Sie brauchte dringend einen heißen Kaffee, am besten gleich eine ganze Kanne. Wie groß wäre das Risiko, auf Adam zu stoßen, wenn sie in die Küche ging? Sie kraulte Godzilla hinter den Ohren. Genau das war einer der vielen Gründe, warum es idiotisch war, mit seinem Chef zu schlafen. Jetzt konnte sie sich nicht einmal mehr einen Kaffee holen, ohne strategische Überlegungen anzustellen.

»Du siehst aber schick aus heute«, sagte Dina bewundernd.

»Danke.« Lexias Augen waren vom Weinen noch immer etwas gerötet, doch die Wunderwaffe, die sie in Form von Siris Make-up aufgetragen hatte, zeigte Wirkung. Allerdings hatte sie anstelle der Kontaktlinsen ihre Brille aufsetzen müssen, da ihre Augen zu sehr brannten. Nylonstrümpfe mit Saum und dazu ziemlich hochhackige Schuhe vervollständigten ihr Outfit und signalisierten: Fuck off, ich komme schon zurecht. Theoretisch fühlte sie sich auch so, doch ihr Gehirn, das auf Hochtouren lief, spielte ihr einen Streich. Sah man ihr womöglich an, was sie am Wochenende getrieben hatte? Sie schämte sich und kam sich ein wenig schmutzig vor. Nicht, weil sie einen One-Night-Stand gehabt hatte – diese Form von Sex war in ihren Augen für eine Frau ebenso in Ordnung wie für einen Mann, und zwar definitiv und hundertprozentig –, sondern weil sie es ausgerechnet mit ihrem Chef getrieben und angenommen hatte, dass mehr daraus werden könnte. Was dumm und unprofessionell von ihr war.

Bei der Arbeit hatte sie sich bislang immer sicher und kompetent gefühlt. Die Agentur war der Ort gewesen, wo sie sich als Mensch definierte, doch jetzt war alles aus dem Gleichgewicht geraten. Und wenn es nun damit endete, dass sie gehen musste? Dass Adam sie zu sich ins Büro bestellte und sie feuerte? Das wäre verdammt ungerecht. Jetzt spürte sie endlich etwas Wut in sich aufkeimen. Super. Und genau in dem Augenblick betrat Adam die Agentur. Die Luft vibrierte förmlich. Sie starrte in ihren Computer, und ihr Herz schlug so heftig, dass sie ganz zittrig wurde, doch dann hob sie den Kopf wieder. Irgendwann musste es auch mal genug sein. Adam nickte ihr mit einem flüchtigen Blick zu, doch das war's auch schon. Dann ging er in sein Büro, schloss die Tür hinter sich und setzte sich an seinen Schreibtisch. Lexia wartete angespannt. Würde er ihr eine E-Mail schicken? Sie um ein Gespräch bitten? Doch er nahm keinerlei Kontakt zu ihr auf.

»Was ist denn nur mit ihm los?«, fragte Dina nach dem Morgenmeeting, das ungewöhnlich kurz und inhaltslos ausgefallen war.

»Keine Ahnung«, antwortete Lexia. Und es stimmte. Er benahm sich wie ein Fremder. Wie ein unerbittlicher Geschäftsführer, ein autoritärer Chef, der sie keines Blickes würdigte. Als Rebecca kurz darauf sein Büro betrat, konnte Lexia sich nicht mehr konzentrieren. Sie saß einfach nur da und linste in regelmäßigen Abständen in seine Richtung. Hatte Adam etwa irgendwem erzählt, was sie getan hatten? Vertrauten sich Männer solche Dinge an? Hatte er es Rebecca gesagt? Bei dem Gedanken daran blieb ihr fast die Luft weg. Saßen die beiden etwa gerade zusammen und lachten über sie?

Als Lexia ein paar Stunden später nach der Mittagspause in der Küche saß, kam Adam vorbei. Er grüßte reserviert und stellte sich an die Kaffeemaschine. Lexia wusste nicht, wohin mit ihrem Blick, und fragte sich, wie schnell sie die Küche verlassen konnte, ohne dass ihre Flucht allzu offensichtlich war. Als sie ihn anschaute, wirkte er angespannt und unzugänglich. Aber mal im Ernst, das war doch geradezu lächerlich. Sie beschloss, sich erwachsen zu geben, und setzte ein strahlendes Lächeln auf. »Alles in Ordnung?«, fragte sie.

Er zuckte zusammen. »Danke. Ja.« Er verstummte. Sie wartete, noch immer höflich. Und wartete. *Jetzt komm schon*, dachte sie und schnappte sich ein halbes Stück Safrangebäck, das irgendjemand übriggelassen hatte. Bald war Lucia, das schwedische Lichterfest, und der Duft nach Glühwein und Safran lag bereits schwer über der Altstadt.

»Und bei dir?«, fragte er schließlich, nachdem etwas zu viel Zeit vergangen war.

»Danke, alles gut.« Keine wirklich originelle Antwort. Schließlich hatten sie miteinander geschlafen. Sollten sie jetzt wirklich so tun, als wäre nichts gewesen? Obwohl er in sie eingedrungen war und sie ihm einen geblasen hatte und schreiend gekommen war? Natürlich war die Küche nicht der richtige Ort, um zu reden. Das war ihr klar. Vielleicht hatte er ja auch erwartet, dass sie sich schon gestern melden würde.

»Lexia?«, hörte sie Dina rufen.

»Ja?«, rief Lexia zurück, erleichtert über die Unterbrechung. Die Atmosphäre zwischen ihnen war so aufgeladen, dass sie kaum noch Luft bekam.

»Am Empfang wartet Besuch auf dich.«

Lexia schaute auf die Uhr. Soweit sie sich erinnern konnte, hatte sie keinen Termin eingeplant. »Ist es ein Kunde?«, fragte sie. Adam stand noch immer vor der Kaffeemaschine.

»Ja, aber keiner von dir. Er heißt Gustav«, antwortete Dina.

Sie runzelte die Stirn, aber ihr fiel nicht ein, wer es sein könnte. Adam schob eine Hand in die Hosentasche und trank von seinem Kaffee. Er schien sich ganz auf seinen Becher zu konzentrieren.

»Ich komme«, sagte sie. Als sie an den Empfangstresen trat, stand dort Gustav Wik, ihr allererstes Tinderdate.

»Hallo«, begrüßte Gustav sie mit einem breiten Lächeln. »Ich bin eigentlich hier, um mich mit einem Kumpel zu treffen, der Werbebroschüren für uns macht. Aber dann habe ich dein Foto hier an der Wand hängen sehen. Ich hoffe, es war okay, dass ich nach dir gefragt hab?«

»Ja klar.«

»Was für ein Zufall.«

»Ja, in der Tat.« Lexia lächelte besonders freundlich und fragte sich, was er eigentlich wollte.

»Wow, du siehst fantastisch aus«, sagte er, während seine Augen vor Bewunderung leuchteten. Ihr Lächeln wurde herzlicher. Sein Blick wirkte wie Balsam auf ihr angeschlagenes Selbstwertgefühl. Außerdem war Gustav attraktiv, viel attraktiver, als sie es in Erinnerung hatte.

»Danke«, sagte sie und legte den Kopf schief. Aus dem Augenwinkel sah sie, dass Adam ebenfalls zum Empfang kam. Doch sie ignorierte ihn einfach.

Gustav machte einen Schritt auf sie zu und legte ihr die Hand auf den Oberarm. »Hättest du Lust auf ein Treffen nach der Arbeit? Ich bin noch eine Weile in der Altstadt unterwegs. Vielleicht auf einen Drink?«

Lexia war kurz davor abzulehnen, denn eigentlich wollte sie einfach nur nach Hause, doch dann spürte sie plötzlich Adams Gegenwart, als hätte er heimlich ihr Gespräch mitgehört, und hörte sich selbst antworten: »Ja, sehr gern.« Sollte Adam doch mitbekommen, dass sie nicht zu Hause saß und Trübsal blies, sondern diverse Alternativen hatte. Ihre Welt brach nicht gleich zusammen, nur weil er sich nicht bei ihr meldete.

»Super. Dann sehen wir uns nachher.« Gustav verabschiedete sich mit einem Wangenküsschen von ihr. Lexia wusste nicht, ob sie es sich einbildete, aber es klang, als brummelte Adam irgendetwas vor sich hin.

Gustav nahm ihr den Mantel ab und stellte ihr einen Barhocker hin.

»Danke«, sagte sie. Genau das brauchte sie jetzt. Von einem attraktiven Mann umsorgt zu werden, in dessen Gegenwart sie sich kein bisschen unsicher fühlte und bei dem weder ihre Haut zu kribbeln begann, noch ihr Gehirn aussetzte. Sie lehnte Glühwein und Pfefferkuchen entschieden ab, griff aber bei den Erdnüssen zu. Dazu bestellte sie sich ein Glas Rotwein, nippte daran und gestattete sich auszuatmen. Es kam ihr so vor, als wäre es der erste tiefe Atemzug des gesamten Tages.

Gustav trank von seinem Wein und betrachtete sie mit freundlichen Augen. »Das klang aber besorgniserregend. Alles in Ordnung?«

»Ja klar«, antwortete sie und nahm einen weiteren Schluck Wein. Diesmal einen tiefen Schluck.

Er wirkte nur mäßig überzeugt. Sie wollte gerade irgendetwas Oberflächliches und Beruhigendes sagen, als sie plötzlich spürte, wie es in ihrer Kehle und in ihren Augen zu brennen begann. Gustav wirkte so nett, und sie hatte einen entsetzlichen Tag hinter sich.

»Lexia?«

»Nein«, sagte sie und schluckte den Kloß im Hals hinunter. »Es ist nicht alles in Ordnung.«

»Erzähl.«

»Das kann ich nicht.«

Er schob das Schälchen mit den Erdnüssen näher zu ihr heran. »Natürlich kannst du das. Geht es um einen Typen?«

Sie griff sich eine Handvoll Nüsse. »Was sonst?«

Er nickte. Sie tranken ihren Wein. »Du kennst doch das Sprichwort, oder?«, fragte er nach einer Weile.

»Ich habe keine Ahnung, welches du meinst.«

»Das beste Mittel, um über einen Mann hinwegzukommen, ist, unter einem anderen zu landen.«

Sie lachte laut auf.

»Ich wollte nur sagen, dass ich zu deiner Verfügung stehe, wenn du dich an ihm rächen willst.«

»Danke, das ist wirklich ritterlich von dir.«

»Allerdings nur, weil ich ein Gentleman bin.« Dann wurde er ernst. »Lexia, ich meine es ehrlich. Du hast was Besseres verdient als einen Mann, der dich so traurig macht.«

»Aber du mochtest mich doch nicht.«

»Doch, natürlich. Du siehst gut aus und bist intelligent und witzig. Klar mag ich dich, aber eben nicht genug für was Festes. Ich dachte eigentlich, dass es dir ähnlich gegangen wäre, oder? Es tut mir leid, wenn ich da etwas falsch verstanden oder dich verletzt habe.«

»Nein, nein, mir ging es genauso. Aber im Augenblick bin ich ziemlich dünnhäutig. Es macht nie Spaß, sich abgewiesen zu fühlen.«

»Dieser Mann ist wirklich ein Idiot. Pfeif auf ihn, und zwar vollkommen. Du hast viel eher einen Lover verdient, der dich anhimmelt.«

»Einen wie dich?«

Er ergriff ihre Hand. »Ich stehe zu deiner Verfügung.«

»Danke«, sagte sie und wünschte, sie könnte sich von Gustav trösten lassen. Vielleicht sollte sie einfach noch mehr Wein trinken? Er war so nett zu ihr. Und außerdem weckte er bei ihr keine komplizierten Gefühle.

»Erniedrige dich bloß nicht für einen Mann, der dich nicht liebt. Das darfst du nicht tun. Mal im Ernst, Lexia, das Ganze ist doch wohl eher sein Problem.«

Gustav hatte recht, dachte sie, als sie sich mit einer freundschaftlichen Umarmung voneinander verabschiedeten. Ihr blieb wohl nichts anderes übrig, als darauf zu warten, dass ihre Vernunft die Gefühle einholen würde.

An diesem Abend hörte sie sich wieder Liebesballaden an.

34

Adam

»Adam? Noch ein Bier?«

Adam nahm die Flasche in Empfang, die ihm gereicht wurde. Die Mitarbeiter hatten sich zum Vorglühen in der Agentur getroffen, um anschließend gemeinsam zur Weihnachtsfeier zu gehen. Die Männer waren gestylter als sonst, und über den Stuhllehnen hingen mehrere Jacketts. Sie unterhielten sich über Musik, Elektronik und Geld. Adam trank schweigend und ließ seine Gedanken schweifen. Die beschämend wenigen Frauen im Büro hatten sich für Sekt entschieden, während die Männer Bier tranken. Niemand nahm alkoholfreie Getränke zu sich, und der Geräuschpegel war entsprechend hoch, doch Adam wollte sich nicht zum Vater der Nation aufschwingen. Sollten sie doch selbst die Verantwortung für ihren Alkoholkonsum und ihre Unvernunft übernehmen.

Lexia sah dermaßen gut aus, dass es ihm schwerfiel, sie nicht anzustarren. Aber sie schien nichts zu merken ... Er trank noch einen Schluck und erging sich in weiteren deprimierenden Überlegungen. Warum war Gustav gestern plötzlich aufgetaucht? Adam konnte sich noch sehr gut an diesen verfluchten jungen Schnösel erinnern. Er hatte Lexia und ihn im *Theatergrill* gesehen. Doch er hatte eigentlich den Eindruck gehabt, dass zwischen ihnen nichts lief. Warum hatte sie einem wiederholten Treffen mit Gustav zugestimmt? Verdammt, wie wütend es ihn gemacht hatte.

Er leerte seine Bierflasche und öffnete eine weitere. In erster Linie war er sauer auf sich selbst. Er hatte angenommen, er könne einfach so tun, als würde ihm die Sache mit Lexia nichts bedeuten, dabei benahm er sich wie ein Höhlenmensch, sobald sie in seine Nähe kam.

»Jetzt komm schon, Mann«, sagte Leo und boxte ihn freundschaftlich in den Arm. »Lass uns Party machen.«

Adam zog seinen Arm zu sich heran, denn Leo nervte ihn ungemein. Das taten sie übrigens alle mit ihrem pubertären Jargon und ihren sorglosen Witzeleien. Er legte den Kopf in den Nacken und kippte sein Bier hinunter. Eigentlich dürfte er nicht so viel trinken, denn er war schließlich ihr Chef, und der Abend hatte gerade erst angefangen, aber er nahm auch die nächste Flasche entgegen, die ihm angeboten wurde. Im Augenblick fasste er sowieso nur falsche Entschlüsse. Und die anderen tranken mindestens genauso viel, wenn nicht noch mehr. Einer der Key Account Manager, der heute Morgen um sieben mit seinem Nachwuchs im Kindergarten eine Luciafeier absolviert hatte, war schon betrunken.

»Ich komme so selten mal raus«, lallte er und wirkte überglücklich, wenn auch etwas mitgenommen.

»Und was ist mit den Kindern?«, fragte Adam hauptsächlich aus Höflichkeit. Der Mann sprach oft von ihnen und darüber, dass er die Hauptverantwortung für sie übernahm, weil seine Ehefrau einen hohen Posten in der Telekommunikationsbranche innehatte. Oder in der Fernsehbranche, Adam wusste es nicht mehr so genau. Jedenfalls irgendetwas Wichtiges.

Der Mann grinste zufrieden. »Keine Ahnung. Meine Frau kümmert sich ausnahmsweise um die Kids. Sie hat mir versprochen, nur anzurufen, wenn es um Leben und Tod geht. Ich war schon ewig nicht mehr allein unterwegs. Ich glaube, das war ... Ach, ich weiß es nicht.«

»Klingt heftig, so eine Familie mit kleinen Kindern«, entgegnete Adam. Er konnte es sich nicht einmal ansatzweise vorstellen. Eltern mit Kindern kamen für ihn von einem anderen Planeten. Vermutlich waren es ganz normale Menschen.

»Aber hier ist es verdammt cool. Prost, Chef. Du bist cool. Und diese Agentur ist auch cool.« Der verantwortungsvolle Familienvater legte den Kopf in den Nacken und leerte die ganze Bierflasche auf ex.

Adam nahm einen kleinen Schluck aus seiner eigenen Flasche. Er hatte nie ein richtiges Familienleben kennengelernt und wusste nicht einmal, wie es sich anfühlte, wenn man einmal von den Stunden in der Küche von Bashirs Mutter absah, die einem Familienalltag wohl noch am nächsten gekommen waren. Er musste flüchtig an seinen Halbbruder denken. Wie war Hampus eigentlich aufgewachsen? Hatte er sich als Teil einer Familie gefühlt? Und wie erging es ihm jetzt?

»Ich hab neulich Langhanteln gestemmt. War echt krass.« Das war Leo, der sich über sein Fitnesstraining ausließ. Noch so ein todlangweiliges Thema.

»Mein Traum ist es, irgendwann mal eine Mikrobrauerei zu eröffnen«, sagte der Key Account Manager.

»Ach, du bist doch nur scharf auf jede Menge Freibier«, entgegnete Elton, einer ihrer Artdirectors, und lachte laut. Er sah aus wie gerade mal zwölf und vermittelte Adam das Gefühl, uralt zu sein.

»Gibt es denn etwas Besseres als ein frisch gezapftes kühles Bier?«

»Frauen vielleicht?«, nuschelte Elton.

»Ich bin verheiratet, bei mir ist Schluss mit Frauen, für immer.«

»Oh verdammt, kein Sex mehr?«

Sie lachten und klopften einander auf den Rücken. Dann ließen sie sich näher über irgendeine ungewöhnlich gutaussehende Frau aus und grölten erneut los.

Elton drehte sich auf seinem Bürostuhl im Kreis herum. »Rebecca ist auch verdammt heiß«, sagte er. Die anderen lachten, während sie heimlich zu Adam rüberlinsten, um zu prüfen, ob sie womöglich eine Grenze überschritten hatten. Doch Adam war es egal. Denn Rebecca war ganz objektiv betrachtet sexy. Er fand nur, dass die Männer eindeutig zu alt waren, um sich in dieser Art und Weise zu äußern. Eigentlich waren sie alle erwachsen und bekleideten respektable Jobs. Er verabscheute dieses Gerede. Und er verabscheute dieses Vorglühen. Es war das idiotischste Konzept, was es gab.

»Ich liebe Vorglühen!«, rief Dina verzückt aus und hielt Lexia ihr leeres Glas hin.

»Und ich liebe Sekt«, erklärte Lexia und schenkte allen nach. Außer ihr und Dina tranken auch Rebecca, Yvette und Pi Rosésekt. Die Männer standen in kleinen Grüppchen zusammen und tranken Bier.

»Wie angenehm, mal für eine Weile nur unter Frauen zu sein«, sagte Rebecca mit geschlossenen Augen.

»Meint sie das etwa ernst?«, fragte Dina flüsternd.

»Keine Ahnung«, antwortete Lexia. »Vielleicht plant sie ja, uns später zu meucheln.«

Rebecca hielt Lexia ihr leeres Glas auffordernd hin. Gehorsam schenkte Lexia ihr Sekt nach. Dina setzte sich auf einen der Schreibtische.

»Wo ist eigentlich dein Hund?«, fragte Lexia. Es war ganz ungewohnt, Dina mal ohne Godzilla zu sehen.

»Er ist bei meinen Eltern und wird gerade nach Strich und Faden verwöhnt.«

Lexia ließ sich auf einen Stuhl sinken. Sie hatte mindestens zwei Gläser getrunken, und in ihrem Kopf drehte es sich schon.

»Aber jetzt kannst du uns doch endlich verraten, wohin wir nachher gehen, oder?«, bat Pi.

»Ins *Gondolen*«, antwortete Dina und wirkte maßlos zufrieden. »Wir haben einen separaten Raum, und die Getränke sind alle inklusive. Der reinste Luxus.«

»Wow, ist das toll!«, rief Lexia aus und schlug die Beine übereinander. Dann lauschte sie dem Small Talk der anderen Frauen.

»Alles klar bei dir, Yvette?«, fragte Dina, denn Yvette sah aus, als würde sie jeden Moment in Tränen ausbrechen.

»Ach, dieser neue IT-Berater begrapscht mich andauernd«, sagte sie mit zitternder Stimme.

Dina beugte sich zu Yvette vor und sagte mit Nachdruck: »Wenn er dich das nächste Mal antatscht, entweihst du seinen USB-Stick. Oder sein iPad.«

»Okay«, sagte Yvette und schnäuzte sich. »Und wie mache ich das genau?«

»Weißt du, dass manche Männer gewisse Gegenstände markieren, indem sie sie mit ihrem Pimmel berühren?« Dina schaute triumphierend in die Runde, und ihre Kolleginnen starrten sie ungläubig an. »So was kannst du als Frau natürlich auch machen – du musst nur ein bisschen Fantasie haben«, erklärte Dina, als wäre es die selbstverständlichste Sache der Welt.

Lexia überlegte, wie das rein praktisch funktionieren sollte, doch Yvette wirkte schon wieder viel fröhlicher.

»Habt ihr schon gehört, dass Micke einen neuen Job hat?«, fragte sie.

»Echt? Das ist ja toll«, meinte Lexia. Sie freute sich für ihren Exkollegen, dessen Rausschmiss sie Adam nur schwerlich hatte verzeihen können.

»Und wer ist Micke?«, fragte Rebecca beschwipst.

»Der Projektleiter, der gefeuert wurde, damit du eine Stelle in der Agentur bekommst«, erklärte Pi mit einer für sie ungewöhnlichen Schärfe.

Rebecca nickte. »Tja, da sieht man mal. Das Leben läuft eben nicht immer so, wie man es sich wünscht – für niemanden«, behauptete sie und zog die Blicke aller Kolleginnen auf sich. »Ich weiß, dass ich eine Bitch bin«, fuhr sie fort und leerte mit zielstrebigen Schlucken ihr Sektglas.

Lexia schaute Dina fragend an, die zur Antwort den Kopf schüttelte. Sie hatte also auch keine Ahnung, wovon Rebecca sprach.

Nachdem Dina ihr Glas aufgefüllt hatte, trank Rebecca mehrere Schlucke hintereinander und rülpste, bevor sie weitersprach. »Eine Frau muss sich immer entscheiden. Versteht ihr? Entweder bin ich bei der Arbeit beliebt, werde aber nicht respektiert. Oder ich werde respektiert, bin aber unbeliebt.« Sie zuckte mit ihren schmalen Achseln. »Also hab ich mich dafür entschieden, eine Zicke zu sein, die respektiert wird.« Sie deutete mit ihrem Glas auf Lexia und sagte: »Während du dich dafür entschieden hast, bei allen beliebt zu sein.« Lexia riss die Augen auf, denn sie hatte nicht erwartet, persönlich von ihr angegangen zu werden.

»In dieser Hinsicht sind wir verschieden«, fuhr Rebecca fort. »Die Leute mögen dich, respektieren dich aber nicht. Mich hassen sie zwar, aber sie respektieren mich wenigstens. Dafür hab ich mich entschieden.«

Lexia wusste nicht, was sie sagen sollte. Aus ihrer Sicht schmeichelte sich Rebecca bei den Männern ein und verhielt sich Frauen gegenüber wie eine Zicke. Sie beschloss, ihr zu widersprechen, doch Rebecca kam ihr zuvor.

»Ich bewundere dich, Lexia«, erklärte sie.

»Was? Wofür denn?« Lexia hatte sich noch nicht von Rebeccas Behauptung erholt, dass die Leute sie offenbar nicht respektierten. War es wirklich so? Konnte man als Frau nicht beliebt sein und zugleich respektiert werden? Sie beschlich das unangenehme Gefühl, dass Rebecca recht hatte.

»Ich bewundere dich«, wiederholte Rebecca und kippte den Rest ihres Glases hinunter. Sie hatte bestimmt schon eine ganze Flasche intus.

Lexia kniff ihre Augen zusammen. »Meinst du das ironisch?«, fragte sie.

Doch Rebecca schüttelte heftig den Kopf. »Alle beurteilen mich nur nach meinem Aussehen.« Sie schob ihre langen glänzenden Haare nach hinten, wodurch ihre hohen Wangenknochen zur Geltung kamen. Zu ihrem engen Etuikleid trug sie luxuriöse Designerschuhe und sah dermaßen gut aus, dass es Lexia in den Augen wehtat. »Und nach meinem Vater. Manchmal weiß ich gar nicht, wer ich eigentlich bin und was ich selbst will. Und ob ich überhaupt eine eigene Persönlichkeit habe. Versteht ihr, was ich meine?«

Lexia schüttelte den Kopf. Ihre Empathie für Rebecca hatte schon leichten Rost angesetzt.

»Ach, ich weiß auch nicht, aber du ... Lexia ... du bist immer du selbst, immer sicher und ruhig«, lallte Rebecca.

Lexia war sich nach wie vor nicht sicher, ob Rebecca sie auf den Arm nehmen wollte, aber der Vorteil am vielen Sekttrinken war, dass es ihr egal war. Und außerdem hatte sie Wichtigeres im Kopf. Zufrieden strich sie mit der Hand über den Stoff ihres Kleids. Das Motto der Weihnachtsfeier lautete Glamour, und das Kleid, das Siri und sie ausgesucht hatten, würde Adam bestimmt ein wenig aus der Fassung bringen. Es saß weitaus enger, als es ihr normalerweise angenehm war, aber Siri hatte sie davon überzeugt, ihre Kurven zur Geltung zu bringen. Darüber hinaus hatte Lexia ein kleines Vermögen für ein neues bezauberndes Dessous-Set ausgegeben: Sie trug unter ihrem weinroten Kleid einen sündhaft teuren BH von Marlies Dekkers, einen Spandex-Body von dMondaine und dazu qualitativ hochwertige Stay-ups.

»Diese Branche ist so vielschichtig«, hörte sie Rebecca

weiterplappern. Offenbar hatte die Frau so einiges auf dem Herzen.

»Das finde ich auch«, sagte Dina.

Rebecca nickte ernst. »Da ist alles vertreten, von Brillanz bis Plumpheit. Man kann zwar unglaublich viel bewirken, aber zugleich geht es manchmal ziemlich derb zu.«

»Wie in der übrigen Gesellschaft auch«, meinte Dina.

»Deshalb müssen wir Frauen uns gegenseitig den Rücken stärken«, sagte Yvette.

Rebecca verdrehte die Augen. Sie griff nach der Sektflasche und schenkte sich nach. »Aber Frauen sind immer so widersprüchlich. Sie können nie zusammenhalten.«

Dina schnaubte verächtlich. »Jetzt verteufelst du uns Frauen aber und spielst uns gegeneinander aus. Dass dir das nicht selbst auffällt. In der Welt der Männer werden Frauen belohnt, die sich gegen andere Frauen durchsetzen. Aber Männer geben genauso viel Blödsinn von sich und klopfen einander dafür noch auf den Rücken. Dass Frauen einander unterstützen und stärken, kommt viel öfter vor.« Die anderen Frauen nickten zustimmend, und Dina fuhr fort: »Wer hat denn letztlich dafür gesorgt, dass Frauen Rechte erhielten, zum Beispiel das Wahlrecht? Natürlich Frauen. Fast alle Mitarbeiter von weiblichen Chefs sind Frauen. Vielleicht gibt es darunter auch vereinzelte Männer, aber ansonsten sind es wir Frauen, die einander unterstützen und füreinander eintreten.« Sie schüttelte aufgebracht den Kopf, sodass ihre regenbogenfarbenen Haare hin und herschwangen.

Rebecca wedelte mit ihrer schmalen Hand hin und her, und ihre lackierten Fingernägel und glänzenden Ringe blitzten auf. »Ja, ja, ja, vielleicht hast du recht. Aber manchmal hab ich das Gefühl, dass es von Anfang an ein abgekartetes Spiel ist.«

»Wie meinst du das?«, fragte Pi interessiert.

»Das Spiel. Die Gesellschaft. Das Leben. Die Arbeit. Ich bin alles so verdammt leid. Die Zeit läuft mir davon, und jünger wird man ja auch nicht ... Ach, gib mir noch mehr Sekt. Ich hasse es, zu scheitern. Man glaubt immer, es geschafft zu haben, aber dann – puff.«

Rebecca hatte offenbar gerade irgendeinen Rückschlag erlitten, entschlüsselte Lexia ihre Worte. Tja, willkommen im Club.

»Stimmt, das ist das Allerschlimmste: Als Frau kann man nie gewinnen!«, rief Pi. Sie hielt Dina ihr Glas hin, die ihr nachschenkte. »Irgendwie taugt man nie. Entweder ist man zu dünn, zu hässlich, zu dick oder zu alt.«

»Genau! Wir werden zwar immer angehalten, für unsere Rechte einzustehen, aber keiner von uns kann gewinnen«, meinte Rebecca aufgebracht. »Und dann kämpfen wir gegeneinander und messen uns miteinander«, sie starrte auf ihre sorgfältig manikürten Hände, »und kaufen sauteure Kosmetik.«

Die angetrunkenen Frauen versanken in nachdenklichem Schweigen.

»Grundsätzlich spricht ja nichts dagegen, sich Gedanken über sein Aussehen zu machen«, meinte Lexia nach einer Weile, denn das sagte Siri immer, und sie fand, dass es stimmte.

»Natürlich nicht. Als Feministin kann man ja trotzdem gern Nagellack und Make-up tragen«, stimmte Dina zu.

Rebecca schnaubte verächtlich und richtete sich auf ihrem Stuhl auf. »Wer redet hier von Feminismus? Können wir denn nicht einfach Männer haben, die echte Männer sind, und Frauen, die wahre Frauen sind?«

»Jetzt wach aber mal auf, Rebecca. Alles, wovon du eben geredet hast, hat doch mit Feminismus zu tun«, meinte Dina.

Rebecca seufzte tief. Sie griff sich eine Handvoll Erdnüsse und kaute zerstreut. »Du hast ja recht.« Ihr schien die Luft ausgegangen zu sein. »Manchmal hat man das Gefühl, als wäre die

Gesellschaft dafür gemacht, dass man nicht hineinpasst. Als Frau genügt man niemals. Nie kann man sich mal entspannt zurücklehnen.«

»Hört, hört«, rief Dina. Dann schaute sie zu den Männern rüber, rutschte mit dem Po von der Tischplatte herunter und richtete sich auf recht wackeligen Beinen auf. »Ich glaub, ich muss langsam mal rüber ins Restaurant, wenn ich es richtig sehe. Schließlich bin ich für die Organisation der Feier verantwortlich.« Sie winkte Adam zu, doch er schüttelte den Kopf. »Okay, ich glaube, ich kann doch noch ein wenig bleiben«, sagte sie zufrieden.

Lexia linste verstohlen zu Adam und den anderen rüber. Die Männer hatten sich heute herausgeputzt, was ihr gefiel. Aber am besten sah Adam aus, dachte sie. Im selben Augenblick drehte er den Kopf und schaute sie an. Sie erwiderte seinen Blick, ohne ihm auszuweichen, und zog die Mundwinkel zu einem Lächeln hoch. Vielleicht sollte sie auch einmal ausprobieren, sich wie eine Zicke zu benehmen.

35

Adam

»Wo bleibt denn dieser junge Hüpfer?«, fragte Roy.

»Vielleicht meinst du Dina, eine unserer Angestellten, die dieses Weihnachtsessen neben ihrer normalen Arbeit organisiert hat? Sie müsste jeden Moment kommen«, antwortete Adam kühl. Er hatte die Agentur schon etwas früher verlassen, um seine Mitarbeiter in Empfang zu nehmen, wenn sie ins Restaurant kämen. Dina hatte ihm gerade eine SMS voller bizarrer Rechtschreibfehler geschickt, dass es ihr wirklich leidtue, spät dran zu sein, sie sei jetzt aber unterwegs. Offenbar hatte sie das Vorglühen etwas zu ernst genommen, aber er gönnte es ihr. »Sie hat einen guten Job gemacht, also erweise ihr gefälligst den nötigen Respekt«, fügte er hinzu.

»Ich frag ja nur«, entgegnete Roy und nahm ein Glas dampfend heißen Glögg von einem Kellner entgegen. Adam lehnte dankend ab, denn er hasste diesen Glühwein.

Sie standen im Restaurant *Gondolen*, einem der angesagtesten Restaurants Stockholms, dessen Weihnachtsbüfett in der Vorweihnachtszeit regelmäßig ausgebucht war.

»Sie sind gerade auf dem Weg hierher«, erklärte Adam, nachdem es ihm gelungen war, den Inhalt einer weiteren SMS von Dina zu deuten. Für die Weihnachtsfeier der Agentur hatte sie einen separaten Raum im Restaurant reserviert, in dem Roy und er nun standen und warteten. Von hier aus hatte man eine fantastische Aussicht über Stockholm, auf die Ostsee und den Mälarsee. Der Raum war mit Lichterketten, Flitter und Tannengirlanden dekoriert, und auf den Tischen lagen dicke weiße Tücher, auf denen goldene Kandelaber thronten. Er fand es stilvoll. Als Kind hatte er kaum je Weihnachten gefeiert und hegte keine besonderen Gefühle für dieses Fest außer einem vagen Unbehagen. Einmal hatte seine Mutter versucht, ganz gewöhnliche Weihnachtsstimmung ins Haus zu bringen. Er konnte sich noch immer an den Weihnachtsschinken erinnern, den sein Vater in den Müll geworfen hatte, an die übliche Saufsorgie und den nachfolgenden Streit. Es war entsetzlich gewesen.

»Wie findest du sie?«, unterbrach Roy seine Gedankengänge. Er hielt ihm seine rote Krawatte hin, auf der ein Weihnachtsbaum prangte, der plötzlich zu blinken anfing. Zur Krawatte trug er ein rotes Flanellhemd, Jeans und Cowboystiefel.

»Geschmackvoll«, antwortete Adam. Er selbst trug einen dunklen Anzug und kam sich in seinem strikten Aufzug wie ein Idiot vor. Dina hatte in der Einladung die Männer gebeten, im Anzug zu erscheinen, doch keiner außer ihm selbst hatte sich für einen dunklen Anzug entschieden. Ganz im Gegenteil, im Raum herrschte eine bunte Mischung aus Samtsakkos, Jacketts und einem Smoking in einer völlig unpassenden Farbe. Im Vergleich dazu war Adam völlig overdressed.

»Ihre Gesellschaft ist jetzt eingetroffen«, informierte sie jemand vom diensteifrigen Servicepersonal.

»Danke, führen Sie sie doch bitte herein«, bat Adam, und kurz darauf strömten die Mitarbeiter der Agentur in den weihnachtlich dekorierten Raum. Einer nach dem anderen schüttelte Roy die Hand, bekam ein Glas Glögg gereicht und begrüßte Adam. Dann verteilten sich alle im Raum, um miteinander anzustoßen, zu trinken und zu feiern. Aus der Musikanlage ertönten Weihnachtslieder, eine bunte Mischung aus alten und neuen Melodien mit schwedischen und englischen Texten. Zuletzt betraten die Frauen mit glitzernden Handtaschen unterm Arm auf ihren hohen Absätzen leicht schwankend und kichernd den Raum.

Roy grinste erfreut und gab ihnen ebenfalls die Hand: Rebecca, Lexia, Yvette, Pi und zuallerletzt Dina. Hätte Adam nicht genau in diesem Moment zu ihm hinübergeschaut, er hätte es gar nicht mitbekommen, doch irgendetwas war geschehen. Er sah nicht genau, was es war, beobachtete aber, wie Dina mit erboster Miene ihre Hand aus Roys Griff löste. Beinahe wäre Adam zu ihnen gegangen und hätte gefragt, was geschehen war, denn es war völlig inakzeptabel, dass eine seiner Mitarbeiterinnen von Roy belästigt wurde. Doch dann wandte Dina sich ab, und Adams Blick fiel auf Lexia. Eine einzige Bewegung, ein Hauch ihres Dufts, und schon war es um ihn geschehen – er hatte nur noch Augen für sie.

»Hallo«, begrüßte sie ihn und erhob ihr kleines Glas zu einem Prosit.

»Herzlich willkommen«, erwiderte er, und dann blieben sie voreinander stehen. Sie war so attraktiv, dass er schlagartig nicht mehr klar denken konnte. Mit ihrem hellen Haar – platinblond hatte sie es genannt –, das alle Flitterpartikel und Lichterketten im ganzen Raum reflektierte, und dem dunkelroten Kleid, das ihren Körper umschmeichelte und beim Einatmen jede ihrer wunderbaren Kurven betonte. In seinem Kopf hörte er nur ein einziges Rauschen, doch dann kam ihm plötzlich ein Gedanke: *Was wäre, wenn?* Ehrlich gesagt hatte er keine Ahnung, was es zu bedeuten hatte. *Was wäre, wenn, Adam?* Ihr Kleid war nicht extrem tief ausgeschnitten, aber doch so, wie es sich für ein Abendkleid gehörte, und der verlockende Spalt, der mit dem Stoff und seinem Blick flirtete … Na ja, der ließ sein Gehirn jedenfalls nicht besser funktionieren.

»Hübsch dekoriert hier, oder?«, bemerkte er, während Lexia im selben Moment mit einem strahlenden Lächeln sagte:

»Ich liebe Glögg und Weihnachten. Und hier im *Gondolen* ist es perfekt.« Ihre Wangen waren leicht gerötet, und er hätte am liebsten nach einer der Locken gegriffen, die ihren Hals umspielten, und sie zur Seite geschoben, um ihre Haut berühren zu können.

»Und worüber redet ihr beide gerade?«, hörte er Rebecca angesäuert von der Seite her fragen. Sofort kam sein Gehirn wieder zur Vernunft.

Jedenfalls zu einem gewissen Teil.

Was wäre, wenn ...

Lexia stützte ihre Hand in die Taille und warf Rebecca einen herausfordernden Blick zu. »Wir sprechen ausnahmsweise einmal nicht über dich, Rebecca. Es dürfte dich also nicht weiter interessieren.«

Adam hielt ein Lächeln zurück. Er liebte es, wenn Lexia so tough auftrat.

»Was sind wir heute aufmüpfig«, konterte Rebecca, allerdings nicht unfreundlich. Dann erhob sie ihr Glas in Adams Richtung und sagte: »Weißt du, diese Sache mit der Solidarität von Frauen ist nur ein Mythos.« Sie verstummte, und Adam fragte sich, ob er darauf etwas erwidern sollte, und wenn ja, was.

»Wir reden am Montag weiter darüber«, fügte sie hinzu.

»Oder auch schon morgen«, schlug Lexia vor.

Rebecca musste hicksen.

»Morgen ist doch ein ganz gewöhnlicher Arbeitstag«, fuhr Lexia fort.

»Ach ja.« Rebecca wandte sich wieder Adam zu und fixierte ihn mit glasigem Blick. »Männer sind Verräter. Dem Feminismus gehört die Zukunft«, erklärte sie und wankte schließlich von dannen.

Adam folgte ihr mit dem Blick. »Ich frag mich, wer gerade eben in ihrem Körper steckte und was wohl aus der ursprünglichen Rebecca geworden ist.«

Lexia musste lachen. »Sie hat vorhin im Büro schon einiges getrunken. Und wir haben uns ausgiebig über Feminismus unterhalten. Dina hat eine kleine Brandrede gehalten, die offenbar Wirkung gezeigt hat. Erstaunlicherweise.« Sie schaute zu Dina rüber, die ihr zuwinkte. »Ach, wo wir gerade von Dina reden, entschuldige mich bitte, ich habe ihr versprochen, ihr bei einer Sache zu helfen.«

»Selbstverständlich«, sagte er und schaute ihr hinterher, während sie davonging. Kurz darauf trat Roy an seine Seite. »Was ist denn mit meiner Tochter los? Sie ist ja völlig überdreht. Hat ihr etwa jemand was in den Glögg geschüttet?«

»Keine Ahnung. Aber was ganz anderes, Roy, was hast du vorhin zu Dina gesagt?«

Roy runzelte die Stirn und breitete hilflos die Arme aus. »Nichts.«

Adam warf ihm einen strengen Blick zu. Diese Unschuldsmiene hatte er an ihm schon zu oft gesehen, und allmählich war er sie leid. »Heute Abend benimmst du dich aber anständig, ja?«

Als alle Leute ihre Plätze eingenommen hatten, stand Adam auf. Sie verstummten sofort und schauten ihn an, seine jungen und beflissenen betrunkenen und fröhlichen Mitarbeiter. Er mochte diese Truppe, dachte er, und völlig unerwartet schnürte es ihm die Kehle zu. Viele von ihnen engagierten sich leidenschaftlich für ihre Arbeit und wollten die Welt auf ihre Weise verbessern. Er räusperte sich.

»Willkommen zur Weihnachtsfeier in diesem Jahr. Ihr habt einen turbulenten Herbst hinter euch, und ich weiß, dass ihr euch alle ziemlich reingehängt habt. Ich will gar nicht lange reden, da ich vermute, dass es heute Abend ganz andere Verlockungen gibt.«

Gelächter brach aus. Die verführerischen Düfte vom Büfett

dort draußen, das auf meterlangen Tischen mit Weihnachtsdelikatessen aller Art aufwartete, zogen bis zu ihnen in den Raum hinein. Auf der gedeckten Tafel standen Bier und Wein neben eisgekühlten Mini-Schnapsfläschchen. Sie passten alle an eine lange Tafel, und Adam bemühte sich, mit jedem einzelnen von ihnen Blickkontakt aufzunehmen, während er fortfuhr:

»Bevor wir gleich ans Büfett gehen, möchte ich euch allen für euren enormen Arbeitseinsatz danken.« Er machte eine Kunstpause. »Und dann möchte ich noch sagen, dass die Kampagne ›Mein Körper trägt‹, wie ich gerade erfahren habe, für das Goldene Pferd nominiert wurde.« Er verstummte und ließ die Tatsache, dass die Agentur für einen derart prestigeträchtigen Preis vorgeschlagen wurde, erst einmal auf alle wirken. Das war großartig, doch es dauerte eine ganze Weile, bis die ersten Hurrarufe kamen, so als trauten sie ihren Ohren nicht. Dann begannen sie zu applaudieren, anerkennend zu pfeifen und zu lachen. Es war das erste Mal, dass die Agentur Sandelman & Dyhr nominiert worden war, und Adam war wider Erwarten gerührt, die Freude seiner Mitarbeiter teilen zu dürfen.

Er betrachtete Lexia, die übers ganze Gesicht strahlte und ihre Hand zum Victory-Zeichen formte. Das hatte sie verdient, denn es war ihre Kampagne. Ihre Ideen, ihr Fleiß und ihre Beharrlichkeit hatten zu dieser Nominierung geführt. Er setzte sich wieder und stieß mit seinen Tischnachbarn zur Rechten und Linken an, während er noch einmal zum anderen Tischende hinüberschaute. Lexia saß ganz hinten und schien jede Menge Spaß zu haben. Gerade prostete sie Dina und einigen anderen Mitarbeitern zu. Dort hinten war eindeutig die lustigere Ecke. Er selbst saß zusammen mit Roy und Rebecca am anderen Ende. Roy nervte ihn gerade mit irgendeinem Geschäft, das er vor tausend Jahren getätigt hatte, und Rebecca schaute ihren Vater mit missbilligender Miene an, während sie sich schweigend und zielstrebig betrank. Er befand sich also nicht gerade in unterhaltsamster Gesellschaft. Erneut schaute er zu Lexia rüber.

Allmählich begannen die Leute vor Sattheit zu stöhnen. Einige Tapfere bedienten sich noch ein weiteres Mal am Büfett, aber auch ihnen sah man an, dass das üppige Mahl sie mehr als gesättigt und letztlich besiegt hatte. Der Grad der Trunkenheit ließ zudem alle lauter und ihre Wangen rosig werden, und nach dem Nachtisch, dem Kaffee mit Konfekt und einem großzügig eingeschenkten Cognac oder Likör begannen insbesondere die Eltern kleiner Kinder offen zu gähnen. Mehrere von ihnen standen auf und wankten hinaus in Richtung Garderobe, um ihre Mäntel zu holen und sich auf den Heimweg zu machen.

»Rebecca und ich gehen auch«, erklärte Roy. Adam nickte. Er hielt es für angebracht, dass Roy Rebecca nach Hause brachte. »Kommst du mit?«, fragte Roy. Doch Adam lehnte ab. Lexia war noch da, und er hatte keine Lust, schon zu gehen.

»Kommst du auf eine Runde mit an die Bar?«, fragte der Key Account Manager, der sich noch immer wie ein ausgelassenes Kalb auf der Weide benahm, auch wenn er inzwischen schon ziemlich mitgenommen aussah.

»Solltest du nicht besser heimfahren?«, entgegnete Adam trocken. Das Oberhemd seines Mitarbeiters war fleckig und zerknittert, während die Augen gerötet waren und ihm die Haare wirr vom Kopf abstanden. Er hatte Adam im Lauf des Abends anvertraut, dass er es liebte, von seiner Frau gefesselt zu werden, dass man ihn schon dreimal gefeuert und dass er Adam anfangs für einen Aufschneider gehalten hatte – mittlerweile aber nicht mehr.

Morgen würde er seine Worte ganz sicher bereuen.

Doch jetzt lächelte er einfach nur glücklich und schüttelte den Kopf. »Ich kann bis zwei Uhr wegbleiben, wenn ich die

Kleinen nächste Woche jeden Tag in den Kindergarten bringe und wieder abhole, das Abendessen mache und sämtliche Wäsche wasche. Also, an die Bar?«

An der Bar herrschte trotz der späten Stunde reger Betrieb, und sie landeten irgendwo am Ende der Theke. Der Geräuschpegel im Raum war so hoch, dass man kaum sein eigenes Wort verstand, und der ausgiebig feiernde Familienvater verließ ihn ziemlich bald. Lexia stand gerade mit einem jungen Mann zusammen, und Adam beobachtete eine Weile lang, wie sie sich unterhielten, bevor er sein eigenes Verhalten einfach nur noch lächerlich fand. Er sollte jetzt besser nach Hause gehen. Dann schaute er erneut zu ihr. Und als sich ihre Blicke begegneten, war es, als würde sein Körper von einem elektrischen Schlag erfasst werden.

Was wäre, wenn?

Er ließ sie nicht aus den Augen. Sie schaute ihn an.

Worauf wartest du noch?

Gute Frage. Er zögerte kurz, dann ging er auf sie zu. Er schob sich an allen möglichen Leuten vorbei, drängte sie beiseite und näherte sich ihr zielstrebig. Ihre Augen weiteten sich und ließen ihn nicht aus dem Blick. Dann sanken ihre Schultern hinab, und sie schob ihr Kinn vor. Sie fixierte ihn mit dem Blick und zog ihn förmlich zu sich heran. Sie wartete.

»Hier geht es ja zu wie bei der Reise nach Jerusalem«, sagte er, als er endlich bei ihr ankam.

»Das ist eine der turbulentesten Weihnachtsfeiern, die ich je erlebt habe«, entgegnete sie. Ihre schönen Augen funkelten verlockend und gefährlich zugleich. »Und die luxuriöseste.«

»Ihr seid es ja auch wert.«

»Danke. Und dann noch die tolle Nachricht mit dem Goldenen Pferd!«

Er nickte. »Wie gut du aussiehst«, sagte er, denn in ihrem eng anliegenden Kleid sah sie wirklich fantastisch aus. Hörte man ihm an, dass er sich den ganzen Abend lang und auch schon die vergangenen Tage nach ihr gesehnt hatte? Dass er immerfort an sie gedacht, dabei seine Arbeit vernachlässigt und sich gefragt hatte, ob er langsam, aber sicher verrückt wurde? Hörte man all das?

»Du siehst aber auch nicht übel aus«, entgegnete sie mit einem koketten Lächeln, das ihn innerlich jubeln ließ.

Er schaute auf ihr halb leeres Glas. »Darf ich dich auf einen Drink einladen?«

Sie bedachte ihn mit einem langen Blick und zuckte dann nonchalant eine Achsel. Eine weich gerundete Schulter, die ihn verzauberte. Dann schaute er ihr ins Gesicht.

»Okay, dann nehme ich gern einen Sekt«, antwortete sie.

Adam bestellte ihr ein Glas Champagner und sich selbst ein Bier. Er lehnte sich mit dem Unterarm gegen die Theke und sah, wie sich ihre langen Wimpern bewegten. Sie standen dicht beieinander, und ihre Körper berührten sich immer wieder, wenn sich irgendwer an ihnen vorbeizwängte.

Sie bekam ihr Glas und erhob es. »Skål«, sagte sie. Er erhob sein Bierglas ebenfalls, und sie prosteten einander zu.

»Auf die Nominierung«, sagte er.

»Ja, auf die Nominierung. Unglaublich«, meinte sie lächelnd.

»Du hast ganz richtig gehandelt, als du für das gekämpft hast, woran du glaubst. Du bist wirklich engagiert, Lexia. Ich hoffe, das weißt du.«

Sie errötete leicht. »Danke.«

»Darf ich dir eine persönliche Frage stellen?«, fuhr er fort.

Sie verzog den Mund und richtete dann erneut ihren makellosen Blick auf ihn. »Ich glaube, dass wir dieses Stadium bereits überwunden haben«, entgegnete sie trocken.

In der Tat.

»Läuft zwischen dir und diesem Gustav eigentlich was?«, fragte er und bemühte sich, es leicht dahinzusagen, obwohl er ziemlich laut sprechen musste, um den ohrenbetäubenden Lärmpegel in der Bar zu übertönen.

Sie bedachte ihn mit einem langen Blick. »Bist du etwa eifersüchtig?«

»Ja«, antwortete er ehrlich.

»Darauf hast du aber kein Recht.«

»Ich weiß. Aber du hast mich gefragt. Euch zusammen zu sehen hat mir nicht gerade gefallen.«

»Schau mal einer an.« Sie schwieg und nippte an ihrem Champagner. Wenn sie vorhatte, ihn auf die Folter zu spannen, war es ihr gelungen. Er wartete gespannt. »Nein, zwischen Gustav und mir läuft nichts«, sagte sie schließlich.

Okay. Gut. Sehr gut. Adam bemühte sich, nicht vor Erleichterung zu grinsen.

»Und jetzt bin ich an der Reihe«, sagte sie. »Was läuft zwischen dir und Rebecca?«

Er brauchte nicht einmal nachzudenken. »Nichts. Jedenfalls nicht mehr. Aber wir waren mal für eine Weile zusammen.«

»Wann? Wie lange? Und wer hat Schluss gemacht?«

»Als wir noch jung waren. Ziemlich lange. Und sie hat Schluss gemacht.«

Lexia musterte ihn. »Hast du noch Gefühle für sie?«

»Nein.«

Die Musik wurde so laut, dass jegliche Konversation unmöglich erschien. »Komm«, sagte er, ergriff ihre Hand und zog sie mit sich.

»Adam«, sagte sie und lachte auf. »Warte, wohin gehen wir?«

Adam hatte keinen Plan, außer dass er mit ihr reden wollte, ohne sie anschreien zu müssen. Er öffnete die Tür zu dem Raum, in dem sie gegessen hatten. Man hatte schon wieder aufgeräumt, und die Tische standen seitlich an den Wänden, während die Stühle fein säuberlich gestapelt waren. Durch die bodentiefen Fenster blickte man auf die Stadt. Als er die Tür hinter ihnen schloss, wurde es angenehm still, und von draußen drang nur noch dumpfes Gemurmel herein.

Sie setzte sich auf einen der Tische und ließ ein Bein herunterbaumeln. »Gott, wie gut das tut«, stöhnte sie. »Meine Füße tun ziemlich weh«, erklärte sie. Natürlich wurde sein Blick automatisch von ihren Beinen mit den High Heels angezogen.

Adam schluckte, ging auf ein Fenster zu und schaute hinaus. Er fand es angenehm, dass sie nur zu zweit hier drinnen waren, dass es draußen schneite und dass Lexia bei ihm war. Er drehte sich um und schaute sie an. »Ich hätte mich melden sollen, nachdem ...« Er verstummte.

Sie schlug ein Bein übers andere, und er dachte an die Haut ihrer seidenweichen Beine. Als sie ihr Kleid auf Höhe der Oberschenkel glattstrich, wurde sein Mund ganz trocken, und er konnte keinen klaren Gedanken mehr fassen, außer dass er seine Hand zwischen ihren Schenkeln nach oben führen und sie dort über ihrem Slip berühren wollte, ganz sanft, so wie es ihr gefiel.

»Nachdem wir bei mir zu Hause Sex gehabt hatten?«, fragte sie ruhig.

Er machte einen Schritt auf sie zu. »Nachdem wir uns bei dir *geliebt* haben. Mehrere Male. Ich hätte nicht gehen sollen. Und ich hätte mich bei dir melden sollen.« Wie oft hatte er es schon bereut? Hundertmal?

»Ich hätte mich ja auch melden können«, entgegnete sie und fuhr erneut mit der Hand über den Stoff ihres Kleids.

»Aber ich hätte es tun müssen.«

Sie sagte nichts mehr, sondern stand auf, ging an ihm vorbei und stellte sich ans Fenster. »Da draußen sieht es aus wie in einer Zauberwelt«, sagte sie.

»Ja«, pflichtete er ihr bei und stellte sich hinter sie. Er schob ihre Haare beiseite, beugte sich vor und berührte mit seinen Lippen ihre Haut. Sie erbebte und presste sich an seinen Körper. So blieben sie eine Weile stehen. Dann drehte sie sich um und schaute ihn lange an. Schließlich beugte er sich zu ihr hinunter und küsste sie. Sie lächelte an seinem Mund.

»Was ist?«, flüsterte er.

»Das wurde aber auch Zeit«, antwortete sie.

Er küsste sie erneut. Und noch einmal. Sie zu küssen kam ihm wie die natürlichste Sache der Welt vor. Sie schmeckte nach Champagner, und er vertiefte den Kuss. Sie atmete bereits schwerer. Dann ergriff sie selbst die Initiative und küsste ihn langsam, erotisch und äußerst geschickt. Dieser Mund – er trieb ihn fast in den Wahnsinn. Als sich ihre weichen Brüste gegen seinen Oberkörper pressten, rang er nach Luft. Es fühlte sich so richtig an, mit ihr hier zu stehen. Er legte seine Hand auf ihre Wange und beschrieb mit seinem Daumen eine kreisförmige Bewegung auf ihrer Haut. »Lexia«, flüsterte er.

Sie schlang eine Hand um seinen Nacken und zog sein Gesicht wieder zu sich heran, und ihre Küsse wurden erotisch, sehnsüchtig, hitzig und gierig.

»Lexia«, sagte er heiser, denn er konnte nicht genug von ihr bekommen, von ihrem Namen, ihrem Duft, ihrem Geschmack.

Sie zog an seinem Oberhemd und riss es aus seinem Hosenbund, und als ihre Hand unter den Stoff glitt und eine seiner Brustwarzen berührte, stöhnte er auf. Er presste seinen Oberschenkel zwischen ihre Beine, doch ihr Kleid war ziemlich schmal geschnitten. Also schob er den Stoff langsam hoch. Sie stöhnte und wand sich aufreizend unter seinen Händen.

»Darf ich es ganz hochziehen?«, fragte er an ihrem Hals und zog ungeduldig mit den Händen daran.

»Ja, unbedingt«, antwortete sie atemlos und half ihm, bis er den Rock des Kleids über ihre Hüften hochgeschoben hatte. Dann legte er beide Hände von außen an ihre Oberschenkel und umschloss ihre Pobacken, während sie an seinem Gürtel zog. Das war der reine Wahnsinn, dachte er, während sich seine Hände auf ihrer warmen Haut vortasteten. Hinter der geschlossenen Tür konnte er das Stimmengemurmel der Gäste an der Bar hören, aber ehrlich gesagt pfiff er darauf. Die Tür war solide, und das Personal diskret – das dürfte ausreichen. Für den Fall, dass doch jemand hereinkommen sollte, stellte sich Adam vorsichtshalber so hin, dass er Lexia mit seinem Körper verdeckte. Er konnte einfach nicht von ihr ablassen und presste seinen Körper an sie, während er sie an sich zog.

»Du gehörst mir«, sagte er heiser und stellte fest, dass er die Worte nicht nur gedacht, sondern laut ausgesprochen hatte. Er wollte, dass sie ihm gehörte und sich bewusst für ihn entschied. Er küsste sie ein ums andere Mal, als würde das Fortbestehen der Welt davon abhängen, dass er nicht aufhörte, diese erotische begehrenswerte Frau zu küssen. Als sein Oberhemd auf dem Fußboden landete, glitt ihr Blick hungrig über seinen Brustkorb. Sie beugte sich zu ihm vor und ließ ihre Lippen über seine Haut gleiten.

»Nimm die Arme hoch«, bat er sie. Nun konnte er ihr das Kleid über den Kopf ziehen. Dann half er ihr dabei, den hautengen Unterrock abzustreifen, bis sie nur noch in BH, Höschen und Nylonstrümpfen vor ihm stand. Ihre Dessous waren blassrosa und glänzend und die Strümpfe hauchdünn, was ihn völlig überwältigte. »Du siehst wahnsinnig geil aus«, sagte er und zog sie mit sich zum Tisch, hob sie auf die Tischplatte und sank vor ihr auf die Knie. Er streifte ihr den Slip ab, ohne die aufreizenden Nylons zu entfernen, die ganz ohne Strapse zu halten schienen. Dann spreizte er ihre Beine, beugte sich vor und begann sie zu lecken.

»Oh ja, genau so«, rief sie mit erstickter Stimme.

Er leckte sie weiter, berührte sie mit den Fingern, lauschte ihrem Stöhnen, folgte ihrem Rhythmus und prägte ihn sich ein. Er wusste genau, wie er vorgehen musste. Es war wie eine Formel, die man sich einprägen und ergründen musste, um sie zu begreifen. Dann spürte er, wie es ihr zunehmend schwerfiel, still zu liegen.

»Oh Gott, Adam, ich komme«, stöhnte sie. Er selbst war bereits so erregt, dass es am Rande seines Blickfelds zu flimmern begann. Er umschloss mit einer Hand durch die Hose hindurch seinen Penis und bewegte ihn so, dass die Reibung am Stoff seine Lust noch steigerte, bis sie fast schmerzhaft wurde. Wenn er nicht bald in ihr kommen konnte, würde er in der Hose kommen. Oder möglicherweise sterben.

Lexia stützte sich mit geröteten Wangen und zerzausten Haaren auf die Unterarme. »Ich habe Kondome in der Handtasche«, erklärte sie und schaute sich im Raum um.

Er biss sie spielerisch in die Schulter. »Wirklich?« Er biss erneut zu.

Sie stöhnte auf. »Man kann ja nie wissen.«

Er zog den Träger ihres BHs hinab, verteilte Küsse auf ihre weichen Kurven, hakte den BH am Rücken auf und streifte ihn ihr schließlich ehrfürchtig ab. »Du bist so schön«, sagte er, und seine Stimme brach fast. In dem dunklen Raum sah sie aus wie eine Göttin.

»Adam, *du* bist schön«, sagte sie mit ernster Stimme. Sie ließ ihren Blick über seinen nackten Oberkörper gleiten, und er hätte am liebsten seine Muskeln spielen lassen und sich mit der Hand vor die Brust geschlagen. Stattdessen hielt er Ausschau nach ihrer Handtasche, zog sie unter einem Stuhl hervor und reichte sie ihr. Er nahm das Kondom entgegen, das sie ihm hinhielt, und riss die Folie mit dem Mund auf, während er Lexia zum Fenster führte. Dort glitt er mit seinem Körper hinter sie. Sie legte die Handflächen auf die Scheiben, und er presste seinen Unterleib gegen ihren und drang behutsam in sie ein. Nachdem sie eine Stellung gefunden hatten, die für sie beide bequem war, stieß er immer heftiger in sie hinein. Sie presste ihren Po gegen seinen Unterleib, woraufhin er eine Hand auf ihre Schulter und die andere um ihre Hüfte legte. Jetzt prallte sie bei jedem Stoß leicht von seinen Hüften ab, und er hörte das gedämpfte Ineinandergleiten ihrer beiden Körper. Schließlich rann ihm der Schweiß den Rücken hinunter.

»Fester«, rief sie heiser, und er gehorchte und stieß noch etwas heftiger in sie hinein. Härter und wilder, bis sie ebenfalls schwitzte und keuchte.

»Dreh dich um«, forderte er sie auf, denn er wollte ihren Mund küssen und sie von vorn sehen. Sie tat, was er sagte. Er beugte sich zu ihr hinunter, küsste sie und legte einen Arm um ihren Körper, um sie hochzuheben.

»Nein«, protestierte sie. »Ich bin viel zu schwer.«

Er schnaubte verächtlich und hob sie hoch. Er war stark, und sie gehörte ihm, und er wollte dieser Frau in primitiver Weise imponieren und ihr seine Männlichkeit beweisen. Sie schlang ihre Beine um seine Hüften, glitt mit ihrem Unterleib ein Stück hinunter und schaute ihm tief in die Augen, während er sie ausfüllte. Sie stöhnte und nahm ihn gierig in sich auf. Dann küssten sie sich.

Draußen vor dem Fenster segelten die Schneeflocken vom Himmel, und weit unter ihnen leuchteten die Straßenlaternen, während die Straßen und Bürgersteige von einer weißen Schneeschicht bedeckt wurden. Ganz langsam liebte Adam Lexia, während sie ihn fest umschlungen hielt. Sein Blick versank in ihrem, und das Geräusch ihrer hitzigen Atemzüge erfüllte den Raum. Sie waren sich so nahe, dachte er. Eine Nähe, nach der er sich immer gesehnt hatte, ohne es zu wissen. Die Nähe und Intimität machte ihren Sex noch besser und befriedigender. Jetzt fühlte er sich heil. Es klang so klischeehaft, aber es stimmte. Mit ihr zusammen fühlte er sich ganz.

»Ich komme noch einmal«, rief sie wimmernd und krallte ihre Fingernägel in seinen Rücken. Er schwoll in ihr an und kam gleichzeitig mit ihr. Sein Orgasmus breitete sich von seiner Leistengegend bis in die Oberschenkel und den Bauch aus. Seine Muskeln arbeiteten, und dann kam er mit einer explosiven Entladung, die seine Beine erzittern ließ. Er spürte ihre Zähne an seiner Haut, ihr Stöhnen an seinem Hals, ihre seidige Haut unter seinen Händen und ihre makellosen Brüste an seinem Brustkorb. Ihre zarte Weichheit. Er umschloss sie fest. Obwohl ihm fast schwarz vor Augen wurde, war er noch nie in seinem Leben so dankbar gewesen, so verdammt froh.

Lexia atmete schwer und feucht an seinem Hals. So klang eine tief befriedigte Frau, und er dachte, dass er sie bei sich haben wollte, wohin auch immer er ging, wie einen Talisman für immerwährende Freude und Geborgenheit.

»Wow«, sagte sie gedämpft.

Dann machte sie sich von ihm los, und er setzte sie vorsichtig auf dem Boden ab.

»Geht's?«, fragte er. Sie nickte. Die Geräusche von draußen drangen allmählich wieder bis zu ihnen vor. Das Gemurmel der Gäste an der Bar, das Klirren von Gläsern. Als sie mit herrlich wirren Haaren und stark geröteten Wangen nach ihrer Kleidung griff, zog er sie noch einmal in seine Arme. »Das war der beste Sex, den ich in meinem ganzen Leben gehabt habe«, sagte er, und das war womöglich sogar noch untertrieben, denn es war der beste Sex, den ein Mann je haben konnte. »Daran werde ich mich noch erinnern, wenn ich alt bin und im Sterben liege. Wie war es für dich?«

»Phänomenal«, sagte sie leise. Seine Arme schlossen sich noch fester und beschützender um sie, während er von einem enormen Glücksgefühl erfasst wurde.

Draußen wurde der Schneefall immer heftiger, und weit unter ihnen glitzerten die Lichter der Großstadt und das Wasser. Er lehnte sein Kinn an ihre Haare. Was, wenn er wirklich mit Lexia zusammen sein könnte?

Was wäre, wenn?

36

Lexia

Am Tag nach der Weihnachtsfeier kamen viele Mitarbeiter später ins Büro. Das Arbeitstempo in der Agentur war extrem langsam, die Leute flehten sich gegenseitig um Kopfschmerztabletten an, und die Stimmen waren gedämpft. Lexias Kollegen holten sich wie in Zeitlupe Kaffee und schleppten sich dann mit grünlichbleichen Gesichtern wieder zurück zu ihren Schreibtischen. Lexia hingegen war eher aufgekratzt. Der Sex mit Adam war atemberaubend gewesen. Sie, die anständige und zuverlässige Lexia Vikander, hatte völlig nackt vor dem Fenster eines Restaurants Sex gehabt. Im Nachhinein konnte sie es selbst kaum fassen. Während Adam und sie sich geliebt hatten, hätte jederzeit irgendwer hereinkommen können. Aber es war niemand gekommen. Sie hatten den Raum hinterher sogar unbemerkt verlassen können. Unten auf der Straße hatten sie nebeneinander im Schneegestöber gestanden und jeder auf sein Taxi gewartet, ohne einander zu berühren, außer mit Blicken.

Und heute kam sie sich unbesiegbar vor. Das leicht ausgelaugte Gefühl nach leidenschaftlichem akrobatischen Sex mit einem hingebungsvollen und extrem attraktiven Liebhaber stärkte ihr Selbstbewusstsein genauso wie das Wissen darum, begehrt zu werden. Danach waren sie zwar getrennte Wege gegangen, doch seitdem hatten sie sich ununterbrochen jede Menge alberner, aber liebevoller SMS geschickt. Sie nahm ihr

Handy hoch und las die Unterhaltung zum ungefähr zehnten Mal. Als sie aufschaute, stand Adam in der Tür zu seinem Büro und beobachtete sie. Er wirkte ebenfalls recht munter, frisch geduscht und ziemlich entspannt. Sie führte innerlich einen Freudentanz auf. *Mit diesem attraktiven Mann hatte ich Sex, und ich bin schreiend gekommen, am Fenster eines Restaurants. Er gehört mir und nur mir.* Langsam kam er auf ihren Schreibtisch zu. Selbst sein Gang wirkte sexy.

»Hallo«, sagte er leise, und beim Erklingen seiner tiefen Stimme machte ihr Herz einen Luftsprung.

»Guten Morgen«, entgegnete sie und bemühte sich, so professionell wie sonst auch zu klingen, hörte jedoch selbst, wie atemlos ihre Stimme war. Kein Wunder, denn sie spürte ihn noch immer in sich, hörte seine geflüsterten Worte und erinnerte sich daran, wie er in sie eingedrungen war.

»Wie geht es dir?«, fragte er. Auch wenn er sie nicht berührte, fühlten sich seine Stimme und sein Blick wie Streicheleinheiten an.

»Gut, aber ein wenig mitgenommen. Ich musste gestern nämlich hart arbeiten«, antwortete sie.

»Oha.« Sein Blick brannte auf ihrem Gesicht, und er senkte seine Stimme zu einem leisen Murmeln. »Klingt übel. Ist dein Chef zu streng mit dir?«

»Ja, er ist streng. Sogar ziemlich streng. Aber das gefällt mir.«

Die Atmosphäre zwischen ihnen war so aufgeladen, dass sie einen Druck auf der Brust verspürte. Sie sehnte sich heftig danach, ihn zu berühren, seinen Duft einzusaugen, seine Haut zu lecken, seinen …

»Lexia …« Die Intensität in seiner Stimme bei diesem einzigen Wort ließ ihre Knie weich werden. In der vergangenen Nacht war sie zweimal nacheinander gekommen, heute fühlte sie sich völlig ausgepowert und noch dazu wund an, aber ihr Körper verhielt sich dennoch, als wäre er sexuell ausgehungert.

Es war unklug, so dicht nebeneinander zu stehen, denn die anderen könnten etwas mitbekommen. Doch keiner von beiden bewegte sich von der Stelle.

»Adam? Hast du Zeit für ein Telefonat?«, fragte Dina und kam auf sie zu.

»Selbstverständlich, ich nehme es in meinem Büro entgegen«, antwortete Adam und wechselte zu einem knappen und autoritären Ton. »Wir reden später weiter«, sagte er zu Lexia, und dann warf er ihr einen Blick zu, den nur sie sah und der ihr ein angenehmes Ziehen im Unterleib verursachte. Er schloss seine Bürotür hinter sich. Dina warf Lexia einen forschenden Blick zu.

»Super, wie du gestern alles organisiert hast«, sagte Lexia rasch. »Das Vorglühen war total nett. Und dann noch die Nominierung! Fantastisch, oder?«

»Ja«, antwortete Dina und warf ihr einen weiteren nachdenklichen Blick zu, bevor sie wieder ging. Lexia sank in sich zusammen. Dass Dina misstrauisch geworden war, verhieß nichts Gutes. Zugleich hatte Lexia immer gewusst, dass genau das zu einem Problem werden könnte, denn zwei Kollegen aus einem Büro, die heimlich Sex miteinander hatten, beeinflussten die Stimmung unweigerlich negativ. Noch schlimmer war es, wenn einer von beiden der Chef war. An einem von Lexias früheren Arbeitsplätzen war genau das passiert. Eine Kollegin hatte mit ihrem Bürochef geschlafen. Als er ihrer irgendwann überdrüssig geworden war, wurde sie aus ihrem Team ausgeschlossen. Sie reichte kurzerhand die Kündigung ein, ohne einen qualifizierten Job gefunden zu haben. Jetzt arbeitete sie auf Provisionsbasis im Bereich Telefonmarketing. So etwas hatte Lexia auch einmal ausprobiert. Dabei hatte sie am Telefon irgendwelche Produkte anpreisen müssen. Ganze fünf Wochen hatte sie es ausgehalten, den Leuten Dinge aufzudrängen, die sie nicht haben wollten, dabei kaum etwas zu verdienen und sich mit einem Zwanzigjährigen als Vorgesetzten herumzuschlagen, der sich gerade mal die Basics aus den Managementfachbüchern angelesen hatte und alle Mitarbeiterinnen begrapschte.

Sie warf einen Blick in Adams Büro. So würde es bei ihnen doch hoffentlich nicht enden, oder?

Als Lexia ihre Sachen zusammenpackte, um Feierabend zu machen, saß Adam noch immer hinter geschlossener Tür in seinem Büro. Sie hatten nicht weiter miteinander reden können, aber jetzt wollte sie nach Hause. Auf dem Hausboot öffnete sie auf der Suche nach etwas Essbarem erst einmal den Kühlschrank. Siri hatte sich oben in ihrem Atelier verschanzt, aus dem leises Gemurmel und Musik zu hören waren. Offenbar hatte sie jemanden bei sich. Eine Freundin oder vielleicht ein Modell, das sie malte oder skulptierte.

Während Lexia den Inhalt des Kühlschranks in Augenschein nahm, wurde sie den Eindruck nicht los, dass ihre Arbeitskollegen sie heute anders behandelt hatten als sonst. Oder bildete sie sich das nur ein? Sie kam sich leicht paranoid vor. Während sie Käse und Butter herausnahm, hörte sie, wie auf dem Oberdeck eine Tür geöffnet wurde.

»Lexia?«, rief Siri.

Lexia nahm ein Glas Feigenmarmelade zur Hand und stellte den Toaster bereit. »Ich bin hier«, rief sie zur Antwort, als sie hörte, dass Siri und eine weitere Person die Treppe herunterkamen. »Ich toaste gerade Brot. Haben wir Gäste? Seid ihr hungrig?« Siri malte oft irgendwelche Leute. Lexia erinnerte sich insbesondere an einen großen, schlanken, sehr jungen und ziemlich gut proportionierten Mann, der im vergangenen Jahr einmal auf ihrem Hausboot gewesen war. Es war nett gewesen. Siri sah Körper mit einem ganz anderen Blick als Lexia, die nicht so künstlerisch veranlagt war, dass sie den Anblick eines nackten Mannes nicht zu schätzen gewusst hätte. Und außerdem gefiel es ihr weitaus besser, als wenn Siri Kadaver abmalte.

Siri betrat die Küche. Lexia verlor ihren gedanklichen Faden, denn hinter ihr kam Rebecca Hansson hereingeschlendert, ein wenig blass um die Nase, aber lächelnd. Langsam stellte Lexia das Marmeladenglas ab. Aha. Rebecca hatte also den ganzen Tag auf ihrem Boot verbracht. Das war wirklich das Letzte, was Lexia erwartet hatte. Es hätte sie weitaus weniger erstaunt, wenn die Kronprinzessin mit ihrer Familie vom Oberdeck heruntergekommen wäre.

»Hallo, Lexia«, sagte Rebecca mit ihrer heiseren Stimme und verzog den Mund zu einem hämischen Grinsen.

»Was machst du denn hier?«, fragte Lexia nicht gerade höflich. Immerhin gehörte das Hausboot ihr, und ihrer Ansicht nach hatte Rebecca Hansson hier nichts zu suchen. Sie würde es in Siris Mietvertrag als Klausel aufnehmen, beschloss sie.

»Ich bin Künstlermodell«, antwortete Rebecca nonchalant, öffnete den Kühlschrank und betrachtete den Inhalt abschätzig. »Ich habe einen Wahnsinnskater. Gibt es hier zufällig Perrier?«

»Ich habe vor, Rebecca zu skulptieren«, erklärte Siri, füllte ein Glas mit Leitungswasser und reichte es ihrem Gast. Siris Hände waren fleckig und mit Ton beschmiert, und ihr Gesichtsausdruck war entspannt wie immer, wenn sie im Flow war.

Lexia warf Rebecca einen säuerlichen Blick zu. »Und wie kam es dazu?«, fragte sie.

»Ich hab sie angerufen. Rebecca hat tolle Konturen und interessante Farben. Außerdem fasziniert mich ihre Ausstrahlung.«

Als Rebecca sie mit einem herablassenden Blick bedachte, verfinsterte sich Lexias Miene. Siri gehörte ihr. Sollte Rebecca sich doch eigene Freundinnen suchen. Falls sie überhaupt in der Lage dazu war.

»Das Ganze ist etwas ungewohnt für mich. Aber Siri sieht anscheinend irgendetwas in mir«, erklärte Rebecca.

»Wir haben uns letztens im *Knut* unterhalten, seitdem ist sie mir nicht mehr aus dem Sinn gegangen.«

»Offenbar bin ich ein Naturtalent. Und außerdem war ich heute nicht in der Lage, zur Arbeit zu gehen. Ich spüre, dass irgendeine Veränderung in der Luft liegt, und jetzt sehe ich die Dinge aus einem ganz neuen Blickwinkel.«

»Wie schön«, sagte Lexia, ohne zu begreifen, wovon Rebecca sprach. Sie bestrich zwei Scheiben Brot mit Butter, hobelte Käse darüber und gab jeweils einen Klecks Feigenmarmelade darauf. Wenn es Siri wichtig war, musste sie sich wohl oder übel bemühen, nett zu Rebecca zu sein. Vielleicht hatte die Frau ja massenweise gute Seiten, die sie selbst einfach nur noch nicht entdeckt hatte.

»Anfänglich dachte ich, man müsste mollig sein, um jemandem Modell stehen zu können«, fuhr Rebecca fort und nickte Lexia zu. »So wie du zum Beispiel.«

Oder auch nicht.

Lexia legte ihre Käsebrote auf einen Teller, nahm ihren Becher mit Tee und ging davon. Siri folgte ihr.

»Alles in Ordnung?«, fragte sie.

»Ja, schon. Aber läuft da was zwischen euch? Ich meine, noch mehr?« Sie spürte, dass irgendetwas in der Luft lag.

»Ich mag sie einfach.«

»Aber wieso das denn?«, platzte es aus Lexia heraus. Sie konnte es überhaupt nicht begreifen. Was fand die liebe nette Siri an dieser eingebildeten Prinzessin?

»Sie ist zwar eine Zicke, aber eben auch sehr empfindsam. Und außerdem sieht sie gut aus. Und ihre Konturen sind einfach super. Okay?«

»Ja, ja, ja. Aber du wirst mir doch weiterhin die Nägel lackieren, oder? Und meine beste Freundin bleiben?«

»Natürlich.«

»Und außerdem bin ich nicht mollig.«

»Geliebte Lexia. Du bist perfekt. Zwar leicht gestört, aber perfekt.«

Lexia deutete in Richtung Küche. »*Sie* ist gestört.«

Siri lächelte. »Oh ja, das auch.«

»Ich hab dich vermisst«, sagte Adam am nächsten Tag und sah sie über den Rand seiner Speisekarte hinweg an.

»Wir haben uns doch die ganze Zeit gesehen«, entgegnete sie und flirtete schamlos. Sie hatte ihn auch vermisst. Ihr Körper sehnte sich so sehr nach seinem, dass er nicht mehr richtig funktionierte. Sie hatten die Agentur zu unterschiedlichen Zeiten verlassen und waren jeder für sich zu Fuß zum Restaurant gegangen. Lexia hatte das unangenehme Gefühl einfach verdrängt, dass sie ihre Kollegen hinters Licht führte. Jetzt genoss sie es, Adam für sich allein zu haben. Sie warf einen Blick auf ihre Armbanduhr. Zumindest für eine Stunde. Er hatte einen Tisch mit Blick übers Wasser und auf die verschneite Stadt reserviert. Der Tisch war weiß eingedeckt, das Personal war diskret und leise, und überall brannten Kerzen. Sie musste aufhören, sich Gedanken zu machen, beschloss sie und überlegte, was sie essen wollte.

»Hast du viel zu tun?«, fragte sie und bemühte sich, cool zu bleiben und sich weltgewandt zu geben wie eine Frau, die mit ihrem Liebhaber verabredet war. Aber sie empfand so viel für Adam, und ihre Stimme verriet sie bestimmt. Und außerdem war sie ehrlich gesagt sehr erregt. Sie kam sich sexuell völlig unersättlich vor. Würden sie sich am Wochenende sehen? Bestimmt, oder? So intensiv, wie er sie anschaute, musste er doch dasselbe empfinden wie sie.

Sie klappte die Speisekarte zu. »Ich nehme das Tagesgericht, die Pasta«, sagte sie und sah wie im Film lange Spaziergänge mit Adam vor ihrem inneren Auge. Oder heiße Schokolade in einem Café auf Djurgården und gemeinsamen Sex mit ihm vorm Kamin. Dabei schaute er ihr tief in die Augen, während er sich in ihr bewegte, und bescherte ihr einen Orgasmus nach dem anderen. Sie richtete sich auf ihrem Stuhl auf. Großer Gott, wenn er sich hier und jetzt auf sie stürzte, würde sie vermutlich nicht einmal protestieren. Ihr ganzer Körper brannte vor Verlangen.

»Was machst du eigentlich an Weihnachten?«, fragte sie leichthin, als ihr Essen serviert wurde. Sie rollte ihre Pasta mit der Gabel auf und bemühte sich, elegant zu essen, doch die Nudeln glitten wieder herunter, und die Soße spritzte. Adam zog die Mundwinkel zu einem Lächeln hoch, und sie schmolz innerlich förmlich dahin. Mit seinen langen Wimpern und den Lachfältchen sah er überwältigend gut aus. Vielleicht könnten sie ja zusammen wegfahren, sich in irgendeinem Schloss einmieten, sich draußen im Park mit Schneebällen bewerfen und danach drinnen im Himmelbett lieben.

»Nichts Besonderes«, antwortete er.

»Ich feiere gemeinsam mit meiner Mutter und ihrem jetzigen Mann.«

»Wie oft war sie eigentlich schon verheiratet?«

»Fünfmal. Du bist Donald ja im Krankenhaus begegnet. Er ist ganz okay. Ich werde an Heiligabend bei ihnen sein, und am zweiten Weihnachtsfeiertag fliegen meine Mutter und ich los.«

»Richtig. Und wohin?«

»In die Karibik. Sie wollte mich unbedingt einladen, und ich konnte nach der Sache mit ihren Herzproblemen ja schlecht Nein sagen.«

»Karibik klingt fantastisch.«

»Hm, insbesondere mit meiner Mutter.«

Er lachte auf. »Sie möchte offenbar mit dir zusammen sein, was ich gut verstehen kann. Feierst du denn nicht mit Siri?«

»Nein, Siri fährt zu ihrer Familie aufs Land.« Das tat sie, seitdem sie sich kannten. Danach kam sie jedes Mal leichenblass und mit ernster Miene wieder zurück, schloss sich in ihrem Atelier ein und malte Bilder, die vor Angst nur so trieften und bei deren Anblick Lexia am liebsten ihre Stirn gegen die Wand gehämmert hätte.

»Möchtest du, dass wir uns sehen? An Weihnachten?«, fragte sie und bemühte sich, locker zu wirken. Es war eine simple Überlegung. Sie schliefen miteinander, sie simsten einander. Und obwohl es eine ganz normale Frage war, wurde ihr fast übel vor Nervosität.

Er lächelte entschuldigend, während er seine Pasta mit der Gabel aufrollte, ohne auch nur einen einzigen Fleck auf dem Tischtuch zu hinterlassen. »Ich fahre weg. Schon morgen. Und ich weiß nicht genau, wie lange ich bleiben werde. Vielleicht sogar bis nach Weihnachten.«

Lexia schaute auf ihren Teller hinunter. Seine Worte kamen etwas überraschend, wie sie zugeben musste. Nicht dass sie einander alles erzählten. Aber dennoch. Adam hatte diese Reise mit keinem Wort erwähnt. Merkwürdig, dass er nicht daran gedacht hatte, ihr etwas davon zu sagen. Sie blinzelte heftig und kam sich blöd vor. Wie eine Frau, die von ihrem Liebhaber mehr erwartete, als er zu geben bereit war.

»Ich hätte es dir eher sagen sollen«, meinte er und streckte seine Hand aus.

Doch sie zog ihre zurück, denn sie hasste es, in einer Situation wie dieser bedauert zu werden. »Vielleicht hat es sich ja gerade erst ergeben?«, meinte sie, aber es gelang ihr keineswegs, sachlich zu klingen. Stattdessen hörte es sich eher trotzig an, was sie ebenfalls verabscheute. Ruhig und distanziert – das konnte doch wohl nicht so schwer sein?

»Ich weiß, dass ich es hätte erwähnen sollen, aber die Sache zwischen uns ...«

»Nein, du musst nichts sagen«, unterbrach sie ihn rasch, denn sie wollte es gar nicht alles hören – wie neu alles noch für ihn sei, dass sie beide doch kein Paar seien und Lexia demzufolge kein Recht habe, Ansprüche an ihn zu stellen. All das, was Männer sagten, wenn es ihnen zu schnell ging. Sie war nicht einmal sauer auf ihn, sondern eher auf sich selbst und darauf, dass sie sich auf ihrer rosaroten Wolke romantische Wochenenden und verträumte Spaziergänge zu zweit ausmalte, während er – ups – rein zufällig vergessen hatte, ihr zu erzählen, dass er wegfahren würde.

»Mir geht das alles etwas zu schnell«, sagte Adam und legte sein Besteck zur Seite. Lexia stöhnte bei seiner klischeehaften Bemerkung innerlich auf. »In meinem Kopf herrscht ein einziges Chaos, und es kommt mir vor, als hätte ich den Boden unter den Füßen verloren«, fuhr er fort. »Aber natürlich hätte ich sagen müssen, dass wir wegfahren.«

Langsam legte sie die Hände in den Schoß, hob den Blick und betrachtete ihn mit festem Blick. »Wir?«, fragte sie und wurde von einer bösen Vorahnung erfasst.

»Roy fährt mit.« Er verstummte, doch Lexia ahnte, dass noch mehr kommen würde.

»Du und Roy?«

»Ja. Und ...« Er seufzte.

»Und?« Jetzt war sie ganz starr geworden. Das verhieß nichts Gutes.

Er sah ihr geradewegs in die Augen und sagte: »Rebecca hat darum gebeten, mitkommen zu dürfen. Es ist eine reine Geschäftsreise. Nach Kopenhagen.«

Natürlich. »Wie gesagt, du brauchst dich nicht zu erklären«, sagte sie und griff nach ihrem Wasserglas. Sie zwang sich, besonnen zu klingen, und hoffte, dass er nicht sah, wie fest sie ihr Glas mit der Hand umklammerte. Es war ja nichts dabei, dass er mit seinem Chef und dessen Tochter auf Geschäftsreise ging. Die Tochter, mit der er einmal zusammen gewesen war. Eine Frau, von der Lexia annahm, dass sie Adam zurückhaben wollte. Nein, es war ganz und gar nichts dabei. Rebecca hatte erst Anspruch auf Siri erhoben, und jetzt wollte sie auch noch Adam. Das stand fest.

»Zwischen Rebecca und mir läuft nichts, das verstehst du doch, oder? Sonst würde ich nie ... Du weißt schon.«

»Ja, ich weiß«, pflichtete sie ihm bei. »Es kam nur etwas unerwartet. Aber alles ist noch so neu, und ich war einfach überrascht.« Lexia fand selbst, dass es dämlich klang.

»Ja, es ist neu. Aber wir können uns doch sehen, wenn ich wieder zurück bin, oder?«

»Klar. Oder wenn ich von der Reise mit meiner Mutter wieder da bin.«

Sie saßen schweigend da. Es war kein angenehmes Schweigen, sondern eher eine problembeladene, unangenehme Stille. Schließlich warf Adam einen Blick auf seine Uhr. »Tut mir leid, aber ich muss wieder zurück. Wir sollten wieder getrennt gehen, damit uns niemand sieht.«

Sie nickte und warf ihm ein blasses Lächeln zu. Vielleicht gab es Leute, die so etwas spannend und geheimnisvoll fanden, aber sie verabscheute es. Plötzlich kam sie sich schäbig vor. Außerdem wollte ihr der Gedanke nicht aus dem Kopf gehen, dass Adam zwar mit Rebecca nach Kopenhagen flog, aber zugleich nicht einmal mit Lexia zusammen gesehen werden wollte. Die Pasta lag ihr wie ein Stein im Magen. Eigentlich war sie doch eine intelligente Frau. Wie war sie nur in diese Situation geraten?

»Alles in Ordnung?«, fragte er, während er die Rechnung beglich. »Ist mit uns alles okay?«

»Ja, klar«, log sie. »Ich möchte nur, dass wir ehrlich zueinander sind. Wenn mit Rebecca irgendwas läuft, hoffe ich, dass du es mir sagst.«

Er runzelte die Stirn. »Irgendwas läuft?«

»Na ja, wir sind ja nicht zusammen, und ich weiß nicht mal, wie ich es nennen soll.« Sie beschrieb mit der Hand eine Geste, die sie beide umfasste. »Aber wenn du mit einer anderen schläfst, möchte ich es wissen.«

»Du weißt aber doch, dass zwischen Rebecca und mir Schluss ist, oder? Das habe ich dir doch mehrfach gesagt. Vertraust du mir etwa nicht?«

»Adam, du bist ein netter Mensch, aber wir haben nicht darüber gesprochen, wie wir zueinander stehen. Was für mich auch okay ist, aber ich schätze Ehrlichkeit.« Im Hinblick darauf, dass sie selbst im Augenblick nicht gerade ehrlich war, kam es ihr leicht paradox vor. Am liebsten wäre sie aufgesprungen und hätte ihm verboten, mit Rebecca nach Kopenhagen zu fliegen. Doch glücklicherweise war nicht einmal sie so uncool, dass sie etwas so Peinliches getan hätte.

Adams Kieferknochen mahlten, und er steckte seine Visakarte mit ruckartigen Bewegungen wieder zurück ins Portemonnaie.

»Bist du jetzt sauer?«, fragte sie und betrachtete ihn eingehend. Ja, er wirkte verärgert. Aber weswegen sollte ausgerechnet er sauer sein?

»Ich hätte nicht gedacht, dass du so über uns denkst«, sagte er, während er ihr auf dem Weg zur Garderobe den Vortritt ließ. »Aber wie gesagt, ich muss jetzt zurück ins Büro. Wir müssen später weiterreden.« Er zog seinen Mantel an.

»Geh du nur. Ich warte noch ein wenig«, sagte sie, während sie ihre Handschuhe überstreifte. »Du weißt schon, damit man uns nicht zusammen sieht«, fügte sie hinzu.

Vielleicht klang das engstirnig, aber sie war nicht in der Stimmung für großherzige Gesten. Sie beobachtete, wie er durch den Schnee von dannen stapfte, und stellte irritiert fest, dass ihre Knie weich wurden, obwohl das Einzige, was sie von ihm sah, sein Rücken war.

37

Adam

»Was zum Teufel ist nur mit dir los, Adam?«, fragte Roy gereizt, als sie in Kopenhagen bei einem Drink zusammensaßen.

»Nichts«, log Adam.

»Aber du hörst mir nicht zu. Und du, Rebecca, warum bist du eingeschnappt? Kannst du ihn denn nicht ein wenig aufheitern? Na ja, vielleicht sollte ich euch beide besser allein lassen, oder?«

Rebecca schüttelte den Kopf. »Jetzt hör doch auf. Ich glaube, wir sind einfach nur urlaubsreif. Der Herbst war ziemlich stressig.«

Adam griff nach seinem Glas. Sie hatte recht. Der Herbst war ziemlich arbeitsintensiv gewesen, aber das war sicherlich nicht der Grund für seine innere Anspannung. Auch die langen Arbeitstage in Kopenhagen, an denen sie von früh bis spät Meetings, Geschäftsessen und Abendverpflichtungen gehabt hatten, waren nicht der Grund. Nicht einmal die Tatsache, dass die meisten Meetings reine Zeitverschwendung und ihre Geschäftsreise völlig unnötig gewesen war, hatte seine schlechte Laune verursacht. Das wusste er.

»Und was hältst du von der Frau, mit der wir uns heute getroffen haben?«, fragte Roy.

Adam bemühte sich, bei der Sache zu bleiben. »Sie hat einige aufschlussreiche Gesichtspunkte dargelegt«, antwortete er. Das Treffen mit ihr war eines der wenigen Erfolg versprechenden gewesen. Die Frau war intelligent, und er konnte sich durchaus eine zukünftige Zusammenarbeit mit ihr vorstellen. Dann starrte er wieder ins Leere. Er hätte Lexia eher mitteilen sollen, dass er wegfahren würde, dachte er zum ungefähr hundertsten Mal. Lexia war sauer gewesen. Zugleich fand er, dass sie überreagiert hatte. Schließlich war es eine Dienstreise, das hätte sie doch verstehen müssen. Am meisten irritierte ihn allerdings ihre Reaktion auf Rebeccas Teilnahme. Wenn sie neidisch oder eifersüchtig gewesen wäre, hätte er es ja noch verstanden. Doch stattdessen hatte sie ihm eine Art Freibrief gegeben, sich mit Rebecca einzulassen. Oder mit anderen Frauen, solange er es ihr erzählte. Was zum Teufel sollte das? Hatte sie eine so schlechte Meinung von ihm? Oder wollte sie sich damit das Recht erkaufen, selbst mit anderen Männern zu schlafen? Hatte er etwa alles missverstanden?

Das, was zwischen ihnen vorgefallen war, hatte ihn aus dem Gleichgewicht gebracht. Vor ihr hatte er sich noch nie so stark zu einer Frau hingezogen gefühlt und war noch nie von einem weiblichen Wesen so besessen gewesen. Aber er wusste nicht, wie er mit seinen Gefühlen umgehen sollte.

»Kann schon sein«, meinte Roy, und es dauerte eine Weile, bis Adam begriff, dass er von der Frau sprach, die sie heute getroffen hatten. »Nur schade, dass sie so hässlich war«, brummte er.

Adam runzelte die Stirn, denn er fand Roys Äußerung völlig unangemessen. Doch er war mit den Gedanken woanders. Er schaute zu Rebecca hinüber, die gedankenverloren vor sich hinstarrte. Die Stimmung zwischen ihr und Roy wirkte angespannt, und Adam hatte den Eindruck, dass jeden Moment eine Bombe hochgehen könnte. Ihre gesamte Reise war eine gigantische Zeitverschwendung gewesen, auch wenn Kopenhagen zu seinen Lieblingsstädten gehörte. Als die Reise bevorstand, war sein erster Gedanke gewesen, Lexia mitzunehmen, was natürlich nicht infrage gekommen wäre. Er durfte sich nicht in Fantasien darüber ergehen, wie er gemeinsam mit Lexia Reisen in romantische Großstädte unternahm, abends mit ihr ausging, um die weihnachtlich geschmückten Straßen zu bewundern und über Weihnachtsmärkte zu schlendern, wo er dänischen Glühwein mit ihr trank und sie hinterher die ganze Nacht hindurch liebte. Oder etwa doch?

»Adam? Was zum Teufel ist mit dir los?«

Er stöhnte. »Mich nervt es, wenn du so über Frauen redest. Sie war verdammt clever und hatte vernünftige Ideen. Aber was hat ihr Aussehen mit der Sache zu tun?«

Rebecca konnte sich ein Lächeln nicht verkneifen, und Roy verzog wütend das Gesicht. Früher hätte Adam seinen Kommentar einfach übergangen, aber allmählich reichte es ihm. »Würdest du so über einen Mann reden?«, fragte Adam. »Du betonst doch andauernd, dass die Kompetenz das Allerwichtigste ist. Warum musst du dich dann über ihr Aussehen auslassen? Was hat das denn mit ihrer Qualifikation zu tun?«

»Warum nörgelst du heute eigentlich andauernd an mir herum?«, fragte Roy beleidigt. »Musst du mich denn unbedingt zurechtweisen, nur weil ich meine Meinung äußere?«

»Du solltest nicht so über andere Leute reden. Über Frauen. Über Kollegen. Kapierst du das denn nicht? Was meinst du, Rebecca?«

Rebecca zuckte mit der Achsel. »Adam hat recht, Papa. Du bist manchmal ziemlich sexistisch.«

»Hab ich euch um eure Meinung gebeten? Das Weib war nun mal hässlich. Ich sag ja nur, wie es ist. Und wenn es euch nicht passt, dann eben nicht.«

Rebecca leerte ihr Glas und stand auf. »Ich geh zu Bett.« Sie warf Adam einen eindringlichen Blick zu.

»Was ist?«, fragte er.

Sie schüttelte den Kopf. »Männer«, sagte sie. »Ihr geht mir echt auf die Nerven. Ich glaub, was euch betrifft, muss man die Hoffnung wohl aufgeben. Gute Nacht und schlaft gut.«

Das Flugzeug nach Stockholm am Tag vor Heiligabend war voll besetzt und verspätet. Draußen fielen dichte feuchte Schneeflocken vom Himmel. Drinnen drängten sich Eltern mit schreienden Kleinkindern, Großeltern, die sperrige Weihnachtsgeschenke bei sich trugen, und verspätete Geschäftsreisende. Adam landete am späten Nachmittag. Es war der Tag vor Heiligabend, und er hatte noch keine Pläne.

»Und du willst wirklich nicht vorbeikommen?«, fragte Bashir, als Adam ihn auf der Fahrt in die Innenstadt vom Taxi aus anrief. Im Hintergrund hörte er Kindergeschrei, Lachen und Weihnachtsmusik. Bashirs Mutter hatte Weihnachten schon immer geliebt. Nach so vielen Jahren in Schweden mit schwedischem Kindergarten, schwedischer Schule und schwedischem Fernsehen feierte Bashirs Familie mittlerweile schwedische Weihnachten, wenn auch mit typischen Gerichten aus ihrer Heimat. Adam erinnerte sich, dass er einmal den Heiligabend bei ihnen verbracht, sich dabei jedoch ausgeschlossen gefühlt hatte. Irgendetwas an diesem Fest bewirkte, dass man sich als Außenstehender nicht zugehörig fühlte, egal, wie willkommen man war.

»Vielleicht ein anderes Mal«, antwortete er. »Grüß deine Familie von mir.«

»Fröhliche Weihnachten, Adam.«

»Dir auch.«

Adam stellte sein Gepäck zu Hause ab, zog eine Jeans an und stürzte sich in den Weihnachtstrubel. Er versuchte sich daran zu erinnern, was ihm selbst als Dreizehnjähriger gefallen hatte. Schließlich schrieb er Dina eine SMS. Dann ging er in ein großes Elektronikgeschäft und kaufte alles, was Dina ihm vorgeschlagen hatte: die angesagteste Spielekonsole und mehrere dafür kompatible Spiele. Am Ende stand er mit seinen Geschenktüten da.

Und jetzt?

Er rief bei Karin an. »Ich habe Weihnachtsgeschenke für euch gekauft, und ich weiß, dass ich spät dran bin, aber vielleicht kann ich sie euch ja zuschicken? Seid ihr zwischen den Jahren zu Hause?« Er kam sich ziemlich blöd vor, denn er hätte es besser planen müssen. Karin hatte ihn letztens per Mail zum Adventskaffee eingeladen, aber er hatte nicht geantwortet. Doch der Junge war immerhin sein Halbbruder und sein einziger noch lebender Verwandter. Und dieses war ihr erstes Weihnachten, seit ... seit *er* tot war. Vielleicht könnte er die Geschenke ja per Kurier schicken?

»Wir feiern in diesem Jahr nur zu zweit«, antwortete Karin leise. Sie schwieg eine Weile, bevor sie zögerlich vorschlug: »Kannst du nicht vorbeikommen und gemeinsam mit uns Weihnachten feiern? Natürlich nur, wenn du Zeit hast.«

Adam zögerte.

»Hampus würde sich wahnsinnig freuen«, fügte sie hinzu.

Am Heiligabend setzte Adam sich ins Auto und fuhr zu Karin und Hampus nach Täby. Sie wohnten in einem grauen heruntergekommenen Hochhaus, und er blieb mit laufendem Motor auf der Straße davor im Wagen sitzen. Herr im Himmel, was hatte er hier zu suchen? Doch dann riss er sich zusammen, griff nach den großen Päckchen, nahm den Aufzug nach oben und klingelte bei Nylund.

Hampus öffnete die Tür und bekam große Augen, als er die Geschenke sah.

»Willkommen«, begrüßte Karin ihn und bat ihn herein. Argwöhnisch folgte Adam ihr ins Wohnzimmer. Würde er auf irgendwelche Spuren von *ihm* stoßen? Doch die Wohnung war ganz normal mit Ikea-Möbeln eingerichtet und sah gar nicht aus wie ein Hort des Bösen. Es standen Fotos von Hampus herum, und an den Wänden hingen schlichte Kunstreproduktionen. Auf dem Sofa lagen rote Wolldecken, auf dem Couchtisch brannten Teelichter, und in einer Ecke stand ein kleiner, nach Tannennadeln duftender Weihnachtsbaum, unter den er seine Geschenke legte.

»Wir haben keinen Alkohol zu Hause«, sagte Karin, und ihr ernster Blick bestätigte, was er bereits wusste. Alkohol und Gewalt hatten hier jahrelang den Alltag geprägt. Adam verspürte bei dem Gedanken daran, was Karin und Hampus durchgemacht hatten, einen stechenden Schmerz in der Brust, und er wünschte, er hätte etwas sagen können, um ihnen diese Last zu nehmen. Mag sein, dass Karin um ihren Ehemann trauerte. Vielleicht hatte sie diesen Mann einmal geliebt, der sie zu einer verängstigten, von Gewalt gezeichneten Frau gemacht hatte. Doch Adam war froh, dass er tot war. Dieser Mann würde kein Leben mehr zerstören können.

»Aber ich habe Weihnachtsmalzbier da«, erklärte sie.

»Das ist doch völlig in Ordnung«, sagte er und lächelte. Karin schien sich etwas zu entspannen, als hätte sie Angst vor seiner Reaktion gehabt. Diese ewigen Ängste und Befürchtungen – er erinnerte sich nur allzu gut daran.

»Danke für die Einladung«, sagte er mit so ruhiger und harmloser Stimme wie möglich.

»Hampus war völlig aus dem Häuschen, als ich es ihm erzählt habe. Er konnte gestern Abend kaum einschlafen«, erklärte sie mit einem Lächeln. In ihrer Stimme schwang Erleichterung mit, und Adam wusste sofort, warum: Karin war es gewohnt, enttäuscht zu werden und Hampus Dinge zu versprechen, die sie nicht halten konnte. Er nahm das volle Glas entgegen, das sie ihm reichte, und schwor sich, in Zukunft weder Karin noch Hampus je etwas zu versprechen, was er nicht halten könnte.

Adam setzte sich an den Küchentisch, und Hampus schob sich mit seinen langen Gliedmaßen auf den Platz neben ihn, während Karin das Essen vorbereitete. Er überlegte, worüber er sich mit dem Jungen unterhalten könnte. Die einzige Person unter zwanzig, die er etwas näher kannte, war Dina.

»Magst du Hunde?«, fragte er.

»Ich mag alle Tiere. Am liebsten Eidechsen. Hunde finde ich aber auch gut. Hast du ein Haustier?«

»Nein.«

»Wir haben Netflix und HBO und können uns einen Film ansehen, wenn du willst.«

»Lass Adam erst mal ein wenig hier sitzen«, wandte Karin ein.

»Ist schon okay«, sagte Adam und knuffte Hampus spielerisch in die Seite, während Karin Teller auf den Tisch stellte.

»Es gibt nur etwas ganz Einfaches«, entschuldigte sie sich. »Dafür sind es Hampus' Lieblingsgerichte.«

»Das sieht aber lecker aus«, sagte Adam aufrichtig und mit einem Kloß im Hals.

Sie aßen selbst gebratene Köttbullar, Cocktailwürstchen mit gekauftem Gewürzbrot und tranken Weihnachtsmalzbier dazu. Danach gab es Süßigkeiten. Nachdem Hampus mit lauten Freudenschreien seine Weihnachtsgeschenke ausgepackt und Adam ihm geholfen hatte, die Geräte an den Fernseher in seinem Zimmer anzuschließen, setzte er sich zu Karin aufs Sofa.

»Das war ein sehr netter Abend«, sagte er.

»Und ganz sicher das schönste Weihnachtsfest, was Hampus je erlebt hat«, entgegnete sie schlicht.

Adam brauchte nicht nachzufragen, was sie meinte. Schließlich wusste er noch genau, wie es früher bei ihnen zugegangen war.

»Adam! Komm mal!«, rief Hampus.

»Wenn du mit ihm spielen möchtest, kann ich uns solange einen Kaffee kochen«, bot Karin an.

Also setzte sich Adam neben Hampus vor den Fernseher und spielte mit ihm ein Fußballmatch. Hampus gewann mit großem Vorsprung. Sie klatschten sich mit einem High-Five ab.

»Und wie geht es Lexia?«, fragte Karin, als er wieder zum Sofa zurückgekehrt war. Sie schenkte Kaffee in zwei kleine blau-weiß gemusterte Tassen.

Stimmt ja, die beiden waren sich auf der Beerdigung begegnet. »Gut. Glaube ich zumindest. Wir haben uns schon eine Weile nicht gesehen.«

»Ich dachte, ihr …?«

Er wusste nicht, was er sagen sollte. Er hatte die Sache wieder einmal verbockt. Ob Lexia noch immer sauer auf ihn war? Und was empfand er für sie? Die letzte Frage konnte er leicht beantworten. Er vermisste sie schmerzlich: Tagsüber musste er ständig an sie denken, und nachts träumte er von ihr. »Ach, das ist etwas kompliziert«, antwortete er schließlich. Er erinnerte sich noch gut an ihr gemeinsames Sexerlebnis in seinem Wagen, an die Weihnachtsfeier, an ihr fröhliches Lachen und an ihren Duft. Eigentlich hatte er gedacht, er wüsste, was es bedeutete, mit einer Frau Sex zu haben, mit ihr zu schlafen und sie zu lieben. Doch offenbar hatte er rein gar nichts verstanden.

»Ihr habt gut zusammengepasst«, sagte Karin.

Wirklich? Er selbst konnte es nicht einschätzen.

»Manchmal denke ich, dass ich vielleicht besser Single bleiben sollte«, sagte er.

»Und warum?«

»Weil ich *sein* Sohn bin.« Aus Hampus' Zimmer waren jetzt siegesgewisse Rufe zu hören. Den Geräuschen zufolge spielte er gerade ein Autorennen.

»Aber du verkörperst mehr als nur die Summe deiner Eltern. Das gilt für uns alle. Hampus ist doch auch sein Sohn.«
»Hampus ist ein feiner Kerl.«
Karin lächelte. »Genau. Und das bist du auch.«
Er beugte sich vor. »Darf ich dich etwas fragen?« Als sie nickte, fuhr er fort: »Warum hast du ihn nicht verlassen?« Er begriff es einfach nicht. Warum blieben Frauen bei ihren Ehemännern, wenn es solche Ungeheuer waren? Was hatte dieser Mann nur an sich gehabt, was es unmöglich machte, ihn zu verlassen? »Ich meine das nicht als Kritik«, fügte er rasch hinzu. »Ich weiß, dass es oft vorkommt, aber ich begreife es nicht.«
Karin nahm eine Wolldecke vom Sofa und legte sie sich über die Beine. »Ich hatte Angst, dass er mich umbringen würde«, erklärte sie schlicht. »Aber ich wollte leben, trotz allem. Insbesondere wegen Hampus. Auch wenn mir klar ist, dass es merkwürdig erscheinen muss. Ich hätte nie gedacht, dass ich jemals zu einer solchen Frau werden würde. Und ich begreife es noch immer nicht. Bevor ich ihn kannte, war ich stark und selbstständig.«
»Ich hätte für euch da sein müssen. Für Hampus. Und euch helfen.«
»Nein, nimm die Schuld dafür nicht auf dich, tappe nicht in diese Falle. Du hast überhaupt keine Schuld an irgendetwas.« Sie lächelte freundlich und zog ihre Füße zum Körper heran. Jetzt wirkte sie etwas fröhlicher als vorher. »Aber ich bin natürlich trotzdem sehr froh darüber, dass du in unser Leben gekommen bist.« Sie hörten erneut einen Freudenschrei und mussten beide lächeln. »Aber Adam, denk daran: Das Leben ist kurz. Und Liebe ist das einzig Wichtige.«

Als Adam wieder in seinem Auto saß, kam es ihm so vor, als würde seine Sehnsucht übermächtig. Auch wenn Lexia vielleicht noch sauer auf ihn war und ihn nicht sehen wollte, musste er unbedingt mit ihr reden. Er hatte das Gefühl, dass ihm die Luft zum Atmen fehlte, wenn er nicht bald ihre Stimme hörte. Mit zitternden Fingern klickte er auf dem Handy ihre Nummer an.

»Fröhliche Weihnachten«, begrüßte er Lexia, als sie sich meldete. Er war erleichtert, dass sie ranging. Auf seine SMS aus Kopenhagen hatte sie nur kurz geantwortet.

»Fröhliche Weihnachten, Adam«, entgegnete sie.

Adam hatte sie ungemein vermisst. Beinahe wäre er damit herausgeplatzt, wie oft er an sie gedacht hatte und wie trist ihm das Leben vorkam, wenn sie nicht bei ihm war, doch er konnte sich gerade noch beherrschen.

»Ich wollte mich nur melden«, sagte er stattdessen.

»Schön, ich freu mich.«

Er umschloss das Handy etwas fester. Sie klang gar nicht sauer, eher fröhlich und warmherzig wie sonst auch. Eben wie Lexia. Seine Lexia. »Freust du dich wirklich, dass ich anrufe?«

»Ja.«

»Und wie ist dein Weihnachten so?«

»Ich bin gerade bei meiner Mutter, aber ich will versuchen, mich möglichst bald aus dem Staub zu machen. Wenn ich kein Taxi bekomme, gehe ich eben zu Fuß. Ich habe nämlich eine Überdosis trautes Familienleben intus. Und da wir übermorgen zusammen verreisen, muss ich vorher unbedingt meine Batterien wieder aufladen.«

»Und wo bist du jetzt?«

»Draußen auf Lidingö. Kaum zu glauben. Auf einer Insel. Und noch dazu am äußersten Ende, mitten im Nirgendwo. Heute gehen keine Züge oder Busse mehr, und hier draußen ist es wie in der Steinzeit.«

»Ich könnte dich abholen«, bot er ihr an.

Sie schwieg, und er hielt die Luft an. »Und wo bist du gerade?«, fragte sie.

»Ganz in der Nähe«, log er. Wenn er Gas gab, konnte er es in einer halben Stunde bis Lidingö schaffen.

»Dann würde ich mich freuen, wenn du mich abholen könntest«, sagte sie, und er fühlte sich wie ein Held, der seine Prinzessin zu sich holte.

Er startete den starken Motor seines Wagens und lenkte ihn auf nahezu leeren Straßen durch den Schnee. In den Fenstern, die draußen vor den Scheiben vorbeisausten, leuchteten Weihnachtssterne und Lichterbögen. Kurz darauf überquerte er die Lidingö-Brücke in hohem Tempo. Das Hotel Scandic Foresta sah aus wie eine erleuchtete Hochzeitstorte. Dann passierte er die Ortsschilder von Torsvik, Sticklinge und anderen ihm unbekannten Dörfern. Schließlich kam er an einem Jachthafen und einer verlassenen Tankstelle vorbei, und danach war er nur noch von Natur und Wald umgeben. Schon bald erreichte er weit draußen auf der Insel eine stille Straße mit luxuriösen Villen. Genau in dem Moment, als er die Handbremse betätigte, trat Lexia aus einem grau angestrichenen modernen Einfamilienhaus. Bei ihrem Anblick wurde sein ganzer Körper von einem angenehm heißen Ziehen erfasst. Er öffnete die Fahrertür, stieg aus und ging ihr entgegen. In ihrem hellen Haar landeten Schneeflocken, die wie kleine Sternchen aussahen. Er zog sie in seine Arme und hielt sie eng an sich gedrückt. Es kam ihm so richtig vor. Als gehörte sie zu ihm, hier in seine Arme.

»Soll ich dich nach Hause fahren?«, fragte er, obwohl er sie am liebsten nie wieder losgelassen hätte.

»Wohin auch immer, jedenfalls weg von hier«, antwortete sie und rieb ihre Nase an seiner Jacke.

Er lachte leise. »So schlimm?«

Sie hob den Kopf. Auf ihren Wimpern landeten weitere Schneeflocken. Er betrachtete sie eingehend. Ihren leidenschaftlichen Blick, ihren breiten Mund. Großer Gott, es gab so vieles, was er mit diesem Mund machen wollte. So vieles, wonach er sich sehnte.

»Du hast meine Mutter ja kennengelernt.«

»Aber da wirkte sie ziemlich harmlos.«

»Ja, sie macht sich weitaus besser in sediertem Zustand. Zumindest habe ich für heute genügend Krautsalat mit Hering in der Light-Version gegessen. Ich bin durch mit Heiligabend.«

»Ich fahr dich gern zu deinem Hausboot. Aber ich wohne etwas näher. Außerdem habe ich einen Präsentkorb mit Delikatessen von einem Kunden zu Weihnachten geschenkt bekommen. Ich meine ja nur, falls du Lust hast auf Käse, Cracker, Pasteten und dergleichen«, versuchte er sie zu locken.

»Hast du zufällig auch einen Wein da?«, fragte sie mit dem Gesicht an seiner Brust.

»Ja, das auch. Einen kräftigen Roten und einen gekühlten Weißen. Hatte ich erwähnt, dass ich auch Schokolade und Kekse zu Hause habe?«

Sie gab einen wollüstigen Laut von sich, der ihm geradewegs in die Leisten fuhr. »Die Verlockung des Präsentkorbs hat gesiegt. Ich habe keinen Charakter«, sagte sie, hob ihr Gesicht und schaute ihn an. »Ich bin so hungrig. Und eine Frau wie ich kann eben nur eine begrenzte Menge gesunder Lebensmittel essen, bevor sie unbedingt Delikatessen braucht.«

Adam hielt ihr die Beifahrertür auf und verkniff sich ein Grinsen. Kein Charakter, darauf hatte er am meisten gehofft. Denn er plante, sie in die Welt der Verlockungen zu entführen.

38

Lexia

»Schön hier«, sagte Lexia, während Adam überall in seiner Wohnung Licht machte. Es war eine teure Wohnung in einer teuren Lage, aber sie wirkte etwas unpersönlich, dachte sie, während sie die großzügig geschnittenen Räume in Augenschein nahm, in denen die Farben Grau und Weiß dominierten und nur durch vereinzelte braune Akzente ergänzt wurden. Alles war männlich einfarbig und gradlinig.

»Wie ich sehe, haben wir genau denselben Geschmack«, witzelte sie, als er ihr das große Wohnzimmer zeigte. Außer einer grauen Sofagruppe standen fast keine Möbel im Raum, und die Wände waren kahl. Es war das genaue Gegenteil von ihrem beengten, aber gemütlichen und farbenfrohen Hausboot.

»Ich bin nicht so oft zu Hause und habe mir noch nie Gedanken darüber gemacht, wie ungemütlich es hier ist«, sagte er, während er Teelichter in großen bronzefarbenen Leuchtern anzündete. Lexia nahm das Angebot eines Glases Rotwein an, und kurz darauf saßen sie auf seinem tiefen Sofa und prosteten sich mit bauchigen Gläsern zu. Er hatte den Arm auf die Rückenlehne gelegt und betrachtete sie eingehend, während sie an ihrem Wein nippte und spürte, wie der Puls an ihrem Hals, ihrem Brustkorb und ihren Handgelenken pochte.

»Wie geht es deiner Mutter?«, fragte er.

»Sie hat sich wieder gut erholt. Eigentlich sollte man meinen, dass die Leute zu besseren Menschen werden, nachdem sie fast gestorben wären, aber sie verhält sich fast genauso wie früher.«

»War es so anstrengend?«

»Nicht gerade unerträglich. Aber manchmal kommt es mir so vor, als würde ich wieder zum Kind werden. Ich falle wieder in diese Rolle zurück. Verstehst du, was ich meine?«

»Ich glaube schon. Mir geht es mit Roy manchmal so.«

»Aber ihr feiert nicht Weihnachten zusammen, oder?«

»Nein, so nahe stehen wir uns nun auch wieder nicht.«

Wie Adams Heiligabende als Kind ausgesehen haben mochten? Er hatte ihr erzählt, dass seine Mutter starb, als er klein war, und dass sein Vater ihn geschlagen hatte. Wie konnte man nur ein Kind schlagen? Wie wollte man das rechtfertigen? Sie sah verstohlen zu Adam und versuchte sich den Jungen vorzustellen, der er einmal gewesen war. Plötzlich fiel ihr ein, was sie in seiner Wohnung vermisste. Es gab keinerlei Weihnachtsdekorationen, nicht eine einzige.

»Ich mag Weihnachten nicht besonders«, sagte er, als hätte er ihre Gedanken gelesen.

Das konnte sie verstehen. Mit einem Mal kamen ihr die eigenen Probleme mit ihrer Mutter, einer am Herzen operierten und zum fünften Mal verheirateten Schlankheitsfanatikerin, ziemlich alltäglich vor. »Ich hoffe, du entschuldigst, wenn ich es einfach so sage, aber ich finde deinen Vater und das, was er dir angetan hat, abscheulich.« Sie hatte noch nie in ihrem Leben einen so starken Hass empfunden.

»Danke.« Er holte tief Luft. »Ich war heute übrigens bei Karin und Hampus.«

»Wirklich?« Sie hatte sich schon gefragt, wo er heute wohl gewesen war, doch sie hatte sich nicht getraut, nachzufragen.

»Sie hatten mich zum Weihnachtsessen eingeladen. Wir haben uns ein wenig unterhalten, und es war wirklich nett. Sie haben sonst keine Verwandtschaft.«

»Klingt nach einem gelungenen Heiligabend«, sagte sie und verspürte ein Ziehen in der Brust.

»Ja, das war es auch. Hampus ist ein feiner Kerl.« Adam klang gerührt, als bedeutete der Junge ihm wirklich etwas.

Ihr ging das Herz über. »Er muss sich gefreut haben, dich zu sehen.«

»Ja, das hat er«, pflichtete er ihr bei, und seine Gesichtszüge wurden weicher. »Wir haben geredet und Videogames gespielt. Offenbar bin ich darin ›krass schlecht‹.«

»Jetzt sinkst du aber stark in meiner Wertschätzung. Ich dachte, du bist einfach in allem gut.«

»Ich würde eher sagen, dass es vieles gibt, worin ich verdammt schlecht bin.«

Sie wartete, aber er führte seine Bemerkung nicht näher aus. »Und wie war deine Reise? Wie war es in Kopenhagen?« Sie versuchte, möglichst unberührt zu klingen, aber natürlich fragte sie sich, wie es mit Rebecca gewesen war.

»Es war ja nur eine Dienstreise. Und sie war, ehrlich gesagt, ziemlich unerfreulich«, antwortete er und stellte sein Weinglas ab. Er streckte seine Hand aus und berührte eine ihrer Haarsträhnen. Heute waren ihre Haare geglättet, aber durch die Feuchtigkeit draußen waren sie bereits wieder wellig geworden.

»Und warum?«, fragte sie, während kleine elektrische Pfeile zwischen ihnen in der Luft hin und her schossen. Sie nahm den Duft seiner Haut wahr und sog ihn ein. Sie liebte seinen Geruch.

»Ich war mit den Gedanken woanders«, antwortete er mit leiser Stimme, während er die Strähne um seinen Finger zwirbelte und leicht zu sich heranzog. Behutsam, aber entschlossen – wie ein Mann, der wusste, was er wollte.

»Okay.« Jetzt richteten sich die Härchen auf ihren Unterarmen auf. Sie hatte ihm absolut nichts entgegenzusetzen. Diese Anziehungskraft zwischen ihnen, eine solch stimmige sexuelle Chemie, hatte sie noch nie zuvor auch nur annähernd empfunden. Manchmal kam es ihr vor, als würde sie alles tun, worum er sie bat. Der Gedanke erregte sie, flößte ihr aber zugleich Angst ein.

»Ich habe dich vermisst.« Er rutschte etwas näher zu ihr heran und ließ sie nicht aus den Augen. »Die ganze Zeit.«

»Wirklich?«, fragte sie. Sie kannten sich seit drei Monaten. War das eine lange Zeit? Oder eher eine kurze? Wie beurteilte man das? Die Gefühle, die er in ihr weckte, waren einfach überwältigend. Sie wünschte, sie wäre etwas entspannter und würde sich nicht so viele Gedanken machen. Schließlich praktizierten es die meisten Frauen um sie herum so. Aber sie hatte nun mal Gefühle für ihn entwickelt, was die Situation enorm verkomplizierte.

»Ja, ich habe dich vermisst«, wiederholte er. Er ergriff ihre Hand und verflocht seine Finger mit ihren. Seine Hand fühlte sich warm und trocken an, während ihre etwas kühl war.

»Ich habe dich auch vermisst.« Eigentlich hatte sie nicht vorgehabt, die Worte laut auszusprechen, aber sie wollte keine Spielchen mit ihm spielen und sich nicht verstellen. Sie hatte sich nach ihm gesehnt und wollte ihn haben. So einfach war das. Lexia stellte ihr Weinglas ab, und schon war er bei ihr und küsste sie hitzig. Himmel, dieser Mund. Den hatte sie am meisten vermisst. Sie presste sich mit ihrem Oberkörper an ihn und spürte seinen Herzschlag durch den Stoff seines Hemds hindurch. Dann öffnete sie ihre Lippen und sog seine Zunge in ihren Mund hinein – nicht gerade zärtlich, sondern mit all dem Verlangen, das sie in sich spürte. Er packte sanft ihre Haare, zog ihren Kopf nach hinten und tastete sich mit neckischen Bissen an ihrem Hals hinunter.

»Ich bin froh, dass du hier bist«, murmelte er an ihrer Haut. Lexia atmete zur Antwort nur tief aus. Sie spürte seine Küsse am ganzen Körper. Dann stand Adam vom Sofa auf, nahm ihre Hand und zog sie hoch, bis sie eng aneinandergepresst dastanden. Ihre Brust an seinem Brustkorb, seine muskulösen Hüften und seine Erektion an ihrem Bauch. Sie umschloss sein Gesicht mit beiden Händen und zog es zu sich herab.

»Ich liebe deine Küsse«, sagte er heiser, während sie mit zittrigen Händen sein Hemd aufknöpfte, es aus seinem Hosenbund zog und es ihm mit entschlossenen Bewegungen vom Leib riss, um dann mit ihren Handflächen über seine nackte Haut zu gleiten. Sie fühlte sich glatt und muskulös an, und die Flammen der Teelichter erzeugten erregende Schatten auf seinem Oberkörper.

»Ich fass es nicht, wie man so einen Körper haben kann«, sagte sie ehrfürchtig, und in seinen Augen blitzte es auf. »Du siehst verdammt gut aus.« Sie griff nach seinem Arm, drehte ihn und küsste sein Tattoo.

Er rang nach Luft. »Und *du* erst«, entgegnete er heiser, zog sie zu sich heran und machte sich am Reißverschluss ihres Kleids zu schaffen.

»Wir sind wirklich schlecht darin, nur Kollegen zu sein«, keuchte sie, während er sich die Strümpfe auszog und sie ihren Unterrock über den Kopf streifte. Er warf ihr einen festen Blick aus seinen grauen Augen zu und schob ihr mit einer sanften Bewegung erst den einen und danach den anderen BH-Träger von der Schulter.

»Ich weiß nicht mal mehr, was das bedeutet«, murmelte er und führte seine Hände auf ihren Rücken, wo er die Häkchen ihres BHs öffnete und ihn ihr langsam abstreifte. Dann starrte er wie gebannt auf ihre Brüste. »Du bist so wahnsinnig schön, Lexia«, sagte er und ließ seinen Blick hinunter zu ihrem Slip gleiten. »Noch schöner, als ich es in Erinnerung hatte, falls das überhaupt möglich ist. Gott, ich weiß nicht, was ich sagen soll.« Dann küsste er sie erneut, diesmal fordernd und draufgängerisch, und sie stöhnte auf, als er sich an sie presste. Er fühlte sich so steif und heiß an. Dann halfen sie sich gegenseitig dabei, die letzten Kleidungsstücke abzustreifen, und standen schließlich nackt voreinander.

»Warte hier«, forderte er sie auf und verschwand. Kurz darauf kehrte er mit einer kleinen Schachtel in der Hand zurück. Es gefiel ihr sehr, dass er ganz selbstverständlich und ohne Diskussionen die Initiative zum Verhüten ergriff. Sie nahm ihm das Päckchen aus der Hand. Er führte sie zurück zum Sofa, legte sich rücklings darauf und zog sie zu sich heran, sodass sie mit gespreizten Beinen auf ihm saß. Sie streifte ihm das Kondom über, zögerte dann jedoch. Diese Stellung gefiel ihr nicht besonders, und sie hätte lieber unter ihm gelegen, denn so kam sie sich zu ausgesetzt vor.

»Ich will dich sehen«, sagte er mit der unmissverständlichen Aufmerksamkeit, die offenbar sein Markenzeichen war. »Ich liebe es, dich anzuschauen. Darf ich das?«

Er äußerte es so, als wäre sie die schönste Frau der Welt, und ihre Bedenken legten sich rasch. Sie richtete sich auf und erschauderte wohlig, als sie seine rauen Härchen an den Innenseiten ihrer Oberschenkel spürte. Dann ergriff sie seinen Penis. Sie liebte das Gefühl, ihn in den Händen zu halten, liebte seinen Blick, als sie sich auf ihn sinken ließ. Als er sie ausfüllte, atmete sie stöhnend aus.

Adam schloss seine Hände um ihre Hüften. »Warte, ich muss mich erst daran gewöhnen«, sagte sie keuchend. Aber eigentlich empfand sie es als angenehm, seine Hände, seinen muskulösen Körper und seinen intensiven Blick. All ihre Befürchtungen verschwanden. Zusammen mit Adam war sie ein anderer Mensch. Eine bessere Lexia. Sie fühlte sich hübscher und sicherer, stark und begehrenswert. Also begann sie ihn zu reiten, und es kümmerte sie nicht, dass ihre Brüste auf und ab wippten und ihre Oberschenkel an seinen Beinen wogten.

Jetzt, nachdem sie sich keine Gedanken mehr über ihren Körper machte, empfand sie diese leicht dominante Stellung als wunderbar.

»Ich liebe deine Oberschenkel«, murmelte er und umfasste sie mit festem Griff. Dann ließ er seine Hände über ihre Hüften zu ihrem Hintern gleiten. »Und ich vergöttere deinen Po.«

Seine Worte erzeugten in ihr pures Wohlbefinden. Seine Hände wirkten Wunder, aber letztlich waren es seine Worte, die sie heiß und gierig werden ließen. Genau dieses Gefühl, diese wahnsinnige Erregung – das musste die Leidenschaft sein, von der die Leute immer redeten. Jetzt glitt sein Daumen über die weichen, krausen Locken zwischen ihren Beinen.

»Diese Farbe. Ich mag es, dass du nicht rasiert bist.« Dann spürte sie, wie sein Daumen tastend in sie hineinglitt. Sie stöhnte auf. Er bewegte seinen Daumen geschickt. »Weißt du eigentlich, wie angenehm du dich hier anfühlst? Und wie gut du schmeckst?«

Jetzt konnte sie keinen klaren Gedanken mehr fassen. Sie war so erregt, dass sie am ganzen Körper zitterte. Sie beugte sich vor und stützte eine Hand auf seine Schulter. Er umschloss ihre Hüften mit festem Griff, bewegte ihren Unterleib auf und ab und richtete ihn so aus, dass er mit seinen harten Stößen noch tiefer in sie eindringen konnte. In ihr breitete sich Wärme aus, und sie begann unkontrolliert zu zittern.

»Schau mich an«, befahl er ihr, führte seinen Daumen erneut in sie ein und stimulierte sie. »Ich möchte dich sehen, wenn du kommst.«

Sie erhaschte seinen Blick und lauschte den Geräuschen, die ihre beiden Körper erzeugten – sein eher dumpfes Keuchen und ihr etwas helleres Stöhnen. Seine kreisenden Bewegungen erregten sie stark, und als sie sich zum Orgasmus hochschraubte und den Höhepunkt erreichte, hallte ihre Atmung im Raum wider, und dann explodierten sie gemeinsam. Es war ein heftiger, langanhaltender Orgasmus, der sie in Wellen überfiel, während Adam seinen Kopf an ihrem Hals vergrub und in ihr anschwoll. Es sah aus, als spannte sich jeder einzelne Muskel und jede Sehne seines kraftvollen Körpers unter ihr an, und er bebte, während er sie mit fast schmerzhaftem Griff festhielt. Schließlich ebbte seine Anspannung langsam wieder ab. Sein Brustkorb war mit Schweißperlen bedeckt, und sie rang japsend nach Luft.

Oh Gott.

Sie legten sich dicht nebeneinander aufs Sofa, und er schloss sie zärtlich in seine Arme, küsste sie aufs Haar und lachte leise an ihrem Ohr. Dann holte er eine weiche Decke und breitete sie über ihr aus.

»Gut so?«, fragte er.

Lexia nickte. Es war noch besser als gut. »Wenn ich ehrlich bin, habe ich in meinem ganzen Leben noch nie so guten Sex gehabt«, sagte sie.

Er drückte sie noch etwas fester an sich. »Ich auch nicht. Er macht geradezu süchtig. Du wirkst wie eine Droge auf mich.«

Sie runzelte die Stirn. »Hast du etwa deswegen angerufen? Weil du süchtig nach Sex warst?«

»Ich habe angerufen, weil ich gerne mit dir zusammen sein möchte. Und zwar so gerne, dass es mir schon Angst macht.«

»Und trotzdem willst du nicht mit mir zusammen gesehen werden?«

»Wovon redest du?«

»Wir treffen uns nur, um Sex zu haben. Deshalb frage ich mich, was für eine Beziehung wir führen.«

»Mensch, Lexia, ich will dich doch nur schützen. Deswegen bin ich vorsichtig.«

»Nicht, weil du dich für mich schämst?«

»Bist du verrückt? Ich denke ununterbrochen an dich. Und ich hasse es, wenn du andere Männer datest.«

»Tu ich doch gar nicht.«

»Ich weiß auch nicht, was für eine Beziehung wir führen, und ehrlich gesagt bin ich ziemlich schlecht, was Beziehungen angeht, aber du bist die Einzige, an die ich denke, und definitiv die Einzige, mit der ich Sex habe, und wenn wir nicht zusammen arbeiten würden und ich nicht dein Chef wäre, würde ich dich andauernd und vor allen herzeigen.«

Lexia schnürte es die Kehle zu. Ihr war nicht bewusst gewesen, wie sehr sie befürchtet hatte, dass er sich ihrer schämen würde. Sie rutschte noch dichter an ihn heran, schloss die Augen, lauschte seinem Herzschlag und nahm ihn mit all ihren Sinnen wahr.

»Bist du müde?«, flüsterte er an ihrem Haar.

»Nein. Oder doch, etwas.«

»Dann warte kurz …«, sagte er und verschwand. Nach einer Weile kam er wieder zurück.

»Ich habe das Bett frisch bezogen«, erklärte er, und dann schlüpften sie gemeinsam unter die kühle Decke in seinem breiten Bett. Sie legte zufrieden ihren Kopf auf seine Schulter, küsste seinen Brustkorb und strich mit dem Finger über den Pfeil auf seinem Unterarm. Seit wann fand sie Tattoos auf Männerhaut eigentlich sexy? Sie folgte dem Tintenstrich mit langsamen sinnlichen Bewegungen erst in die eine und dann in die andere Richtung und spürte, wie die erotische Spannung zwischen ihnen zunahm und ihr Blut in Wallung geriet. Adam stöhnte leicht auf, und als sie ihre Hand unter die Decke gleiten ließ, spürte sie, dass er schon wieder steif war.

»Ich fass es nicht«, sagte er lachend. »Ich kann einfach nicht genug von dir bekommen. Oder bist du zu müde?«

»Nein, ich bin scharf auf dich«, flüsterte sie und strich mit der Hand über seinen Penis. Er stürzte sich auf sie und küsste sie von oben bis unten, öffnete sie mit seiner flinken Zunge, leckte sie und stimulierte sie mit den Fingern, bis sie sich im Bett hin und herwarf. Dann nahm er sie, hart und leidenschaftlich.

Danach lag sie völlig erschöpft, aber befriedigt in seinem Bett, und er neben ihr – verschwitzt, grinsend und die Hände hinterm Kopf verschränkt.

»Der beste Heiligabend, den ich je erlebt habe«, sagte sie.

Er setzte sich auf. »Ich auch«, pflichtete er ihr bei.

»Du, Adam? Ich muss auch andauernd an dich denken«, sagte sie. »Bei keinem einzigen meiner Dates habe ich so viel empfunden wie für dich.« Vielleicht war es strategisch ungeschickt, das zuzugeben, aber sie empfand nun einmal so viel für ihn. Es war mehr als nur ein Flirt oder eine Schwärmerei. Ihre Gefühle, die sie vermutlich dazu bringen würden, alles für ihn zu tun, waren einfach überwältigend. Und selbst wenn seine Gefühle nicht genauso stark waren wie ihre, wollte sie, dass er es erfuhr. »Und ich habe jetzt verstanden, dass du mich nur schützen willst. Außerdem hast du mir gerade den besten Weihnachtsorgasmus der Weltgeschichte beschert.«

Er lächelte zufrieden. »Ich will ja nicht pingelig sein, aber ich bin nun mal ein Zahlenmensch. Hattest du nicht *zwei* Orgasmen?«

Lexia nickte. »Ja, ein wahres Weihnachtswunder.«

»Warte, fast hätte ich es vergessen!« Er verließ das Bett mit einem Sprung, der ihr eine ausgezeichnete Sicht auf seine nackte Rückseite ermöglichte. Sie ließ sich mit einem zufriedenen Seufzer rücklings auf die Matratze fallen.

»Fröhliche Weihnachten«, sagte Adam, als er wieder zurückkehrte und ihr ein kleines Päckchen überreichte.

Sie riss die Augen auf. »Was ist das denn? Ein Weihnachtsgeschenk? Für mich?«

»Nur etwas Kleines, das ich in Kopenhagen gekauft habe. Ich habe es gesehen und musste sofort an dich denken.« Sein Ton war nonchalant, doch das Geschenk war in weihnachtliches Hochglanzpapier eingepackt und mit einer breiten glänzenden Seidenschleife versehen. Er beobachtete sie eingehend und fast verlegen. Vorsichtig öffnete sie das Päckchen. Adam hatte etwas für sie gekauft, und sie wusste, dass sie es lieben würde, was auch immer es war. Es war eine flache schwarze Schachtel, ein Etui mit der Aufschrift *Ole Lynggaard Copenhagen*. Sie öffnete es und erblickte darin ein Halsband aus schwarzem Samt mit einem leuchtend blauen Anhänger, der in Weißgold eingefasst war. Schlicht, klassisch und bezaubernd.

»Gefällt es dir?«, fragte er unsicher.

»Ich liebe es«, antwortete sie mit belegter Stimme. Es war das schönste Geschenk, das sie je in ihrem Leben bekommen hatte. Und außerdem kam es von Adam.

»Die Farbe hat mich an dich erinnert, aber wenn es dir nicht gefällt, ist es auch okay.«

»Kannst du es mir umlegen?«, bat sie ihn und wartete, bis er fertig war. Als sie den Anhänger mit den Fingern berührte, musste sie sich beherrschen, um sich nicht von ihren Gefühlen überwältigen zu lassen. »Ich habe dir übrigens auch etwas gekauft«, verriet sie ihm. Sie war sich nicht sicher gewesen, ob es noch eine Gelegenheit geben würde, es ihm zu schenken, oder ob es zwischen ihnen womöglich aus war. »Aber es liegt zu Hause auf dem Boot. Du bekommst es später, okay?«

»Du brauchst mir nichts zu schenken«, sagte er, aber sie sah die Freude und Erwartung in seinem Blick und fragte sich, wann Adam Nylund wohl zuletzt ein Weihnachtsgeschenk bekommen hatte.

Schließlich schliefen sie eng umschlungen ein. Als Lexia am nächsten Morgen aufwachte, war das Bett neben ihr leer, und es duftete angenehm nach Kaffee. Sie frühstückten zusammen und duschten dann gemeinsam, wobei sie sich küssten und erneut liebten. Fehlte nur noch sanfte Fahrstuhlmusik und gedimmtes Licht, dachte sie, während sie Adam aus dem Augenwinkel heraus betrachtete, der mit noch feuchten Haaren in T-Shirt und Jeans dasaß und auf seinem iPad die neuesten Nachrichten las. Sie hatte sich weiche Socken, ein weites T-Shirt und eine ausgebeulte Jogginghose von ihm ausgeliehen. Alle Kleidungsstücke dufteten nach Adam und fühlten sich angenehm weich und bequem an. Ihre Haare standen wie ein wirrer Lockenkranz von ihrem Kopf ab, da sie sie an der Luft hatte trocknen lassen.

Er schaute auf und lächelte. »Ich liebe deine Haare, wenn sie so lockig sind«, sagte er, und ein Teil von ihr dachte, dass sie ihre unbändigen Locken von jetzt an nie wieder mit dem Glätteisen bearbeiten würde. Stattdessen würde sie mit unmodernem Strubbellook und vom Küssen geschwollenen Lippen in Adams überdimensionalen Freizeitklamotten herumlaufen und sich dabei wie eine Heldin in einer romantischen Komödie fühlen. Im Augenblick kam ihr alles perfekt vor. Sie linste zu ihm rüber. Irgendetwas zwischen ihnen hatte sich verändert. Sie empfand eine größere Nähe und Intimität. Spürte er es auch?

Er hob den Kopf. Sein Blick war ernst, und ihr blieb fast das Herz stehen. Es war absurd, aber es kam ihr vor, als wartete sie die ganze Zeit auf eine Katastrophe. So als wäre es zwischen ihnen zu schön, um wahr zu sein. »Ich muss gerade an das denken, was du gestern Abend gesagt hast«, meinte er.

»Okay, und an was genau?« Ihr Herz pochte heftig und Unheil verkündend.

»Mir ist das mit uns beiden sehr wichtig. Aber zugleich brauche ich Zeit, um darüber nachzudenken, weil alles so schnell gegangen und ganz neu für mich ist. Ich will dich nicht unter Druck setzen. Aber ich betrachte uns schon irgendwie als ...« Er verstummte. »Na ja, ich wollte dich eigentlich fragen, ob du dir auch vorstellen könntest, dass wir ein Paar sind. Und zusammengehören. Nur wir. Und dass wir die Dinge nehmen, wie sie kommen.«

»Ja, das kann ich mir auch vorstellen«, sagte sie, und in ihren Augen begann es unvermittelt zu brennen.

Konnte man wirklich so große Freude empfinden?

Die Erleichterung ließ sein Gesicht regelrecht strahlen. »Aber wir müssen uns trotzdem noch Gedanken über die Arbeitssituation machen.«

»Ich habe auch keine Ahnung, wie man das lösen kann. Ich liebe meine Arbeit.«

»Das weiß ich. Aber ich kann Roy nicht enttäuschen, jedenfalls nicht jetzt. Für mich steht nämlich so einiges auf dem Spiel.«

»Ich verstehe«, sagte sie. »Roy ist wichtig für dich, oder?«

»Ja. Er war der Erste, der offen ausgesprochen hat, dass er an mich glaubte. Er hat in mir eine Führungspersönlichkeit gesehen, und mein Ziel war es schon immer, irgendwann die Firma zu übernehmen. Das hat mich stets angetrieben.« Er lächelte schief, als würden ihn seine Worte selbst peinlich berühren. Aber sie begriff, was er meinte. Im Hinblick auf seine Kindheit war ihm eine Vaterfigur natürlich wichtig. Auch wenn sie persönlich der Meinung war, dass Roy noch lange kein Vorbild abgab, nur weil er nicht ganz so übel drauf war wie Adams eigener Vater.

Adam nahm die Kaffeekanne zur Hand. Er schenkte ihr nach, küsste sie auf den Kopf und ließ sein Kinn auf ihrem Haar ruhen, während er daran schnupperte.

»Sicher, dass du heute nach Hause möchtest? Du kannst gern noch bleiben«, sagte er mit sehnsüchtiger Stimme. Für einen Moment war sie versucht nachzugeben, doch dann schüttelte sie den Kopf. »Ich muss packen.« Und außerdem wollte sie nach Hause zu ihrer Kontaktlinsenflüssigkeit, ihren Cremes und frischer Unterwäsche. »Ich möchte vor der Reise auf dem Boot übernachten, um mich mental auf eine gemeinsame Woche mit meiner Mutter vorzubereiten.« Einerseits wünschte sie, nicht in Urlaub fahren zu müssen, aber andererseits gefiel es ihr auch, mal rauszukommen. Ihre Mutter hatte noch mit den Nachwirkungen ihrer Krankheit zu kämpfen und wirkte gebrechlicher als früher.

»Ich verstehe«, sagte er. »Ich bringe dich, wenn du möchtest.«

»Ja, gern«, meinte sie, während sie an ihrem Kaffee nippte, und dachte, dass der Alltag sie wiederhaben würde, wenn sie sich das nächste Mal sahen. Sie berührte mit den Fingern ihr Halsband, schaute ihn an und lächelte. Vielleicht würde ja doch alles glücklich enden.

Als es dunkel wurde, fuhr er sie nach Hause. Draußen segelten vereinzelte Schneeflocken zu Boden. In der weihnachtlich dekorierten Innenstadt war nicht viel los, und auch der Jachthafen lag so gut wie verlassen da. Im Auto knutschten sie noch eine Weile herum, bis die Scheiben beschlagen waren.

»Es ist wohl das Beste, wenn du jetzt reingehst«, sagte er leise lachend und brachte ihre Haare mit ungewohnt liebevollen Bewegungen wieder in Form. In seinen Augen zeichnete sich erneut dieser gequälte Ausdruck ab, und sie hätte ihn am liebsten gefragt, was er auf dem Herzen hatte, traute sich jedoch nicht. Beinahe hätte sie sich doch anders entschieden und wäre mit ihm zurückgefahren.

Schließlich stieg sie doch aus und beeilte sich, auf ihr Hausboot zu kommen. Sie schloss die Tür hinter sich und lehnte sich von innen dagegen. Plötzlich fiel ihr ein, dass sie vergessen hatte, Adam sein Weihnachtsgeschenk zu geben. Doch da war es bereits zu spät. Sie hörte gerade noch seinen Wagen wegfahren.

39

Adam

Adam kam gleich nach den Weihnachtsfeiertagen wieder ins Büro. Er war früh dran, denn er genoss es, als Erster zu kommen und gut vorbereitet zu sein. Außerdem musste er endlich einmal auf andere Gedanken kommen, statt immer nur an Lexia zu denken. In der Agentur war es ruhig, denn die meisten hatten noch bis nach Neujahr Urlaub, doch als er nach einem mittäglichen Geschäftsessen wieder ins Büro zurückkehrte, war Rebecca aufgetaucht.

»Wolltest du nicht in Dalarna sein?«, begrüßte er sie.

Roy und Rebecca waren von Kopenhagen aus direkt zum Gut der Familie in Dalarna gefahren, um dort ganz traditionell Weihnachten zu feiern mit Pferd und Schlitten, frühmorgendlicher Christmette und allem, was zur schwedischen Weihnachtsidylle dazugehörte.

»Ich habe Heiligabend und den ersten Feiertag auf dem Gut zugebracht, aber am zweiten hatte ich genug von Familiendramen und bin wieder nach Hause gefahren.«

»Und wie war es sonst in Dalarna?«

»Schnee, Weihnachtsessen im Überfluss, meine Schwestern mit ihren Ehemännern und all ihren Kindern und jede Menge andere Verwandtschaft. Idylle oder ein Albtraum – je nachdem, wen du fragst.«

»Dann ist es bestimmt schön, wieder zurück in der Stadt zu sein«, bemerkte Adam und musste angesichts ihrer gequälten

Miene lächeln. Rebecca konnte wirklich witzig sein. Er hoffte, dass sie bald jemanden finden würde, der sie glücklich machte, denn das gönnte er ihr wirklich.

»In der Tat.« Sie versank in Schweigen und sah nachdenklich aus. Irgendetwas ging in Rebecca vor, dachte er. Sie wirkte verändert. Verbitterter und gereizter als zu Beginn ihrer Zeit in der Agentur.

»Hast du noch mal mit meinem Vater über seinen Austritt aus der Firma gesprochen? Ich habe zwar ein paar Anläufe genommen, um mit ihm darüber zu reden, aber ständig hat uns irgendein verdammter Cousin oder Vetter unterbrochen. Als wir vor meiner Ankunft in Stockholm darüber sprachen, schien es mir, als hätte er es demnächst vor, aber jetzt hat er gar nichts mehr davon erwähnt.«

Adam zögerte seine Antwort etwas hinaus. Wie gesagt, er mochte Rebecca, aber in diesem Fall war sie nicht seine Verbündete, sondern eher seine Gegnerin. Auf Roy war nicht gerade Verlass, und es konnte durchaus sein, dass er sich alles noch mal anders überlegt hatte. Dennoch war es in Adams Augen kein guter Stil, dass Roy ihr nichts gesagt hatte und nicht mit offenen Karten spielte.

»Ich weiß leider auch nicht mehr als du«, behauptete er bedauernd. Er schämte sich zwar ein wenig, dass er sie anlog, hatte aber weiß Gott nicht vor, sich in letzter Minute noch ausbooten zu lassen. Roy hatte ihm nun schon jahrelang den Köder unter die Nase gehalten. Während Rebecca im Luxus schwelgte, hatte Adam fast rund um die Uhr gearbeitet. Er würde die Firma übernehmen, und wenn es auf einen Kampf hinauslaufen sollte, würde er ihn gewinnen, mit welchen Mitteln auch immer.

Gegen dreizehn Uhr dreißig rief Roy an. »Ich bleibe noch bis Neujahr auf dem Gut. Aber vergiss nicht den Podcast!«, sagte er mit lauter Stimme. Im Hintergrund hörte Adam Kindergeschrei.

»Den Podcast?«, fragte Adam, denn er hatte keine Ahnung, wovon Roy sprach.

»Diese Josephine hat doch vor, dich zur Agentur und zur Übernahme für ihren Podcast zu interviewen.«

»Aber ich hatte ihr noch gar nicht zugesagt.«

»Ich habe ihr versprochen, dass du kommst.«

»Verdammt, Roy.« Adam rieb sich mit den Fingern die Nasenwurzel. Er mochte Josephine nicht. Und er hatte keine Zeit. Außerdem fand er Podcasts idiotisch. Vor allem ärgerte ihn, dass Roy ihm in den Rücken gefallen war, egal ob bewusst oder aufgrund eines Missverständnisses.

»Du kannst es jetzt nicht mehr absagen, das würde einen verdammt schlechten Eindruck machen. Aber ich dachte eigentlich, dass es klar wäre. Oder soll ich hinfahren? Ist dir das lieber?«

»Auf keinen Fall.« Adam schauderte, denn er hatte wirklich keine Lust, das Chaos wieder aufzuräumen, das Roy hinterlassen würde, wenn er sich in einem Podcast offen aussprach. Er atmete genervt aus. »Okay«, sagte er widerwillig und notierte sich Datum und Uhrzeit.

Als er gerade aufgelegt hatte, klingelte sein Handy erneut. Er musste lächeln, als er Lexias Namen auf dem Display las. Dann stand er auf und zog die Tür hinter sich zu. Als er sich meldete, spürte er selbst, dass er übers ganze Gesicht grinste. Ihre Stimme zu hören, war einfach wunderbar.

»Und, alles in Ordnung?«, fragte er.

»Der Flug war angenehm, und es ist wirklich schön hier. Sonne, Sand und Meer. Und mit meiner Mutter läuft es zum Glück auch gut.«

»Und wie sehen deine Pläne aus?«, fragte er.

»Zurzeit leide ich noch ein wenig unter dem Jetlag. Hier

ist es nämlich noch früh am Morgen. Aber ich werde mich ein wenig sonnen und vielleicht baden gehen. Und ganz sicher was Leckeres essen. Eigentlich vertrage ich die Sonne nicht besonders, deshalb habe ich mich gut eingecremt und mir einen Platz im Schatten gesucht. Aber meine Mutter liebt die Sonne, sodass wir ein Stück entfernt voneinander sitzen. Was nicht das Allerschlechteste ist.« Sie kicherte.

»Erzähl mir mehr davon, wie du dich eingecremt hast.«

»Du meinst, mit Sonnencreme?«

»In meiner Vorstellung ist es Öl«, meinte er.

»Klingt, als hättest du dir schon etwas zu viele Gedanken darüber gemacht.«

»Oder als wäre ich bei dir und würde es persönlich übernehmen. Und zwar sehr sorgfältig.« Adam warf einen Blick zur Tür und hoffte, dass sie auch wirklich alle Geräusche abschirmte. »Trägst du einen Bikini?«, fragte er mit heiserer Stimme.

»Nein, bist du verrückt? Einen züchtigen Badeanzug und darüber eine Kanga.«

»Ich weiß zwar nicht, was das ist, klingt aber eher, als wäre es hässlich. Du solltest besser einen Bikini tragen. Einen blauen mit Schleifchen. Die ich öffnen kann, damit ich auch überall hinkomme.«

»Mit dem Sonnenöl?«

»Ja, mit dem Öl und mit meinen Händen.«

»Oh man«, stöhnte sie leise. »Das ... würde mir gefallen.«

Ihm auch.

»Die Sonne macht mich einfach heiß«, flüsterte sie.

Jetzt wurde es in seiner Hose spürbar eng. »Kannst du ein Foto machen? Nur für mich?«

»Und wovon?«

»Von dir.«

»Aha. Von irgendeinem bestimmten Körperteil?«

»Ich mag all deine Körperteile. Zum Beispiel deine Zehen.« Sie waren klein und ihre Haut sehr hell, wie er sich erinnerte, und zuletzt waren die Fußnägel rosa lackiert gewesen. Er war dieser Frau so dermaßen verfallen, dass es keinen Bereich ihres Körpers gab, den er nicht hätte küssen, verehren und lieben wollen. Rasch verdrängte er das verfängliche Wort wieder. Er *liebte* Lexia schließlich nicht. Sie hatten Sex miteinander, lachten gemeinsam und flirteten. Es konnte gar keine Liebe sein, eher Lust und Leidenschaft oder vielleicht ein gemeinsames Vergnügen. Aber Liebe? Nein, das war zu allumfassend.

»Meine Zehen?«

»Ja, unbedingt.«

»Soll ich dir ein Foto von ihnen schicken?« Sie lachte erneut, und dieses Geräusch traf ihn mitten ins Herz. Er hätte sich stundenlang ihr fröhliches Lachen anhören können und wäre wunschlos glücklich gewesen.

»Lach du nur, aber ich habe nun mal eine Schwäche für deine Zehen«, sagte er und übernahm ihren unbeschwerten Tonfall. »Und für deine Füße. Und für deine Knöchel. Und natürlich für die weiche Haut in deinen Kniekehlen. Da bist du übrigens kitzelig.«

»Ja«, antwortete sie, und er hörte an ihrer Stimme, dass sie lächelte.

»Darüber hinaus gibt es natürlich noch viele andere Körperteile an dir, die ich liebe«, sagte er leise. Er schloss die Augen, lehnte sich auf seinem Bürostuhl zurück und sah sie vor sich. In seiner Fantasie war ihr Badeanzug mit einer hohen Taille und einem tiefen Dekolleté versehen. Sie lag auf einem Liegestuhl, während ein leichter Wind durch ihre Haare fuhr. Dann zog sie ein Knie zu sich heran, spreizte die Beine ein wenig und lächelte ihn an.

»Adam?«

Er räusperte sich. »Du hast einen fantastischen Körper. Ich hoffe, das weißt du. Du bist gut aussehend und sexy. Wohlproportioniert und einzigartig.«

Jetzt schwieg sie so lange, dass er schon befürchtete, die Leitung wäre unterbrochen. »Bist du noch dran?«, fragte er.

»Ja, ich bin noch dran. Danke. Ich lasse deine Worte gerade auf mich wirken.«

»Super.« Er schaute auf die Uhr. »Oh, ich muss auflegen. Ich treffe mich nämlich gleich mit Hampus.«

»Adam?« Ihre Stimme klang atemlos.

»Ja?«, meinte er und umschloss sein Handy aus irgendeinem Grund etwas fester.

Sie schwieg lange, und er wartete.

»Lexia?«, fragte er schließlich.

»Pass auf dich auf. Wir hören voneinander.«

Gegen fünfzehn Uhr verließ Adam die Agentur und fuhr zu Karin und Hampus nach Täby.

»Bist du soweit?«, fragte er Hampus.

»Ich weiß nicht, ob ich nach Skansen fahren will. Das ist doch eher was für Kleinkinder.«

»Aber wir wollen uns doch nur draußen aufhalten. Ich habe deiner Mutter versprochen, dass wir uns ausschließlich die Tiere anschauen«, erklärte er. »Und du magst Tiere doch, oder?«

Hampus nickte missmutig.

»Außerdem muss man in den Weihnachtsferien unbedingt nach Skansen fahren. Das ist einfach so«, sagte Adam.

»Na meinetwegen«, sagte Hampus, und dann machten sich Adam und er auf den Weg, um noch einen Klassenkameraden abzuholen. Zu dritt fuhren sie weiter nach Skansen, wo sie durch das Aquarium und Terrarium schlenderten, Krokodile und Nacktratten beobachteten und dann weiter zu den Seehunden gingen. Adam kaufte heiße Würstchen für alle drei, und dann stellten sie mit vollem Mund fest, dass Skansen keineswegs nur etwas für Kleinkinder war.

»Bist du schon mal hier gewesen?«, fragte Adam und freute sich insgeheim, dass er darauf bestanden hatte herzufahren. Er selbst hatte die Schulferien immer gehasst.

Hampus schüttelte den Kopf. Adam traute sich nicht, ihn nach seiner Kindheit zu fragen, noch nicht, doch er nahm alle Hinweise in seiner Gestik und Mimik wahr, die er nur allzu gut von sich selbst kannte. Den unruhigen Blick. Die ständige Wachsamkeit hinsichtlich Adams Gemütslage und sein Zusammenzucken bei hastigen Bewegungen in seiner Nähe. Hampus war eindeutig von seinem Vater geschlagen worden.

»Ich überleg mir mal, was wir in Zukunft noch zusammen unternehmen können«, sagte er und bemühte sich, seine Wut, die Scham und den Ärger aus seiner Stimme zu verbannen. Niemand würde diesen Jungen noch ein weiteres Mal schlagen. »Ihr zwei seid Klassenkameraden, nicht wahr?« Die Jungen nickten. Sie hatten sich erst vor Kurzem angefreundet, und Adam konnte zwischen den Zeilen lesen, dass es Hampus bis dahin ziemlich schwer gehabt und sich furchtbar einsam gefühlt hatte. Adam tat es in der Seele weh, und zwar weitaus mehr, als er angenommen hatte. »Schön, dass ihr euch gefunden habt«, sagte er leichthin und beobachtete die beiden dabei, wie sie plötzlich losausten, weil sie einen Vielfraß entdeckt hatten. Angesichts des ganz normalen Benehmens der Dreizehnjährigen musste er lächeln. Es gab also noch Hoffnung. Nach einer weiteren Runde heißer Würstchen, Zuckerwatte, gebrannter Mandeln und Limonade fuhr er die Jungs gegen Abend wieder heim. Zuerst setzten sie Hampus' Freund ab und brachten ihn zur Haustür.

»Das ist mein Bruder«, stellte Hampus Adam salopp vor, als der Vater des Freundes herauskam, um sie zu begrüßen. Adam streckte mit stolzgeschwellter Brust seine Hand vor. Ja, sie waren Brüder. Er fuhr Hampus spielerisch mit den Fingern durchs Haar.

»Bitte setzen Sie sich doch. Schön, dass Sie kommen konnten.«

»Ich habe zu danken«, sagte Adam zu Josephine und setzte sich auf den Platz, den sie ihm anbot. Um den Tisch herum waren mehrere große Mikrofone aufgestellt. Daneben stand ein Techniker, der Kabel anschloss und diverse Schalter bediente.

»Möchten Sie etwas trinken?«, fragte Josephine und schaltete das Mikrofon ein.

»Wasser wäre gut«, antwortete Adam. Er wollte das Interview so schnell wie möglich hinter sich bringen.

»Hören Sie sich den Podcast regelmäßig an?«, fragte sie.

»Nein.«

»Das sollten Sie aber. Ich habe viele Zuhörer.«

Er konnte sich nicht helfen, aber er mochte sie nicht. Klar, sie war höflich und verfügte durchaus über eine gewisse Sozialkompetenz, aber jedes Mal, wenn er sie anschaute, verspürte er ein unangenehmes Kribbeln auf der Haut. Vielleicht hatten Lexias Berichte auf ihn abgefärbt. Aber Josephine war eine einflussreiche Mediengröße, und jetzt saß er nun einmal hier, also …

»Dann legen wir los«, sagte er.

»Es wird wie ein ganz normales Gespräch ablaufen. Sie können sich also entspannt zurücklehnen. Und danach schneiden wir das Interview zusammen, damit es nicht zu lang wird«, erklärte sie.

»Und was ist der Anlass für die Aufzeichnung?«, fragte er.

Sie lachte. »Ich hätte Ihnen vorher ein paar Ausschnitte schicken sollen. Es ist ein Unterhaltungs-Podcast. Einmal im Monat lade ich einen Gast ein. Aus der Finanzbranche waren schon mehrere Leute hier. Mein Ziel besteht darin, ein

Programm zu gestalten, das den aktuellen Trends folgt, und mit den Erfolgen, die Sie bereits verbuchen konnten, sind Sie ein ziemlich interessanter Gast. Alle Leute in der Medien- und Kommunikationsbranche hören meinen Podcast. Allein die letzte Sendung wurde achthunderttausendmal heruntergeladen.«

»Aha«, sagte Adam.

»Erzählen Sie ein wenig von sich selbst. Wie kamen Sie dazu, bei Kastnäs anzufangen?«

Er antwortete, was er immer sagte und was auch in den meisten Artikeln über ihn zu lesen war.

»Und jetzt sind Sie bei Sandelman & Dyhr und arbeiten unter anderem mit meinem Ehemann zusammen.«

»Ja, das stimmt.«

»Bevor Sie dort anfingen, war die Agentur nicht besonders erfolgreich. Aber Sie haben sie sozusagen wieder auf Kurs gebracht.«

»Genau das ist meine Aufgabe. In jedem Unternehmen lässt sich die Professionalität erhöhen. Man braucht nur neue Ideen und frische Denkansätze. Meiner Analyse zufolge steckte die Agentur gedanklich fest. Und mein Job besteht darin, die Leute ein wenig wachzurütteln.«

»Und, ist Ihnen das gelungen?«

Er lachte auf. »Vor uns liegt noch ein weiter Weg«, antwortete er und musste an seine Mitarbeiter denken. Sie hatten im Lauf des Herbstes wirklich hart gearbeitet. »Aber ich habe ein gutes Team mit vielen kompetenten Leuten um mich herum. In diesem Fall ging es eher darum, die Führungsposition neu zu besetzen.«

»Sie haben eine Werbekampagne über Body Positivity entwickelt, die viel Aufmerksamkeit erregt hat. Und dank Ihrer Kompetenzen ist die Agentur zum ersten Mal für das Goldene Pferd nominiert worden. Was ist das für ein Gefühl?«

Sein Handy lag mit dem Display nach oben auf dem Tisch, was sich als Fehler herausstellte. Denn plötzlich leuchtete es auf, und er sah, dass Lexia ihm eine SMS mit einem Foto und einem Herz-Emoticon geschickt hatte. Er drehte es rasch um, stellte aber fest, dass Josephine es bereits gesehen hatte.

»Das fühlt sich gut an«, antwortete er.

Sie stellte ihm weitere Fragen. Adam hatte nicht damit gerechnet, so eingehend befragt zu werden. Er antwortete möglichst höflich, doch ihre Art irritierte ihn zunehmend. Es kam ihm so vor, als verfolgte Josephine einen geheimen Plan. Und außerdem wurde ihr Ton manchmal etwas anzüglich. Aber vielleicht entsprach das ja ihrer Vorgehensweise, um ein interessantes Interview zu bekommen.

Eine halbe Stunde später verließ er das Aufnahmestudio wieder. Auch wenn er noch immer Unbehagen verspürte, empfand er eine gewisse Erleichterung darüber, dass es vorbei war.

»Leider ist es mir nicht gelungen, mich da wieder rauszuwinden«, sagte Bashir am Silvesterabend. »Meine Mutter hat mir eine Falle gestellt, und ich bin geradewegs reingetappt.« Er hielt Adam die Tür zur Wohnung seiner Mutter auf und schüttelte mit finsterer Miene den Kopf. »Sie hat zufällig mitbekommen, dass ich frei habe, und schon hat sie mich verpflichtet. Ich habe sogar noch versucht, bei der Arbeit für eine Sonderschicht eingeteilt zu werden, aber das hat nicht geklappt. Und jetzt muss ich Silvester wohl oder übel hier feiern. Zusammen mit meinen ganzen Schwestern und deren Kindern. Danke, dass du hergekommen bist und mitfeierst.«

Bei seiner Arbeit als Polizist überführte Bashir mit seinem hellwachen Blick jeden bekifften Kriminellen, aber seiner Mutter zu widersprechen, traute er sich nicht. Adam hatte eigentlich nichts dagegen, Silvester gemeinsam mit Bashirs

Familie zu verbringen. »Aber ihr habt doch schon zusammen Weihnachten gefeiert.«

»Ja, und das hat mir auch völlig ausgereicht. Ich liebe meine Familie und würde für sie sterben, wenn es sein muss. Aber heute wäre ich wirklich lieber bei mir zu Hause geblieben, hätte was getrunken und in die Glotze geschaut.«

»Ach, komm schon, es wird bestimmt lustig«, sagte Adam.

»Wenn du meinst.«

Sie setzten sich im Wohnzimmer von Bashirs Mutter aufs Sofa. Um sie herum hörten sie eine Kakofonie weiblicher Stimmen sowie das Lachen und Geschrei unzähliger Kinder unterschiedlichen Alters.

»Und wo sind ihre Ehemänner?«, fragte Adam und nahm ein Glas mit gesüßtem Tee entgegen.

»Angeblich kommen sie später nach«, antwortete Bashir, aber es war offensichtlich, dass er nicht daran glaubte.

Adam schaute sich im Zimmer um und musste beim Anblick der bunt gekleideten, laut diskutierenden und heftig gestikulierenden Frauen lächeln. Er war immer davon ausgegangen, dass er mit Frauen gut zurechtkam. Doch als er sich jetzt umsah, ihren Unterhaltungen lauschte und dabei ihre Mienen studierte, wurde ihm wie aus heiterem Himmel klar, dass seine Gefühle im Hinblick auf Frauen viel komplexer waren. In vieler Hinsicht misstraute er ihnen sogar. Vielleicht rechnete er damit, von ihnen enttäuscht zu werden, und meinte sich gegen sie schützen zu müssen, weil er ihnen nicht vertraute. Diese wie aus dem Nichts kommende Einsicht schockierte ihn. Er, der sechsunddreißigjährige Adam, hatte Angst davor, verlassen zu werden. Noch immer. Hinter seiner Angst vor den Gefühlen, die Lexia in ihm weckte, steckte seine Befürchtung, von einer Frau verlassen zu werden, die er liebte.

Liebte.

»Du wirkst so ernst«, sagte Bashir.

»Mir ist gerade etwas klar geworden«, entgegnete Adam. Er war erschüttert angesichts seiner Angst, von Lexia abhängig zu sein. Und sie zu lieben.

»Und was?«

Adam schüttelte den Kopf. »Ich muss erst ein wenig nachdenken, bevor ich darüber rede.«

»Ich nehme an, es geht um Lexia?«

Adam nickte. Bashir klopfte ihm auf die Schulter und stand auf. »Wir reden später weiter. Ich werde mich kurz mit meiner kleinen Schwester unterhalten.«

»Mach das.«

Bashir ging davon, und kurz darauf setzte sich Bashirs Mutter zu Adam aufs Sofa. Sie hielt ihm einen Teller mit Fingerfood hin und bat ihn zuzugreifen. Er schob sich eine kleine Teigtasche in den Mund und kaute, während Bashirs Mutter rasch und effektiv einen Streit zwischen zwei ihrer Enkelkinder schlichtete und dann erleichtert ausatmete. »Sie sind wirklich goldig, aber sie streiten sich oft«, erklärte sie mit einem breiten Lächeln.

»Ach, die Kinder sind doch großartig. Und das eben war ja noch gar nichts. Ich war als Kind viel schlimmer«, sagte Adam. Er erinnerte sich vor allem an die dauernden Vorwürfe, dass er nur Streit suche, andere Menschen störe und alles kaputtmache. Er war grausam gewesen.

»Das stimmt doch gar nicht«, entgegnete Bashirs Mutter und griff nach einer Dattel, die auf dem Teller vor ihnen lag.

»Erinnern Sie sich nicht mehr daran? Ich hab mich immerzu geprügelt.«

Sie schüttelte den Kopf und sagte entschieden: »Nein, nein, Adam, du warst ein sehr nettes Kind. Und jetzt bist du ein sehr netter Erwachsener.«

Er schüttelte ungläubig den Kopf.

Sie legte die Hand auf seinen Arm. »Adam, du bist sensibel, höflich und hast viel Liebe in dir.«

»Woher wissen Sie das?«

»Ich kenne dich schon, seit du klein warst. Und ich kannte deine Mutter. Du bist genauso wie sie.«

Adam wusste nicht, was er sagen sollte. Sein Vater hatte ihn geschlagen. Aber seine Mutter hatte ihn verlassen. In gewisser Weise war dies für ihn die schlimmere Erfahrung gewesen, auch wenn es natürlich nicht ihre Schuld war. Das war ihm erst als Erwachsener klar geworden. Er konnte sogar verstehen, dass seine Mutter offenbar nicht stark genug gewesen war, um sich von seinem Vater scheiden zu lassen oder zu fliehen. Aber dieses Gefühl, als Kind verlassen zu werden … Ihm fehlten regelrecht die Worte, um zu beschreiben, wie einsam er sich gefühlt hatte und wie untröstlich er gewesen war, als sie starb. Er konnte sich noch gut daran erinnern, dass er sich gefragt hatte, wie sie ihn nur mit diesem Mann hatte zurücklassen können. Wie oft hatte er sich gewünscht, dass sie ihn mit sich genommen und er gemeinsam mit ihr hätte sterben können.

»Ich wusste nicht mal, dass Sie meiner Mutter je begegnet sind«, entgegnete er und spürte, wie seine Stimme brach.

»Doch, oft sogar. Sie hatte es wirklich schwer. Ich wollte ihr helfen, aber ich konnte es nicht. Es war grausam, das mit anzusehen.«

»Ich hatte keine Ahnung davon. Warum haben Sie denn nie etwas gesagt?«

Sie lächelte traurig. »Du hast nie darüber sprechen wollen, Adam.«

Adam versank in Schweigen. Bashirs Mutter tätschelte ihm erneut den Arm. »Deine Mutter hat dich so sehr geliebt. Du warst ihr ein und alles. Das hat sie oft gesagt.«

Gegen Mitternacht waren die kleinsten Kinder schon eingeschlafen. Die älteren saßen mit irgendeinem bunten Videospiel vorm Bildschirm, während die Erwachsenen in der Küche standen, wo sie Tee tranken und Kekse aßen.

»Ich geh mal kurz telefonieren«, sagte Adam zu Bashir.

»Mach das.«

Während Adam darauf wartete, dass Lexia an ihr Handy ging, betrachtete er das Silvesterfeuerwerk am Himmel über Akalla.

»Ich ruf an, um dir ein frohes neues Jahr zu wünschen«, sagte er, als sie sich meldete. Er schloss die Augen, denn er wollte sie vor sich sehen.

»Hallo, Adam«, begrüßte sie ihn, und ihre Stimme klang nach Sonnenschein und Sommerwärme.

Ich liebe dich, dachte er. *Ich liebe dich.*

»Hier ist es zwar erst sieben Uhr abends, aber dir auch ein frohes neues Jahr«, fuhr sie fröhlich fort.

Dann schwiegen sie. Er stand da und lauschte den Böllern und Raketen im Vorort. Tausende Worte hingen zwischen ihnen in der Luft. Aber sie blieben unausgesprochen.

40

Lexia

Lexia beendete das Telefonat mit Adam. Er hatte nachdenklich geklungen, allerdings nicht deprimiert oder traurig. Sie schaute zum Himmel hinauf. St. Barth lag einen halben Erdball von der Silvesterfeierei in Stockholm entfernt. Hier auf der Insel versammelten sich Promis aus aller Welt, deren riesige Jachten wie weiße Monster unten im Hafen lagen. Sie blieb sitzen und schaute aufs Wasser hinaus. Wenn aus Adam und ihr nun doch etwas werden könnte? Mehr als nur eine geheime Büroromanze? Durfte sie es wagen, darauf zu hoffen?

»Guten Morgen, ich gehe gleich zum Yoga. Hast du Lust mitzukommen?«, begrüßte Eva Lexia am nächsten Tag. Eva saß mit einem kleinen Obstteller vor sich am Frühstückstisch. Unter ihnen erstreckten sich das Meer und der weiße Sandstrand.

Lexia stellte ihren eigenen bis zum Rand gefüllten Teller ab. »Nein, ich setze mich lieber in den Schatten und lese.« Sie nahm ihr gegenüber Platz. Eva griff nach einer dünnen Melonenscheibe.

»Mama, willst du denn nicht etwas mehr essen? Der Arzt hat gesagt, dass du Nährstoffe brauchst.« Lexia hatte ein langes Gespräch mit Evas Arzt geführt, bevor diese aus dem Krankenhaus entlassen worden war. Ihre Mutter litt offenbar sowohl an Unterernährung als auch an Übertraining.

»Ich weiß nicht …« Eva warf einen unentschlossenen Blick aufs Büfett. Resolut stand Lexia auf und füllte einen Teller mit einem Stück Avocado, etwas Rührei und Pecorino und einem kleinen Pain au chocolat. Dann stellte sie ihn vor ihrer Mutter auf den Tisch. Eva betrachtete den Teller zögerlich. »Solche Sachen habe ich seit vierzig Jahren nicht mehr gegessen.« Doch ihr war anzusehen, dass sie innerlich ins Wanken geriet.

»Dann wird es höchste Zeit. Iss schon. Einen Bissen von jedem.«

Eva probierte das cremige Rührei. »Oh, wie lecker«, sagte sie überrascht.

»Nimm auch etwas vom Käse und von der Avocado«, drängte Lexia sie.

»Okay.« Eva biss in den salzigen Käse und seufzte selig. »Ich hatte gar nicht mehr in Erinnerung, wie so was schmeckt.«

»Du musst vernünftig essen. Das haben sie im Krankenhaus angemahnt. Du wiegst zu wenig, und deine Zellen sind unterversorgt.«

»Man kann gar nicht zu wenig wiegen«, protestierte Eva mit dem Mund voller Rührei. Doch sie klang nicht sonderlich überzeugt.

»Deine Herzprobleme sind ja wohl ein Beweis dafür. Nimm noch ein Stück Avocado.«

Eva schaute aufs Meer hinaus. »Weißt du, das ist nicht ganz leicht für mich«, sagte sie leise. »Als Kind war ich nämlich ziemlich dick.«

»Was sagst du da?« Davon hatte sie ihr noch nie erzählt.

Eva nickte und wandte ihr das Gesicht zu. »Ich war richtig fett. Ich wurde gehänselt und hatte dann später große Angst, dass dir das Gleiche widerfahren könnte. Zum Glück habe ich irgendwann abgenommen, und seitdem bin ich schlank. Aber die Erinnerungen sind noch da.« Sie schob noch etwas Rührei auf ihre Gabel. »Die Männer haben mich immer nur wegen meines Aussehens gemocht. Schließlich bin ich nicht so intelligent und humorvoll wie du.«

»Aber Mama ...«, entgegnete Lexia erstaunt.

»Jetzt bin ich aber satt«, rief Eva aus und legte ihr Besteck zur Seite. Lexia warf einen Blick auf ihren Teller. Das meiste lag zwar noch drauf, aber es war immerhin ein Anfang.

»Das musst du unbedingt auch probieren«, sagte sie und deutete auf das Pain au chocolat.

Eva biss ein kleines Stückchen davon ab. Goldene Krümel fielen auf den Tisch. Sie stöhnte leicht auf. »Ich hätte nicht mal gedacht, dass mir so etwas schmeckt. Aber es ist wirklich lecker. Hm, Schokolade. Ich hatte ganz vergessen, wie gut sie schmeckt.«

Meine liebe Mama, dachte Lexia und nippte an ihrem Kaffee. »Sag mal, Mama, lässt du dich jetzt wieder scheiden?«, fragte sie nach einer Weile. Die Frage beschäftigte sie schon seit Tagen.

»Nein, warum fragst du?« Eva biss noch ein kleines Stück vom Pain au chocolat ab.

»Weil wir nur dann etwas gemeinsam unternehmen, wenn du Scheidungspläne hast«, antwortete Lexia ehrlich, aber so freundlich wie möglich.

»Wie kannst du so etwas behaupten?« Eva runzelte die Stirn, löste ein Stückchen Schokolade aus dem Gebäckstück und schaute Lexia mit besorgter Miene an. »Ist das wahr?«

»Ja, Mama. Als es zwischen dir und Dieter kriselte, sind wir nach Mallorca geflogen. Als du dich vom Schönheitschirurgen hast scheiden lassen, waren wir auf Kreta. Und korrigiere mich, wenn ich falsch liege, aber waren wir nicht im Tierpark Kolmården, kurz bevor Papa ausgezogen ist?«

»Aber wir unternehmen doch auch sonst etwas zusammen.«

»Na ja, aber nicht so was. Ehrlich gesagt bin ich froh, dass du dich nicht von Donald scheiden lässt.«

»Wirklich? Mir ist klar, dass du Dieter vermisst.«
»Ja?«, fragte Lexia erstaunt.
»Ich weiß genau, wie sehr du Dieter mochtest. Und Papa auch. Mir hat es immer ein schlechtes Gewissen bereitet, wie sehr du deinen Vater vermisst hast.«
»Du hast aber nie ein Wort darüber verloren.«
»Ich glaube, dass ich mich geschämt habe. Ich hatte immer Angst davor, nicht zu genügen. Ich weiß, du hältst mich für eine schlechte Mutter, aber alles, was ich getan habe, habe ich aus Liebe getan.«
»Du bist keine schlechte Mutter.«
Eva streckte ihre Hand aus und legte sie auf Lexias. »Du musst wissen, dass ich sehr stolz auf dich bin. Das war schon immer so. Du verkörperst all das, was ich nie hatte. Charme, Erfolg, Selbstständigkeit.«
Lexias Augen begannen plötzlich zu brennen, und sie musste blinzeln. Sie wusste nicht, was sie sagen sollte.
»Ich bin wirklich stolz auf dich. Du bist so gescheit und so mutig.«
»Findest du?«
»Ja. Ich glaube, heutzutage ist es nicht ganz leicht, jung zu sein«, antwortete Eva, und ihr Blick ließ Lexia innehalten und die Worte in sich aufsaugen.
»Eigentlich seltsam«, sagte Lexia dann nachdenklich.
»Was meinst du?«
»Dass man in gewisser Hinsicht mutig sein und Selbstvertrauen haben kann und in anderer gar nicht. Ich bin zum Beispiel der Meinung, dass ich meine Arbeit gut mache, und als Mensch und Freundin durchaus liebenswert sein kann. In dieser Hinsicht bin ich recht selbstbewusst. Aber als Frau fühle ich mich ziemlich unsicher.« Sie wich dem Blick ihrer Mutter aus. »Und als Tochter auch«, fügte sie hinzu.
Eva biss sich auf die Lippe. »Für mich ist es genau umge-

kehrt. Ich fühle mich als Frau sicher, aber als Mutter unsicher. Und dennoch habe ich in jeder Hinsicht Hochachtung vor dir. Du bist die beste Tochter der Welt.«

»Danke, Mama. Dass du das sagst, bedeutet mir sehr viel.«

»Ich bin schließlich deine Mutter, und ich liebe dich. Und dein Vater hat dich auch geliebt. Du wurdest nämlich aus Liebe gezeugt.«

»Was ist zwischen dir und Papa eigentlich vorgefallen? Warum habt ihr euch scheiden lassen?« Lexia hatte nie zuvor danach gefragt und auch kaum je darüber nachgedacht, jedenfalls nicht bewusst. Und dennoch hatte sie dieses Thema ein Leben lang geprägt. Sie erinnerte sich noch gut an die Streitereien und auch, dass sie ihretwegen gestritten hatten.

»Ach, ich glaube, dass mehrere Dinge zusammenkamen. Wir waren noch recht jung, und wir passten einfach nicht zusammen. Ich habe so viel vom Leben erwartet, und ich glaube, ich habe auch um unsere Liebe gekämpft. Aber heute kann ich es nicht mehr genau sagen.«

»Als ich klein war, habe ich immer gedacht, dass ihr euch meinetwegen habt scheiden lassen.«

»Heute glaubst du das hoffentlich nicht mehr, oder? Ich hätte mit dir reden müssen. Natürlich war es nicht deine Schuld. Ach, Lexia, das hätte ich dir wirklich erklären müssen.«

»Kein Problem, Mama. Wolltest du nicht zum Yoga gehen?«

»Vielleicht bleibe ich doch noch hier bei dir. Ich glaube, ich habe gestern etwas zu viel Sonne abbekommen. Und ein Tag ohne Yoga kann nicht schaden. Übrigens habe ich angefangen, mir Hörbücher anzuhören. Und diese Podcasts. Hörst du dir so was auch an?«

Lexia lächelte. »Ja, Mama. Das tue ich.« Sie hörte sich regelmäßig mehrere Podcasts an.

»Gerade habe ich den von Josephine Sandelman entdeckt. Lisens Tochter.«

»Tatsächlich?« Lexia zögerte. Sollte sie ihrer Mutter erzählen, wie gemein Josephine in der Schule zu ihr gewesen war? »Findest du nicht, dass sie etwas überheblich ist?«, fragte sie vorsichtig.

»Manchmal schon, aber ich glaube eher, dass es am Jargon liegt. Ansonsten ist es ganz witzig, und sie gibt immer viele gute Tipps.«

Lexia schwieg. Die Situation zwischen ihnen war zu fragil, und das Thema ziemlich emotional besetzt.

»Alles in Ordnung?«, fragte Eva.

»Ja. Ich bin wirklich froh, dass wir hier sind.«

»Ich auch.«

Zurück in Stockholm war es so kalt, dass Lexias sonnengewärmte Haut geradezu einen Schock erlitt.

»Hallo, ich bin wieder zu Hause«, rief sie und stellte ihr Gepäck im Flur ab.

Siri tauchte auf und umarmte sie ausgiebig. Im selben Augenblick klingelte es an der Tür, und als Lexia öffnete, stand Adam draußen.

»Darf ich reinkommen?«, fragte er und stampfte sich den Schnee von den Schuhen. Sie warf sich in seine Arme.

Siri, die hinter ihnen stand, lachte. »Ich habe vorhin schon deinen Wagen gesehen. Wie lange hast du gewartet?«

»Ich wollte mich nicht aufdrängen«, antwortete Adam verlegen.

»Ich übernachte heute übrigens woanders«, sagte Siri. »Nur dass ihr es wisst.«

Adam schob Lexia in ihr Schlafzimmer, wo sie eng umschlungen auf ihr Bett sanken, einander mit hektischen Bewegungen auszogen und sich intensiv liebten. Als sie danach Tee tranken, überreichte Lexia Adam die kleine Tüte mit Geschenken, die sie für ihn gekauft hatte. Für Siri etwas zu finden, war ein Leichtes gewesen. Lexia hatte ihr eine Uhr, Ohrringe und einen Lippenstift gekauft. Aber bei Adam war es ihr schwergefallen. Sie saßen auf ihrem Bett, und während unter ihnen das Wasser gluckerte, zog Adam ihre Gaben aus der Tüte: eine Flasche zwölfjährigen karibischen Rum, eine CD mit Soca-Musik und ein kleines blaues Fläschchen mit Schraubverschluss und Palmen darauf. »Was ist das denn?«, fragte er und betrachtete es neugierig.

»Karibisches Öl«, antwortete sie und errötete, als sie sich an seinen Wunsch erinnerte, sie einzuölen. Was dazu führte, dass er es sofort ausprobieren wollte.

Erst eine ganze Weile später, nachdem sie sich kichernd gegenseitig eingeölt hatten und schließlich völlig verschwitzt waren, überreichte Lexia ihm das letzte Päckchen.

»Das ist dein Weihnachtsgeschenk«, sagte sie nervös. Sie hatte es in einem Geschäft in Gamla Stan gefunden, wo es auf Adam gewartet zu haben schien: eine Schachtel mit sechs kleinen vergoldeten Pfeilen, die genauso aussahen wie sein Tattoo. »Wenn du irgendwann mal einen Weihnachtsbaum hast«, erklärte sie. Es waren handgefertigte Christbaumanhänger. »Weihnachten ist zwar schon vorbei, aber ich dachte, sie würden dir vielleicht trotzdem gefallen«, fügte sie verlegen hinzu.

»Die sind fantastisch.« Er umarmte sie fest. Sie liebten sich erneut, doch danach schlief sie völlig ermattet ein. Als Lexia wieder aufwachte, war Adam schon gegangen, aber sie war so müde, dass sie sich nur einmal im Bett umdrehte und sofort wieder einschlief.

»Wie spät ist es?«, fragte sie, als sie später noch immer völlig groggy mit Adam telefonierte. Sie hasste diese Zeitverschiebung. »Wo steckst du gerade? Und welcher Tag ist heute?«

Er lachte leise. »Du klingst ja völlig weggetreten. Ich wollte nur kurz deine Stimme hören. Möchtest du weiterschlafen?«

»Ja, gern«, antwortete sie und schlief wieder ein, sobald sie aufgelegt hatten.

Das restliche Wochenende verbrachte sie damit, ihren Koffer auszupacken, Wäsche zu waschen, zu schlafen und mit Siri zusammenzusitzen.

Am Montagmorgen schminkte Lexia sich besonders sorgfältig. Sie überlegte eine halbe Ewigkeit, ob sie ihre Locken mit dem Glätteisen bearbeiten, die Haare offen tragen oder vielleicht hochstecken sollte. Schließlich entschied sie sich für geglättete offene Haare. Sie entschied sich ausnahmsweise einmal nicht für Schwarz oder eine andere dunkle Farbe, sondern für ein hellblaues Kleid, das ihr angesichts der zarten Bräune unheimlich gut stand. Mit einem nervösen Flattern im Bauch machte sie sich zu Fuß auf den Weg ins Büro, während die Sonne über Stockholm aufging. Bislang war die Arbeit für sie immer eine Zuflucht gewesen, ein Ort, an dem sie sich sicher gefühlt hatte. Doch als sie die Agentur betrat, kam es ihr vor, als würde sie sich in die vorderste Reihe einer Achterbahn setzen.

Einerseits wollte sie Adam unbedingt wiedersehen, andererseits beunruhigte sie es aber auch. Wie würde es sein, mit ihm zusammenzuarbeiten? Wie würde er sich ihr gegenüber verhalten? Sollte sie kündigen und sich eine andere Stelle suchen? Sie hatte viel darüber nachgedacht. Aber ihre Zusammenarbeit mit Offi O funktionierte reibungslos, und sie hatte sich noch nie so wohlgefühlt wie jetzt. Wie dachte Adam darüber? Würde er seine Stelle kündigen? Sie bezweifelte es. Unabhängig davon müssten sie wirklich bald einmal über die Zukunft reden. Sie hoffte, dass Adam es genauso sah.

Nach einem langen Arbeitstag mit vielen heimlichen Blicken, aber auch intensiver Arbeit klopfte Lexia gegen achtzehn Uhr an Adams Bürotür.

»Ist außer uns noch jemand in der Agentur?«, fragte er und betrachtete sie mit seinen grauen Augen.

»Nein, nur du und ich«, antwortete sie. Lexia hatte sich darauf gefreut, wieder ins Büro zurückzukehren. Ihre Kollegen waren angesichts der Nominierung und hinsichtlich der bevorstehenden Gala ganz aufgekratzt und erwartungsfroh. In fast allen Gesprächen, die Lexia heute geführt hatte, war es in irgendeiner Form um das Goldene Pferd gegangen.

»Setz dich«, forderte er sie auf.

Doch stattdessen kam sie um seinen Schreibtisch herum, stellte sich vor ihn und ließ ihren Blick über seinen Körper gleiten.

»Babe«, sagte er heiser.

Wortlos ergriff sie seine Hand, führte sie unter den Stoff ihres Kleids und presste sie auf die Haut zwischen ihren Schenkeln. Als er spürte, dass sie keinen Slip trug, weiteten sich seine Augen. Lexia hatte ihn ausgezogen, bevor sie zu ihm kam. Sie war sich zwar nicht ganz sicher, wer diese neue unerschrockene Frau eigentlich war, aber als er sie mit seinen Fingerknöcheln berührte, wimmerte sie laut. Heute trug sie Strapse. Sie gehörten zwar nicht zu den bequemsten Kleidungsstücken, die sie besaß, aber sie waren sexy, und das Gefühl, das seine Hand in ihrem Schritt erzeugte, war alle Mühe wert gewesen. Während er seine Finger immer rascher bewegte, gab sie ein dumpfes Stöhnen von sich. Sie wollte ihn dazu bringen, die Kontrolle aufzugeben, und entdeckte, dass ihr die Rolle als kühne Verführerin ziemlich gut gefiel. Dann schoben sich zwei seiner Finger in sie hinein. Ihre Beine gaben fast nach, und sie stöhnte laut auf. Sie legte ein Kondom auf seinen Schreibtisch, schob ihr Kleid nach oben, drehte ihm den Rücken zu und beugte ihren Oberkörper ohne ein Wort über die Tischplatte. Sie hörte ihn aufstöhnen. Er riss die Verpackung auf und umschloss ihre Hüften mit den Händen. »Oh Gott, Lexia, das ist so verdammt sexy.« Sie wackelte mit dem Hintern, und nachdem sie es sich schon den ganzen Tag lang vorgestellt hatte, war sie so erregt, dass sie zu kommen begann, sobald er sie nur mit seinem Penis berührte und in sie eindrang. Als er sie ganz ausfüllte, erlebte sie einen so heftigen Orgasmus, dass sie laut aufschrie. Adam hörte nicht auf, sich in ihr zu bewegen, und sie entspannte ihre Beinmuskeln ein wenig und spürte, wie er immer härter und tiefer in sie hineinstieß, während sie seinem Stöhnen lauschte. Dann spannte sie ihre inneren Muskeln an, spreizte die Oberschenkel ein wenig mehr und schob ihm ihren Po entgegen. »Nimm mich, Adam«, sagte sie. »Nimm mich hart. Ich will es. Ich brauche es.«

»Oh mein Gott«, rief er, und dann kam er, wobei er sie so hart nahm, dass sie bestimmt am nächsten Tag blaue Flecken davontragen würde. Aber sie wollte blaue Flecken von Adam auf ihrem Körper haben. Er erbebte geradezu hinter ihr. Lexia lächelte. Es war wirklich ein wunderbarer erster Arbeitstag gewesen.

41

Adam

»Und wie geht es mit dem Jetlag?«, fragte Adam. Er nahm sich eine Kaffeekapsel und schob sie in die Maschine. Dabei versuchte er so zu tun, als hätten Lexia und er die vergangene Nacht nicht zusammen verbracht und wären heute Morgen nicht getrennt ins Büro gekommen. Im Augenblick stand er zwar allein mit ihr in der Küche, wollte aber trotzdem nicht riskieren, dass irgendjemand hereinkam und etwas mitbekam, was sie beide entlarvte. Deshalb sprach er in neutralem alltäglichen Ton mit ihr.

»Danke, ganz gut. Endlich muss ich nicht mehr andauernd gähnen. Aber ein paar Tage hat es schon gedauert.« Lexia lächelte, und Adam verspürte ein Ziehen in der Brust. Nicht nur der Jetlag ließ Lexia – oder genau genommen sie beide – tagsüber müde werden. Seit ihrer Rückkehr hatten sie sich jede Nacht geliebt, leidenschaftlich und unersättlich. Er machte aus einem Reflex heraus einen Schritt auf sie zu, um ihr über die Wange zu streichen und sich einen Kuss zu erschleichen, hielt dann jedoch inne und schob seine Hand stattdessen in die Hosentasche.

Sie warf ihm einen strahlenden Blick zu, als wüsste sie genau, woran er dachte, nämlich an ihre nächtlichen Liebesabenteuer – wie sie unter seiner Hand gekommen war, wie er sie an der Spüle, auf dem Sofa liegend und an die Wand gepresst genommen hatte. Ihre Blicke verschränkten sich, und ihm blieb die Luft weg. So durfte es nicht weitergehen, dachte er, doch er konnte es einfach nicht stoppen. Das, was zwischen ihnen geschah, war stärker als alles, was er je zuvor erlebt hatte.

»Und du?«, fragte sie mit einem Lächeln, das ihn förmlich anzog. Adam war ihr geradezu verfallen. Er konnte einfach nicht aufhören, sie anzuschauen. Nicht nur der leicht bronzene Schimmer auf ihrer Haut vom Badeurlaub ließ ihre Augen leuchten, sie strahlte auch von innen. Lexia verkörperte alles Helle, sie war seine Lichtgestalt. Wie gesagt, er war ihr verfallen, zweifellos.

»Was denn?«, fragte er zurück, denn er konnte nicht klar denken, wenn sie ihn so anschaute. Die fahle Januarsonne schien durch die Fenster herein. Auf der Fensterbank standen Töpfe mit weißen Blumen, deren Namen er nicht kannte. Draußen war es zwar noch so kalt, dass die Fähren im Eis der Bucht Fahrrinnen hinterließen, aber hier drinnen gab es schon erste Vorboten des Frühlings.

»Bist du müde? Du arbeitest ziemlich hart«, bemerkte sie und lächelte erneut. Die Zweideutigkeit ihrer Frage war nicht zu überhören. Sie hielt ihn nachts ziemlich auf Trab.

»Ich kann mich nicht beklagen. Ich arbeite gerne«, antwortete er, und in ihren Augen blitzte es auf. Die letzte Nacht war fantastisch gewesen. »Ich sehne mich nach heute Abend«, flüsterte er, denn er konnte es einfach nicht lassen, obwohl es gefährlich war. Dann würde er sie ganz langsam lieben und sie genau an der Grenze zum Orgasmus halten, bis sie ihn anflehte, endlich kommen zu dürfen. Die Sache mit der Arbeitssituation würde er schon in den Griff bekommen. In irgendeiner Form müsste es sich klären lassen. Er würde mit Roy reden und das Problem lösen. Die Agentur gefiel ihm, und er arbeitete gerne hier. Aber Lexia war ihm wichtiger.

»Ich mich auch«, entgegnete sie leise.

Plötzlich tauchte Roy an der Küchentür auf, und Adam trat rasch einen Schritt zurück. »Guten Morgen«, begrüßte er ihn ruhig. Er würde gleich heute mit Roy reden. Über die Zukunft und über Lexia. Es würde schon gut gehen.

Dann kam Dina mit ihrem Hündchen im Arm herein, zögerte jedoch kurz, als sie Roy sah. Es war nur eine flüchtige, kaum merkbare Geste, doch Adam nahm sie wahr.

»Warte mal, Kleine, du hast da was«, sagte Roy, legte eine Hand auf Dinas Schulter und drückte sie leicht.

Dina presste ihren Hund fester an sich und verließ rasch und wortlos den Raum. Roy folgte ihr mit dem Blick. »Von hinten ist sie genauso hübsch«, sagte er und zwinkerte Adam zu.

»Jetzt hör aber mal auf«, sagte Adam streng. Roys Anzüglichkeiten arteten allmählich aus.

»Das war ein Kompliment. Mann, wie du dich immer gleich aufregst.«

»Ich reg mich nicht auf. Ich sage dir nur ganz ruhig, dass du dich unangemessen verhältst.«

Aus dem Augenwinkel heraus sah er, wie sich auch Lexia aus der Küche schlich. Roy schob die Hände in die Hosentaschen seiner Jeans und schaute Lexia hinterher. »Tu doch nicht so scheinheilig!«, sagte er.

»Wie meinst du das?«, wollte Adam wissen, denn das gehässige Aufblitzen in Roys Augen gefiel ihm ganz und gar nicht.

Roy machte einen Schritt auf ihn zu. Adam hatte schon oft erlebt, wie Roy sich kämpferisch brüstete, um ihm Paroli zu bieten, doch sie waren noch nie zuvor ernsthaft verbal aneinandergeraten. Die Hierarchie zwischen ihnen war immer eindeutig gewesen. »Glaubst du etwa, ich bin blind, oder was? Inwiefern sollte es verwerflicher sein, einem hübschen Mädchen ein Kompliment zu machen, als mit einer Angestellten herumzuknutschen? Kehr doch erst mal vor deiner eigenen Tür, bevor du andere kritisierst.«

»Kümmer du dich um deine Angelegenheiten, dann kümmere ich mich um meine«, entgegnete Adam.

Roy nahm sich eine Banane aus dem Obstkorb. »Aber das alles hier gehört mir. Ich werde heute übrigens am Morgenmeeting teilnehmen. Und danach reden wir Tacheles.«

»Kannst du uns einen Kaffee bringen, meine Kleine?«, bat Roy Dina nach dem Mittagessen. »Und könntest du vielleicht auf deinen hübschen Beinen kurz nach unten springen und etwas Gebäck besorgen?« Er warf Adam einen unverblümten Blick zu, als wollte er ihn dazu herausfordern, ihm die Meinung zu geigen.

Dina verschwand, und Adam schlug die Beine übereinander. »Du solltest wirklich damit aufhören, Roy«, sagte er müde. Er hätte das Thema schon längst ansprechen und dafür sorgen sollen, dass Roy sich nicht immer wie ein Macho benahm. Sein Verhalten war abstoßend und kontraproduktiv, und Adam war es so verdammt leid. Wieso hatte er es ihm nur immer wieder durchgehen lassen? War er so fokussiert auf alles andere gewesen, dass ihm nicht aufgefallen war, wie unmöglich Roy sich benahm? Mittlerweile konnte man diesen Mann weder als auf charmante Weise ungehobelt noch als erfrischend ehrlich bezeichnen. Er war einfach nur unverschämt und selbstgefällig.

»Ich will mit dir reden«, sagte Roy, doch dann kam Dina mit dem Kaffee, und er hielt inne.

»Ich hole gleich noch Gebäck«, erklärte sie.

»Das ist nett«, sagte Adam und warf dem älteren Mann einen warnenden Blick zu.

Roy sagte nichts, sondern wartete, bis Dina die Tür hinter sich geschlossen hatte und sie wieder allein waren. Dann verschränkte er die Hände hinterm Kopf und streckte seine Beine aus. »Ich werde als Vorstandsvorsitzender von Kastnäs zurücktreten«, erklärte er.

Adam richtete sich auf seinem Stuhl auf. »Und wann?«

»So bald wie möglich. Ich habe über Weihnachten ein wenig nachgedacht. Meine Frau möchte, dass ich öfter zu Hause bin. Und ich habe mich entschieden. Jetzt ist es soweit.«

Endlich.

»Aber«, fuhr Roy fort, und in seinen knallblauen Augen blitzte es listig auf. »Du musst mir versprechen, dass du mit ihr Schluss machst. Ansonsten kannst du Kastnäs vergessen.«

Adam bemühte sich nicht einmal, so zu tun, als würde er nicht begreifen, auf wen Roy anspielte. »Und warum?«, fragte er mit verbissener Miene. Das hier war bestimmt wieder einer von Roys irrwitzigen Einfällen. Eine unmögliche Forderung, ein Mittel zum Zweck, um ihn zu pushen, damit er noch härter arbeitete. Roy liebte es geradezu, die Dinge zu einem Drama zuzuspitzen und sich selbst als Hauptfigur zu präsentieren.

»Sie tut dir nicht gut. Du kannst nicht mit ihr zusammen sein.«

»Das ist doch Blödsinn.«

»Ich meine es ernst. Kastnäs kann dir gehören. Schon heute. Jetzt gleich. Der ganze Laden. Wenn du mir versprichst, dass du mit der Blondine Schluss machst. Ich weiß, dass du dein Wort hältst, wenn du es mir einmal gegeben hast.«

Adam schüttelte den Kopf. Das war ja wohl ... ihm fehlten die Worte. Die Situation war völlig bizarr, geradezu surreal.

Roy beugte sich vor und stützte die Ellenbogen auf die Knie. »Ich werde es dir leichtmachen. Wenn du nicht tust, was ich sage, werde ich Dina rauswerfen, den Auftrag für Offi O canceln und Lexia Vikander feuern.«

»Und was soll das Ganze?«, fragte Adam. Es war reine Einschüchterungstaktik, auf die er keineswegs hereinzufallen gedachte.

»Ich weigere mich, mir von irgendwem etwas sagen zu lassen. Das hier ist mein Unternehmen, und ich mache, was ich will. Du bist doch im Augenblick völlig schwanzgesteuert, und glaub mir, das ist nie gut.«

»Ich muss darüber nachdenken«, sagte Adam ausweichend. Er würde sich auf keinen Fall von Roy manipulieren lassen. Doch weil es für ihn um eine fundamentale Entscheidung ging, wollte er Zeit gewinnen.

Tausend Gedanken schossen ihm durch den Kopf. Jetzt stand er also an einer Weggabelung. Roy würde seine verrückten Forderungen vermutlich wieder zurücknehmen, nachdem er ihm gegenüber seine Macht demonstriert hatte. Doch das war ihm egal. Adam hatte keine Lust mehr auf diese Machtspielchen, und er hatte Roys Gerede verdammt satt. Außerdem war er es so leid, immer den strengen knallharten Chef zu geben.

»Und was ist mit Rebecca? Hast du schon mit ihr gesprochen?«, fragte er.

Roy stand auf. »Meine Tochter erfüllt nicht meine Erwartungen. Das hat sie noch nie getan. Sie würde es nicht schaffen. Es gibt also nichts zu besprechen.« Dann öffnete er die Tür und rief durchs ganze Büro:

»Lexia, kommen Sie bitte mal her?«

Adam schaute ihn irritiert an. »Was hast du vor?«

Lexia warf Adam einen erstaunten Blick zu, als sie sein Büro betrat.

Roy deutete auf einen Stuhl. »Kommen Sie rein, kommen Sie rein, und schauen Sie nicht so ängstlich drein. Ich habe Adam gerade davon unterrichtet, dass ich aus der Firma aussteigen werde. Mein Plan sieht vor, Adam zu meinem Nachfolger zu ernennen, also zum Vorstandsvorsitzenden von Kastnäs.«

»Roy, hör auf. Lass sie in Ruhe.« Er wandte sich an Lexia. Was auch immer Roy im Schilde führte, verhieß nichts Gutes für sie. »Das brauchst du dir nicht anzuhören«, sagte er zu ihr.

Roy schüttelte den Kopf. »Im Gegenteil, das berührt auch Sie. Dieser Posten ist etwas, wovon Adam schon lange geträumt hat. Das wissen Sie vielleicht. Er strebt schon danach, seit wir beide uns kennen, und es ist sein Lebensziel.«

Lexia ließ ihren Blick zwischen Adam und Roy hin und herflackern. »Aha, okay«, sagte sie abwartend.

»Aber um das zu bekommen, worauf er sich schon so lange gefreut hat, muss er von etwas Abstand nehmen.«

»Roy, das reicht jetzt«, sagte Adam. Er stand auf und baute sich vor ihm auf.

Lexias Blick wurde unsicher, und sie schaute Roy an. »Ja, und?«, fragte sie.

»Sind Sie denn gar nicht neugierig? Wollen Sie nicht fragen, wovon er Abstand nehmen muss?« Roys Stimme war verlockend und einschmeichelnd.

Natürlich würde sie fragen, denn sie war von Natur aus neugierig und wissbegierig. »Und wovon muss Adam Abstand nehmen?«, fragte sie leise.

Roy verzog den Mund. Seine Miene war gehässig. »Von Ihnen«, antwortete er knapp.

Lexia zuckte nicht einmal zusammen, sondern wandte sich mit einem ruhigen, unergründlichen Blick an Adam, als hätte sie es bereits geahnt. »Stimmt das?«

»Hör nicht auf ihn. Er ist einfach verrückt. Ich werde kündigen.«

»Eben hast du noch gesagt, dass du darüber nachdenken musst«, entgegnete Roy mit einem boshaften Grinsen.

Lexia ließ Adam nicht aus den Augen, und er sah in ihrem Blick Verletzlichkeit und Hilflosigkeit aufblitzen. Seine Pflicht bestand eigentlich darin, sie zu schützen. Das hatte er jedenfalls die ganze Zeit versucht, doch es war ihm misslungen. »Ich habe bereits nachgedacht«, sagte er und versuchte überzeugend zu klingen. »Hör nicht auf ihn.«

»Aber das ist es doch, was du willst«, entgegnete sie, und es war, als schaute sie geradewegs in sein Inneres.

Sie hatte recht. Das war es, was er immer gewollt hatte. Und zugleich lag sie falsch: Der Preis dafür war einfach zu hoch. »Hör zu, Lexia, die Situation ist ziemlich kompliziert«, sagte er.

»Eigentlich nicht«, entgegnete sie und zog sich zur Tür zurück. »Ich nehme an, das war alles?«

»Geh noch nicht!«, rief Adam.

»Ich glaube, im Augenblick kommen wir hier nicht weiter. Danke, dass Sie mich informiert haben«, sagte Lexia an Roy gewandt. »Ich hoffe nur, dass Sie Ihre Entscheidung allein zu Adams Bestem gefällt haben. Adam, wir beide reden dann später, wenn du zu Ende nachgedacht hast.«

Dann öffnete sie die Tür, warf ihm einen letzten langen und traurigen Blick zu und verließ sein Büro.

»Was für ein mieser Schachzug, Roy«, rief Adam und wollte Lexia hinterherlaufen, doch Roy stellte sich ihm in den Weg.

»Es ist besser, wenn die Karten offen auf dem Tisch liegen«, erklärte er. »Ich bin alt, und ich will dich zu meinem Nachfolger machen. Das habe ich immer gewollt. Aber sie ist ein junges Ding, und du kennst sie erst seit wenigen Monaten. Das geht wieder vorüber. Sieh es doch ein. Denk nach, Adam, und triff eine clevere Entscheidung. Sich nur wegen einer Frau alles zu verbauen, wäre absolut dämlich. Das willst du doch nicht. Mach dich also nicht lächerlich. Nicht vor ihr, nicht vor diesem Blondchen, das du nicht mal kennst.« Roy legte seine Hand auf den Türgriff. »Versprich mir, noch mal drüber nachzudenken«, sagte er. »Das bist du mir schuldig.«

Nachdem Roy sein Büro verlassen hatte, blieb Adam an seinem Schreibtisch sitzen. Am liebsten hätte er Lexia noch einmal zu sich hereingerufen, aber erst musste er seine Gedanken sortieren. Hatte er gerade seinen Lebenstraum geopfert? Völlig unerwartet war alles aus dem Ruder gelaufen, und jetzt musste er es erst einmal verarbeiten. Fahrig klickte er seine Mailbox an und öffnete eine E-Mail von Josephine Sandelman, die einen Link mit seinem Interview für ihren Podcast enthielt. Er hatte es total vergessen. Rasch las er die Mail durch. Doch er war so aufgewühlt, dass er sie mehrmals lesen musste, um zu begreifen, was drinstand. Offenbar würde es einen Podcast direkt von der Gala geben. Großer Gott, die Gala anlässlich der Verleihung des Goldenen Pferds! Die ganze Agentur befand sich deswegen im Aufruhr. Er hatte im Augenblick keine Kraft, den Link zu öffnen und sich das Interview anzuhören. Dieses Interview hätte er nie geben dürfen, dachte er und ignorierte sowohl die Mail als auch den Link. Fünf Minuten später hatte er beides vollkommen vergessen, denn im Augenblick gab es Wichtigeres zu bedenken. Zum Beispiel, was er von jetzt an mit seinem Leben vorhatte.

42

Lexia

»Adam sagt, dass er Kastnäs nicht übernehmen will, wenn er mich aufgeben muss«, sagte Lexia am selben Abend zu Siri. Es tat ihr so sehr in der Seele weh, dass sie sich am liebsten heulend auf den Fußboden geworfen hätte.

Siri betrachtete sie besorgt. »Aber du glaubst ihm nicht?«

Lexia kämpfte, um den Kloß im Hals hinunterzuschlucken. Sie warf Siri einen verzweifelten Blick zu. »Keine Ahnung. Er hat sich vorhin so merkwürdig verhalten.«

Das war eine Untertreibung. Die Stimmung in Adams Büro hatte auf sie wie ein giftiger Cocktail aus Wut, Bosheit und Aggressivität gewirkt. Roy hatte sie so eingeschüchtert, dass ihr übel geworden war und sie kaum noch Luft bekommen hatte. Und Adam hatte einfach nur dagestanden. Heute war der erste Tag seit ihrer Rückkehr aus der Karibik, an dem Adam und sie nicht die Nacht gemeinsam verbringen würden. Bei ihrem Abschied kurz vor Feierabend hatte sie ihn nicht nach seinen Plänen für den Abend gefragt, und er hatte auch nichts erwähnt, sondern ihr nur einen müden und gestressten Blick zugeworfen. Als wäre es zwischen ihnen aus und vorbei. Sie atmete gegen ihre Panik und den Schmerz an. War es vorbei? Heute waren sie zum ersten Mal ernsthaft aneinandergeraten. Lexia war natürlich nicht so naiv, dass sie glaubte, ein Streit würde zwangsläufig das Ende bedeuten – Konflikte waren in einer Beziehung unausweichlich. Aber in Adams und ihrem ersten Streit sollte es ihrer Meinung nach darum gehen, wer vergessen hatte, Milch zu kaufen oder die Zahnpastatube zuzudrehen, und nicht um ihre gemeinsame Zukunft. Sie wollte, dass sie sich über Belanglosigkeiten in die Haare bekamen, sich danach beim anderen entschuldigten und hinterher heißen Versöhnungssex hatten, anstatt diesseits und jenseits eines tiefen Abgrunds zu stehen, ohne einen blassen Schimmer davon zu haben, wie sie ihn überwinden könnten.

Siri strich sich die Haare hinter die Ohren und wirkte nachdenklich. »Das ist kein leichter Entschluss. Und wenn ich es richtig verstehe, kam er eher unerwartet, oder? Vielleicht stand Adam ja selbst unter Schock?«, schlug sie vor.

»Das nehme ich an.« Lexia hatte wahrgenommen, wie innerlich zerrissen er gewirkt hatte, nachdem Roy ihm das Ultimatum gestellt hatte. Schließlich hatte Adam ihr letztens anvertraut, dass er fest vorhatte, Roys Posten zu übernehmen und dass es ihm dabei um die Überwindung seines Kindheitstraumas ging. Aber wie sollte sie danebenstehen und mit ansehen, wie er seinen Lebenstraum aufgab? Adam und sie liebten sich seit gut einem Monat, und sie hatten nicht einmal über eine gemeinsame Zukunft gesprochen. Wenn er Kastnäs jetzt aufgrund eines spontanen Einfalls opferte und sie dann nach einem Jahr mit Reue im Blick anschaute? Oder nach einem Monat? Das würde sie nicht aushalten. Sie wollte, dass er glücklich war und das Angebot reinen Gewissens annehmen konnte. Auch wenn es ohne sie wäre. Sie verzog erneut gequält das Gesicht.

»Aber wenn er sich für dich entscheidet, ist es doch super«, sagte Siri, aber ihre Stirn lag in Falten, als wüsste sie um die verschiedenen lauernden Fallstricke.

»Und wenn er seinen Traum aufgibt und mich danach hasst, weil er sich falsch entschieden hat?«, gab Lexia zu bedenken.

»So muss es ja nicht zwangsläufig enden. Er scheint doch eher jemand zu sein, der weiß, was er will«, wandte Siri ein, doch ihre Stimme klang nicht überzeugend. »Und was empfindest du für ihn, Lexia? Wenn du von ihm sprichst, machst du nämlich den Eindruck, als wärest du in ihn verliebt, und das … Ich weiß nicht. Das ist doch gut, oder?«

Lexia stöhnte auf. »Wenn ich mit ihm zusammen bin, fühlt sich alles so vertraut an. Er sieht mich als Person. Und er mag mich als Mensch. In seiner Nähe kann ich mich entspannen und meine Gefühle zulassen. Und außerdem komme ich mir in seiner Gegenwart überhaupt nicht dick vor.«

»Klingt super.«

»Mag sein«, sagte Lexia niedergeschlagen. »Aber im Augenblick fühlt es sich entsetzlich an.«

Am nächsten Morgen kam Lexia besonders früh in die Agentur. Doch Adam war natürlich schon vor ihr da. Er wirkte ziemlich mitgenommen. »Guten Morgen«, begrüßte sie ihn unsicher.

»Guten Morgen, Lexia«, erwiderte er mit rauer Stimme. Er war unrasiert, und seine Augen waren blutunterlaufen.

»Ich …«, begann sie, wurde aber durch das schrille Klingeln von Adams Telefon unterbrochen. Er warf einen Blick aufs Display. »Ich muss leider rangehen«, sagte er. Sein Ton klang entschuldigend, aber sie hatte die Erleichterung in seinem Blick gesehen, als es klingelte. Als wollte er nicht länger als notwendig mit ihr sprechen. Sie unterdrückte ihre aufkommende Panik.

Nach dem Nachmittagskaffee klopfte Lexia an seine Bürotür. »Hast du kurz Zeit?«

Inzwischen wirkte er womöglich noch etwas mitgenommener. »Ist es wichtig?«, fragte er und presste seine Fingerkuppen auf die Schläfen, als hätte er Kopfschmerzen. Sie schloss die Tür hinter sich und spürte, wie sich Wut in ihr breitmachte. Wich Adam ihr etwa aus? Kein besonders reifes Verhalten.

Wenn er irgendetwas bereute und vorhatte, sie fallen zu lassen, dann sollte er doch wohl den Mut haben, es ihr zu sagen, oder nicht? Anstatt Spielchen mit ihr zu spielen und den Märtyrer zu geben.

»Ja, ich finde schon«, antwortete sie. »Hast du darüber nachgedacht, was du tun wirst?«

Er seufzte tief. »In Bezug auf was?«

Jetzt flammte der Zorn in ihrem Inneren voll auf. Es fühlte sich fast angenehmer an als dieser Herzschmerzzustand. »Auf Kastnäs natürlich. Auf uns«, antwortete sie kühl.

»Ach bitte, müssen wir denn unbedingt jetzt darüber reden?«

Sie erstarrte. »Natürlich müssen wir nicht jetzt darüber reden, wenn du keine Zeit hast.« Sie hörte selbst, dass sie ziemlich angesäuert klang, aber sie war nun einmal sauer. In ihren Augen war dieses Gespräch ziemlich wichtig.

Adam ließ mit einer vagen Geste seine Hand über die Papierstapel auf seinem Schreibtisch gleiten, als wollte er ihr zeigen, wie viel Arbeit auf ihn wartete. »Ich ertrinke gerade in Arbeit«, erklärte er.

»Sorry, ich wollte dich nicht mit meinen Banalitäten stören«, sagte sie schnippisch.

»Mensch, Lexia. Ich weiß ja, dass es wichtig ist. Aber schließlich geht es dabei um eine Zukunftsentscheidung. Wir reden davon, dass ich mein ganzes Leben umkrempele. Kann ich denn nicht mal fünf Minuten haben, um in Ruhe darüber nachzudenken?«

»Klar. Eigentlich kannst du alle Zeit der Welt haben.« Sie legte den Kopf in den Nacken, streckte ihren Rücken und stiefelte wieder hinaus. Ihr kam das Ganze immer mehr vor wie der Anfang vom Ende.

»Ich bin zu Hause«, rief Lexia, als sie abends das Hausboot betrat. Sie legte ihre Handtasche ab und lauschte vergebens nach Geräuschen von Siri, während sie sich die Stiefel auszog. Sie war völlig am Ende, sowohl physisch als auch psychisch. Es war, als presste jemand ihren Körper mit einem schweren Gewicht zu Boden. Sie nahm eine offene Flasche Wein aus dem Kühlschrank, schnupperte am Inhalt und beschloss, dass er noch trinkbar war. Dann setzte sie sich aufs Sofa und schaute mit starrem Blick übers dunkle eisige Wasser hinaus, bis sie hörte, wie ein Schlüssel im Schloss gedreht wurde.

»Hallo?«, rief Siri und steckte ihren Kopf zur Wohnzimmertür herein. »Wie geht's?« Dann erblickte sie Lexia. »Oh nein, so schlimm?«

Lexia nickte und schluchzte auf. »Ich glaube, es ist vorbei.«

Siri zog ihre Jacke aus, holte sich ein Weinglas und setzte sich neben sie. Lexia schenkte ihr Wein ein. »Er hat schon ein paar Tage im Kühlschrank gestanden«, sagte sie entschuldigend.

»Was ist denn passiert?«, fragte Siri und nippte an ihrem Wein.

»Nichts ist passiert, aber er scheint nicht reden zu wollen. Ich weiß nicht mehr, wo wir stehen. Ich weiß gar nichts mehr.« Sie trank von ihrem Wein. Sie hatte sich selbst und ihre Probleme so satt. »Und wie geht es dir? Bist du mit der Skulptur von Rebecca schon fertig?«

»Ja, und sie ist richtig gut geworden. Möchtest du sehen?«

Es kam nur selten vor, dass Lexia in Siris Atelier eingeladen wurde. Vermutlich sah sie genauso elend aus, wie sie sich fühlte. »Gerne«, antwortete sie und schluchzte noch einmal auf.

»Komm, mein Herz«, sagte Siri und nahm sie an die Hand.

»Du bist so wahnsinnig begabt«, sagte Lexia, als sie die kleine Skulptur betrachtete. Siri hatte etwas an Rebeccas Erscheinung eingefangen, was sie noch nie zuvor an ihr bemerkt hatte. Eine gewisse Zerbrechlichkeit im Hinblick auf die Position ihres Kopfes und eine Verletzlichkeit in der Wölbung ihres Rückens. »Sie ist ja fast liebenswürdig geworden«, sagte Lexia leise.

»Mhm. Sie hat etwas Erotisches.«

»Aber sie ist doch hetero«, protestierte Lexia. Rebecca verschlang Männer geradezu. Beinahe hätte Lexia wieder losgeheult. Wenn nun Rebecca und Adam zusammenkämen? Das würde sie nicht überleben. Die Heftigkeit ihrer Eifersucht nahm ihr fast die Luft zum Atmen.

»Vielleicht«, meinte Siri, klang jedoch nicht ganz so überzeugt wie Lexia, was Rebeccas sexuelle Neigungen anging. Dann gingen sie gemeinsam wieder hinunter.

Lexia nippte an ihrem Wein. »Vielleicht ist es ja auch gut so«, sagte sie.

»Was denn?«

»Dass es aus ist. In gewisser Weise war es einfach zu schön, um wahr zu sein. Nicht ganz meine Liga.«

»Das ist ja wohl das Dümmste, was ich je gehört habe.«

»In der Schulzeit hatte ich mich mal in einen Jungen aus der Parallelklasse verliebt. Er war total süß. Als Josephine davon erfuhr, hat sie sich halb totgelacht. ›Vielleicht solltest du lieber auf jemanden aus deiner eigenen Liga setzen, Lexia‹, hat sie gesagt, während ihr die Lachtränen hinunterliefen. Ich habe noch nie jemanden so schadenfroh lachen sehen. Alle anderen Mädels stimmten natürlich ein. Sie lachten, weil die dumme fette Lexia sich eingebildet hat, dass ein Junge wie er Interesse an ihr haben könnte. Und genauso fühlt es sich jetzt wieder an. Warum sollte Adam mich haben wollen?«

»Erstens: wie grausam von ihr.«

»Danke.«

»Und zweitens: Sie war bestimmt eifersüchtig auf dich«, sagte Siri.

Lexia schnaubte verächtlich. Wieso sollte Josephine eifersüchtig sein? Sie hatte doch alles, was sie wollte.

Siri stellte ihr Weinglas ab und ergriff Lexias Hände. »Du bist ein großartiger Mensch. Wahnsinnig nett, überall beliebt und attraktiv. Und außerdem ruhst du in dir selbst. Ich glaube eher, dass Josephine eifersüchtig war und dich deshalb runtergemacht hat. Sie wollte den Jungen bestimmt selbst haben. Vielleicht hatte er ihr ja eine Abfuhr erteilt.« Sie zog die Augenbrauen hoch und griff wieder nach ihrem Weinglas.

»Ich weiß nicht«, sagte Lexia.

»Warum wart ihr überhaupt befreundet? Du und Josephine? Klingt doch, als wäre sie ein absolutes Ekel.«

»Das waren wir ja gar nicht. Aber wir waren zufällig in derselben Mädchenclique. Klingt ziemlich idiotisch, ehrlich gesagt.«

»Nein, gar nicht. So läuft es in der Schule nun mal. Ich fand die Schule total schrecklich.«

»Und meine Mutter war so froh darüber, mit Josephines Mutter befreundet zu sein. Deshalb habe ich mich auch nicht getraut, das Ganze an die große Glocke zu hängen.«

»Wie ich schon sagte, du bist der netteste Mensch der Welt. Adam sollte Gott dafür danken, überhaupt einer Frau wie dir begegnet zu sein.«

»Danke. Aber ich denke, es ist vorbei.« Es tat ihr weh, die Worte auszusprechen. Sie hätte nie gedacht, dass Liebeskummer Schmerzen im ganzen Körper verursachen könnte, aber genauso fühlte sie sich gerade.

»Er ist bestimmt genauso fertig wie du. Gib ihm einfach etwas Zeit«, schlug Siri vor.

Nachdem Siri wieder zu sich nach oben gegangen war, griff Lexia nach ihrem Handy. Sie zögerte kurz, dann schickte sie Adam eine SMS.

Sorry für die blöde Antwort. War ein langer Tag. Wir sehen uns morgen.

Sie schickte sie ab und wartete. Nach einer Weile tauchte auf dem Display eine kleine Sprechblase mit Punkten darin auf, die zeigte, dass Adam gerade schrieb. Sie wartete lange, doch dann verschwand die Blase wieder, und es kam keine Antwort.

»Hast du gestern meine SMS bekommen?«, fragte sie am nächsten Tag und bemühte sich um einen ruhigen, nicht vorwurfsvollen Tonfall. Die Stimmung in der Agentur war schon gedrückt genug, als läge ein Unwetter in der Luft.

»Ja, aber ich habe es nicht geschafft zu antworten«, meinte er knapp.

»Ich verstehe«, sagte sie, obwohl sie es ganz und gar nicht verstand. Er war doch schon dabei gewesen, zu antworten. »Und wann glaubst du, können wir reden?«

»Heute Abend? Ich ruf dich an.«

»Okay.« Doch er wirkte so gequält, dass ihr innerlich ganz kalt wurde.

Während Siri Feuerholz in den Kamin legte und Lexia in der Küche nach etwas Trinkbarem suchte – schließlich war Freitagabend –, kam eine SMS von ihrer Mutter.

Geht es dir gut? Hast du es dir angehört? Du hattest recht. Sie ist wirklich unerträglich. Tut mir leid, ich hätte es schon früher merken müssen.

»Hä? Ich kapier gar nichts«, meinte Lexia, nachdem sie Siri die SMS vorgelesen hatte.

»Ich auch nicht. Was hat sie nur gemeint? Und wer ist ›sie‹?«

Wer ist unerträglich?, schrieb Lexia zurück.

Sie schenkte ihnen beiden Wein ein, fand eine Packung Salzgebäck und wartete, während die kleine Sprechblase auf dem Display signalisierte, dass eine Antwort unterwegs war.

Sie und ihr Podcast. Hör ihn dir nicht an!

»Wir müssen ihn uns unbedingt anhören«, sagte sie prompt, denn sie wusste genau, welchen Podcast Eva meinte.

»Das klingt aber nicht gut«, wandte Siri zögerlich ein, ließ sich aber von Lexia umstimmen.

Lexia holte ihren Laptop. »Hast du ihn dir schon mal angehört?«, fragte Siri, während sie das Kaminfeuer anzündete. Lexia holte Wolldecken und schüttelte die Kissen auf dem Sofa auf.

»Nur vereinzelte Ausschnitte«, antwortete sie. *Rauschen* brachte aktuelle Nachrichten, eine Zusammenfassung aller Ereignisse der vergangenen Woche und einen Einstieg ins Wochenende mit Musik und dem letzten Klatsch und Tratsch. Sie persönlich fand ihn ziemlich langweilig. Aber vielleicht war sie ja aufgrund ihrer angespannten Beziehung zu Josephine voreingenommen. »Sie hat unglaublich viele Hörer und ziemlich prominente Gäste. Und ich weiß, dass die Leute sie kompetent finden. Hast du ihn je gehört?«

Siri verzog das Gesicht. »Mein Bedürfnis, mir die egozentrischen Ergüsse privilegierter Cis-Leute anzuhören, ist ziemlich gering.«

»Ich kapiere nur nicht, warum meine Mutter es diesmal so schrecklich fand. Sollen wir?« Sie drückte auf Play, und kurz darauf ertönte der typische Jingle des Podcasts. Lexia trank einen großen Schluck Wein und begegnete Siris widerstrebendem Blick, in dem sich ihre eigene Unruhe widerspiegelte. »Meine Mutter übertreibt bestimmt mal wieder«, meinte Lexia.

»Hoffen wir's.«

Doch keine von ihnen klang besonders überzeugt.

»Wie arrogant sie klingt. Das ist ja unerträglich«, sagte Siri, nachdem Josephine die Sponsoren des Podcasts genannt hatte und dann noch einmal auf die Sendung der vergangenen Woche zu sprechen gekommen war. Eine Journalistin hatte offenbar eine kritische Kolumne geschrieben, die Josephine tief verletzt hatte. »Kein bisschen mimosenhaft, oder?«, fragte Siri mit einem ironischen Lachen.

Lexia lauschte wie gebannt.

»*Heute ist es wieder einmal Zeit für unseren Gast des Monats. Er wird auch der Unternehmensdoktor genannt, ein Geschäftsführer, der durch sein hartes Durchgreifen jeden Betrieb wieder in die schwarzen Zahlen bringt.*«

Lexia drückte Siris Arm. Josephine sprach ganz offenkundig von Adam. Ihr Herz begann in Panik staccatoartig zu schlagen. »Jetzt kommt es.«

Josephine stellte zuerst die Agentur vor und vergaß dabei nicht zu erwähnen, dass ihr Ehemann der Sohn des Gründers war, und pries darüber hinaus den Eheratgeber an, den Leo und sie gemeinsam zum Thema glückliche Beziehung geschrieben hatten.

Siri signalisierte Lexia mit einer Geste, dass sie es zum Kotzen fand.

Lexia zog angesichts der vorbehaltlosen Unterstützung ihrer Freundin die Mundwinkel hoch. Vielleicht würde es ja gar nicht noch schlimmer werden.

»*Unser heutiger Gast ist gerade anlässlich seiner Werbekampagne für Offi O für das Goldene Pferd nominiert worden. Diese Kampagne hat eine höchst kontroverse Diskussion über die Glorifizierung von Übergewicht ausgelöst*«, fuhr Josephine fort.

»Was? Das stimmt doch gar nicht!«, rief Lexia aus.

»*Ich bin sehr dafür, dass die Leute selber entscheiden, wie sie aussehen wollen*«, fuhr Josephine fort. »*Aber meine persönliche Meinung ist, dass es der falsche Weg ist, Übergewicht zu verharmlosen. Ich halte es sogar für gefährlich. Schickt mir dazu gern eure Kommentare auf Instagram. Aber jetzt sage ich erst mal: Herzlich willkommen, Adam Nylund.*«

»*Vielen Dank*«, entgegnete Adam. Lexia traute sich kaum zu atmen aus Angst, irgendetwas zu verpassen. Seine Stimme klang etwas tiefer und ernster als sonst, aber er war es ganz eindeutig.

»*Die letzte Zeit war für Sie recht intensiv, oder?*«, fragte Josephine.

»*Ja, das kann man so sagen.*«

War Adam etwa gerade bei ihr? Nein, natürlich nicht, dachte Lexia, denn der Podcast wurde ja nicht live gesendet. Das Interview musste also schon vorher aufgezeichnet worden sein.

»*Wie stehen Sie zu der Kritik an der Kampagne?*«

»*Jeder soll sich seine eigene Meinung bilden.*«

»*Nach dem Motto: Sollen die Menschen ruhig dicke Leute mögen, wenn sie wollen?*«, konterte Josephine und lachte. »*Ich kenne einige übergewichtige Personen, oder zumindest eine. Ich glaube sogar, dass sie eine gemeinsame Bekannte ist.*«

Lexia lauschte mit einem zunehmenden Druck auf der Brust. Es war abscheulich. Sie fühlte sich wieder in die Schule zurückversetzt, wo sie Josephines Mobbingaktionen hilflos ausgeliefert war. Mit dem Unterschied, dass es diesmal vor fast einer Million Zuhörern geschah. »Hilfe, mir wird schlecht«, flüsterte sie.

»Soll ich ausschalten?«

»Nein.« Das wäre noch schlimmer.

Das Gespräch im Podcast lief weiter, und Lexia hörte an Adams Stimme, dass er sich nicht sonderlich wohl in seiner Haut fühlte. Warum hatte er sich überhaupt zur Verfügung gestellt und ihr außerdem gar nichts davon gesagt? Sie hatte nicht einmal geahnt, dass er interviewt worden war. Ihre Angst nahm zu. Wenn Josephine nun noch weitere Kränkungen von sich gab? Das Ganze war widerlich.

»*Sie sind ja recht neu in der Werbebranche. Auf welche Schwierigkeiten stoßen Sie dort?*«, fragte Josephine. Lexia hasste ihren völlig unschuldig klingenden Ton.

»*Es ist wie überall anders auch. Viele Mitarbeiter sind überspannt, unsicher und unerfahren. Außerdem tun sie sich schwer im Umgang mit Konflikten.*«

Josephine lachte. »*Sprechen Sie gerade von meinem Mann?*«

»*Ich sage es ganz allgemein*«, entgegnete Adam kurz angebunden. »*In der Branche tummeln sich viele unsichere Leute und Mitarbeiter ohne jegliche Ausbildung.*«

Lexia stöhnte auf. Er sprach ja wohl nicht über sie, oder etwa doch?

Josephine lachte auf. »*Klingt, als hätten Sie so einige Schwierigkeiten zu meistern.*«

»*Es kommt vor, dass Angestellte selbst simple Aufträge nicht ausführen können, sich bei Meetings lächerlich machen und Probleme mit dem Teamwork haben*«, erklärte Adam.

Die Sequenz wurde von Werbung und Musik abgelöst. Lexia sagte nichts. Auch Siri schwieg. Dann ging das Interview mitten in einem Satz weiter.

»*… Konzepter, die nicht mit Stress umgehen können.*« Die Worte kamen wieder von Adam. Konnte er denn kein gutes Haar an der Agentur lassen?

»*Gilt das für beide Geschlechter?*«, fragte Josephine, deren Stimme vor Empathie nur so triefte. Es musste gefakt sein, denn soweit Lexia wusste, hatte Josephine noch kein einziges Mal in ihrem Leben Mitgefühl bewiesen.

»*Ja*«, antwortete Adam. All seine Antworten klangen abgehackt und wie abgeschnitten.

»Ich bin die einzige Frau in der Agentur, die als Konzepterin arbeitet«, sagte Lexia. Sie kämpfte mit den Tränen. Josephine wollte sie bloßstellen und brachte Adam dazu, dementsprechende Dinge zu äußern, ohne Lexias Namen zu erwähnen.

»*Ich habe natürlich auch in anderen Unternehmen erlebt, dass Leute einen schlechten Job machen. Es gibt immer Mitarbeiter, die unterqualifiziert sind. Mein Job besteht darin, die Leute ein wenig wachzurütteln.*« Seine Stimme klang abweisend und tonlos. Dann wurde das Gespräch erneut durch Musik unterbrochen.

»Ich kann es mir nicht weiter anhören«, sagte Lexia, während ihr die Tränen über die Wangen liefen.

Siri betätigte die Stopptaste. »Puh!«, rief sie. »Diese Josephine klingt richtig gemein. Als würde sie dich hassen.«

»Tut sie ja auch. Dass ich es nicht schon früher begriffen habe«, sagte Lexia. All die Jahre, in denen sie immer die Schuld auf sich genommen hatte, weil sie glaubte, überempfindlich zu sein. Sie putzte sich die Nase, doch es half nur wenig, denn die Tränen liefen weiter. »Ich verstehe einfach nicht, warum Adam mich so an den Pranger stellen muss.« Dann schnäuzte sie sich erneut und trank einen großen Schluck Wein. Sie wusste, dass es durchaus angebracht wäre, wütend auf Josephine zu sein, denn deren Verhalten war keinesfalls akzeptabel, aber Lexia war einfach zu schockiert. Schmerz und Scham erfüllten sie. »Ich kann nicht mehr. Könntest du dir den Rest allein anhören?«

Siri nickte. Sie holte sich Kopfhörer, stöpselte sie ein und hörte sich mit konzentrierter Miene das Interview bis zum Ende an.

»Hat sie noch mehr über mich gesagt?«, fragte Lexia, sobald Siri fertig war.

»Sie hat dich an keiner Stelle namentlich erwähnt.« Siri zögerte.

»Aber?«

»Aber wenn man dich kennt, weiß man, dass sie von dir spricht. Verdammt, es tut mir so leid.«

Ich werde ausgelacht und zum Gespött der Leute gemacht, dachte Lexia und war kurz davor, in Hysterie zu verfallen. All ihre Kollegen in der Agentur hörten sich den Podcast an. Jeder Gast bei der Gala anlässlich der Preisverleihung würde ihn gehört haben. Alle Kollegen aus der Werbebranche. Und noch dazu jede Menge Freunde. Großer Gott, selbst ihre Mutter hatte ihn gehört.

»Lexia, alles in Ordnung?«

»Ich weiß nicht recht«, antwortete sie. Ihre Stimme zitterte, und ihr Herz schien plötzlich nicht genug Platz im Brustkorb zu haben und alle anderen Organe zusammenzupressen. Ihr Schmerz war so stark, als hätte man sie verprügelt.

»Ich glaube wirklich, dass sie eifersüchtig ist«, meinte Siri.

»Das erscheint mir eher unwahrscheinlich«, entgegnete Lexia mit erstickter Stimme.

»Oftmals sind die Leute zu denjenigen am fiesesten, die sie selbst am meisten beneiden«, entgegnete Siri beharrlich. »Deine Hand fühlt sich ja eiskalt an. Soll ich dir einen Tee kochen und noch eine zusätzliche Decke holen?«

Lexia hatte das Gefühl, innerlich zu Eis zu erstarren. Kurz darauf war ihr kochend heiß. Und dann wieder kalt. Konnte man daran sterben, dass man in einem Podcast der Lächerlichkeit preisgegeben wurde? Sie hatte fast den Eindruck. Hatte sie nicht letztens erst etwas über Leute gelesen, die sich das Leben genommen hatten, nachdem sie öffentlich an den Pranger gestellt worden waren? Lexia hielt sich zwar nicht für suizidgefährdet, aber das Gefühl konnte sie trotzdem gut nachvollziehen.

Plötzlich klingelte ihr Handy. »Wenn man vom Teufel spricht«, sagte sie und zeigte Siri das Display. Es war Adam.

»Du solltest mit ihm reden«, ermahnte Siri ihre Freundin.

»Mag sein.« Aber Lexia ging nicht ran.

Siri verließ das Wohnzimmer und ging in die Küche, aus der sie kurz darauf mit zwei Bechern dampfend heißem Tee zurückkehrte.

»Vielleicht hat sie das Interview ja aus irgendeinem sonderbaren Grund zusammengeschnitten«, schlug sie vor.

»Ja, vielleicht.« Lexia war gefühlsmäßig völlig abgestumpft. »Trotzdem hätte Adam das Interview wenigstens erwähnen oder mir sagen können, dass er vorhat, mich in Josephines beschissenem Podcast zu beleidigen.«

»Aber wir wissen ja überhaupt nicht, was sie weggeschnitten hat.«

»Siri, du musst jetzt unbedingt auf meiner Seite stehen, okay?«

»Ich stehe auf deiner Seite, versprochen. Hier, trink von dem Tee. Ich leg nur noch ein wenig Holz nach.«

Kurz darauf rief Eva an. »Ich werde kein Wort mehr mit Lisen reden.«

»Aber Mama, sie ist doch deine Freundin.«

»Nein, nach dieser Sache nicht mehr. Und diesen Podcast werde ich mir auch nie wieder anhören. Josephine Sandelman sollte sich schämen. Was für ein garstiges Mädchen.«

»Was wollte sie?«, fragte Siri, nachdem Lexia aufgelegt hatte.

Lexia gab ein freudloses Lachen von sich. »Selbst meine Mutter ist schockiert. Dann ist es wirklich ziemlich übel.«

Und kurz darauf begann sie laut loszuheulen.

43

Adam

»Doch, du hast mich richtig verstanden. Ich kündige«, wiederholte Adam. Er verschränkte die Arme vor der Brust und wich mit seinem Blick keinen Millimeter vor Roy zurück.

»Jetzt sei doch nicht dumm!«, brüllte Roy, und an seinem Hals schwoll eine Ader an. »Du machst dich ja lächerlich! Nur wegen einer verdammten Frau. Jetzt komm langsam mal wieder zurück auf den Boden der Tatsachen.«

Adam atmete tief durch, denn er wollte sich auf keinen Fall provozieren lassen. »Ich stehe auf dem Boden der Tatsachen. Und meine Entscheidung ist gefallen.« Die vergangenen Tage waren turbulent gewesen. Roy und er hatten von morgens bis abends miteinander diskutiert, und obwohl Adam Roy immer wieder davon abgehalten hatte, laut herumzuschreien, färbte die schlechte Stimmung in der Agentur auf die Mitarbeiter ab. Doch jetzt reichte es Adam allmählich. Er war völlig am Ende und außerdem zu hundert Prozent sicher, dass er das Richtige tat. Roy hingegen wirkte nicht gerade überzeugt. Er hatte Adam in den letzten Tagen bestimmt über hundertmal als dumm und als undankbaren Idioten beschimpft.

»Ich habe alles für dich getan«, rief Roy jammernd. »Ich habe dich aus der Gosse geholt und Wahnsinnssummen in dich investiert. Und jetzt bin ich plötzlich zu nichts mehr nütze? Was willst du denn noch? Mein Blut?«

Wieso war es Adam nicht schon früher aufgefallen, dass sich

alles nur um Roy und dessen Gefühle drehte? Er war es so unendlich leid. »Hier geht es nicht um dich, und auch nicht um Kastnäs oder irgendwen anders. Es geht ganz allein um mich.«

In Roys Gesicht flammten jede Menge rote Flecken auf. Hoffentlich erlitt er keinen Schlaganfall, dachte Adam und musterte ihn eingehend. Nein, unter seiner gekränkten wutentbrannten Fassade sah er recht gesund aus.

»Wie kannst du nur so undankbar sein?«, schrie Roy. »Ich habe doch alles für dich getan.«

Er schien Adams Entscheidung gegen Kastnäs als persönliche Beleidigung aufzufassen. »Ich schätze wirklich alles, was du für mich getan hast, und ich hoffe, wir können als Freunde auseinandergehen«, sagte Adam. »Aber ich habe mich entschieden. Für mich ist es Zeit, etwas Neues anzufangen.« Er beließ es bei dieser Begründung, um nicht unnötig böses Blut zu schüren.

Roy schnaubte verächtlich. »Tja, die Agentur ist jedenfalls schon so gut wie verkauft. Ich hasse sie und die ganze beschissene Werbebranche. Ich kann nur hoffen, dass alles den Bach runtergeht.«

»Das wäre schade«, entgegnete Adam, der sich nicht sicher war, ob Roy log oder nicht. Aber es tat nichts zur Sache. »Mach, was du für richtig hältst. Im Übrigen bin ich der Meinung, dass du Rebecca zutrauen solltest, Kastnäs in Zukunft zu leiten. Sie ist engagiert und auch reifer geworden, genau wie du es gesagt hast.«

Heute war Samstag und das Büro bis auf sie beide leer. Jedenfalls hatte Adam das angenommen, bis er plötzlich Rebeccas Stimme hinter sich hörte: »Wie nett, mal in schmeichelnden Zusammenhängen erwähnt zu werden.« Als er sich umdrehte, sah er, dass sie Roy und ihn mit einem ironischen Blick bedachte. »Ihr beide streitet euch nun schon die ganze Woche lang. Was zum Teufel ist nur mit euch los?«

»Jetzt bekommst du endlich deinen Willen«, sagte Roy mit harscher Stimme. »Du kannst den Laden übernehmen, wenn ich in Rente gehe. Bist du jetzt zufrieden?«

»Welch unglaubliche Ehre«, meinte Rebecca, und ihre Stimme triefte nur so vor Sarkasmus. »Weißt du, Papa, ich will die Firma gar nicht. Ich habe nämlich die Nase voll von deinen Macho-Allüren und werde mir was anderes suchen.«

Roy schlug mit der Faust auf den Tisch. »Mein Geld nimmst du also mit Kusshand, aber wenn ich dich brauche, haust du ab. Glaub ja nicht, dass ich vorhabe, dir irgendwelche neuen Marotten zu finanzieren.«

Rebecca wirkte völlig unberührt von seinem Wutausbruch. Sie betrachtete gelangweilt ihre Fingernägel. »Was Adam eben gesagt hat, stimmt. Hier geht es nicht um dich.« Sie schien nachzudenken. »Oder warte, in gewisser Weise schon. Ich habe nämlich genug von *dir*, Papa. Und dein blödes Geld kannst du behalten. Dir scheint es ja sowieso immer nur ums Geld zu gehen.«

Es folgte eine lang anhaltende gespannte Stille, bevor Roy schließlich explodierte.

»Hol dich doch der Teufel, Rebecca! Und dich auch, Adam!«, schrie er, warf den beiden einen letzten wütenden Blick zu und stapfte von dannen. Adam und Rebecca sagten nichts, bis sie draußen die Eingangstür hinter ihm zuknallen hörten. Rebecca zog eine Augenbraue hoch. »Willst du Kastnäs wirklich aufgeben, Adam?«

»Und du?«, entgegnete er.

Sie zuckte mit den Achseln. »Was für Losertypen wir doch sind«, sagte sie, öffnete ihre Handtasche und kramte darin herum.

Schließlich nahm sie ein rundes Spiegeldöschen heraus und klappte es auf. »Ich habe wirklich keine Ahnung. Und du?« Sie studierte ihr Spiegelbild.

»Ich will mit Lexia zusammen sein.«

»Hm. Dann viel Glück«, sagte Rebecca und ließ das Döschen mit einer eleganten Bewegung wieder zuschnappen. »Ich meine es ernst, Adam. Viel Glück.« Dann ging sie ebenfalls davon.

Adam schüttelte den Kopf. Er fragte sich, wodurch Rebeccas Aufbegehren gegen Roy wohl ausgelöst worden war, ließ den Gedanken jedoch rasch wieder fallen. Letztlich war es gut, wenn sie sich von ihm löste, denn er hatte genug mit sich selbst zu tun. Jetzt, wo die endlosen Diskussionen mit Roy über Kastnäs hinter ihm lagen, konnte er wieder durchatmen, auch wenn zwischen Lexia und ihm noch so vieles unausgesprochen war. Zuletzt hatte er sie auf Abstand gehalten, dessen war er sich bewusst, aber er hatte die Tage benötigt, um alles noch einmal in Ruhe zu durchdenken und seine Entscheidung sorgfältig abzuwägen.

Doch jetzt stand sein Entschluss fest.

Adam wanderte durch die leeren Büroräume. Am Empfang berührte er mit den Fingern den leeren Hundekorb, bevor er sich ans Fenster stellte und nach Skeppsholmen hinüberschaute.

Roy hatte ihn irgendwann gefragt, worauf er eigentlich aus war. Die Antwort darauf fiel ihm leicht, denn Adam wollte eigentlich nur eines: Lexia. Ohne sie kam ihm alles grau und trist vor. Die Wahrheit lautete, dass er für sie alles aufgegeben hätte. Aber seine Absage an Roy hatte auch noch andere Gründe. Adam wollte einfach nicht länger mit Roy zusammenarbeiten, er konnte nicht mehr zu ihm stehen und seinen Chauvinismus und sein rückständiges Frauenbild ignorieren. Doch das bedeutete auch, dass er zum ersten Mal in seinem Leben keine Ahnung hatte, was er tun sollte. Er hatte keinen Durchblick, keinen Plan. Nichts.

Eigentlich wusste er gar nichts – außer der Tatsache, dass

er Lexia liebte. Denn so war es. Unabhängig davon, was sie für ihn empfand, liebte er sie. Er hätte es ihr schon längst sagen sollen, aber er hatte Angst davor gehabt. Jetzt war er endlich frei und auch in der Lage dazu. Er sehnte sich nach ihr. Adam griff nach seinem Handy und spürte, wie ihn Hoffnung erfüllte.

Am Tag darauf begann Adam, sich Sorgen zu machen. Lexia antwortete nicht. Er hatte mehrfach bei ihr angerufen und ihr mehrere SMS geschickt, aber sie reagierte einfach nicht. Wenn ihr nun etwas zugestoßen war? Nachdem er eine Weile mit sich gerungen hatte, schnappte er sich seine Autoschlüssel und fuhr kurzerhand zu ihrem Hausboot. Erst zögerte er, doch dann stieg er an Bord und klingelte. Zur Sicherheit klopfte er noch zusätzlich an die Tür. Er horchte und meinte drinnen ein leises Murmeln zu hören. Dann flog plötzlich die Tür auf. Im Türrahmen stand Lexia und warf ihm einen bösen Blick zu.

»Da bist du ja«, sagte Adam. Er war so erleichtert darüber, sie lebendig vor sich zu sehen, dass er sich erst einmal gegen den Türrahmen lehnen musste. Nachdem sie seine Anrufe nicht angenommen hatte, war seine Fantasie offenbar stärker mit ihm durchgegangen, als er vor sich selbst hatte zugeben wollen.

Die letzten vierundzwanzig Stunden waren für ihn die absolute Hölle gewesen und jetzt, da er sie endlich vor sich stehen sah, ließ seine innere Anspannung nach. »Warum meldest du dich nicht, wenn ich anrufe?«, fragte er.

Ihre Haare standen in alle Richtungen ab, ihre Augen waren gerötet, und sie fröstelte im kalten Wind. War sie etwa krank? Erneut befiel ihn Unruhe. Sie sah blass aus und hatte eine Wolldecke über ihr dünnes Nachthemd gewickelt. Hatte er sie geweckt? Er schaute auf seine Armbanduhr, es war gerade mal achtzehn Uhr.

»Ich war beschäftigt«, antwortete sie und schob das Kinn vor. Sie klang etwas abweisend, aber ansonsten gesund.

»Darf ich reinkommen?«

Sie zögerte für den Bruchteil einer Sekunde, bevor sie zur Seite trat und ihn vorbeiließ. Er brachte kalte Winterluft herein. Lexia strich sich die wirren Haare glatt. Sie war barfuß, und er zwang sich, weder auf ihre Füße mit den rosafarben schimmernden Zehennägeln noch auf die helle Haut ihrer Schulter zu starren, als der glatte Stoff für einen kurzen Moment hinunterglitt. Sein Verlangen nach ihr erfasste ihn wie eine Flutwelle. Verdammt, sie bedeutete ihm so viel.

Am liebsten hätte er sie in seine Arme geschlossen, aber sie schien nicht in der Verfassung dafür zu sein, sodass er sich damit begnügte, ihr in die Küche zu folgen, und versuchte, sich gedanklich zu sammeln. Es war offensichtlich, dass sie sich unnahbar gab. Er hingegen war fast außer sich vor Sorge. Hatte er für seinen Entschluss zu lange gebraucht? Er hatte sie doch nicht etwa verloren, oder? Das wäre entsetzlich. Geradezu unerträglich. Als Adam schluckte, spürte er einen Kloß im Hals. Er blinzelte heftig, um sich nicht vor ihr zu blamieren.

»Möchtest du einen Kaffee?«, fragte sie und begann laut an der Kaffeemaschine herumzuhantieren. Wie sehr er es liebte, sie bei ganz alltäglichen Bewegungen zu beobachten. Wie sie nach der Kaffeedose griff, den Wasserhahn aufdrehte oder das Filterpapier aus der Tüte nahm und auseinanderbog. *Guter Gott, lass es noch nicht zu spät sein,* dachte er verzweifelt.

»Was willst du hier, Adam?«

»Ich habe mir Sorgen gemacht, dass dir irgendwas zugestoßen sein könnte.«

»Nein, mir ist nichts zugestoßen. Ich musste nur für eine Weile allein sein.«

Er verschränkte die Arme vor der Brust. »Warum bist du nicht rangegangen, als ich angerufen habe?«

Sie antwortete nicht. Stattdessen schaltete sie die Kaffeemaschine ein und zog die Decke etwas enger um ihren Oberkörper. Er ging auf sie zu und legte ihr die Hand auf die Schulter. »Lexia, was ist los mit dir?«

Für einen kurzen Augenblick sah es so aus, als würde sie sich bei ihm anlehnen, doch dann entzog sie sich ihm. »Wie kannst du nur fragen? Ich habe mir dein Interview mit Josephine angehört. Und ich denke nicht, dass man dem noch etwas hinzufügen muss. Das meiste hast du ja schon gesagt, oder? Jedenfalls habe ich genau wie alle anderen jetzt gehört, was du über die Agentur, über deine Mitarbeiter und insbesondere über mich denkst.«

Adam starrte sie an. Machte sie Witze? War sie etwa deswegen sauer? »Du kannst dich doch nicht ernsthaft so über ein Interview aufregen, das ich gegeben habe. Verdammt, Lexia. Wenn du meine Anrufe angenommen hättest, hätten wir darüber reden können.«

»Tut mir leid, dass ich nicht sofort zum Telefon stürme, sobald du anrufst«, entgegnete sie gereizt.

»Ich sehe, dass du sauer bist«, sagte er, auch wenn er fand, dass sie ungerecht war und völlig überreagierte. Er hatte sich den Podcast nicht angehört, hatte ihn total vergessen, aber im Interview hatte er schließlich nichts gesagt, was sie dermaßen auf die Palme hätte bringen müssen. Lexia musste etwas missverstanden oder falsch gedeutet haben. Warum hatte sie eine so schlechte Meinung von ihm und verurteilte ihn so schnell? Es machte ihn wütend und verletzte ihn.

»Ja, ich bin sauer.«

»Aber was war denn so schlimm?«

»Du hast gesagt, dass wir inkompetent sind. Dass ich mich unprofessionell verhalte. Und Josephine hat sich über Dicke ausgelassen.«

Josephine Sandelman hatte das Interview offenbar in irgendeiner Weise redigiert und zusammengeschnitten. Adam war es von früheren Interviews her gewohnt, dass man ihn hin und wieder falsch zitierte und seine Aussagen verfälschte. Er wusste genau, dass er ganz bewusst die positiven Seiten seines Personals hervorgehoben hatte. »Glaubst du ernsthaft, dass ich so gemein sein würde? Dir gegenüber? Den anderen gegenüber? Josephine hat das Interview bestimmt so verfälscht, wie es ihr in den Kram gepasst hat.« Er versuchte sich wieder zu beruhigen, aber es gelang ihm nicht. »Ich habe eine entsetzliche Woche mit Roy hinter mir und habe wie ein Tier darum gekämpft, mit dir zusammen sein zu können, und dann wirfst du mir so etwas an den Kopf.«

»Sorry, dass ich mein Unglück schlecht getimt habe, aber das Interview war wirklich das Allerletzte.«

»Aber Lexia.« Er wusste nicht einmal, wo er anfangen sollte. Ihm kam es so vor, als würde sich gerade sein ganzes Leben auflösen. Für ihn war es eine schwerwiegende Entscheidung gewesen, Roys Angebot abzulehnen und seine eigenen Zukunftspläne aufzugeben. Und jetzt kam er mit dem Herz in der Hand zu ihr, und sie würdigte es noch nicht einmal. Nur wegen eines blöden Podcasts. »Ich habe gerade versucht, dir klarzumachen, dass ich Kastnäs deinetwegen und unseretwegen aufgebe. Willst du das nicht verstehen, oder ist es dir egal?«

Lexia nahm zwei Becher aus dem Schrank. »Ich habe dich nicht darum gebeten. Soll ich jetzt dankbar dafür sein, oder was?«

Adam stützte sich mit einer Hand an der Wand ab und bemühte sich, nichts zu sagen, was er später bereuen würde.

»Tut mir wirklich leid, wenn ich nicht dankbar bin«, fuhr sie fort. »Und dir nicht genügend vertraue. Noch irgendwas, was ich nicht so mache, wie ich es eigentlich sollte?«

»Jetzt bist du aber ungerecht«, entgegnete er verbissen.

Sie zog die Wolldecke etwas höher zum Hals und schob ihre

Brille hoch. »Meinst du allen Ernstes, dass all deine Aussagen im Podcast eine einzige Lüge waren? Und du nichts von alledem gesagt hast? Dass es also gar nicht um mich ging?« Sie schenkte ihnen mit denselben alltäglichen Bewegungen Kaffee ein wie bei einem gemeinsamen Frühstück.

Großer Gott, er würde es nicht überleben, wenn er nie mehr mit ihr zusammen frühstücken könnte. »Wenn ich mich recht erinnere, habe ich nur ganz allgemein über die Agentur gesprochen. Ihr seid jung und unsicher. Und ihr könnt nicht gut mit Konflikten umgehen. Aber nichts von dem, was ich gesagt habe, war gegen dich persönlich gerichtet.«

Lexia machte nicht gerade den Eindruck, als glaubte sie ihm. Verdammt, er hätte den Link anklicken, den Josephine ihm geschickt hatte, und sich den Podcast anhören sollen. In jedem Fall erlebte er die Tatsache, dass Lexia eine derart schlechte Meinung von ihm hatte, wie einen Schlag ins Gesicht. Hatte er ihr denn nicht ein ums andere Mal gezeigt, wie viel sie ihm bedeutete?

»Ich habe dir doch erzählt, was Josephine mir angetan hat, als wir noch zur Schule gingen, oder?«, fragte sie.

Er nickte.

»Und erinnerst du dich noch an diese Frau, von der ich dir erzählt habe, die mich auf Instagram bloßgestellt hat?«

Adam erinnerte sich sehr wohl daran und ahnte bereits, was sie sagen würde. *Verdammt auch.*

»Das war sie, Josephine Sandelman«, sagte Lexia.

»Woher sollte ich das denn wissen?«

»Du hättest ihr kein Interview geben dürfen.«

»Ich hatte aber keine andere Wahl«, entgegnete er.

»Blödsinn. Du hättest Nein sagen können.«

»Ich kann ja noch mal mit Josephine reden«, bot er ihr an.

Lexia verzog das Gesicht. »Das ändert gar nichts. Hunderttausende Menschen haben den Podcast bereits gehört.«

»Kannst du das denn nicht einfach ignorieren?«, rief er frustriert aus.

»Ich bin es, die in diesem Podcast bloßgestellt wird. Also erzähl mir nicht, was ich zu empfinden habe«, zischte sie.

»Ich habe es nicht so gemeint«, entgegnete er kraftlos. Er war nicht nur völlig erschöpft, sondern war es auch allmählich leid, andauernd kritisiert zu werden und es keinem recht machen zu können.

Lexia reichte ihm einen Becher mit Kaffee, und sie tranken schweigend. Adam war wirklich völlig am Ende. Wenn Lexia ihn nicht mehr haben wollte, dann war alles – einfach alles – vergebens gewesen.

»Ich weiß nicht, ob ich mich je wieder in der Öffentlichkeit zeigen kann. Bei der Arbeit, auf der Gala. Kapierst du denn nicht, was du angerichtet hast?«, fragte sie nach einer Weile. Sie schien das Thema einfach nicht ruhen lassen zu können.

Adam stellte seinen Kaffeebecher ab. »Ich kann dir kein Selbstwertgefühl vermitteln. Ich kann dich nicht zwingen, mir zu glauben. Und ich kann mich nicht andauernd vor dir rechtfertigen. Ich gebe mein Lebensziel für dich auf, für uns. Ich liebe dich, ja? Aber wenn dir das nicht genügt, dann kann ich dir nicht mehr geben.«

Sie runzelte die Stirn. »So etwas kannst du nicht einfach so sagen. Nicht jetzt und nicht in dieser Form.«

»Nein, schon klar. Ich habe mir Sorgen gemacht, weil ich Angst hatte, dass dir etwas zugestoßen sein könnte. Ich bin extra zu dir gefahren, und jetzt stellt sich heraus, dass du sauer bist wegen eines misslungenen Interviews und einer dämlichen Medientussi, die dir eigentlich schon längst hätte scheißegal sein können. Ich fass es nicht, dass du eine so schlechte Meinung von mir hast, und ehrlich gesagt weiß ich nicht, was ich dagegen tun kann.«

»Dieser Podcast war wie ein Messerstich ins Herz. Ich kann mir nicht helfen, aber als ich ihn gehört habe, ist etwas in mir zerbrochen.«

Adam wurde innerlich eiskalt. »Wie meinst du das? Soll das etwa bedeuten, dass Schluss ist? Wegen irgendwelcher Aussagen, die ich gar nicht getätigt habe?« Er fuhr sich mit der Hand übers Gesicht. Am liebsten hätte er Lexia geschüttelt. Er liebte sie, aber das reichte offenbar nicht aus. Es reichte nie. Seine Liebe genügte nie.

Sie wich seinem Blick aus. »Ich wusste ja nicht mal, ob wir überhaupt noch zusammen sind. Du hast mich ignoriert und wolltest nicht reden. Jetzt brauche ich Zeit zum Nachdenken. Auch wenn Josephine die Dinge im Podcast verdreht hat, wirkt das Ganze auf mich wie ein Alarmsignal. Wir sind einfach zu verschieden.«

»Verdammt, Lexia. Was meinst du damit? Ich kapier es nicht.«

Sie schüttelte den Kopf. »Du solltest als Firmenchef die Welt erobern. Weißt du, ich gehöre eher zu den Leuten, die du als unsicher bezeichnest. Tief im Inneren habe ich die ganze Zeit gewusst, dass wir nicht zusammenpassen. Und dass wir in unterschiedlichen Ligen spielen.«

»Lexia, wovon redest du?« Sie klang völlig wahnsinnig. Er machte einen Schritt auf sie zu.

Sie wich zurück. Dabei rutschte ihre Wolldecke etwas herunter, und sie packte sie mit beiden Händen. »Nein. Ich möchte, dass du gehst.«

Er sah sie lange an.

Schließlich schaute sie weg. »Geh einfach, Adam.«

44

Lexia

»Wie sehe ich aus?«, fragte Lexia und zog bestimmt schon zum zehnten Mal am Stoff ihres knielangen, fuchsiafarbenen Kleids. Von all ihren Kleidern lag dieses am engsten an und glänzte am meisten, und sie bereute schon jetzt, es angezogen zu haben. Wenn sie es zeitlich geschafft hätte, wäre sie nach Hause gefahren und hätte sich umgezogen. Oder sie wäre gleich dortgeblieben. »Ich fass es nicht, dass ich mich von dir habe überreden lassen, mit herzukommen.«

»Du siehst fantastisch aus«, sagte Siri, die als Lexias Begleitung und moralische Stütze mitgekommen war, und versetzte ihr einen Klaps auf die Hand. »Jetzt hör schon auf, andauernd an deinem Kleid herumzuzupfen. Es sitzt doch perfekt.« Sie griff nach dem Schieber des Reißverschlusses, der an der Vorderseite des Kleides durchgehend bis nach unten verlief, und öffnete ihn weiter, bis mehr von Lexias Brüsten im Ausschnitt zu sehen war. »Lass die Mädels doch mal etwas Luft schnappen.«

»Lass meine Mädels in Ruhe. Sie frieren und wollen eigentlich gar nicht hier sein«, brummte Lexia.

»Aber Lexia, Liebes, irgendwann musst du doch mal wieder unter Leute kommen, oder?«

Damit hatte Siri recht. Und deswegen waren sie auch hier. Im *Berns Hotel*. Auf der Gala anlässlich der Verleihung des Goldenen Pferdes. Mit dem Vorsatz, den Stier bei den Hörnern zu packen.

»Meine Güte, sind das viele Leute hier«, sagte Siri. Um sie herum wimmelte es nur so von gestylten Menschen, und der Geräuschpegel war fast unerträglich hoch.

»Ja«, pflichtete Lexia ihr missmutig bei. Die Leute aus der Werbebranche feierten gern, und alle, die hier waren, hatten garantiert Josephines Podcast gehört.

Bei dieser Gala, die immer im Januar stattfand, waren ein oder mehrere Skandale an der Tagesordnung, und es ging weitaus wilder und ausgelassener zu als bei anderen vergleichbaren Veranstaltungen.

»Die größte Gala der Branche ist Cannes Lions in Frankreich«, erklärte Lexia, während sie ihre Garderobe abgaben. Von Cannes Lions träumten insgeheim alle Werbeagenturen. Bei Sandelman & Dyhr herrschte schon seit der Weihnachtsfeier eine erwartungsfrohe Stimmung, und Lexia hatte sich ebenfalls darauf gefreut herzukommen, doch nach der Sache mit dem Podcast und der fürchterlichen Trennung von Adam hatte sich alles verändert. Allein bei dem Gedanken, hier Leuten zu begegnen, die Josephines Podcast gehört hatten, befiel Lexia der Wunsch, sich auf ihrem Hausboot in die letzte Ecke zu verkriechen und es nie mehr zu verlassen. Heute Morgen hatte sie sogar bei Dina angerufen und ihr mitgeteilt, dass sie im Home-Office arbeiten würde. Falls man heulen, Netflix gucken und Eis essen nun als arbeiten bezeichnen konnte.

»Und, wie ist es?«, fragte Siri und warf ihr einen aufmunternden Blick zu.

»Geht so. Falls irgendwer einen Werbeslogan zum Thema Panik braucht, hätte ich jede Menge Vorschläge«, antwortete Lexia. Sie wusste nicht recht, was schlimmer war: Die Tatsache, dass mehrere Freundinnen und Kollegen ihr per SMS mitgeteilt hatten, dass sie den Podcast gehört hätten und Lexia ihnen wahnsinnig leidtue, oder das vielsagende Schweigen all derer, die sich gar nicht gemeldet hatten.

»Jedenfalls siehst du glänzend aus«, meinte Siri, die sich offenbar vorgenommen hatte, Lexias schlechter Stimmung auf ganzer Linie entgegenzuwirken. Sie hatte ihr ein glamouröses Make-up mit schwarz geschminkten Augenlidern und einem mattrosafarbenen Lippenstift verpasst, das nahezu alle Zeichen ihrer Verzweiflung kaschierte. »Und das ist das Wichtigste von allem.«

»Hört, hört«, meinte Lexia mit allem Enthusiasmus, den sie momentan aufbringen konnte.

»Aber du solltest überm Kleid keine Strickjacke tragen. Ohne kommt es viel besser zur Geltung«, fügte Siri hinzu.

»Aber es ist ärmellos, und ich kann meine Arme einfach nicht herzeigen.« Lexia fühlte sich in ihrem engen Etuikleid auch so schon ausgesetzt genug und empfand ihre Strickjacke als gewissen Schutz. Am liebsten hätte sie sich so selbstsicher gefühlt, wie sie laut Siri wirkte. Sie trug lange Ohrringe und High Heels und wusste, dass sie ganz objektiv betrachtet elegant aussah. Erst hatte sie ihre Locken kurzerhand geföhnt und toupiert, bis sie in einer wilden platinblonden Mähne um ihren Kopf herum abstanden. Doch dann hatte sie jeglicher Mut verlassen, und sie hatte die Haare stattdessen zu einem strengen Knoten zusammengefasst. Diese Gala bot nicht den geeigneten Rahmen, um eine neue wilde Haarmode zu lancieren. Sie würde es auch so schon schwer genug haben. Ihre Stimmung schwankte zwischen Wut und Trauer, übertriebener Fröhlichkeit und furchtbarer Nervosität. Ihre Hände zitterten, und sie musste sich zwingen, nicht in Richtung Damentoilette zu stürzen, um sich dort zu verstecken.

Die anderen Gäste starrten sie an, als sie mit Siri vorbeiging. Das bildete sie sich nicht ein. Ziemlich viele rissen die Augen auf und kicherten, bevor sie sich wieder abwandten und zu tuscheln begannen. Manche deuteten sogar mit dem Finger auf sie. Und eine Frau lachte hämisch.

Doch Lexia war trotzdem hergekommen, und darauf war sie stolz. Jedenfalls in den wenigen Momenten, in denen ihr gerade nicht speiübel war und sie sich nicht am liebsten in einem dunklen Loch verkrochen hätte.

»Siehst du es auch?«, fragte sie flüsternd. Ihre Hand bewegte sich automatisch zur samtenen Halskette, die sie von Adam geschenkt bekommen hatte. Sie trug sie wie einen Talisman, doch das half auch nichts. Jedes Mal, wenn sie an den Augenblick dachte, als er sie ihr überreicht hatte, und daran, wie sie sich geliebt hatten und wie nah sie sich gewesen waren, drohte sie in Tränen auszubrechen. Letztendlich hatte sie alles zerstört.

Siri nickte. »Ja, ich sehe es. Ignorier sie einfach.«

Lexia umschloss ihre Clutch mit festem Griff und wünschte sich, dass es so einfach wäre. Das Ignorieren von Bosheit war eine Fähigkeit, die man sich hart erarbeiten musste. Sie ergriff Siris Hand und umschloss sie, um sich Mut zuzusprechen. »Ich werde es versuchen«, sagte sie.

»Du wirst es schaffen. Nach außen wirkst du nämlich wie die Ruhe selbst«, meinte Siri, und auch wenn Lexia den Verdacht hegte, dass Siri nicht ganz die Wahrheit sagte, halfen ihr die Worte ihrer Freundin.

»Danke. Und danke, dass du mitgekommen bist.« Lexia ließ ihren Blick über die Gästeschar im Saal des traditionsreichen Hotels schweifen. Im Großen und Ganzen waren alle anwesend, die sie erwartet hatte.

Oder fast alle. Adam konnte sie nämlich nirgends erblicken. Warum war er nicht hergekommen? Einerseits graute ihr davor, ihm zu begegnen, andererseits vermisste sie ihn unendlich. Sie fühlte sich, als wäre sie ohne ihn nur noch ein halber Mensch. Dennoch hatte sie am vergangenen Wochenende alles kaputtgemacht. Sie hatte ihm nicht zugehört, sondern ihm misstraut und ihn verletzt. Außerdem hatte sie nicht gewagt, ihm zu sagen, was sie eigentlich für ihn empfand. Dass sie ihn liebte. Und nun war es höchstwahrscheinlich zu spät …

Sie durfte jetzt nicht daran denken. Es ging einfach nicht. Er war ein Mann, der sich nicht für sie schämte, der sie akzeptierte und ihr sagte, dass er sie liebte. Aber sie hatte ihn vor den Kopf gestoßen. Sie bereute ihr Verhalten unendlich und schämte sich. Falls sie diesen Abend irgendwie überleben sollte, würde sie all ihre Kraft darauf verwenden, ihn zurückzugewinnen und sich seine Liebe neu zu verdienen.

Sie umschloss erneut den Stein an ihrer Kette und hielt weiter Ausschau nach bekannten Gesichtern.

Sie entdeckte Ofelia Oscarsson, die von einer Menschentraube umschwärmt unter einem der riesigen Kronleuchter mitten im Saal stand. Sie war ganz in Weiß gekleidet und strahlte selbstbewusst wie eine Supernova zwischen allen schwarz gekleideten Werbe- und Medienleuten. Ofelia hob die Hand, und Lexia winkte zurück. Sie war wie immer fasziniert von ihr. Dann ließ sie ihren Blick in Richtung Bar schweifen.

»Schau mal, Siri, da sind die beiden«, murmelte Lexia und stieß ihre Freundin an. An der Bar standen Josephine und Leo und hielten gewissermaßen Hof.

Siris Augen verengten sich. »Wir hassen sie«, sagte sie.

»Ja«, pflichtete Lexia ihr bei.

Um sich noch ein wenig mehr zu quälen, hatte sie vorher im Internet in verschiedenen geschlossenen Facebook-Gruppen für Werbefachleute herumgesurft. Das war alles andere als witzig gewesen. Mehrere sogenannte Freunde hatten sie dort verspottet. Sie hatten jede Menge Witze über feministische Kampagnen und Übergewicht gerissen. Ein außergewöhnlich boshafter User hatte seinen Kommentar unter einem Pseudonym verfasst. Allerdings hatte er Ausdrücke und Formulierungen verwendet, die in Lexia den Verdacht geweckt hatten, dass es sich dabei um Leo handelte.

Lexia warf dem Ehepaar Sandelman einen eindringlichen bösen Blick zu, bevor sie sich mit einer dramatischen Geste abwandte. Es war ihr zwar zutiefst unangenehm, dass die beiden jetzt dort hinten standen und höchstwahrscheinlich über sie lachten, aber zumindest hatte sie eine erste Begegnung mit ihrer Mobberin überlebt.

Blieb nur noch der ganze restliche Abend.

Die Veranstaltung wurde unter anderem von einem Weinproduzenten gesponsert. Also wurden die Getränke gratis angeboten, und der Alkohol floss in rauen Mengen. Siri nahm sich ein Glas Wein, während sich Lexia für Sekt entschied. Überall huschten Fotografen vorbei, um Bilder zu machen, und Reporter der Zeitung *Resumé* baten die bekanntesten Gäste um Stellungnahmen.

Plötzlich winkte Siri jemandem zu.

»Wem winkst du denn?«, fragte Lexia, während sie sich mehrere mikroskopisch kleine Häppchen von einem Tablett nahm, das gerade vorbeigetragen wurde.

»Rebecca Hansson. Sollen wir zu ihr gehen?«

Lexia verdrehte die Augen. »Geh du nur. Ich weigere mich, mehr Kontakt als unbedingt nötig mit der Fürstin der Finsternis zu haben. Ich unterhalte mich lieber ein wenig mit Ofelia.«

»Sicher?«

»Ja, ja. Wenn du irgendwann einen Schrei hörst, kommt er höchstwahrscheinlich von mir, weil ich zusammengebrochen bin.«

»Na dann«, sagte Siri und verschwand mit federndem Gang und einem erwartungsfrohen Lächeln.

»Ob wir wohl eine Chance auf das Goldene Pferd haben?«, begrüßte sie Ofelia fröhlich, nachdem sich Lexia zu ihr hindurchgezwängt hatte.

Plötzlich wurden sie von einem Kreischen unterbrochen. Es kam von Dina, die in einem Plastikminirock und mit gelb gefärbten Haaren erschienen war. Mit einer sonnengelben Tasche über der Schulter und knallgelben Plateauschuhen an den Füßen kam sie auf Lexia und Ofelia zugetorkelt. Obwohl sie eine neongelbe Sonnenbrille trug, sah man, dass sie schon ziemlich angetrunken war. Sie fuchtelte mit einer Flasche Alcopop in der Hand herum und rief: »Habt ihr schon gehört? Ich muss euch unbedingt was erzählen. Die Agentur ist verkauft worden!«

»Was sagst du da?«, fragte Lexia schockiert. Vermutlich hatte sie sich nur verhört, denn es konnte einfach nicht stimmen.

»Wir sind von irgendwelchen Amerikanern aufgekauft worden, oder waren es Deutsche?« Dina nahm mehrere große Schlucke aus ihrer Flasche. »Ach, ich weiß es nicht mehr so genau. Irgendein ausländischer Megakonzern mit massenweise Chefs.« Sie rülpste hinter vorgehaltener Hand. Lexia wollte ihr gerade mit einem Nicken bedeuten, dass man vor einer Kundin nicht so respektlos sprach, als Dina sagte: »Und Adam wird ins Ausland gehen.«

Wie bitte? Was? Wie konnte Dina ohne jegliche Vorwarnung eine solche Bombe hochgehen lassen? Warum hatte Adam denn gar nichts davon gesagt, dachte Lexia panisch. Ihr Herz begann so heftig zu schlagen, dass sie in ihrem engen Kleid kaum noch Luft bekam. »Und wann?«, brachte sie mit ängstlicher Stimme hervor.

»Weiß nicht. Aber ich hab noch was getan, was ich schon lange vorhatte«, fuhr sie mit selbstzufriedener Miene fort und rülpste laut. »Ich hatte einfach die Nase voll von Roy Hansson und seinem beschissenen Sexismus. Also hab ich heute seinen Kaffeebecher ausgiebig markiert, du weißt schon wie, bevor ich ihn zu ihm reingetragen habe. Ihn daraus trinken zu sehen, war eine wahre Wohltat. Und ich würde sagen, dass Roy und ich jetzt quitt sind.« Sie grinste.

Ofelia hatte das Gespräch neugierig verfolgt und lachte laut auf. Doch Lexia hörte nicht mehr hin. War Adam deswegen nicht hier, fragte sie sich, während sich in ihrem Inneren eine eisige Kälte und Leere ausbreitete. Wenn er sich nun schon mitten im Umzug befand? Warum hatte er es nicht erwähnt? Langsam wurde ihr die Bedeutung dieser Botschaft bewusst. Großer Gott. Adam würde wegziehen. Sie hielt sich die Hand vor den Mund und versuchte die Tatsache zu realisieren, dass er sie nun endgültig verlassen würde.

Nachdem sie sich auf die zugewiesenen Plätze an den Tisch gesetzt hatten und aufs Essen warteten, wurde weitergetrunken. Lexias Tischnachbarn hatten schon alle ziemlich einen sitzen.

Dina lag halb über dem Tisch wie eine welk gewordene Tulpe. Ofelia, deren Wangen bereits rot gefleckt waren, hatte inzwischen allen in der Agentur das Du angeboten und schien sich gerade einen Wettstreit mit Yvette und Pi zu liefern, bei dem es offenbar darum ging, möglichst viele Shots in sich hineinzukippen und dabei irgendwelche Lieder zu singen. Es klang jedenfalls ziemlich schräg. Zu diesem Zeitpunkt war nicht einmal die Vorspeise serviert worden. Lexia hätte sich am liebsten weggebeamt und stattdessen nach Adam gesucht. Sie versuchte quer über den Tisch hinweg Kontakt zu Siri aufzunehmen, doch dieses Unterfangen war sinnlos. Siri und Rebecca waren Sitznachbarinnen und kicherten gerade mit zusammengesteckten Köpfen. Sie schienen taub und blind für ihre Umwelt zu sein. Hin und wieder führte Rebecca eine Hand an Siris Wange und strich zärtlich darüber.

Während Lexia ein weiteres Glas Wein ablehnte, betrat die Werbetexterin Kristina Sandelin die Bühne. Sie war die Vorsitzende der Jury, eine Pionierin in der Branche und ein großes Vorbild für Lexia, die alle ihre Publikationen gelesen hatte. Kristina Sandelin erläuterte die Hintergründe der Gala und erklärte, welche Preise am heutigen Abend vergeben werden würden. »Und jetzt habe ich die Ehre, Ihnen die eigentliche Gastgeberin des heutigen Abends vorzustellen: Josephine Sandelman, Schwedens ungekrönte Podcast- und Medienkönigin, unter anderem bekannt geworden durch ihren Podcast *Rauschen*. Sie wird uns durch die Preisverleihung lotsen und die Bewerber präsentieren. Spenden Sie einen großzügigen Applaus für Josephine Sandelman!«

Das war zu viel für Lexia. Ihr Puls schoss in die Höhe, bis sie das Gefühl hatte, ihr Kopf würde jeden Moment platzen. Wenn Josephine noch mehr Unverfrorenheiten von sich gab, würde Lexia sich auf den Boden werfen und sterben. Jetzt hatte sie definitiv eine Grenze erreicht. Für einen kurzen Moment unterbrach Siri ihre Zärtlichkeiten mit Rebecca, um Lexia einen aufmunternden Blick zuzuwerfen. Dina folgte ihrem Beispiel, jedenfalls deutete Lexia ihre Mimik als einen entsprechenden Versuch. Dina war jetzt so betrunken, dass es Lexia nicht ganz leichtfiel, ihre Miene zu interpretieren. Rebecca, die große Mengen Rotwein in sich hineinkippte, warf Lexia keine aufmunternden Blicke zu, aber zumindest unterließ sie es, hämisch zu grinsen, was man von Leo nicht behaupten konnte.

»Guten Abend und herzlich willkommen zur diesjährigen Gala anlässlich der Verleihung des Goldenen Pferds«, begrüßte Josephine alle Gäste von der Bühne aus, während das Hauptgericht serviert wurde. »Ich werde Sie durch den heutigen Abend führen.« Lexia senkte ihren Blick. Dieser Abend würde womöglich einer der schlimmsten ihres Lebens werden.

»Ich fand ihren aktuellen Podcast ziemlich erschütternd«, sagte Ofelia neben ihr.

Himmel, Ofelia hatte ihn also auch gehört. Würde diese Demütigung denn nie enden?

»Josephine und ich kennen uns von früher«, murmelte Lexia.

»Ehrlich gesagt finde ich sie ziemlich unangenehm. Und wenn sie dich beleidigt hat, dann wirst du in meinem nächsten Buch schon fast automatisch lobend erwähnt.«

»Danke.« Lexia stocherte mit der Gabel in ihrem Essen herum. Sie war angespannt wie ein Flitzebogen und viel zu sehr von ihrer Umgebung absorbiert, als dass sie etwas zu sich hätte nehmen können. Alles um sich herum nahm sie überdeutlich wahr, und als sie aufschaute, sah sie, wie vereinzelte Leute verstohlene Blicke in ihre Richtung warfen. Dieser Podcast würde sie noch Ewigkeiten verfolgen.

Während des Hauptgangs wurden die ersten Kategorien des Preises präsentiert. Eine Vertreterin der Siegeragentur betrat die Bühne, nahm die Goldstatuette in Empfang und hielt eine Rede. Dann wurde das Geschirr abgetragen und das Dessert serviert.

»Gleich sind wir dran«, flüsterte Ofelia.

Lexia brachte kaum ein Wort hervor. Sie stocherte in ihrem Schokoladenkuchen herum und wartete, bis es schließlich Zeit für ihre Kategorie wurde. Lexia umschloss mit der Hand ihr Wasserglas fester und bekam nicht einmal den Witz mit, den Josephine zum Besten gab und der das Publikum vor Lachen zum Brüllen brachte. Fünf verschiedene Beiträge wetteiferten um den Preis. Alle fünf wurden auf einem großen Bildschirm präsentiert. Als die Werbekampagne für Offi O gezeigt wurde, war Lexia so stolz, dass sie am liebsten losgeheult hätte.

»Sie ist super«, meinte Ofelia und hielt Lexia ihren Unterarm hin, um ihr zu zeigen, dass sie eine Gänsehaut hatte.

Trommelwirbel.

Scheinwerfer.

Dramatische Stille.

Dann schossen Lichtblitze durch den Raum, und der Name der siegreichen Agentur erschien auf dem riesigen Bildschirm.

»Mein Körper trägt!«, rief Josephine. »Eine Kampagne für Offi O von Sandelman & Dyhr!«

Lexia starrte Ofelia an und kreischte: »Wir haben gewonnen! Wir haben gewonnen! Oh mein Gott! Das Goldene Pferd! Wir haben gewonnen!«

Alle Mitarbeiter der Agentur sprangen von ihren Stühlen auf und jubelten. Das Publikum applaudierte und pfiff anerkennend.

Was für ein erhebendes Gefühl, alle großen Agenturen geschlagen zu haben.

Aus dem Augenwinkel heraus sah Lexia, wie sich Siri und Rebecca stürmisch umarmten und plötzlich leidenschaftlich zu küssen begannen. Ganz unerwartet kam es für sie nicht. Zwischen den beiden hatte es schon den ganzen Abend geknistert. Lexia lachte und bekam von ihren Kollegen einen anerkennenden Klaps auf den Rücken. »Das Goldene Pferd! Hurra!«, rief sie.

»Du musst die Dankesrede halten«, erklärte Rebecca lallend. Sie hatte sich von Siri losgemacht und war mit ihrem Team unterwegs zur Bühne.

»Nein, hör doch auf, die musst du halten«, entgegnete Lexia mit Nachdruck. Rebecca war schließlich der Creative Director, und sie selbst war völlig unvorbereitet.

»Nein, du musst reden. Ich bin zu besoffen.« Rebecca geriet in ihren High Heels von Jimmy Choo ins Wanken. »Du musst es machen, ich kann nicht.«

Meinte Rebecca das etwa ernst? Lexia würde sich ganz bestimmt nicht vor dieses Publikum stellen und eine Dankesrede halten. Sie reihten sich auf der Bühne auf, und als Leo gerade das Mikrofon an sich reißen wollte, wurde Lexia von Rebecca nach vorn geschubst.

»Die Rede muss eine Frau halten, das sollte dir doch wohl klar sein, Leo«, zischte Rebecca.

Leo wich so heftig zurück, dass er über seine eigenen Füße stolperte.

Lexia schluckte, während ihr der kalte Schweiß ausbrach. Ofelia lächelte ihr aufmunternd zu.

»Jetzt komm schon«, forderte Rebecca sie auf.

Bestimmt würde sie gleich aufwachen und feststellen, dass alles nur ein entsetzlicher Albtraum gewesen war, dachte Lexia, während ihre Panik stetig zunahm. Josephine grinste höhnisch, denn sie wusste genau, wie sehr Lexia es damals in der Schule gehasst hatte, vor ihren Mitschülern Referate zu halten. Lexia blinzelte hysterisch und starrte in die Menschenmenge unterhalb der Bühne. Vor ihr saßen bestimmt fünfhundert Gäste. Einige von ihnen schauten in Richtung Bühne, doch bedeutend mehr starrten auf ihre Smartphones oder unterhielten sich miteinander.

Flieh, flieh, raunte ihr eine innere Stimme zu. Sie wusste nicht einmal, warum, denn sie hatte sowieso nicht die Absicht, etwas zu sagen. Vor lauter Nervosität war ihr innerlich eiskalt geworden. Oder besser gesagt vor Panik. Genauso stellte sie sich die Hölle vor. Vor ihr saßen lauter einflussreiche Leute. Begnadete Redner. Menschen, die sie nur zu gern auslachen würden und ihr Todesangst einflößten.

Tu es nicht, tu es nicht, hämmerte es in ihrem Kopf.

Irgendjemand im Publikum kicherte.

Jetzt waren alle Blicke auf sie gerichtet. Alle hatten den Podcast gehört, das wusste sie. Plötzlich strahlte sie ein Scheinwerfer an. Kurz darauf schien ihr ein weiterer direkt ins Gesicht. Ganz vorne am Bühnenrand standen mehrere große schwarze Konfettikanonen bedrohlich aufgereiht.

»Mach es einfach«, flüsterte ihr Rebecca von der Seite her zu.

Lexia räusperte sich. »Hallo«, begann sie, doch ihre Stimme brach, und sie musste husten und noch einmal neu ansetzen.

»Guten Abend, ich heiße Lexia Vikander und bin Werbetexterin bei Sandelman & Dyhr.« Sie machte einen kleinen Schritt auf den Bühnenrand zu. Ihre Stimme zitterte. Sie würde sich nur kurz im Namen des Teams bedanken und dann das Weite suchen. »Wir bei Sandelman & Dyhr freuen uns sehr über das Goldene Pferd und fühlen uns außerordentlich geehrt.« Unterhalb der Bühne begann Dina anerkennend zu johlen. Lexias Hände waren schweißnass. Nur noch ein paar Worte, dann war es vorbei, und sie würde nie wieder irgendwo öffentlich sprechen, gelobte sie sich. »Wir sind stolz darauf, dass unsere leidenschaftliche Arbeit von Erfolg gekrönt wurde. Und wir fühlen uns geehrt, mit einem so fantastischen Label wie Offi O zusammenarbeiten zu dürfen.« Lexia schaute auf und registrierte Leos schadenfrohes Grinsen. Ihm gefiel es offensichtlich, sie leiden zu sehen. Sie richtete ihren Blick weiter auf Josephine, die Frau, die sie über all die Jahre hinweg gemobbt hatte und noch immer damit durchkam. Es gab so viele Menschen, die tagtäglich gemobbt wurden. Warum nur? Weil sie von der Norm abwichen? Weil sich Leute wie Josephine und Leo an ihnen störten? Das war doch nicht akzeptabel. In einer solchen Welt wollte Lexia nicht leben.

Sie hatte das Gefühl, als kämpften in ihrem Inneren zwei widerstreitende Kräfte. Einerseits wollte sie am liebsten fliehen, andererseits hatte sie die Nase voll davon, sich andauernd verstecken zu müssen. Eine Möglichkeit wie diese würde sie nie wieder bekommen, fiel ihr plötzlich ein. Die Situation war zu wichtig, da konnte sie nicht kneifen.

Auf einmal überkam sie eine angenehme Ruhe. Lexia richtete ihre Augen wieder aufs Publikum, nahm Blickkontakt zu den Gästen auf und holte Luft. »Bevor ich die Bühne verlasse, würde ich gern noch etwas sagen«, erklärte sie und wurde plötzlich von denselben Gefühlen eingeholt wie damals, als sie sich im Vergnügungspark Gröna Lund einmal im freien Fall vom Power Tower heruntergestürzt hatte: Todesangst, Euphorie und Übelkeit, alles auf einmal. »Ich würde gern ein paar Worte darüber verlieren, wie es ist, dick zu sein.« Ihre Stimme zitterte noch immer, und es fühlte sich an, als flammten rote Flecken an ihrem Hals auf.

Im Publikum vor ihr wurde es mucksmäuschenstill. Sie schob das Kinn vor. »Und zwar über das Absurde daran, dass wir in der Werbebranche dazu beitragen, Leute bloßzustellen, die nicht unserem Schlankheitsideal entsprechen. Und dass die Mehrheit aller Models in der Werbung hellhäutig ist. Dass über neunzig Prozent der dort gezeigten Frauen jung, schlank und weiß sind, obwohl wir alle wissen, dass die Welt anders aussieht.«

Die Leute warfen sich gegenseitig verunsicherte Blicke zu, als gingen sie davon aus, sich verhört zu haben.

Lexia trat einen weiteren Schritt vor. Jetzt stand sie mitten im brutalen Scheinwerferlicht. Sie richtete ihren Rücken auf und zögerte kurz, doch dann führte sie ihre Hände zum Kopf, öffnete ihren Haarknoten und schüttelte ihre Locken aus. Ein weiterer Scheinwerfer wurde auf sie gerichtet. Jeder Millimeter ihres Körpers badete in Licht. Man konnte jede einzelne Pore ihrer Gesichtshaut, jede noch so kleinste Unebenheit, jedes Haar ihres wilden Lockenkopfs, jede Falte und jedes überflüssige Kilo überdeutlich sehen.

»Werte müssen von innen kommen. Es genügt einfach nicht, nur über Vielfalt zu reden. Wir müssen auch handeln. Und zwar auf allen Ebenen.« Dann streifte sie ihre Strickjacke ab und ließ sie zu Boden fallen, streckte ihre Arme seitlich aus und zeigte ihren Körper in ihrem eng anliegenden ärmellosen Kleid mit dem leicht gewölbten Bauch. »Das hier ist ein ganz gewöhnlicher Frauenkörper. Zugegebenermaßen etwas mollig. Manche würden ihn sogar als dick bezeichnen, während andere mich hinter meinem Rücken dafür verhöhnen und wieder andere mich schamlos in ihrem Podcast bloßstellen. Aber mein Körper ist gesund, und er trägt mich verlässlich durchs Leben. Leider gibt es Menschen in meinem Umfeld, die einfach nie aufhören konnten, mich deswegen zu hänseln und zu verspotten. Die sich einfach das Recht herausnehmen, lauthals ihre Ansichten über den Körper eines Mitmenschen herauszuposaunen.«

Jetzt schaute sie Josephine direkt an und spürte Leos Blick im Rücken. Doch von nun an konnte sie nichts mehr stoppen. Jetzt war es genug, fand sie. Sie würde sich nie mehr an dieser paranoiden Hetze beteiligen. Nie mehr Kritik am Gewicht anderer oder an ihrem eigenen üben.

»Mit einem Körper wie meinem wird man andauernd verhöhnt. In den Medien, in gesellschaftlichen Zusammenhängen, in persönlichen Gesprächen. Und nicht zuletzt wir in der Werbebranche haben unseren Anteil daran. Wollen wir das?«

Jetzt war es so still geworden, dass Lexia sogar das leise Rauschen der Ventilatoren an der Decke hören konnte. Am liebsten wäre sie im Erdboden versunken. Wie hatte sie nur annehmen können, dass es eine gute Idee wäre, ihre Gedanken öffentlich zu äußern? Doch zugleich spürte sie, dass ihr das Publikum zuhörte und somit eine Chance einräumte. Es hier und jetzt auszusprechen war wichtiger, als irgendwann einen öffentlichen Skandal damit auszulösen.

»Es ist wissenschaftlich erwiesen, dass Menschen, die sich für ihr Gewicht schämen, psychisch krank werden können und dass dicke Personen, die für ihr Übergewicht kritisiert werden, noch mehr zunehmen. Das sogenannte Body Shaming betrifft immer jüngere Menschen. Viele junge Leute sterben an Magersucht oder nehmen sich das Leben, weil sie sich schämen. Wir in der Werbebranche tragen dazu bei, indem wir ein Ideal präsentieren, das kaum ein Mensch erreichen kann. Deshalb sollten wir in der Werbung alle Körperformen zeigen. Wir müssen überholte Normen aufweichen, anstatt sie zu untermauern.«

Lexia merkte, dass sie eigentlich kurz innehalten müsste, um Luft zu holen, doch sie redete weiter. »Was geschieht mit einem Menschen, der in unserer Gesellschaft nicht willkommen ist? Der darin keinen Platz findet, sondern immer nur kritisiert und verspottet wird?« Jetzt musste sie aber dringend Luft holen. Schon die ganze Zeit wartete Lexia darauf, dass irgendwer sie auffordern würde, den Mund zu halten, doch niemand tat es.

»Wir alle können etwas tun, indem wir unseren eigenen Horizont erweitern. Indem wir Leuten aller Altersgruppen mit unterschiedlichen Konfektionsgrößen, Hautfarben und sexuellen Orientierungen in den sozialen Medien mehr Raum geben. Unseren Blick auf Menschen zu richten, die von der Norm abweichen, wäre ein erster Schritt in die richtige Richtung. Leute aufgrund ihres Gewichts zu mobben, ist keineswegs zukunftsweisend.« Lexia schaute erneut zu Josephine rüber, die sie mit zusammengekniffenen Augen fixierte, und ließ dann ihren Blick wieder über den Saal schweifen. »Die Zukunft besteht vielmehr darin, alle Körperformen zu zeigen und dazu zu stehen, so wie wir es in unserer Kampagne umgesetzt haben.«

Jetzt fühlte sich Lexias Kehle wie ausgetrocknet an. Aber sie hatte erstaunlicherweise keine Angst mehr. Sie stand hier im blendenden Scheinwerferlicht wie auf dem Präsentierteller und konnte in all ihrer Unzulänglichkeit sie selbst sein. Und es fühlte sich fantastisch an, denn indem sie sich traute, für etwas einzustehen, wurde sie mutiger. Anstatt Panik zu bekommen, nahm ihre Entschlossenheit noch zu. Jetzt warf sie Josephine einen ruhigen Blick zu. Sie empfand keinerlei Hass mehr, denn Leo und Josephine waren letztlich genauso verstrickt in unerreichbare Körperideale. Doch von nun an würde sich Lexia ihre Unverschämtheiten nicht mehr gefallen lassen. Sie wandte sich wieder der Menschenmenge vor der Bühne zu.

Das Publikum starrte sie an. Niemand applaudierte. Die Leute wirkten völlig schockiert, als säßen sie da und fragten sich, ob sie tatsächlich richtig gehört hatten.

Dann sprang ein Fotograf auf und schoss eine Serie Fotos. Blitze zuckten durch den Raum. Noch immer herrschte absolute Ruhe im Saal. Lexia hörte nur ein lautes Dröhnen in den Ohren und das Klicken vereinzelter Handykameras. Großer Gott, was hatte sie nur getan?

Völlig unvermittelt begegnete Lexia Adams Blick. Er stand ganz hinten am anderen Ende des Saals. Plötzlich verschwamm alles um sie herum. Adam war hier. *Adam.* Er stand reglos da und betrachtete sie eingehend. Seine grauen Augen blinzelten nicht einmal. Lexia wurde innerlich ganz ruhig und entspannt. Er war verdammt attraktiv, wie er so dastand. In dunklem Shirt und dunkler Hose und mit einer Ausstrahlung und Präsenz, die ihn einzigartig machte. Es war, als tauschten sie sich wortlos miteinander aus.

Du hier.

Ja.

Lexia holte tief Luft. Sie ließ ihren Blick über die Menge schweifen und wusste mit einem Mal, was sie zu tun hatte. Was sie lieber als alles andere tun wollte. Denn sie war es so leid, immer Angst haben zu müssen, und sie war bereit, für das zu kämpfen, was sie haben wollte.

»Wenn man sich nicht traut, für gewisse Dinge einzustehen, agiert man fremdbestimmt«, sagte sie. Ihre Stimme war jetzt laut und kraftvoll und füllte den gesamten Saal.

Adams Augen weiteten sich, und sie lächelte. Obwohl sie ihren Blick aufs gesamte Publikum richtete, sah sie nur ihn.

»Wenn man Angst hat und meint, kein Recht darauf zu haben, Teil der Gesellschaft zu sein, wird man feige und verpasst das

Wichtigste im Leben. Man versäumt es zu leben.« Jetzt schaute sie Adam direkt an, und die Härchen auf ihren Unterarmen stellten sich auf. »Man versäumt es zu lieben«, sagte sie ernst. Sie bereute, was sie Adam an den Kopf geworfen hatte, und sie wollte, dass er es erfuhr.

Verzeih mir.

Sie sagte es nicht laut, dafür war es viel zu privat, aber sie formte die Worte mit dem Mund und sah, dass er sie verstand.

Mit einem Lächeln auf den Lippen dachte sie, dass jetzt endlich Schluss mit ihrer früheren Unsicherheit sein würde. Sie würde sich nicht mehr als Frau erniedrigen lassen, und sie würde aufhören, sich mit wenig zu begnügen, denn sie wollte alles. Entschlossen strich sie sich die Haare aus dem Gesicht. Jetzt musste sie nur noch eines loswerden. Etwas, das sie schon längst hätte sagen sollen. Sie lächelte Adam zu.

45

Adam

Adam hatte eigentlich gar nicht vorgehabt, zur Verleihung des Goldenen Pferdes zu gehen. Er wollte die Mitarbeiter von Sandelman & Dyhr in Ruhe feiern lassen und konnte gut darauf verzichten, noch einen Abend lang die schlechte Laune des Ex-Unternehmenschefs zu ertragen. Doch dann hatte er erfahren, dass Josephine Sandelman den Abend moderieren würde, und das starke Bedürfnis verspürt, Lexia vor ihr zu schützen. Nicht dass Lexia irgendeinen Schutz nötig gehabt hätte, dachte er jetzt. Denn dort oben auf der Bühne wirkte sie äußerst selbstbewusst, wie eine strahlende platinblonde Amazone. Ihre Brandrede und die Art, wie sie für ihre Rechte eingetreten war, berührten ihn stark. Wie mutig sie vor all den Menschen gewesen war.

Und außerdem schien es zwischen ihnen noch nicht endgültig aus zu sein. Adam schluckte. Er war dieser Frau so verfallen, dass ihm die Luft wegblieb. In den letzten Tagen hatte er die Hoffnung schon fast aufgegeben, doch dann war unverhofft ein Wunder geschehen, und die Erleichterung darüber ließ ihn schwindlig werden.

Aus dem Publikum waren vereinzelte Lacher zu hören, und mehrere Leute tuschelten mit ihren Tischnachbarn. Ganz hinten buhte jemand Lexia aus, was Adam völlig unangemessen fand. Lexia war eine Siegerin und verdiente es, als solche gefeiert zu werden. Er hob die Hände und begann laut zu applaudieren. Auch Dina fuhr wie eine Kanonenkugel von ihrem Stuhl hoch und begann ebenfalls wild zu klatschen und zu johlen. Siri folgte ihrem Beispiel genau wie die übrigen Mitarbeiter von Sandelman & Dyhr. Schließlich breitete sich der Applaus wie ein Lauffeuer durch den gesamten Saal aus. Ofelia sprang mit einem großen Satz auf die Bühne und klatschte laut, während sie rief: »Bravo! Bravo!«

Adam schob sich in Richtung Bühne vor, doch mittlerweile waren die Leute von ihren Stühlen aufgestanden und versperrten den Weg, sodass er irgendwann nicht mehr weiterkam.

Lexia schien sich im Schockzustand zu befinden. Die Lautstärke des Applauses und der Hurrarufe war ohrenbetäubend. Josephine sah aus, als wollte sie den Jubel übertönen, aber trotz ihres Mikrofons drang ihre Stimme nicht durch, zumal in diesem Augenblick laute Musik ertönte. Dann bewegten sich die Teilnehmer des siegreichen Teams eifrig klatschend auf die Treppe zu, die von der Bühne herunterführte. Alle außer Leo, der dastand und Lexia hasserfüllt anstarrte. Lexia, die das Schlusslicht bildete, wirkte noch völlig benommen.

Adam versuchte, sich einen Weg durch die dicht gedrängte Menge zu bahnen. Er wollte endlich zu Lexia vordringen, denn die Stimmung auf der Bühne schien zu kippen, was ihm überhaupt nicht gefiel. Jetzt trat Leo laut fluchend und gestikulierend neben Lexia.

»Lexia!«, versuchte Adam die Hurrarufe, den Applaus und die Musik zu übertönen. Sie schaute ihn an, schien aber nicht zu begreifen, was er wollte, und blickte verwirrt zwischen ihm und Leo hin und her. Es schnürte ihm das Herz zusammen. Er wollte unbedingt bei ihr sein. »Lexia!«, rief er erneut.

In diesem Augenblick sah er, wie Leo Lexia grob zur Seite stieß. Völlig unvorbereitet auf seinen tätlichen Angriff geriet sie direkt neben den großen Konfettikanonen auf ihren High Heels gefährlich ins Wanken. Adam hörte nicht, was Leo ihr zurief, doch das Adrenalin schoss durch seinen Körper und verlieh ihm ungeahnte Kräfte, während er weiter in Richtung Bühne stürmte.

Leo riss erneut seinen Mund auf. Er schien alles daranzusetzen, um die Musik zu übertönen, und brüllte: »Du fette Kuh!« Im selben Moment verstummte die Musik, und Leos Worte hallten durch den gesamten Saal des Hotels. »Du bist ja wohl nicht mehr ganz bei Trost. Wenn du noch ein einziges Mal meine Frau angreifst, wirst du es mit mir zu tun bekommen«, schrie er.

Im Saal wurde es still.

»Aber ich ...«, setzte Lexia an.

»Bilde dir bloß nichts ein. In Wirklichkeit bist du nämlich eine unbedeutende Niete.«

Jetzt war Adam endlich an der Bühne angekommen und stürzte hinauf. »Lass sie in Ruhe!«, rief er und zwängte sich zwischen Lexia und Leo. »Alles in Ordnung?«, wandte er sich besorgt an Lexia, die zum Glück völlig unverletzt wirkte.

»Adam!«, rief sie. »Kannst du mir verzeihen? Mein Verhalten war völlig daneben.«

»Ich hatte gar nicht begriffen, dass ...«, sagte er, und dann verstummten beide.

Er strich mit seinen Händen sanft über ihre Arme und konnte einfach nicht aufhören, sie zu berühren. Sie schenkte ihm ein strahlendes Lächeln, als befänden sie sich ganz allein im Saal. Nur sie und er.

»Ich muss dir etwas sagen«, begann sie, wurde jedoch von Leo unterbrochen, der brüllte:

»Sie ist widerlich und so verdammt hässlich! Ich kapier einfach nicht, was du an ihr findest.« Dann verpasste Leo Adam einen harten Stoß in den Rücken.

Adam drehte sich um und starrte Leo an. »Es reicht«, entgegnete er leise, aber wutentbrannt. Leo wirkte extrem aggressiv. »Als Erstes entschuldigst du dich bei Lexia, und dann verlässt du ruhig und gesittet die Bühne, verstanden?«

Leo machte zur Antwort eine obszöne Geste. »Sie hat meine Frau und mich total blamiert. Sie versaut uns die gesamte Gala.«

»Hör schon auf. Du bist es doch, der sich blamiert. Und niemand anderes.«

Leos Gesicht erblasste vor Wut. Ein paar Meter entfernt starrte Josephine händeringend in Richtung Publikum, das die Entwicklung des Geschehens auf der Bühne mit großer Spannung verfolgte.

»Ihr solltet euch beide schämen«, sagte Adam laut. »Sie haben mein Interview zurechtgestutzt«, rief er Josephine zu. »Das ist skrupellos und armselig. Und du bist ein Idiot«, fauchte er Leo an. Das Letzte war zwar nicht besonders professionell, aber Adam hatte diesen Idioten so satt.

»Du arrogantes Arschloch«, konterte Leo, und zu Adams großem Erstaunen spürte er, wie dessen Faust auf sein Gesicht zuschnellte und ihn am Jochbein traf. Ihm klingelten die Ohren, und er spürte Eisengeschmack im Mund.

Adam wischte sich das Blut mit dem Handrücken weg und schnaubte verächtlich. »Ist das etwa alles, was du aufzubieten hast?«, fragte er, denn der Schlag war geradezu lächerlich gegen das, was Adam als Kind erlebt hatte.

Fuchsteufelswild holte Leo zu einem weiteren Faustschlag aus, doch diesmal war Adam vorbereitet und wich ihm geschickt aus. Aus dem Augenwinkel heraus sah er Kameras aufblitzen wie bei einem Feuerwerk. Leo fluchte und fuchtelte weiter mit den Armen, bis Josephine auf ihn zugestürzt kam und ihn zurückhielt.

»Hör auf, Leo. Meine Sponsoren sind hier«, zischte sie und zog ihn mit sich von der Bühne herunter. »Du Blödmann, denk doch mal an mein Image«, fuhr sie fort, doch dann schien irgendwer ihr Mikro ausgeschaltet zu haben, denn vom Ehepaar Sandelman, das geduckt zwischen den Tischen im großen Saal verschwand, war nichts weiter zu hören. Die Leute hatten ihre Smartphones gezückt. Der Skandal war vermutlich schon im Internet zu bewundern.

Adam wandte sich Lexia zu. Sie nahm ein Papiertaschentuch aus ihrer Handtasche und reichte es ihm. »Alles gut«, sagte er, als er die Sorge in ihren klaren blauen Augen sah.

»Sicher?«, fragte sie.

»Ganz sicher.«

»Ich bin so froh, dass du hier bist«, sagte sie dann, und ihre Stimme zitterte vor Rührung. Ihre hellen Locken standen wie ein wilder Heiligenschein von ihrem Kopf ab, und sie strahlte übers ganze Gesicht. Himmel, wie hübsch sie war.

»Ich konnte nicht anders«, entgegnete er, und das stimmte. Schon rein physisch war es ihm unmöglich gewesen, von Lexia getrennt zu sein. Er wollte mit ihr zusammen sein und ihr alles geben, was sie brauchte. Plötzlich erblickte er die samtene Kette an ihrem Hals mit dem türkisblauen Stein und spürte, wie ihm das Herz überging. Sie trug sein Weihnachtsgeschenk und sah so umwerfend aus, dass ihm die Worte fehlten.

»Verzeih mir«, sagte sie.

Adam schüttelte abwehrend den Kopf. »Ich habe mir endlich den Podcast angehört, und ich kann gut verstehen, warum du so wütend reagiert hast. Josephine hat alles Positive, das ich über dich gesagt habe, einfach rausgeschnitten. Jegliches Lob für die Agentur, meine Bewunderung für die Mitarbeiter, alles war weg.« Er hob die Hand und führte sie an ihre Wange.

Lexia lehnte sich mit dem Gesicht leicht dagegen. »Was ich vorhin sagen wollte«, begann sie. »Adam, ich …«

Plötzlich wurde sie von Kristina Sandelin unterbrochen, die auf die Bühne gekommen war. »Vielleicht könnten Sie dort hinten an der Seite weiterreden?«, schlug sie vor.

Adam und Lexia blickten auf und stellten erstaunt fest, dass fünfhundert Augenpaare die gesamte Szene eingehend verfolgten.

Lexia war überwältigt von ihren eigenen Gefühlen und noch völlig berauscht vom Wunder, das gerade geschehen war. Mitten im ganzen Trubel war auch noch Adam aufgetaucht. Er hielt ihr die Hand hin, und sie folgte ihm bis an den äußersten seitlichen Bühnenrand. Sie würde ihm überallhin folgen, dachte sie. Da blieb er plötzlich stehen. Sie begegnete seinem Blick, und als sie in seinen grauen Augen genau das sah, was sie selbst empfand, schnürte es ihr die Kehle zu.

»Ich liebe dich, Adam«, sagte sie andächtig.

Seine Augen begannen zu leuchten. »Ist das wahr?«

»Ja.« Natürlich liebte sie ihn. Wie sollte sie es auch nicht tun? »Sogar sehr«, sagte sie und schob ihre Finger zwischen seine.

»Und ich liebe dich«, sagte er, und in seinen Worten steckte so viel Gefühl, so viel Lust und Verletzlichkeit, dass sie nach Luft rang. »Wir haben übrigens das Goldene Pferd gewonnen«, sagte sie, denn sie war sich nicht ganz sicher, ob er es mitbekommen hatte.

Er lächelte, führte ihre Hand zum Mund und küsste sie. »Ich weiß. Und ihr habt es verdient. Es ist eine hervorragende Kampagne geworden.«

Sie schaute ihm in die Augen und hoffte, dass ihr genügend Zeit bleiben würde, um ihm in jeder Hinsicht zeigen zu können, dass sie ihn liebte. »Ohne dich und deine Unterstützung hätte es nicht funktioniert.«

»Doch, hätte es. Weil du nämlich eine fantastische Werbetexterin bist und ihr ein super Team seid.«

»Danke«, sagte sie atemlos und mit erstickter Stimme. Er betrachtete sie lange und eindringlich, ohne auch nur einmal zu blinzeln. Es war wie eine sinnliche Unterhaltung.

Ich liebe dich.
Ich kann nicht ohne dich leben.

»Dina hat vorhin gesagt, dass die Agentur schon wieder verkauft wurde und dass du wegziehen wirst«, fiel ihr plötzlich ein. Allein der Gedanke daran verursachte ihr Übelkeit. Würde sie ihn verlieren?

Er nickte.

Sie richtete sich ein wenig auf. »Du verschwindest also wirklich?« Sie beschloss, ihn nirgends hin verschwinden zu lassen. Wohin auch immer er zog, sie würde ihm folgen.

»Nein«, antwortete er und schüttelte den Kopf. »Ich verschwinde nicht.«

»Dina hat gemeint, du würdest ins Ausland gehen.«

Adam zog die Mundwinkel hoch, und seine hübschen Augen begannen zu leuchten. Großer Gott, von diesem Leuchten würde sie eines Tages noch abhängig werden. »War Dina vielleicht betrunken, als sie es sagte?«, fragte er.

»Ziemlich sogar«, gab Lexia zu und konnte nicht umhin, ihre Finger an seinen Hals zu legen. Die Haut dort fühlte sich warm und leicht rau an, und bei der Berührung blinzelte er.

»Es stimmt, dass die Agentur verkauft wurde, aber Dina hat unrecht, was den Umzug angeht. Ich werde mir hier ein neues Leben aufbauen«, erklärte Adam und betrachtete sie so eingehend, dass sie fast weiche Knie bekam. Ausgerechnet sie, die ihren Lebensunterhalt damit verdiente, sich Worte und Sätze auszudenken, brachte plötzlich kein Wort mehr hervor. »Ich glaube nämlich, dass ich ohne dich nicht leben kann«, fuhr er fort. »Ich meine, wahrscheinlich könnte ich es schon, aber es tut hier zu sehr weh.« Er legte seine Hand aufs Herz. »Allein schon der Gedanke daran nimmt mir die Luft zum Atmen. Ohne dich ist nämlich alles grau und trist.«

Aus dem Mund jedes anderen Mannes hätten diese Worte

übertrieben geklungen, doch bei ihm klangen sie wahrhaftig und unverstellt. Lexia wusste, was er meinte.

»Ich empfinde es genauso«, flüsterte sie. Die Vorstellung, ohne ihn leben zu müssen, war unerträglich.

»Ich liebe dich so verzweifelt«, sagte Adam, und seine Stimme brach fast. »Ich liebe es, wie intensiv du empfindest und wie sehr du dich für die Dinge einsetzt. Ich liebe dein Lachen, deinen Humor, deine Intelligenz.«

Lexia wartete auf eine Fortsetzung. »Und meinen Körper?«, soufflierte sie schließlich, denn sie wollte es plötzlich unbedingt aus seinem Mund hören.

Adam begann zu strahlen. »Ja, der ist perfekt«, sagte er andächtig und ehrfürchtig zugleich. »*Du* bist perfekt. Ich liebe dich. Ich möchte, dass du glücklich bist, und ich werde alles dafür tun.« Und dann schloss er sie endlich in die Arme und küsste sie, bis sie kaum noch Luft bekam. Seine Arme an ihrem Körper zu spüren und dabei seinen Duft einzuatmen, fühlte sich so richtig an.

»Adam?«, sagte sie schließlich, während er ihr mit Küssen auf die Nase, aufs Kinn und auf die Lippen seine Zärtlichkeit bewies. In ihrem Körper breitete sich überall Lust aus, wo seine Lippen, sein Atem und seine Haut sie berührten, und es kam ihr vor, als würden dort lauter kleine Punkte anfangen zu leuchten.

»Ja?«, murmelte er. Seine Hände glitten gerade über ihre Taille und Hüften hinunter zu ihrem Po, und ihr Körper wurde von einem angenehm heißen Pochen erfüllt.

Doch dann entzog sie sich ihm leicht, ignorierte dabei seinen Protest und schaute ihm in die Augen. »Es tut mir wirklich sehr leid, dass ich dir nicht geglaubt habe.«

Seine Lippen berührten ihre Ohrläppchen, ihre Kieferpartie und schließlich ihren Mund. »Ich weiß«, entgegnete er und flüsterte etwas, das sie nicht verstand. Dann berührte er mit den Fingern den blauen Stein an ihrer Halskette und küsste sie erneut. Heftig, ausdauernd und atemlos.

Sie klammerte sich an ihn. »Wir sollten jetzt besser wieder zu unserem Tisch runtergehen«, murmelte sie widerwillig, denn sie konnte sich nicht vorstellen, ihn auch nur für eine Sekunde loszulassen.

»Stimmt«, sagte Adam und schob sie rücklings gegen eine Wand, während er fortfuhr, mit seinen Lippen und seinem Mund ihre Haut zu berühren. Er vergrub sein Gesicht an ihrem Hals und bedeckte sie dort mit Küssen und neckischen Bissen, bis ihre Knie weich wurden. Auf der Suche nach einem Halt fuchtelte sie mit dem Arm in der Luft herum und stieß dabei aus Versehen gegen einen Hebel. Rasch zog sie ihre Hand wieder zurück, doch es war bereits zu spät. Sie hörte ein Zischen, das rasch lauter wurde und schließlich in ein Dröhnen überging.

»Was ist das denn?«, murmelte Adam an ihrem Halsgrübchen. Sie stöhnte leicht auf, denn ihre Beine trugen sie nicht mehr.

Plötzlich ertönte ein dumpfes Tosen.

»Was ist denn jetzt los?«, rief sie.

»Keine Ahnung, bin gerade anderweitig beschäftigt«, antwortete Adam. Sie spürte seine Zunge an ihrer Haut und ließ sich von seinem Mund und seinen Händen überwältigen, während im Saal plötzlich eine riesige Wolke aus goldenem Konfetti explodierte. Die goldenen Papierschnipsel wirbelten durch die Luft und wurden tausendfach im Scheinwerferlicht reflektiert. Lexia lachte, und dann küssten sie sich, während die goldenen Schnipsel auf sie herabsegelten und sie beide in eine goldene Seifenblase hüllten. Obwohl es kitschig war, kam sich Lexia wie verzaubert vor.

Ausgerechnet als sie sich einem weiteren von Adams zärtlichen Küssen hingeben wollte, fiel ihr der perfekte Slogan für diesen Augenblick ein – vielleicht sogar der beste, den sie je kreiert hatte.

Sie würde ihn Adam gleich verraten, beschloss sie.

Aber erst würde sie ihn noch ein wenig weiterküssen.

Glamour, Intrigen und große Gefühle

Simona Ahrnstedt
DIE ERBIN
Aus dem Schwedischen
von Antje
Rieck-Blankenburg
608 Seiten
ISBN 978-3-8025-9945-3

Die Schwedin Natalia de la Grip hat nur ein Ziel: in das milliardenschwere Unternehmen ihrer Familie einzusteigen und die Anerkennung ihres patriarchalischen Vaters zu gewinnen. Als sie aus heiterem Himmel von David Hammar zum Lunch eingeladen wird, ist sie misstrauisch, aber vor allem auch neugierig. Was sie nicht ahnt: David hat noch eine Rechnung mit ihrer Familie offen. Und die letzte Schachfigur, die er dafür bewegen muss, ist Natalia …

»Lesen! Lesen! Lesen!« COSMOPOLITAN

Eine dramatische Liebesgeschichte vor der mondänen Kulisse Stockholms

Simona Ahrnstedt
EIN UNGEZÄHMTES
MÄDCHEN
Aus dem Schwedischen
von Wibke Kuhn
528 Seiten
ISBN 978-3-7363-0457-4

Beatrice Löwenstrom ist jung, intelligent und nicht willens, nur geistlose Zierde für einen Mann zu sein. Als sie den äußerst charismatischen Seth Hammerstaal trifft, knistert es auf Anhieb zwischen ihnen. Bei Seth kann Beatrice ganz sie selbst sein, doch ihr Onkel hat sie längst dem skrupellosen Grafen Rosenschöld versprochen und diesem ist jedes Mittel recht, um den Willen der rothaarigen Schönheit zu brechen

»Simona Ahrnstedts Bücher kann man nicht mehr beiseite legen, wenn man einmal angefangen hat.« KATARINA BIVALD

LYX

*Sie kommen aus unterschiedlichen Welten.
Und doch sind sie füreinander bestimmt.*

Mona Kasten
SAVE ME
416 Seiten
ISBN 978-3-7363-0556-4

Geld, Glamour, Luxus, Macht – all das könnte Ruby Bell nicht weniger interessieren. Das Einzige, was sie sich wünscht, ist ein erfolgreicher Abschluss vom Maxton Hall College, eine der teuersten Privatschulen Englands. Vor allem mit James Beaufort, dem heimlichen Anführer des College, will sie nichts zu tun haben. Er ist zu arrogant, zu attraktiv und zu reich. Doch schon bald bleibt ihr keine andere Wahl ...

»Lache, weine und verliebe dich. Mona Kasten hat ein Buch geschrieben, das man nicht aus der Hand legen kann!« ANNA TODD über *Begin Again*

LYX

Er ist nicht bei ihr, um sie zu beschützen.
Er ist bei ihr, um sie zu töten.

Vanessa Sangue
COLD PRINCESS
352 Seiten
ISBN 978-3-7363-0436-9

Als Erbin einer der mächtigsten Mafiafamilien der Welt darf sich Saphira De Angelis keine Schwäche erlauben. Seit sie mit ansehen musste, wie ihre Familie bei einem Attentat ums Leben kam, regiert sie stark, unnachgiebig und Furcht einflößend über ihre Heimatstadt Palermo. Einzig für Madox Caruso, neuestes Mitglied ihrer Leibwache, hegt sie tiefere Gefühle, als sie sich selbst eingesteht. Die zerstörerische Energie, die ihn umgibt, zieht Saphira mehr und mehr in seinen Bann – ohne zu ahnen, in welche Gefahr sie sich damit begibt …

»Düster, sexy und voller Intrigen: Vanessa Sangue weiß, wie man verbotene Liebesgeschichten schreibt!« MONA KASTEN

LYX

Die Community für alle, die Bücher lieben

Das Gefühl, wenn man ein Buch in einer einzigen Nacht verschlingt – teile es mit der Community

In der Lesejury kannst du
- ★ Bücher lesen und rezensieren, die noch nicht erschienen sind
- ★ Gemeinsam mit anderen buchbegeisterten Menschen in Leserunden diskutieren
- ★ Autoren persönlich kennenlernen
- ★ An exklusiven Gewinnspielen und Aktionen teilnehmen
- ★ Bonuspunkte sammeln und diese gegen tolle Prämien eintauschen

Jetzt kostenlos registrieren: www.lesejury.de
Folge uns auf Facebook:
www.facebook.com/lesejury